清詩話全编

乾隆期七

張寅彭 編纂　劉奕 點校

上海古籍出版社

第七册目次

詩法易簡録……李　鍈　三六五七
續詩品……袁　枚　三九二九
隨園詩話……袁　枚　三九四五

詩法易簡録

詩法易簡録提要

《詩法易簡録》十四卷《録餘緒論》一卷附《律詩拗體》四卷，據道光二年十二筆舫刊《詩法易簡録》本點校。撰者李鍈（？—一七六八），字青萍，號端黼，山東掖縣人。乾隆二十一年舉人，官至右江兵備道。《詩法易簡録》有乾隆三十二年自序，略云「以詩徵法，因法録詩」之旨，故全書録詩雖多至四百五十餘首，終以説詩法爲主。其説大抵不出清初以來之聲氣，以平仄音節説古體，以章法説近體，較漁洋、秋谷等更形系統，較同時之翁覃溪亦具體可辨。如謂五古換韵有劉琨《扶風歌》與蔡邕《飲馬長城窟行》「截然兩種音節」，《古詩爲焦仲卿妻作》開篇「三人語分爲三韵，此換韵之最清顯者」之類。然亦有膠鑿不通者，如《十九首》「青青河畔草」之「出素手」三字，謂「三仄最勁」，「衝喉而出，音節響到二十分，亦勁到二十分」。如此則本爲自憐之「怨」，竟被解作「吼」聲，恐非平仄之當用也。作者固有「離平仄以言音節不得也，泥平仄以言音節亦不得」之識，而仍不免此失者，蓋四聲之説本爲近體而發，倒溯於古，必不能盡合。其論七古平仄，尊漁洋等三平正調之説，然又不滿秋谷之止於「一句一聯」，而必「通首論定」，以爲足補秋谷之未盡，實亦反較秋谷爲泥，得失亦與五古略同。又折中何大復、王漁洋之説，分老杜體與初唐體，置初唐體於齊梁體換韵一類中，下及香山長慶體，直至近代梅村體，雖以詩教標準揚杜抑白，然聲調譜系甚明。卷八以下論近體，多就句法言，五律稍簡，七律則有「實一虚二」、「插三」、「轉四」、「按五跳六」、「捩七收八」、「半一全二」、「接三合四」、「陪五切六」、「透七趨八」種種名目，用心實偏於此體。至「連章結構法」專論老杜《秋興》與《諸將》，《諸將》多採浦起龍之説，《秋興》則凸顯黄鶴「艤舟以俟出峽」之説，提醒「讀者須知八首皆在舟中時作，方得當年情景」，亦可爲有見也。《録餘緒論》所申除正録諸題、諸法外，又頗駁雙聲叠韵之法爲無謂，或非無的放矢，蓋其時周春説此法正盛也。又論諸家《早朝大明宫》詩，有施愚山喜其説之記，顯爲錯謬，其子兆元按語亦未之及，殊不可解。又據兆元跋，古詩作法與律詩拗體諸講已佚失，今觀所附《律詩拗體》四卷，説極簡略，似已非其舊矣。

詩法易簡録自序

詩不可以無法，而又不可以滯於法，行乎其所不得不行，止乎其所不得不止，無用法之跡，而法自行乎其中，乃爲真法。四時之有寒暑，天地之法也。峙而爲山，流而爲川，山水之法也。而寒暑之歲差遞嬗，流峙之鉅細盈虚，實有不可以成法拘者。其曰寒、曰暑、曰峙、曰流，亦就其可指者而言之耳。且夫山以峙爲法，而峙者何以常貞？水以流爲法，而流者何以不息？天地以寒暑爲法，而寒暑之往來何以不忒？使非有主宰乎法之中者，而法且窮而將竭。然則所謂法者，特其跡也，固別有深於法者在也。斯録也，以詩徵法，即因法録詩，取其可言者言之，其非可以言盡者，顧而明之，亦在乎善學者之自悟而已。名曰「易簡録」，非敢曰天下之理得也，庶乎易則易知，簡則易從云爾。乾隆丁亥仲春上浣東萊李鍈識。

詩法易簡録卷一

東萊李鍈青萍著

五言古詩

五言始於伊耆氏《蜡辭》之「草木歸其澤」，而《召南》之「誰謂雀無角」連用至四句矣，然未有全以五言成篇者。漢興以來，五言始盛，《十九首》及蘇、李贈别，其標準也。故兹編始於漢。

平韵法

漢無名氏《古詩十九首》録六

「今日良宴會，歡樂難具陳。彈箏奮逸響，第二字用平最協，以上兩句二四字俱仄故也。第三字用仄更響。新聲妙入神。令德唱高言，此句振起通篇音節。○前四句第四字皆仄，此句「高」字既平，「言」字復用平聲，音節乃振。識曲聽其真。齊心同所願，含意俱未伸。人生寄一世，第二字平，再提再振。奄忽若飈塵。何不策高足，第二字仄，妙。與首句「日」字、五句「德」字音節相應。而承上「人生」句，振起之勢，緊與「奄忽」句二四相粘，一滚而下，有高峰墜石之妙。先據要路津。無爲守窮賤，轗軻長苦辛。第二字平，亦承上勢作收，第三字必平乃收得住。」漢人詩不可以平仄拘也。聲調初開，必無某字宜平，某字宜仄，如後人按譜填詞之理。故其爲詩，包羅千古，而不名一格。不必三平，亦不必不三平；不必同律，亦不必不同律。稱情而出，無不合節，殆所謂天籟乎。而其音節之妙，宛轉相生，翕純皦繹，各極其致。大要以氣爲主，以句法爲輔，而以平仄之乘承抑揚激宕於其間。如此篇音節，以「令德唱高言」句爲通篇提唱之筆，「德」字用仄承上，「箏」字、「聲」字連用兩平之後，特出變調，以換其腔。又於「言」字特用平聲，以提其氣。蓋「彈箏」句第三字第五字皆仄，新聲句第三字又仄，此句第五字必平，音節乃振得起。「齊心」句第三字用平最響，「人生」句「生」字用平亦屬提筆，「寄」字必仄，音節乃健。以下一氣奔赴，緊節促拍，末句第三字必平，音調乃歸和暢。此皆天然自成音節，不容一毫矯飾者也。

「西北有高樓，上與浮雲齊。交疏結綺窗，阿閣三重階。上有絃歌聲，第三字平，音調最起。音響一何悲。誰能爲此曲，無乃杞梁妻。清商隨風發，中曲正徘徊。一彈再三歎，第三字仄，調響。慷慨有餘哀。不惜歌者苦，第二字仄，乃變調換腔處。但傷知音稀。願爲雙鳴鶴，奮翅起高飛。」此詩前半首音節全注在「音響一何悲」句。此句第三字變三平之調，而用仄聲，讀之却如鸞嘯鶴鳴，有響徹雲霄之致者，以第一句、第三句煞尾皆平聲，第二句、第四句連用三平叠峙，而第五句「絃歌聲」復用三平調，以悠揚頓宕於其前，至此句第三字始放出一仄聲，其氣乃有十倍之勁。則此詩前半首音節之妙，全聚此一仄字。可見但執三平之説，不足以盡古詩之妙也。後半首音節又聚在「不惜歌者苦」二句。自「誰能爲此曲」「能」字平聲以作中間提唱之筆，「清商」句「商」字、「一彈」句「彈」字叠用平聲，其對句第三字復連用仄聲，一氣貫下，變上文三平疊峙之調，而作宛轉悲抑之音，幾於繁絃促節矣。復於「不惜」句「惜」字變用仄聲，以换其腔，而於「但傷知音稀」句又放出四平之調，以舒其氣而和其節。讀至此，又覺餘音嫋嫋，極往復低徊之致矣。末二句收歸和平，真得風雅之遺。

「庭中有奇樹，緑葉發華滋。攀條折其榮，將以遺所思。馨香盈懷袖，「盈」字平最起調。路遠莫致之。此物何足貢，但感别經時。」凡四韵而成四種音節，無一相複合之，又自上下相濟，首尾相成，極抑揚抗墜之妙。「馨香」句提頓停蓄，通篇音節俱振。「香」字用平，最好。「此物何足貢」「物」字用仄，亦是换腔處，變其節以爲亂也。

「去者日以疎，平脚。來者日以親。句法對起，却於中間疊三字，便成流走聲調，音節跌宕之極。○此等聲調，出句第五字以平爲協。出郭門直視，上三下二句法。○承上跌宕之勢，而以變調接之，音節最古最妙。○第三字必平。但見丘與墳。第三字平健。古墓犂爲田，松柏摧爲薪。再用對待句法作停頓節奏，只中疊一爲字，而無限駘宕，與首二句音節既不相複，又足相成，是何等聲調。○第三字皆用平，最健。白楊多悲風，第二字平，提筆换調。「多悲風」再用三平，亦因上文音節流宕，非此四平古句，不足以撐住也。蕭蕭愁殺人。「蕭蕭」二字平，音節尤妙。緣起首六句第二字皆仄，上句「楊」字雖變用平以振其調，而音節未暢，必此二字平，乃覺音響大振。第四字必仄，亦勢不得不然，皆不容一毫假借者也。思還故里閭，欲歸道無因。第三字皆仄，收歸起首音節，與中間自有激宕之致。」「去者」二句、「古墓」二句，皆疊字句法。此種句法出句多用平脚，如蘇武詩「昔爲鴛與鴦，今爲參與辰」，蔡邕詩「枯桑知天風，海水知天寒」，《相逢行》「黄金爲君門，白玉爲君堂」，曹植詩「君若清路塵，妾若濁水泥」，鮑照詩「食梅常苦酸，衣葛常苦寒」等，不可勝舉。然亦有不盡然者。卓文君「竹竿何嫋嫋，魚尾何簁簁」，秦嘉「寶釵好耀首，明鏡好鑑形」是也。須相上下音節行之，執一則固矣。

「凜凜歲云暮，螻蛄夕鳴悲。涼風率已厲，遊子寒無衣。三平脚，調乃健。錦衾遺洛浦，同袍與我違。第四字仄，最見筆力。獨宿累長夜，夢想見容輝。良人唯古歡，提筆振，通篇平仄，一字不可易。○尤以第五字平見音調之高。枉駕惠前綏。願得常巧笑，攜手同車歸。三平。既來不須臾，平脚。又不處重闈。兩「不」字一氣注下，錯綜有致。亮無晨風翼，焉能凌風飛。五平句，頓宕悠揚，亦承上一氣注下之勢，而停蓄之。眄睞以適意，五仄最健，與上文五平音節相調。引領遥相睎。徙倚懷感傷，二四俱仄，亦必然不可易。自「唯古歡」至此，凡三見平脚，亦自成節奏。垂涕沾雙扉。」張浦山云：「詩境極幽奥，反覆諷誦，凄其欲絶。」此評未及平仄，然頗得此詩音節紆迴之妙。

「明月何皎皎，第二字、第五字皆仄。照我羅牀幃。三平脚。音節響。憂愁不能寐，攬衣起徘徊。客行雖云樂，「行」字平，亦屬提筆。不如早旋歸。出户獨彷徨，第二字仄，亦是换腔。愁思當告誰。引領還入房，第四字必仄。○凡云某字必平必仄者皆就前後音節定之。淚下霑裳衣。」對句第三字，人但知與出句第三字相承應，不知必合出句第五字並論之，乃可定其音節。而其抑揚激宕，又必合通首論定，乃見其妙。如此詩，「不如早旋歸」乃一篇之骨。「早」字用仄，與前《西北有高樓》一首「音響一何悲」句音節若相似，而實不同。前首在迭用三平之後，忽放一仄聲，其音激烈而高亮。此首上聯對句第三字已用仄聲，此復迭用仄聲，其音嗚咽而悲惋。前首起四句但寫景，至此始聞歌聲而歎其悲，且出於旁觀者之口，則其情慷慨，故其音節亦因之而激烈。此首起四句已明寫憂愁不寐之況，至此始露其所以憂愁不寐之故，且出於作者之自叙，則其情抑鬱，故其音節亦因之而悲惋。信乎聲音之道，與性情通矣。大抵平聲和而暢，仄聲峻而厲，凄苦之音宜於仄聲，故此詩兩聯中連用仄聲作關紐也。「憂愁」句用仄平仄住脚，「客行」句仍用仄聲住脚，而「雖」字用平，「行」字、「云」字復用平，「不如」句二四字仍皆用平，乃覺「早」字之仄愈勁而愈圓矣。末四句出句皆用平脚，對句下三字用平仄平，及三平以揚之，而中間悲咽之調，至此胥歸和暢。古詩抑揚激宕之妙有如此。

蘇武《古詩》四首録三

「骨肉緣枝葉，結交亦相因。四海皆兄弟，誰爲行路人。第三字平乃健。況我連枝樹，與子同一身。第二字仄，最勁。昔爲鴛與鴦，平脚最起調。今爲參與辰。承上流轉之調，而以對待之句停頓之，音節入妙。昔者長相近，邈若胡與秦。惟念當乖離，恩情日以新。第二字平，第三字仄，音節轉極抑揚之妙，不以平仄合律爲嫌也。鹿鳴思野草，第二字平，亦換腔起調處。可以喻嘉賓。二句又入比喻，再爲停頓，極宛轉低徊之致。我有一尊酒，第三字仄，最勁。欲以贈遠人。願子留斟酌，叙此平生親。三平收調最健。」

「黄鵠一遠别，四仄句。千里顧徘徊。第三字仄。胡馬失其群，平脚，第三字仍仄。思心常依依。五平，第二字、第三字皆必須平聲方叶。○四句用扇對格作起，音節自相調劑。何況雙飛龍，第二字仍用仄，承上二聯出句第二字叠用仄聲之勢，一氣滚下，却用三平脚以振之。羽翼臨當乖。再用三平脚，聲調大暢。○上四句是興，此二句轉入題位，是比。幸有絃歌曲，可以喻中懷。黄鵠、胡馬尚知惜别，何況雙龍當臨乖之時，其中懷之徘徊依戀，寧可以言喻耶？上六句一氣相生，至此二句轉出，幸有歌曲可以喻之，停頓含蓄，乃音節頓挫處。請爲遊子吟，承上絃歌言之，第二字平，「遊子吟」用平仄平，乃音節提唱處。泠泠一何悲。第二字平。絲竹厲清聲，平脚。慷慨有餘哀。長歌正激烈，二平三仄句法。中心愴以摧。上聯第二字皆仄，此聯第二字皆平以揚之。欲展清商曲，念子不能歸。此句通篇歸宿，音節悲惋。俛仰内傷心，平脚。淚下不可揮。願爲雙黄鵠，第二字、第三字皆平。送子俱遠飛。平仄平住脚。」

「結髮爲夫妻，此使匈奴時别妻詩也。從結髮説起，便見性情之正。恩愛兩不疑。歡娱在今夕，燕婉及良時。征夫懷遠路，起視夜何其。參辰皆已没，去去從此辭。行役在戰場，相見未有期。握手一長嘆，淚爲生别滋。努力愛春華，平脚，提筆换調，最響。莫忘歡樂時。第二字平，尤暢。第三字必平。生當復來歸，平脚。死當長相思。第二字用叠字法收拾，通篇音節入妙。」此詩前半首音節委曲低徊，悽愴嗚咽，至「握手」二句，幾於氣結聲吞，不復能言。下文轉作寬慰，彌增沉痛。而「努力」句「春華」二字俱平，「莫忘」句「忘歡」二字復連用平，尤爲起調，使讀者至此頓覺悠揚激宕，有换羽移宫之妙，最爲音節入神處。「生當」二句回應首句結髮之義，生死兩層方結得盡。

李陵《與蘇武詩》三首録二

「良時不再至，二平三仄句。離别在須臾。屏營衢路側，第二字平。執手野踟蹰。仰視浮雲馳，第二字承第一句、第三句之平而變用仄，復用三平脚以提其氣，音節乃振得起。奄忽互相踰。風波一失所，二平三仄句。各在天一隅。第三字平，音節最響。長當從此別，且復立斯須。欲因晨風發，送子以賤軀。第四字仄，勁。」「仰視」句提起，「風波」二句聲調大暢，極慷慨悲歌之致，爲一篇結聚處。

「携手上河梁，平脚。遊子暮何之。徘徊平。蹊路側，悢悢音亮。不能辭。行人難久留，各言長相思。安知非日月，弦望自有時。努力崇明德，皓首以爲期。」首句「梁」字懸空高唱而入，中間「難久留」平仄平，及「各言」句四平聲，皆停蓄通篇之勢。「自有時」「自」字仄，其氣轉勁。

辛延年《羽林郎》

「昔有霍家奴，姓馮名平。子都。依倚將軍勢，調笑酒家胡。二句平仄合律，第二字皆仄，不粘。胡姬年十五，第二字平起調。春日獨當壚。二句平仄合律，粘。長裾連理帶，廣袖合歡襦。二句又合律，粘。對待之工，亦合律法。觀此則漢詩已開唐律先聲，不自齊梁矣。出句第二字與上二句不粘。頭上藍田玉，耳後大秦珠。又用對偶，第二字皆仄。兩鬟平。何窈窕，一世良所無。第三字平，音節乃健。一鬟平。五百萬，兩鬟千平。萬餘。此四句單行以疏其氣。古文古詩無不奇偶相間者，蓋一陰一陽之道，遞相乘除有如此。自唐律專尚嚴整，而古詩遂重單行矣。不意金吾子，第二字仄，換調領下。娉婷過我廬。銀鞍此字平，略爲停頓。何煜爚，翠蓋空踟躕。三平脚。就我求清酒，絲繩平。提玉壺。就我求珍肴，平脚。金盤平。鱠鯉魚。四句作扇對，較前對偶又變。貽我青銅鏡，結我紅羅裾。三平脚。上四句叠兩「我」字，此二句叠兩「我」字，一氣跌宕而下。不惜紅羅裂，何論輕平。賤軀。

二句又承上二句而跌宕之。男兒愛後婦，第二字平，承上六「我」字、一「惜」字疊排之勢而停蓄之，音節諧暢。女子重前夫。此二句一篇歸宿，意極嚴峻，音則和雅。人生有新故，貴賤不相踰。多謝金吾子，私愛徒區區。三平脚。」漢人五言詩有二種：《十九首》及蘇李，古詩派也。此詩及《陌上桑》、《焦仲卿妻》等作，樂府派也。學者當分別觀之。此詩音節流宕，句多合律，如《三百篇》之有《國風》，音節原與《雅》、《頌》不同，乃齊梁體之濫觴。郭茂倩所選樂府，博採廣收，可稱詳備，然其中出於樂工流傳，聲詞相混不可句讀者，已不少。前人取其不可解之句，生吞活剥，擬爲樂府，已見譏於後世矣。故兹録但取其可解者，附各體中論及之，不復另列樂府名目。

古辭《陌上桑》

「日出東南隅，照我秦氏樓。秦氏有好女，自名爲羅敷。羅敷善蠶桑，采桑城南隅。青絲爲籠系，桂枝爲籠鉤。疊爲字。頭上倭墮髻，耳中明月珠。緗綺爲下裙，紫綺爲上襦。連用三聯對偶句法，上下兩聯俱用疊字，中聯不疊，此三聯中之變化也。上聯疊用「爲」字，於「爲」字下疊「籠」字，下聯亦疊用「爲」字，却於「爲」字上疊「綺」字，此又上下兩聯之變化也。行者見羅敷，下擔捋髭鬚。少年見羅敷，脱帽着帩頭。又變用扇對之句，仍疊「見」字，承上文疊字之勢而排宕之。耕者忘其犁，鋤者忘其鋤。又用疊字對偶句法，「耕者」、「鋤者」承上行者一氣直下。來歸相怨怒，但坐觀羅敷。一解。○二句總束上六句。行者四句疊兩「見」字，「耕者」二句省却兩「見」字，此一「觀」字於行者四句爲回應，於「耕者」二句爲補點。使君從南來，五馬立踟躕。上解「行者」等句，皆襯筆也。此解「使君」，用重筆特提。使君再提「使君」。遣吏往，問是誰家姝。秦氏有好女，自名爲羅敷。羅敷年幾何，二十尚不足，十五頗有餘。三句押韻，是古詩參差變化處，玩之。使君三提「使君」，此筆法也。謝羅敷：寧可共載不。羅敷前致詞：使君一何愚。使君自有婦，羅敷自有夫。二解。○此解凡三提「使君」，作三層。第一層無問答，第二層兩問兩答，第三層一問一答。而第二層中「羅敷年幾何」一問藏却使君不叙，第三層中羅敷答詞却兩呼使君，與上三提使君處合而爲五，皆極古文錯綜參差之妙。即《易》所謂「參伍以變，錯綜其數」之義也。東方千餘騎，夫婿居上頭。承上解「自有夫」句而暢寫之。何用識夫婿，白馬從驪駒。青絲繫馬尾，黄金絡馬頭。寫夫婿先寫其馬，用疊字對偶句法。腰中鹿盧劍，可值千萬餘。再寫其劍，用單行句法。十五府小史，二十朝大夫。三十侍中郎，四十專城居。再寫其官閥，用一氣疊下句法。爲人潔白皙，第二字平聲提起。鬑鬑頗有鬚。再寫其貌，用單行句法。盈盈公府步，冉冉府中趨。再寫其舉止，用疊字對偶句法。「盈盈」、「冉冉」，連上「鬑鬑」，又成三疊法。坐中數千人，皆言夫婿殊。三解。○一「殊」字總結上文。○古詩之分幾解，猶《風》《雅》中之分幾章耳。」詩有古韻，如蕭、肴、豪、尤四韻皆收聲於烏字，故與魚、虞二韻通押。佳、灰二韻皆收聲於衣字，故與支、微、齊三韻通押。此詩韻用魚、虞、尤，《古詩十九首》「西北有高樓」篇、蘇武「黄鵠一遠别」篇韻用佳、灰、支、微、齊，皆合樂府收聲之法，所謂古韻也。考之《三百篇》，《下武》第二章求、孚爲韻，《江漢》首章浮、滔、遊、求、車、旟、舒、鋪爲韻，《葛覃》首章兮、萋、飛、喈爲韻，《南山有臺》首章臺、萊、基、期爲韻，足爲明徵。唐人詩尚多合者。自宋吴才老《韻補》出，創爲叶韻之説，而古韻遂失，俗韻日淆，竟謂真、文可以通庚、青矣，删、先可以通鹽、咸矣，何其謬矣。

魏王粲《七哀詩》

《韵語陽秋》：「痛而哀，義而哀，感而哀，怨而哀，耳目聞見而哀，口歎而哀，鼻酸而哀，謂之七哀。」吴兢《樂府古題要解》：「《七哀》起於漢末。」

「西京亂仄。無象，豺虎方平。遘患。「遘」與「構」同，古字通用。復棄中國去，委身適荆蠻。按粲以西京擾亂，去之荆州，依劉表，此詩其作於此時乎？親戚對我悲，平脚。朋友相追攀。三平。出門無所見，白骨蔽平原。路有飢婦人，平脚。抱子棄草間。顧聞號泣聲，揮涕獨不還。未知平。身死處，何能兩相完。第四字平，音節乃和。驅馬棄之去，第二字仄。不忍聽此言。南登灞陵岸，第二字用平，乃音節停蓄處，第四字平，更暢。回首望長安。悟彼下泉人，平脚。喟然傷心肝。第二字、第三字必平，乃收得住。」此種詩乃變雅之遺，沈約稱「仲宣灞岸之篇」，指此。少陵《新安吏》等篇所從出也。

曹植《贈白馬王彪》

「謁帝承明廬，逝將歸舊疆。平仄平。清晨發皇邑，日夕過首陽。《正韵》經過之過平聲，超過、過失之過去聲。伊洛廣且潔，欲濟川無梁。二仄三平句。汎舟越洪濤，怨彼東路長。顧瞻戀城闕，引領情内傷。」通首對句，第三字皆平，此唐人三平調所祖。

阮籍《詠懷》録二

「夜中不仄。能寐，起坐仄。彈鳴琴。三平。薄帷鑒仄。明月，清風平。吹我襟。平仄平。第二字平，第四字用仄乃健。孤鴻號外野，朔鳥鳴平。北林。徘徊將何見，憂思獨傷心。第三字仄，緣上三句第三字連用平聲，故此字用仄乃健。」「清風」句「風」字用平聲，調乃起，「我」字用仄，則以上三句第四字皆平。此字必仄，音節方響，不獨與本句「風」字相抑揚也。

「二妃遊江濱，逍遥順仄。風翔。交甫懷環珮，婉孌有芬芳。猗靡情歡愛，千載不相忘。傾城迷下蔡，容好結中腸。感激生憂思，萱草樹蘭房。膏沐爲誰施，其雨怨朝陽。如何金石交，一旦更離傷。」通首出句第三字皆平，對句第三字皆仄，律詩第三字平仄相乘之法，已開其端矣。而音節自古，可見三平調不足以盡古詩之變。但初學未諳音節，當先以三平爲式，未可率爾效顰耳。

晉左思《詠史》録二

「弱冠弄柔翰，卓犖觀群書。著論準《過秦》，作賦擬《子虚》。邊城苦鳴鏑，羽檄飛京都。雖非甲胄士，疇昔覽穰苴。長嘯激清風，志若無東吴。鉛刀貴一割，夢想騁良圖。左眄澄江湘，右盼定羌胡。功成不受爵，長揖歸田廬。」「邊城」句「城」字用平，係提筆，對句「飛京都」用三平脚，音調方起。「長嘯」句「風」字用平聲，調益振，對句用三平脚，更暢。「左眄」二句用叠字對偶句法，所以停蓄其氣。「澄江湘」三字平。「功成」句二平三仄。「長揖」句用三平脚，氣愈勁而節愈和矣。大抵詩之音節，隨氣之起落以爲抑揚。此詩首四句追溯弱冠之時，「邊城」二句忽提筆接入世事，下二句「甲胄士」即緊承「弄柔翰」作轉，「疇昔」即指「弱冠」之時，「覽穰苴」即從「觀群書」句伏根，氣之轉落，音節隨之，此「覽」字之所以用仄也。「長嘯」二句再用一揚，「鉛刀」二句再用一抑，末四句一氣相生，緊承「夢想」意以結之，收歸和暢，乃收得住。

「鬱鬱澗底松，離離山上苗。以彼徑寸莖，蔭此百尺條。世胄躡高位，英俊沉下僚。地勢使之然，由來非一朝。金張藉舊業，七葉珥漢貂。馮公豈不偉，白首不見招。」起四句義兼興比。首二句對起，首句「澗」字仄，「松」字平，次句「離」字平，「山」字平，音節和諧。第三句「徑」字仄，「莖」字平，第四句「此」字仄，「百」字仍仄，音節沉鬱。中四句接入正意。「躡」字仄，「沉」字平，承上沉鬱之氣，而盤旋之。「地勢」句「然」字用平，聲調乃振，下句「來」字、「非」字俱用平，音節大暢。「來」字必平者，以「胄」字、「俊」字、「勢」字疊連用仄之後，非此一平不能撑住也。末四句「張」字、「公」字用平以揚之，中間第三字連用四仄，一氣遞下作收，其氣轉勁，其節仍和。「地勢」二句最勁之筆，極響之調。

陶潛《飲酒》録一

「結廬在人境，而無車馬喧。問君何能爾，心遠地自偏。采菊上兩出句第二字皆平，此句第二字仄以變其節，如詞曲之有换頭。東籬下，悠然見南山。山氣日夕佳，平脚。飛鳥相與還。此中以平爲諧。有真意，欲辯已忘言。」

陶潛《讀山海經》

「孟夏草木長，遶屋樹扶疎。衆鳥欣有託，吾亦愛吾廬。既耕亦已種，上四句第二字皆仄，此句第二字必平，方叶。他詩亦有連用至六句八句者，皆因一氣排宕，如風馳電掣而下，故無乖音節。若此詩首四句一氣相承，至第四句已微頓，此句用提筆，另寫情事，則非平不諧矣。玩之。時還讀我書。窮巷隔深轍，頗迴故人車。歡言酌春酒，摘我園中蔬。微雨從東來，三平脚，最起調。好風與之俱。汎覽周王傳，流觀山海圖。俯仰終宇宙，不樂復何如。」陶公詩澹逸樸至，昔人比之琴聲。唐人王、孟、韋、柳俱從此出。緣其胸懷高澹，故其詩之音節亦肖之。聲音之道通於性情，不可誣也。

宋謝靈運《登池上樓》

「潛虯媚幽姿，飛鴻響遠音。薄霄愧雲浮，棲川怍淵沉。進德智所拙，第二字、第五字必仄，音節乃健。退耕力不任。狥祿反窮海，卧疴對空林。衾枕昧節候，褰帷暫窺臨。傾耳聆波瀾，舉目眺嶇嶔。初景革緒風，新陽改故陰。池塘生春草，園柳變鳴禽。祁祁傷豳歌，萋萋感楚吟。索居易永久，離群難處心。持操豈獨古，無悶徵在今。」起四句第三字皆仄，第二字皆平，出句又皆平脚，而無乖音節者，以四句皆用對峙相疊而下，有大氣以舉之也。「進德」句連用五仄，亦必然之勢，否則落調矣。「池塘」句「生」字用平，音節亦駘宕之至。康樂排偶漸多，已爲齊梁濫觴，觀此詩可見其槩。

唐陳子昂《感遇詩》録二

「吾愛鬼谷子，青谿無垢氛。囊括經世道，遺身在白雲。七雄平。方龍鬬，天下亂無君。浮榮不足貴，遵養晦時文。舒可彌宇宙，卷之不盈分。豈徒山木壽，空與麋鹿群。」此昌黎所云「國朝盛文章，子昂始高蹈」者。沈歸愚謂其追建安之風骨，變齊梁之綺靡，洵然。

「本爲貴公子，平生實愛才。感時思報國，拔劍起蒿萊。西馳丁零塞，北上單于臺。參用對偶句以蓄其氣。登山見千里，懷古心悠哉。誰言未忘禍，磨滅成塵埃。」

張九齡《感遇》

「西日下山隱，北風乘夕流。燕雀感昏旦，簷楹呼匹儔。鴻鵠雖自遠，哀音非所求。貴人平。棄疵賤，下士嘗殷憂。衆情累外物，恕己忘内修。感嘆長如此，使我心悠悠。」通篇對句，下三字皆用平仄平及三平，自是平韵中一種音節。初學古詩，先求别律，從此種顯然易曉者入手，亦行遠自邇，登高自卑之道也。

李白《古風》録二

「大雅久不作，吾衰竟誰陳。王風委蔓草，戰國多荆榛。二仄三平句。龍虎相啖食，兵戈逮狂秦。

正聲何微茫，四平句，振起聲調。哀怨起騷人。揚馬激頹波，開流蕩無垠。廢興雖萬變，憲章亦已淪。自從建安來，綺麗不足珍。聖代復元古，提筆第二字仄，健勁之至。垂衣貴清真。群才屬休明，乘運共躍鱗。文質相炳焕，衆星羅秋旻。我志在删述，垂輝映千春。希聖如有立，絶筆於獲麟。」太白仙才，其古詩出入漢魏六朝而不名一體。獨古風一卷，不矜才，不使氣，直逼漢人。學者當於神韻風骨中求之，不在一句一字平仄間也。

「莊周夢蝴蝶，蝴蝶爲莊周。一體更變易，萬事良悠悠。乃知蓬萊水，復作清淺流。青門種瓜人，平脚。舊日東陵侯。富貴固如此，營營何所求。」「青門」句「人」字用平，乃音節提唱處。通首對句第三字用平，與曲江「西日下山隱」一首同。

李白《下終南山過斛斯山人宿置酒》

「暮從碧山下，山月隨人歸。却顧所來徑，蒼蒼横翠微。相携及田家，平脚，略提。童穉開荆扉。緑竹入幽徑，青蘿拂行衣。歡言得所憩，美酒聊共揮。長歌吟松風，五平，音節却大暢。曲盡星河稀。第二字仄，再用三平脚，極諧。我醉君復樂，陶然共忘機。」大凡五平五仄之句，其音節固須合上下數句論定，亦須本句中自爲調劑。如仄有上去入，平有清濁之分，猶未盡也。其間牙舌唇齒喉之判，宫商角徵羽之異，以及開齊合撮之殊呼，苟調劑得宜，雖通首五平五仄，古人有五平五仄體。皆能無乖音節，況偶參一句二句乎？彼徒沾沾於平仄乘承者，未足以盡音節之藴也。

杜甫《同諸公登慈恩寺塔》

「高標跨蒼穹，烈風無時休。自非曠士懷，登兹翻百憂。方知象教力，足可追冥搜。仰穿龍蛇窟，始出枝撑幽。七星在北户，河漢聲西流。羲和鞭白日，少昊行清秋。秦山忽破碎，涇渭不可求。第三字變仄。俯視但一氣，第二字變仄，俱承上連用平聲之勢，而以勁峭行之。焉能平聲，暢。辨皇州。回首叫虞舜，第二字因上「俯視」句用仄之勢，亦用仄聲作提，健筆勁節，轉見沉鬱。蒼梧雲正愁。第二字第三字皆宜平。惜哉瑶池飲，日宴崑崙丘。黄鵠去不息，哀鳴何所投。君看隨陽雁，各有稻粱謀。」此少陵之古詩也，沉雄闊大，從蘇、李來，不從《十九首》來。

杜甫《新婚别》

「兔絲附蓬麻，引蔓故不長。嫁女與征夫，不如棄路旁。結髮爲君妻，席不煖君牀。暮婚晨告别，無乃太匆忙。君行雖不遠，守邊赴河陽。妾身未分明，何以拜姑嫜。父母養我時，日夜令我藏。生女有所歸，雞狗亦得將。君今往死地，自此以下，低徊宛轉，音節沉痛，筆有化機。沉痛迫中腸。誓欲隨君去，形勢反蒼黄。勿爲新婚念，努力事戎行。婦人在軍中，兵氣恐不揚。自嗟貧家女，久致羅襦裳。羅襦不復施，對君洗紅粧。仰視百鳥飛，大小必雙翔。人事多錯迕，與君永相望。樂府體，不嫌多壯句。」此少陵之樂府也，自創新題，神與古會，純乎漢魏遺響。

王維《送別》

「下馬飲君酒，問君何所之。君言不得意，歸卧南山陲。但去莫復問，白雲無盡時。」通首出句第三字皆仄，對句第三字皆平，與趙秋谷「三平」之説相符。大抵短古調貴健勁，對句第三字用平，取其健也。古詩中原有此一種音節，但不足以概音節之全耳。

常建《江上琴興》

「江上調玉琴，一絃清一心。泠泠七絃遍，萬木澄幽陰。能令江月白，又令江水深。始知桐枝，可以徽黃金。」

劉長卿《宿懷仁縣南湖寄東海荀處士》

「向夕斂微雨，晴開湖上天。離人正惆悵，新月愁嬋娟。佇立白沙曲，相思滄海邊。浮雲自來去，此意誰能傳。一水不相見，千峰隨客船。寒塘起孤雁，夜色分藍田。時復一回首，憶君如眼前。」以上三詩，三平之調備矣。初學先從此入，庶可漸造深微。又按秋谷《聲調譜》所引五古，亦不盡係三平，則以五言原與七言有別。其云兩句一聯中，斷不得與律詩相亂，則力嚴五古與齊梁體之辨，扶持風雅，亦有功於來學。○詩以聲爲用，故古詩所重，尤在音節。自秋谷《聲調譜》出，人皆知三平爲古調矣。而古詩有不盡三平者，且漢魏五言，不拘三平者尤多，於是矯之者遂有反律之説，以爲古者别於律而已，但使平仄與律詩相反，則可謂古詩矣。不知漢魏五言，句與律合者正復不少，六朝愈多，而自有天然一定之音節。若但執反律之説，是第作一平仄不諧律法之詩，遂可稱古詩矣，有是理乎？夫欲審音節，先辨體裁，體製不同，音節亦異。兹録分各體論其音節，非敢謂遂盡古詩之藴，庶徑途可循，不至體裁淆亂耳。

詩法易簡録卷二

東萊李鍈青萍著

五言古詩

仄韵法

漢無名氏《古詩十九首》録三

「青青河畔草，鬱鬱園中柳。盈盈樓上女，皎皎當牕牖。娥娥紅粉粧，纖纖出素手。三仄，最勁。昔爲倡家女，今爲蕩子婦。蕩子行不歸，必平。空牀難獨守。」前六句用疊字法，一氣趕下，而首四句第三字皆平，煞脚字皆仄，各句首二字以平平仄仄相間，忽於第五句煞脚字變用平聲，又於第六句首二字變用平平，與第五句首二字作雙平叠峙之勢，而「出素手」三仄，乃衝喉而出，音節響到二十分，亦勁到二十分。「昔爲」二句用對偶接，以停蓄之，急脉緩受，是何等節奏。「爲」字叠用平聲，最好。末二句出句用平仄平脚以排蕩之，對句第二字、第三字皆用平以和暢之，渢渢乎有餘音矣。

「青青陵上柏，首句入韵。磊磊澗中石。人生天地間，必平。忽如遠行客。斗酒用仄字勁峭，承上兩出句用平之勢，特變其節。相娱樂，叠一韵音節駘宕。聊厚不爲薄。驅車策用仄，勁。駑馬，游戲宛於袁切，音鴛。〇承上勁勢，用平以和其節。與洛。洛中何鬱鬱，第二字用平，乃提唱之筆，振起下半篇。冠帶自相索。長衢羅夾巷，王侯多第宅。兩宫遥相望，雙闕仄，勁。百餘尺。第三字必仄，乃健。極宴娱心意，戚戚何所迫。」「酒」字、「中」字一仄一平，尤爲通首關鍵。

「迢迢牽牛星，五平。皎皎河漢女。纖纖擢素手，二平三仄。札札弄機必平。杼。終日不成章，平脚。泣涕零如雨。河漢清且淺，第三字平，轉見筋節。相去復幾許。盈盈平。一水間，平脚。脉脉不得語。」與「青青河畔草」一首參看，可悟音節之變化矣。起句陡用五平，視「青青河畔草」之三平二仄，聲調已迥不侔。故雖亦用「皎皎」、「纖纖」等字叠注而下，而「擢素手」陡用三仄，「弄」字復用仄，其節甚勁。「終日」二句平仄與律詩合，而粘聯與律詩不合。其時並無律詩，而平仄自然合律，蓋必如此，音節乃得和婉，又必不合律粘，音節乃不入弱。其妙全在首四句，調本流走，而參以三仄之勁節。「終日」二句本用健筆束上，而參以律調之和婉，節拍乃能相叶。「相去」句、「脉脉」句又叠用四仄、五仄，陡然截住，氣格聲調十分矯健矣。「盈盈」句又與律合，其平仄乃一字不可易，蓋處四仄五仄句之間，必如此，方能和平其節，不至過厲也。○「青青河畔草」章雙叠字六句連用在前，此首亦用雙叠字六句，却截二句在後，遂成兩種氣格，兩種音節。○五言音節喫緊固在第三字，而其二四字調劑之妙，古人亦具有匠心。至其出句第二字、第五字，往往爲通篇音節提頓之處，如詞家所謂務頭，尤不可略也。平韵同。

無名氏《古詩三首》録一

「新樹蘭蕙葩，雜用杜蘅草。終朝采其華，第二字、第五字用平，最叶。日暮不盈抱。采之欲遺誰，平脚。所思在遠道。馨香易消歇，仄脚，勁。繁華會枯槁。悵望何所言，平脚。臨風送懷抱。」此詩對句下三字皆用仄平仄及三仄，其乘承抑揚，皆須於出句第三字、第五字玩味之。

班婕妤《怨歌行》

「新製一作裂。齊紈素，皎潔如霜雪。裁成平。合歡扇，團團似明月。出入君懷袖，動摇微風發。常恐秋節至，涼飇敓炎熱。棄捐平。篋笥中，必平脚。恩情中道絶。」通首對句第三字平仄相間，哀怨之情，和平之響。

阮籍《咏懷》録一

「天馬出西北，由來從東道。春秋非有託，富貴焉常保。清露被臯蘭，凝霜沾野草。朝爲媚少年，夕暮成醜老。自非王子晉，誰能常美好。」此又通首對句第三字皆用平，其乘承抑揚，亦須於出句三、五字及本句二、四字求之，又須合前後各聯，統觀其錯綜變化之妙。「清露」二句突然寫景，義兼興比，音節亦頓挫入妙。

晉張華《情詩》

「游目四野外，逍遥獨延佇。蘭蕙緣清渠，繁華蔭緑渚。佳人平聲提頓。不在兹，平脚。取此欲誰與。巢居知風寒，五平句。穴處識陰雨。二句突用比喻對偶，以振蕩其氣，音節入妙。不曾遠别離，平脚。安知慕儔侣。」通首對句下三字俱用仄平仄及三仄，與「新樹蘭蕙葩」一首同，而出句之乘承，各自變化，各成音節，可以參觀。

唐李白《古風》録二

「齊有倜儻生，魯連特高妙。明月出海底，一朝開光曜。却秦振英聲，後世仰末照。五仄。意輕千金贈，顧向平原笑。吾亦澹蕩人，拂衣可同調。此亦通首對句，第二句平仄相間。」其氣逸，其調高，無一字不響。沈歸愚云：「高唱入雲，如聞鸞嘯。」知言哉。

「鄭客西入關，平脚。行行未能已。白馬華山君，平脚。相逢平原里。平原當作平舒。《史記》：始皇三十六年，使者從關東夜過華陰平舒道。璧遺鎬池君，平脚。明年祖龍死。秦人相謂曰，仄脚，勁甚。吾屬可去矣。一往桃花源，平脚。千春隔流水。」「秦人」句「人」字用平，乃音節提起處。

杜甫《佳人》

「絶代有佳人，幽居在空谷。自云良家子，零落依草木。關中昔喪敗，兄弟遭殺戮。官高何足論，不得收骨肉。世情惡衰歇，萬事隨轉燭。夫婿輕薄兒，新人美如玉。合婚尚知時，平脚。鴛鴦不獨宿。但見新人笑，那聞舊人哭。在山泉水清，平脚。出山泉水濁。忽入比喻對偶句，氣則停蓄，調則高起，最妙。侍婢賣珠回，牽蘿補茅屋。摘花不插鬢，采柏動盈掬。天寒翠袖薄，日暮倚修竹。」「夫婿」句「婿」字用仄，「輕」字、「兒」字用平，「在山」句「山」字用平，皆音節轉换處。

孟浩然《夏日南亭懷辛大》

「山光忽西落，池月漸東上。散髮乘夜凉，開軒卧閒敞。荷風送香氣，竹露滴清響。第二字仄，最好。若用平聲，便與上句平仄相同，少抑揚之致矣。欲取鳴琴彈，三平脚，最諧。恨無知音賞。感此懷故人，平脚。中心勞夢想。合律句。」末句平仄合律，蓋律調柔和，仄韵詩易涉峭厲，其合律處，皆所以和其節而舒其氣也。

孟浩然《秋登萬山寄張五》

「北山白雲裏，隱者自怡悦。第二字仄。相望試登高，平脚。心隨雁飛滅。愁因薄暮起，興是清秋發。第三字必平。時見歸村人，平脚。平沙渡頭歇。天邊樹若薺，江畔洲如月。何當載酒來，平脚。共醉重陽節。」唐人五古，大篇如少陵《北征》、《咏懷》等作，皆不可不讀，然其音節亦不過附氣以行，前後乘承抑揚之法，皆可類推，無他秘也，故不備録。

詩法易簡録卷三

東萊李鍈青萍著

五言古詩

换韵法

漢無名氏《古詩十九首》録一

「行行重行行，重，柱用切，去聲。與平聲重疊之重，及上聲輕重之重，音義皆別。與君生别離。相去萬餘里，各在天一涯。道路阻且長，會面安可知。胡馬依北風，越鳥巢南枝。將换韵處，先用對偶句以停蓄之，最妙。相去日已遠，出句即换韵。衣帶日已緩。叠「日已」二字，氣機流走，承上停蓄之勢，跌宕入妙。浮雲必平。蔽白日，遊子不顧返。思君令人老，歲月忽已晚。棄捐勿復道，努力加餐飯。第三字、第四字必平，方叶。」此詩中間换韵處，如黄鐘大吕之後繼以刻羽流徵，節拍入神。然在今日，已成廣陵散矣。

無名氏《古詩一首》

「步出城東門，遥望江南路。前日風雪中，故人必平。從此去。我欲渡河水，河水深無梁。對句始换入韻，此五古不同於七古處。願爲雙黄鵠，高飛還故鄉。」

卓文君《白頭吟》

「皚如山上雪，皎若雲間月。聞君平。有兩意，故來相决絶。今日斗酒會，明旦溝水頭。換平韵。躞蹀御溝上，溝水東西流。二仄三平句。淒淒復淒淒，平又換平。嫁娶不須啼。願得一心人，白頭不相離。竹竿何嫋嫋，魚尾何簁簁。對偶句。男兒平。重意氣，何用錢刀爲。」常熟馮書五云：「五古換韵與七古不同，萬不宜用律聯也。」

蔡邕《飲馬長城窟行》

「青青河邊草，綿綿思遠道。兩句一韵。遠道不可思，換平韵。○「遠道」二字即承上句叠下，已開齊梁先聲。《西洲曲》本此。宿昔夢見之。《廣雅》：昔，夜也。夢見在我旁，又換平。忽覺在他鄉。他鄉各異縣，換仄韵。展轉不可見。枯桑知天風，不入韵。海水知天寒。換平韵。入門平。各自媚，誰肯相爲言。客從遠方來，遺我雙鯉魚。平又換平。呼童烹鯉魚，叠一韵。中有尺素書。長跪讀素書，又叠一韵。書中竟何如。上有加餐食，換仄。下有長相憶。」此詩音節妙絶古今，化工之筆，神來之候，在漢人中亦不多見。前八句句句用韵，兩句一換，急拍促節，如貫珠而下。「枯桑」二句忽用對偶，排蕩停頓，變爲四句一換，最得急來緩受之訣，節拍入妙。「呼童烹鯉魚」以下，句句用韵，既變四句一換之調，又與前八句兩句一換之調不相複。尤妙在「魚」字、「書」字韻皆叠用，更覺跌宕有神。結二句忽换一韻，陡然截住，與起八句相應。此等音節具有化機，最宜諷詠。余嘗謂音節有在，用韻者觀此詩，益見。

古辭《古詩爲焦仲卿妻作》并序

「漢末建安中，廬江府小吏焦仲卿妻劉氏爲仲卿母所遣，自誓不嫁。其家逼之，乃投水而死。仲卿聞之，亦自縊於庭樹。時人傷之，爲詩云爾。」

「孔雀東南飛，五里一徘徊。十三平。能織素，十四學裁衣。十五彈箜篌，十六誦詩書。十七爲君婦，心中必平。常平。苦悲。君既爲府吏，守節情平。不移。賤妾留空房，三平。相見常平。日稀。雞鳴入機織，夜夜不得息。五仄，於平韻中忽换入仄韻二句，音節却自古質。三日斷五疋，大人故嫌遲。非爲織作遲，叠一韻。君家婦難爲。妾不堪驅使，徒留無所施。便可白公姥，及時相遣歸。府吏得聞之，平。堂上啓阿母：换仄韻。兒已薄禄相，幸復得此婦。結髮同枕席，黄泉共爲友。共事二三年，始爾未爲久。女行無偏斜，平。何意致不厚。阿母謂府吏：何乃太區區。换平韻。此婦無禮節，舉動自專由。吾意久懷忿，汝豈得自由。東家有賢女，自名秦羅敷。可憐體無比，阿母爲汝求。便可速遣之，遣去慎莫留。以上三段，因三人語分爲三韻，此换韻之最清顯者。又有韻則連上，而意則已轉，然後復换韻者，又有合數人語爲一韻者，初無定格也。首段平韻，中忽攙入仄韻二句，蓋自叙苦情，到最苦處，不覺氣咽聲悲，而音節亦爲之一變。聲音之道，通於性情，即此可見一斑。府吏長跪告：伏惟啓阿母。换仄韻。今若遣此婦，終老不復取。阿母得聞之，椎牀便大怒：小子無所畏，何敢助婦語。吾已失恩義，會不相從許。府吏默無聲，平。再拜還入户。舉言謂新婦，哽咽不能語。我自不驅卿，逼迫有阿母。卿但暫還家，吾今且報府。「報」讀爲「赴」，見《禮記》鄭注。不久當歸還，還必相迎取。以此下心意，慎勿違我語。新婦謂府吏：忽復重紛紜。換平韵。換韵處聲調氣味皆爲之一變。往昔初陽歲，謝家來貴門。奉事循公姥，進止敢自專。晝夜勤作息，伶俜縈苦辛。謂言無罪過，供養卒大恩。仍更被驅遣，何言復來還。妾有繡腰襦，葳蕤自生光。又換平。紅羅複斗帳，四角垂香囊。箱簾六七十，緑碧青絲繩。物物各自異，種種在其中。陽、蒸、東，古韵，宫與變宫通押也。人賤物亦鄙，不足迎後人。又換平。留待作遺施，於今無會因。時時爲安慰，久久莫相忘。二句叙府吏聞新婦語，無言可答，惟有時時安慰之，囑其久久莫相忘耳。補出一夜中情事，以束住上段。又換平韵，義則束上，韵却起下。雞鳴外欲曙，新婦起嚴粧。著我繡裌裙，事事四五通。足下躡絲履，頭上玳瑁光。腰若流紈素，耳著明月璫。指如削葱根，口如含珠丹。「根」、「丹」自爲一韵，横亘於中間，韵法最古。纖纖作細步，精妙世無雙。此段細寫裝束容止，自《衛風·碩人》章脱胎。上堂拜阿母，阿母怒不止。換仄韵。昔作女兒時，生小出野里。述新婦語，蒙上拜阿母句，而下省却新婦謝阿母句。本自無教訓，兼愧貴家子。受母錢帛多，不堪母驅使。今日還家去，念母勞家裏。却與小姑別，淚落連珠子。二句韵則承上，義則起下。新婦初來時，三平脚。小姑平。始扶牀。換平韵。今日被驅遣，小姑如我長。勤心養公姥，好自相扶將。初七及下九，嬉戲莫相忘。此段身已將去，而心猶戀母，不背忠臣去國心事，温厚悱惻，此詩教之所以尊也。唐人襲其詞，而結以「回頭語小姑，莫嫁如兄夫」，厚薄天淵矣。出門登車去，涕落百餘行。府吏馬在前，新婦車在後。換仄韵。隱隱何甸甸，俱會大道口。下馬入車中，低頭共耳語：誓不相隔卿，且暫還家去。吾今且赴府。單句叠一韵。不久當還歸，誓天不相負。新婦謂府吏：感君區區懷。述新婦語，又换平韵，音節頓覺和暢，機調又爲之一變。君既若見録，不久望君來。君當作磐石，妾當作蒲葦。蒲葦紉如絲，磐石無轉移。忽入比體，詩中神境。「絲」字叠入一韵，音節亦劇佳。我有親父兄，性行暴如雷。恐不任我意，逆以煎我懷。舉手長勞勞，二情同依依。入門平。上家堂，平。進退無顔儀。阿母大拊掌：不圖子自歸。十三教汝織，十四能裁衣。十五彈箜篌，十六知禮儀。十七遣汝嫁，謂言無誓違。汝今何罪過，不迎而自歸？蘭芝慚阿母：蘭芝，仲卿妻名也。兒實無罪過，阿母大悲摧。三句始押韵，漢人後不概見。還家十餘日，縣令遣媒來。云有第三郎，窈窕世無雙。「郎」、「雙」自爲一韵。年始十八九，便言多令才。阿母謂阿女：汝可去應之。阿女含淚答：蘭芝初還時。府吏見丁寧，結誓不别離。今日違情義，恐此事非奇。自可斷來信，徐徐更謂之。阿母白媒人：單句换韵。貧賤有此女，始適還家門。不堪吏人婦，豈合令郎君。幸可廣問訊，不得便相許。「許」字與上下不叶韵，是無韵之句，後人亦不概見。媒人去數日，尋遣丞請還。説有蘭家女，承籍有宦官。云有第五郎，嬌逸未有婚。遣丞爲媒人，主簿通語言。直説太守家，有此令郎君。既欲結大義，故遣來貴門。遣丞請者，縣令請於太守也。「説有」四句，請之之詞也。遣丞爲媒，主簿通語者，太守遣之也。「直説」四句，即以太守遣之之詞作叙事之筆。漢人而後，此種筆法不易見矣。阿母謝媒人：女子先有誓，老姥豈敢言。阿兄得聞之，悵然心中煩。舉言謂阿妹：作計何不量。不叶韵之句。先嫁得府吏，後嫁得郎君。否泰如天地，足以榮汝身。不嫁義郎體，其往欲何云？蘭芝仰頭答：理實如兄言。謝家事夫婿，中道還兄門。處分適兄意，那得自任專。雖與府吏要，渠會永無緣。登即相許和，便可作婚姻。媒人下牀去，諾諾復爾爾。「支」、「爾」自爲一韵，皆收喉音也。還部白府君：復續上韵。下官奉使命，言談大有緣。府君得聞之，心中大歡喜。換仄韵。視曆復開書，便利此月内。六合正相應，良吉三十日。又換仄。今已二十七。單句叠一韵。卿可去成婚。交語速裝束，絡繹如浮雲。單句換平韵。青雀白鵠舫，四角龍子幡。婀娜隨風轉，金車玉作輪。躑躅青驄馬，流蘇金鏤鞍。齎錢三百萬，皆用青絲穿。雜綵三百匹，交廣市鮭珍。從人四五百，鬱鬱登郡門。阿母謂阿女：單句換韵。適得府君書，明日來迎汝。何不作衣裳，莫令事不舉。阿女默無聲，手巾掩口啼，淚落便如瀉。三句換韵。移我琉璃榻，出置前牕下。左手持刀尺，右手執綾羅。「羅」字與「啼」字古韵亦可通，但相隔遠，似難相叶。朝成繡裌裙，晚成單羅衫。「衫」字上下俱無可叶，以上四句不叶韵，闕如可也。晻晻日欲暝，愁思出門啼。「啼」字換韵，與下「歸」、「哀」、「來」相叶，古韵相通，皆收聲於衣字也。府吏聞此變，因求假暫歸。未至二三里，摧藏馬悲哀。新婦識馬聲，躡履相逢迎。二句自爲一韵。悵然遥相望，知是故人來。舉手拍馬鞍，嗟歎使心傷：換韵。自君别我後，人事不可量。果不如先願，又非君所詳。我有親父母，逼迫兼弟兄。以我應他人，君還何所望。府吏謂新婦：賀卿得高遷。換韵。磐石方且厚，可以卒千年。蒲葦一時紉，便作旦夕間。卿當日勝貴，吾獨向黄泉。新婦謂府吏：何意出此言。同是被逼迫，君爾妾亦然。黄泉下相見，勿違今日言。執手分道去，各各還家門。生人作死别，恨恨那可論。念與世間辭，千萬不復全。府吏還家去，上堂拜阿母：今日大風寒。寒風摧樹木，嚴霜結庭蘭。兒今日冥冥，令母在後單。故作不良計，勿復怨鬼神。命如南山石，四體康且直。二句換仄韻，如聞嗚咽之聲。阿母得聞之，零淚應聲落：汝是大家子，仕宦於臺閣。慎勿爲婦死，貴賤情何薄。東家有賢女，窈窕艷城郭。阿母爲汝求，便復在旦夕。府吏再拜還，長歎空房中，作計乃爾立。三句始押韻。轉頭向户裏，漸見愁煎迫。其日牛馬嘶，新婦入青廬。換韻。奄奄黄昏後，寂寂人定初。我命絶今日，魂去尸長留。魚、虞、尤通，皆收聲於烏字也。攬裙脱絲履，舉身赴清池。換韻。府吏聞此事，心知長別離。徘徊顧樹下，自掛東南枝。兩家求合葬，合葬華山傍。又換平。東西植松柏，左右種梧桐。枝枝相覆蓋，葉葉相交通。中有雙飛鳥，自名爲鴛鴦。仰頭相向鳴，夜夜達五更。行人駐足聽，寡婦起彷徨。多謝後世人，戒之慎勿忘。」以作史之才，兼風人之義，摹寫數人，語言、舉止無不逼肖，可謂筆有化工，千秋絶調矣。

魏甄后《塘上行》

「蒲生我池中，其葉何離離。傍能行仁義，《説文》：傍，近也。莫若妾自知。衆口鑠黄金，使君生別離。念君去我時，連押一韻，提頓跌宕。獨愁常苦悲。想見君顔色，感結傷心脾。念君常苦悲，兩「念君」字作對峙。夜夜不能寐。換仄韻，「寐」字韻下「愛」、「薤」、「蒯」係寘，與卦、隊通，並收聲於衣字去聲，古韻如此，乃樂府收聲之法也。莫以豪賢故，棄捐素所愛。莫以魚肉賤，棄捐葱與薤。莫以麻枲賤，棄捐菅與蒯。疊用三「莫以」、三「棄捐」，一氣排宕而下。出亦復苦愁，換平韻。入亦復苦愁。承上三疊，排宕之勢，而以對偶疊字句停蓄之。且「愁」字疊韵，倍覺流宕，與上三疊勢相貫注。邊地多悲風，平脚，調暢。樹木何翛翛。從軍致獨樂，延年壽千秋。」

繁欽《定情詩》

「我出東門遊，邂逅承清塵。思君即幽房，侍寢執衣巾。時無桑中契，迫此路側人。我既媚君姿，君亦悦我顔。何以致拳拳？綰臂雙金環。何以致殷勤？約指一雙銀。何以致區區？耳中雙明珠。何以致叩叩？香囊繫肘後。何以致契闊？繞腕雙跳脱。何以結恩情？美玉綴羅纓。何以結中心？素縷連雙鍼。何以結相於？金薄畫搔頭。何以慰别離？耳後玳瑁釵。何以答歡欣？紈素三條裙。何以結愁悲？白絹雙中衣。連用十「何以」字，一氣排宕而下。句句用韵，兩句一换，機勢流走極矣。下用四「與我期何所」句，作四段排偶以停蓄之，氣乃厚，機乃暢，前後音節始能相稱。與我期何所？乃期東山隅。日旰兮不來，谷風吹我襦。遠望無所見，涕泣起踟蹰。與我期何所？乃期山南陽。日中兮不來，飄風吹我裳。逍遥莫誰覩，望君愁我腸。與我期何所？乃期西山側。日夕兮不來，躑躅長歎息。遠望涼風至，俯仰正衣服。與我期何所？乃期山北岑。日暮兮不來，淒風吹我襟。望君不能坐，悲苦愁我心。四段中四「兮」字句，頓宕有致，疊四「不來」字，亦有力。皆與上十一何以音節相應。愛身以何爲？惜我華色時。以下皆自道其悔恨之意。中情既欵欵，此句收足十一「何以」一段。然後克密期。此下收足四「與我期」四段。褰衣躡茂草，謂君不我欺。厠此醜陋質，徙倚欲何之。自傷失所欲，淚下如連絲。」

晉劉琨《扶風歌》

「朝發廣莫門，暮宿丹水山。左手彎繁弱，右手揮龍淵。顧瞻望宮闕，俛仰御飛軒。據鞍長歎息，淚下如流泉。繫馬長松下，發鞍高岳頭。平換平。烈烈悲風起，泠泠澗水流。揮手長相謝，哽咽不能言。又換平。浮雲爲我結，歸鳥爲我旋。去家日已遠，安知存與亡。三換平。○連首段凡四用平韻。慷慨窮林中，抱膝獨摧藏。麋鹿游我前，猿猴戲我側。換仄韻。資糧既乏盡，薇蕨安可食。攬轡命徒旅，吟嘯絶巖中。換平韻。君子道微矣，夫子固有窮。惟昔李騫期，按「騫」與愆通。寄在匈奴庭。又換平。忠信反獲罪，漢武不見明。我欲竟此曲，此曲悲且長。三換平。棄置勿重陳，重陳令心傷。」此詩通首换韻處俱在對句，與中郎《飲馬長城窟》等作截然兩種音節。五古换韻中有此二種，須辨之。

宋鮑照《代東門行》

「傷禽惡弦驚，倦客惡離聲。離聲斷客情，首二字叠上句。賓御皆涕零。句句用韻，聲情駘宕。涕零心斷絶，換仄韻，首二字叠上句。將去復還訣。一息不相知，何况異鄉别。遥遥征駕遠，仄又換仄。杳杳白日晚。居人掩閨卧，行子夜中飯。野風吹草木，行子心腸斷。食梅常苦酸，換平韻。衣葛常苦寒。忽入比喻，詩中神境。絲竹徒滿坐，憂人不解顔。長歌欲自慰，彌起長恨端。」

唐李白《妾薄命》

「漢帝寵阿嬌，貯之黄金屋。咳唾落九天，隨風生珠玉。寵極愛還歇，妒深情却疎。換平韻。長門一步地，不肯暫回車。雨落不上天，水覆難再收。又换平，突用比體，音節駘宕。君情與妾意，各自東西流。昔日芙蓉花，今成斷根草。換仄韻，再用比體，却與上不相複，而倍見摇曳。以色事他人，能得幾時好。」此詩换韻俱在對句，與劉越石《扶風歌》同，而音節駘宕，自是謫仙人本色。

李白《長干行》

「妾髮初覆額，折花門前劇。郎騎竹馬來，兩句後即换韻。遶牀弄青梅。同居長干里，兩小無嫌猜。十四爲君婦，羞顔未嘗開。低頭向暗壁，千唤不一回。十五始展眉，願同塵與灰。常存抱柱信，豈上望夫臺。十六君遠行，瞿塘灧澦堆。五月不可觸，猿聲天上哀。門前遲行跡，一一生緑苔。苔深不能掃，换仄韻。落葉秋風早。八月蝴蝶黄，雙飛西園草。感此傷妾心，坐愁紅顔老。早晚下三巴，换平韻。預將書報家。相迎不道遠，直至長風沙。」此詩音節深得漢人樂府之遺，當熟玩之。

杜甫《石壕吏》

「暮投石壕村，有吏夜捉人。老翁踰牆走，老婦出門看。「村」、「人」、「看」係元、真、寒三韻，同收舌齒音，古韵相通，非有誤也。吏呼一何怒，换仄韵。婦啼一何苦。聽婦前致詞：下文皆述老婦之言。三男鄴城戍。一男附書至，又换仄。二男新戰死。存者且偷生，死者長已矣。室中更無人，换平韵。惟有乳下孫。孫有母未去，出入無完裙。老嫗力雖衰，又换平。請從吏夜歸。急應河陽役，猶得備晨炊。老婦之言止此。夜久語聲絶，换仄韵。如聞泣幽咽。天明登前途，平脚。獨與老翁别。第三字仄，勁。」少陵詩與太白同出漢魏，兼涉六朝，而一則超逸，一則沉鬱，聲情各别，非可徒求之平仄字句間也。

齊梁體

馮鈍吟云：「齊永明之代，王元長、沈休文、謝玄暉等始創聲病之論，一時文體驟變，文字皆避八病。一簡之内，音韵不同；二韵之間，輕重悉異。齊代短祚，王元長、謝玄暉皆没於當代，沈休文、何仲言、吴叔庠、劉孝綽皆一時名人，並入梁朝，故聲病之格通言齊梁。」按：齊梁體爲唐律所自出，乃由古入律之間，既異古調，又未成律，故别爲一格。唐白香山集有「格詩」，李義山、温飛卿集皆有「齊梁格詩」，皆此體也。其詩有平仄而乏粘聯，其句中調叶平仄亦在疎密之間。秋谷《聲調譜》有「齊梁體」，所列乃唐人詩。兹録直取齊梁人詩，約論之，俾學者得窺源委焉。

以下平韵。

齊謝朓《暫使下都夜發新林至京邑贈西府同僚》

「大江流日夜，律句。客心悲未央。徒念關山近，終知返路長。律聯。秋河曙耿耿，寒渚夜蒼蒼。律聯。引領見京室，宫雉正相望。金波麗鳷鵲，玉繩低建章。驅車鼎門外，思見昭丘陽。參以三平。馳暉不可接，何況隔兩鄉。風雲有鳥路，江漢限無梁。律聯。常恐鷹隼擊，時菊委嚴霜。寄言罻羅者，寥廓已高翔。律句。」按，齊梁體雖創於沈、謝，然實權輿於潘、陸，橐籥於顔、謝靈運也。善乎胡應麟之言曰：「晉宋之交，古今詩道升降之大限乎？士衡、安仁一變，而排偶開矣。靈運、延年再變，而排偶盛矣。玄暉三變，而排偶愈工，淳朴愈散，漢道盡矣。」玄暉此詩，音節雖變魏晉，而氣象闊大，非齊梁諸家專工綺靡者所可及。太白所謂「中間小謝又清發」，洵非虚語。

謝朓《新亭渚别范零陵雲》

「洞庭張樂地，律句。瀟湘帝子遊。律句，不粘。雲去蒼梧野，律句，不粘。水還江漢流。停驂我悵望，輟棹子夷猶。律聯。廣平聽方籍，不粘。茂陵將見求。心事俱已矣，不粘。江上徒離憂。三平脚。」

梁庾肩吾《和望月》

「桂殿月偏來，留光引上才。律聯。圓隨漢東蚌，拗律句。暈逐淮南灰。三平。渡河光不濕，律句，不粘。移輪轍詎開。此夜臨清景，律句。還承終宴杯。」

隋薛道衡《昔昔鹽》

「垂柳覆金堤，䕷蕪葉復齊。水溢芙蓉沼，不粘。花飛桃李蹊。採桑秦氏女，織錦竇家妻。關河别蕩子，不粘。風月守空閨。恒斂千金笑，長垂雙玉啼。第三字平。盤龍隨鏡隱，彩鳳逐幃低。飛魂同夜鵲，不粘。倦寢憶晨雞。暗牖懸蛛網，空梁落燕泥。前年過代北，今歲往遼西。一去無消息，那能惜馬蹄。」直是一首唐人長律，特粘聯及第三字有未盡合耳。然風韻色澤，在六朝艷體中自是擅場，非唐人香奩體所能遽及。學者亦當於風韻色澤中求之，非但作一不粘之律詩，遂可名齊梁體也。

以下仄韵。

齊王融《巫山高》

「想像巫山高，薄暮陽臺曲。律句。烟霞乍舒卷，拗律句，不粘。蘅芳自斷續。非偶句。彼美如可期，寤言紛在矚。憮然坐相思，秋風下庭緑。拗律句。」

梁沈約《傷謝朓》

「吏部信才傑，文峰振奇響。調與金石諧，思逐風雲上。律句。豈意凌霜質，忽隨人事往。尺璧爾何冤，律句，不粘。一旦同丘壤。律句，不粘。」

北周庾信《對酒歌》

「春水望桃花，律句。春洲藉芳杜。拗律句。琴從緑珠借，拗律句。酒就文君取。律句。牽馬向渭橋，日曝山頭哺。律句，不粘。山簡接羅倒，王戎如意舞。律句。筝鳴金谷園，第三字平。笛韵平陽塢。律句。人生一百年，律句，不粘。歡笑惟三五。律句。何處覓錢刀，律句，粘。求爲洛陽賈。第三字仄。」

以下换韵。

梁武帝《西洲曲》

「憶梅下西洲，折梅寄江北。單衫杏子紅，雙鬢鴉雛色。西洲在何處，仄换仄韵。兩槳橋頭渡。日暮伯勞飛，風吹烏臼樹。樹下即門前，换平韵。門中露翠鈿。開門郎不至，出門採紅蓮。採蓮南塘秋，又换平。蓮花過人頭。低頭弄蓮子，换仄韵。蓮子青如水。置蓮懷袖中，换平韵，上兩韵兩句一换，緊拍促節，妙甚。蓮心徹底紅。憶郎郎不至，仰首望飛鴻。仍變爲四句一换，音節諧暢。飛鴻滿西洲，又换平。望郎上青樓。樓高望不見，盡日欄干頭。欄干十二曲，换仄韵。垂手明如玉。卷簾天自高，海水摇空緑。海水夢悠悠，换平。君愁我亦愁。南風知我意，吹夢到西洲。」此詩《樂府》作古辭，《玉臺新咏》作江淹，王漁洋《詩話》定以爲梁蕭衍作，沈歸愚《古詩源》亦定爲蕭衍，今從之。○中多律句，且有連四句純律者，音節駘宕入妙，本漢魏樂府之遺，而更加以流麗。其换韵處，即叠上字而下，實爲初唐四傑先聲。

隋薛道衡《敬酬楊僕射山齋獨坐》

「相望山河近，律句。相思朝夕勞。龍門竹箭急，華岳蓮花高。岳高障重叠，換仄韵，首二字叠上。鳥道風烟接。遥原樹若薺，遠水舟如葉。葉舟旦旦浮，換平韵，首二字叠上。驚波夜夜流。露寒洲渚白，月冷函關秋。秋夜清風發，換仄韵，「秋」字叠上。彈琴即鑑月。雖非莊舄歌，吟咏常思越。」四句一韵，平仄相間，合前首觀之，可得其概矣。

詩法易簡録卷四

東萊李鍈青萍著

七言古詩

五言古體，已備於漢。七言古體，漢以前多係僞託，不足著録。《垓下》、《大風》，僅導其源，武帝《柏梁》，始成鉅製。魏晉因之，皆句句用韵。至宋鮑參軍，始有出句不用韵之體。洎乎唐人，七言日盛，諸體咸備，故兹録以唐爲宗。

平韵法

漢鐃歌曲《臨高臺》

《古今樂録》：漢《鼓吹鐃歌》十八曲，十六曰《臨高臺》。

「臨高臺以軒，五字句起。下有清水清且寒。第五字平。江有香草目以蘭，黄鵠高飛平聲，音節最暢。離哉翻。關弓射鵠，四字句，不入韵。令我主壽萬年。六字句，音節最古。收中吾。劉履曰：「篇末『收中吾』三字，其義未詳，疑曲調之餘聲，如《樂録》所謂『羊無夷』、『伊那何』之類。」此漢樂府也。「江有香草」二句，天然古調，可爲楷則，當於神韵中學之。「關弓」句不入韵，且參以五字等句，與柏梁體不同，故録之。

宋鮑照《擬行路難》録三

「奉君金巵之美酒，仄脚。瑇瑁玉匣之雕琴，三平脚，第四字仄。七綵芙蓉之羽帳，仄脚。九華蒲萄之錦衾。四「之」字一氣叠下。紅顔零落歲將暮，第二字必平，承上一氣叠下之勢，非此一平聲字停蓄不住。第五字仄，亦最健勁。寒光宛轉時欲沉。願君裁悲且減思，第二字、第四字平，音節方暢，第五字仄，亦響。「思」，去聲。聽我抵節行路吟。不見柏梁銅爵上，仄脚。寧聞古時清吹去聲。音。」七古平韵出句皆用仄脚，對句第五字皆用平，始於參軍此首，遂開昌黎平韵七古諸大篇之先聲。

「洛陽名工鑄爲金博山，九字句。千斲復萬鏤。五字句，不入韵。上刻秦女攜手仙，第五字平。承君必平。清夜之歡娱。平脚，調暢。列置幃裏明燭前，外發龍鱗之丹綵，内含麝芬之紫烟。二「之」字句横亘中間，氣勢排奡。如今君心一朝異，對此長歎終百年。」此於七言中參以長短句，音節與通首皆七字句者不盡同，玩之。

「愁思忽而至，跨馬出北門。舉頭四顧望，但見松柏園。連用五字句。荆棘鬱蹲蹲，又用五字句叠入一韵。中有一鳥名杜鵑，言是古時蜀帝魂。連上共叠入三韵。聲音哀苦鳴不息，第二字必平。羽毛憔悴似人髡。飛走樹間啄蟲蟻，豈憶往日天子尊。念此死生變化非常理，九字句。中心必平。惻愴不能言。」凡詩參以短句則音節矯健，參以長句則音節舒暢，叠入數韵則音節駘宕，與通首皆七字句者當分别觀之。此詩對句第五字不皆用平，以此。

唐李白《江上吟》

「木蘭之枻沙棠舟，三平脚。玉簫金管坐兩頭。第五字仄，第四、第六字復皆用仄，則别於律句矣。美酒尊中置千斛，第五字仄，便勁。載妓隨波任去留。合律句，音節流宕矣。故下叠用排偶句以停蓄之。仙人必平，乃提得起。有待乘黄鶴，海客無心隨白鷗。第五字必平。屈平詞賦懸日月，第六字仄。楚王臺榭空山丘。三平脚。興酣落筆摇五嶽，詩成笑傲凌滄洲。三平脚。功名富貴若長在，第五字仄收，勒全篇，健勁之至。漢水亦應西北流。第四字必平，第五字必平，第六字必仄，皆從上趕來。一定不移之節。」起四句夷猶和婉，中六句停蓄排蕩，結二句力挽千鈞，氣勁調響，皆節拍自然入妙處。

杜甫《麗人行》

「三月三日天氣新，長安水邊多麗人。態濃意遠淑且真，肌理細膩骨肉勻。繡羅衣裳照暮春，蹙金孔雀銀麒麟。以上六句皆押韵，故三四五句第五字皆用仄以變動之，此句必須用三平脚鎮住，方放出下文。兩五字句不用韵，摇曳之勢。頭上何所有，參以五字句，不用韵。翠微匐葉垂鬢脣。第二字、第五字必平。背後何所見，與上五字句對峙叠下。珠壓腰衱穩稱身。就中雲幕椒房親，此句必須入韵，音節方諧。賜名大國虢與秦。紫駞之峰出翠釜，水精之盤行素鱗。用兩「之」字句以疏宕其氣。犀箸饜飫久未下，鸞刀縷切空紛綸。連兩聯出句皆不入韵，皆所以變動疏通其氣也。黄門飛鞚不動塵，再叠入韵，音節駘宕。以下句句用韵，與起六句相應。御厨絡繹送八珍。簫管哀吟感鬼神，賓從雜遝實要津。後來鞍馬何逡巡，第二字必平，乃音節提唱處，第五字必平，乃音節和暢處。當軒下馬立錦茵。楊花雪落覆白蘋，青鳥飛去銜紅巾。忽入比體，作對偶句，音節入妙。炙手可熱勢絶倫，慎莫近前丞相嗔。第四、第五字必平。」此詩「就中雲幕」句必須用韵者，承上二聯兩五字句排宕之勢而頓挫之也，且與前後句用韵處相映帶。學者須合通首音節，得其拍合之妙，乃爲真詮，有定法而無死法也，若執一則固矣。餘倣此。

杜甫《哀王孫》

「長安城頭頭白烏，夜飛延秋門上呼。又向人家啄大屋，屋底達官走避胡。上句第二字仄，其勢直下，此句第五字仄，音節轉勁，第四字必平。金鞭此字必平。斷折九馬死，第四字仄，勁甚。骨肉不待同馳驅。三平脚，第四字必仄。腰下寶玦青珊瑚，叠入一韵。可憐王孫泣路隅。五六字仄，因上句叠入一韵故也。餘可類推。問之不肯道姓名，平脚。但道困苦乞爲奴。已經百日竄荆棘，身上無有完肌膚。三平脚。高帝子孫盡隆準，第四字以平見叶。龍種自與常人殊。豺狼平。在邑龍在野，第五字平聲以和轉其節。王孫善保千金軀。三平脚，健。不敢長語臨交衢，叠入一韵，與上「瑚」字叠韵，皆係節拍提唱處。且爲王孫立斯須。昨夜東風吹血腥，平脚。東來槖駞滿舊都。朔方健兒好身手，第五字仄，勁。昔何勇鋭今何愚。竊聞平聲提起。天子已傳位，聖德北服南單于。三平脚。花門剺面請雪耻，慎勿出口他人狙。四句全用正調，音節和暢之至。哀哉王孫慎勿疎，再叠入一韵，五六字用仄，以收勒上兩叠韵提轉之勢，音節沉鬱入妙。五陵佳氣無時無。以三平正調結，諧暢之中別饒餘韵。」此雖不參以長短句，然出句有叠入韵，及用平脚處，已與出句皆仄脚者不同矣。

杜甫《冬狩行》

「君不見東川節度兵馬雄，校獵亦似觀成功。起用十字句，便有一往奔放之勢。通篇音節俱從此句領起。夜發猛士三千人，平脚。清晨合圍步驟同。五六字仄，亦因上句平脚之勢。禽獸已斃十七八，殺聲落日迴蒼穹。三平脚。幕前生致九青兕，馲駝巋峞垂玄熊。東西南北百里間，平脚。髣髴蹴踏寒山空。三平脚。有鳥名鸜鵒，五字句。力不能高飛逐走蓬。八字句。肉味不足登鼎俎，仍承「有鳥」句一氣直下，兩「不」字相叠見音節。何爲見羈虞羅中。此句收上三句，故第四字平，略一頓，再用三平脚以停蓄之，皆音節自然拍合處。春蒐冬狩侯得同，叠入一韵，作提筆。使君五馬一馬驄。兩「馬」字相叠，音節入古。況今攝行大將權，平脚。號令頗有前賢風。三平脚。飄然時危一老翁，再叠入一韵，以提作轉。十年厭見旌旗紅。三平脚。喜君士卒甚整肅，第二字平，第五字仄，出句正調。爲我迴轡擒西戎。草中狐兔盡何益，天子不在咸陽宫。連用正調五句，諧暢之至。朝廷雖無幽王禍，第五字平，以和其節。得不哀痛塵再蒙。嗚呼得不哀痛塵再蒙。叠一句，大聲疾呼，沉痛迫切，響徹雲霄。必如此，方與起筆奔放之勢相稱。」大凡聲調之高下，必附氣以行，而平仄因之，以成節奏。故離平仄以言音節，不得也；泥平仄以言音節，亦不得也。字之平仄，顯然可見，而氣之鼓盪于字句之間，神之流溢于字句之外，不可得而遽見也。非熟讀精思，心識其意，豈易得其要領，深造逢原，是願望于善學者。

杜甫《瘦馬行》

「東郊瘦馬使我傷，骨骼硉兀如堵牆。絆之欲動轉欹側，此豈有意仍騰驤。細看六印帶官字，衆道三軍遺路旁。皮乾剥落雜泥滓，毛暗蕭條連雪霜。去歲奔波逐餘寇，驊騮不慣不得將。第五字仄，以上句第二字仄，已變調矣。士卒多騎内厩馬，惆悵恐是病乘黄。當時歷塊誤一蹶，委棄非汝能周防。見人慘澹若哀訴，失主錯莫無晶光。天寒遠放雁爲伴，日暮不收烏啄瘡。誰家且養願終惠，更試明年春草長。」惟「去歲」四句參用變調，其餘出句第二字皆用平，第五字皆用仄，對句第五字皆用平，純以正調行之。昌黎《謁衡嶽》等篇本此。〇又如少陵《閬水歌》、《秋風二首》、《朱鳳行》等作，皆通首對句，用三平及平仄平正調，以七言短古音節貴健勁故也，兹不具録。

韓愈《謁衡嶽廟遂宿嶽寺題門樓》

「五嶽祭秩皆三公，四方環鎮嵩當中。火維地荒足妖怪，天假神柄專其雄。噴雲泄霧藏半腹，第五字平，通篇惟此句及下「秋雨節」「秋」字用平，餘俱用仄不變。雖有絶頂誰能窮。我來正逢秋雨節，陰氣晦昧無清風。潛心默禱若有應，豈非正直能感通。須臾静掃衆峰出，仰見突兀撑青空。紫蓋連延接天柱，第二字仄，第四字必平。石廩騰擲堆祝融。森然魄動下馬拜，松柏一逕趨靈宫。粉牆丹柱動光彩，鬼物圖畫填青紅。升階傴僂薦脯酒，欲以菲薄明其衷。廟令去聲。老人識神意，睢盱偵伺能鞠躬。手持盃珓導我擲，云此最吉餘難同。竄逐仄。○出句第二字仄，篇中僅三見。蠻荒幸不死，衣食纔足甘長終。侯王將相望久絶，神縱欲福難爲功。夜投佛寺上高閣，星月掩映雲曈曨。猿鳴鐘動不知曙，杲杲寒日生於東。」七言長篇，對句俱用三平，及平仄平脚，不參以變調，無踰此者。王漁洋所謂出句以二五爲節，對句以三平爲式，正指此種。今欲爲初學示以曉然可循之矩，自當從此種入，俾先知門逕，然後可以徐窺其變化之奥。○出句以二五爲節，謂第二字宜平，第五字宜仄也。此詩出句第五字唯「噴雲」句「藏」字、「我來」句「秋」字用平，餘俱用仄。第二字唯「紫蓋」句、「廟令」句、「竄逐」句用仄，餘俱用平。觀其合於正調之多，可知漁洋非臆説矣。對句以三平爲式，謂第五六七字連三平也。下連三平，則第四字必仄，否則連四平、五平，非三平矣。若第四字用平，則第六字變用仄以調劑之，自無四平五平之弊。其第五字則必以平爲正調，此詩對句第五字通首皆用平聲，規矩森嚴，初學所宜取法。

韓愈《鄭群贈簟》

「蘄州笛當作簟。竹天下知，鄭君所寶尤瓌奇。擕來當晝不得卧，一府傳看去聲。黄琉璃。體堅色净又藏節，盡眼凝滑無瑕疵。法曹貧賤衆所易，腰腹空大何能爲。自從五月困暑濕，如坐深甑遭蒸炊。手磨袖拂心語口，慢膚多汗真相宜。日暮歸來獨惆悵，有賣直欲傾家資。誰謂故人知我意，卷送八尺含風漪。呼奴掃地鋪未了，光彩照耀驚童兒。青蠅側翅蚤蝨避，肅肅疑有清飈吹。倒身甘寢百疾愈，卻願天日恒炎曦。明珠青玉不足報，贈子相好無時衰。」此詩出句第二字多用平，第五字多用仄，對句皆用三平脚，與前首同。歐、蘇七古諸大篇每用此體。昌黎他作亦有對句不盡三平者，其筆力足以副之，故能無乖音節，然後人學之，多入率弱，不及三平調之健舉，故歐、蘇皆以三平爲式。漁洋、秋谷亦皆以三平爲正調。此專爲通篇出句第七字皆仄者言之，若參以長短句，或出句叠入韵中，或出句第七字參入平聲，則不可以此例之矣。觀前後所引各詩可見。

韓愈《石鼓歌》

「張生手持石鼓文，起句平脚不入韵，僅見此首。勸我試作石鼓歌。少陵無人謫仙死，第五字仄，在此處最勁。才薄將奈石鼓何。三「石鼓」字叠作，音節流走圓和，在詩爲題前緣起，如歌曲之有引子也。周綱陵遲四海沸，第二字平，提起通篇之勢，聲調大振，以下方是歌之正文。宣王憤起揮天戈。三平脚，正調，音節乃響。大開明堂受朝賀，諸侯劍珮鳴相磨。蒐於岐陽騁雄俊，萬里禽獸皆遮羅。鐫功勒成告萬世，鑿石作鼓隳嵯峨。從臣才藝咸第一，揀選譔刻留山阿。雨淋日炙野火燎，鬼物守護煩撝呵。連用三平脚，音節諧暢之至。公從何處得紙本，毫髮盡備無差訛。辭嚴義密讀難曉，字體不類隸與蝌。年深豈免有缺畫，快劍斫斷生蛟鼉。鸞翔鳳翥衆仙下，珊瑚碧樹交枝柯。金繩鐵索鎖紐壯，古鼎躍水龍騰梭。陋儒編詩不收入，二雅褊迫無委佗。孔子西行不到秦，第二字仄，略作變調，末用平脚，以頓宕其節。掎摭星宿遺羲娥。嗟余好古生苦晚，對此涕淚雙滂沱。以三平正調頓住。憶昔初蒙博士徵，平脚振起後半篇，爲中間提唱之筆，音節最響。其年始改稱元和。故人從軍在右輔，爲我量度掘臼科。濯冠沐浴告祭酒，如此至寶存豈多。必平方撑得起。

氈苞席裹可立致，十鼓祇載數駱駝。薦諸太廟比郜鼎，光價豈止百倍過。聖恩若許留太學，第五字平，亦因前後數聯對句第五字連用仄聲之勢而圓和之，未可仍執出句第五字宜用仄聲之説而例之也。諸生講解得切磋。觀經鴻都尚填咽，坐見舉國來奔波。剜苔剔蘚露節角，安置妥帖平不頗。大厦深簷與蓋覆，經歷久遠期無他。中朝大官老於事，詎肯感激徒媕婀。牧童敲火牛礪角，誰復著手爲去聲。摩挲。日銷月鑠就埋没，六年西顧空吟哦。羲之俗書趁姿媚，數紙尚可博白鵝。繼周八代争戰罷，無人收拾理則那。方今太平日無事，柄任儒術崇□孔子聖諱。軻。安能以此上論列，願借辯口如懸河。石鼓之歌止於此，嗚呼吾意其蹉跎。以三平正調收，用「嗚呼」二字作頓宕，於健勁中帶出跌宕圓和之致，回應起四句作收也。」昌黎謂氣盛則言之短長與聲之高下皆宜，觀此詩可見一斑。漁洋謂出句音節在二五字，固已。此詩中間提唱處轉在出句第七字用平，則出句之第七字亦音節喫緊處也。◯秋谷《聲調譜》但就本句本聯中論平仄，至通篇音節提頓拍合之妙，俱未之及。兹録必合通首論定，不泥於一字一句間，差足補秋谷之所未盡。

李商隱《韓碑》

「元和天子神武姿，彼何人哉軒與羲。誓將上雪列聖耻，坐法宫中朝四夷。「坐」字微頓，「法宫中」相連一頓，别於尋常句法，音節生動。淮西必平。有賊五十載，封狼生貙貙生羆。七平句最難調叶，看其叠用「貙」字，又叠一「生」字以圓和其氣，便覺諧暢無乖音節矣。不據山河據平地，第二字仄，承上七平句頓盪之勢，走筆徑下，轉見勁峭。第四字必平。長戈利矛日可麾。第五字仄，與上句一氣相承。帝得聖相相曰度，七仄句作提筆，倍見峭勁。叠用

「相」字，其和轉筋脉在此，其古趣橫生亦在此。賊斫音灼。不死神扶持。三平脚，上句七仄，此句必須三平。腰懸相印作都統，陰風慘澹天王旗。愬武古通作牙爪，「作」字與上「作都統」相疊對峙，作音節。儀曹外郎載筆隨。行軍司馬智且勇，十四萬衆猶虎貔。入蔡縛賊獻太廟，再以七仄句作頓勒之筆，皆與上七平句相激宕。功無必平。與讓恩不訾。第五字必平。帝曰汝度功第一，第五字平，因上七仄句而和劑之。汝從事愈宜爲詞。「汝」字微頓，「從事愈」相連，一頓。「愈」字用仄，轉見古峭。愈拜稽上聲。首蹈且舞，七仄句，以拗折見古。金石刻畫臣能爲。上句七仄，此句必須三平脚。古者世稱大手筆，此事不繫於職司。當仁平。自古有不讓，言訖屢頷天子頤。公退齋戒坐小閣，濡染大筆何淋漓。必須三平。點竄堯典舜典字，塗改清廟生民詩。必須三平，連四句第二字皆仄，一氣走下，上二句單行，此二句用排偶法，以作節奏。文成破體書在紙，第二字必平。清晨再拜鋪丹墀。表曰臣愈昧死上，直以古文之筆入詩，氣盛而流，非可僅以平仄衡之矣。咏神聖功書之碑。「咏」字微頓，「神聖功」相連一頓，句法崛奇。此一「功」字平聲，乃愈覺聲調之響。下接三平，轉見諧暢，未可與尋常四平之句有乖音節同論也。○此「功」字用平所以響者，以上七句第四字皆用仄，一氣趕下，至此處非用平聲撑不住耳。碑高三丈字如斗，一作手。負以靈鼇蟠以螭。句奇語重喻者少，讒之天子言其私。長繩百尺拽碑倒，麤沙大石相磨治。公之斯文四字承上領下。若元氣，先時已入人肝脾。湯盤孔鼎有述作，今無其器存其辭。嗚呼聖皇及聖相，用「嗚呼」二字停頓跌宕，音節激昂。相與烜赫流淳熙。公之斯文不示後，兩「公之斯文」字對峙作音節。曷與三五相攀追。願書萬本誦萬遍，口角流沫右手胝。傳之七十有二代，以爲封神玉檢明堂基。九字句以舒其氣，三平脚音調乃健。」以文筆爲詩，其中七平七仄之句不必拘守常調，而有大氣以運之，句法筆力兼能入古，音節轉見雅勁，直追昌黎，當與《石鼓歌》並讀。

宋蘇軾《孫莘老求墨妙亭詩》

「蘭亭璽紙入昭陵，世間遺跡猶龍騰。顏公變法出新意，細筋入骨如秋鷹。徐家父子亦秀絶，字外出力中藏稜。嶧山傳刻典型在，千載筆法留陽冰。杜陵評書貴瘦硬，此論未公吾不憑。短長肥瘠各有態，玉環飛燕誰敢憎。吴興太守真好古，購買斷缺揮縑繒。龜趺入坐螭隱壁，空齋晝静聞登登。奇蹤散出走吴越，勝事傳説誇友朋。書來乞詩要自寫，爲把栗尾書溪藤。後來視今猶視昔，過眼百世如風燈。他年劉郎憶賀監，還道同時須服膺。」通首出句第二字皆平，第五字祇三平，餘皆仄，對句皆三平及平仄平脚。以蘇長公之才，而恪守法度有如此。起八句第四字連用仄聲，「杜陵」二句第四字即連用兩平以和轉之，無通首第四字皆仄之理也。此等調劑法，各句第六字亦然，可以類推。

蘇軾《武昌西山》

「春江渌漲蒲萄醅，武昌官柳知誰栽。憶從樊口載春酒，步上西山尋野梅。西山一上十五里，風駕兩腋飛崔嵬。同遊因卧九曲嶺，褰衣獨到吴王臺。中原北望在何許，但見落日低黄埃。歸來解劍亭前路，第五字平，所以和轉前後第四字連用仄聲之脉。下倣此。蒼崖半入雲濤堆。浪翁醉處今尚在，石臼抔飲無樽罍。爾來古意誰復嗣，公有妙語留山隈。至今好事除草棘，常恐野火燒蒼苔。當時相望不可見，玉堂正對金鑾開。豈知白首同夜直，卧看椽燭高花摧。江邊曉夢忽驚斷，銅鐶玉鎖鳴春雷。山人帳空猿鶴怒，第四字平。江湖水生鴻雁來。第四字平，第六字必仄。請公作詩寄父老，往和萬壑松風哀。」此亦三平調也。

蘇軾《西山詩和者三十餘人再次前韵爲謝》

「朱顏發過如春醅，胸中梨棗初未栽。丹砂未易掃白髮，赤松卻欲參黄梅。寒溪本自遠公社，白蓮翠竹依崔嵬。當時石泉照金像，第四字平。神光夜發如五臺。飲泉鑑面得真意，坐視萬物皆浮埃。欲收暮景返田里，遠泝江水窮離堆。還朝豈獨羞老病，第五字變平。自歎才盡傾空罍。諸公渠渠若夏屋，第四字平。吞吐風月清隅隈。我如廢井久不食，古甃缺落生陰苔。數詩往復相感發，汲新除舊寒光開。遥知二月春江闊，忽參律句，音節轉覺圓和，未可以律句議之。然須觀其氣之提頓處，亦未可任意爲之借口古人也。雪浪倒卷雲峰摧。石中無聲水亦静，云何解轉空山雷。自注：「韋應物詩云：『水性本云静，石中固無聲。如何兩相激，雷轉空山驚。』」欲就諸公評此句，第二字變仄，承上二句直下，第五字變平以和轉之，非無因而漫作變調也。要識憂喜從何來。願求南宗一勺水，第四字平。往與屈賈湔餘哀。」合上數首觀之，三平之調備矣。

蘇軾《書王定國所藏烟江疊嶂圖》自注：王晉卿畫。

「江上愁心千疊山，浮空積翠如雲烟。山耶雲耶遠莫知，第二句無用平脚者，以首句既押入韵，此句復裝平脚，音節難諧也。此詩此句獨用平脚而無乖音節者，兩「耶」字相疊，頓盪作節奏。且「山雲」二字接上二句來，下句復承接「雲山」二字，一氣相生，音節流宕，有以化其板滯之氣故也。下聯復用長句以排盪之，而音節一貫矣。烟空雲散山依然。但見兩崖蒼蒼暗絶谷，九字句以舒其氣。「暗」字仄，峭勁。中有百道飛來泉。縈林絡石隱復見，下赴谷口爲奔川。川平山開林麓斷，第四字平。小橋野店依山前。行人稍度喬木外，出句第五字連用平聲以舒和其節，與前後長句排盪，音節相貫。漁舟一葉江吞天。使君何從得此本，第五字仄，勁。點綴毫末分清妍。不知人間何處有此境，九字句。徑欲往置二頃田。第五字仄，亦因前後長句排盪而變化之也。君不見武昌樊口幽絶處，十字句，「幽」字用平，音節倍覺高起，倍覺和暢。東坡先生留五年。第五字必平方撑得住，第六字必仄。春風摇江天漠漠，第五字平，音節愈和。暮雲捲雨山娟娟。丹楓翻鴉伴水宿，長松落雪驚醉眠。上連用九字、十字句，氣既舒暢，調復流宕，此二聯以排偶之句停蓄之，氣乃厚，節乃和。桃花流水在人世，武陵豈必皆神仙。江山清空我塵土，雖有去路尋無緣。還君此畫三歎息，山中故人應有招我歸來篇。十一字句，音節大暢。三平脚甚健。」

蘇軾《臘日游孤山訪惠勤惠思二僧》

「天欲雪，三字句。雲滿湖，用三字句起，音節便與通首皆七字句者不同。樓臺明滅山有無。水清石出魚可數，林深無人鳥相呼。第五字仄。臘日不歸對妻孥，叠入韵。名尋道人實自娱。道人之居在何許，第五字仄，勁。寶雲山前路盤紆。孤山孤絶誰肯廬，再叠入韵，第五字平，亦承上四句第五字連用仄聲之勢而和暢之。道人有道山不孤。第五字平。紙窗竹屋深自暖，擁褐坐睡依團蒲。天寒路遠愁僕夫，又叠入一韵。整駕催歸及未晡。出山迴望雲木合，但見野鶻盤浮圖。茲遊淡薄歡有餘，又疊入韵。每四句疊入一韵，有似四句換韵者，此對句第五字所以不必皆用平也。到家怳如夢蘧蘧。作詩火急追亡逋，臨尾復疊入韵，末四句遂成句句用韵，音節變化入妙。清景一失後難摹。」凡參以長短句及疊入數韵，如此詩及《烟江疊嶂圖》詩，自與《墨妙亭》及《武昌西山》詩音節不同。《墨妙亭》詩是法昌黎《謁衡嶽廟》等作，此二詩是從少陵《哀王孫》、《冬狩行》等作脱化而來，不得比而同之也。

詩法易簡録卷五

東萊李鍈青萍著

七言古詩

仄韵法

漢武帝《蒲梢天馬歌》

「天馬徠兮從西極，經萬里兮歸有德。承靈威兮障外國，涉流沙兮四夷服。」七古仄韵成篇者，當以此首爲始。句句用韵，與平韵柏梁體同，但今所稱柏梁體，無仄韵者，故仍列仄韵七古中。漢時用韵，猶存《三百篇》遺則，此詩屋與職通用，與「求之不得，寤寐思服」同。

宋鮑照《代白紵舞歌辭》其三

「三星參差露霑濕，絃悲管清月將入。寒光蕭條候蟲急，荆王流嘆楚妃泣。紅顔難長時易戢，凝華結藻久延立，非君之故豈安集。」《白紵舞》本晉詞，皆句句用韵，參軍此詩，正擬其體。

鮑照《擬行路難》録二

「璇閨玉墀上椒閣，文窗繡户垂羅幕。合律句。中有一人字金蘭，被服纖羅采芳藿。拗律句。春燕參差風散梅，平仄平脚。開幃對景弄春爵。第五字仄。含歌攬涕恒抱愁，《玉臺新咏》作「不能言」。人生幾時得爲樂。寧作野中之雙鳧，不願雲間之别鶴。句法非律，平仄合律。」仄韵七古出句不用韵，亦始參軍。此首杜、韓諸公擴而大之，皆祖述參軍者也。末二句陡用兩「之」字作變調，句則對峙，意則流走，倍覺健勁。

「對案不能食，五字句起，即入韵。拔劍擊柱長嘆息。第五字平。丈夫平。生世會幾時，平脚。安能蹀躞垂羽翼。棄置罷官去，仄脚，第四字以平見音節。還家必平。自休息。第三字仄，勁。朝出與親辭，平脚合律句。暮還在親側。第三字仄。弄兒牀前戲，看婦機中織。合律句。○連用五字句六句。自古聖賢盡貧賤，仄脚。何况我輩孤且直。第五字必平。」此參以五字句者。

唐杜甫《憶昔》

「憶昔開元全盛日，律句。小邑猶藏萬家室。第五字必仄。稻米流脂粟米白，仄脚。○入聲韵，出句落脚復用入聲，非精於音律，調叶恰當，不可漫學。公私倉廪俱豐實。律句。九州平。道路無平。豺虎，遠行不勞吉日出。三仄脚。齊紈平。魯縞仄。車班班，三平脚。男耕女桑不相失。仄平仄脚。宫中聖人奏雲門，天下朋友皆膠漆。第五字平。百餘年間未災變，叔孫禮樂蕭何律。律句。豈聞一絹直萬錢，有田種穀今流血。律句。洛陽宫殿燒焚盡，仄脚，第二字平。宗廟新除狐兔穴。律句。傷心不忍問耆舊，第二字平，第五字仄。復恐初從亂離説。拗律句。小臣魯鈍無所能，第五字平。朝廷記識蒙禄秩。第五字平。周宣中興望我皇，灑淚江漢身衰疾。第五字平。」仄韵音節與平韵不同。平韵音節諧暢，對句落脚多用三平，乃能健勁。仄韵音節峭厲，若對句皆用三仄，便失和諧，故必須參以律句，或拗律句，或不必合律句，而第五字用平以和其節，亦自然之勢也。此詩「血」、「穴」、「説」皆九屑韵，與四質韵通押，乃真、先二韵之入聲同收舌齒音也，古韵相通，不必改叶字音。

杜甫《後苦寒行》

「南紀巫廬瘴不絶，太古以來無尺雪。平仄合律。蠻夷長老怨苦寒，平脚。崑崙天關凍欲折。三仄脚。玄猿口噤不能嘯，白鵠翅垂眼流血。仄平仄脚。安得春泥三四字必平。補地裂。三仄脚。」末句單綴一韵，格力矯變。

杜甫《可歎》

「天上浮雲似白衣，律句不入韵。斯須改變如蒼狗。律句。古往今來共一時，律句，却與上句不粘。人生萬事無不有。第六字仄，方不弱。近者抉眼去其夫，河東女兒身姓柳。丈夫正色動引經，酆城客子王季友。第四字、第六字皆仄。群書萬卷常暗誦，《孝經》一通看在手。貧窮老瘦家賣屬，好事就之爲携酒。豫章太守高帝孫，第二字平，第五字、第七字皆平，音節振起，乃通篇提唱之筆。引爲賓客敬頗久。第五字仄，勁。聞道三年未曾語，小心恐懼閉其口。太守得之更不疑，人生反覆看已醜。明月無瑕豈容易，紫氣鬱鬱猶衝斗。第五六字平，方諧。時危可仗真豪俊，律句。二人得置君側否。太守頃者領山南，平脚。邦人思之比父母。三仄脚，二四字以平爲正。王生早曾拜顔色，高山之外皆培塿。第五字平。用爲羲和天爲成，用平水土地爲厚。王也論道阻江湖，李也疑丞曠前後。於叙事中忽用對待句法，四句停蓄頓宕，旋折相承，音節諧暢。死爲星辰終不滅，致君堯舜焉肯朽。第五字平。吾輩碌碌飽飯行，平脚。風后力牧長迴首。第五字平。」仄韵音節不患不健舉，而患不悠揚，故對句雖前人有以仄仄平平仄平仄爲正調之説，而對句第五字實無通篇皆用仄聲之理。此詩對句第五字多參以平聲，正恐仄韵音節過厲，所以和轉其筋脉，舒暢其節拍也。

韓愈《寒食日出遊》

自注：張十一院長見示《病中憶花》九篇，寒食日出遊，夜歸，因以投贈。

「李花初發君始病，我往看君花轉盛。律句。走馬城西惆悵歸，不忍千株雪相映。拗律句。爾來又見桃與梨，交開紅白如争競。律句。可憐物色阻攜手，空展霜縑吟九咏。律句。紛紛落盡泥與塵，不共新粧比端正。拗律句。桐花最晚今已繁，君不强起時難更。關山遠别固其理，第五字仄。寸步難見始知命。第五字仄，以勁調略頓。憶昔與君同貶官，以拗律句作提筆，音節最諧。夜渡洞庭看斗柄。律句。豈料生還得一處，引袖拭淚悲且慶。第五字平，皆承上頓處第五字連用仄聲之勢而和轉之。各言平。生死兩追隨，律句。直置心親無貌敬。律句。念君又署南荒吏，仄脚。路指鬼門幽且夐。律句。三公盡是知音人，三平脚。曷不薦賢陛下聖。三仄脚。○以上多用律調，至此始放出三仄之句，聲調最勁最響。囊空甑倒誰救之，我今一食日還併。拗律句。自然憂氣損天和，律句。安得康强保天性。拗律句。斷鶴兩翅鳴何哀，縶驥四足氣空橫。用對待句法作停頓。今朝寒食行野外，緑楊市岸蒲芽迸。律句。宋玉庭邊不見人，律句。輕浪參差魚動鏡。律句。自嗟孤賤足瑕疵，律句。特見放縱荷寬政。第五字仄。飲酒寧嫌醆底深，律句。題詩尚倚筆鋒勁。拗律句，第五字仄，最健。明宵故欲相就醉，仄脚。有月莫辭當火令。」

宋蘇軾《石鼓》

「冬十二月歲辛丑，我初平。從政見魯叟。舊聞石鼓今見之，平脚。文字鬱律蛟蛇走。第五字必平。細觀初以指畫肚，欲讀嗟如箝在口。律句第四字必平，方諧。韓公好古生已遲，我今況又百年後。强尋偏傍推點畫，時得一二遺八九。我車既攻馬亦同，其魚維鱮貫之柳。古器縱横猶識鼎，律句。衆星錯落僅名斗。模糊半已似瘢胝，律句。詰曲猶能辨跟肘。拗律句。娟娟缺月隱雲霧，濯濯嘉禾秀莨莠。漂流百戰偶然存，律句。獨立千載誰與友。第五字平。上追軒頡相唯諾，下揖冰斯同鷇鷇。二句平仄合律，却非律詩句法。以對待之句作頓，可與韓詩參觀。憶昔周宣歌鴻雁，提筆。當時籀史變蝌蚪。第五字仄。厭亂人方思聖賢，平脚。中興天爲生耆耇。律句。東征徐夷闞虓虎，北伐犬戎隨指嗾。律句。象胥雜遝貢狼鹿，方召聯翩賜圭卣。拗律句。遂因鼓鼙思將帥，律句。豈爲考擊煩矇瞍。律句。何人作頌比崧高，萬古斯文齊岣嶁。又連用兩律句，聲調大暢。勳勞至大不矜伐，仄脚第五字復用仄，承上諧暢之勢而出以古勁。文武未遠猶忠厚。第五字平，不使過厲。欲尋年歲無甲乙，豈有名字記誰某。第五字仄，再一頓。自從周衰更七國，再用提筆。凡筆法提頓處，音節即隨之爲起落。前「憶昔」句第二字用仄，此句第二字用平，同一提筆，而音節各判。竟使秦人有九有。上句既用仄脚，此句又用三仄脚，全以勁調提轉。掃除詩書誦法律，仍用三仄脚接下。投棄俎豆陳鞭杻。第五字必平，音節乃和。當年何人佐祖龍，平脚。上蔡公子牽黄狗。第五字平。登山刻石頌功烈，仄脚。後者無繼前無偶。第五字平。皆云皇帝巡四國，烹滅强暴救黔首。第五字仄，勁甚。六經既已委灰塵，此鼓亦當遭擊掊。傳聞九鼎淪泗上，欲使萬夫沉水取。暴君縱欲窮人力，神物義不汙秦垢。第五字仄。是時石鼓何處避，無乃天公令鬼守。律句。興亡百變物自閑，富貴一朝名不朽。律句。細思物理坐歎息，仄脚。人生安得如汝壽。第五字平。」仄韵七古所以必參以律調者，恐音節過厲也。然亦有參以律調而音節轉失之弱者，則參以拗律句，俾音節不至過厲，亦不入弱。此皆合前數句之二、四、六字及第五字、第七字而調劑之者也。亦有合前數句讀之，而此句音節祇聚於第五字者，則但於第五字用平，而音節已和諧矣。學者須合通首音節論定之。

詩法易簡録卷六

東萊李鍈青萍著

七言古詩

換韵法

漢張衡《四愁詩》

「我所思兮在泰山，欲往從之梁父艱，側身東望涕霑翰。美人贈我金錯刀，平韵换平韵。何以報之英瓊瑶。路遠莫致倚逍遥，第五字必仄。何爲懷憂心煩勞。」换韵七古以《垓下歌》爲始，然句句皆用兮字，自與不用兮字者音節不同。平子《四愁》奇格創調，斐然成章，實開唐人先聲。至其句句用韵，則兩漢魏晉七古無不然者。

「我所思兮在桂林，欲往從之湘水深，側身南望涕霑襟。美人贈我金琅玕，何以報之雙玉盤。路遠莫致倚惆悵，去聲無平讀，《三百篇》有平仄通押之例，此或祖述其意。但自六朝以來，平仄分押，無通用者，今人不得借口傚顰也。何爲懷憂心煩傷。」後四句兩句一换，與前首異。

「我所思兮在漢陽，欲往從之隴阪長，側身西望涕霑裳。美人贈我貂襜褕，第五字平，音節響。何以報之明月珠。路遠莫致倚踟蹰，何爲懷憂心煩紆。」「我所思兮在雁門，欲往從之雪紛紛，側身北望涕霑巾。美人贈我錦繡段，第五字仄，勁。何以報之青玉案。第五字必平。路遠莫致倚增歎，何爲懷憂心煩惋。」後四句换仄韵，又與前三首異，可見古人用韵無印板法也。此漢人古詩也，少陵《七歌》本此。四首反覆咏歎，從《國風》脱化而來，所謂言之不足而長言之者。

鐃歌曲《戰城南》《古今樂録》：漢《鼓吹鐃歌》十八曲，六曰《戰城南》。

「戰城南，死郭北，野死不葬烏可食。爲我謂烏，且爲客豪。兩四字句，换平韵。野死諒不葬，腐肉安能去子逃？水深激激，又用四字句。蒲葦冥冥。又换平。梟騎戰鬭死，駑馬徘徊鳴。梁築室，忽用一三字句，换入仄韵，音節奇矯。何以南，何以北。又接用兩三字句，峭。禾黍不穫君何食，願爲忠臣安可得。叠入一韵，音節舒暢。思子良臣，又用四字作開句。良臣誠可思。接以五字句，换平韵。朝行出攻，暮不夜歸。」此漢人樂府也，古質奥衍。太白《上留田行》等作本此。○兹録不另列樂府名目，説見五古中。○秋谷《聲調譜》於七古各體後另列雜言一體，其實七古凡參以長短句者，皆雜言也。兹録悉歸於各體中，并論之，亦不另標雜言名目。

古辭《淮南王篇》

「淮南王，自言尊，百尺高樓與天連。元、先通押，古韵也。後園鑿井銀作床，换平韵。金瓶素綆汲寒漿。汲寒漿，疊三字。飲少年。又換平韻。少年窈窕何能賢，揚聲悲歌音絶天。我欲渡河河無梁，願化雙黄鵠還故鄉。還故鄉，再疊三字，下句又換韻，音節總非恒逕。入故里。換仄韻。徘徊故鄉，苦身不已。繁舞寄聲無不泰，徘徊桑梓遊天外。末二句又換仄韻，煞住音節，健甚暢甚。」

童謡《城上烏》

「城上烏，尾畢逋。公爲吏，子爲徒。一徒死，百乘車。車班班，入河間，河間姹女工數錢。以錢爲室金爲堂，石上慊慊舂黄粱。粱下有懸鼓，突用五字句，換仄韻。我欲擊之丞相怒。音節甚峭，第五字平，方諧。」

宋鮑照《擬行路難》

「瀉水置平地，五字句起，不入韻。各自東西南北流。人生亦有命，安能行嘆復坐愁。酌酒以自寬，用五字句換韻。舉杯斷絶歌路難。心非木石豈無感，出句用七字句，不入韻，亦始參軍此首。吞聲躑躅不敢言。」

鮑照《代淮南王》

「淮南王，好長生，三字句起，次句入韻，與原詞同。服食鍊氣讀仙經。琉璃作盌牙作盤，金鼎玉匕合神丹。合神丹，疊三字句。戲紫房。紫房綵女弄明璫，鸞歌鳳舞斷君腸。朱城九門門九閨，願逐明月入君懷。古韵佳、灰與支、微、齊通，說見前。入君懷，結君佩，换仄韵，亦與原詞同。怨君恨君恃君愛。築城思堅劍思利，同盛同衰莫相棄。」只「願逐明月」句、「怨君恨君」句變原詞八字，作七字句，音節更加流利，其餘句法及换韵法俱與原詞同，然已變原詞之樸質，而特出新聲矣。

鮑照《梅花落》

「中庭雜樹多，偏爲梅咨嗟。古韵歌、麻通。問君何獨然，念其霜中能作花。「花」字與上「多」「嗟」叶。霜中能作實，「實」字换仄韵，與下「日」、「質」叶。摇蕩春風媚春日。念爾零落逐寒風，徒有霜華無霜質。」漢《淮南王篇》「汲寒漿，飲少年」，以「漿」字叠上文韵，以「年」字换韵領下文。此篇「霜中」二句變作七字、五字句，以「花」字韵上文，以「實」字换韵領下文，古意新聲，遂覺矯變異常。

梁武帝《河中之水歌》

「河中之水向東流，平仄合律。洛陽女兒名莫愁。第五字平，健。莫愁十三能織綺，十四采桑南陌頭。十五嫁爲盧家婦，十六生兒字阿侯。合律句。盧家蘭室桂爲梁，换韵處入律。中有鬱金蘇合香。第五字平，健。頭上金釵十二行，合律句。足下絲履五文章。珊瑚掛鏡爛生光，合律句。平頭奴子擎履箱。第五字平。人生富貴何所望，恨不早嫁東家王。三平脚結，音節諧甚健甚。」詩至齊梁，調益流轉，而風格亦益下矣。此詩後八句句用韵，猶存魏晉遺響，不得以齊梁體限之，故收入七言古體中。

武帝《東飛伯勞歌》

「東飛伯勞西飛燕，黄姑織女時相見。合律句。誰家女兒對門居，開顔發艷照里閭。南窗北牖掛明光，换韵處入律。羅幃綺帳脂粉香。第五字平。女兒年紀十五六，窈窕無雙顔如玉。第五字平。三春已暮花從風，空留可憐誰與同。」句句用韵，兩句一换，猶存漢魏之遺，然已開後人法門矣。

唐岑參《衛節度赤驃馬歌》

「君家赤驃畫不得，一團旋風桃花色。第五字平。紅纓紫鞚珊瑚鞭，玉鞍錦韉黄金勒。請君鞲出看君騎，换韵處入律。尾長窣地如紅絲。三平脚。自矜諸馬皆不及，却憶百金新買時。拗律句，第二字仄，第四字平，方諧。第五字平，乃不入弱。香街紫陌鳳城内，第五字仄，勁。滿城見者誰不愛。第五字平，音節乃和。揚鞭驟急白汗流，弄影行驕碧蹄碎。拗律句。紫髯胡雛金剪刀，平明剪出三鬉高。三平脚，音節高朗。櫪上看時獨意氣，三仄脚，勁健。衆中牽出偏雄豪。三平脚，此四句純用古調。騎將獵向南山口，换韵緊，以律調接之。城南狐兔不復有。草頭一點疾如飛，律句。却使蒼鷹翻向後。律句。憶昨看君朝未央，拗律句，第五字必平，方健。鳴珂必平。擁蓋滿路香。始知邊將真富貴，可憐人馬相輝光。三平脚，音節方響。男兒稱意得如此，駿馬長鳴北風起。拗律句。待君東去掃胡塵，律句。爲君一日行千里。律句，不粘。」此四句一换韵法。其换韵處，必參以律調，乃有抑揚抗墜之妙。其參入律調處，或在未换之前，或在方换之始，須相其前後節拍定之，但不可如齊梁體純用律調，至連四句、連八句耳。初學换韵，當以平仄相間爲式。若得心應手之後，妙合自然，平又换平，仄又换仄，頓挫激昂，不以板格拘矣。

杜甫《丹青引贈曹將軍霸》

「將軍魏武之子孫，於今爲庶爲清門。英雄割據雖已矣，文彩風流今尚存。學書初學衛夫人，疊入一韵。但恨無過王右軍。丹青不知老將至，第五字仄。富貴於我如浮雲。開元之中常引見，第五字平。承恩數上南薰殿。入律。凌烟功臣少顔色，將軍下筆開生面。律句。良相頭上進賢冠，猛將腰間大羽箭。三仄脚。褒公鄂公毛髮動，英姿颯爽來酣戰。律句。先帝天馬玉花驄，畫工如山貌不同。是日牽來赤墀下，迥立閶闔生長風。三平脚。詔謂將軍拂絹素，意匠慘澹經營中。須臾九重真龍出，一洗萬古凡馬空。玉花却在御榻上，第二字必平。榻上庭前屹相向。拗律句。至尊含笑催賜金，圉人太僕皆惆悵。律句。弟子韓幹早入室，亦能畫馬窮殊相。律句。幹惟畫肉不畫骨，忍使驊騮氣凋喪。拗律句。將軍盡善蓋有神，偶逢佳士亦寫真。即今飄泊干戈際，律句。屢貌尋常行路人。拗律句。途窮反遭俗眼白，世上未有如公貧。三平脚。但看古來盛名下，終日坎壈纏其身。」此八句一换韵法。换韵初無定格，隨舉一隅，不能徧也。

杜甫《樂遊園歌》

「樂遊古園崒森爽，烟綿碧草萋萋長。律句。公子華筵勢最高，律句。秦川對酒平如掌。律句。長生木瓢示真率，更調鞍馬狂歡賞。律句。青春波浪芙蓉園，白日雷霆夾城仗。拗律句。閶闔晴開昳蕩蕩，叠入一韵。曲江翠幕排銀牓。律句。拂水低徊舞袖翻，律句。緣雲清切歌聲上。律句，將欲换韵，先用對句停頓之。却憶年年人醉時，第五字平。只今未醉已先悲。律句。數莖白髮那抛得，第五字仄。百罰深杯亦不辭。律句。聖朝亦知賤士醜，第二字必平，第五字必仄。一物自荷皇天慈。三平脚，音節方健。此身飲罷無歸處，律句，第二字必平。獨立蒼茫自咏詩。律句。」此前後二韵格。通篇多用律句，將换韵處，「拂水」二句純用律調，下换平韵，即緊以律調接之。而音節却妙，不流入齊梁格之卑靡者。在「人醉時」「人」字用平，「那抛得」「那」字用仄，於律調之中參以古節，便覺柔婉中自藏風骨。下接「聖朝」句「朝」字用平以提其氣，而又接以「皇天慈」三平古調，益覺諧暢健勁，而非齊梁格之可同矣。

岑參《輪臺歌奉送封大夫出師西征》

「輪臺城頭夜吹角，輪臺城北旄頭落。律句。○古韵覺、藥相通。羽書昨夜過渠犁，單于已在金山西。戍樓西望烟塵黑，律句。漢兵屯在輪臺北。律句，與上句不粘，便健。上將擁旄西出征，平明吹笛大軍行。

律句。四邊伐鼓雪海湧，第五字仄，勁。三軍大呼陰山動。虜塞兵氣連雲屯，戰場白骨纏草根。劍河風急雲片闊，沙邊石凍馬蹄脱。拗律句。亞相勤王甘苦辛，拗律句。誓將報主静邊塵。律句。古來青史誰不見，第六字仄，便不是律。今見功名勝古人。律句。」此詩前十四句句用韵，兩句一换，節拍甚緊。後一韵衍作四句以舒其氣，聲調悠揚，有餘音矣。

杜甫《高都護驄馬行》

「安西都護胡青驄，三平脚。聲價欻然來向東。此馬臨陣久無敵，第五字仄。與人一心成大功。功成惠養隨所致，第五字平。飄飄遠自流沙至。律句。雄姿未受伏櫪恩，平脚。猛氣猶思戰場利。拗律句。腕促蹄高如踣鐵，第五字平。交河幾蹴層冰裂。律句。五花散作雲滿身，平仄平脚。萬里方看汗流血。拗律句。長安壯兒不敢騎，第五字仄。走過掣電傾城知。三平脚。青絲絡頭爲君老，何由却出横門道。律句。○横音光。長安城北出西頭第一門曰横門。」此詩前三韵四句一换，音節和平。後二韵兩句一换，截然而止，則又急其節拍以取勁也。

李白《侍從宜春苑奉詔賦龍池柳色初青聽新鶯百囀歌》

「東風已緑瀛洲草，律句。紫殿紅樓覺春好。拗律句。池南柳色半青青，律句。縈烟裊娜拂綺城。垂絲百尺掛雕楹，律句。上有好鳥相和鳴，第五字平，方不入弱。間關早得春風情。三平脚，更健。○换入平韵，連押五句，音節黠宕之至。春風捲入碧雲去，千門萬户皆春聲。是時君王在鎬京，再叠入一韵，愈加排宕，第四字平，提筆，領下半篇。五雲垂暉耀紫清。仗出金宫隨日轉，天迴玉輦繞花行。律聯。始向蓬萊看舞鶴，還過茝若聽新鶯。又用律聯，與上二句不粘。新鶯飛繞上林苑，第五字必仄。願入簫韶雜鳳笙。律句。」此詩首二句用仄韵，以下皆用平韵。其用平韵處不入板滯，則以連叠數韵，有以跌宕其節奏也。後半首多用律句，調取流轉，方與前半首音節相拍合。與通首皆平韵者自是不同。

杜甫《天育驃圖歌》

「吾聞天子之馬走千里，以九字長句起，便有奔放之勢。今之畫圖無乃是。是何意態雄且傑，駿尾蕭梢朔風起。拗律句。毛爲緑縹兩耳黄，眼有紫焰雙瞳方。起四句一氣直下，音節最勁。此二句用對待之調，以停蓄其氣。句法古拗，方與上勁勢相稱，玩之。矯矯龍性合變化，卓立天骨森開張。三平脚，最響最健。伊昔太僕張景順，監牧攻駒閲清峻。拗律句。遂令大奴守天育，别養驥子憐神駿。第五字平。當時四十萬匹馬，第二字平，提筆。張公歎其材盡下。第五字平。故獨寫真傳世人，見之座右久更新。年多物化空形影，律句。嗚呼二字略停，音節入妙。健步無由騁。合律。如今豈無騕褭與驊騮，時無王良伯樂死即休。兩九字長句結，與起處音節相應。」「當時四十萬匹馬」以下，句句用韵，兩句一換，繁音促節，至三換以後，其氣愈緊，故末二句皆變作九字句以舒暢其節。尤妙在上句先用「嗚呼」二字頓宕其氣，以引起之，趕出末兩長句，乃愈覺酣暢淋漓，極情盡致矣。

岑參《走馬川行奉送封大夫出師西征》

「君不見走馬川行雪海邊，平沙莽莽黄入天。第五字平。輪臺九月風夜吼，第五字平。一川碎石大如斗，拗律句。隨風滿地石亂走。匈奴草黄馬正肥，金山西見烟塵飛，漢家大將西出師。將軍金甲夜不脱，第二字必平。半夜軍行戈相撥，第五字平。風頭如刀面如割。馬毛帶雪汗氣蒸，五花連錢旋作冰，幕中草檄硯水凝。虜騎聞之心膽懾，合律。料知短兵不敢接，車師西門佇獻捷。」沈歸愚云：「勢險節短，句句用韵，三句一换，此《嶧山碑》文法也。《唐中興頌》亦然。」按：王弇州云：「秦始皇時，李斯所撰《嶧山碑》，三句始下一韵，是《采芑》第二章法。《瑯琊臺銘》一句一韵，三句一换，是《老子》『明道若昧』章法。」則此詩韵法本《瑯琊臺銘》，非本《嶧山碑》也。

杜甫《短歌行》 原注：贈王郎司直。

「王郎酒酣拔劍斫地歌莫哀，我能拔爾抑塞磊落之奇才。十一字句，非有此健筆，不足以舉之。豫章翻風白日動，三仄脚，方健。鯨魚跋浪滄溟開，且脱劍佩休徘徊。西得諸侯棹錦水，欲向何門趿珠履。拗律句。仲宣樓頭春色深，平仄平脚。青眼高歌望吾子，拗律句。眼中之人吾老矣。第五字平。」沈歸愚云：「上下各五句，用單句相間，此亦獨創之格。」

宋蘇軾《書丹元子所示李太白真》

「天人幾何同一漚，謫仙非謫乃其遊。麾斥八極隘九州，化爲兩鳥鳴相酬。一鳴一止三千秋，開元有道爲少留。縻之不可矧肯求。西望太白横峨岷，仍换平韵，音節却妙。眼高必平。四海空無人。以平换平，又連用三平之句，聲調却最高最健。大兒汾陽中令君，小兒天台坐忘真。生平不識高將軍，手污吾足乃敢瞋。作詩一笑君應聞。」前後兩韵，各七句，音節便動盪。句句用韵，平又换平，少陵集中已有之，不始東坡也。《天厨禁臠》謂其法不得雙殺。蓋前後兩韵，末各綴以單句，則音節摇曳，有以化其平板之氣故也。與前詩參看，愈見音節變化，不可以一格拘。

蘇軾《次韵黄魯直畫馬試院中作》

「少年鞍馬勤遠行，卧聞齕草風雨聲，見此忽思短策横。十年髀肉磨欲透，那更陪君作詩瘦，不如芋魁歸飯豆。門前欲嘶御史驄，詔恩三日休老翁，羡君懷中雙橘紅。自注：黄有老母。」此種换韵法，全要出以自然，不得强爲凑泊，總以轉换承接恰好相生，不可增减，方妙。唐人唯岑嘉州有此體。東坡此篇次韵而能出以自然，可以步武嘉州，故附録之。

蘇軾《往富陽新城李節推先行三日留風水洞見待》

「春山磔磔鳴春禽，此間不可無我吟。長路漫漫傍江浦，此間不可無君語。金鯽池邊不見君，追君直過定山村。路人皆言君未遠，騎馬少年清且婉。風巖水穴舊聞名，只隔山溪夜不行。溪橋曉溜浮梅萼，知君繫馬巖花落。出城三日尚逶遲，妻孥怪罵歸何時。世上小兒誇疾走，如君相待今安有。」此通首兩句一換、句句用韵格也。自然合拍，不見轉换之跡，故妙。此種兩句一换法，《垓下歌》已開其始，漢武帝《瓠子歌》亦然。

唐杜甫《韋諷録事宅觀曹將軍畫馬圖歌》

「國初已來畫鞍馬，神妙獨數江都王。將軍得名三十載，人間又見真乘黄。曾貌先帝照夜白，龍池必平。十日飛霹靂。第五字平。内府殷紅瑪瑙盤，律句。婕妤傳詔才人索。律句。盤賜將軍拜舞歸，律句。輕紈細綺相追飛。三平脚。貴戚權門得筆跡，第五字仄，勁。始覺屏障生光輝。昔日太宗拳毛騧，近時郭相獅子花。今之新圖有二馬，復令識者久歎嗟。第五字仄，轉見變化。此皆騎戰一敵萬，縞素漠漠開風沙。其餘七匹亦殊絶，迥若寒空動烟雪。拗律句。霜蹄蹴踏長楸間，馬官厮養森成列。律句。可憐九馬争神駿，律句。顧視清高氣深穩。拗律句。借問苦心愛者誰，後有韋諷前支遁。第五字平。憶昔巡幸新豐宫，翠華拂天必平。來向必仄。東。騰驤必平。磊落三萬匹，皆與此圖筋骨同。自從獻寶朝河宗，疊一韵，音節騞宕，乃引起末二句放長之勢。無復射蛟江水中。君不見金粟堆前松栢裹，龍媒去盡鳥呼風。律句。」大凡换韵處入律，則下用古調以振起之。换韵處不入律，則下用律句以和婉之。此詩末四句二四六皆合律粘，而音節不失之弱者，以「朝」字、「江」字皆用平聲，參以古調，復用「君不見」長句參錯其間，末二句雖純用律調，轉覺諧暢矣。又須識其氣之雄勁排宕處，自與律詩音節不同。其消息甚微，非熟讀精思，不能悟也。

杜甫《兵車行》

「車轔轔，馬蕭蕭，行人弓箭各在腰。第五字仄。耶娘妻子走相送，拗律句。塵埃不見咸陽橋。三平脚。牽衣頓足攔道哭，哭聲直上干雲霄。三平脚，氣暢調高，承起處三字句流走之勢，而停蓄之也。道旁過者問行人，行人但云點行頻。或從十五北防河，换韵詩押平韵，出句復用平脚，不善學之，往往有礙音節。非調叶精當，氣充筆健，未易問津也。便至四十西營田。去時里正與裹頭，又用平脚。歸來頭白還戍邊。邊庭流血成海水，第五字平。武皇開邊意未已。君不聞漢家山東二百州，千村萬落生荆杞。律句。縱有健婦把鋤犁，禾生隴畝無東西。况復秦兵耐苦戰，被驅不異犬與雞。長者雖有問，役夫敢申恨。突用兩五字句作一韵。且如今年冬，未休關西卒。再用五字句换韵。縣官急索租，租税從何出。信知生男惡，反是生女好。生女猶得嫁比鄰，生男埋没隨百草。君不見青海頭，古來白骨無人收。新鬼煩冤舊鬼哭，天陰雨濕聲啾啾。三平脚收，健甚。」此參用長短句者，亦從漢魏樂府中來。

李白《遠别離》

「遠别離，古有皇英之二女，乃在洞庭之南，瀟湘之浦。海水直下萬里深，誰人不言此離苦。二句健勁之至。日慘慘兮雲冥冥，猩猩啼烟兮鬼嘯雨。用兩「兮」字句，與上兩「之」字句音節相應，而加以變化。我縱言之將何補？單句勁，第五字必平。皇穹竊恐不照余之忠誠，雲憑憑兮欲吼怒。堯舜當之亦禪禹。再用單句領下，音節古宕。君失臣兮龍爲魚，權歸臣兮鼠變虎。以對待之筆停蓄之。或言堯幽囚，舜野死。九疑聯緜皆相似，重瞳孤墳竟何是。二句皆入韻，音節入妙。帝子泣兮緑雲間，隨風波兮去無還。慟哭兮遠望，見蒼梧之深山。又用「兮」字句法，换入平韻，句句用韻，音節跌宕之至。○通篇凡四用「兮」字句法，第一番用兩句，第二番用一句，第三番又用兩句，第四番用三句，奇偶相間，錯綜變化，音節與筆法相輔而行也。蒼梧山崩湘水絶，第五字平。竹上之淚乃可滅。二句换入仄韻，斗然而住，筆力之勁，音節之響，獨有千古。」太白七古，不獨取法漢魏，上而楚騷，下而六朝，俱歸鎔冶，而一種飄逸之氣，高邁之神，自超然於六合之表，非淺學所能問津也。

李白《戰城南》

「去年戰，桑乾源。今年戰，葱河道。六字句起，筆勢突兀。洗兵條支海上波，放馬天山雪中草。萬里長征戰，五字律句。三軍盡衰老。拗律句。匈奴以殺戮爲耕作，八字句。古來惟見白骨黄沙田。九字句。换韻處出句不入韻，亦自漢人樂府中來。秦家築城備胡處，漢家還有烽火燃。烽火燃不息，征戰無已時。野戰格鬭死，敗馬號鳴向天悲。烏鳶啄人腸，銜飛上掛枯樹枝。士卒塗草莽，將軍空爾爲。乃知兵者是凶器，聖人不得已而用之。」音節古勁，一結用意正大，更出漢人原詞之上。可見後人欲争勝前人，當以命意爲第一義也。

李白《夢游天姥吟留别》

「海客談瀛洲，烟濤微茫信難求。越人語天姥，雲霓明滅或可覩。天姥連天向天横，句中叠三「天」字，寓跌宕於横盤硬語之中，方與上兩五字句音節相諧。勢拔五岳掩赤城。天台四萬八千丈，對此欲倒東南傾。三平脚，方撑得住。我欲因之夢吴越，一夜飛度鏡湖月。湖月照我影，送我至剡溪。謝公宿處今尚在，緑水蕩漾清猿啼。三平脚，健。脚著謝公屐，身登青雲梯。半壁見海日，空中聞天雞。五平五仄句，須玩其調劑之妙。千巖萬壑路不定，第二字必平。迷花倚石忽已暝。熊咆龍吟殷上聲。巖泉，慄深林兮驚層巔。雲青青兮欲雨，水澹澹兮生烟。列缺霹靂，丘巒崩摧。洞天石扉，訇然中開。兩六字句後，又接以四字句四句，此種音節，古奥排宕，豈後人所能擬？青冥浩蕩不見底，日月照耀金銀臺。三平脚。霓爲衣兮風爲馬，雲之君兮紛紛而來下。虎鼓瑟兮鸞迴車，仙之人兮列如麻。忽魂悸以魄動，怳驚起而長嗟。惟覺時之枕席，失向來之烟霞。此八句純乎楚騷之遺，而與前後音節自然合拍，其微妙非可言傳，須熟讀之。世間行樂亦如此，古來萬事東流水。律句。别君去兮何時還，且放白鹿青崖間。三平脚。須行即騎訪名山。叠入一韵，駘宕。安能摧眉折腰事權貴，九字句以舒其氣，第七字必仄，乃健。使我不得開心顔。三平脚住，諧暢。」七古雜以長短句者，其中必有撑得住處，音節乃不靡弱。如詩中「天台」一聯，「青冥」一聯，「安能摧眉」一聯，出句第二字皆用平，末三字用三仄脚及仄平仄，對句皆用三平脚正調，皆所謂撑住處也。又按四平脚、四仄脚之句，及平平平平仄平平等句，换韵中不宜輕用，而此詩「烟濤」句用平平仄平平，「雲霓」句用四仄脚，而音調諧和者，以兩上句皆五字句。此等處句法一近律調，便類急口油腔，故必用古調之樸拗者，乃得和雅。其兩聯平仄相乘，亦自爲激宕處。「半壁見海日」五仄，間於兩五平句之中，亦是抑揚自成音節處。「千巖」一聯皆用二平五仄换入仄韵，乃承上二聯五字句之勢，而突以硬筆接之，奥折峭拔，激成亮節，無此筆力，未許效顰也。「熊咆」一聯，連用平聲以振盪之，然必「殷」字用仄，對句用「兮」字句法以化其板滞之氣，節拍始諧。下即連接兩「兮」字，却變作六字句，此亦自然之勢，再用七字句不得也。下復接以四字句二聯，音節愈覺古奥。「青冥」二句，突然放出七言正調，所謂撑住處，乃真撑得住也。以下再用「兮」字句四句，而「雲之君」句特用九字以排宕於其間，亦自然之勢。以下「忽魂悸」二句，句法一變，「惟覺時」二句，句法又一變，然非對句三平，亦撑不住。「世間」句「間」字用平，乃提起之筆。大凡提筆處第二字多用平，變調處第二字多用仄，此句既係提筆，第五字又必用仄，乃健。「古來」句忽然放出律調，悠揚諧適，乃愈覺上句「間」字之平，「亦」字之仄，爲最響最健也。「别君」句换平韵，非用「兮」字句法則失調，以「何時還」用三平也。「須行」句叠入一韵，音節入妙，「訪」字必仄乃協。「安能」句用九字，承上叠入一韵之勢而舒暢之，氣乃足，節乃和，乃收得通篇住。此等詩，原本楚騷，而加以變化，初學難以驟窺，故不憚縷晰剖之。

李白《蜀道難》

「噫吁嚱！危乎高哉！蜀道之難，難於上青天，「嚱」、「哉」自爲一韵，「難」、「天」又换一韵。俗謂「天」字始入韵者，非也。蠶叢及魚鳧，開國何茫然。兩五字句，音調絶佳。邇來四萬八千歲，第二字必平，第五字必仄。不與秦塞通人烟。三平脚。西當太白有鳥道，可以横絶峨眉巔。地崩山摧壯士死，然後天梯石棧相鈎連。九字句。上有六龍迴日之高標，下有衝波逆折之回川。黄鶴之飛尚不得過，猿猱欲度愁攀緣。青泥何盤盤，用五字句叠入一韵，音節駘宕之極。百步九折縈巖巒。捫參歷井仰脅息，以手撫膺坐長歎。問君西遊何時還？再叠入一韵。畏途巉巖不可攀。但見悲鳥號古木，雄飛雌從繞林間。又聞子規啼夜月，愁空山。蜀道之難，難於上青天，使人聽此凋朱顔。將起處「蜀道」二句重爲提唱，即綴以單句，爲中間束頓。連峰去天不盈尺，枯松倒掛倚絶壁。二句承上停頓之勢，横盤硬語，突起突接，與上首「千巖」二句音節可參觀。飛湍瀑流争喧豗，砅崖轉石萬壑雷。其險也若此，將上四句作一總束。嗟爾遠道之人胡爲乎來哉！劍閣峥嶸而崔嵬。叠入一韵。一夫當關，萬夫莫開。所守或匪親，化爲狼與豺。音節絶佳。朝避猛虎，夕避長蛇。磨牙吮血，殺人如麻。錦城雖云樂，不如早還家。音節俱以自然入妙。蜀道之難，難於上青天，側身西望長咨嗟。復以「蜀道」二句長言詠嘆，即綴以單句作收結。」「蜀道」二句凡三見，直以古文章法行之，縱横馳驟，神變無方，而一歸於自然。大可爲化不可爲，此太白絶調也，少陵尚當避席，何况餘子。

白居易《真娘墓》

「真娘墓，虎丘道。不識真娘鏡中面，惟見真娘墓頭草。霜摧桃李風折蓮，真娘死時猶少年。脂膚荑手不牢固，世間尤物難留連。難留連，易銷歇。塞北花，江南雪。結以比體，得六朝風趣。」香山詩以「諷諭」卷中《新樂府》及《秦中吟》爲最，《長恨歌》等乃其次也。兹録以李、杜、岑、韓、蘇五家爲宗，已足盡七古之正變，故不及旁收。然如張、王小樂府，於李、杜之外，别出新聲，王阮亭所謂元、白、張、王皆古意者，略採數首附後，俾學者得自審才力，以取法焉。此詩音節頗與張、王類，故並録之。

張籍《節婦吟寄東平李司空師道》

「君知妾有夫，贈妾雙明珠。感君纏綿意，繫在紅羅襦。妾家高樓連苑起，良人執戟明光裏。知君用心如日月，事夫誓擬同生死。還君明珠雙淚垂，何不相逢未嫁時。」古意新聲，音節劇佳。「繫在紅羅襦」，脱胎於古詩「不惜紅羅裂」等句。蓋文昌因却司空之聘，而託言以誌其感也，亦可託於貞不絶俗之義。吾鄉趙文潛以爲君子立言有則，譏其非節婦所宜，雖涉苛刻，自是正論。學者律身貴嚴，亦不可不知。

王建《短歌行》

「人初生，日初出。上山遲，下山疾。百年三萬六千朝，夜裏分將强半日。有歌有舞須早爲，昨日健於今日時。人家見生男女好，不知男女催人老。短歌行，無樂聲。」起用三字句，結用三字句，節短音長，可與香山詩參觀。

王建《鏡聽詞》

「重重摩挲嫁時鏡，夫婿遠行憑鏡聽。回身不遣別人知，人意丁寧鏡神聖。懷中收拾雙錦帶，恐畏街頭見驚怪。嗟嗟嚓嚓下堂階，獨自竈前來跪拜。出門願不聞悲哀，郎在任郎回未回。月明地上人過盡，好語多同皆道來。卷帷上牀喜不定，與郎裁衣失翻正。可中三日得相見，重繡鏡囊磨鏡面。」通首音節如黄鸝巧囀，圓滑尖新。末二韵兩句一换，句句用韵，節奏尤妙。

詩法易簡録卷七

東萊李鍈青萍著

七言古詩

柏梁體

漢元封三年《柏梁詩》

「日月星辰和四時，武帝驂駕駟馬從梁來。梁孝王武郡國士馬羽林材，大司馬總領天下誠難治。丞相石慶和撫四夷不易哉，大將軍衛青刀筆之吏臣執之。御史大夫倪寬撞鐘伐鼓聲中詩，太常周建德宗室廣大日益滋。宗正劉安國周衛交戟禁不時，衛尉路博德總領從宗柏梁臺。光禄勳徐自爲平理清讞決嫌疑，廷尉杜周修飾輿馬待駕來。太僕公孫賀郡國吏功差次之，大鴻臚壺充國乘輿御物主治之。少府王温舒陳粟萬石揚以箕，大司農張成徼道宮下隨討治。執金吾中尉豹三輔盜賊天下危，左馮翊盛宣盜阻南山爲民災。右扶風李成信外家公主不可治，京兆尹椒房率更領其材。詹事陳掌蠻夷朝賀常舍其，典屬國柱枅欂櫨相枝持。大匠枇杷橘栗桃李梅，大官令走狗逐兔張罘罳。上林令齧妃女唇甘如飴，郭舍人迫窘詰屈幾窮哉。東方朔」「柏梁體」之名起於此，以其句句用韵，别於出句不用韵者言之耳。沈歸愚云：此聯句之祖。

愚按劉中壘《列女傳》，以《衛風・式微》篇爲二人作，則聯句不始《柏梁》矣。○馮汝言《詩紀》云：「按諸家所論七言詩，始惟《垓下》爲近之，他皆雜出一二言，未爲全體。至如甯戚扣牛所歌，高誘注《國語》，以爲《碩鼠》之詩，雖未必然，亦足以明『南山白石』之篇，誘時未嘗有也。他如《列子》《擊壤》，《孔叢子》《大道歌》，又有《獲麟歌》。《續博物志》《狄水歌》，亦見《水經注》。《拾遺記》《甯武子詩》、《皇娥歌》、《白帝子答歌》，皆出於作書者之手。至《吴越春秋》所載《窮劫之曲》、《采葛婦歌》、《河梁之詩》，尤淺劣不足道。而近時論詩者，遂引以爲據，辨七言不始於《柏梁》，亦何以稱知言也？」愚按，《詩紀》以《擊壤》、《飯牛》等歌爲不可信，沈歸愚亦以爲荒渺難稽，存而不論，韙矣。然《垓下》係七言换韵詩，猶非平韵到底之始。若平韵到底，絶不雜以長短句者，自應以《柏梁》爲始耳。他如《易水歌》下句多一「兮」字，《大風歌》下二句皆多一「兮」字，雖在《柏梁》前，非純乎七言者也。

唐景龍三年《帝誕辰内殿宴聯句》

「潤色鴻業寄賢才，中宗叨居右弼媿鹽梅。李嶠運籌帷幄荷時來，宗楚客職掌圖籍濫蓬萊。劉憲兩司謬忝謝鍾裴，崔湜禮樂銓管效塵埃。鄭愔陳師振旅清九垓，趙彦昭忻承顧問侍天杯。李適銜恩獻壽柏梁臺，蘇頲黄縑青簡奉康哉。盧藏用宗伯秩禮天地開，薛稷帝歌難續仰昭回。宋之問微臣捧日變寒灰，遠慚班左愧遊陪。上官婕妤」

景龍四年《正月五日御大明殿會吐蕃騎馬之戲因重爲柏梁體聯句》

「大明御宇臨萬方，中宗顧慚内政翊陶唐。韋后鸞鳴鳳舞向平陽，長寧公主秦樓魯館沐恩光。安樂公主無心爲子輒求郎，太平公主雄才七步謝陳王。温王重茂當熊讓輦愧前芳，昭容上官再司銓管恩何忘。吏部侍郎崔湜文江學海思濟航，著作郎鄭愔萬邦考績臣所詳。考功員外郎武平一著作不休出中腸，著作郎閻朝隱權豪屏跡肅嚴霜。御史大夫竇從一鑄鼎開嶽造明堂，將作大匠宗晉卿玉醴由來獻壽觴。吐蕃舍人明悉獵」此二詩乃效柏梁體聯句者，録之以見流派。○又按，魏晉人詩通篇句皆七言者，如《燕歌行》、《白紵舞詞》等作，皆係句句用韵，然無柏梁體之名也。至宋鮑明遠《行路難》等作，始有出句不用韵之體。齊、梁、陳、隋因之，唐人遂奉爲七言準則，而於句句用韵者，始别之爲柏梁體。

王昌齡《箜篌引》

「盧谿郡南夜泊舟，夜聞兩岸羌戎謳。其時月黑猿啾啾，微雨沾衣令人愁。五平句，轉以第四字平見聲調。有一遷客登高樓，不言不寐彈箜篌。彈作薊門桑葉秋，第六字仄。風沙颯颯青塚頭。將軍鐵驄汗血流，第五字仄。深入匈奴戰未休。合律句。以上連用三平正調，叠峙而下，此二句第五字連用仄聲以和轉之。黄旗一點兵馬收，亂殺胡人積如丘。瘡病驅來役邊州，仍披漠北羔羊裘。顔色飢枯掩面羞，平仄合律，必平。却非律調，此等當細玩之。眼眶淚滴深兩眸。思還本鄉食氂牛，欲語不得指咽喉。或有强壯能咿嚘，意説被他邊將讐。五世屬蕃漢主留，碧毛氈帳河曲遊。橐駝五萬部落稠，敕賜飛鳥金兜鍪。爲君百戰如過籌，静掃陰山無鳥投。家藏鐵券特承優，平仄合律。黄金千斤不稱求。九族分離作楚囚，深谿寂寞紘苦幽。草木悲感聲颼飀，僕本東山爲國憂。明光殿前論九疇，籠讀兵書盡冥搜。爲君掌上施權謀，洞曉山川無與儔。紫宸詔發遠懷柔，摇筆飛霜如奪鈎。鬼神不得知其由，憐愛蒼生比蚍蜉。朔河屯兵須漸抽，盡遣降來拜御溝。便令海内休戈矛，何用班超定遠侯，史臣書之得已不？」此唐人之柏梁體也。既句句用韵，自與出句不用韵者音節迴别，斷無句句三平之理。其中參以合律句，及不必合律而第五字仄者，皆所以振盪其筋脈，和轉其節拍也。又或參用四平五平之句，以見古樸。至其各句二四六字，亦須平仄前後調劑，有抑揚乘承之妙，視其通首音節定之，無他秘也。讀此可得其概。

齊梁體

以下平韵。

梁沈君攸《薄暮動弦歌》

「柳谷向夕沉餘日，蕙樓臨砌徙斜光。律句。金户半入叢林影，蘭徑時移落蘂香。律句。絲繩玉壺傳綺席，秦筝趙瑟響高堂。律句。舞裙拂履喧珠佩，律句。與上句粘，與下句不粘。歌聲出扇繞塵梁。律句。雲邊雪飛弦柱促，留賓但須羅袖長。日暮歌鐘恒不倦，律句。處處行樂爲時康。」語多排比，而聲律未能盡諧，然唐律橐籥於此矣。

江總《閨怨篇》

「寂寂青樓大道邊，紛紛白雪綺窗前。律聯。池上不粘。鴛鴦不獨自，帳中蘇合還空然。屏風有意障明月，拗律句。燈火無情照獨眠。律句。遼西不粘。水凍春應少，薊北鴻來路幾千。律句。願君關山及早度，照妾桃李片時妍。第五字仄。」在本句本聯中調叶平仄，與五言同。

北周庾信《烏夜啼》

「促柱繁絃非子夜，歌聲舞態異前溪。律聯。御史府中何處宿，律句，不粘。洛陽城頭那得棲。彈琴蜀郡卓家女，拗律句。織錦秦川竇氏妻。律句。詎不自驚長淚落，律句。到頭啼烏恒夜啼。」楊升庵取此爲七言律祖，少陵諸大拗體亦本此，而氣格高拔，遂擅出藍之譽矣。按：平韵七古，不宜學齊梁體，以聲調近律，有傷氣格故也。觀唐人平韵七古用齊梁體者絶少可見。

以下仄韵。

梁元帝《烏棲曲》

「七彩隋珠九華玉，拗律句。蛺蝶爲歌明星曲。蘭房椒閣夜方開，律句。那知步步香風逐。律句。」

唐温庭筠《春曉曲》

「家臨長信往來道，拗律句。乳燕雙雙拂烟草。拗律句。油壁車輕金犢肥，拗律句。流蘇帳曉春雞早。律句。籠中嬌鳥暖猶睡，拗律句。簾外落花閒不掃。律句。衰桃一樹近前池，律句，與上不粘。似惜紅顏鏡中老。」以下換韵。

梁元帝《燕歌行》

「燕趙佳人本自多，遼東少婦學春歌。黄龍戍北花如錦，玄菟城南月似蛾。四句全用律調，平仄粘聯都合。如何此時别夫婿，金羈翠眊往交河。律句。還聞入漢去燕營，換韵，仍用律調。怨妾愁心百恨生。漫漫悠悠天未曉，遥遥夜夜聽寒更。四句又全用律調。自從異縣同心别，換仄韵，律句。偏恨同時成異節。律句。横波滿臉萬行啼，律句，不粘。翠眉暫斂千重結。律句。並海連天合不開，律句，換韵。那堪春日上春臺。律句，粘。乍見遠舟如落葉，不粘。復看遥舸似行盃。律聯。沙汀夜鶴嘯羇雌，純以律調換韵。妾心不粘。無趣坐傷離。律句。翻嗟漢使音塵斷，律句。空傷賤妾燕南陲。參以三平古句。」此種音節，乃初唐四傑輩所本，少陵所云「王楊盧駱當時體」者，今人幾不知其源於齊梁矣。白香山《長恨歌》、《琵琶行》，元微之《連昌宫詞》，當時稱爲元和體者，亦此體之流派也。

唐盧照鄰《長安古意》

「長安大道連狹斜，青牛白馬七香車。律句。玉輦縱横過主第，金鞭絡繹向侯家。律聯。龍銜寶蓋承朝日，鳳吐流蘇帶晚霞。百丈遊絲争繞樹，一群嬌鳥共啼花。以上六句皆律，并合律粘，自是齊梁體中音節，與李、杜古體不同。遊蜂戲蝶千門側，换韵，仍用律句。碧樹銀臺萬種色。三仄脚，略參古調。複道交窗作合歡，雙闕連甍垂鳳翼。律聯。梁家畫閣天中起，仄脚。漢帝金莖雲外直。樓前相望不相知，陌上相逢詎相識。拗律句。借問吹簫向紫烟，曾經學舞度芳年。又以律聯换韵。得成比目何辭死，願作鴛鴦不羡仙。與上聯又合律粘。比目鴛鴦真可羡，换韵，承上聯比目鴛鴦而下，亦源於齊梁體。雙去雙來君不見。生憎帳額繡孤鸞，好取門簾帖雙燕。雙燕雙飛繞畫梁，又叠上「雙燕」字换韵。羅幃翠被鬱金香。片片行雲着蟬鬢，纖纖初月上鴉黄。雅黄又叠上。粉白車中出，含嬌含態情非一。妖童寶馬鐵連錢，娼婦盤龍金屈膝。御史府中烏夜啼，廷尉門前雀欲栖。隱隱朱城臨玉道，遥遥翠幰没金堤。挾彈飛鷹杜陵北，探丸借客渭橋西。俱邀俠客芙蓉劍，共宿娼家桃李溪。娼家日暮紫羅裙，又叠上「娼家」字换韵。清歌一囀口氛氲。北堂夜夜人如月，南陌朝朝騎似雲。南陌北堂又叠上。連北里，五劇三條控三市。弱柳青槐拂地垂，佳氣紅塵暗天起。漢代金吾千騎來，翡翠屠蘇鸚鵡杯。羅襦寶帶爲君解，燕歌趙舞爲君開。别有豪華稱將相，轉日回天不相讓。意氣由來排灌夫，專權判不容蕭相。專權意氣又叠上。本豪雄，青虬紫燕坐生風。自言歌舞長千載，自謂驕奢凌五公。節物風光不相待，桑田碧海須臾改。昔時金階白玉堂，即今惟見青松在。寂寂寥寥楊子居，年年歲歲一牀書。獨有南山桂花發，飛來飛去襲人裾。」此初唐四傑體。其多用對待句法，多用律調，换韵處多叠上字而下，皆自齊梁體中脱化而來，故附及之。讀者試諷詠其音節，當知余言非臆説也。

劉希夷《公子行》

「天津橋下陽春水，律句。天津橋上繁華子。律句，不粘。馬聲迴合青雲外，仄脚，律句。人影動摇緑波裏。緑波蕩漾玉爲砂，换韵，句首二字叠上文而下，法本齊梁，而加以流利。青雲離披錦作霞。可憐楊柳傷心樹，可憐桃李斷腸花。此日遨遊邀美女，此時歌舞入娼家。律句之後，又用律聯。而上二句叠「可憐」二字，此二句叠一「此」字，音節排宕可喜。娼家美女鬱金香，换韵處，首二字仍叠上句而下。飛去飛來公子傍。拗律句，與上句粘。的的珠簾白日映，娥娥玉顔紅粉粧。花際徘徊雙蛺蝶，池邊顧步兩鴛鴦。律聯。傾國傾城漢武帝，第五字仄，於流利中參以古趣。爲雲爲雨楚襄王。律句。古來容光人所羡，换仄韵。况復今日遥相見。願作輕羅着細腰，願爲明鏡分嬌面。律聯。與君相向轉相親，换韵，律句。與君雙栖共一身。願作貞松千歲古，誰論芳槿一朝新。律聯。百年同謝西山日，律句。千秋萬古北邙塵。律句，不粘。」此亦初唐體也。初唐聲調源本齊梁，觀此詩，益見初唐人皆然，不獨四子。按：何大復《明月篇序》謂：「初唐四子詩往往可歌，少陵意雖沉着，而調失流轉。」王阮亭《論詩絶句》云：「接迹風人《明月》篇，何郎妙悟本從天。王楊盧駱當時體，莫逐刀圭誤後賢。」兩先生之説不同，而王爲允。蓋少陵七古源出漢魏，其音節雄豪激宕，以沉鬱頓挫爲主，變雅之遺也。初唐七古源本齊梁，其音節宛轉關生，以流利圓脱爲主，國風之遺也。二者均不可廢。學者若欲叙述民間疾苦，鋪陳時事，或自抒胸臆，當法少陵。若寫宫闈瑣事，閨閣幽懷，當法初唐。聲音之道，通於性情，固各有其義類也。又按：四子詩最著者，如《帝京篇》、《疇昔篇》等作，可按刻而稽，兹不具録。

白居易《長恨歌》

「漢皇重色思傾國，御宇多年求不得。律聯。楊家有女初長成，養在深閨人未識。律句。天生麗質難自棄，一朝選在君王側。律句。回眸一笑百媚生，六宫粉黛無顔色。律句。春寒賜浴華清池，温泉水滑洗凝脂。律句。侍兒扶起嬌無力，律句，與上句粘。始是新承恩澤時。拗律句，與上句又粘。雲鬢花顔金步摇，拗律句，又與上粘。芙蓉帳暖度春宵。春宵苦短日高起，從此君王不早朝。以上四句，平仄粘聯都合律，唯「金」字用平，「日」字用仄，稍參以拗體耳。承歡侍宴無閒暇，仍以律句换韵。春從春遊夜專夜。後宫佳麗三千人，三千寵愛在一身。金屋妝成嬌侍夜，玉樓宴罷醉和春。律聯。姊妹弟兄皆列土，可憐光彩生門户。律句。遂令天下父母心，不重生男重生女。拗律句。驪宫高處入青雲，仙樂風飄處處聞。律聯。緩歌慢舞凝絲竹，盡日君王看不足。律聯。漁陽鞞鼓動地來，驚破霓裳羽衣曲。拗律句。九重城闕烟塵生，千乘萬騎西南行。翠華摇摇行復止，西出都門百餘里。拗律句。六軍不發無奈何，宛轉蛾眉馬前死。拗律句。花鈿委地無人收，翠翹金雀玉搔頭。律句。君王掩面救不得，回看血淚相和流。黄埃散漫風蕭索，雲棧縈紆登劍閣。律聯。峨嵋山下少人行，律句。旌旗無光日色薄。蜀江水碧蜀山青，聖主朝朝暮暮情。律聯。行宫見月傷心色，夜雨聞鈴腸斷聲。律聯，唯「腸」字拗，用平耳。天旋日轉迴龍馭，律句。到此躊躇不能去。拗律句。馬嵬坡下泥土中，不見玉顔空死處。律句。君臣相顧盡沾衣，東望都門信馬歸。律聯。歸來池苑皆依舊，律句。太液芙蓉未央柳。拗律句。芙蓉如面柳如眉，對此如何不淚垂。律聯。春風桃李花開日，秋雨梧桐葉落時。律聯。西宫南苑多秋草，落葉滿階紅不掃。律聯。梨園弟子白髮新，椒房阿監青娥老。律句。夕殿螢飛思悄然，孤燈挑盡未成眠。遲遲鐘鼓初長夜，耿耿星河欲曙天。四句皆律，粘聯都合。鴛鴦瓦冷霜華重，翡翠衾寒誰與共。律聯。悠悠生死别經年，魂魄不曾來入夢。律聯。臨卭道士鴻都客，律句。能以精誠致魂魄。爲感君王輾轉思，遂教方士殷勤覓。律聯。排空馭氣奔如電，律句。升天入地求之徧。律句。上窮碧落下黄泉，兩處茫茫皆不見。律聯。忽聞海上有仙山，山在虚無縹緲間。律聯。樓閣玲瓏五雲起，拗律句。其中綽約多仙子。律句。中有一人字太真，雪膚花貌參差是。律句。金闕西廂叩玉扃，轉教小玉報雙成。律聯。聞道漢家天子使，九華帳裏夢魂驚。律聯。攬衣推枕起徘徊，珠箔銀屏迤邐開。雲鬟半偏新睡覺，花冠不整下堂來。四句不獨平仄粘聯合律，且與上二句粘聯皆合，此種音節，唯齊梁體有之。風吹仙袂飄颻舉，律句。猶似霓裳羽衣舞。拗律句。玉容寂寞淚闌干，律句。梨花一枝春帶雨。含情凝睇謝君王，一别音容兩渺茫。律聯。昭陽殿裏恩愛絶，蓬萊宫中日月長。回頭下望人寰處，律句。不見長安見塵霧。拗律句。唯將舊物表深情，律句。鈿合金釵寄將去。拗律句。釵留一股合一扇，釵劈黄金合分鈿。拗律句。但教心似金鈿堅，天上人間會相見。拗律句。臨别殷勤重寄詞，詞中有誓兩心知。律聯。七月七日長生殿，夜半無人私語時。拗律句。在天願作比翼鳥，在地願爲連理枝。天長地久有時盡，此恨綿綿無絶期。拗律句。」此元和體也，亦名長慶體。香山自謂「詩到元和體變新」，其實仍源於齊梁及初唐耳，故附於齊梁體後論及之。近代吴梅村，七古專宗此體，亦足名家。少陵論初唐四子體云「不廢江河萬古流」，洵知言哉。○此詩及元微之《連昌宫詞》，皆世所盛稱。但元詩如「禄山宫中養作兒」等語，以本朝堂堂列祖，而敢以委巷無稽之説，公然形之咏歌，以誣之辱之。微之非唐之臣子則可，微之而唐之臣子也，罪豈容誅乎！至李林甫、楊國忠奸相亂國，直斥之，可也，而反曰「依稀記得楊與李」，又作含蓄語，真不識輕重。而世以元、白並稱，殊不可解。凡咏歌時事，有關君父者，事前冀其悔悟，不妨出以規諷，以明忠愛之忱。如太白《清平調》、《宫中行樂詞》直以飛燕比貴妃，轉見詩品之高。事後則惟有深諱之而已，否則出以悼痛之詞，如香山此詩，猶之可也。此等處有關於詩教人心不淺，選者、學者，俱當於此處着眼。此詩如「養在深閨人未識」等句，尚得臣子立言之體，故録之。

詩法易簡録卷八

東萊李鍈青萍著

五言律

仄起式

杜甫《春夜喜雨》

「好雨知時節，當春乃發生。隨風潛入夜，潤物細無聲。野徑雲俱黑，江船火獨明。曉看紅濕處，花重錦官城。」每句二四字定式。應用仄者用●以記之，應用平者用○以記之。其餘必不可易者，仄用●●以别之，平用◎以别之。平仄可通用者，不加圈點。○起句第二字用仄，謂之仄起。第二字仄，第四字必平，此二四定式也。起句二、四用仄、平，對句二、四必用平、仄，此一聯之定式也。次聯出句第二字與上聯對句第二字相粘，故首聯用仄起，次聯必用平起，三聯又用仄起，末聯又用平起，乃一定之粘聯也。否則，謂之失粘。每聯出句第三字必用平，以出句第五字必仄故也。對句第三字必用仄，以第五字押韵，必係平聲故也。至對句第二字用平者，第一字必須用平，以平不可單行故也。出句第二字用平者，第一字可以不拘，以第三字必係平聲故也。若第二字用仄者，第一字皆可不拘。○又按：首句有入韻者，如王右丞「風勁角弓鳴」是也。不過第三字必用仄耳，餘俱同，故不復録。

平起式

王維《山居秋暝》

「空山新雨後，天氣晚來秋。明月松間照，清泉石上流。竹喧歸浣女，蓮動下漁舟。隨意春芳歇，王孫自可留。」起句第二字用平，謂之平起。其首聯之平仄與仄起之次聯同，其次聯之平仄與仄起之首聯同，不過一轉移耳。餘皆一例。○又按：平起首句入韻者，如宋之問之「歸來物外情」，第三字必仄，與仄起同；第一字必平，與仄起異。○按：沈括《夢溪筆談》云：「詩第二字側入謂之正格，如『鳳曆軒轅紀，龍飛四十春』之類。第二字平入謂之偏格，如『四更山吐月，殘夜水明樓』之類。唐名賢輩詩多用正格。」愚按：五言首句尤以不入韻爲正，故一韻爲聯，二韻爲絶，四韻爲律，六韻、八韻以至百韻爲長律也。皆一聯爲一韵，首句總不入韵。六韵、八韵切不可講借還補救，以應試應制貴從律也。五律用於試作，祇可用小借還法，如少陵「何時一樽酒」、此本句單拗法。劉昚虚「時有落花至，遠隨流水香」，此本聯變拗法。皆無礙於應試體。唯大拗不可輕用。若用於酬贈閒咏，則工於補救，乃見法度之妙。

七言律

平起式

杜審言《大酺》

「毘陵震澤九州通，士女歡娱萬國同。伐鼓撞鐘驚海内，新粧炫服照江東。梅花落處凝殘雪，柳葉開時任好風。火德雲官逢道泰，天長地久屬年豐。」首句二、四、六用平、仄、平，次句二、四、六用仄、平、仄，較五言不過多二字，其粘聯定式正復相同，其平不單行亦同。唯各句第一字，前人有通可不論之説。查唐人詩，間有第二字用單平者，不似五律對句第二字之必不可用單平，但第一字不可犯八平、八仄耳。其第四字應平、第五字應仄之句，則第三字必須用平，斷不可用仄。如此詩次句「歡」字、六句「開」字是也。若首句不入韵，則第五字必用平。如少陵之「新詩海内流傳遍」是也。第七句五六字借還法如劉禹錫「想見扶桑受恩處」，五六句第五字大借還法如崔顥「晴川歷歷漢陽樹，芳草萋萋鸚鵡洲」，皆可習用。至通首大拗法，則非熟於補救不可輕用。

仄起式

錢起《山中酬楊補闕見訪》

「日暖風恬種藥時，紅泉翠壁薜蘿垂。幽溪鹿過苔還静，深樹雲來鳥不知。青瑣同心多逸興，春山載酒遠相隨。却慚身外牽纓冕，未勝樽前倒接䍦。」首句不入韵，如少陵之「五夜漏聲催曉箭」是也。三四句第五字大借還法，如趙嘏「殘星幾點雁横塞，長笛一聲人倚樓」是也。五六句第五字對還法，如王右丞「草色全經細雨濕，花枝欲動春風寒」，遂成三仄三平，不可輕用。又按：此詩首句先用「酌酒與君君自寬」，「君」字引起。崔顥《黄鶴樓》五六句第五字借還，次句先用「此地空餘黄鶴樓」，同一法也。〇杜少陵《蜀相》詩「映階碧草自春色，隔葉黄鸝空好音」，先用「丞相祠堂何處尋」引之。許渾《遊江令舊宅》「芹根生葉石池淺，桐樹落花金井香」，後用「潮浸臺城春草長」應之。不熟于通體隔位補救之法，不可輕用拗體也。

詩法易簡録卷九

東萊李鍈青萍著

五言律詩

首句單起次句承明法

唐杜甫《畫鷹》

「素練風霜起，蒼鷹畫作殊。攫身思狡兔，側目似愁胡。絛鏇光堪摘，軒楹勢可呼。何當擊凡鳥，毛血灑平蕪。」「風霜起」三字直寫出秋高，欲擊之神，已貫至結二句矣。素練本無風霜，而忽若風霜起於素練者，以所畫之鷹殊也。如此用筆，方有突兀凌空之勢，若一倒轉，使平衍無力。

王維《觀獵》

「風勁角弓鳴，將軍獵渭城。草枯鷹眼疾，雪盡馬蹄輕。忽過新豐市，還歸細柳營。回看射雕處，千里暮雲平。」

温庭筠《送人東遊》

「古戍落黄葉，浩然離故關。高風漢陽渡，初日郢門山。江上幾人在，天涯孤棹還。何當重去聲，柱用切。更爲也，再也。與平聲重叠、重複之重，音義迥别。相見，尊酒慰離顔。」首句突起，如少陵「莽莽萬重山」，「帶甲滿天地」，嘉州「送客飛鳥外」，右丞「天官動將星」，襄陽「山暝聽猿愁」，「木落雁南渡」，以及義山之「高閣客竟去」、馬戴之「孤雲與歸鳥，千里片時間」，皆昔人所稱，兹不備録。

首二句雙起三四句承明法

李白《送友人》

「青山横北郭，白水遶東城。此地一爲别，孤蓬萬里征。浮雲遊子意，落日故人情。揮手自兹去，蕭蕭班馬鳴。」三句此地二字緊承首二句北郭、東城來。

王維《送梓州李使君》

「萬壑樹參天，千山響杜鵑。山中一夜雨，樹杪百重泉。漢女輸橦布，巴人訟芋田。文翁翻教授，不敢倚先賢。」此詩起勢尤爲斗絶，三句承次句「山」字，四句承首句「樹」字，一氣相生相足，洵傑作也。

嚴武《班婕妤》

「賤妾如桃李，君王若歲時。秋風一已勁，摇落不勝悲。寂寂蒼苔滿，沉沉緑草滋。繁華非昔日，指輦競何辭。」「秋風」承「歲時」言，「摇落」承「桃李」言。首二句對起，三四句單行，格力矯變。

郎士元《送錢大》

「暮蟬不可聽，落葉豈堪聞。共是悲秋客，那知此路分。荒城背流水，遠雁入寒雲。陶令東籬菊，餘花可贈君。」第三句承接有力。首二句，高仲武以爲工於發端，王敬美譏其合掌可笑，持論不同，其實發端誠工，而寫景一例，亦不免合掌之弊。善學者取其所長，棄其所短可也。

國朝朱彝尊《送嚴煒之惠陽》

「相期且樂酒，相見輒悲歌。相送有如此，相思知若何。晴川疎樹遠，落日亂山多。别後豐湖月，聞鐘應獨過。」四「相」字一氣叠下，遂使首二句對偶之中亦成流走。第三句總承首二句作一束頓，第四句轉到别後，便覺無限纏綿。此於師法古人之中，而能别出新意者，讀之可悟用法變化之妙。

五六句振起法

唐崔顥《贈梁州張都督》

「聞君爲漢將，虜騎罷南侵。出塞清沙漠，還家拜羽林。風霜臣節苦，歲月主恩深。爲語西河使，知予報國心。」五六句沉雄壯闊，得此一聯，通篇神色俱振。按：首二句突起者，宜用緩承，故三四句以和平爲貴。三四句既和平矣，五六句須用開拓之筆、雄深之氣，特出偉論以振之，通篇乃健，此一法也。又如少陵《登岳陽樓》三四句云：「吴楚東南坼，乾坤日夜浮。」寫景闊大，雄跨古今，五六句若再求闊大者以稱之，必不可得，遂攝歸切近，易景言情云：「親朋無一字，老病有孤舟。」筆端變化，轉見格力之老，又是一法。孟襄陽《臨洞庭》三四句云：「氣蒸雲夢澤，波撼岳陽城。」五六句接以：「欲濟無舟楫，端居恥聖明。」亦是此法。若杜必簡之「雲霞出海曙，梅柳渡江春」，下接「淑氣催黄鳥，晴光轉緑蘋」，王右丞之「明月松間照，清泉石上流」，下接「竹喧歸浣女，蓮動下漁舟」，格力便遜。

杜甫《送人從軍》

「弱水應無地，陽關已近天。今君渡沙磧，累月斷人烟。好武寧論命，封侯不計年。馬寒防失道，雪没錦鞍韉。」首二句寫盡邊地之遠，而苦在其中。三句點入從軍，四句極寫苦境。若五六句再描寫苦寒景況，不唯格局平沓，亦失性情温厚之旨，以「好武」、「封侯」振其從軍之氣，以「寧論命」、「不計年」掃其從軍之苦，而神色俱旺，局勢開拓矣，立言亦最得體。末二句雖寫邊地險苦，言外有諷以臨事而懼之意，不可好武而恃勇也，更得贈言之義。

七八句就題收結法

蘇味道《正月十五夜》

「火樹銀花合，星橋鐵鎖開。暗塵隨馬去，明月逐人來。遊妓皆穠李，行歌盡落梅。金吾不禁夜，玉漏莫頻催。」

七八句題後展拓法

王維《被出濟州》

「微官易得罪，謫去濟川陰。執政方持法，明君無此心。閭閻河潤上，井邑海雲深。縱有歸來日，多愁華鬢侵。」

孟浩然《題故人庄》

「故人具雞黍，邀我至田家。緑樹村邊合，青山郭外斜。開軒面場圃，把酒話桑麻。待到重陽日，還來就菊花。」

首二句總領全首法

杜甫《吾宗》

「吾宗老孫子，質朴古人風。耕鑿安時論，衣冠與世同。在家當早起，憂國願年豐。語及君臣際，經書滿腹中。」浦二田云：「『質朴古人風』，一詩總領，而詩之丰度亦似之。」愚按：寫質朴處，寫到「憂國願年豐」及「經書滿腹」方見。不愧古人，識力最超。

李白《秋登宣城謝朓北樓》

「江城如畫裏，山曉望晴空。兩水夾明鏡，雙橋落彩虹。人烟寒橘柚，秋色老梧桐。誰念北樓上，臨風懷謝公。」中四句正所謂如畫也。

玄宗《幸蜀西至劍門》沈歸愚云："觀詩意，『西』字當是『回』字之訛。"

"劍閣横雲峻，鑾輿出狩回。翠屏千仞合，丹嶂五丁開。灌木縈旗轉，仙雲拂馬來。乘時方在德，嗟爾勒銘才。"三四句承首句，寫劍閣之峻。五六句承次句，寫鑾輿之回，而灌木、仙雲，仍切劍閣，便能一脉相生。第七句即緊，承出狩回生意，第八句仍緊切劍閣作結。脉理灌輸，較前二首又自成一章法。學者由此参入，可悟用法變化之妙。

首句推原次句入題法

杜甫《登兖州城樓》

"東郡趨庭日，南樓縱目初。浮雲連海岱，平野入青徐。孤嶂秦碑在，荒城魯殿餘。從來多古意，臨眺獨躊躇。"公父曾爲兖州司馬，公時省侍，故有首句，推原得登南樓之由也。三四句緊承縱目，五六句引起古意，末句又回應登樓作結，章法完密。

首句拈題次句推原法

岑參《送張子尉南海》

「不擇南州尉，高堂有老親。樓臺重蜃氣，邑里雜鮫人。海暗三山雨，花明五嶺春。此鄉多寶玉，慎勿厭清貧。」一結得朋友贈言之義。

三四句承寫法

杜審言《夏日過鄭七山齋》

「共有尊中好，言尋谷口來。薜蘿山逕入，荷芰水亭開。日氣含殘雨，雲陰送晚雷。洛陽鐘鼓至，車馬繫遲迴。」三四句緊承次句「谷口來」。

李白《送友人入蜀》

「見説蠶叢路，崎嶇不易行。山從人面起，雲傍馬頭生。芳樹籠秦棧，春流遶蜀城。升沉應已定，不必問君平。」三四句寫出「不易行」。

第五句直接法

孟浩然《宿桐廬江寄廣陵舊遊》

「山暝聽猿愁，滄江急夜流。風鳴兩岸葉，月照一孤舟。建德非吾土，維揚憶舊遊。還將兩行淚，遥寄海西頭。」前四句寫宿桐廬江，已含「非吾土」意，後三句寫寄廣陵舊遊，即以「非吾土」三字引起，蓋以第五句承上起下，作中軸也。

杜甫《房兵曹胡馬詩》

「胡馬大宛名，鋒稜瘦骨成。竹批雙耳峻，風入四蹄輕。所向無空闊，真堪託死生。驍騰有如此，萬里可横行。」

杜甫《不見》近無李白消息。

「不見李生久，佯狂真可哀。世人皆欲殺，吾意獨憐才。敏捷詩千首，飄零酒一杯。匡山讀書處，頭白好歸來。」「敏捷詩千首」頂第四句「憐才」來。

國朝李鍇《喜雪上人至》

「小犬吠如豹，孤村黄葉飛。卷書横落日，人語到巖扉。此地相逢好，秋來見面稀。妙香生滅處，微契道人機。」第四句寫到題中「至」字，便有空谷足音之喜。第五句便接「至」字點到「喜」字之意，一氣相生，詩家老境。

第五句大轉法

朱彝尊《西陵後感舊》

「潘安曾對酒，吴質數論文。舊史悲難續，斯人意不群。一爲江海別，遽作死生分。凄斷山陽笛，那堪歲歲聞。」「曾對酒」、「數論文」，皆舊日事也。「一爲江海别」，轉到此日不勝今昔之感。

王錫《丁卯中秋》

「去歲中秋節，燈前病劇身。黄昏正風雨，白首獨酸辛。此日全微命，高堂失老親。不如垂死處，尚見倚閭人。」

佟法海《送查悔餘還鄉兼寄賈蕙坤》

「憶昨青雲侣，偏承恩渥殊。出同陪羽獵，入共侍蓬壺。老境憐分散，天涯各一隅。秦郵如過棹，爲我問珠湖。」以「憶昨」、「老境」四字呼應作轉軸，與前首「去歲」、「此日」同法。

五六句雙開七八句合題法

明韓洽《鐵馬》

「急響中宵發，凌空鐵騎行。不知風信至，頓使旅魂驚。當世正多事，吾儕方苦兵。那堪檐宇下，又作戰場聲。」五六句忽然推開，感慨時事，咏物詩中别有天地。

第七句直接法

唐王維《送劉司直赴安西》

「絶域陽關道，胡沙與塞塵。三春時有雁，萬里少行人。苜蓿隨天馬，葡萄逐漢臣。當令外國懼，不敢覓和親。」

李商隱《河清與趙氏昆季燕集擬杜工部》

「勝槩殊江右，佳名逼渭川。虹收青嶂雨，鳥没夕陽天。客鬢行如此，滄江坐渺然。此中真得地，漂蕩釣魚船。」又如少陵之「驍騰有如此」、嘉州之「此鄉多寶玉」，皆可參觀，詩俱見前。

第七句大轉法

盧綸《送都尉歸邊》

「好勇知名早，争雄上將間。戰多春入塞，獵慣夜燒山。合陣龍蛇動，移軍草木閒。今來部曲盡，白首過蕭關。」前六句皆寫都尉昔日之勇武，第七句轉到今日之歸邊，極前後相形之妙。

首尾回應法

杜審言《和晉陵陸丞早春遊望》

「獨有宦遊人，偏驚物候新。雲霞出海曙，梅柳渡江春。淑氣催黄鳥，晴光轉緑蘋。忽聞歌古調，歸思欲霑巾。」「歸思」回應首句「宦遊」，綰結完密。

前四句扇對法

韓愈《送李員外院長分司東都》

「去年秋露下，羈旅逐東征。今歲春光動，驅馳别上京。飲中相顧色，送後獨歸情。兩地無千里，因風數寄聲。」

白居易《夜聞箏中彈瀟湘送神曲感舊》

「縹緲巫山女，歸來七八年。殷勤湘水曲，留在十三絃。苦調吟還出，深情咽不傳。萬重雲水思，今夜月明前。」

國朝吕履恒《留别漢南諸子》

「白起城邊草，年年怨别離。漢王臺上月，夜夜照相思。歧路自兹去，故人何處期。滂淫數行淚，東盡漢江湄。」前二詩扇對，中寓流走。此詩直以兩扇作對峙，用法又變，可以參觀。

前四句全用單行法

唐李白《塞下曲》

「五月天山雪，無花只有寒。笛中聞折柳，春色未曾看。曉戰隨金鼓，宵眠抱玉鞍。願將腰下劍，直爲斬樓蘭。」前四句一氣直下，不用對偶，倍見超逸。此以古風格力運於律詩中者。

明徐禎卿《在武昌作》

「洞庭葉未下，瀟湘秋欲生。高齋今夜雨，獨卧武昌城。重以桑梓念，淒其江漢情。不知天外雁，何事樂長征。」

國朝王士禛《撫琴渡》

「明月生琴渡，似聞彈履霜。猿聲何處發，今夜宿江陽。更有巴渝曲，能霑旅客裳。楓林前路遠，葉葉似瀟湘。」漁洋最愛昌穀《武昌》詩，以爲非太白不能作，此詩神味何相似也。備録以見前賢師法源流之自。

章在兹《將出金陵》

「昔日秦淮渡，高歌舊酒樓。今來江上月，獨對帝城秋。壯志銷投牒，微軀賤旅遊。干將鋒盡折，真悔覓封侯。」

吴雯《雲中寺》

「天半雲中寺，四山皆白雲。我來雲際宿，卻憶雲中君。塔影當晴出，濤聲入夜聞。此中有猿鶴，莫勒北山文。」

吴雯《古意柬徐勝力》

「美人艷南國，顔色如朝霞。昨來耶溪上，妬殺芙蓉花。秦珠隨月滿，越練逐風斜。獨慕孤高義，今年尚浣紗。」此詩最得齊梁風味，觀其題曰《古意》，自是擬古之作。

通首單行法

唐李白《夜泊牛渚懷古》

「牛渚西江夜，青天無片雲。登舟望秋月，空憶謝將軍。余亦能高咏，斯人不可聞。明朝挂帆去，楓葉落紛紛。」通首單行，一氣旋折，有神無跡。初學雖未易問津，然古人有此一格，留心風雅者，正不可不知。

孟浩然《晚泊潯陽望廬山》

「挂席幾千里，名山都未逢。泊舟潯陽郭，始見香爐峰。嘗讀遠公傳，永懷塵外踪。東林精舍近，日暮坐聞鐘。」沈歸愚云：「別本有作古詩者，須知作律詩纔妙。」

釋皎然《尋陸鴻漸不遇》

「移家雖帶郭，野逕入桑麻。近種籬邊菊，秋來未着花。扣門無犬吠，欲去問西家。報道山中去，歸來每日斜。」

明釋今種《自白下至檇李與諸子約遊山陰》

「最恨秦淮柳，長條復短條。秋風吹落葉，一夜別南朝。范蠡河邊客，相將蕩畫橈。言尋大禹穴，直渡浙江潮。」

國朝朱彝尊《寄查山張上舍》

「昔訪查山麓，梅花香滿頭。筍車三日坐，日日醉層樓。八載負前諾，今年春可遊。老夫無那嬾，風雨返孤舟。」

田雯《泊舟吴門寄汪苕文》

「渺渺太湖水，遥遥光福山。梅花一萬樹，窈窕非人間。思與堯峰叟，扁舟數往還。烟巒七十二，坐嘯聽潺湲。」律詩起結，原可單行，所謂通首單行者，重在中四句耳。此詩中四全用單行，雖首二句用對起，其格力神韻與通首單行者同，故并録之。

連章結構法

唐李白《宫中行樂詞八首》奉詔作

「水緑南薰殿，花紅北闕樓。鶯歌聞太液，鳳吹繞瀛洲。素女鳴珠珮，天人弄綵毬。今朝風日好，宜入未央遊。」凡數首詩，章法須有次第，更須於次第排比中得順逆錯綜之法。此係第一首，南薰、北闕、太液、瀛洲，先舉宫中之勝槩言之，末句點到未央，引起次首。

「寒雪梅中盡，春風柳上歸。宫鶯嬌欲醉，簷燕語還飛。遲日明歌席，新花艷舞衣。晚來移彩仗，行樂泥光輝。」此未央宫中行樂也。已於上首末句點明，故此首不用再點宫名。末二句切未央意作結，言外有沉迷忘返之意。

「今日明光裏，還須結伴遊。春風開紫殿，天樂下珠樓。艷舞全知巧，嬌歌半欲羞。更憐花月夜，宮女笑藏鈎。」此明光殿中行樂也。第一句即點出宫名，用順領法。

「繡户香風暖，紗窗曙色新。宫花争笑日，池草暗生春。緑樹聞歌鳥，青樓見舞人。昭陽桃李月，羅綺自相親。」此昭陽殿中行樂也。於第七句點出宫名，用倒醒法。合前首一順一逆，錯綜有法。

「玉樹春歸日，金宫樂事多。後庭朝未入，輕輦夜相過。笑出花間語，嬌來竹下歌。莫教明月去，留着醉嫦娥。」此後宫行樂也。又用順領，却於次句點出宫字，第三句承明「後」字，較「今日明光裏」用法又變。

「盧橘爲秦樹，蒲萄出漢宫。烟花宜落日，絲管醉春風。笛奏龍吟水，簫鳴鳳下空。君王多樂事，還與萬方同。」此離宫行樂也。以盧橘、蒲萄點出離宫景物。末二句推及萬方，立論正大，却是緊切離宫生意。通首不點宫名，用法又變。

「柳色黄金嫩，梨花白雪香。玉樓巢翡翠，金殿鎖鴛鴦。選妓隨雕輦，徵歌出洞房。宫中誰第一，飛燕在昭陽。」此下二首皆專咏楊貴妃。此首以飛燕比之，詞則規諷，意則忠愛。

「小小生金屋，盈盈在紫微。山花插寶髻，石竹繡羅衣。每出深宫裏，常隨步輦歸。只愁歌舞散，化作彩雲飛。」前首猶是就宫中寫行樂，末二句始點到貴妃。此首則單咏貴妃一身行樂承恩優渥也。末二句規戒，更切馬嵬之事，已若燭照龜卜，惜明皇之不悟耳。詩至此，其蘊深矣。太白之詩，所以獨有千古。

杜甫《喜達行在所三首》 原注：自京竄至鳳翔。

「西憶岐陽信，無人遂却回。眼穿當落日，心死著寒灰。霧樹行相引，連山望忽開。所親驚老瘦，辛苦賊中來。」按《唐書》，至德二載二月，肅宗自彭原幸鳳翔。鳳翔古岐地，即行在所也。時禄山陷西京，少陵自京逃至鳳翔，此首喜其得脱賊中。前四句是未達前一層，五六句寫途中之景，七八句點到「達」字。遂却，猶言即便也。憶行在之信，而無人即回，則猶未得的信也。「眼穿」句，望信之急且久也。向西而望，故曰「當落日」。「心死」句，極力爲喜字蓄勢。此四句追溯在賊中時，末句「辛苦賊中來」方收得嚴緊有力。

「愁思胡笳夕，凄凉漢苑春。生還今日事，間道暫時人。司隸章初睹，南陽氣已新。喜心翻倒極，嗚咽淚沾巾。」此首正寫喜達行在。首二句承上首賊中説，下三四句轉到達字，全從苦中寫出喜來。拔賊而歸帝所，故曰「還」。「間道」謂伺間隙之道而行，本《漢書》。五六句達行在所正位。「南陽」句已透起下首中興意。末二句寫喜字，寫到「淚沾巾」，方寫得喜字分外懇至。

「死去憑誰報，歸來始自憐。猶瞻太白雪，喜遇武功天。影静千官裏，心蘇七校前。今朝漢社稷，新數中興年。」此章寫達後情事。首二句痛定思痛也。太白山在武功縣南，切鳳翔説。「猶瞻」承上「死去」、「歸來」説。死則不得瞻，今幸未死，故猶得瞻也。五六句達行在後得面君也。「影静」、「心蘇」四字，仍承上「辛苦」、「愁思」、「嗚咽」等句來，却將上兩首驚惶之意一併收住，轉出末二句喜望中興，爲喜字結穴。「中興」「中」字，沈云讀音衆，猶當也。三章層次分明，章法井井。

杜甫《收京三首》收西京也。時公已自鳳翔赴鄜州，在鄜州作。

「仙仗離丹極，妖星照玉除。須爲下殿走，不可好樓居。暫屈汾陽駕，聊飛燕將書。依然七廟略，更與萬方初。」此初聞收復西京，喜極，而爲削平餘孽之祝也。前四句原陷京之由。首句指上皇幸蜀言，次句指禄山入長安言。幸蜀之議，倡自國忠，原非良策，當時必有以此議上皇之失者。但君父之失，事前不妨極諫，事後斷無追咎之理。紛紛横議，少陵蓋心傷之，故因收京以明上皇之幸蜀未爲失策。曰「須爲下殿走，不可好樓居」，言妖氛既至，須爲暫避，不可懷安也。或以好樓居爲刺好神仙，可謂以小人之心度少陵矣，何其謬哉！第五句即以「暫屈汾陽駕」承，明其故，言不過暫時出幸，而舊物已復，非同亡國之君，可以死社稷之義責之也。不獨喜新君之恢復舊業，而并喜可以洗上皇幸蜀之恥。於是乘興而言河北餘孽，指日可定，不過飛一紙之書耳，故曰「聊飛燕將書」。末二句遂言依然撫有萬方，中興之業焕然更新。後三句皆因收京而作，喜望之詞，原係虚説，非同實指，浦二田以第五句指河北言，爲太落後層，亦屬拘泥。

「生意甘衰白，天涯正寂寥。忽聞哀痛詔，又下聖明朝。羽翼懷商老，文思憶帝堯。叨逢罪己日，霑灑望青霄。」此聞收京之詔，而望肅宗之内修也。首四句一氣相生，言當此衰遲寂寞之時，忽聞收京詔下，其慶幸爲何如。五六句舉朝廷事之重且大者，以望肅宗之内修，其愛深，故其望切。蓋安儲位、侍寢門，於君德國體所關非渺，後此之事，固不必預爲逆料，而建寧之死，鑒在前車，良娣之寵，已兆晨牝。以少陵忠愛之誠，安得不隱隱相關？商老指李泌。沈歸愚云：「時泌已還山，故懷之，望其輔翼廣平也。帝堯指上皇。」浦二田云：「時上皇尚未還京，故曰憶。第七句『罪己日』回應『哀痛詔』作結，末句即喜極霑巾意，然加一『望』字，正收足五六句，以内修無闕望之也。忠愛悱惻，溢于言表。」

「汗馬收宫闕，春城鏟賊壕。賞應歌杕杜，歸及薦櫻桃。雜虜横戈數，功臣甲第高。萬方頻送喜，無乃聖躬勞。」此收京後而望肅宗之外治也。首二句言收京後賊壕尚須鏟平，以迎鑾輿。第三句賞賚軍士，承首句言。第四句預計歸期，承次句言。第五句指回紇等助順者。第六句指當時將士，鹵横臣驕，撫馭非易，無以善後，恐貽蹂躪跋扈之憂。故末二句即以聖躬勞結之，言此時萬方雖頻頻送喜，其廑宸憂方大也。浦二田云：「晉羊祜曰：『正恐平吴之後，方勞聖慮耳。』意與此同。非無使君勞之謂也。」

杜甫《有感五首》

「將帥蒙恩澤，兵戈有歲年。至今勞聖主，何以報皇天。白骨新交戰，雲臺舊拓邊。乘査斷消息，無處覓張騫。」五詩爲河北藩鎮跋扈，朝廷處置失宜，有感而作也。此爲諸鎮擁兵不能禦寇而作。前四句言自天寶以來，諸將蒙恩已久，何以至今猶翫寇殃民，徒廑宸憂，而不思報稱耶？五六句言今之新與邊境戰者，喪師於外，空存白骨，即係昔日開國諸勳臣所拓闢之地，昔也拓邊至此，今也喪師於此，諸將豈能辭其責哉？不能外攘，而使聲教無以及遠，故末二句以乘查爲比。「斷消息」謂使節不通也。張騫曾出使西域，「無處覓」者，譏諸將手握重兵，轉騫之不若也。

「幽薊餘蛇豕，乾坤尚虎狼。諸侯春不貢，使者日相望。慎勿吞青海，無勞問越裳。大君先息戰，歸馬華山陽。」此嘆藩鎮之跋扈，由朝廷之姑息也。河北諸鎮，皆安、史餘孽，故以首二句點醒。第三句言其跋扈，第四句言朝廷姑息。五六句忽然推開，説到吐蕃、南詔，皆當時邊患之最重者，非欲其勤遠略也，借以陪内寇耳。言此時慎勿欲吞吐蕃，亦無勞更論南詔，所以然者，以内地之憂方大也。乃大君已息戰歸馬，方期與天下休息，其將奈之何哉？末二句詞婉意摯，憂國之言，不同細響。

「洛下舟車入，天中貢賦均。日聞紅粟腐，寒待翠華春。莫取金湯固，長令宇宙新。不過行儉德，盗賊本王臣。」從來國家之亂，皆因費用無節，横征苛斂，以致萬民流離，窮而爲盗，而後權奸之徒始得借以爲資，覬覦神器。此章因藩鎮之不臣，而望天子躬儉節用，以安兆民，乃播亂反正，探本之至計也。因當時有遷都就餉之議，少陵心識其非，故就此發端。言洛陽唐稱東京。地在天中，每聞人言積粟最多，日望翠華之幸，若金湯可恃者，不知此非上策也。一則西京爲根本之地，不可輕棄。再則未能簡用，徒勤挽輸，仍恐耗費難支，所以曰莫取洛下可以積粟，遂視同金湯之固，當思根本之圖，長令斯民飽煖，俾宇内有重新氣象，乃爲弭盗之良策耳。何謂根本？人君躬行儉德，俾民生日裕，則盗賊皆可化爲王臣。况今之盗賊，本皆昔之王臣，復何憂藩鎮之不臣哉？通首一氣轉折，氣足神完，議論尤爲醇正。

「丹桂風霜急，青梧日夜凋。由來强幹地，未有不臣朝。受鉞親賢往，卑宮制詔遥。終依古封建，豈獨聽簫韶。」此章按仇滄柱云：「勸朝廷建宗藩以懾叛臣也。首二句借秋景作比，『風霜急』、『日夜凋』，隱言肅代以來，待宗室之薄也。三四句從大處作轉，言從來封建宗藩，則異姓不敢妄干，緊針定河北藩鎮立論。後四句始就當時事勢藩策。」浦二田云：「『受鉞』二句謂使親賢得專征伐，而朝廷遥爲節制。」最得解。末二句言藩鎮既平，然後依古封建宗子之法，强幹弱枝，用衛神京，以立萬年太平之基。豈獨偃武修文，稱一時之盛而已哉？

「胡滅人還亂，兵殘將自疑。登壇名絶假，絶，猶無也。言名無假也。假字，本韓信請立爲假王「假」字來。執玉爾何遲。領郡輒無色，之官皆有詞。願聞哀痛詔，端拱問瘡痍。」此章欲重郡守之權，以蘇民困，而潛消藩鎮之患也。藩鎮之驕横，實由當時重節制而輕守令。按後日烏重胤上言，河朔能拒朝命者，蓋刺史失其職，反使鎮將領兵事，奪刺史、縣令之職，自作威福故也。正是此意。首二句推本言之，安、史既滅而人還亂者，緣諸將既不能輯兵，至于殘殺無辜，又恐賊平後獲罪，遂因自疑之故，奏留降將分帥，其初借以固寵，其後遂自立邀封，擾攘無已耳。三四句言朝廷既因而予以節制，是不啻登壇封拜，已絶異於假攝矣，自應執玉來朝，仰答天恩，復何所嫌疑，而竟遲遲不至也？其所以敢於負固者，則以其奪守令之權，威行已久，至使當時領郡無色之官有詞。有詞者，有怨詞也。郡縣積輕之弊，至于如此，尚可言乎？所願朝廷力除其弊，俾郡縣親民之官得以軫卹凋殘，而大君復端拱于上，以勤問民之疾苦，庶乎本固邦寧，郡縣與節鎮相維，而河北諸將無慮其不奉王章矣。五章經國碩畫，不愧自許稷契，後日藩鎮之亂，殆亦先窺及之歟。〇又按：連章結構之法，如少陵兩遊何將軍園林及《秦州雜詩》等作，皆可取以觀法，茲録聊舉一隅，不能徧也。

詩法易簡録卷十

東萊李鍈青萍著

七言律詩

實一虛二法

唐岑參《奉和杜相公發益州》

「相國臨戎發帝京，擁旄持節遠横行。朝登劍閣雲隨馬，夜渡巴江雨洗兵。山花萬朵迎征蓋，川柳千條拂去旌。暫到蜀城應計日，須知明主待持衡。」此法以首句拈題實起，次句虛引以領三四句爲合法。此詩三四句緊承「遠横行」來，「劍閣」、「巴江」點明赴益州之路，「雲隨馬」、「雨洗兵」并承明首句「臨戎」，一氣相生，最佳。中二聯「朝登」、「夜渡」從「發帝京」説向益州，是順叙。五六句「山花」、「川柳」從益州説起，「迎征蓋」、「拂去旌」回抱「發帝京」，是逆挽，用筆變化有法。觀詩曰「發帝京」，而題云「發益州」，題中「發」字恐是「赴」字之訛。後四句與前四句不粘，尚沿初唐餘習。學者當以粘爲正，不得借口。

插三法

杜甫《送路六侍御入朝》

「童稚情親四十年，中間消息兩茫然。更爲後會知何地，忽漫相逢是別筵。不分桃花紅勝錦，生憎柳絮白於綿。劍南春色還無賴，觸忤愁人到酒邊。」第三句插入後會，再轉到別筵，便覺活脱流轉，化盡板滯之氣。末二句「春色」承「花紅」、「絮白」來，「觸忤」近承「無賴」，遠承「不分」、「生憎」來，「酒邊」并結到別筵，法律完密。三四言情，五六寫景，便不相複。

李商隱《隋宫》

「紫泉宫殿鎖烟霞，欲取蕪城作帝家。玉璽不緣歸日角，錦帆應是到天涯。於今腐草無螢火，終古垂楊有暮鴉。地下若逢陳後主，豈宜重問後庭花。」三四句不事鋪張，而煬帝之荒淫已寫到極處。末二句即承此意結之，言煬帝至死不悟，特未知其死後能悟否耳。言外有無限慨嘆，無限警醒。

韋莊《陪金陵府相中堂夜飲》

「滿耳笙歌滿眼花，滿樓珠翠勝吴娃。因知海上神仙窟，只似人間富貴家。繡户夜攢紅燭市，舞衣暗曳碧天霞。却愁宴罷青蛾散，楊子江頭月半斜。」插三之法，以題外突入爲佳。此詩以倒裝爲插法，亦警妙。按：插三則四句必合以歸題，轉四則三句必從本題接來，法一定不易也。

國朝李鍇《生壙成作》

「封樹何妨踵舊文，王孫羸葬太空群。固應無物還天地，或不將身玷水雲。蔓草任荒江總宅，青山聊識鮑照墳。鼠肝蟲臂他年化，絮酒知誰弔鋏君。」此兼插轉接合法並用之，洵大手筆也。○鍇字鋏君，號廌青山人，正黄旗人。

轉四法

唐李商隱《籌筆驛》

「猿鳥猶疑畏簡書，風雲常爲護儲胥。空令上將揮神筆，終見降王走傳車。管樂有才真不忝，關張無命欲何如。他年錦里經祠廟，《梁父吟》成恨有餘。」首二句横空寫來，覺武侯英靈猶在。第三句點清籌筆，第四句轉向題後，以宕出全神。五六句復用按跳法以跌宕之。末二句「錦里祠廟」爲「驛」字作襯結，「《梁父吟》成」爲「籌筆」二字作襯結，語則拓向題外，意則回顧題中，用法最密也。

羅隱《早春送張坤歸大梁》

「蕭蕭羸馬立塵埃，又送歸軒向吹臺。別酒莫辭今夜醉，故人知是幾時來。泉經華岳猶應凍，花到梁園始合開。若見東門抱關者，爲言惆悵滿離杯。」此詩三四句即用工部「更爲後會知何地」二句倒轉用之耳，古人師法之妙有如此。

劉禹錫《送李中丞入楚》

「緹騎朱旗入楚城，士林皆賀振家聲。兒童但喜迎賓守，故吏猶應記姓名。萬頃水田連郭秀，四時烟月映淮清。惟君初得崑山玉，同向揚州携手行。」轉四之法，滄溟先生習用之，遂爲七子之冠。漁洋先生《秋柳》四首傳播異域，膾炙騷壇，首章曰「他日差池春燕影，衹今憔悴晚烟痕」，插三也。四章曰「秋色向人猶旖旎，春閨曾與致纏綿」，轉四也。

按五跳六法

杜甫《咏懷古跡》

「諸葛大名垂宇宙，宗臣遺像肅清高。三分割據紆籌策，萬古雲霄一羽毛。伯仲之間見伊吕，指揮若定失蕭曹。運移漢祚終難復，志決身殲軍務勞。」按李義山《籌筆驛》詩五六句酷學此詩而更加切近，正古人善於師法處。

李商隱《馬嵬》

「海外徒傳更九州，他生未卜此生休。空聞虎旅鳴宵柝，無復雞人報曉籌。此日六軍同駐馬，當時七夕笑牽牛。如何四紀爲天子，不及盧家有莫愁。」

温庭筠《蘇武廟》

「蘇武魂銷漢使前，古祠高樹兩茫然。雲邊雁斷胡天月，隴上羊歸塞草烟。迴日樓臺非甲帳，去時冠劍是丁年。茂陵不見封侯印，空向秋波哭逝川。」五六句與義山「此日六軍」一聯皆用逆挽法，以見跳脱之妙。當合前後諸詩，以觀其用法變化。○又按，學三四句如「水漲離宫寒雁鷺，沙封故壘下牛羊」便遜，如「邊馬嘶殘關塞月，乳羊歸盡郭門烟」便超，全在善學耳。

温庭筠《過陳琳墓》

「曾於青史見遺文，今日飄零過古墳。詞客有靈應識我，霸才無主始憐君。石麟埋没藏秋草，銅雀荒凉對暮雲。莫怪臨風倍惆悵，欲將書劍學從軍。」此詩第六句又以襯筆作跳用法，亦妙。

國朝陳恭尹《鄴中》

「山河百戰鼎終分，歎息漳南日暮雲。亂世奸雄空復爾，一家詞賦最憐君。銅臺未散吹笙妓，石馬先傳出水文。七十二墳秋草徧，更無人表漢將軍。」此詩蓋取崔塗《赤壁》、飛卿《過陳琳墓》兼而用之，師法古人精神，亦復相敵。○恭尹字元孝，廣東順德人，有《獨漉堂集》行世。

捩七收八法

唐韋莊《南省伴直》

「文昌二十四仙曹，盡倚紅簷種露桃。一洞烟霞人跡少，六行槐柳鳥聲高。星分夜彩寒侵帳，蘭惹春香緑映袍。何事愛留詩客宿，滿庭風雨竹蕭騷。」

鄭谷《闕下春日》

「建章宫殿紫雲飄，春漏遲遲下絳霄。綺陌暖風嘶去馬，粉廊初日照趨朝。花經宿雨香難拾，鶯在豪家語更嬌。秦楚年年有離别，揚鞭揮袖灞陵橋。」

武元衡《幕中諸公有觀獵之作因繼之》

「刀州城北劍山東，甲士屯雲騎散風。旌旆遍張林嶺動，豺狼驅盡塞垣空。銜蘆遠雁驚縈繳，繞樹啼猿怯避弓。爲報府中諸從事，燕然未勒莫論功。」末二句拓開一層，倍見收捩有力。

半一全二法

宋之問《奉和春初幸太平公主南莊》

「青門路接鳳凰臺，素滻宸遊龍騎來。澗草自迎香輦合，巖花應待御筵開。文移北斗成天象，酒近南山作壽杯。此日侍臣將石去，共歡明主賜金迴。」

王仁裕《賀王溥入相》

「一戰文場拔趙旗，便調金鼎佐無爲。白麻驟降恩何極，黄髮初聞喜可知。跋勅案前人到少，築沙堤上馬歸遲。立班始得遥相見，親洽争如未貴時。」「一戰」、「便調」，極言入相之驟。第四句見喜出望外也。五六句極言體統之尊，以起末二句。按溥係仁裕門生，一旦位在仁裕之上，不無介意，故云「親洽争如未貴時」。「未貴時」即指一戰文場時也。首尾回應有法。

接三合四法

按接三必轉四，插三必合四，詩俱見前。

陪五切六法

劉長卿《過賈誼宅》

「三年謫宦此棲遲，萬古惟留楚客悲。秋草獨尋人去後，寒林空見日斜時。漢文有道恩猶薄，湘水無情弔豈知。寂寂江山摇落處，憐君何事到天涯。」三四句用《鵩鳥賦》中「主人將去，庚子日斜」二語，運化無跡，最爲入妙。以誼言，則第五句爲陪，第六句爲切。以宅言，則第五句爲按，第六句又爲跳。蓋亦兼按跳陪切法而並用之者也。

白居易《編集拙詩成一十五卷因題卷末戲贈元九李二十》

「一篇《長恨》有風情，十首《秦吟》近正聲。每被老元偷格律，元九向江陵日，嘗以拙詩一軸贈行，自後格變。苦教短李伏歌行。李二十嘗自負歌行，近見余樂府五十首，默然心服。世間富貴應無分，身後文章合有名。莫怪氣粗言語大，新排十五卷詩成。」五六句以富貴作陪，以文章切題，跌宕有致。詩中元九謂稹也，李二十謂紳也。

白居易《欲與元八卜鄰先有是贈》

「平生心迹最相親，欲隱墻東不爲身。明月好同三徑夜，緑楊宜作兩家春。每因暫出猶思伴，豈得安居不擇鄰。何獨終身數相見，子孫長作隔墻人。」

白居易《聞楊十二新拜省郎遥以詩賀》

「文昌新入有光輝，紫界宫墻白粉闈。曉日雞人傳漏箭，春風侍女護朝衣。雪飄歌句高難和，鶴拂烟霄老慣飛。官職聲名俱入手，近來詩客似君稀。」前四句賀其新拜省郎。第五句忽插入能詩，以極推之，第六句仍扣到新拜。第七句遂以官職聲名總承五六句作收，第八句點明詩客，以回應第五句，即總結通首。章法極整，又極變也。按，楊十二名巨源，香山前贈詩有「不用更教詩過好，折君官職是聲名」之句，今故有「官職聲名」云云。

白居易《行次夏口先寄李大夫》

「連山斷處大江流，紅旆逶迤鎮上遊。幕下翺翔秦御史，軍前奔走漢諸侯。曾陪劍履升鸞殿，欲謁旌幢入鶴樓。假著緋袍君莫笑，恩深始得向忠州。」

國朝王士禛《題趙松雪畫羊》

「三百群中見兩頭，依然秃筆掃驊騮。朅來清遠吴興地，忽憶蒼茫勑勒秋。南渡銅駝猶戀洛，西歸玉馬已朝周。牧羝落盡蘇卿節，五字河梁萬古愁。」五六句俱係襯筆。第五句用翻襯以陪之，第六句用正襯以例之，亦陪切之一法也。末復用對面襯結法，以深刺之，凛然《春秋》之筆。○又如李鋏君《生壙成》詩，五六句亦深合陪切之法。詩見前。

透七趨八法

唐王維《敕賜百官櫻桃》

「芙蓉闕下會千官，紫禁朱櫻出上闌。纔是寢園春薦後，非關御苑鳥啣殘。歸鞍競帶青絲籠，中使頻傾赤玉盤。飽食不須愁内熱，大官還有蔗漿寒。」按，透七之法，早於第六句中蓄意也。

杜甫《聞官軍收河南河北》

「劍外忽傳收冀北，初聞涕淚滿衣裳。卻看妻子愁何在，漫卷詩書喜欲狂。白首放歌須縱酒，青春作伴好還鄉。即從巴峽穿巫峽，便下襄陽向洛陽。」一氣呵成。第五句放歌縱酒承第四句「喜欲狂」

作一宕折，再轉出第六句「好還鄉」來，方不徑直。「青春作伴」是加一倍寫法，更見喜躍之至。末二句預計歸程，緊承第六句來，尤爲透趨法之顯然者。

杜甫《客至》

「舍南舍北皆春水，但見群鷗日日來。花徑不曾緣客掃，蓬門今始爲君開。盤飧市遠無兼味，尊酒家貧只舊醅。肯與鄰翁相對飲，隔籬呼取盡餘杯。」

杜甫《賓至》集作「有客」

「幽棲地僻經過少，老病人扶再拜難。豈有文章驚海内，漫勞車馬駐江干。竟日淹留佳客坐，百年麤糲腐儒餐。不嫌野外無供給，乘興還來看藥欄。」第四句到題，與前首同。末二句緊承第六句生意，亦與前首同。然前首句句是客至，無一語可移到賓上。此詩句句是賓至，無一語可移到客上。玩之。

首句突起次句承明法

杜甫《登樓》

「花近高樓傷客心，萬方多難此登臨。錦江春色來天地，玉壘浮雲變古今。北極朝廷終不改，西山寇盜莫相侵。可憐後主還祠廟，日暮聊爲《梁父吟》。」沈歸愚云：「起二句倒裝，故妙。若一換轉，與近人詩何異？觀此可悟用筆之法。」○「花近高樓」者，樓高則所見遠，故四野之花，皆如近在檐下也。值此無邊春色，足以愜登臨之目矣，却陡然以「傷客心」三字接之，便已動魄驚心。次句「萬方多難」承明所以傷心之故，「此登臨」三字點明登字。第三句「春色來天地」承首句「花近高樓」言，第四句「浮雲變古今」承次句「萬方多難」意，放開一層，以起五六句。「變古今」三字包羅無限興亡感慨在内。樓在蜀中，「錦江」、「玉壘」，即切蜀地言之。第五句言天命未改，非可妄冀，以申大義於天下。「西山寇盜」則但就近處指點，而萬方之跋扈揭竿者，皆當視此矣。此二句前人謂可抵一篇《王命論》，洵然。末二句後主祠廟，亦就蜀中舊事寄慨，以見正統所係，千載猶憐，隱與上「終不改」意相關照。而唐自肅、代以來，宦官專政，幾與後主之寵黄皓相類，故於武侯之吟《梁父》有深感焉。其詞則渾而不露，其意則微而愈顯。「日暮」云者，言年已遲暮，無復可望大用，而憂國之心不能暫釋，聊爲此《梁父吟》以舒鬱結云爾。

杜甫《咏懷古跡》其三

「群山萬壑赴荆門，生長明妃尚有村。一去紫臺連朔漠，獨留青塚向黄昏。畫圖省識春風面，環佩空歸月夜魂。千載琵琶作胡語，分明怨恨曲中論。」起筆亦有千巖競秀，萬壑争流之勢。浦二田云：「『怨恨』二字乃一詩歸宿處。中四句，『一去』，怨恨之始也；『獨留』，怨恨所結也。畫圖識面，生前失寵之怨恨可知；環佩歸魂，死後無依之怨恨何極。末就出塞聲點明。」按，第六句寫得怨而不怒，深合《三百篇》温厚之旨。

賈島《寄韓潮州愈》

「此心曾與木蘭舟，直到天南潮水頭。隔嶺篇章來華岳，出關書信過瀧流。峰懸驛路殘雲斷，海浸城根老樹秋。一夕瘴烟風捲盡，月明初上浪西樓。」首二句一氣直下，可作一句讀。筆勢突兀之至，然用法稍變。

國朝王士禛《紫柏山下謁留侯祠》

「萬木陰陰風晝吹，深山忽見留侯祠。清流白石閱今古，雪柏霜筠無歲時。辟穀真從赤松隱，授書偶作帝王師。也知烏喙逃勾踐，未屑鴟夷學子皮。」伊戒平云：「此詩起句與少陵《畫鷹》詩同一筆格。」三四句寫祠中所見之景，「清流白石」，隱隱注定黄石公事，「雪柏霜筠」，隱隱注定赤松子事，觸目在此，注意在彼，所謂羚羊掛角，無跡可求也。第五句即從第四句生出，第六句又承第三句生來。末二句用對偶法，恰是結句襯出留侯身分，亦見持衡之允。

釋戒顯《登黄鶴樓》

「誰知地老天荒後，猶得重登黄鶴樓。浮世已隨塵劫换，空江仍入大荒流。楚王宫殿銅駝卧，唐代仙真銕笛秋。極目蒼茫渺何處，一瓢高挂亂雲頭。」沈歸愚云：「起有撼山岳吞雲夢之概，具此胸次手筆，不管崔顥題詩在上頭也，通體俱振得起。」按，戒顯字悔堂，太倉州人，蓋前明遺老，入國朝而爲僧者，故有起句及第三句。

首二句雙起三四句承明法

唐王維《奉和聖製從蓬萊向興慶閣道中留春雨中春望之作》

「渭水自縈秦塞曲，黄山舊繞漢宮斜。鑾輿迥出千門柳，閣道迴看上苑花。雲裏帝城雙鳳闕，雨中春樹萬人家。爲乘陽氣行時令，不是宸遊玩物華。」

王維《大同殿生玉芝龍池上有慶雲百官共覩聖恩俱賜宴敢書即事》

「欲笑周文歌宴鎬，還輕漢武樂横汾。豈知玉殿生三秀，詎有銅池出五雲。陌上堯樽傾北斗，階前舜樂動南薰。共歡天意同人意，萬歲千秋奉聖君。」此詩首二句雙開，三四句轉合歸題，用法亦佳。

杜甫《野望》

「西山白雪三城戍，南浦清江萬里橋。海内風塵諸弟隔，天涯涕淚一身遥。唯將遲暮供多病，未有涓埃答聖朝。跨馬出郊時極目，不堪人事日蕭條。」首二句憑空先寫望中之景，已含家國在內。三四句點到本身情事，不勝思家之感。五六句復承一身發慨，傳出憂國之心。第七句始點到「望」字，第八句家國總收。

國朝馮溥《漢文帝幸代圖》

「漢帝當年歌大風，歡留父老樂融融。誰知將相和調後，更有君王賞讌同。每飯未嘗忘鉅鹿，故居猶是念新豐。旌旗十萬雲中駕，休擬登臺出塞雄。」首二句以高帝之幸豐沛、歌《大風》襯起，三四句轉到本題，一氣相承，是學古法而加以變化者。第六句又用回環照應，末二句再用武帝襯結，見文帝之幸代，異於武帝之耀武也。筆勢縱横，希風飯顆。○溥字孔傳，山東臨朐人，順治丁亥進士，官至大學士，謚文毅。

前四突起五六承明法

唐杜甫《登高》

「風急天高猿嘯哀，渚清沙白鳥飛迴。無邊落木蕭蕭下，不盡長江滚滚來。萬里悲秋長作客，百年多病獨登臺。艱難苦恨繁霜鬢，潦倒新停濁酒杯。」前四句憑空寫景，突然而起，層叠而下，勢如黄河之水天上來，澎湃縈迴，不可端倪。而以五六句承明作客登高情事，是何等神力。末二句對結，「苦恨」與「新停」對，「苦」字活用。

五六句振起法

杜甫《野人送朱櫻》

「西蜀櫻桃也自紅，野人相贈滿筠籠。數回細寫愁仍破，萬顆匀圓訝許同。憶昨賜霑門下省，退朝擎出大明宫。金盤玉筯無消息，此日嘗新任轉蓬。」首句「也自紅」三字即緊對賜櫻着筆，已含起下半首。三四句承「滿筠籠」來。《曲禮》：「器之溉者不寫，其餘皆寫。」注：「寫，謂傳之器中。」「細寫」者，恐其破也。「仍」字從「數回」字生出，「訝許同」從「萬顆」字、「匀」字生出，皆本句自相呼應，不與「也自紅」一類。沈歸愚謂俱對賜櫻着筆，非是。五六句忽然振起，縱横排宕，十四字直可作一句讀。七八句轉合歸題，神定氣足，格老思沉，千古無兩。

杜甫《曲江對雨》

「城上春雲覆苑墻，江亭晚色静年芳。林花著雨臙脂落，水荇牽風翠帶長。龍武新軍深駐輦，芙蓉別殿謾焚香。何時詔此金錢會，暫醉佳人錦瑟旁。」前四寫曲江雨景，後四言遊幸久廢，蓋追憶上皇也。浦二田云：「『詔』字宜貼肅宗説，深望其續舉此會，以慰親心。良是忠愛之忱，託諷微婉，是作家大本領。」

白居易《晚春重到集賢院》

「官曹清切非人境，風日鮮明是洞天。滿砌荆花鋪紫毯，隔墻榆莢撒青錢。前時謫去三千里，此地辭來十四年。虚薄至今慚舊職，院名擡舉號爲賢。」前四寫集賢院晚春之景，後四就重到發慨。五六句瞥然拓開，筆法矯異，通篇氣色皆振。「擡舉」字涉俗，不宜學。

宋陸游《初夏閑居》

「川雲漠漠雨溟溟，濁酒閑傾不滿瓶。蠶簇尚寒憂繭薄，稻陂初滿喜秧青。王師護塞方屯甲，親詔憂民已放丁。病起自憐猶健在，不須求應少微星。」「屯甲」、「放丁」，屬對工穩，而不涉纖巧，而氣格以運之也。前四句寫初夏閑居，第三句衣之本也，第四句食之源也，恰從初夏寫景得之。由其國計民生，日切于心，偶然落筆，自然流露。五六句就當時世事拓開筆陣，不必與前四句細求承接，只用「方屯」、「已放」四字醒出，是初夏時事，便自上下一片神行。末句歸到自己，是就閑居放開一步，用暗中回抱法，照應之密如此。○放翁又有《新夏感事》詩云：「百花過盡緑陰成，漠漠爐香睡晚晴。病起兼旬疎把酒，山深四月始聞鶯。近傳下詔通言路，已卜餘年見太平。聖主不忘初政美，小儒惟有涕縱横。」與前詩格力相似，可以參觀。○放翁詩當以此種爲上。忠愛之忱，直可嗣響杜陵。若其寫景清麗之作，世目爲劍南體者，不足以盡放翁也。

七八句就題收結法

唐錢起《和李員外扈駕幸温泉宫》

「未央月曉度疎鐘，鳳輦時巡出九重。雪霽山門迎瑞日，雲開水殿候飛龍。輕寒不入宫中樹，佳氣常浮仗外峰。遥羡枚臯扈仙蹕，偏承霄漢渥恩濃。」五六寫温泉入微。

七八句題後展拓法

李白《送賀監歸四明應制》

「久辭榮禄遂初衣，曾向長生説息機。真訣自從茅氏得，恩波應許洞庭歸。瑶臺含霧星辰滿，仙嶠浮空島嶼微。借問欲棲珠樹鶴，何年却向帝城飛？」拓開作結，須要暗裏抱回，有勢雖開而神自合之妙，乃佳。按：白香山「誰言南國無霜雪，盡在愁人兩鬢間」，第七句故作一宕，亦一法也。蘇文憲

「皇情未使恩波極，日暮樓船更起風」，乃深入一層法也。王右丞「爲乘陽氣行時令，不是宸遊玩物華」，意在規諷，亦是深一層法。又有擡高本題法，沈雲卿「爲報寰中百川水，來朝此地莫東歸」是也。又有襯結法，附録於後。

國朝吴騏《漢昭烈》

「名儒盧鄭久周旋，正值黄星受命年。龍種已移三統曆，蠶叢還闢半隅天。金甌付託耕莘佐，玉几彌留顧命篇。一代英雄生死際，銅臺遺令最堪憐。」第三句用宕筆，結二句即緊從五六句生出。○騏字日千，華亭布衣。

潘問奇《肅寧》縣有故璫魏忠賢地宅。

「肅寧池館舊連阡，過客追思鹿馬年。齊國豎刁呼尚父，漢朝名士拜中涓。北司計就書難上，元祐碑成事可憐。猶喜左楊崇廟食，春來一曲奏神絃。」按：吴詩以低一層襯，擡高昭烈也。潘詩以高一層襯，壓倒魏璫也。○問奇字雪帆，錢塘人。

黄子雲《題太白樓》

「文章睥睨世無敵，湖海飄零氣轉遒。六代詩壇餘此席，一江春色獨登樓。爲君天特開青嶂，題壁人今亦白頭。猶有浣花祠屋在，懷鉛直欲錦城遊。」此亦襯結法，通首全於對偶欹側處見長。題太白樓，却有自己在，趙秋谷所謂詩中要有人在是也。沈云：一結即乃所願，則學孔子意。〇子雲字士龍，崑山人。

詩法易簡録卷十一

東萊李鍈青萍著

七言律

首二句總領法

唐杜甫《江村》

「清江一曲抱村流，長夏江村事事幽。自去自來梁上燕，相親相近水中鷗。老妻畫紙爲棋局，稚子敲針作釣鈎。賴有故人分禄米，微軀此外更何求。」中四句即所謂「事事幽」也。

國朝王士禛《江東》

「江東人物舊難儔，遺老飄零半白頭。斑管題詩吴祭酒，紅顔顧曲袁荆州。太常縑素雲烟落，宗伯文章江漢流。徑欲相從破蕭瑟，片颿高掛五湖秋。」中四舉江東人物言之。吴祭酒，梅村也。袁荆州，籜庵也。太常，王烟客也。宗伯，錢牧齋也。按，古人作文作詩，用筆順逆，皆有一定之法。如《尚書·顧命篇》中間叙朝位陳設處，「牖間南嚮」、「西序東嚮」、「東序西嚮」、「西夾南嚮」，四節俱先提明其地,而以「敷重篾席」等項順叙於各節之後。「越玉五重」云云,俱先用逆叙,而以「在西序」、「在東序」、「在西房」、「在東房」倒煞於四項之末。又如《左傳》「克段篇」,其解經數語,前四句故不言弟,故曰克,順煞也。後五句稱鄭伯不言出奔,則先用逆提,蓋筆法錯綜變化之妙,其不可易有如此。今觀杜詩中四句以燕、鷗、老妻、稚子分叙,前二句燕、鷗煞在句末,後二句老妻、稚子領在句首;王詩中四句以四人分叙,前二句祭酒、荆州煞在句末,後二句太常、宗伯領在句首,筆法順逆,直入古文堂奥。二公詩不謀而合,誰謂詩文有二法耶?

首句推原次句入題法

唐司空圖《退栖》

「宦遊蕭索爲無能,移住中條最上層。得劍乍如添健僕,亡書久似憶良朋。燕昭不是空憐馬,支遁何妨亦愛鷹。自致此身繩檢外,肯教世路日兢兢。」首句推原所以退栖之故。三四句以新穎擅長,然風韵猶在大曆十子下也。詩道升降,視乎世運,殆亦有不能自主者耶?表聖遭唐季之亂,潔身高隱,而心在唐室,觀五六句可見。然首句自託於無能,立言猶得《三百篇》温厚之遺,末句亦率。

賈曾《奉和春日出苑矚目應令》

「銅龍曉闢問安迴，金輅春遊博望開。渭北晴光摇草樹，終南佳氣入樓臺。招賢已得一作從。商山老，託乘還徵鄴下才。臣在東周獨留滯，欣逢睿藻日邊來。」首句以補筆作推原，方見子職克修，不是耽於逸樂，最得立言之體。「博望」、「商山」，皆今人所避忌不肯用者，唐人詩但取貼出苑、貼青宫而已，往往不拘。

首句拈題次句推原法

沈佺期《龍池篇》

「龍池躍龍龍已飛，龍德先天天不違。池開天漢分黄道，龍向天門入紫微。邸第樓臺多氣色，君王鳧雁有光輝。爲報寰中百川水，來朝此地莫東歸。」按《新唐書·禮樂志》，明皇潛龍時賜第隆慶坊，坊南地變爲池，即所謂興慶池也。即位後命群臣作《龍池樂章》，姚崇、沈佺期等共作十章，此係第三章。首句「龍已飛」指明皇即位後言也。次句推本龍德，原其所以能飛之故。三四句分頂「龍池」二字，寫足「飛」字，一氣相生，體格超拔。五六句以池上樓臺、池中鳧雁作旁面渲染。結以百川來朝，尤得尊題之體。

三四句承寫法

杜甫《將赴荆南寄别李劍州》

「使君高義驅今古，寥落三年坐劍州。但見文翁能化俗，焉知李廣未封侯。路經灧澦雙蓬鬢，天入滄浪一釣舟。戎馬相逢更何日，春風回首仲宣樓。」前四句寫李劍州。第三句「能化俗」承首句「高義」來，第四句「未封侯」承次句「寥落」來，而三句「文翁」又切「劍州」，承次句來，四句「李廣」又切其姓，承首句「使君」來。回互相生，組織工密。後四句寫「將赴荆南寄别」。第五句自嘆老經險地也，第六句自嘆孤客無依也，語經百鍊，乃造雄渾。第七句「戎馬」二字是加倍寫法，逼出下五字更緊。第八句故人遠别之感、遊子何依之慨，一齊都到仲宣樓，即切荆南作結，含蓄深沉，方與五六語相稱，方收得住通篇。

韋應物《自鞏洛舟行入黄河即事寄府縣僚友》

「夾水蒼山路向東，東南山豁大河通。寒樹依微遠天外，夕陽明滅亂流中。孤村幾歲臨伊岸，一雁初晴下朔風。爲報洛橋遊宦侶，扁舟不繫與心同。」三四句寫遠景如畫，因山豁而所見遠也，緊承次句來。又如崔曙「三晉雲山皆北向，二陵風雨自東來」，承次句「曙色開」也。劉禹錫「郡人重得黄丞相，稚子争迎郭細侯」，承首句「是舊遊」也。少陵「風飄律吕相和切，月傍關山幾處明」，分承首句「風」、「月」二字，亦是一法。

白居易《酬贈李鍊師見招》

「幾年司諫直承明，今日求真禮上清。曾犯龍鱗容不死，欲騎鶴背覓長生。劉綱有婦仙同得，伯道無兒累更輕。若許移家相近住，便驅雞犬上層城。」以三句承首句，以四句承次句，而意却側注，故後四句單承第四句説下。

五六句雙承三四句法

白居易《春晚咏懷贈黄甫朗之》

「艷陽時節又蹉跎，遲暮光陰復若何。一歲中分春日少，百年通計老來多。多中更被愁牽引，少裏兼遭病折磨。賴有銷愁治病藥，君嘗濃酎我聽歌。」毛西河云：「三四以『春日』頂『艷陽』，以『老來』頂『遲暮』，猶是舊法。至五六以『多』、『少』明頂，則變體矣。結又頂『愁』、『病』，係白集舊本刊正，與時刻異。」樂天詩取法少陵，而乏渾厚之力，又必使老嫗亦解，故多淺率俚語。此詩「愁牽引」、「病折磨」，更涉鄙惡矣，學者當慎取之。

徐賁《寄天台陳希畋》

「陰山冰凍嘗迎夏，蟄户雲雷只待春。吕望豈嫌垂釣老，西施不恨浣紗貧。坐爲羽獵車中相，飛作君王掌上身。拍手相思惟大笑，我曹寧比等閑人。」五六句分承三四句作轉，而五句承三句，六句承四句，用法與香山稍別，而義實相通，可以參看。結二句亦粗率。

國朝汪灝《送謝方山郎中告歸》

「孤心霜月迴秋清，三十年來玩世情。真得意時惟嘯咏，不如人處是功名。三臺後輩多迴席，五字偏師盡卻兵。舒卷從心難繫縶，白雲天際任縱横。」五句「三臺後輩」承四句「功名」説，六句「五字偏師」承三句「嘯咏」説。沈歸愚云：「五六承三四言之，唐人每有此格。」〇灝字文漪，山東臨清州人。康熙乙丑進士，由翰林官至河南巡撫，著有《倚雲閣集》。

宋聚業《題南陽旅壁》

「真人白水生文叔，名士青山卧武侯。水自奔騰趨漢口，山猶層叠枕城頭。時來一夕收銅馬，事去經年運木牛。歎息興亡千載上，荒村野廟兩悠悠。」以「白水」、「青山」，「文叔」、「武侯」對起，三四句既分承「白水」、「青山」，五六句復分承「文叔」、「武侯」，第七句「興亡」又緊承五六句總收，第八句「村廟」又暗應三四句山水作結。格律一新，是善學香山而加以變化者，故附録之，俾學者知泥法非法，庶可悟神明之用矣。

第五句直接法

唐杜甫《送李八秘書赴杜相公幕》

「青簾白舫益州來，巫峽秋濤天地迴。石出倒聽楓葉下，櫓摇背指菊花開。貪趨相府今晨發，恐失佳期後命催。南極一星朝北斗，五雲多處是三台。」「櫓摇背指」，即晨發而趨相府也。

第五句大轉法

薛逢《開元後樂》

「莫奏開元舊樂章，樂中歌曲斷人腸。邠王玉笛三更咽，虢國金車十里香。一自犬戎生薊北，便從征戰老汾陽。中原駿馬搜求盡，沙苑年來草又芳。」三四語極寫開元盛時，第五句轉到禄山之亂，筆法流宕可喜。

白居易《宣州崔大夫閣老忽以近詩數十首見示吟諷之下竊有所喜因成長句寄題郡齋》

「謝玄暉殁吟聲寢，郡閣寥寥筆硯閑。無復新詩題壁上，虚教遠岫列窗間。原注：謝宣城郡内詩云：「窗中列遠岫。」忽驚歌雪今朝至，必恐文星昨夜還。再喜宣城章句動，飛觴遥賀敬亭山。原注：謝又有《題敬亭山》詩，並見《文選》中。」通首切宣州生意，見宣州自謝公後，今又得崔大夫也。清空如話，顯然易曉。

明李夢陽《限韵贈黄子》

「禁垣春日紫烟重，子昔爲雲我作龍。有酒每邀東省月，退朝常對掖門松。十年放逐同梁苑，中夜悲歌泣孝宗。老體幸强黄犢健，柳吟花醉莫辭從。」前四言昔在禁垣，常相從遊。後四轉到今日放逐之後，亦當相從。末句「莫辭從」，「從」字自次句「雲」、「龍」生來，「柳吟花醉」，暗應首句「春日」，用法嚴密。

國朝趙執信《節候》

「今年節候太支離，獨有閒人次第知。暑似飢鷹戀韝久，凉如隱士出山遲。昨來一雨醒塵夢，陡覺清秋赴夙期。日午當窗看竹色，微風捲緑入簾帷。」秋谷天才放逸，其七律亦以才勝，體格差近香山、放翁耳。

宗元鼎《冬日過甘泉驛》

「記得當年來古驛，馬鞭帶雪繫樓前。雙柑香濺佳人手，半臂寒添酒客肩。忽見荒堤摧暮草，空傷衰榭没寒烟。風塵滿目深惆悵，却望誰家寄醉眠。」「記得」、「忽見」，上下半篇，自成章法。

五六句雙開七八句轉合法

唐崔曙《九日登望仙臺呈劉明府》

「漢文皇帝有高臺，此日登臨曙色開。三晉雲山皆北向，二陵風雨自東來。關門令尹誰能識，河上仙翁去不迴。且欲近尋彭澤宰，陶然共醉菊花杯。」首句望仙臺，次句九日登，三四句寫登臺所見，形勢闊大，五六句就望仙生意，以古人不可復見，跌出七八句呈劉明府意，菊花杯并結到九日，更見筆力有餘。

白居易《送劉郎中赴任蘇州》

「仁風膏雨去隨輪，勝境歡遊到逐身。水驛路穿兒店月，花船棹入女湖春。原注：語兒店、女墳湖，皆勝境也。宣城獨咏窗中岫，柳惲單題汀上蘋。何似姑蘇詩太守，吟詩相繼有三人。原注：領吴郡日，劉嘗贈予詩云：『蘇州刺史例能詩，西掖今來替左司。』故有三人之戲耳。」

白居易《宣武令狐相公以詩寄贈傳播吴中聊奉短章用申酬謝》

「新詩傳詠忽紛紛，楚老吴娃耳遍聞。盡解呼爲好才子，不知官是上將軍。詞人命薄多無位，戰將功高少有文。謝朓篇章韓信鉞，一生雙得不如君。」前詩五六句以襯筆作開，此詩五六句以議論作開。又如樂天《題新居寄元八》後四句云：「陶潛室小堪容膝，子貢墻低甫及肩。誰似昇平元八宅，栽花種柳傍林泉。」亦此法也。

國朝徐夔《聞笛有懷》

「江月光盈江水深，江干忽聽老龍吟。誰將清夜桓伊笛，吹入山陽向秀心。回樂峰頭胡地管，洞庭波上楚人砧。天涯一種秋聲急，雪滿江南孤客簪。」沈歸愚云：「五六句推開旁襯，結意一併收拾，粘滯者不解此法。」〇夔字龍友，長洲人，著有《西塘集》。

第七句直接法

唐張謂《杜侍御送貢物戲贈》

「銅柱珠崖道路難，伏波横海舊登壇。越人自貢珊瑚樹，漢使何勞獬豸冠。疲馬山中愁日晚，孤舟江上畏春寒。由來此貨稱難得，多恐君王不忍看。」第七句「稱難得」緊承五六句「愁日晚」、「畏春寒」來，第八句以諷刺結，深入一層，并第七句亦不平直。

白居易《和令狐相公寄劉郎中兼見示長句》

「日月天衢仰面看，尚淹池鳳滯臺鸞。碧幢千里空移鎮，赤筆三年未轉官。别後縱吟終少興，病來雖飲不多歡。酒軍詩敵如相遇，臨老猶能一據鞍。」「酒軍」緊承第六句，「詩敵」緊承第五句，一氣接下，此用法之尤顯然者。

明李夢陽《靈武臺》

「環縣城邊靈武臺，肅宗曾此辟蒿萊。二儀高下皇輿建，三極西南玉璽來。衣白山人經國計，朔方孤將出群才。可憐一代風雲際，不勸君王駕鶴迴。」首二句破題，三句言肅宗即位收復兩京，四句言明皇自蜀傳位也。肅宗即位靈武，非奉明皇詔命，先言皇輿建，後言玉璽來，措語先後之間，便已凛然挾風霜之氣。末二句緊承五六句來，責肅宗不能退居青宫，以盡子職，而致慨於李、郭之不能匡救，詞婉義嚴，風人之筆。

第七句大轉法

唐韋莊《憶昔》

「昔年曾向五陵遊，午夜清歌月滿樓。銀燭樹前長似畫，露桃花下不知秋。西園公子名無忌，南國佳人字莫愁。今日亂離俱是夢，夕陽惟見水東流。」前六句歷叙昔年之盛，第七句轉到今日，無限感慨。

羅隱《寄前宣州竇常侍》

「往年西謁謝玄暉，樽酒留歡醉始歸。曲檻柳濃鶯未老，小園花嫩蝶初飛。噴香瑞獸金三尺，舞雪佳人玉一圍。今日亂離尋不得，滿簑風雨釣魚磯。」以往年、今日相呼應作章法，與前首之昔年、今日同。此尤筆法之顯然者。

白居易《喜張十八博士除水部員外郎》

「老何歿後吟聲絶，雖有郎官不愛詩。無復篇章傳道路，空留風月在曹司。長嗟博士官猶屈，亦恐騷人道漸衰。今日聞君除水部，喜於身得省郎時。」前四句就水部作翻，五六句復就博士發慨，然後第七句轉到除水部，其喜躍爲何如耶。寫「喜」字已到二十分飽滿，可謂不着一字，盡得風流，此境固不易到也。然較之少陵，不免氣味淺薄矣。詩道之難如此。起句涉俗，不可學。

國朝孔尚任《憶昔》

「憶昔春宵傍父兄，故園風景乍承平。城門吏放深更鑰，樓下人聽上界笙。珠履貪遊從雪浣，花燈不息任天明。誰知此夜來爲客，漁火江村照獨行。」以「憶昔」、「此夜」作轉軸呼應，是學韋、羅兩詩者。〇尚任字季重，號東塘，至聖裔，官至户部郎中。又號云亭山人，即作《桃花扇》傳奇者。〇又有第八句大轉法，少陵《秋興》第八首「白頭今望苦低垂」是也。

首尾呼應法

唐杜甫《九日藍田崔氏莊》

「老去悲秋强自寬，興來今日盡君歡。羞將短髮還吹帽，笑倩傍人爲正冠。藍水遠從千澗落，玉山高並兩峰寒。明年此會知誰健，醉把茱萸仔細看。」以「老去」、「興來」領起，通首以「悲愁」、「今日」切定「九日」。三四句「短髮」頂「老去」，「笑倩」頂「興來」，「吹帽」、「正冠」切「九日」。五六句陡用提筆，寫藍田山水之勝，正是興來之由。第七句「知誰健」回應首句「老去」，作一宕。第八句「仔細看」回應次句「興來」遠脉，即收合到五六句近脉。「仔細看」者，看藍水、玉山也。後四句一氣相生，而離合斷續之妙，即從此出。沈歸愚云：「茱萸，酒名。言把酒而看藍水、玉山，不忍遽去。若云看茱萸，有何意味？」良是。「此會」二字又回應「今日」，總收全篇。「茱萸」復切「九日」。用法嚴密，而筆勢排宕，前人推爲三唐第一作，諒哉。

白居易《春題湖上》

「湖上春來似畫圖，亂峰圍繞水平鋪。松排山面千重翠，月點波心一顆珠。碧毯線頭抽早稻，青羅裙帶展新蒲。未能抛得杭州去，一半勾留是此湖。」兩「湖」字首尾呼應，亦是一法。「似畫圖」三字又爲一詩總領，次句及中四句皆所謂「似畫圖」也。又如岑嘉州之「須知明主待持衡」應首句「相國」，王右丞之「不如高卧且加餐」應首句「君自寬」，李義山之「松醪一醉與誰同」應首句「暮樓空」，同一法也。

前四句扇對法

劉兼《再看光福牡丹》

「去年曾看牡丹花，蛺蝶迎人傍彩霞。今日再遊光福寺，春風吹我到仙家。當筵香並歌唇發，倚檻羞迴醉眼斜。來歲未朝京闕去，依前和露載歸衙。」扇對中自饒流走，故妙。此法在唐人中亦少用者，録之以備一格，初學未許效顰。

前四句全用單行法

崔顥《黄鶴樓》

「昔人已乘黄鶴去，此地空餘黄鶴樓。黄鶴一去不復返，白雲千載空悠悠。晴川歷歷漢陽樹，芳草萋萋鸚鵡洲。日暮鄉關何處是，烟波江上使人愁。」沈歸愚云：「意得象先，神行語外，縱筆寫去，遂擅千古之奇。」魏伯子云：「昔仙人以橘皮畫鶴，醉乘而去，樓正以此得名。崔詩前三句連用三黄鶴，第四句乃用白雲對之。後之俗人，病其不對，改首句『黄鶴』爲『白雲』，作雙起雙承之體。詩之板陋，固不必言，而本事指黄鶴，則已乘白雲，何所指哉？」按，首句作「黄鶴去」最是，不惟「白雲」二字有題外突入之妙，且三句「黄鶴一去」正承首句説下，若作「白雲去」，則三句黄鶴不得説「去」，而四句白雲何反云千載悠悠耶？又按：乘鶴事，《武昌志》謂仙人黄子安，陳繼儒《群碎録》謂費文禕，《述異記》則但曰仙人，其事亦與伯子所言不同，傳聞異詞，要皆無乘白雲之説。

李白《鸚鵡洲》

「鸚鵡來過吴江水，江上洲傳鸚鵡名。鸚鵡西飛隴山去，芳洲之樹何青青。烟開蘭葉香風暖，岸夾桃花錦浪生。遷客此時徒極目，長洲孤月向誰明。」

李商隱《贈司勳杜十三員外》

「杜牧司勳字牧之，清秋一首杜秋詩。前身應是梁江總，名總還曾字總持。心鐵已從干鏌利，鬢絲休嘆雪霜垂。漢江遠弔西江水，羊祜韋丹盡有碑。」此詩蓋兼《龍池篇》、《黄鶴樓》之法，而後半力不及也。古人用法遞相祖述，沈《龍池篇》以三四句分用「龍」、「池」二字接首句，杜之《吹笛》亦以三四句分用「風」、「月」二字接首句，白之《春晚詠懷贈皇甫朗之》以五六句用「多」、「少」二字接三四句，亦變通其法而用之。崔之《黄鶴樓》原從《龍池篇》來，李酷愛之，一學爲《鳳凰臺》，以「鳳去」二字當崔首句，三句以「臺空」二字當崔次句，以「江自流」三字當崔四句，而於首句推原一層作補法，以争崔所未到，用力極矣，終遜崔之脱化。於是再學爲《鸚鵡洲》，仍以四句運掉之；將推原法作首二句寫，學崔法，以三四句完。其苦心不讓前賢蓋如此。義山亦師此法，獨後半弱耳。古人用法不必有意相師，此爲初學言，故以相師法言之。

白居易《覽盧子蒙侍御舊詩多與微之唱和感今傷昔因贈子蒙題於卷後》

「早聞元九詠君詩，恨與盧君相識遲。今日逢君開舊卷，卷中多道贈微之。相看掩淚情難説，别有傷心事豈知。聞道咸陽墳上樹，已抽三丈白楊枝。」第三句承次句「盧君」，第四句承首句「元九」，一氣旋折，清空如話。後半首一往情深，交道之篤，身世之感，并流露於楮墨間矣。

詩法易簡録卷十二

東萊李鍈青萍著

七言律詩

連章結構法

杜甫《秋興八首》

按：梁簡文帝、潘岳皆有《秋興賦》，此命題所本。時公將出峽，艤舟峽江中，未能遽行，故感秋而賦。讀者須知八詩皆在舟中時作，方得當年情景。俞瑒犀月云：「身居巫峽，心憶京華，爲八詩大旨。」

「玉露凋傷楓樹林，巫山巫峽氣蕭森。江間波浪兼天湧，塞上風雲接地陰。叢菊兩開他日淚，孤舟一繫故園心。寒衣處處催刀尺，白帝城高急暮砧。」此章乃八首發端。前四句寫秋、次句點明巫峽。三四句浪湧雲陰，正見所以艤舟未能出峽之故，已含起興意。後四句寫興。「叢菊兩開」，時寓變已二年；「孤舟一繫」，時方艤舟以待出峽也。曰「他日淚」，已包後七首「虚隨」、「抗疏」、「世事」、「朝班」、「綵筆」等項在内；曰「故園心」，已包後七首「京華」、「五陵」、「長安」、「蓬萊」、「曲江」、「昆明」、「渼陂」

等項在内，爲八首總領。末二句寫出客子無家之感，緊頂「故園心」作結，而能不脱「秋」字，尤佳。

「夔府孤城落日斜，每依北斗望京華。聽猿實下三聲淚，奉使虚隨八月查。畫省香爐違伏枕，山樓粉堞隱悲笳。請看石上藤蘿月，已映洲前蘆荻花。」「望京華」爲八詩之綱，上承故園，下起長安，乃點清眉目處。京華在夔府直北，故依北斗望之。説者或謂長安城如斗形，或改爲南斗，俱非。「奉使」句向無的解，仇滄柱謂指嚴武爲節度使，公隨武至蜀，今武已死，是虚隨也，良然。五句頂「虚隨」，六句切「夔府」，七八句寫出夜深不眠之況。峽江兩岸皆高山聳峙，非亭午夜分，不見日月，今山椒月色，下照江洲，是夜已深矣。「蘆荻花」不脱秋意。

「千家山郭静朝暉，百處俗刻作「日日」，非。江樓坐翠微。信宿漁人還泛泛，清秋燕子故飛飛。匡衡抗疏功名薄，劉向傳經心事違。同學少年多不賤，五陵衣馬自輕肥。」此章前四句就夔府曉景寫秋字，合上首看，知八詩雖相貫注，而非成於一日中者。首二句對起。次句俗刻「日日」二字，毛秋晴謂是「百處」二字之訛。按《爾雅》，山未極上曰翠微，是翠微指山腰言。玩詩意，言江樓列於山腰間，有似於坐耳。「坐」字屬樓，則「日日」字説不去，作「百處」方通，當從之。五六句回憶昔日在京華失意之事，乃今日所以望之之由，爲八章之中軸。少陵之罷官，因疏救房琯，第五句正指此事也。七八句不勝今昔之感，玩一「自」字，言外有莫我知意。

「聞道長安似弈棋，百年世事不勝悲。王侯第宅皆新主，文武衣冠異昔時。直北關山金鼓振，征西車馬羽書馳。魚龍寂寞秋江冷，故國平居有所思。」自此以下，皆正寫望京華。此首總寫，下四首用分寫。首句提醒長安，次句寫出世道變遷之感。三四句承寫世事，「皆新主」、「異昔時」，即申明「不勝悲」也。此二句就朝局言，五句「直北」指回紇，六句「征西」指吐蕃，此二句就邊境言，皆所謂世事也。「金鼓振」、「羽書馳」，皆所謂「不勝悲」也。七句轉到夔府，帶定秋字。八句故國思近繳本首之「長安」，遠應首章之「故園」、次章之「京華」，以起後四章之分寫，又作一關鍵。

「蓬萊宫闕對南山，承露金莖霄漢間。西望瑶池降王母，東來紫氣滿函關。雲移雉尾開宫扇，日繞龍鱗識聖顔。一卧滄江驚歲晚，幾回青瑣點朝班。」以下緊承「有所思」，分寫「望京華」，此首就蓬萊宫寫。浦二田云：「首帝居也，爲所思之一。」首二句從蓬萊宫直起。三四句承寫形勝，「瑶池」、「紫氣」不過爲帝京設色，無譏刺神仙荒晏意。五六句追憶在肅宗時官左拾遺早朝事。七八句轉到夔府，因嘆己之久違朝佇也。「歲晚」並帶秋字。

「瞿塘峽口曲江頭，萬里風烟接素秋。花萼夾城通御氣，芙蓉小苑入邊愁。珠簾繡柱圍黄鵠，錦纜牙檣起白鷗。迴首可憐歌舞地，秦中自古帝王州。」此就曲江寫望京華。浦二田云：「次池苑也，爲所思之二。」首句從夔州入，法變。瞿塘、曲江，相隔萬里。次句鈎鎖有力，趁便嵌入秋字，何等筋節。三句「花萼」指敦倫勤政時，四句「邊愁」指禄山之亂。按開元中，自花萼樓築夾城至芙蓉苑，苑即在曲江，故因憶曲江而並及之。五六句承入邊愁。「圍黄鵠」、「起白鷗」，言亂後久乏遊幸也。七句即以「可憐歌舞地」總束之。然禄山之亂，旋踵即平，故八句曰「自古帝王州」，見帝王之都，非么麽所得竊據，大義凛然，雄壓千古。〇前首「蓬萊」於首句提明，末二句轉到夔府，此首直從夔府起，接入曲江，末二句即就曲江結住，用筆順逆錯綜，法度井然。

「昆明池水漢時功，武帝旌旗在眼中。織女機絲虛月夜，石鯨鱗甲動秋風。波漂菰米沉雲黑，露冷蓮房墜粉紅。關塞極天唯鳥道，江湖滿地一漁翁。」此就昆明池寫望京華。昆明與曲江皆遊幸之所，而亞於曲江，故爲所思之三。首句提明，次句追憶當年遊幸。託言漢武，以池爲武帝所鑿也。中四句皆就池寫景，點染出秋字。七八句轉到夔府作結。章法與「蓬萊」一首同，與「曲江」一首則又見順逆錯綜之妙。

「昆吾御宿自逶迤，紫閣峰陰入渼陂。紅豆作「香稻」非。啄餘鸚鵡粒，碧梧棲老鳳凰枝。佳人拾翠春相問，仙侶同舟晚更移。綵筆昔遊俗刻作『曾』。干氣象，白頭今俗刻作『吟』。望苦低垂。」此就渼陂寫望京華，憶昔遊也，爲所思之終。浦二田以爲係總結，無專指，未免曲説，不可從。首句「昆吾御宿」及次句「紫閣峰」皆入渼陂所由之境也。起法漸次叙入，既與「蓬萊」、「昆明」直提者不同，又與「瞿塘」一首從夔府逆入者用筆亦變。中四句俱就渼陂言。「紅豆」、「碧梧」，昔日之景也；「拾翠」、「同舟」，昔日之事也。「拾翠」指城西泛舟事，「同舟」指與岑參兄弟遊渼陂事，俱見本集。第七句總承中四句作束，第八句轉到今日作結。一「望」字直繳到「望京華」，「望」字結本首，即總結八章，恰是末首收結語氣，不容更增一語。按：《露書·韵篇》云：第三句首二字，時刻俱作「香稻」，閱《夢溪筆談》作「紅豆啄餘」，《鶴林玉露》作「紅豆啄殘」。按，鸚鵡食豆不食稻，至易明，竟無一語證之者。黄白山曰：「七八句『昔曾』、『吟望』四字，閱錢牧齋本，作『昔遊』、『今望』，是對結，確不可易。而二字又皆横插成句，且一『遊』字不但收盡一篇之意，兼收盡『曲江』以下數篇之意，而『望』字又是應第二首『望』字，因嘆公詩經營密緻，殆同織錦。」

杜甫《諸將五首》

浦二田云：「五首凡論五處，皆舉當時備禦重地而言，故曰『諸將』。」

「漢朝陵墓對南山，胡虜千秋尚入關。昨日玉魚蒙葬地，早時金盌出人間。見愁汗馬西戎逼，曾閃朱旗北斗殷。因肩切，音烟。深赤色。多少材官守涇渭，將軍且莫破愁顔。」浦二田云：「此爲備吐蕃者告也。吐蕃於廣德元年一陷京師，永泰元年再逼京師，最爲邇年近患，故首及之。」按：前四句指廣德元年吐蕃焚陵事，不忍斥言，故借漢爲比。曰「千秋尚入」，則已引到當時矣。五六句指永泰元年再入寇事，以「見愁」二字劃清界限，未入京城，故但曰「逼」。《英華辨證》：《漢書》有「朱旗絳天」之語，絳以色言。此云「北斗殷」，是極言旗幟之多，「閃」見北斗亦赤也，即絳天之意。末二句，浦二田云：「此一結用諷勸之詞。」

「韓公本意築三城，擬絶天驕拔漢旌。豈謂盡煩回紇馬，翻然遠救朔方兵。胡來不覺潼關隘，龍起猶聞晉水清。獨使至尊憂社稷，諸君何以答昇平。」浦二田云：「此爲借回紇者告也。肅宗收京討叛，屢借回紇之力，而要求縱暴，公私苦之。至永泰元年，竟合吐蕃入寇，與上章連類及之，故次二。」按《舊唐書》，神龍三年，張仁愿於河北築三受降城。前四句言築城本以禦寇，豈謂今日翻借其兵以爲援耶，一氣旋折。第五句承第四句來，指禄山之亂，「不覺潼關隘」，便見臣工無宣力禦侮之人，有險而不能守，已起結句意。第六句追憶高祖龍躍晉水，曰「猶聞」者，以見聖子神孫承繼無改，便起第七句「憂社稷」意。沈歸愚云：「五六句感傷目前，追憶盛時，龍跳虎卧之筆。」浦二田云：「此一結用詰問之詞。」

「洛陽宫殿化爲烽，休道秦關百二重。滄海未全歸禹貢，薊門何處盡堯封。朝廷袞職雖多預，一作「誰争補」。天下軍儲不自供。稍喜臨邊王相國，肯銷金甲事春農。」浦二田云：「此爲制河北者告也。藩鎮之禍，河北最甚，延至末造，卒以亡唐。而其禍皆成於代宗之初，時成德則李寶臣，魏博則田承嗣，相衛則薛嵩，盧龍則李懷仙，淄青則李正己，各治兵完城，自署將吏，不供貢賦，其可憂更切於吐蕃、回紇，故雖次第三，實爲五首中權。」一、二原其始禍，言兩京殘破，安史之前事如此。三、四實拈藩鎮，謂此輩多其餘孽，至今猶然梗化也。五、六謂諸將徒擁高官，而不求實政。末二句即承「不自供」意，借王縉以諷諸將，此一結用忻動之詞。

「回首扶桑銅柱標，冥冥氛祲未全銷。越裳翡翠無消息，南海明珠久寂寥。殊錫曾爲大司馬，總戎皆插侍中貂。炎風朔雪天王地，只在忠良翊聖朝。」浦二田云：「此爲懷遠徼者告也。南詔閤羅鳳，自天寶中，以鮮于仲通不還俘掠，叛附吐蕃。廣南自廣德初，以中使吕太一之擾，蠻酋亦寖不順命。然荒遠略輕，故次四。大意又與諸首不同，只要撫綏而安輯之，此懷遠之善術也。『回首』二字蒙上三首來。『扶桑』借指南海，謂廣南也。『銅柱』正指越裳，謂南詔也。『炎風』帶『朔雪』，與前三詩有左縈右拂之致，且與『回首』相應，而略輕之意亦見矣。此一結用開曉之詞。」前四言南徼不奉朝貢，五六言中使主兵，但知殘殺誅求，安能撫輯懷柔乎，是以於忠良有厚望焉。

「錦江春色逐人來，巫峽清秋萬壑哀。正憶往時嚴僕射，音夜。共迎中使望鄉臺。主恩前後三持節，軍令分明數舉杯。西蜀地形天下險，安危須仗出群才。」浦二田云：「此爲鎮西川者告也。借嚴武以明蜀險，以貼身事，爲五首殿焉。末二句就嚴公推開説，而『西蜀地形』句，補筆千鈞，將蜀中無數擾攘盡包在七字中。如無此句，祇成憶嚴詩，不是『諸將』詩矣。故須推開唱歎，頌嚴正以策後也。此一結用想望之詞。」五詩純以議論爲叙事，訏謨壯彩，與日月争光，出《秋興》之上。

詩法易簡録卷十三

東萊李鍈青萍著

五言絶句

按：兩句爲一聯，四句爲一絶，其來已久，非始唐人。漢無名氏《古繇句》云：「藁砧今何在？山上復有山。何當大刀頭，破鏡飛上天。」「繇」字係古「絶」字，是絶句之名已見於漢矣。宋文帝見吴邁遠曰：「此人聯絶之外，無所復有。」亦一證也。又按，宋文帝第九子劉昶封義陽王，和平六年兵敗奔魏，在道慷慨爲斷句云：「白雲滿鄣來，黄塵暗天起。關山四面絶，故鄉幾千里。」斷字或係繇字之誤。是絶句之名，原在律詩之前，何得有截律詩之説？宋人妄爲詩話，以絶句爲截律詩，因有前四截、後四截、中四截、前後四截之説，甚至並易絶句之名爲截句，何其謬也！

唐蘇頲《汾上驚秋》

「北風吹白雲，萬里渡河汾。心緒逢摇落，秋聲不可聞。」絶句詩貴有含蓄，所謂絃外之音、味外之味，初學固未必盡解。然就其用筆先後之法，翫索其含蓄不盡之妙，雖鈍根亦可悟入。如此詩題曰「汾上驚秋」，固應切定汾上，以寫驚秋。然如題順叙，既覺平衍，實寫如何樣驚，更覺言無餘意，且難討好。此詩首句先切定「秋」字，虚寫汾上風景，次句點明汾上，第三句但言心緒不堪，第四句始點出「秋」字，遂截然而止，不言如何驚，而「驚」字之意已酣透無遺。若三四句一倒轉，便平衍無味矣。此用筆先後之一法也。至其用意，首句寫景，便已含起可驚之意，次句加以「萬里」二字，又早爲「驚」字通氣，「心緒」句正寫所以驚秋之故。前三句無一字説到驚，却無一字不爲「驚」字追神取魄，所以末句只點出「秋」字，而意已無不曲包。絃外之音，實有音在，味外之味，實有味在。所謂含蓄者，固貴其不露，尤貴其能包括也。學者從此悟入，不獨絶句爲然，即灑灑數千言長篇鉅製，酣暢淋漓，要必有不盡之意，藴蓄於字句之外者，方見格力高深。彼但以絃外音、味外味爲僅可施之絶句者，未能盡知音與味者也。

韋應物《聞雁》

「故園渺何處，歸思方悠哉。淮南秋雨夜，高齋聞雁來。」此聞雁而愈深歸思也。前二句先説歸思，後二句點到聞雁便住，不説如何思歸，而思歸之情彌深。唐人絶句，有竟用古詩平仄者，自是古體，而列入絶句者，以漢人古詩，原有古絶句之名故也。「渺何處」，離家之遠也，「方悠哉」，思歸之人也，此時而聞雁，其感觸歸思爲何如？況當秋夜方長，秋雨淒清之際乎？第三句又是加一倍法。

王之涣《登鸛鵲樓》

「白日依山盡，黄河入海流。欲窮千里目，更上一層樓。」凡登臨皆須寫望中之景，又須切定本地形勝，不可那移爲佳。然先寫登樓，再寫形勝，便嫌平衍，雖有名句，終是卑格。此詩首二句先切定鸛鵲樓境界寫景，後二句再寫登樓，格力便高。然尚有不盡此者，按，樓在蒲州，前瞻中條山，下瞰黄河。日在山外，而見其依山盡；河自蒲至海，相去數千里，而見其「入海流」，非所處極高，不能所見如此之遠，幾疑其已登樓之絶頂矣。而接以「欲窮千里目，更上一層樓」，轉若首二句所見猶爲未遠，而更上一層，其所見當更出於尋常景象之外。不言樓之如何高，而樓之高已極盡形容，且於寫景之外，更有未寫之景在。此種格力尤臻絶頂，高出李益、暢當二詩之上。四語皆對，而末二句寓流走於對待之中，故不排板。用筆先後之法，可與前二詩參觀。

荆叔《題慈恩寺塔》

「漢國山河在，秦陵草木深。暮雲千里色，無處不傷心。」就登塔所見，寫出無窮感慨，不復更點到登塔，較王之涣登樓詩用法又變。一筆揮成，神完氣足，洵屬三唐傑作。

張仲素《春閨思》

「裊裊城邊柳，青青陌上桑。提籠忘採葉，昨夜夢漁陽。」首句用柳陪起，次句點出桑，第三句承次句説下，而以第四句申明之。妙在前二句皆説眼前景，而末句忽掉轉説到昨夜之夢，便令當日無限深情，不着一字，而已躍躍言下。楊用修謂從《卷耳》首章翻出，筆法之妙，最耐尋味。

張九齡《自君之出矣》

「自君之出矣，不復理殘機。思君如滿月，夜夜減清輝。」詩題原本六朝，而特出巧思，亦得《子夜》諸曲之妙。若直言消減容光，便平直少味，借滿月以寫之，新穎絶倫，其思路之巧，全在一「滿」字。

李白《勞勞亭》

「天下傷心處，勞勞送客亭。春風知別苦，不遣柳條青。」若直寫別離之苦，亦嫌平直，借春風以寫之，轉覺苦語入骨，其妙全在「知」字、「不遣」字，奇警絶倫。

劉方平《長信宫》

「夢裹君王近，宫中河漢高。秋風能再熱，團扇不辭勞。」此望君恩復幸也。直説便少味，託之秋風團扇，便有含蓄藴藉之妙，用意温厚，最得《三百篇》之旨。

司空曙《送盧秦卿》

「知有前期在，難分此夜中。無將故人酒，不及石尤風。」此相送置酒而欲其少留也。直説便少情致，借石尤風作比，而詞意曲折有味矣。前期者，預定之行期也。行期已定，豈能挽留？然故人之心，戀戀不已，轉覺難分，故曰知有前期，難分此夜也。三四句承次句説下。石尤風本宋武帝《丁都護歌》云：「都護北征時，儂亦惡聞許。願作石尤風，四面斷行旅。」謂狂風怒起，舟不可行也。石尤風起，行人不得不住，而故人之酒獨不能少爲盤桓，是視故人酒不及石尤風矣，何以慰故人戀戀之情？曰「無將」者，深致其繾綣之意，承寫次句「難分」二字，十分酣足。

沈如筠《閨怨》

「雁盡書難寄，愁多夢不成。願隨孤月影，流照伏波營。」此爲征戍將士之閨人代寫其怨也。首二句雙開作宕，書既難寄，夢又不成，唯有天上之月無處不照，是以願隨月影流照軍營，而無如月影終不可隨也。寫出無聊之極思，而久別之苦愈覺刺骨。「孤」字尤妙，借月寫情，與曲江「思君如滿月」之作可稱異曲同工。

韋承慶《南行別弟》

「萬里人南去，三春雁北飛。未知何歲月，得與爾同歸。」爾字指雁説，言外有歸期無日之感。沈歸愚云：「不煩斤削，自是天籟。」

七歲女子《送兄》

「別路雲初起，離亭葉正飛。所嗟人異雁，不作一行歸。」按《唐史遺事》，如意中，廣南貢女子，方七歲。則天令賦詩，皆應聲而就。其兄别去，則天命賦詩送之，即立占一絶云。首二句寫别時之景，三四句送兄，而自傷不得同歸也。借雁作比，便覺意味深長。風格老成，居然作手，奇女子也。

李頻《渡漢江》

「嶺外音書絶，經冬復歷春。近鄉情更怯，不敢問來人。」此亂後自嶺外歸渡漢江之作也。音書久絶，家中存亡不可知，及近鄉園，可得音問矣，而曰「不敢問來人」，用反筆寫出苦況，與少陵「反畏消息來」同一情事。

許渾《塞下曲》

「夜戰桑乾雪，秦兵半不歸。朝來有鄉信，猶自寄寒衣。」借寄衣一事，寫出征人死别之苦，可謂一字一血矣，却妙不犯盡。唐都關中，仍秦舊地，故曰秦兵。

劉禹錫《秋風引》

「何處秋風至，蕭蕭送雁群。朝來入庭樹，孤客最先聞。」咏秋風必有聞此秋風者，妙在「最先」二字爲孤客寫神，無限情懷，溢於言表。

李白《敬亭獨坐》

「衆鳥高飛盡，孤雲去獨閒。相看兩不厭，只有敬亭山。」首二句已繪出獨坐神理，三、四句偏不從獨處寫，偏曰「相看兩不厭」，從不獨處寫出獨字，倍覺警妙異常。即順筆點出敬亭，是何等法力。

李商隱《樂遊原》

「向晚意不適，驅車登古原。夕陽無限好，只是近黄昏。」以「向晚」二字領起，以第三句「無限好」三字補足題中樂遊意，以末句收足向晚意，言外有身世遲暮之感。

戴叔倫《題三閭大夫廟》

「沅湘流不盡，屈子怨何深。日暮秋風起，蕭蕭楓樹林。」咏古人必能寫出古人之神，方不負題。此詩首二句懸空落筆，直將屈子一生忠憤寫得至今猶在，發端之妙，已稱絶調。三四句但寫眼前之景，不復加以品評，格力尤高。而屈子之靈爽，髣髴如將見之，真若有神之格思者。我朝王阮亭《過露筋祠》絶句「門外野風開白蓮」，論者謂其别行一路，不知實從唐人此種脱化也。凡咏古以寫景結，須與其人相肖，方有神致，否則流於寬泛矣。

杜甫《武侯廟》

「遺廟丹青落，空山草木長。猶聞辭後主，不復卧南陽。」此寫武侯討賊之志，死猶未已也。言廟已頽敗於空山荒草之中，而武侯當日表辭後主，誓死討賊，其精神歷久不磨，今日猶如聞其拜表涕泣也。通首一氣流宕，「落」字、「長」字作勢轉出，「猶聞」二字最有力。《出師表》有「鞠躬盡瘁，死而後已」之語，此曰「猶聞辭後主」，謂其死猶未已，是加一倍寫法，方寫得武侯之神奕奕如在。

杜甫《八陣圖》

「功蓋三分國，名成八陣圖。江流石不轉，遺恨失吞吴。」「失吞吴」，東坡謂失在吞吴之舉，此確解也。前題「武侯廟」，故寫出武侯全副精神。此題「八陣圖」，故只就陣圖一節寫其遺恨。作詩切題之法有如是。

王維《息夫人》

「莫以今時寵，難忘舊日恩。看花滿眼淚，不共楚王言。」只就不言一事點綴之，不加評論，詩品自高。

高適《咏史》

「尚有綈袍贈，應憐范叔寒。不知天下士，猶作布衣看。」布衣中何必無天下士，達夫詩不免俗情，所以論古不可不另開眼界也。以此詩爲世所傳誦，姑取而論之，俾學者知作詩命意，當擺却俗情，期於合道耳。

元稹《行宫》

「寥落古行宫，宫花寂寞紅。白頭宫女在，閒坐説玄宗。」此咏明皇行宫也。明皇已往，遺宫寥落，却借白頭宫女寫出無限感慨。凡盛時既過，當時之人無一存者，其感人猶淺，當時之人尚有存者，則感人更深。白頭宫女，閒説玄宗，不必寫出如何感傷，而哀情彌至。

虞世南《咏蟬》

「垂緌飲清露，流響出疎桐。居高聲自遠，非是借秋風。」咏物詩固須確切此物，尤貴遺貌得神。然必有命意寄託之處，方得詩人風旨，東坡所謂「作詩必此詩，便知非詩人」是也。此詩三四句品地甚高，隱然自寫懷抱。

崔道融《梅》

「數萼初含雪，孤標畫本難。香中別有韵，清極不知寒。」不假刻劃，自然切合，詠梅而有性情流貫於其間也。

柳宗元《江雪》

「千山鳥飛絶，萬徑人蹤滅。孤舟簑笠翁，獨釣寒江雪。」不沾着雪字，而確是雪景，可稱空靈。末句一點便足。阮亭論前人雪詩，於此詩尚有遺憾，甚矣詩之難也。仄韵絶句，與古詩相出入，唐人最多清峭之作。

金昌緒《春怨》

「打起黄鶯兒，莫教枝上啼。啼時驚妾夢，不得到遼西。」此詩有一氣相生之妙，音節尤清脆可愛。唯夢中得到遼西，則相見之無期可知，言外意須微參。不怨在遼西者之不得歸，而但怨黄鶯之驚夢，乃深於怨者，却又怨而不怒，深得風人之旨。

劉采春《囉嗊曲》三首

「不喜秦淮水，生憎江上船。載兒夫婿去，經歲又經年。」不怨夫婿之不歸，而怨水與船之載去，妙於措詞,「打起黄鶯」之亞。沈歸愚云:「『不喜』、『生憎』、『經歲』、『經年』,重複可笑,的是兒女子口角。」「那年離别日,只道往桐廬。桐廬人不見,今得廣州書。」前首言離别之久,此又言夫婿之行踪靡定也。桐廬已無歸期,今在廣州,則去家益遠,歸期益無日矣。只淡淡叙事,而深情無盡。「莫作商人婦,金釵當卜錢。朝朝江上望,錯認幾人船。」此首方明寫其望歸之情。卜擲金釵,望穿江上,而終不見其歸。「錯認」者,望之切也。「幾人」者,無定之數,望之久也。所以如此者,則以夫婿爲商人,重利輕别離故也。曰「莫作」者,怨之至也。怨之至而但曰「莫作」,則既作商人婦,又分當如是,命當如是矣。深於怨而不失性情之正,可以怨矣。此三首亦皆有一氣相生之妙。

王維《雜詩》二首

「家住孟津河,門對孟津口。常有江南船,寄書家中否。」「君自故鄉來,應知故鄉事。來日綺牕前,寒梅著花未?」一筆直書,其氣甚清。

崔顥《長干曲》二首

《韓詩》注:「地下而廣日干。」《圖經》:「長干里去上元縣五里。」《吴都賦》注:「建業之南有大長干、小長干。」

「君家住何處,妾住在横塘。停舟暫借問,或恐是同鄉。」此首作問詞,却於第三句倒點出問字,第四句醒出所以問之故,用筆有法。

「家臨九江水，來去九江側。同是長干人，生小不相識。」此首作答詞。二首問答，如《鄭風》之士女秉蕑而無贈芍相謔之事。沈歸愚云：「不必作桑濮看。」最得。《長干曲》係都邑三十四曲中之一，乃寫長干之人情風俗，如七言之《竹枝詞》。特《竹枝》不拘何地，《長干曲》則但寫長干耳。

李白《玉階怨》

「玉階生白露，夜久侵羅襪。却下水晶簾，玲瓏望秋月。」無一字説到怨，而含蓄無盡，詩品最高。嚴滄浪所謂「不着一字，盡得風流」者，應推此種。就其用意用筆言之，曰「玉階」，則已藏有佇立玉階之人在。人之佇立玉階者，望秋月也。望月者，恩幸不至，望月而不能寐也。未言如何望月，而突曰「玉階生白露」，則已望月至夜半矣。落筆便已透過數層，次句以「夜久」二字承明。然望月者目在秋月，心在君王，何由知有玉階之露？則以露侵羅襪，寒透凌波，始覺夜深露重耳。至此可以歸房偃息矣，然望恩之思，何能遽止，雖入房下簾以避寒露，而隔簾望月，仍徹夜而不能寐也。此情復何以堪，又直透到玉階後數層矣。二十字中具如許神通，而只淡淡寫來，是謂有神無跡。下簾望月中有不忍絶望於君之意在，最得詩人温厚之旨。

崔國輔《怨詞》

「妾有羅衣裳，秦王在時作。爲舞春風多，秋來不堪着。」不言其人之失寵，而但言羅衣之不堪着，且推其不堪着之故於「爲舞春風多」，轉若承恩既久，合當棄置者，命意措詞俱極温厚和平之至。聖人謂「詩可以怨」，此種足以當之。

孟郊《古別離》

「欲别牽郎衣，郎今向何處。不恨歸來遲，莫向臨卭去。」末二句深入一層，恐其見美色而心遷也，亦不失性情之正。

施肩吾《幼女詞》

「幼女纔六歲，未知巧與拙。向夜在堂前，學人拜新月。」寫出小兒女性情，亦尚不傷大雅。

孟浩然《春曉》

「春眠不覺曉，處處聞啼鳥。夜來風雨聲，花落知多少。」亦具有一氣流轉之妙。

無本《尋隱者不遇》

「松下問童子，言師採藥去。只在此山中，雲深不知處。」一句問，下三句答，寫出隱者高致。

太上隱者《答人》

「偶來松樹下，高枕石頭眠。山中無曆日，寒盡不知年。」曰「偶來」，則其入山之深，非人所得習見可知。曰「不知年」，雖只就眼前説，已隱然如桃源中人不知有漢，何論魏晉之意。

李益《江南曲》

「嫁得瞿塘賈，朝朝誤妾期。早知潮有信，嫁與弄潮兒。」極言夫婿之無信也，借潮信作翻波，便有無限曲折。

沈詢《更著宴詞》

「莫打南來雁，從他向北飛。打時雙打取，莫遣兩分離。」末二句亦是進一層法。

賈島《劍客》

「十年磨一劍，霜刃未曾試。今日把示君，誰有不平事？」豪爽之氣，溢於行間。第二句一頓，第三句陡轉有力，末句意到而措語含蓄，便不犯盡。

盧綸《塞下曲》二首

「林暗草驚風，將軍夜引弓。平明尋白羽，没在石稜中。」暗用李廣事，言外有邊防嚴肅，軍威遠振之意。

「月黑雁飛高，單于遠遁逃。欲將輕騎逐，大雪滿弓刀。」上二句言匈奴畏威遠遁，下二句不肯邀開邊之功，而託言大雪，便覺委婉，而邊地之苦亦見。二首可稱雄健。按，匈奴自稱單于，《前漢書・匈奴傳》：「單于者，廣大之貌，言其象天單于然也。」單，市連切，音蟬。

盧綸《贈李果毅》

「向日磨金鏃，當風着錦衣。上城邀賊語，下馬截雕飛。」此四句皆對格。但就果毅行事排作四句，不復加一讚頌語，而果毅之勇武如繪，方不流於贈送諛美俗套。

西鄙人《哥舒歌》

「北斗七星高，哥舒夜帶刀。至今窺牧馬，不敢過臨洮。」按《太平廣記》：哥舒翰爲安西節度，控地數千里，甚著威令，故西鄙人歌之曰：「北斗七星高，哥舒夜帶刀。吐蕃總殺盡，更築兩重濠。」下二句雖不同，而哥舒應指翰無疑。其曰「夜帶刀」，則防守之嚴可知，是以西域雖至今窺伺，而不敢入寇也。

李紳《古風》一作《潤農詩》二首

「春種一粒粟，秋收萬顆子。四海無閒田，農夫猶餓死。」「鋤禾日當午，汗滴禾下土。誰知盤中飧，粒粒皆辛苦。」此種詩純以意勝，不在語言之工，豳之變風也。

王建《新嫁娘》

「三日入厨下，洗手作羹湯。未諳姑食性，先遣小姑嘗。」真樸可以教孝。此種詩有關風化，去《三百篇》未遠。

李白《夜思》

「牀前明月光，疑是地上霜。舉頭望明月，低頭思故鄉。」沈歸愚云：「旅中情思，雖説明，却不説盡，化工之筆。」

王昌齡《題僧房》

「棕櫚花滿院，苔蘚入閒房。彼此名言絶，空中聞異香。」首二句寫出僧房幽静，三四句於無聲臭處寫出臭味來，所謂透徹之悟，參破禪宗者，超絶清絶。

王維《鳥鳴澗》《皇甫嶽雲谿雜題》四首録一

「人閒桂花落，夜静春山空。月出驚山鳥，時鳴春澗中。」鳥鳴，動機也，澗，狹境也，而先着「夜静春山空」五字於其前，然後點出鳥鳴澗來，便覺有一種空曠寂静景象，因鳥鳴而愈顯者，流露於筆墨之外。一片化機，非復人力可到。首句趙秋谷謂當闕疑不可强解，是也。又謂阮亭《三昧集》不當選此，則非。此詩在右丞集中自屬上乘，何得遺之？「春山」、「春澗」兩「春」字偶複，不可學。

王維《孟城坳》《輞川集》共二十首録五。自序云：余別業在輞川山谷，其遊止有孟城坳等處。與裴迪閒暇，各賦絶句云爾。

「新家孟城口，古木餘衰柳。來者復爲誰，空悲昔人有。」坳原爲昔人所有，今歸右丞，惟餘衰柳尚係昔人手植，而昔人已不復能有矣，豈不可悲。然後之視今，亦猶今之視昔。今人悲昔人，後人復悲今人，則後來之悲我者，方不知爲誰，而顧可據以爲我有乎？我既不能常有，則今日之悲昔人，亦屬空悲矣。惟有樂天命之自然，以聽大化之推遷而已。四句中無限曲折，含蓄不盡。

王維《鹿柴》「柴」本作「砦」，籬落也。《漢書》注：讀寨字。

「空山不見人，但聞人語響。返景入深林，復照青苔上。」「人語響」是有聲也，返景照是有色也，寫空山不從無聲無色處寫，偏從有聲有色處寫，而愈見其空。嚴滄浪所謂「玲瓏透徹」者，應推此種。沈歸愚謂其佳處不在語言，然詩之神韻意象雖超於字句之外，而實不能不寓於字句之間。善學者須就其所已言者而翫索其不言之蘊，以得之於字句之外可也。

王維《文杏館》

「文杏裁爲梁，香茅結爲宇。不知棟裹雲，去作人間雨。」玩詩意，館應在山之最高處。首二句寫題面，三四句寫出其地之高。山上之雲自棟間出而降雨，而人猶不知，則所居在山之絶頂可知。玩「不知」二字，右丞已無出山之志矣。

王維《竹里館》

「獨坐幽篁裏，彈琴復長嘯。深林人不知，明月來相照。」下二句承首句「幽」字，寫得幽絶，真能得之於聲色臭味之外者。

王維《辛夷塢》

「木末芙蓉花，山中發紅蕚。磵户寂無人，紛紛開且落。」幽淡已極，却饒遠韵。王漁洋云：「唐人五言絶句，往往入禪，有得意忘言之妙，與浄名默然，達磨得髓，同一關捩。觀王、裴《輞川集》及祖詠《終南殘雪》詩，雖鈍根初機，亦能頓悟。」是謂初學皆可從此悟入也。沈歸愚則云：「諸詠聲息臭味迥出常格之外，任後人百擬不到，其故難知。」是謂宿學亦難企及也。持論不同，要之詩道本自廣大，此種在五絶中，如畫家之有逸品，不染一絲俗諦，不露一毫斧削。漁洋天姿絶高，故自幼即能領悟。歸愚談詩先從格法入手，此種詩固非摹擬格調所能到，故其言如彼。兹録不專一體，學者自審才力，各就其性之所近者先取法焉可也。

祖詠《終南山殘雪》

「終南陰嶺秀，積雪浮雲端。林表明霽色，城中增暮寒。」此試帖也。主司原限六韵，詠只成二韵，遽納卷。主司詢之，對曰意盡。主司覽而稱賞，遂擢第。

附六言絶句

王維《田園樂》三首

「采菱渡頭風急，策杖林西日斜。杏樹壇邊漁父，桃花源裏人家。」第三句承首句，第四句承次句。

「萋萋春草秋緑，落落長松夏寒。牛羊自歸村巷，童稚不識衣冠。」三四句寫出田園真樸景象。

「桃紅復含宿雨，柳緑更帶朝烟。花落家童未掃，鶯啼山客猶眠。」寫出田園閒適之樂。○六言唐人亦不多作，録此聊備一格。

詩法易簡録卷十四

東萊李鍈青萍著

按：隋無名氏詩云：「楊柳青青著地垂，楊花漫漫攪天飛。柳條折盡花飛盡，借問行人歸不歸。」已居然唐人絶句矣。

七言絶句

王翰《凉州詞》

「蒲桃美酒夜光杯，欲飲琵琶馬上催。醉卧沙場君莫笑，古來征戰幾人回。」言生還無望也。意甚沉痛，而措語含蓄，斯爲絶句正宗。○蒲桃酒、夜光杯，俱就凉州所出者言之。「琵琶馬上催」，指妓女之佐酒者。有此美酒，又有美人勸醻，則醉卧宜矣。然醉卧者何地乎？乃沙場也。沙場乃生死存亡，頃刻即判之地，而醉卧其間，豈不可笑？然而君莫笑也，試看自古以來，征戰之士，有幾人得生還者乎？既無生還之望，則此一醉卧，正可痛可哀，而無庸相笑矣。「醉卧沙場」四字緊承首二句作一束頓，「君莫笑」三字喝起末句，最有力。楊仲鴻論絶句以第三句爲主，而以第四句發之，沈歸愚謂盛唐多與此合，蓋絶句之正格也。王弇州云：「晚唐陳陶《隴西行》云：『誓掃匈奴不顧身，五千貂錦喪胡塵。可憐無定河邊骨，猶是金閨夢裏人。』後二句用意工妙，可謂絶唱矣。惜爲前二語所累，筋骨畢露，令人厭憎。『蒲桃美酒』一絶，便是無瑕之璧。盛唐地位，不凡乃爾。」沈歸愚亦云：「『可憐』二句作苦語，無過此者。然使王之渙、王昌齡爲之，更有餘藴。」又云：「作苦語如元微之『垂死病中驚坐起，暗風吹雨入寒窗』，雍陶『漸近蠻城誰敢哭，一時收淚羡猿啼』，皆蹙蹶聲矣。」王、沈二公之論皆得絶句三昧，初學尤宜玩味。

李白《客中行》

「蘭陵美酒鬱金香，玉碗盛來琥珀光。但使主人能醉客，不知何處是他鄉。」首二句極言酒之美，第三句以「能醉客」三字緊承美酒，點醒客中，末句作曠達語，而作客之苦愈覺沉痛。其用法可與前詩參觀。「蘭陵」先點明作客之地，「玉碗盛來」見主人之極意殷勤，可謂「能醉客」矣。後二句緊從前二句生出，古人作詩，義理貫注，脈絡分明，無一閒字有如此。

李白《峨眉山月歌》

「峨眉山月半輪秋，影入平羌江水流。夜發青溪向三峽，思君不見下渝州。」此就月寫出蜀中山峽之險峻也。在峨眉山下，猶見半輪月色照入江中，自青溪入三峽，則山勢愈高，江水愈狹，直至渝州，兩岸皆峭壁層巒，插天萬仞，仰眺碧落，僅餘一線，並此半輪之月亦不可見，此所以不能不思也。「君」

字指月言。王弇州云：「此是太白佳境。然二十八字中有峨眉山、平羌江、青溪、三峽、渝州，使他人爲之，不勝痕跡矣。蓋見此老鑪錘之妙。」

李白《下江陵》一作《早發白帝城》

「朝辭白帝彩雲間，千里江陵一日還。兩岸猿聲啼不住，輕舟已過萬重山。」此寫峽中江水之險，只就迅疾處寫，而其險益見。按盛弘之《荆州記》云：「朝發白帝，暮到江陵，其間千二百里，雖乘奔御風，不以疾也。」蓋自白帝至江陵，地勢由高而下，兩岸山皆壁立，中間一水奔流，其勢最險。此詩不呆寫峽江如何險隘，但以「彩雲間」三字點明其地之高，「千里」二字點明其相去之遠，「萬重山」三字點明其山之多，通首只寫舟行之速，而峽江之險已歷歷如繪，可想見其落筆之超。沈歸愚云：「寫出瞬息千里，若有神助。入『猿聲』一句，文勢不傷於直，畫家布景設色，每於此處用意。」

李白《巴陵贈賈舍人》

「賈生西望憶京華，湘浦南遷莫怨嗟。聖主恩深漢文帝，憐君不遣到長沙。」按：舍人即賈至也，時謫岳州司馬。巴陵即岳州之縣名也。通篇以賈誼比之，切其姓也。「憶京華」，賈由舍人外謫也。「莫怨嗟」，勉以忠愛也。三四句即緊從「莫怨嗟」三字生出。長沙更在湘浦之南，「不遣到長沙」，見主恩之深重也。以賈誼比之，即以誼事作對照而慰藉之。解此用古之法，方不是讀死書人。

李白《與賈舍人游洞庭》

「洞庭西望楚江分，水盡南天不見雲。日落長沙秋色遠，不知何處弔湘君。」次句寫出洞庭之闊遠。「弔湘君」妙在「不知何處」四字，寫得湘妃之神縹緲無方，而遷謫之感，令人於言外得之，含蓄最深。

李白《舟下荆門》

「霜落荆門烟樹空，布颿無恙挂秋風。此行不爲鱸魚膾，自愛名山入剡中。」首句寫荆門，用「霜落」、「烟」、「空」等字，已爲次句秋風通氣。次句寫舟下，趁便嵌入「挂秋風」字，暗引起第三句「鱸魚膾」意來。第三句即以「此行」二字承住上二句，以「不爲鱸魚膾」五字，翻用張翰見秋風起，思吴中蓴菜鱸魚事，以生出第四句來。沈歸愚云：「明明説天下將亂，孑身隱避，却又推開解説，此古人身分不可及處。」愚謂即此可見太白用世之心未嘗稍忘。其下荆門因放還故耳，託興名山，用意微婉。剡中隸會稽，多名山水，故云。「布颿無恙」，用顧愷之自荆門還與殷仲堪箋中語，亦切荆門故事。

李白《蘇臺覽古》

「舊苑荒臺楊柳新，菱歌清唱不勝春。只今惟有西江月，曾照吴王宫裏人。」一二句但寫今日蘇臺之風景，已含起吴宫美人不可復見意，却妙在三、四句不從不得見處寫，轉借月之曾經照見寫，而美人之不可復見，已不勝感慨係之矣。

李白《越中覽古》

「越王勾踐破吴歸，戰士還家盡錦衣。宫女如花滿春殿，只今惟有鷓鴣飛。」前三句極寫其盛，末一句始用轉筆，以寫其衰，格法奇矯。

李白《清平調三首》

按《開元遺事》，天寶中，沉香亭牡丹盛開，明皇與太真妃賞之，不用舊樂，宣翰林供奉李白立進《清平調》三章。房中樂有清調、平調曲。

「雲想衣裳花想容，春風拂檻露華濃。若非群玉山頭見，會向瑶臺月下逢。」三首人皆知合花與人言之，而不知意實重在人，不在花也。故以「花想容」三字領起，側重在人一邊。「露華濃」乃花最鮮艷之時，「春風拂檻」又花最風韵之候，言必此時之花方可以想像其容，則其容之美爲何如？説花處即是説人，故下二句極讚其人，方接得去。不然忽説花，又説人，便不接貫矣。

「一枝紅一作穠。艷露凝香，雲雨巫山枉斷腸。借問漢宫誰得似，可憐飛燕倚新妝。」首句仍承「花想容」言之，而與前首第二句不相複者，前首三四句「若非」、「會向」云云，極言其美非人世所有，乃空中排宕之筆，此首特用「一枝」二字作指實之筆，緊承前首三、四句作轉，言其如花之容，雖非世所常有，而今則現有此人，實實如一枝名花，色香俱備，儼然在前也。兩首一氣相生，次首即承前首作轉，如此空靈飛動之筆，非謫仙人，孰能有之？次句言既實有其人，彼巫山雲雨徒託之夢寐者，爲「枉斷腸」矣。三四句又承上言夢中神女既屬虛無，則欲比擬其容，還當求諸人間。古今美人之多，莫如漢宮，而漢宮美人，誰堪比似，其惟飛燕乎？然曰「倚新粧」，則其美猶藉人工，何如妃子之天然絶代耶？皆作極力稱贊之詞而已，輕輕以禍水比之，規諷之義，筆凛秋霜，詩品之高，忠愛之忱，俱見矣。

「名花傾國兩相歡，常得君王帶笑看。解釋春風無限恨，沉香亭北倚闌干。」此首乃寔賦其事，而結歸明皇也。首句正「沉香亭北倚闌干」之時，只「兩相歡」三字直寫出美人絶代風神，並寫得花亦栩栩欲活，所謂詩中有魂，非此仙筆不能繪出也。次句「帶笑看」即看其「兩相歡」也，加一「常得」字，從妃子一邊寫來，便隱隱將蠱惑之罪坐在妃子身上。第三句言外有朝政荒廢，安而忘危之憂，託言春風，乃臣子立言之體。「解釋」字亦承上句，從妃子一邊寫來，無一字正斥明皇，更爲得體。第四句即就妃子點明沉香亭，用「倚闌干」三字切定妃子，即「名花傾國兩相歡」之時之地也。以第三句承次句，末句應首句，章法最佳。

李白《贈汪倫》

「李白乘舟將欲行，忽聞岸上踏歌聲。桃花潭水深千尺，不及汪倫送我情。」按本集注：桃花潭村人汪倫，俠士也。慕太白之名，常醖美酒以待之。恐其不至，乃爲書招之曰：「此地有十里桃花，萬家酒店。」太白見之，欣然而往。至則並無桃花，所謂十里桃花者，桃花潭水也，所謂萬家酒店者，僅一酒店，其賣酒者萬姓也。倫乃出其家醞美酒，佐以歌舞，留白歡飲十餘日。白辭去，倫復率歌僮携酒餞之。白感其意，贈以詩，其裔孫至今珍藏之。言汪倫相送之情甚深耳，直説便無味，借桃花潭水以襯之，便有曲折不盡之意。眼前景、口頭語信手拈來，都成妙諦，是謫仙人本色。

李白《上皇西巡南京歌》

按《唐書》，天寶十五載六月，安禄山陷京師，皇帝西幸蜀。七月甲子，太子即皇帝位于靈武，尊皇帝曰上皇天帝。至德二載，復京師，迎上皇于蜀郡。上皇歸，以蜀郡爲南京。蜀在長安西南，故曰南京。

「莫道君王行路難，六龍西幸萬人歡。地轉錦江成渭水，天迴玉壘作長安。」靈武即位之事，終唐之世，詩人無有敢言其非者。即以老杜之忠愛，亦祇于日後致慨于南内之遷，而當奔赴行在時，方且頌美中興矣。太白獨以風人之筆，竊取《春秋》之旨，明靈武即位之非，以申大義于天下。其卓識孤忠，又出少陵之上。此首就上皇幸蜀時説。第一句唱起下三句。第二句「萬人歡」言人心之愛戴正深也。三四句「錦江」、「玉壘」，蜀地也，而地轉之成渭水，天迴之作長安，言天心之眷顧上皇，雖巡幸西蜀，仍如其在長安也。天命、人心俱繫屬於上皇，如此則上皇初無失天下之理，而靈武即位，遽尊之爲上皇，何歟？

「劍閣重關蜀北門，上皇歸馬若雲屯。少帝長安開紫極，雙懸日月照乾坤。」此首就上皇自蜀歸京師時説。首二句言上皇將歸，第三句言肅宗已即帝位，第四句合上皇與少帝言之。「雙懸日月」，詞似頌美，而實隱用「天無二日，民無二王」之語，以誌一時之變也，其旨微而顯矣。太白自云「希聖如有立，絶筆於獲麟」，觀此二詩，洵稱無愧。沈歸愚云：「兩句上皇，一句少帝，而以末句總承作收，格法又別。」他日誣以永王璘之叛，幾致殺身，卒至長流夜郎，未必非此二詩聞於朝廷，中當時之忌故也。

李白《聞王昌齡左遷龍標遥有此寄》

「楊花落盡子規啼，聞道龍標過五溪。我寄愁心與明月，隨風直到夜郎西。」三、四句言此心之相關，直是神馳到彼耳，妙在借明月以寫之。沈歸愚云：「即『將心寄明月，流影入君懷』意。出以摇曳之筆，語意一新。」又云：「五言絶句，右丞、供奉，七言絶句，龍標、供奉，妙絶古今，别有天地。」

李白《横江詞》

「横江館前津吏迎，向余東指海雲生。郎今欲渡緣何事？如此風波不可行。」全是本色。横江之險，只從津吏口中叙出。「緣何事」三字中更有無窮含蓄。絶句中佳境，亦化境也。

王昌齡《長信秋詞》二首

「奉帚平明金殿開，且將團扇共徘徊。玉顔不及寒鴉色，猶帶昭陽日影來。」按《漢書》，班婕妤失寵，自求供養太后長信宫。此詩咏嬪妃之失寵者，故以長信命題，本漢樂府宫詞之一也。不得承恩意，直説便無味，借寒鴉日影爲喻，命意既新，措詞更曲。少伯此詩及「西宫夜静」之作，皆用飛燕昭陽事，王阮亭以爲皆爲太真而作，不獨太白《清平調》、《行樂詞》爲然，蓋當時詩人之言多如此。愚以爲太白之不可及，在直奏於明皇之前，少伯不過自作樂府而已，未可同日語也。「真成薄命久尋思，夢見君王覺後疑。火照西宫知夜飲，分明複道奉恩時。」惟夢裏承恩，則不復得幸可知。又妙從夢初覺時寫來，此際最難爲情。沈歸愚云：「『分明』二字寫夢境入微。」

王昌齡《西宫春怨》樂府《怨思》二十五曲有《西宫春怨》。

「西宫夜静百花香，欲捲珠簾春恨長。斜抱雲和深見月，朦朧樹色隱昭陽。」夜静不寐，但望昭陽樹色，不言怨而怨自深。此種詩品格最高，神韵絶世。

王昌齡《殿前曲》

「昨夜風開露井桃，未央前殿月輪高。平陽歌舞新承寵，簾外春寒賜錦袍。」沈歸愚云：「只説他人之承寵，而己之失寵悠然可會。此《國風》之體也。」又云：「龍標絶句深情幽怨，意旨微茫，令人測之無端，玩之無盡，謂之唐人騷語可。」

王昌齡《從軍行四首》

「烽火城西百尺樓，黄昏獨坐海風秋。更吹羌笛《關山月》，無那金閨萬里愁。」此首思家之感。樂府有《關山月》，傷别離之曲也。「無那」猶云無可如何也。不言己之思家，而但言無以慰閨中之思己，正深於思家者。

「青海長雲暗雪山，孤城遥望玉門關。黄沙百戰穿金甲，不破樓蘭終不還。」此首因思家而致歎於歸期無日也。樓蘭，西域國名，即鄯善也。沈歸愚云：「三、四句作豪語看亦可，然作歸期無日看，倍有意味。」

「秦時明月漢時關，萬里長征人未還。但使龍城飛將在，不教胡馬度陰山。」此首又因歸期無日而致嘆於將非其人也。思飛將軍，正刺今日之無人。沈歸愚云：「第三句喚得起，乃見警策。」又云：「備胡築城起於秦漢，明月屬秦，關屬漢，互文也。」

「大漠風塵日色昏，紅旗半卷出轅門。前軍夜戰洮河北，已報生禽吐谷渾。音突欲魂，西羌國名。」此又承上首言士卒奮勇力戰，已奏擒王之績，而不聞將軍有綏靖邊域之策，終未卜歸期何日也。士卒之苦，在「風塵日昏」及「夜戰」字中，將軍之無策，只在「已報」二字中，於言外得之。造語有敵愾之氣，而意實含蓄無窮。

王昌齡《芙蓉樓送辛漸》

「寒雨連江夜入吴，平明送客楚山孤。洛陽親友如相問，一片冰心在玉壺。」此辛漸將由楚入洛，而少伯適入吴，遇之而登芙蓉樓以送之也。傳誦既久，末句竟成人人口頭語矣。

「丹陽城南秋海陰，丹陽城北楚雲深。高樓送客不能醉，寂寂寒江明月心。」此首律中帶古，音節甚别，亦甚雅。世人徒誦前首，而此首竟多未知者，何耶？「明月心」亦前首「冰心」之意。此或被讒遭貶後所作，故汲汲自白其心。不然，嫌於自譽矣。

王昌齡《閨怨》

「閨中少婦不知愁，春日凝妝上翠樓。忽見陌頭楊柳色，悔教夫婿覓封侯。」寫閨中嬌憨之態如畫。

杜甫《江南逢李龜年》

「岐王宅裏尋常見，崔九堂前幾度聞。正是江南好風景，落花時節又逢君。」崔九，即駙馬崔騆也。李龜年係明皇時伶工，供俸内廷，故唯於岐王宅裏常得見之，駙馬堂前亦嘗聞之。二句寫其昔日之盛也。今明皇已崩，龜年流落江南，少陵忽又相逢。在龜年一身之盛衰，已足感人，況以少陵之忠愛，其感痛於先皇者，應何如乎？但因伶工致慨，既無以顯揚先皇之盛德，而肅宗中興，兩京已復，又非有滄桑變更之痛，措語斟酌非易。此詩於第三句用「好風景」三字逗出中興太平氣象，只以「落花」二字微逗出龜年今日之飄零，遂以「又逢君」三字煞住，不着一字議論，而今昔之感，先皇之思，以及中興之美，無不包括。尤妙在一字不及先皇，但以岐王、崔九言之，尤爲立言得體。少陵七絶多類竹枝體，殊失正宗，此詩純用正鋒藏鋒，深得絶句三昧，故亟登之。

王維《送元二使安西》

「渭城朝雨裛輕塵，客舍青青楊柳春。勸君更進一杯酒，西出陽關無故人。」次句有作「柳色新」者，然作「楊柳春」較勝。沈歸愚云：「陽關在中國外，安西更在陽關外，言陽關已無故人矣，况安西乎？此意須微參。」相傳曲調最高，倚歌者笛爲之裂。

王維《九月九日憶山東兄弟》

「獨在異鄉爲異客，每逢佳節倍思親。遥知兄弟登高處，遍插茱萸少一人。」首句「獨」字已伏起憶兄弟之根，次句點到九日，三四句承次句言之，「登高」、「茱萸」切定九日，「少一人」回應首句「獨」字。不言如何憶兄弟，而但言兄弟之憶己，沈歸愚謂即《陟岵》詩意。可見祖述《三百篇》，不在摹其詞。

王之涣《凉州詞》

「黄河遠上白雲間，一片孤城萬仞山。羌笛何須怨楊柳，春光不度玉門關。」神韻、格力，俱臻絶頂。「白雲間」，言其地之高也。西方地勢最高，岑嘉州亦有「走馬西來欲到天」之句。黄河源出極西，其流東下，今云黄河遠上者，言征人之溯黄河而遠上也，「上」字屬人説。孤城，凉州城也。萬仞山，言其地之險。二句但言地之高險，而地之寒苦已包在内。「怨楊柳」，笛中曲名也。凉州在玉門關外，

「春光不度玉門」，則凉州之永無春光可知。不言其地之如何苦，而其苦不堪言，已透徹到二十分矣。曰「何須」、曰「不度」者，慰勉之詞，以義命自安，無怨尤之意，温柔敦厚，深得《三百篇》之旨。不言君恩之不及，而託言春光之不度，立言尤爲得體。沈歸愚云：「李于鱗推王昌齡『秦時明月』爲壓卷。王元美推王翰『蒲桃美酒』爲壓卷。王新城尚書則云：『必求壓卷，王維之「渭城」、李白之「白帝」、王昌齡之「奉帚平明」、王之涣之「黄河遠上」，其庶幾乎？而終唐之世，絶句亦無出四章之右者矣。』愚謂李益之『回樂峰前』、劉禹錫之『山圍故國』、杜牧之『烟籠寒水』、鄭谷之『揚子江頭』，氣象稍殊，亦堪接武。」

岑參《酒泉太守席上醉後歌》

「酒泉太守能劍舞，高堂置酒夜擊鼓。胡笳一曲斷人腸，座上相看淚如雨。」有含蓄不盡之意。仄韵絶句，亦是一體，其音節有可與古詩相通處，用以作邊塞詩，尤宜。

岑參《封大夫破播仙凱歌》

「漢將承恩西破戎，捷書先奏未央宫。天子預開麟閣待，祇今誰數貳師功。」「誰數」者，不足數之詞，言其功過於漢之貳師也。

「日落轅門鼓角鳴，千群面縛出蕃城。洗兵魚海雲迎陣，秣馬龍堆月照營。」雄勁之氣，雅與題稱。

沈歸愚云：「嘉州邊塞詩尤爲獨步。」

岑參《武威送劉判官赴磧西行軍》

「火山五月行人少，看君馬去疾如鳥。都護行營太白西，角聲一動胡天曉。」前二句寫劉判官赴磧西行軍，首句極言其地之苦，次句言判官之勇往也。後二句就武威言。「太白西」，醒出都護屯兵之地去磧西尚遠，可以安眠徹夜，不須警備也。言外不無諷意。高達夫「戰士軍前半死生，美人帳下猶歌舞」，蓋顯言之，此則渾而不露，得絶句之體。

賈至《巴陵與李十二裴九汎洞庭》

「楓岸紛紛落葉多，洞庭秋水晚來波。乘興輕舟無近遠，白雲明月弔湘娥。」太白云「不知何處弔湘君」，此翻其語，而以「白雲明月」想像之。然云「無近遠」，則雖處處可弔，仍無定處可指也，與太白詩若相反，而實不相悖。

高適《除夜》

「旅館寒燈獨不眠，客心何事轉淒然。故鄉今夜思千里，霜鬢明朝又一年。」末句醒出除夜。沈歸愚云：「作故鄉親友思千里外人，意味愈永。」後二句寓流走於整對之中，又恰好結得住，令人讀之，幾不覺其爲整對也。

嚴武《軍城早秋》

「昨夜秋風入漢關，朔雲邊月滿西山。更催飛將追驕虜，莫遣沙場匹馬還。」沈歸愚云：「爽直，宜乎少陵傾倒。」首二句寫早秋，即切定軍城。三四句就軍城生意，又能不脱早秋。蓋秋高馬肥，正驕虜入寇時也。

張潮《江南行》

「茨菰葉爛别西灣，蓮子花開猶未還。妾夢不離江上水，人傳郎在鳳凰山。」三四句即有夢也難尋覓之意，而語特微婉。「茨菰」、「蓮子」，紀時令，即就眼前景物寫來，得風人之體。

錢起《歸雁》

「瀟湘何事等閒回，水碧沙明兩岸苔。二十五弦彈夜月，不勝清怨却飛來。」此上呼下應體。首句用「何事」二字呼起，而以三四句申明之。琴瑟中有《歸雁操》，第三句即從此落想，生出「不勝清怨」四字，與「何事」緊相呼應，寄慨自在言外。

錢起《暮春歸故山草堂》

「谷口春殘黄鳥稀，辛夷花盡杏花飛。獨憐幽竹山窗下，不改清陰待我歸。」以鳥稀花盡陪出幽竹之不改清陰，借花竹以寓意耳。若依朱子注《詩》之例，當曰「賦而比」也。

韋應物《休日訪人不遇》

「九日馳驅一日閒，尋君不遇又空還。怪來詩思清人骨，門對寒流雪滿山。」首句休日，次句訪人不遇，題面已完矣，三四句但寫其人所居門前之景，而其人之幽雅并自己之性情，俱流露於筆墨之間。首二句詞雖近於俚率，不能以微瑕棄至寶也。

韋應物《滁州西澗》

「獨憐幽草澗邊行，尚有黄鸝深樹鳴。春潮帶雨晚來急，野渡無人舟自横。」神韻古澹。「行」一作「生」，「尚」一作「上」，「樹」一作「處」。

韓翃《寒食》

「春城無處不飛花，寒食東風御柳斜。日暮漢宫傳蠟燭，輕烟散入五侯家。」按《西京雜記》，寒食禁火日，賜侯家蠟燭。又《漢書》，成帝封諸舅王譚等五人同日爲侯，世謂之「五侯」。桓帝封宦者單超等五人同日爲侯，世亦謂之「五侯」。唐自肅代以來，宦者擅權，德宗時益甚，君平此詩，託諷婉至。德宗以制誥闕人，批「與韓翃」，并書此詩以示中書曰：「與此韓翃。」時朝臣有兩韓翃故也。想亦有感悟之意，而特用之歟。

李益《夜上受降城聞笛》

「回樂峰前沙似雪，受降城外月如霜。不知何處吹蘆管，一夜征人盡望鄉。」沈歸愚云：「音節、神韻，可追龍標、供奉。」又云：「七言絶句中晚後，李庶子、劉賓客爲最。」征人望鄉，只加一「盡」字，而征戍之苦，離鄉之久，胥包孕在内矣。按，蘆管即胡笳也，詩係聞笳，題中「笛」字應誤。

李益《從軍北征》

「天山雪後海風寒，横笛偏吹行路難。磧裏征人三十萬，一時回首月中看。」即「征人盡望鄉」之意，而措語又别。

李益《聽曉角》

「邊霜昨夜墮關榆，吹角當城片月孤。無限塞鴻飛不度，秋風吹入《小單于》。」《廣韻》：單，市連切。

按：樂府唐大角曲有《大單于》、《小單于》。

張繼《楓橋夜泊》

「月落烏啼霜滿天，江楓漁火對愁眠。姑蘇城外寒山寺，夜半鐘聲到客船。」按《一統志》，楓橋在蘇州府城西七里，南北往來必經於此。沈歸愚云：「塵市喧闐之處，只聞鐘聲，荒凉寂寥可知。」原本「亂後楓橋夜泊」也，共有數首，合看益知此詩之妙。

戴叔倫《蘇谿亭》

「蘇谿亭上草漫漫，誰倚東風十二闌。燕子不歸春事晚，一汀疎雨杏花寒。」末句但寫景物，而自饒神韵，亦絶句中之正格也。

李涉《宿武關》

「遠別秦城萬里遊，亂山高下入商州。關門不鎖寒溪水，一夜潺湲送客愁。」沈歸愚云：「末夜不寐意，説得偏曲。」

李涉《竹枝詞》

「十二峰頭月欲低，空舲灘上子規啼。孤舟一夜東歸客，泣向春風憶建溪。」《竹枝詞》起於巴渝，泛言其地之風土人情耳，後遂於各處皆用之。又有《柳枝詞》，則專咏楊柳矣。

張籍《秋思》

「洛陽城裏見秋風，欲作家書意萬重。復恐匆匆説不盡，行人臨發又開封。」眼前情事，説來在人人意中，如「馬上相逢無紙筆，憑君傳語報平安」、「兒童相見不相識，笑問客從何處來」，皆是此一種筆墨。

柳宗元《酬曹侍御》一本下有「過象縣見寄」五字。

「破額山前碧玉流，騷人遥駐木蘭舟。春風無限瀟湘意，欲採蘋花不自由。」時曹侍御將抵湖湘，路過柳州象縣，以詩寄子厚，而子厚酬之也。破額山在湖廣黄梅縣西北四十里。「遥駐」者，曹將於此泊舟也。三、四句言有無限哀思，欲自獻於曹，徒以拘於譴謫，而不得自由耳。「瀟湘」、「蘋花」，即從曹所駐之地點染。沈歸愚目以哀怨起騷人，洵然。

韓愈《次潼關先寄張十二閣老》

「荆山已去華山來，日照潼關四扇開。刺史莫辭迎候遠，相公新破蔡州迴。」蔡州即今河南汝寧府，古荆楚地。相公，裴晉公度。昌黎時爲晉公行軍司馬，破蔡回長安，路過潼關。華山在潼關西，入關即望見之，故曰「荆山已去華山來」也。以下語語踴躍，可當一首凱歌讀。沈歸愚云：「没石飲羽之技，不必以尋常絶句法求之。」

劉禹錫《石頭城》

「山圍故國周遭在，潮打空城寂寞回。淮水東邊舊時月，夜深還過女墻來。」六朝建都之地，山水依然，惟有舊時之月還來相照而已，傷前朝所以垂後鑒也。

劉禹錫《烏衣巷》

「朱雀橋邊野草花，烏衣巷口夕陽斜。舊時王謝堂前燕，飛入尋常百姓家。」朱雀橋、烏衣巷，皆晉時王、謝所居之地。沈歸愚云：「言王、謝家成民居耳。用筆微婉如是，此唐人三昧。」

劉禹錫《聽舊宮人穆氏唱歌》

「曾隨織女渡天河，記得雲間第一歌。休唱貞元供奉曲，當時朝士已無多。」按貞元，德宗年號。夢得貞元時入仕，元和初謫貶在外，二十餘年方歸，故有是語。

劉禹錫《與歌者何戡》

「二十餘年别帝京，重聞天樂不勝情。舊人唯有何戡在，更與殷勤唱《渭城》。」無一舊人能唱舊曲，情固可傷，猶若可以忘情。惟尚有舊人重唱舊曲，則感觸更何以堪。何戡，一歌者耳，得此詩而名留千古矣。文人之筆，詎不貴哉？

元稹《重贈商玲瓏兼寄樂天》

「莫遣玲瓏唱我詩，我詩多是别君詞。明朝又向江頭别，月落潮平是去時。」此詩題一作「重贈樂天」，詳詩意，是以此詩俾玲瓏持呈樂天耳，非贈玲瓏也。一氣清空如話。

王建《江陵使至汝州》

「回看巴路在雲間，寒食離家麥熟還。日暮數峰青似染，商人説是汝州山。」寫汝州山色如畫。

張仲素《秋閨思二首》

「碧窗斜月藹深暉，愁聽寒螿淚濕衣。夢裏分明見關塞，不知何路向金微。山名。」三、四句，沈歸愚云：「即王涯所云『不省出門行，沙場知近遠』。」

「秋天一夜静無雲，斷續鴻聲到曉聞。欲寄征人問消息，居延城外又移軍。」此又言征人遷徙無常，即欲寄問，亦無定處可寄也。

教忠。

張仲素《涼州詞二首》

「邊城暮雨雁飛低，蘆笋初生漸欲齊。無數鈴聲遥過磧，應馱白練到安西。」「鳳林關裏水東流，白草黄榆六十秋。邊將皆承主恩澤，無人解道取涼州。」深責邊將，可以教忠。

羊士諤《臺中寓直覽壁畫山水》

「蟲思庭莎白露天，微風吹竹曉凄然。今來始悟朝回客，暗寫歸心向石泉。」首二句寫臺中景物，荒涼寥落，是以見壁畫山水而動歸心也。不必作畫者果有此意。

羊士諤《登樓》

「槐柳蕭疎繞郡城，夜添山雨作江聲。秋風南陌無車馬，獨上高樓故國情。」此亦思歸之作。前三句寫景，末句點到登樓，格力自高。

楊凝《送客入蜀》

「劍閣迢迢夢想間，行人歸路繞梁山。明朝騎馬摇鞭去，秋雨槐花子午關。」末句不言離情，而自在言外得之。

張祜《雨霖鈴》

「雨霖鈴夜却歸秦，猶是張徽一曲新。長説上皇和淚教，月明南内更無人。」《明皇别録》：「帝幸蜀，南入狹斜谷，屬霖雨彌旬，於棧道中聞鈴聲與山相應，帝既悼貴妃，因採其聲爲《雨霖鈴》曲，以寄恨焉。時獨梨園善觱篥樂工張徽從至蜀都，以其曲授之。洎至德中，復幸華清宫，從宫嬪御皆非昔人。帝於望京樓令張徽奏此曲，不覺悽愴流涕。其曲後入法部。」沈歸愚云：「情韵雙絶。祜又有《集靈臺》詩：『却嫌脂粉涴顔色，淡掃蛾眉朝至尊。』譏刺輕薄，絶無詩品。後人雜入杜集，衆口交贊，真不可解。」又云：「王維之『白眼看他世上人』、張謂之『世人結交須黄金』、曹松之『一將功成萬骨枯』、章碣之『劉項原來不讀書』，此粗詩之派也。朱慶餘之『鸚鵡前頭不敢言』，此纖小詩之派也。李商隱之『薛王沉醉壽王醒』、『不從金輿唯壽王』，此輕薄詩之派也。世雖盛稱，愚不敢取。」

趙嘏《經汾陽舊宅》

「門前不改舊山河，破虜曾經馬伏波。今日獨經歌舞地，古槐疎冷夕陽多。」以汾陽之功而舊宅荒凉至此，則子孫之式微可知。唐家待功臣之薄，并郭氏子孫不克負荷之感，皆在言外。

趙嘏《江樓感懷》

「獨上江樓思渺然，月光如水水如天。同來望月人何處，風景依稀似去年。」

杜牧《泊秦淮》

「烟籠寒水月籠沙，夜泊秦淮近酒家。商女不知亡國恨，隔江猶唱《後庭花》。」首句先寫秦淮夜景，次句點明夜泊，而以「近酒家」三字引起後二句。「不知」二字感慨最深，寄託甚微。通首音節、神韻無不入妙，宜沈歸愚嘆爲絶唱。

杜牧《寄揚州韓綽判官》

「青山隱隱水迢迢，秋盡江南草未凋。二十四橋明月夜，玉人何處教吹簫。」此寄韓問其所歡耳。偶逗閒情，無關詩教，以其風調甚佳，姑録之。

杜牧《登樂遊原》

「長空澹澹孤鳥没，萬古銷沉向此中。看取漢家何事業，五陵無樹起秋風。」寄慨甚遠。借漢家説法，即殷鑒不遠之意。沈歸愚云：「樹樹起秋風，已不堪回首矣，况無樹耶？」

杜牧《醉後題僧院》

「觥船一櫂百分空，十載青春不負公。今日鬢絲禪榻畔，茶烟輕颺落花風。」前二句寫昔日，第三句以「今日」二字劃清界限，末句景中有情，感慨係之。

杜牧《邊上聞笳》

「何處吹笳薄暮天，塞垣高鳥没狼烟。遊人一聽頭堪白，蘇武争禁十九年？」「争禁」俗本作「曾禁」，不唯減却神致，亦不可解。沈歸愚云：「牧之絶句，遠韵深情，『秦淮』一章，尤爲神到。然赤壁詩『東風不與周郎便，銅雀春深鎖二喬』，乃惡薄少年語，而詩家盛稱之，何也？」

杜牧《題桃花夫人廟》

「細腰宫裏露桃新，脉脉無言度幾春。至竟息亡緣底事，可憐金谷墮樓人。」即息嬀廟也。責其不能死節，以緑珠事較之，桃花夫人當知愧矣。持論正大，筆有斧鉞。

杜牧《山行》

「遠上寒山石徑斜，白雲深處有人家。停車坐愛楓林晚，霜葉紅於二月花。」

杜牧《秋夕》

「銀燭秋光冷畫屏，輕羅小扇撲流螢。天階夜色涼如水，卧看牽牛織女星。」怨思自在言外。

李商隱《漢宮詞》

「青雀西飛竟未回，君王長在集靈臺。侍臣最有相如渴，不賜金莖露一杯。」沈歸愚云：「言求仙無益也。或謂刺好神仙而疎賢才，或謂天子求仙，宫闈必曠，故以『宫詞』名篇，以相如比宫女，俱穿鑿可笑。」

李商隱《北齊二首》

「一笑相傾國便亡，何勞荆棘始堪傷。小憐玉體横陳夜，已報周師入晉陽。」「便亡」字、「已報」字令人讀之竦然，垂戒深矣。

「巧笑知堪敵萬幾，傾城最在著戎衣。晉陽已陷休回顧，更請君王獵一圍。」只叙其事，不着議論，而荒淫沉迷已寫得可笑可哀。

李商隱《齊宫詞》

「永壽兵來夜不扃，金蓮無復印中庭。梁臺歌管三更罷，猶自風摇九子鈴。」沈歸愚云：「此篇不着議論，『可憐夜半虚前席』竟着議論，異體而各極其致。」

李商隱《賈生》

「宣室求賢訪逐臣，賈生才調更無倫。可憐夜半虚前席，不問蒼生問鬼神。」必如此乃許不廢議論。沈歸愚云：「錢牧齋『絳灌但知讒賈誼，可思流汗愧陳平』全學此種。」愚按：王漁洋《謁文忠烈公祠》云：「精神如破貝州時，晚節猶能動四夷。天遣不同韓富没，姓名留重黨人碑。」皆是此一副筆墨。

李商隱《夜雨寄北》

「君問歸期未有期，巴山夜雨漲秋池。何當共剪西窻燭，却話巴山夜雨時。」就「歸期」、「夜雨」等字觀之，前人有以此爲寄内之詩者，當不誣也。

温庭筠《瑶瑟怨》

「冰簟銀床夢不成，碧天如水夜雲輕。雁聲遠過瀟湘去，十二樓中月自明。」謝云：「無悲愴怨恨之詞，而枕冷衾寒，獨寐寤嘆之，意在其中矣。」

許渾《謝亭送别》

「勞歌一曲解行舟，紅葉青山水急流。日暮酒醒人已遠，滿天風雨下西樓。」首句送别，次句寫謝亭之景，三、四句就别後寫，加以「滿天風雨」字，不言如何傷感，而已覺黯然銷魂矣。

盧弼《邊庭四時怨》四首

「春風昨夜到榆關，故國烟花想已殘。少婦不知歸未得，朝朝應上望夫山。」三、四句即右丞「遥知兄弟登高處」一種筆法。

「盧龍塞外草初肥，雁乳平蕪曉不飛。鄉國近來音信斷，至今猶自着寒衣。」

「八月霜飛柳變黄，蓬根吹斷雁南翔。隴頭流水關山月，泣上龍堆望故鄉。」

「朔風吹雪透刀瘢，飲馬長城窟更寒。半夜火來知有敵，一時齊保賀蘭山。」沈歸愚云：「四詩猶近盛唐。」

陸龜蒙《懷宛陵舊遊》

「陵陽佳地昔年遊，謝朓青山李白樓。惟有日斜溪上思，酒旗風影落春流。」通首以「佳地」二字貫下，第三句點入懷字，末句寫景，可作畫本。

鄭谷《淮上與友人别》

「揚子江頭楊柳春，楊花愁殺渡江人。數聲風笛離亭晚，君向瀟湘我向秦。」風韻絶佳。沈歸愚云：「末句不言離情，却從言外領取，與韋左司《聞雁》詩同一法也。謝茂秦尚不得其旨，而欲顛倒其文，安問悠悠流俗。」

鄭谷《席上贈歌者》

「花月樓臺近九衢，清歌一曲倒金壺。坐中亦有江南客，莫向春風唱鷓鴣。」

李拯《退朝望終南山》黄巢亂後車駕還京作。

「紫宸朝罷綴鵷鸞，丹鳳樓前駐馬看。唯有終南山色在，晴明依舊滿長安。」沈歸愚云：「即老杜『王侯第宅』、『文武衣冠』之感，然以藴藉出之，得絶句體。」

鄭畋《馬嵬坡》

「肅宗回馬楊妃死，雲雨雖亡日月新。終是聖明天子事，景陽宫井又何人。」立言得體。「可憐金谷墜樓人」，高一層襯，此低一層襯。

羅隱《煬帝陵》

「入郭登橋出郭船，紅樓日日柳年年。君王忍把平陳業，只换雷塘數畝田。」一「忍」字隱隱將阿摩弑父之罪提出，筆挾風霜，却又渾而不露。

羅隱《贈妓雲英》

「鍾陵醉别十餘春，重見雲英掌上身。我未成名君未嫁，可能俱是不如人。」遲暮之感，一往情深。

韋莊《古别離》

「晴烟漠漠柳毿毿，不那離情酒半酣。更把玉鞭雲外指，斷腸春色在江南。」

韋莊《金陵圖》

「江雨霏霏江草齊，六朝如夢鳥空啼。無情最是臺城柳，依舊烟籠十里堤。」題畫而寓興亡之感，言外别有寄託。

高蟾《下第後上永崇高侍郎》

「天上碧桃和露種，日邊紅杏倚雲栽。芙蓉生在秋江上，不向東風怨未開。」時命自安，絶無怨尤，唐人下第詩，以此爲最。

張演《社日村居》

「鵝湖山下稻粱肥，豘栅雞棲對掩扉。桑柘影斜春社散，家家扶得醉人歸。」畫出山村社日風景。

録餘緒論

東萊李鍈青萍著

讀詩須看全刻，不宜隨手抄録。初、盛、中、晚，格運既分，各家成就，淺深亦異，若非熟習於法，具有隻眼，則零星抄寫，勢必章法互判，雅俗莫分，學出成何家數？不若取全刻觀之，不唯作者之精神可得，並選者之法度亦可以別其優劣。《御定唐宋詩醇》允爲詩家正軌。外則沈歸愚宗伯《唐詩別裁》群推善本，所選五七古尤佳。尹制憲《斯文精萃》亦稱善本，不及也。

積書須求古本。往見俗刻王播《木蘭寺》詩：「二十年前此地遊，木蘭花發院重修。于今再到經行處，樹老花殘僧白頭。」後見古本：「二十年前此地遊，木蘭花發院初修。於今再到舊行處，樹老無花僧白頭。」不惟「舊」、「僧」二字平仄拗換合法，且「重」字，年年可重修，「初」字則直是二十年前矣，呼後文更活。「花殘」則花開花謝，每歲皆有；殘時無花，則直是從「老」字寫來，與「發」字、「初」字何等照應。乃知古本可貴。

注須多看參定。賈島《渡桑乾》詩：「客舍并州已十霜，歸心日夜憶咸陽。無端更渡桑乾水，却望并州是故鄉。」俗解云：此追憶并州也，言在外久而相習，一旦歸來，轉思外間人物矣。及見王敬美注云：此深憶咸陽也。言在并州已念咸陽，而不得歸；至到桑乾，轉去轉遠，並望并州而不得，況敢望咸陽乎。按：桑乾在并州東，王注最是，且得三句「更」字、四句「却」字意味。故看注不可不多所折衷也。

解貴識立言之體。杜甫《贈花卿》云：「錦城絲管日紛紛，半入江風半入雲。此曲祇應天上有，人間能得幾回聞。」俗注以爲贊花卿音容之盛，則老杜此詩只成趨奉套語，成何體製？按：花卿即杜集中所謂「成都猛將有花卿」者，恃勇驕奢，僭踰名分，故工部以三、四句諷之，乃温柔敦厚之詞，而寓扶持名教之意，所以爲詩人風旨也。學者須辨之。

文以載道，今人往往以寄託爲載道，故汪堯峰辨其非。《葩經》與《書》、《禮》並垂，以其載道也。而其感人之速，入人之深，較《書》、《禮》爲尤易者，則以本諸性情，發爲歌詠，可以興觀群怨，不同於《書》、《禮》之方嚴耳。以此論詩，唐人自李、杜、韓、白外，足語此者，人不數首矣。

唐人詩，如孟東野「誰言寸草心，報得三春暉」，教孝之言也。國朝劉獻廷字繼莊，廣陽人。《題暉草齋》云：「誰將堂上春，得比春日暉？日入光更出，親老無重歸。」「誰將人子心，得比庭前草？春風日日吹，草色年年好。」就東野詩翻進一層，而提攜人子之心，更爲警悚。盛錦字庭堅，吴縣人。《履霜操》云：「霜皚皚兮瀘之滸，兒弗履兮畏我父母。兒身載寒兮，兒心載苦。兒心兮父心，兒身兮母身。寒兮苦兮，實傷我親。兒罪兮莫逭，親心兮可轉。俟日出而回光兮，履霜亦暖。」用意悱惻，直駕昌黎原詩之上。此皆有關名教，即皆無愧於載道之旨，乃詩家真實本領。

劉繼莊又有懷古詩云：「古之兵皆農，農富兵亦强。古之士皆農，農樸士亦良。兵農一以分，甲胄無餘糧。士農一以分，耒耜無文章。分之則兩傷，合之則一理。請語當塗人，治亂實此始。」經濟之言，非經生家所能道其隻字，如此爲詩，詩教日尊矣。

王阮亭《國士橋》云：「國士橋邊水，千秋恨未窮。如聞柱厲叔，死報莒敖公。」直使豫讓衆人國士之説羞顔無地，有補名教非小。

詩中叙述民間疾苦，以備輶軒之采，亦古人諷諭之義，然立言尤須得體，不得稍涉誹謗。如少陵《新婚别》「暮婚晨告别」及「君今往死地，沉痛迫中腸」等句，叙述悲苦極矣，而接以「勿爲新婚念，努力事戎行」，勉以大義，上既可以告君，俾知民間疾苦，下復可以教忠，垂爲萬世法戒，真風雅之極則也。羅大經但賞其「對君洗紅粧」句，以爲可續《國風》，何所見之小也？

少陵《蕃劍》詩首二句云：「致此自僻遠，又非珠玉裝。」先就蕃字一抑。三、四句云：「如何有奇怪，每夜吐光芒。」陡轉有力，已極抑揚之致，却又妙用「如何」二字作虚喝，以起下文實做之地。五六句云：「虎氣必騰上，龍身寧久藏。」以「虎氣」、「龍身」四字申明所以吐光芒之故，作上呼下應格，已將蕃劍説完。然既味此劍，必有寄託於此劍者，若泛泛稱賞，又何必費此筆墨？試看其第七句，忽然飀開，從大處落墨，云：「風塵苦未息。」點明所值之時，正此劍可以見用之日。然後結之曰：「持汝奉明王。」於是一片忠君憂國之心昭然若揭，而通體俱振，遂覺加倍精神矣。此種格力，變化從心，不拘故常，應推少陵獨步。

詩有一時得名，究不得稱爲絶唱者。如鄭鷓鴣、崔鴛鴦，皆以其詩得名。鄭谷《鷓鴣》詩云：「暖戲烟蕪錦翼齊，品流應得近山雞。雨昏青草湖邊過，花落黄陵廟裏啼。遊子乍聞征袖濕，佳人纔唱翠眉低。相呼相應湘江闊，苦竹叢深春日西。」崔珏《鴛鴦》詩云：「翠鬣紅衣舞夕暉，水禽情似此禽稀。暫分烟島猶回首，只渡寒塘亦共飛。映霧乍迷珠殿瓦，逐梭齊上玉人機。採蓮無限蘭橈女，笑指中流羡爾歸。」皆以三四句空寫取神，五六句用典切合，格法相似。而鄭之三四句尚有遠神，崔之三四句意盡言中矣。結語則鄭取神韻，崔饒風趣，然二詩皆不能脱盡刻劃之跡，終非上乘。

咏物詩不摹形象，不砌典故，但取神韻，而又能恰切不移，斯爲上乘。宋之繩字其武，溧陽人。崇禎癸未進士，國朝官編修。《梅花》云：「一年蠟屐幾回看，待到花開惜到殘。漠漠凍雲連近遠，荒荒野月照清寒。於人疎落如無意，寫爾高空正自難。記得遥山舊茅屋，破扉朽几一枝安。」純用空寫，自無一點俗塵入其筆端。吾友董元度號曲江，平原人。《春柳》云：「鶯聲一曲斜陽外，春色三分細雨中。」真得咏物三昧。

唐人牡丹詩「國色朝酣酒，天香夜染衣」、「公子醉歸燈下見，美人朝插鏡中看」，皆落色相中。國朝尤秉元字昭嗣，長洲人。康熙甲午舉人，官欒至知縣。有句云：「晚出遂超群品上，纔開便足十分春。」轉覺後來居上。

又如李義山《牡丹》詩云：「錦幃初卷衛夫人，繡被猶堆越鄂君。垂手亂翻雕玉佩，招腰争舞鬱金裙。石家蠟燭何曾翦，荀令香鑪可待薰。我是夢中傳彩筆，欲書花葉寄朝雲。」前六句摹寫牡丹之富麗香艷，而俱出以比體。首二句就静時説。「初卷」、「猶堆」，則含苞乍放時也。「錦屏」、「繡被」，擬其富麗。「衛夫人」、「越鄂君」，比其香艷。三四句就動時説。「亂翻」、「争舞」，則全開矣。「雕玉佩」、

「鬱金裙」，皆言其富麗也。第五句言其光艷照人，第六句言其天香自具，此一聯又兼動静言之。句句用典，看似填砌，而行以比體，則又筆筆空靈。又妙在不用一牡丹典故，却非牡丹不能當之，較之他家搬演必此花故實而後爲此花者，相去不啻天淵。此種翻實爲虛之法，前人未有，實自義山創出，故末二句自詡爲夢傳彩筆，欲書花葉以寄之，若曰花儻有神，其亦以我爲知己否。此正擲筆四顧，躊躇滿志之時也，於咏物詩中可謂别闢一境。

義山又有《咏淚》詩云：「永巷長年怨綺羅，離情終日思風波。湘江竹上痕無限，峴首碑前灑幾多。人去紫臺秋入塞，兵殘楚帳夜聞歌。朝來灞水橋邊問，未抵青袍送玉珂。」則但用本物典故成篇矣。

咏古詩須出特識，方見作手。然刻意翻案，轉失正理，則大不可。劉東郊名震，長洲人。明末布衣，入國朝仍以布衣終。《峴山》云：「當塗典午事紛紜，西蜀山川付暮雲。我到峴山無淚灑，秋風曾拜卧龍墳。」翻盡前人之案，立論轉更正大，品識俱臻絶頂。必有如此心胸眼界，方許翻案也。周士彬字介文，婁縣人。康熙丙子副榜。《揚州》云：「青樓歌舞勝杭蘇，花月神仙總一途。騎鶴腰纏争艷羡，無人解道董江都。」於紛華靡麗之場、陳隋歌舞之地，盡掃一切，獨拈出董江都來，大有裨於人心風俗。此又掃棄一切之法也。

又有極熟題中本有之情，原在人人意中，却無人説出，一經道破，轉覺出色生新。如朱受新字念祖，吴縣人，諸生。著有《木鳶詩稿》。《吴宫詞》云：「夜擁笙歌百尺臺，太湖月落宴還開。君王自愛傾城色，忘却人從敵國來。」不過眼前語，却無人説出。又如龐鳴字逵公，嘉定人。《吴宫詞》云：「屧廊移得苧蘿春，沉醉君王夜宴頻。臺畔卧薪臺上舞，可知同是不眠人。」將越之卧薪與吴之歌舞合並説來，悚然可懼，亦未經前人道及者也。

又如徐蘭字芬若，常熟人。《出關》云：「憑山俯海古邊州，旆影風翻見戍樓。馬後桃花馬前雪，出關争得不回頭。」亦只眼前景寫來，便是奇絶語。唐人邊塞詩未有寫到者，故足貴也。

亦有但寫眼前風景，初無寄託深意，而風神摇曳，轉足移人者。如宋樂字玉才，常熟人。《蘇臺柳枝詞》云：「十里珠簾映碧流，絲絲金線拂船頭。閶門過去盤門路，一樹垂楊一畫樓。」顧希喆字有典，長洲人。《姑蘇楊柳枝詞》云：「行春橋下午風和，畫舫樓船次第過。一面青山三面水，不知何處柳陰多。」「越國佳人舊有名，吴中嬌舞不勝情。柳腰合是芳魂化，長向胥臺一路生。」

《竹枝詞》雖專咏風土，須得《國風》「不淫」之旨方無傷名教。伍瑞隆字鐵山，香山人。《竹枝詞》云：「鷓鴣草長鷓鴣啼，蝴蝶花開蝴蝶飛。庭前種得相思樹，落盡相思人未歸。」能得「不淫」之旨，且詞意俱新，亦深合竹枝之體，佳作也。

律詩以首二句呼應對起，三四句流走開闔方妙，始能一氣相生相足。五六句莊嚴，七八句開出，而却暗裏回抱。總之，要起的高妙，入手四句活潑一片，後即易爲功矣。若入手卑緩，後雖用好句振之，刻入集中，亦只可選句，而不在鍊格之列矣。須看沈、宋、王維、老杜對起對結之法，通首精神絡合一處，得其一二，便自出於時賢千萬矣。

世傳沈休文雙聲疊韵法，特一家之言，殊無關於詩學之輕重。自唐以來，諸大家未有遵之者。今之談詩者，因《蔡寬夫詩話》曾引少陵「卑枝低結子，接葉暗巢鶯」，以「卑枝」、「接葉」爲即用沈約疊韵法作對，遂奉爲不刊之律，且持以繩人，而不知非也。少陵此聯，特無心偶合，非奉休文之説爲法。試觀少陵他詩，如「勳業青冥上，交親氣概中」，「青冥」一韵，而「氣概」不一韵。「時危當雪耻，計大豈輕論」，「時危」一韵，而「計大」不一韵。「看雲莫悵望，失水任呼號」，「悵望」一韵，而「呼號」不一韵。「錦里殘丹竈，花溪得釣綸」，「殘丹」一韵，而「得釣」不一韵。「藥許鄰人斸，書從稚子擎」，「鄰人」一韵，「稚子」有去上聲之别，不一韵。「劍動親身匣，書歸故國樓」，「親身」一韵，而「故國」不一韵。七言如「蒼惶已就長途往，邂逅無端出餞遲」，「蒼惶」一韵，而「邂逅」不一韵。「無路從容陪笑語，有時顛倒着衣裳」，「從容」一韵，而「顛倒」不一韵。此類甚夥。少陵自稱「晚節漸於詩律細」，不應自亂其例如此。則知「卑枝」、「接葉」一聯，無心偶合，非遵休文之法也。

又按《寬夫詩話》並引白香山「户大嫌甜酒，才高笑小詩」，以「嫌甜」、「笑小」爲疊韵對法。今核之香山集中，如「唐昌玉蘂會，崇敬牡丹期」，「唐昌」一韵，而「崇敬」不一韵。「且昧隨時義，徒輸報國誠」，「隨時」一韵，而「報國」不一韵。「沉吟辭北闕，誘引向西方」，「沉吟」一韵，而「誘引」不一韵。「南國秋猶熱，西齋夜暫凉」，「秋猶」一韵，而「夜暫」不一韵。「門閉深沉樹，池通淺沮溝」，「深沉」一韵，而「淺沮」不一韵。七言如「山鬼趫跳唯一足，峽猿哀怨過三聲」，「趫跳」一韵，而「哀怨」不一韵。「風荷落葉蕭條緑，水蓼殘花寂寞紅」，「蕭條」一韵，而「寂寞」不一韵。可見香山「嫌甜」、「笑小」一聯亦無心偶合，非宗休文之法者也。其他大家名家，自唐迄今，皆無以叠韻對爲法式者。學者當求詩道之大，慎勿瑣瑣於此等以自誤也。

富平李天生謂唐賢律詩押韵共一紐者不連用，夫人皆然，獨出句落脚仄聲字，少陵必分上去入，隔别用之，他人不盡然。朱竹垞以爲出天生之獨見，善不可没。此等雖係小節，然少陵詩律之細，至於如此，而未嘗遵守休文叠韵對之説，則其説之不足從也益明矣。

又按沈休文《三月三日》詩云：「緑幘文照曜，紫燕光陸離。」「照曜」一韵，而「陸離」不一韵。《新安江水》詩云：「滄浪有時濁，清濟涸無津。」「滄浪」一韵，而「清濟」不一韵。是休文原未嘗自守其法，而後人猶執以繩人，豈不謬哉？

平仄須通首逐字論定。杜甫《九日》詩：「去年登高郪縣北，今日重在涪江濱。」「年」、「日」拗换平仄，「涪」字拗用三平。「苦遭白髮不相放，羞見黄花無數新。」用兩平字、兩仄字句對拗。「世亂鬱鬱久爲客，路難悠悠常傍人。」兩句又全用拗法應「去年」二句而變化之。「酒闌却憶十年事，腸斷驪山清路塵。」兩句兩平兩仄，又與三四句應而不變。此通首第五字全用大拗法也。

律詩中四句有分情與景之説，王漁洋謂不論者非，拘泥者亦非，韙矣。其實情景之分，不獨在中四句。有前四寫景，後四言情者；有前六寫景，末二句言情者；有前六言情，末句點景者；有寫景只在三四句，或只在五六句，而餘俱言情者；有通首言情者；有通首寫景，而情在其中者；更有意與境會，不可以情景泥者。五言如少陵「水流心不競，雲在意俱遲」、右丞「流水如有意，暮禽相與還」、「行到水窮處，坐看雲起時」、劉挺卿「時有落花至，遠隨流水香」、常盱眙「山光悦鳥性，潭影空人心」，七言如少陵「客子入門月皎皎，誰家擣練風凄凄」、東川「片石孤雲窺色相，清池皓月照禪心」，情景交融，莫名微妙，初學詩者皆不可不知。

律詩中二聯全寫景者，雖較之一景一情格力稍遜，然亦必有層次變化，不得一例，致蹈重複之弊。如少陵：「浮雲連海岱，平野入青徐。孤嶂秦碑在，荒城魯殿餘。」上聯就大處形勢籠統寫，下聯各就一件分晰寫。上聯横説，承「縱目」來，下聯竪説，引起古意。所謂一闊者必一細，一横者必一竪，此一法也。又如太白：「兩水夾明鏡，雙橋落彩虹。人烟寒橘柚，秋色老梧桐。」寫景亦分闊細，而「兩水」、「雙橋」領在句首，「橘柚」、「梧桐」煞在句尾，用筆又有順逆之分。「夾明鏡」切定「兩水」，「落彩虹」切定「雙橋」，皆實境也。人烟之寒，秋色之老，雖亦係因時即目之景，而較上聯又分虚實矣。若杜必簡之「薜蘿山逕入，荷芰水亭開」、常盱眙之「曲逕通幽處，禪房花木深」，俱以叙事之筆行之。下聯「日氣含殘雨，雲陰送晚雷」、「山光悦鳥性，潭影空人心」，皆就當時所值之景寫之，自不犯複。則又一法也。

絶句有折腰體之説，不可用。馮鈍吟云：「唐人絶句不粘者爲折腰體，謂三、四句與首二句不粘也。」按：絶句即唐人樂府，如「黄河遠上」、「渭城朝雨」，皆當時所最著，今其歌法已不傳。又如唐人《小秦王調》、《竹枝詞》皆絶句也，名既不同，歌法亦應有異。唯《小秦王調》可不粘，亦名《陽關曲》。其歌法今皆不傳。今之絶句不過作詩而已，非能作樂府也。雖《滄浪詩話》已有絶句折腰體及八句折腰體之名，不過與建除、數名等體以類相及，非令人取法也。愚意若作詞用《小秦王調》，如東坡「暮雲收盡溢輕寒」三首，下二句皆可不粘，然皆平起方合調，作仄起則失調矣。若作尋常絶句，斷不得借口折腰，而任意失粘也。

又按：八韻試帖以前四句點清題目爲正格，尤以首二句對起，三四句流轉承接爲佳。閲者見入手四句一氣相生，便自刮目相視矣。第三韻爲一紐，以上眉目既清，以下即屬中腹。此處如人之有頸，乃上下通氣處也。以引起腹比，而又不占腹比，實發地步爲妙。第四韻、第五韻爲腹比，或分字義，或分淺深，要發得實義精彩即佳。第六韻又爲一紐，蓋末二韻總結處，雖只就題寓意，却以不滯於題，而能另開生面爲佳。此處須先作一番小束頓，以下方可開出議論。然不得竟成結語，須要束住上文，而又留得總結地步。故八韻中，莫難於第三韻與第六韻也。末二韻是總結，又要一氣相生，收裹完密，或頌聖，或寓意，俱先於第七韻中預蓄其意也。如此方能章法井然，首尾相應，無堆砌重複之病。至於變化從心，各隨題境題情，以自成機軸，又不可執一格矣。

附論《早朝大明宫》詩

毛西河曰：早朝詩俱遜岑作。王與岑首二句括「早」字，三四句拈「朝」字，五六句合拈「早朝」字，七、八句拈和舍人字，通體相埒，而岑較俊拔。若杜則「九重」句無着，「風微」句雜出，不拈「早」而云「日暖」，未拈「朝」而曰「朝罷」，皆非律法。況和舍人作四句，失主客輕重。憶施愚山論早期詩惟杜無法，有客怫然。予曰：「往亦有客論曰，既題『早朝』，則『雞鳴』、『曉鐘』、『衣冠』、『閶闔』，律法如是矣。

王歉於岑者，岑以『花明』、『柳拂』、『陽春一曲』補舍人原唱『春色』二字，王稍減耳，其他無不同也。杜王母仙桃非朝事也；堂成而燕雀賀，非朝事境也；五夜便日暖，舛也，且非早時也；旌旗之動、宫殿之高，未嘗朝也，曰『朝罷』，亂也；『詩成』與早朝半四句，乏主客也。如是則非律矣。」愚山大喜，書此説以作記。

按：阮葵生《茶餘客話》云：杜詩三四句，「龍蛇」指旌旗繪繡者言，「燕雀」每於寅初時千萬成群向北回翔，三匝而後散，遇陳設旌旗時，則其回翔尤高，非身到其地，不知其確切不可易也。此駁西河甚是。然早朝與呈僚友各半，究係變格，杜律固未盡善也。録此以補録中所未盡。兆元謹識。

按：杜律固未盡善，但王高於岑，不見遜耳。賈首句「銀燭」二字寫早，「朝天」二字寫朝，「紫陌長」言由外而入，道途事也。次句虚寫早字，從紫陌遥見禁城也。三四「青瑣」、「建章」即從禁城生出，柳、鶯即從春色生出，乃朝地，即寫大明宫也。「劍佩」二句乃朝也。末二句呈兩省僚友也。岑詩首句有早無朝，次句「皇州」寫朝，不的，仍寫早耳。三四句寫早朝大明宫，好。「金闕」、「玉階」亦是跟「紫陌」、「皇州」由外入内耳，意思字句多與賈犯複。五六句仍寫早字。「劍佩」、「旌旗」略着朝字。毛謂花、柳照「春色」二字，「春色」乃詩中字，非題中字，不得以此爲長也。七八句和舍人，亦筆直，與杜詩皆單和舍人，不照應兩省僚友矣。王詩「絳幘雞人」乃朝内人，「報曉籌」乃報應起視朝之曉籌，是寫早字，已切定朝字矣。尚衣進衮，爲朝也。「方」字則早耳。「九天」句接上二句，言君起開户臨朝，又照應早字。「萬國」句正寫朝字。賈、岑皆從外寫入，王獨從内寫出，絶不犯複，且句句是從大明宫着想做起，是何等識力。「日色」句又寫早，「香烟」句又寫朝。「仙掌」、「衮龍」又切定大明宫境界。末二句亦和舍人，亦帶兩省僚友，何等工妙。當以此首爲第一。

右《詩法易簡録》十四卷，附《録餘緒論》一卷，先大夫未完之書也。乾隆癸未、甲申間，先大夫自潼關請假歸里。每喜與里中後進談詩，於是及門問詩法有踵至。遂先取七律數首，略指其用筆之法。爲友人取去，益以古詩、絶句，假先大夫之名，付之剞劂，而先大夫斯編固未板行也。戊子春，先大夫棄不肖等，元時方垂髫耳。及稍長，始檢斯編，古詩但存講音節者，律絶衹存講作法者，而古詩之講作法及律詩之講拗體者，已皆佚失。元謹補入《律詩拗體》四卷附後。五七古雖別有評選，未敢妄附也。時嘉慶甲戌夏五月中浣，男兆元謹識於長葛官署。

附律詩拗體

律詩拗體自叙

拗體之名，始於方虚谷《瀛奎律髓》，趙秋谷《聲調譜》因之。元少讀之，每苦其略而不詳。先大夫《詩法易簡録》古體咸備，足以補秋谷之闕，惟拗體僅一論及，引而未發。元因本送先大夫未暢之旨，補成四卷，附《易簡録》後。詩則自唐宋以來，迄本朝諸鉅公皆取之，以見源流相續。雖聲調之細，不容一毫師心自造，有如此。嘉慶五年歲次庚申中秋後二日，勺洋李兆元書。

律詩拗體卷一

東萊李兆元勺洋著

五言律仄起法

單拗法

唐杜甫《送人從軍》：「弱水應無地，陽關已近天。今君度宜平而仄。砂宜仄而平。本句三四字拗，謂之單拗法。磧，累月斷人烟。好武寧論命，封侯不計年。馬寒妨失道，雪没錦鞍韉。」此單拗第三句法。

杜甫《陪鄭廣文遊何將軍山林》其二：「百頃風潭上，千章夏木清。卑枝低結子，接葉暗巢鶯。鮮鯽銀絲鱠，香芹碧澗羹。翻疑柂宜平而仄。樓宜仄而平。底，晚飯越中行。」此單拗第七句法。

杜甫《春日憶李白》：「白也詩無敵，飄然思不群。清新庾宜平而仄。開宜仄而平。府，俊逸鮑參軍。渭北春天樹，江東日暮雲。何時一宜平而仄。樽宜仄而平。酒，重與細論文。」此第三句第七句皆拗，亦謂之單拗法。

雙拗法

唐孟浩然《留別王侍御維》：「寂寂竟宜平而仄。何待，朝朝空宜仄而平，與首句竟字對拗。自歸。欲尋芳草去，惜與故人違。當路誰相假，知音世所稀。祇應守寂寞，連三仄句法，盛唐多有之，然惟拗體爲宜。至於通體諧調中，似不必雜用也。還掩故園扉。」杜甫《春宿左省》：「花隱掖拗。垣暮，啾啾棲救鳥過。第三字對拗，與前首同。星臨萬户動，連三仄句法，此等句尤以第一字平爲合調。月傍九霄多。不寢聽金鑰，因風想玉珂。明朝有拗。封救。事，單拗句。數問夜如何。」首二句雙拗，以下或俱用諧句，或第三句，或第七句，參以單拗，皆無不可。孟浩然《與諸子登峴山》：「人事有代謝，「有代」二字俱應平而仄。連四仄句法。往來成此字必平，以救上句。古今。江山留勝跡，我輩復登臨。水落魚梁淺，天寒夢澤深。羊公碑尚在，讀罷淚沾襟。」孟浩然《廣陵逢薛八》：「士有不得志，五仄句。栖栖吴必平。楚間。廣陵相遇罷，彭蠡泛舟還。檣出江中樹，波連海上山。風帆明日遠，何處更追攀。」首句「不得」二字，俱宜平而仄。次句只一「吴」字拗用平，以一救兩，與前首同。以下俱用諧句，亦與前首同。以上俱首二句雙拗法。

杜甫《有感五首》其五：「盗滅人還亂，兵殘將自疑。登壇名絶假，報玉爾何遲。領郡輒拗。無色，之官皆救。有詞。願聞哀痛詔，端拱問瘡痍。」以下五六句雙拗法。許渾《題潼關蘭若》：「來往幾經過，前山枕大河。遠帆春水闊，高寺夕陽多。蜨影下拗。紅葉，鳥聲喧救。緑蘿。故山歸未得，徒咏採芝歌。」宋陸游《晨起偶得五字戲題藁後》：「推枕悠然起，吾詩忽欲成。雖云無義語，猶異不平鳴。有得忌拗。輕出，微瑕須救。細評。平生五字句，連三仄句法。垂老愧長城。」明何景明《武關》：「北轉趨劉垻，西盤出武關。微茫一線路，三仄。迴合萬重山。天地幾拗。龍戰，風雲唯救。鳥還。關門鎖拗。溪救。水，日夜送潺湲。」朱彝尊《望湖亭對月》：「山色匡廬近，湖光彭蠡開。異鄉頻見月，孤客乍登臺。遠樹霧拗。中失，浮雲川救。上來。離心似拗黃救。鵠，中道一徘徊。」

半拗法

唐許渾《南游泊江驛》：「漠漠故拗。宮地，月凉雲救。水幽。鷄鳴荒戍曉，雁過古城秋。楊柳北拗。歸路，蒹葭南救。渡舟。去鄉今已遠，更上望京樓。」此一、二、五、六句拗，三、四、七、八句諧拗之，參半者也。

韋莊《延興門外作》：「芳草五拗。陵道，美人金救。犢車。緑奔穿内水，紅落過墻花。馬足倦拗。遊客，鳥聲歡救。酒家。王孫歸去晚，宮樹欲棲鴉。」與前首同，可見拗法有定格也。

宋汪藻《過臨平》：「二別九拗。霄路，風烟長救。滿衣。已成身老大，無復世輕肥。天闊鳥拗。雙下，山寒人救。獨歸。曉來何似雨，春水半巖扉。」明宗臣《長庚純一舜隆既別憶之》：「一別不自意，五仄句。茫然空救。復愁。孤舟仍盜賊，多病已春秋。明月半拗。江水，故人何救。處樓。風塵雙淚眼，爲我寄滄洲。」二詩拗法，又與前二首同。古人師法源流，可見一班。唐岑參《南樓送衛憑》：「近縣多過客，仄仄平仄仄句。似君誠此字必平。亦稀。南樓取拗。凉救。好，便送故人歸。鳥向望拗。中滅，雨侵晴救。處飛。應須乘月去，且爲解征衣。」此於半拗之中第三句又參以單拗者。

杜甫《孤鴈》：「孤鴈不飲啄，四仄句。飛鳴聲救。念群。誰憐一片影，三仄句。相失萬重雲。望盡似拗。猶見，哀多如救。更聞。野鴉無意緒，鳴噪自紛紛。」此於半拗之中第三句又參以三仄句者。

宋汪莘《開禧元年十二月遷居柳溪上其夜大雪蓋宰來訪》：「茅屋凍拗。將壓，柴扉寒救。不開。交朋幾拗。竿救。竹，兄弟數枝梅。渡口月拗。初出，沙頭人救。正迴。客居殊自在，歲事亦相催。」此首學岑詩者。

戴叔倫《早行寄朱放》：「山曉旅拗。人去，天高秋救。氣悲。明河川上没，芳草露中衰。此別又拗。千里，少年能救。幾時。青冥剡拗。溪救路，心與謝公期。」此於半拗之中第七句又參以單拗者。

孟浩然《早寒江上有懷》：「木落雁拗。南渡，北風江救。上寒。我家襄水曲，遥隔暮雲端。鄉淚客拗。中盡，孤帆天救。際看。迷津欲有問，三仄句。平海夕漫漫。」首二句對拗，而次句「北」字多一仄聲。五六句對拗，而六句「孤」字用平最妙，所以隔位救次句也。此法古人雖不盡拘，然必調劑至此，始爲盡善耳。」

杜甫《促織》：「促織甚拗。微細，哀音何救。動人。草根吟不穩，牀下意相親。久客得拗。無淚，故妻難救。及晨。悲絲與急管，三仄句。感激異天真。」少陵與襄陽不必相師，而其拗律之法，若有針芥之投。可見音節之妙本天成，而不容矯造者也。

李商隱《落花》：「高閣客竟去，四仄句。小園花此字必平，以一救兩。亂飛。參差連曲陌，迢遞送斜暉。腸斷未忍掃，四仄與首句同。眼穿仍救欲歸。拗法同首二句。芳心向拗。春救盡，所得是沾衣。」國朝王士禛《夜泊江口聞笛寄家兄西樵》：「雲水正寥落，笛聲何處生。拗法與「芳草五陵道」同。颯然秋思滿，不覺有離情。涼月閣拗。邊水，西風江救。上城。何須武拗。溪救。曲，辛苦怨南征。」吴嘉紀《落葉》：

「枝上曾幾仄。日，夜來秋救已終。又隨天地意，亂下户庭中。不靜月拗。斜處，偏驚頭救。白翁。何須怨拗。搖救。落，多事是齊風。」

唐温庭筠《送人東遊》：「古戍落拗。黄葉，浩然離救。故關。高風漢拗。陽救渡，初日郢門山。江上幾拗。人在，天涯孤救。棹還。何當重讀去聲，柱用切，更爲也，再也。與平聲重疊、重複之重音義迴別，不可不知。相救上重字。見，尊酒慰離顔。」

岑參《臨洮客舍留別祁四》：「無事向拗。邊外，至今仍救。不歸。三年絶拗。鄉救。信，六月未寒衣。客舍洮水聒，仄仄平□仄□□□□□法與仄仄仄平仄者同。孤城胡此字救上句。雁飛。心知別拗。君救。後，開口笑應稀。」右二詩第三句、第七句皆用單拗，合計通首衹第四句與第八句諧合耳。以其尚有諸句，故仍附於半拗法後。

岑參《送杜佐下第歸陸渾別業》：「正月今欲半，仄仄平仄仄句。陸渾花此字必平，可與前首參看。未開。出關見拗。青救。草，春色正東來。夫子且拗。歸去，明時方救。愛才。還須及拗。秋救。賦，莫即隱蒿萊。」大凡出句仄仄仄平仄，或平仄仄平仄，及仄仄平仄仄，或平仄仄仄仄，並五字俱仄句。其對句第三字皆拗，用平以救之，此定法也。其對句第四字則仍從正格。杜牧《句溪夏日送盧霈秀才歸王屋山將欲赴舉》：「野店正拗。分泊，繭蠶初救。引絲。行人碧拗。溪救。渡，繫馬緑楊枝。苒苒跡始去，五仄句。趙秋谷云：「中有入聲字妙。」悠悠心救。所期。秋山念拗。君救。別，惆悵桂花時。」杜甫《蕃劍》：「致此自僻遠，五仄句。又非珠此字救。玉裝。如何有拗。奇救。怪，每夜吐光芒。虎氣必拗。騰上，龍身寧救。久藏。風塵苦未息，三仄句。三仄句視單拗句尤古，故列其格于單拗句之後。持汝奉明王。」

杜甫《送遠》：「帶甲滿拗。天地，胡爲君救。遠行。親朋盡一哭，三仄句。鞍馬去孤城。草木歲月晚，五仄句。趙秋谷云：『木』、『月』二字入聲，妙。五仄無一入聲字在內，依然無調也。」關河霜雪清。第三字救上句。別離已昨日，三仄句。因見古人情。」此第三句、第七句皆用三仄句法者。其通首拗法與皆用單拗句者同。

元杜仁傑《病中枕上》：「忽忽臥幾月，五仄，與「致此自僻遠」起句同。遂成疎救。懶名。却因久病後，三仄句，又與「親朋盡一哭」句同。更覺萬緣輕。月落窗影動，仄仄平仄仄句，又與「客舍洮水聒」同。夜寒燈救法亦同。暈生。狸奴似拗。相救。慰，單拗句，與「秋山念君別」同。分坐守殘更。」國朝陸葇元《雪中東秦澗泉》：「衾薄夢拗。先逼，窗虛爐救。已殘。忽將毳拗。簾救。捲，但覺草堂寬。樹重鳥拗。愁託，途長驢救。苦寒。謝莊自拗。賡救。詠，還復問袁安。」此詩拗法全學飛卿。○拗體施於五言，尤宜律中帶古，風格獨高也。以上皆拗體中之整齊可師者。

唐孟浩然《遊精思觀迴王白雲在後》：「出谷未拗。停午，至家日已曛。此句仍用正調，不與上句對拗。迴瞻下拗。山救。路，但見牛羊群。三平句。此等句法係古詩正調，非通首大拗體者，不宜輕用。茲因首句第三字用仄，第二句未救，第三句第三字又拗用仄，遂于此句第三字拗用三平，作隔位補救法，以與上三出句第三字疊用仄聲遞下之勢相劑相成，此又一法也。樵子暗拗。相失，草蟲寒救。不聞。衡門猶未掩，佇立望夫君。末二句諧。」

孟浩然《李氏園臥疾》：「我愛陶家趣，諧句。園林無忽拗用平。俗情。春雷百卉坼，三仄句。因次句第三字用平，故此句第三字用仄以調劑之。寒食四鄰清。伏枕嗟公幹，歸田羨子平。年年白社客，三仄句。此處音節亦與次句相應。空滯洛陽城。」凡拗體，本聯對拗，正體也。若下聯與上聯參錯相救，則謂之隔位補救法。此詩第二句「無」字陡用一平聲，而於第三句、第七句皆拗用三仄句以應之，亦可備一法。

李白《送麴十少府》：「試發清秋興，諧句。因爲吴忽拗用平。會吟。碧雲斂海色，三仄句。流水折江心。我有延陵劍，君無陸賈金。艱難此拗。爲救。別，惆悵一何深。」拗法與孟詩同。

劉昚虚《寄江滔求孟六遺文》：「南望襄陽路，諧句。思君情忽拗用平。轉親。偏知漢水廣，三仄句。應與孟家鄰。諧句。在日貪爲善，諧句。昨來聞忽又拗一平聲。更貧。相如有拗用仄。遺救。草，一爲問家人。諧句。」第三句用三仄，與次句應，第七句用單拗，與第六句應，隔位補救之法。可與前二首參看。

明楊巍《蕭關北作》：「塞路山難斷，諧句。胡天雲忽拗用平。不開。遥驚戍火起，三仄句，隔位救上句。數見羽書來。此四句與前三首起四句法同。周室朔拗。方郡，唐家靈救。武臺。客心正拗。多救。感，羌笛暮堪哀。」唐杜甫《人日二首》其二：「元日到拗。人日，未有不陰時。諧句。冰雪鶯難至，春寒花隔位救。較遲。雲隨白水落，三仄。風振紫山悲。蓬鬢稀疏久，無勞比素絲。」此詩首句與四句隔位遥應，四句與五句又隔位補救，相遞而下，亦是一法。◯以上皆隔位補救法。其調劑之妙，學者神而明之可也。

明謝榛《李行人元樹宅同謝張二内翰話洞庭湖》：「南望岳拗。陽郡，蒼茫吴救。楚分。帆迴孤島樹，樓出九江雲。落日波中没，秋風天拗。外聞。何時采隔位救上句。蘋復救本句。藻，湖上弔湘君。」此六七句隔位補救，而首二句先用雙拗耳。

全拗法亦謂之大拗。

唐李頎《寄鏡湖朱處士》：「澄霽晚拗。流闊，微風吹救。綠蘋。鱗鱗遠拗。峰救。見，淡淡平湖春。三平古調。○上句「遠峰」二字爲本句拗矣，此句第三字復拗用平聲，以與「遠」字對拗，成通首第三字大拗法，是爲以古入律。芳草日拗。堪把，白雲心救。所親。何時可拗。爲救。樂，夢裏東山人。三平古句，與三、四句法同。」岑參《送鄭堪歸東京汜水別業》：「客舍見拗。春草，忽聞思救。舊山。看君灞拗。陵救。去，匹馬成皐還。三平古句。對酒風與雪，仄仄平仄仄句。向家河救。復關。因悲宦拗。遊救。子，終歲無時閑。三平古句。」以上二詩拗法相同，所謂全體大拗者也。

崔國輔《宿法華寺》：「松雨時復滴，平仄平仄仄句，拗法與仄仄平仄仄同。寺門清救。且涼。此心竟拗。誰救。證，回憩支公牀。三平古句。壁畫感拗。靈跡，龕經傳救。異香。獨遊寄象外，三仄句。忽忽歸南昌。三平古句。」拗律必有諧句，乃正法也。至通首第三字皆拗，則無一諧句，駸駸乎古詩矣。其不同於古詩者，以二、四粘聯，有不容紊亂者也。

王維《終南別業》：「中歲頗好道，四仄句。晚家南山陲。四平句。○拗體正法，無拗第四字者。此獨拗用平聲，以與上句作對，拗體純乎古調矣。非神明于拗法者，未易學步也。興來每獨往，三仄句，上有四仄、四平之句，此處必須三仄聲調方叶。勝事空必平。自知。此句第四字本宜平聲，今獨變用仄聲，因第三句既用四平變調，故此亦以變調應之，音節乃歸一律。凡全首大拗法，必須合通首音節論之，乃得其抑揚激宕之妙。又非徒拘拘于一句一聯中講借還補救者所可概論也。行到水拗。窮處，坐看雲救。起時。偶然值拗。鄰救叟，談笑無還期。三平古調，後四句拗法與前二首同。」末句一作「談笑滯歸期」，則前七句第三字皆拗，而末句獨諧矣。唐人亦有此法。

李頎《留别王盧二拾遺》：「此别不可道，五仄句。此心當救。報誰。春風灞水上，三仄句。飲馬桃花時。三仄古句。誤作好拗。文士，只令遊救。宦遲。留書下拗。朝救。客，我有故山期。諧句。」此即末句獨諧者。

岑參《還高冠潭口留别舍弟》：「昨日山有信，仄仄平仄仄句。衹今耕救。種時。遥傳杜陵叟，單拗句。怪我還山遲。三平。獨向潭上酌，仄仄平仄仄句。無人林救。下棊。東谿憶汝處，三仄。閑臥對鸕鷀。諧句。」國朝程可則《送徐庾清錢相園歸越》：「良會竟拗。難永，歲寒人救。盡歸。誰憐故拗。鄉救。子，獨采南山薇。三平古句。把酒不拗。終夕，浩歌徒救。攬衣。無能挽拗。舟救。楫，惻惻拜斜暉。末句獨諧。」合前二詩觀之，可見名家詩法，未有不憲章前賢者也。陳炳《尋馬山人不遇》：「一壑冷拗。雲白，山家何救。處尋。忽逢采拗。樵救。者，遥指梅花林。三平。曲徑吠拗。寒犬，短籬鳴救。野禽。柴門閉拗。幽救。寂，獨立聽泉音。諧句。」亦與程周量詩同。

今種《望五老峰》：「飛翠如烟雨，諧句。秋來山色濃。第三字拗用平。夕陽一返照，三仄。明滅金芙蓉。三平。獨笑此拗。亭月，將尋何救。處鐘。石門精舍近，諧句。早晚巢雲松。三平。」

唐杜甫《自閬州領妻子卻赴蜀山行三首》：「汩汩避拗。群盜，悠悠經救。十年。不成向拗。南救。

國，復作遊西川。三平古句。物役水拗。虚照，魂傷山救。寂然。我生無倚着，盡室畏途邊。」此前六句拗而末二句諧者。

國朝沈懋華《泰和道中》：「行子易拗。時序，但嗟江救。路難。孤帆轉拗。天救。際，遥出青林端。三平。山影落拗。空翠，濤聲生救。夜寒。鄉書猶未達，雲海正漫漫。」末二句諧與少陵同，前六句拗法亦與少陵同。

田雯山薑《泊舟吴門寄汪苕文》：「渺渺太拗。湖水，遥遥光救。福山。梅花一萬樹，三仄。窈窕非人間。三平。思與堯峰叟，扁舟數往還。烟巒七十二，三仄。坐嘯聽潺湲。末句聽字讀仄。」此前四句拗者。

唐孟浩然《晚泊潯陽望廬山》：「挂席幾拗。千里，名山都救。未逢。泊舟潯陽郭，此句三、四字諸家多用仄聲，此獨連用二平，純作古調，又變一法。始見香爐峰。又用三平古調，此二句直是以古作律，非尋常拗體之可言矣。嘗讀遠拗。公傳，永懷塵救。外蹤。東林精舍近，日暮坐聞鐘。二句諧。」三四句純用古調，此種詩必須氣骨蒼逸，句法堅老，又要與上下文氣味貫得入方可。若率爾效顰，未有不貽笑大方者，學者慎之。

國朝朱彝尊《壽孟叟》：「最愛鑑拗。湖好，秋山百里青。諧。君家秋山下，古句。遶屋泉泠泠。三平。黄菊樹百本，四仄句。翠濤開救。幾缾。玉顔長可駐，不藉藥珠經。二句諧。」三四句學孟詩，而格力足以副之，不愧作手。○欲神明於大拗法非兼通古詩音節不可。

吴雯《雲中寺》：「天半雲中寺，四山皆拗。白雲。我來雲際宿，卻憶雲又拗。中君。竟成三平。塔影當晴出，濤聲入夜聞。此中有拗。猿救。鶴，莫勒北山文。」首句三句俱諧，次句第三字既拗用平聲，第四句第三字復拗用平，竟成三平古調，而音節却叶和者，以四句中四「雲」字相疊而下，有如流水，自成一片宫商也。

律詩拗體卷二

東萊李兆元勺洋著

五言律平起法

平起之三、四句，其平仄即仄起之一、二句，其七、八句即仄起之五、六句，拗法相同，可類推也。

單拗法

唐杜甫《秦州雜詩》其三：「州圖領宜平而仄。同宜仄而平。谷，驛道出流沙。降虜兼千帳，居人有萬家。馬驕朱汗落，胡舞白題斜。年少臨洮子，西來亦自誇。」此第一句單拗法。

郎士元《春日晏張舍人宅》：「懶尋芳草徑，來接侍臣筵。山色知殘雨，牆陰覺暮天。鶯歸漢拗。宮救。柳，花隱杜陵烟。地與東鄰接，春光醉目前。」此第五句單拗法。

孟浩然《過故人莊》：「故人具拗。鷄救。黍，邀我至田家。緑樹村邊合，青山郭外斜。開軒面拗。場救。圃，把酒話桑麻。待到重陽日，還來就菊花。」此第一句、第五句俱用單拗法。

雙拗法

唐温庭筠《陳宮詞》：「鷄鳴人草草，香輦出宮花。妓語細拗。腰轉，馬嘶金救。面斜。早鶯隨綵仗，驚雉避凝笳。淅瀝湘風外，紅輪映曙霞。」此三、四句雙拗法。

許渾《送客歸湘楚》：「無辭一拗。杯救。酒，昔日與君深。秋色換拗。歸鬢，曙光生救。别心。桂花山廟冷，楓樹水樓陰。此路千餘里，應勞楚客吟。」於三、四句雙拗中，或第一句，或第五句，參以單拗，俱無不可。

李咸用《訪友人不遇》：「出門無至友，動即到君家。空掩一拗。庭竹，去看何救。寺花。短僮應捧杖，稚女學擎茶。吟罷留題處，苔階日影斜。」宋范仲淹《遊烏龍山寺》：「高嵐指拗。天救。近，遠溜出山遲。萬事不到處，五仄。白雲無救。盡時。異花啼鳥樂，靈草隱人知。信是栖真地，林僧半雪眉。」元劉因《書堂旅夜》：「淹留已半載，三仄句。去住意何深。月色一拗。千里，愁人方救。寸心。秋聲助拗。摇救。落，生理嘆浮沉。松桂清霜滿，哀歌動故林。」成庭珪《秋夜雜咏》：「平居在拗。城救。市，無夢傍江湖。世事有拗。今日，生年猶救。故吾。抽書逢越絶，引曲感吳趨。鄰叟邀皆醉，歸來不用扶。」平起雙拗法，用於三、四尤宜。

國朝施閏章《過湖北山家》：「路回臨石岸，樹老出墻根。野水合拗。諸澗，桃花成救。一村。呼鷄過拗。籬救。栅，行酒盡兒孫。老矣吾將隱，前峰且對門。」唐孟浩然《夜宿牛渚趁薛八船不及》：

「星羅牛渚夕，風退鷁舟遲。浦溆嘗同宿，烟波忽間之。榜歌空裏失，船火望中疑。明發泛拗。潮海，茫茫何救。處期。」以下末二句雙拗法。韋應物《奉送從兄宰晉陵》：「東郊春草歇，千里夏雲生。立馬愁將夕，看山獨送行。依微吴苑樹，迢遞晉陵城。慰此斷拗。行別，邑人多救。頌聲。」沈佺期《隴頭水》：「隴山飛落葉，隴雁度寒天。愁見三秋水，分爲兩地泉。西流入拗。羌救。郡，東下向秦川。征客重去聲、拗。回首，肝腸空救。自憐。」馬戴《落日悵望》：「孤雲與拗。歸救鳥，千里片時間。念我何留滯，辭家久未還。微陽下拗。喬救。木，遠色隱秋山。臨水不敢照，四仄句。恐驚平救。昔顔。」明王鳴雷《夜投山寺宿》：「殘鐘山半寺，僧在隔溪回。問我何方客，能爲清先拗一字。夜來。坐禪移漏轉，示法舉燈開。報道石拗。橋鹿，夜深眠救。講臺。」

半拗法

明麥郊《别屈翁山次原韵時翁山方赴雁門挈家還里》：「結交憐獨早，聚合苦無多。日月載拗。愁去，風塵如救。别何。太行無易轍，滄海有回波。去去更拗。相勗，此心違救。及他。」一、二、五、六句諧，三、四、七、八句拗，是爲半拗法。國朝洪昇《送吴位三歸宣城》：「宋家丞相後，喬木到如今。之子獨古處，四仄句。對人無救。俗心。偶來京洛道，旋返敬亭陰。芳草白拗。雲外，春山深救。復深。」

唐馬戴《過野叟居》：「野人閒種樹，樹老野人前。居止白拗。雲内，漁樵滄救。海邊。呼兒採拗。

山救。藥，放犢飲溪泉。自著養拗。生論，無煩憂救。暮年。」此於半拗之中第五句又參以單拗者。

趙嘏《東歸道中》：「未明唤拗。童救。僕，江上憶殘春。風雨落拗。花夜，山川驅救。馬人。星星一鏡髮，三仄句。草草百年身。此日念拗。前事，滄洲情救。更親。」其三、四句拗法與仄起之一、二句同，其一、二句拗法與仄起之三、四句同，不過一轉移耳。拗法有定準，觀此益可見矣。後四句與前四句同，此拗法之最整齊者。

杜甫《觀兵》：「北庭送壯士，三仄句。貔虎數尤多。諧句。精鋭舊拗。無敵，邊隅今救。若何。妖氛擁白馬，三仄。元帥待琱戈。莫守鄴拗。城下，斬鯨遼救。海波。」

王維《喜祖三至留宿》：「門前洛拗。陽救。客，下馬拂征衣。不枉故拗。人駕，平生多救。掩扉。行人返拗。深救。巷，積雪帶餘暉。早歲同袍者，高車何拗。處歸。」第七句仍用諧句，視前二詩稍變。末句與第五句爲隔位呼應法。

杜甫《暫如臨邑至㟙山湖亭奉懷李員外率爾成興》：「野亭逼拗。湖救。水，歇馬高林間。拗用三平。鼉吼風奔浪，魚跳音迢。日映山。暫遊阻拗。詞救。伯，卻望懷青關。第三字與上句對拗，遂成三平。靄生雲霧，惟應促駕還。」五言平起對拗多在三、四句與七、八句，此獨拗在一、二句與五、六句，遂以三平古調參於諧聯之間，亦可備一法。

孟浩然《澗南即事貽皎上人》：「弊廬在郭外，三仄句。素産惟田園。三平古句。左右林野曠，仄仄平仄仄句。不聞朝救。市喧。釣竿垂北澗，樵唱入南軒。書取幽棲事，將尋靜者論。」此前四拗、後四諧者。國朝王士禛《三水月夜别陳宗德程行祖》：「碧天月皛皛，三仄句。江上風蕭蕭。三平古句。明發一拗。爲别，孤踪千救。里遥。梅關稀見雁，中宿不通潮。好寄相思子，時時慰寂寥。」前四拗法全學襄陽，而次句「江」字用平，尤能於師法古人之外别見調劑之妙，是爲善學古人。

程可則《劉公㦸至彈琴》：「閉門理拗。幽救。獨，日落空齋陰。復拗三平。客子此拗。時至，青天鳴救。素琴。松風生萬壑，人語静空林。不復知燕市，悠然山回應通首。水音。」

唐孟浩然《宿永嘉江寄山陰崔少府國輔》：「我行窮水國，君使入京華。相去日拗。千里，孤帆天救。一涯。卧聞海拗。潮救。至，起視江月斜。「江月」二字與上句對拗，是古調，是大拗法。第五句三四字本句拗，唐人多有之。第六句三四字拗换平仄，則不多見矣。初學宜慎取之。借問同舟客，何時到永嘉。」此前後諧中四拗者。

儲光羲《霽後貽馬十二選》：「高天風雨散，清氣在園林。况我夜拗。初静，當軒鳴救。緑琴。雲開北拗。堂救。月，庭滿南山陰。三平古句。不見長裾者，空歌遊拗。子吟。」此亦中四拗者，特末句第三字多拗一平耳。中四對拗，或前或後加一單拗句，俱無不可。第六句用三平古調，與襄陽用平仄平古調同，是以古入律之法。

國朝王士禛《送家兄西樵遊黄鶴山》：「抱琴向拗。黄救。鶴，言訪戴公家。山路霽拗。春雨，遠江明救。落霞。風吹石拗。楠救。樹，露泫櫻桃花。三平古句。明日西津渡，從君問釣查。」中四學儲詩，首句加用單拗法。

唐常建《題破山寺後禪院》：「清晨入古寺，三仄句。此種句法第一字貴平。初日照高林。正格諧句，末救上句。曲逕通幽處，禪房花此字救首句。木深。山光悦鳥性，三仄句。潭影空人心。三平古句。萬籟此拗。俱寂，但餘鐘救。磬音。」此後四拗者，而首句與第四句復加以隔位遥應法耳。

國朝朱彝尊《過吴大村居》：「泛舟經谷口，迢遞入林端。一徑野拗。烟夕，孤村返照寒。榴花赤瑪瑙，三仄句。竹色青琅玕。三平句對拗。滿酌主拗。人酒，休歌行救。路難。」此亦後四拗，而第三句先拗一仄聲者。第六句三平，不獨與第五句三仄對拗，亦與第三句作隔位補救法。大抵拗法之妙，前後回環呼應，如一片宫商，高下抑揚，層遞相引，自成節奏，不得執一聯一句，泥以求之也。

唐陳子昂《度荆門望楚》：「遥遥去拗。巫救。峽，望望下章臺。巴國山川盡，荆門烟隔位遥應首句。霧開。城分蒼野外，樹斷白雲限。今日狂歌客，誰知入楚來。」此首句與第四句隔位遥應法。

杜甫《送舍弟穎赴齊州三首》其二：「風塵暗不開，汝去幾時來。兄弟分離苦，形容老病催。江通一柱觀，三仄。日落望鄉臺。客意長東北，齊州安隔位救。在哉。」此第五句與末句隔位遥應法。

王昌齡《宿裴氏山莊》：「蒼蒼竹拗。林救。暮，吾亦知所投。平仄平古調，與上句對拗。静坐山齋月，清溪聞拗。遠流。西峰下拗。微救。雨，向曉白雲收。遂解塵中組，終南春隔位遥應。可遊。」此首二句對拗，而第五句與末句用隔位遥應法也。第四句亦遥應首句法。

劉長卿《餞别王十一南遊》：「留君烟水闊，揮手淚沾巾。飛鳥没拗。何處，青山空救。向人。長江一拗。帆救。遠，落日五湖春。誰見汀洲上，相思愁隔位遥應。白蘋。」此亦第五句與末句隔位遥應法，而對拗在三四句耳。國朝許遂《山月》：「不知誰抱鏡，挂在白雲岑。萬壑照拗。成雪，梅花寒救。一林。美人此拗。遥救。夜，千里結愁心。解帶松風下，霜華流隔位遥應。素琴。」此詩拗法與隨州同。

高啅《送李廣庵之任揚州》：「褰帷又拗。何救。處，鼓吹竹西城。月傍烟花好，風隨琴遥應首句。劍行。人家接拗。沙救。渚，公事聽濤聲。孤角江頭起，樓船初罷兵。」第四句遥應首句，末句又遥應第五句，此疊用遥應法也。

唐奚賈《尋許山人亭子》：「桃源若遠近，三仄句。漁子棹輕舟。川路行難盡，人家到漸幽。山禽拂席起，三仄句。溪水入庭流。君是何年隱，如今成救。白頭。」此兩呼一應法。杜甫《螢火》：「幸因腐草出，三仄。敢近太陽飛。未足臨書卷，時能點客衣。隨風隔幔小，三仄。帶雨傍林微。十月清霜重，飄零何救。處歸。」與前首同。

王績《野望》：「東皐薄暮望，三仄。徙倚欲何依。樹樹皆秋色，山山唯一應。落暉。牧人驅犢返，獵馬帶禽歸。相顧無相識，長歌懷再應。采薇。」此一呼兩應法。王維《被出濟州》：「微官易得罪，三仄句。謫去濟川陰。執政方持法，明君無一應。此心。閭閻河潤上，井邑海雲深。縱有歸來日，多愁華再應。鬢侵。」此亦一呼兩應法，與前首同。

韋應物《送元倉曹歸廣陵》：「官閒得去住，三仄句。告别戀音徽。舊國應無業，他鄉到是歸。楚山明月滿，淮甸夜鐘微。何處孤舟别，遥遥心此字救首句。曲違。」此首尾遥應法。國朝趙執信《桐君山》：「仙人偶拗。休救。息，單拗句，與三仄句法同。名與此山分。何不隨黄帝，而來卧白雲。荒亭留鶴怨，遠浪蹙龍文。好去空巖畔，栽桐長應首句，與韋作同。對君。」唐崔峒《題崇福寺禪師院》：「僧家竟拗。何救。事，掃地與焚香。清磬度拗。山翠，閒雲來救。竹房。身心塵外遠，歲月坐中忘。向晚禪堂掩，無人空應首句。夕陽。」國朝朱彝尊《送嚴煒之惠陽》：「相期且樂酒，三仄句。相見輒悲歌。相送有拗。如此，相思知救。若何。晴川疏樹遠，落日亂山多。別後豐湖月，聞鐘應遙應首句。獨過。」趙執信《寄博興杜廣文》：「山窗枕前水，單拗句。北落錦秋湖。湖上故拗。人遠，山中清救。興孤。何時欹短棹，載月入菰蒲。極目相思處，遥天秋遥應首句。雁呼。」

唐李頎《送人歸沔南》：「梅花今正發，失路復何如。舊國雲山在，新年風拗。景餘。春饒漢隔位救。陽夢，「漢陽」本係單拗法，而「漢」字復救上句，正如一段錦繡，錯綜看去，皆成文理也。日寄武陵書。可即明時老，臨川莫羨魚。」四、五句隔位救法，與仄起之二、三句、六、七句同。王維《過香積寺》：「不知香積寺，數里入雲峰。古木無人逕，深山何拗。處鐘。泉聲咽隔位救。危復救「咽」字。石，日色冷青松。薄暮空潭曲，安禪制毒龍。」拗法與前首同。

大拗法即全拗法

唐杜甫《一百五日對月》：「無家對拗。寒救。食，有淚如金波。拗用三平。斫却月拗。中桂，清光應救。更多。仳離放拗。紅救。蘂，想像顰青蛾。三平古句。牛女漫拗。愁思，秋期猶救。渡河。」此全首第三字大拗法也。與仄起法之大拗參看，盡之矣。

萬楚《題江潮莊壁》：「田家喜秋熟，單拗句。歲宴林葉稀。用平仄平古句，與上句對拗。禾黍積拗。場圃，楂梨垂救。户扉。野閑犬時卧，單拗句。日暮牛自歸。三四字與上句對拗。時復落拗。花酒，茅齋堪救。解衣。」此詩第二句、第六句俱用仄仄平仄平古調，以與各上句對拗。視少陵之用三平稍變，然其爲以古入律則一也。

國朝周篔《哭然公》：「然公釋門老，單拗句。獨卧孤峰雲。三平，與杜詩同。古貌世莫見，五仄句。高風予救。夙聞。松杉手自種，三仄。虎豹時爲群。三平。歎息永拗。徂謝，山堂空救。夕曛。」

唐常建《宿王昌齡隱居》：「清溪深不測，諧句。隱處唯孤雲。三平古句。松際露拗。微月，清光猶救。爲君。茅亭宿花影，單拗句。藥院滋苔紋。三平古句。余亦謝拗。時去，西山鸞救。鶴群。」此通體大拗而首句諧者。

常建《送李十一尉臨谿》：「泠泠花拗用平。下琴，君唱渡江吟。諧。天際一拗。帆影，預懸離救。別心。以言神仙尉，古句，與襄陽「泊舟潯陽郭」同。因致瑶華音。三平古句。回軫撫拗。商調，越谿澄救。碧林。」此通首大拗而次句諧者。

王昌齡《宿京江口期劉昚虚不至》：「霜天起長望，單拗句。殘月生海門。三四字與上句對拗。風静夜拗。潮滿，城高寒救。氣昏。故人何寂寞，諧。久已乖清言。三平古句。明發不拗。能寐，徒盈江救。上尊。」此通首大拗而第五句諧者。國朝朱彝尊《題退谷》：「退翁愛退谷，三仄。未老先抽簪。三平。行藥亂拗。峰路，築亭雙救。樹林。閒中春酒榼，諧。静裏山泉音。三平。滿目市拗。朝貴，何人期救。此心。」五、六句全學龍標。

唐杜甫《和江陵宋太少府暮春雨後同諸公及舍弟宴書齋》：「渥洼汗血種，三仄。天上麒麟兒。三平對拗。才士得拗。神秀，書齋聞救。爾爲。棣花晴雨好，綵服暮春宜。朋酒日拗。歡會，老夫今救。始知。」此前四及七、八句拗而五、六句諧者。

明華察《惠山寺與施子羽話別》：「看山不覺暝，三仄。月出禪林幽。三平對拗。夜静見拗。空色，身閑忘救。去留。疏鐘隔拗。雲救。度，殘葉映泉流。此地欲拗。爲別，諸天生救。暮愁。」拗法本少陵，而第五句多加一單拗耳。

李延大《楊忠庵飲余西湖用樂天晚歸韵》：「烟中孤嶼小，柳外數星稀。人向六拗。橋過，僧從三竺歸。湖波月照席，三仄。竹杏風吹衣。三平。深夜暑拗。還在，不嫌山救。雨霏。」此首二句諧，以下六句全用拗者。

唐閻防《與永樂諸公夜泛黄河作》：「烟深載酒入，三仄。但覺暮川虚。映水見拗。山火，鳴榔聞夜漁。愛兹山水趣，忽與人世疎。用平仄平古調，視三平又變。無暇然官燭，中流有望舒。」大凡仄仄平仄平句法，可與仄仄平平平古調參看。與上數首合觀之，可以參變矣。

國朝劉體仁《寄阮亭司理》：「離居才幾日，諧句。蘭葉春風生。三平。門外即拗。流水，片帆東救。下輕。野處偶然失粘，不必取法。寡拗。新友，良辰多救。遠情。思君如草色，迢遞向蕪城。」第二句三平，第一句用諧，則第三句必須用拗。若第一句先用拗，則第三句可不拘。

五言律始

詩至齊梁，已開唐律先聲。徐、庾諸公，且有八句純律者矣。楊升菴《五言律祖》既有專書，兹因論定拗體，略取齊梁以來詩之合律者附於卷後，俾學者知律法源流云爾。

齊王融《琵琶》：「抱月如可明，懷風殊復清。絲中傳意緒，花裏寄春情。掩抑有奇態，悽鏘多好聲。芳袖不粘。幸時拂，龍門空自生。」末二句不粘。三、四句純乎律調，五、六句平仄對换處亦唐人拗體所祖。孟襄陽「二月湖水清，家家春鳥鳴」與此詩首二句平仄同。

梁元帝《詠陽雲樓簷柳》：「楊柳非花樹，依樓自覺春。枝邊通粉色，葉裏映紅巾。帶日交簾影，因吹掃席塵。拂簷應有意，偏宜不粘。桃李人。」唯末句不粘，餘俱隱合唐律矣。

沈氏范靜妻《綵毫怨》：「葉下洞庭初，思君萬里餘。露濃香被冷，月落錦屏虚。欲奏江南曲，貪封薊北書。書中無别意，惟悵久離居。」無一字不諧，已全是唐律聲調矣。

庾肩吾《歲盡應令》：「歲序已云殫，春心不自安。聊開柏葉酒，少陵「星臨萬户動」平仄祖此。試奠五辛盤。金薄圖神燕，朱泥却鬼丸。梅花應可折，倩爲雪中看。」在梁時律法已如此。

陳徐陵《關山月》：「關山三五月，客子憶秦川。思婦高樓上，當窗應未眠。星旗映疎勒，唐人單拗法，並與上句隔位拗法，已具於此。雲陣上祈連。戰氣今如此，從軍復幾年。」絶妙唐律風格。徐陵《鬬鷄》：「季子聊爲戲，陳王欲騁才。花冠已衝力，金爪復驚媒。鬬鳳羞衣錦，雙鸞恥鏡臺。陳倉若有信，爲覓寶鷄來。」陰鏗《侍宴賦得夾池竹》：「夾池一叢竹，垂翠不驚寒。葉醖宜城酒，皮裁薛縣冠。湘川染別淚，衡嶺拂仙壇。欲見葳蕤色，當來菟苑看。」祖孫登《蓮調》：「長川落照日，深浦漾清風。弱柳垂江翠，新蓮夾岸紅。船行疑汎迥，月映似沉空。願逐琴高戲，乘魚入浪中。」沈炯《從遊中天寺應令》：「福界新開草，名僧共下筵。楊枝生拱樹，錫杖呪飛泉。石座應朝講，山龕擬夜禪。當非舍衛國，賣地取金錢。」陳張正見《關山月》：「巖間度月華，流彩映山斜。暈逐連城璧，輪隨出塞車。唐蓂遥合影，秦桂遠分花。欲驗盈虛驶，方知道路賒。」陳昭《昭君詞》：「跨鞍今永訣，垂淚別親賓。漢地隨行盡，胡關逐遠新。交河擁塞霧，隴日暗沙塵。唯有孤明月，猶能遠送人。」北齊蕭慤《上之回》：「發軔城西畤，回輿事北遊。山寒石道凍，葉下故宫秋。朔路傳清警，邊風卷畫旒。歲餘巡省畢，擁仗返皇州。」胡應麟云：「全合唐律。用脩《律祖》遺此。」北周庾信《舟中望月》：「舟子夜離家，開舲望月華。山明疑有雪，岸白不關沙。天漢看珠蚌，星橋視桂花。灰飛重暈闕，蓂落獨輪斜。」庾信《詠畫屏風詩》：「今朝好風日，園苑足芳菲。竹動蟬爭散，蓮摇魚暫飛。面紅新著酒，風晚細吹衣。跂石多時望，蓮船始復歸。」觀諸詩粘聯、平仄，調叶處已與唐律無異。可知沈宋變律，有由來也。

隋王胄《别周記室》：「五里徘徊鶴，三聲斷絶猿。何言俱失路，相對泣離樽。別路悽無已，當歌寂不喧。貧交欲有贈，掩涕竟無言。」王申禮《賦得巖穴無結構》：「巖間無結構，谷處極幽尋。葉落秋巢迥，雲生石路深。早梅香野徑，清澗響丘琴。獨有栖遲客，留連芳杜心。」

陳陰鏗《新成安樂宫》:「新宫實壯哉,雲裏望樓臺。迢遞翔鵾仰,連翩賀燕來。重檐寒霧宿,丹井夏蓮開。砌石披新錦,梁花畫早梅。欲知安樂盛,歌管雜塵埃。」此五韵詩平仄粘聯無一不諧,又開唐人六韵八韵長律先聲,故附録於此。

律詩拗體卷三

東萊李兆元勺洋著

七言律仄起法

單拗法

唐杜甫《和裴迪登蜀州東亭送客逢早梅相憶見寄》：「東閣官梅動宜平而仄。詩宜仄而平。興，五、六字本句拗，與五言三、四字同。還如何遜在揚州。此時對雪遥相憶，送客逢春可自由。幸不折來傷歲暮，若爲看去亂鄉愁。江邊一樹垂垂發，朝夕催人自白頭。」此首句單拗法。

宋之問《和趙員外桂陽橋遇佳人》：「江雨朝飛浥細塵，陽橋花柳不勝春。金鞍白馬來從趙，玉面紅妝本姓秦。妒女猶憐鏡拗。中救。髮，侍兒堪感路傍人。蕩舟爲樂非吾事，自歎空閨夢寐頻。」此第五句單拗法。

宋陸游《書寓舍壁》：「天與癡頑不解愁，未埋病骨且閑遊。山於拄杖横時看，路到芒鞵破處休。初擬燒丹住拗。南救。嶽，却因學劍客西州。秋風巾褠添蕭爽，又作臨邛十日留。」

唐杜甫《詠懷古跡》其五：「諸葛大名垂宇宙，宗臣遺像肅清高。三分割據紆籌策，萬古雲霄一羽毛。伯仲之間見拗。伊救。吕，指揮若定失蕭曹。運移漢祚終難復，志決身殲軍回應第五句。第五句「伊」

字與「見」字係本句救，此句「軍」字與五句「見」字係隔位救，亦謂之借一還兩法。務勞。」此第五句單拗，而末句復拗用一平聲以回應之，亦謂之隔位呼應法。

雙拗法

高適《重陽》：「節物驚心兩鬢華，東籬空繞未開花。百年强半仕宜平而仄。三已，五畝就荒天宜仄而平，與出句對拗。一涯。豈有白衣來剥啄，一從烏帽自欹斜。真成獨坐空搔首，門柳蕭蕭噪暮鴉。」偶句與出句對拗，故謂之雙拗。許渾《咸陽城東樓》：「獨上高城萬里愁，蒹葭楊柳似汀洲。溪雲初起日拗。沉閣，山雨欲來風救。滿樓。鳥下緑蕪秦苑夕，蟬鳴黄葉漢宫秋。行人莫問當年事，故國東來渭水流。」殷文圭《八月十五夜》：「萬里無雲鏡九州，最團圓夜是中秋。滿衣冰彩拂不落，四仄脚，與五言四仄、五仄句拗法同。遍地水光疑此字必平以救上句。上句第五字、第六字皆宜平而仄，此句祇拗此一字以救之。以一救兩，亦與五言同。欲流。第六字仍用正格，乃定法。華嶽影寒清露掌，海門風急白潮頭。因君照我丹心事，減得愁人一夕愁。」温庭筠《春暮宴罷寄宋壽先輩》：「斜掩朱門花先拗用平以引起三、四句。外鐘，曉鶯時節好相逢。窗間桃蘂宿拗。妝在，雨後牡丹春救。睡濃。蘇小丰姿迷下蔡，馬卿才調似臨邛。誰憐芳草生三逕，參佐橋西陸士龍。」少陵《蜀相》詩三、四句對拗，而首句「丞相祠堂何處尋」「何」字先拗用平，同此法也。國朝葉方藹《撰西樵考功誌文畢寄阮亭户部》：「恍惚相隨把袂時，幽明難間兩心期。敢云下筆不拗。加點，差喜臨文無救。愧辭。上句二、六俱用單平，此句二、六俱用單仄，補救嚴密。比似東芻應恨薄，即同掛劍已嫌遲。自注：予諸阮亭請，逾歲始報。友生投契猶如此，况爾連根荆拗用平。樹枝。」此末句拗用一平聲以回應三、四句者。以上皆三、四句雙拗法。

唐王維《酌酒與裴迪》：「酌酒與君君先拗一平。自寬，人情翻覆似波瀾。白首相知猶按劍，朱門先達笑彈冠。草色全經細雨濕，三仄脚。花枝欲動春風寒。三平脚對拗。世事浮雲何足問，不如高卧且加飡。」此五、六句雙拗法。七言仄起雙拗多在三、四句，今移於五、六句，遂成三仄、三平，與古詩相入矣。四聯皆用仄起，盛唐如太白尤多，蓋沿初唐粘聯未嚴之習，中晚以後，無失粘者矣。學者當以合粘爲正，不得借口拗體，漫取而擬之也。其大拗不拘粘聯者，另有説見後。

韓翃《送端州馮使君》：「白皙風流似有鬚，一門豪貴領蒼梧。三峰亭暗橘先拗一仄。邊宿，八桂林香節下趨。玉樹群兒争翡翠，金盤少妾揀明珠。懷君樂事不可見，五仄脚，此種句法第一字必須用平。駿馬翩翩新救。此字救上句，亦隔位救第三句。虎符。」此末二句雙拗法。第三句先拗一仄，合末二句，亦爲兩呼一應之法。

半拗法

劉禹錫《和僕射牛相公長句》：「静得天和興自濃，不緣宦達性靈慵。大鵬六月有拗。閑意，仙鶴千年無救。躁容。流輩盡來多歎息，官班高後少過從。唯應加築露拗。臺上，賸見終南雲救。外峰。」此三、四、七、八句俱用雙拗者。許渾《遊江令舊宅》：「身没南朝宅已荒，邑人猶賞舊風光。芹根生葉石拗。池淺，桐樹落花金救。井香。帶暖山蜂巢畫閣，欲陰溪燕集書堂。閒愁此地更拗。回首，潮浸臺城春救。草長。」劉滄《經煬帝行宫》：「此地曾經翠輦過，浮雲流水竟如何。香銷南國美拗。人盡，怨入東風芳救。草多。殘柳宫前空露葉，夕陽川上浩烟波。行人遥起廣拗。陵思，古渡月明聞救。棹歌。」拗法與前二首同。

杜甫《章梓州橘亭餞成都竇少尹得凉字》：「秋日野亭千宜仄而平。橘香，玉杯錦席高宜仄而平。雲凉。三平脚，大拗法。主人送客何所作，下五字仄仄平仄仄，與五言中「正月今欲半」等句拗法同。行酒賦詩殊救。未央。衰老應爲難離去聲。别，賢聲此去有輝光。預傳籍籍新京尹，青史無勞數趙張。」此前四句拗，後四句諧者。首二句第五字皆拗用平，是參以古體。而二、四、六粘聯皆合，是仍用今體，故别於大拗法。

李商隱《二月二日》：「二月二日連用四仄字。江拗用平。上行，此古體句法。東風日暖聞吹笙。三平脚。必須三平以救上句。花鬚柳眼各拗。無賴，紫蝶黄蜂俱救。有情。萬里憶歸元亮井，三年從事亞夫營。新灘莫悟遊人意，更作風簷夜雨聲。」此詩拗法可與前首參看。首句連用四仄，其音節喫緊處，不獨次句必用三平住脚，尤在「東風」二字連用兩平，方振得起。若用前首「玉杯錦席」，平仄聲調便遜籌。此可悟古人音節變化之妙。

國朝王士禛《紫柏山下謁留侯祠》：「萬木陰陰風拗用平。晝吹，深山忽見留侯祠。三平。清流白石閟拗。今古，雪柏霜筠無救。歲時。辟穀真從赤拗。松救。隱，授書偶作帝王師。也知鳥喙逃勾踐，未屑鴟夷學子皮。」此詩首二句拗法學少陵，三、四句拗法學義山。大約首二句第五字俱拗用平，則三、四句必須雙拗，音節乃能相生相足，叶歸一片。至第五句之單拗，或用或否，可不拘矣。朱彝尊《夢中送祁六出關》：「酌酒一杯歌拗用平。一篇，沙頭落葉何紛然。三平。朔方此去幾拗。時返，南浦送君真救。可憐。四句拗法與漁洋同。遼海月明霜滿野，陰山風動草連天。紅顏白髮雙愁汝，欲寄音書何拗用平句應前四句。處傳。」觀漁洋、竹垞兩公學少陵、義山處，如出一手。可見師法古人，先貴得其醇正。

唐崔魯《春日長安即事》：「一百五日又欲連用六仄。來，梨花梅花參差開。七字皆平。與上句對拗。七平句在古詩尚忌，況在今體。而此詩竟用七平，雖云與上六仄句對拗，若漫然學之，豈能無乖音節？須知此詩妙處在「梨花」、「梅花」兩「花」字相連疊下，有以和柔其節，故聲調不致乖戾，非可漫然概用七平也。此等處又須於句法中參會之，不盡在平仄間矣。學者慎之。行人自笑不得意，連用五仄，與五言「苒苒跡始去」等句拗法同。匹馬獨吟真救上句。可哀。杏酪漸澆鄰舍粥，榆烟將變舊鑪灰。玉樓春暖笙歌夜，肯信愁腸日九迴。」

大拗法

唐杜甫《覃山人隱居》：「南極老人單平。自有星，北山移文誰勒銘。平仄平住脚，此古詩句也。第四字平，第六字必仄，不得以二、四、六常格繩之。徵君已去獨仄。松菊，哀壑無光留户庭。平仄平住脚，二句仍用雙拗法。予見亂離單平。不得已，三仄脚。子知出處必須經。參以諧句。高車駟馬帶仄。傾覆，悵望秋天虛翠屏。平仄平住脚，二句仍用雙拗，與三、四句同。」此通首大拗法也。其粘聯皆合，三、四句，七、八句皆用雙拗，猶爲拗體之近諧者。

杜甫《暮春》：「卧病擁塞在峽連六仄。中，與「一百五日又欲來」同。瀟湘洞庭虚映空。古句。第四字平，第六字必仄。此句第二字、第五字必用平，否則失調。楚天不斷四仄。時雨，巫峽長吹萬里風。參以諧句。沙上草閣雨仄。新暗，古句。城邊野池蓮欲紅。古句。第六字必仄。暮春鴛鷺立仄。洲渚，挾子翻飛還平。一叢。參以雙拗之句。」唐人七律中參入古調，不拘粘聯者，皆源於齊梁體。後人因律中有單拗、雙拗等法，遂亦以此種列入拗體，而於其參入古調者，謂之以古入律。蓋齊梁體原界於古、律之間，古調與律調相參。今既目以律中拗體，即謂之以古入律亦可。

杜甫《早秋苦熱堆案相仍》：「七月六日苦連五仄。炎熱，對食不粘。暫餐還不能。第五字必平。每愁平。夜來自足蝎，三仄古句。况乃秋後轉多蠅。第五字仄，第二字、第四字俱用仄，便屬古調。句法與首句連五仄同，喫力處在二、四字也。束帶發狂欲大叫，三仄。簿書何急來相仍。三平脚古句，第四字必仄。南望不粘。青松架短壑，三仄。安得赤脚踏層冰。句法又與第四句同。」此通首以古入律法，不獨句中平仄全用古體，即粘聯亦不必盡合今體矣。律體成于沈、宋，然其源實始于齊梁。如庾子山《烏夜啼》等篇，皆律詩濫觴也。平仄漸調，而粘聯未密，少陵諸拗體詩猶祖其意，特氣體高渾，風格突過前人。後之祖述者，遂指少陵爲開山矣。

杜甫《所思》：「苦憶荆州醉仄。司馬，謫官樽酒定常開。參用諧句。九江日落醒仄。何處，「醒」字平、上二聲皆可讀，義本同也。一柱觀頭眠必平。幾回。可憐換平起。在律體則不粘，在古體則以用平爲叶音節。懷抱向人盡，第五字必仄。欲問平安無必平。使來。故憑錦水將雙淚，好過瞿塘灧澦堆。二句諧。」

杜甫《望嶽》：「西嶽崚嶒竦處尊，諧句起。諸峰羅立如兒孫。三平脚古句，第四字必仄。安得變用仄，不粘。仙人九節杖，三仄。拄到仍用仄。玉女洗頭盆。第五字仍用仄。二句音節一氣直下，承上三平古調而特變之。車箱此字必須平聲，音節方提得起。入谷無歸路，箭括通天有一門。稍待西風涼冷後，高尋白帝問真源。後四句全諧。」次句陡用三平，聲調高厰。第三句第二字忽變用仄，不粘上句，峭折而下。第四句第二字復用仄承，一氣貫注，節奏相叠處，如柔絲一縷，裊裊晴空。若非第五句第二字換用平聲以提其氣，則聲調必振不起。此又不得以粘聯常法律之也。

杜甫《灔澦》：「灔澦既没四仄。孤根深，三平，此古詩正調。西來水多愁太陰。平仄平古句。第四字平，第六字必仄。江天漠漠鳥仄。雙去，風雨時時龍平。一吟。舟人換平起。漁子歌回首，估客胡商淚滿襟。寄語舟航惡年少，單拗句。休翻鹽井擲黄金。」拗中參以諧句，其源亦自齊梁體來。其法須因前後音節相調相劑而用之，不得泥也。

杜甫《晝夢》：「二月饒睡仄。昏昏然，三平古句。不獨夜短晝連五仄。分眠。古句。桃花必平。氣暖眼自醉，五仄。二平五仄，乃古詩出句正調也。春渚日落夢又連四仄。相牽。故鄉必仄平起，聲調乃振。門巷荆棘仄底，中原君臣豺連五平聲，調益振。虎此字必仄。邊。安得務農息戰鬬，三仄脚。普天無吏横必平。索錢。」大抵拗中古句如仄仄仄仄仄平平，或平仄仄仄仄平平，或仄仄平仄仄平平，或平仄平仄仄平平，其音節相同，以第一字、第三字皆無關音節，故平仄可不拘也。又如平平平平仄平，或平平仄平平仄平，或仄平平平仄平，或仄平仄平平仄平，其音節亦相同，第一字、第三字可不拘也。餘可類推。

杜甫《七月一日題終明府水樓二首》其二：「處子彈琴邑宰日，三仄脚。終軍棄繻英必平。妙必仄。時。承家節操去聲。尚不泯，二平五仄古句。爲政風流今必平。在兹。可憐換平起。賓客盡仄。傾蓋，何處老翁來平。賦詩。楚江仍用平起。巫峽半仄。雲雨，清簟疎簾看平。弈棋。」後三聯皆用平起，皆用對拗，亦是一法。

杜甫《愁》原注：强戲爲吴體。「江草日日唤愁生，句與「七月六日苦炎蒸」同。第一字平仄可不拘。巫峽不粘。泠泠非必平。世情。盤渦鷺浴底仄。心性，獨樹花發自分明。句與「况乃秋後轉多蠅」同。十年換平起。戎馬暗仄。南國，異域賓客老孤城。古句，平仄與第四句同。渭水秦川得見否，三仄。人今罷病虎縱横。諧句。」此詩少陵自注：「强戲爲吴體。」曰吴體，則係吴人一方之體，非當時通行可知。曰戲，爲則非尊崇其體可知。曰强戲，則偶一爲之，猶出勉强，不復更作可知。自黄山谷學杜，特作「吴體詩」一卷，江西派推爲大宗。陸放翁亦有《吴體寄張季長》之作。今人遂有指少陵諸拗體，謂某首、某首係吴體，非拗體者。果爾，少陵何以於他詩不注曰「吴體」，而獨於此一詩注之，且曰「强戲」耶？大抵律體源於齊梁，成于沈、宋，盛唐諸公各拗律，其音節皆本齊梁體，而加以健勁耳。吴人染齊梁餘習而不能自振，流入輭弱，故當時目以「吴體」，蓋薄之，非尊之也。其實音節皆源於齊梁，非有獨創之格。少陵「强戲」之注，正見其不足法耳。秋谷《聲調譜》列此詩入拗體，亦因此詩音節仍本齊梁，不能别立一體也。余恐後人不察，於齊梁體之外既列拗體，復列吴體，糾葛紛紜，强作解事，致失少陵「强戲」之旨，故附辯之，俾學者勿誤焉。○山谷詩惟七古有能仰窺少陵之處，七律去少陵遠甚，當分别觀之。

宋蘇轍《披仙亭晚飲》：「落日欲没四仄。多雲烟，三平。南山暝鴉歸北此字必仄。山。樓臺城上半仄。明滅，燈火橋頭初平。往還。江西换平起。八月熱仄。猶在，坐中仍用平。遷客頭平。欲斑。何時解網聽仄。歸去，黄花平。白酒仄。疎籬間。三平。第六字平，第四字必仄。」後三聯皆平起，而六句、八句第二字皆仍用平，視少陵又稍變。前四句與少陵《灔澦》詩拗法同。

陸游《子聿至湖上待其歸》：「舍北犬吠四仄。迎歸航，三平。老翁待兒據胡床。古句。第五字用仄，以上句用三平脚，故特以變調參其間。碧雲忽起欲仄。吞日，黄葉自凋非平。霣霜。十風换平起以和其節。五雨歲則熟，連用五仄，其節甚厲。左飱右粥身其康。三平脚。第四字必仄，此處用三平，聲調甚響，與上句連用五仄，音節甚相叶和。豈無仍用平。深谷結仄。茅屋，父子讀《易》四仄。消年光。三平古調。」

陸游《吴體寄張季長》：「九月十月天雨雪，句皆用仄，獨第五字用平，以和平其節。江南劍南途必平。路必仄。長。上句既用六仄，此句第五字必用平聲，固也。第二字亦須用平，音節乃協。若第四字又用平，則第六字必須用仄。此皆音節自然之理，不容一毫勉强者也。平生故人阻必仄乃健。携手，萬里一書空平。斷腸。人生换平起。强健已仄。難恃，世事變遷那可常。兩家平。子孫各長大，三仄脚。他年窮達仄。毋相忘。三平脚。」放翁此詩直曰「吴體」矣。考其音節，與少陵「江草」一首亦不盡合，惟第五句换平起相同。綜而核之，不過古調與律調相參，粘聯、平仄俱在疎密之間，仍本齊梁舊格，非另有一體也。故仍附拗體中。○或問：吴體仍本齊梁，不必宗法，是則然矣。拗體亦源于齊梁，何以不仍歸齊梁體中，而别立拗體之名耶？曰：自律體既成，古詩與律詩遂有鴻溝之界。而齊梁之由古入律，界於其間者，始别爲一體。然唐人律詩中，單拗、雙拗各法，實有一種天然節奏，逸趣横生，既不可以齊梁體目之，其通首全拗者，又皆力趨健勁，志存復古，不爲齊梁綺靡所囿。故前賢直概之以律，而特立拗體之名，未爲無見也。嚴滄浪於齊梁體外另分古律、今律，而不列吴體，亦此意耳。

陸游《題雪中垂釣圖》：「九十九淀連四仄。幾南水，五三六點塞北仄。鴻。第六字仄，是古句。雪花溟濛濕柳絮，三仄脚。人影瑟縮必仄。枯蓮蓬。三平。易酒涞酒村甕白，二、四、六皆仄，第五字用平以和其節。東家西家爐火必仄。紅。此時堅坐不仄。歸去，一笑無乃仄。天隨翁。三平脚。」「東家西家爐火紅」與「中原君臣豺虎邊」俱以連用五平見音節，此等處須合通首論定，乃見調劑之妙。

陸游《風順舟行甚疾戲書》：「昔者遠戍四仄。南山邊，三平。軍中無事酒如川。諧句。呼盧喝雉連暮仄。夜，擊兔伐狐窮歲年。第五字必平。壯士春蕪卧白骨，三仄。老夫晨鏡悲華顛。三平。可憐俠氣尚未滅，五仄。打鼓順流千必平。斛船。」

陸游《夜飲示坐中》：「斷雁叫群寒平。夜長，峥嶸北斗天中央。三平。達人大觀眇萬物，三仄。烈士壯心懷平。四方。縱酒長鯨渴仄。吞海，草書瘦蔓飽經霜。諧句。付君詩卷好仄。收拾，後五百年無平。此狂。」

陸游《長飢》：「病卧窮閻負聖時，本來吾道合長飢。二句諧。朝不不粘。及夕未仄。妨樂，死何如生行平。自知。二句古調。早年换平起。羞學仗下馬，四仄。末路幸似四仄。泥中龜。三平。烟波一葉會仄。當逝，吹笛高人有素期。諧句。」

明鄭善夫《秋夜》：「七月欲盡四仄。天平。氣清，古句。殘月仍用仄。未上江平。欲明。流螢平。渡水不一點，五仄脚。玄蟬咽秋無平。數必仄。聲。獨客尚未送仄。貧賤，古句。四方況是多平。甲兵。立罷仍用仄起。西風夜仄。無寐，吴歈嫋嫋感人情。諧」少谷以杜爲師，此詩聲情，亦有相肖處。

梵琦《曉過西湖》：「船上見月如平。可呼，古句。愛之且復留斯須。三平。青山倒影水仄。連郭，白藕作花香平。滿湖。仙林换平起。寺遠鐘已仄。動，靈隱塔高燈平。欲無。西風平。吹人不得寐，三仄脚。坐聽魚蟹仄。翻菰蒲。三平。」

國朝朱彝尊《臨平道中是日立春》：「老矣孤踪尚仄。栖泊，小除日近始來還。参以諧句。且沽市中平。缸面仄。酒，卧看雪後仄。礬頭山。三平。谿雨移時泥滑滑，又参以諧句。舟人上岸仄。腰環環。三平。安平泉源一此字必仄。第三句、第五句其第五字皆平，第四句、第六句又連用三平古調，至此第五字必須變用仄聲，音節乃健，不獨以本句中上有四平，下第六字又用平，此字必須仄聲也。叢樹，早有春鳥必仄。鳴其間。三平古調。」

陳浩《望岱》：「昨夜夢遊何平。壯哉，天風浩蕩仄。天門開。三平脚。日色仍仄起。五更海底出，三仄脚。河流九曲雲端來。三平。漢柏三聯皆用仄起，法本太白。秦松翠欲滴，三仄脚。琪花瑶草香誰栽。三平。凌晨驅車四平。得得過，三仄脚。舉頭天半青崔嵬。三平。」通首第五字俱用大拗法，本少陵。

李天馥《祖家園》：「中頂之東花平。滿莊，行來夾船秋風香。三平。過雨不粘。小池自瀧瀧，三仄脚。掠雲疎柳何蒼蒼。三平脚。鸞笙象板有仄。高會，黄菊紫萸非平。故鄉。興酣不粘。放飲不仄。歸去，更闌白露盈衣裳。三平。」

律詩拗體卷四

東萊李兆元勺洋著

七言律平起法

單拗法

唐崔峒《贈同官李明府》：「訟堂寂寂對烟霞，五柳門前聚曉鴉。流水聲中視宜平而仄。公宜仄而平。本句單拗。事，寒山影裏見人家。觀風競美新爲政，計日還知舊觸邪。可惜陶潛無限酒，不逢籬菊正開花。」此第三句單拗法。

杜甫《小寒食舟中作》：「佳辰强飲食猶寒，隱几蕭條戴鶡冠。春水船如天上坐，老年花似霧中看。娟娟戲蝶過開幔，片片輕鷗下急湍。雲白山青萬拗。趙秋谷云：第五字仄，上二字必平。若第三字仄，則落調矣。五言亦然。餘救。里，愁看直北是長安。」此第七句單拗法。

劉禹錫《奉送李户部侍郎自河南尹再除本官歸闕》：「昔年内署振雄詞，今日東都結去思。宫女猶傳洞拗。簫救。賦，國人先詠衮衣詩。華星却復文昌位，别鶴重歸太乙池。想到金閨待拗。通救。籍，一時驚喜見風儀。」此第三句、第七句皆用單拗法。

雙拗法

白居易《劉蘇州寄釀酒糯米李浙東寄楊柳枝舞衫偶因嘗酒試衫輒成長句寄謝之》:「柳枝謾踏試拗。雙袖,桑落初香嘗救。一杯。金屑醅濃吴米釀,銀泥衫穩越娃裁。舞時已覺愁眉展,醉後仍教笑口開。慚愧故人憐寂寞,三千里外寄歡來。」

白居易《改業》:「先生老去飲拗。無興,居士病來閑救。有餘。猶覺醉吟多放逸,可知禪定更清虛。柘枝紫袖教丸藥,羯鼓蒼頭遺種蔬。却被山僧戲拗。相救。問,一時改業意何如。」一、二句雙拗,或第三句、第七句加以單拗,俱無不可。

許渾《早秋寄尚書》:「天生心識富人侯,將相門中第一流。旗纛早開擒虎帳,戈鋋初發斬鯨舟。柳營書號海拗。山瞑,菌閣賦詩江救。樹秋。昨夜雨凉今夜月,笙歌應醉最高樓。」此五、六句變拗法。

張籍《送盧處士遊吴越》:「羨君東去見殘梅,惟有王孫獨未回。吴苑夕陽明古堞,越宫春草上高臺。波生野水雁拗。初下,風滿驛樓潮救。欲來。試問漁舟看雪浪,幾多江燕荇花開。」

國朝汪琬《刪校堯峰詩文鈔了有感》:「紛紛輕薄共沉淪,力障狂流仗一身。舉世豈容無定論,異時方解憶斯人。文章自可讓拗。餘子,學術要須趨救。大醇。燈火青熒人跡絶,夜窗獨與聖賢親。」

唐杜甫《題張氏隱居》:「春山無伴獨相求,伐木丁丁山拗用平。更幽。澗道餘寒歷此字隔位救上句。冰此字救本句。雪,石門斜日到林丘。不貪夜識金銀氣,遠害朝看麋鹿遊。乘興杳然迷出處,對君疑是泛虚舟。」此第二句、第三句隔位補救法。

劉滄《秋夕山齋即事》：「衡門無事閉蒼苔，籬下蕭疎野菊開。半夜秋風江色動，滿山寒葉雨聲來。雁飛關塞霜初落，書寄鄉閭人上句正格，此句忽拗一平，故下須用隔位救。未迴。獨坐高牕此拗用仄以救上句。時復拗用平以救本句。節，一彈瑶瑟自成哀。」此第六句、第七句隔位補救法。既與上句隔位相救，而本句仍用單拗，與五言「新年風景餘」下接以「春饒漢陽夢」、「深山何處鐘」下接以「泉聲咽危石」同一法也。

半拗法

陶峴《西塞山下迴舟作》：「匡廬舊業是拗。誰主，吴越新居安救。此生。白髮數莖歸未得，青山一望計還成。鵶翻楓葉夕拗。陽動，鷺立蘆花秋救。水明。從此舍舟何所詣，酒旗歌扇正相迎。」此一、二句，五、六句俱用變拗法。

宋陸游《桐廬縣泛舟東歸》：「桐江艇子去拗。乘月，笠澤老翁歸救。放慵。一尺輪囷霜蟹美，十分瀲灩社醅濃。宦遊何啻路九折，四仄脚。歸卧恨無山救。萬重。醉裏試吹蒼玉笛，爲君中夜舞魚龍。」

大拗法

唐杜甫《赤甲》：「卜居赤甲遷居新，拗用三平。兩見巫山楚水春。參以諧句。炙背可以獻仄。天子，美芹由來知平野必仄。人。荆州鄭薛寄仄。詩近，蜀客郄岑非平。我鄰。笑接郎中評事飲，病從深酌道吾真。二句諧。」三、四句以古入律，五、六句律中正拗，前後參以諧句，通首第二字粘聯皆合。此拗與諧相參者。

崔顥《黄鶴樓》：「昔人已乘黄鶴仄。去，此地空餘黄平。鶴樓。黄鶴一去不復返，六仄句，與七仄句同。第一字原可不論也。白雲千載仄。空悠悠。必須三平，乃與上句音節相協。晴川歷歷漢仄。陽樹，芳草萋萋鸚鵡洲。第五字必平。日暮鄉關何處是，烟波江上使人愁。二句諧。」前四句以古入律，五、六句雙拗，七、八句諧，可與前首參看。

杜甫《將赴成都草堂途中有作先寄嚴鄭公五首》其五：「錦官城西生事此字必仄。微，古句。烏皮不粘。几在仄。還思歸。三平。昔去爲憂亂仄。兵入，第五字必仄，方與上下音節叶應。今來已恐仄。鄰人非。三平。側身天地更仄。懷古，回首風塵甘平。息機。共説總戎雲鳥陣，不妨遊子芰荷衣。二句諧。」五、六句雙拗，七、八句諧，與前二首同。前四句以古入律，其平仄視前二首又不盡同。蓋以古入律，原不可拘拘于一字二字之間，而各隨其氣局，以成其節奏，又必無印板聲調也。其有必不可平仄混用之處，即於各句下注明。蓋聲調抑揚平仄乘承之妙，有定法而無死法，神而明之，存乎其人矣。

杜甫《鄭駙馬宅宴洞中》：「主家陰洞細仄。烟霧，留客夏簟仄。清琅玕。三平古調。春酒盃濃琥珀薄，三仄脚。冰漿椀碧瑪瑙仄。寒。此種句法在古詩中，王阮亭尚書所謂别律句者。在拗體中，則成古句矣。誤疑茅堂出仄。江底，已入風磴與連四仄同，喫緊在二、四字，第一字、第三字可不論也。霾雲端三平古調。自是秦樓壓鄭谷，三仄脚。時聞雜佩聲珊珊。三平古調。」此通首以古入律法。雖第二字粘聯皆合，然已不可以尋常單拗、雙拗法求之矣。

杜甫《題省中壁》：「掖垣竹埤梧十此字必仄。尋，洞門仍用平。對雪常陰陰。三平古調。落花遊絲白日静，三仄脚。鳴鳩乳燕仄青春深。三平。腐儒衰晚謬仄。通籍，退食遲迴違平。寸心。即雙拗法。衮職曾無一字補，三仄脚。許身愧比雙南金。三平脚，與上句對拗。」大凡押韻之句，二、四俱用平者，第五字復拗用平，則第六字必須用仄，否則蹈四平、五平，或六平、七平之弊，必有垂于音節。如此詩，起句仄平仄平平仄平，與平平平平平仄平其音節略同。第一字、第三字雖有改移，不關于音節之得失也。

杜甫《白帝城最高樓》：「城尖徑仄旌拗用平。旆變用仄。愁，獨立縹緲四仄。之飛樓。三平脚。峽坼雲霾龍虎卧，參以諧句。江清日抱仄。黿鼉遊。再用三平。扶桑西枝連四平。對斷石，三仄脚。四平三仄及二平五仄皆古詩出句正調。弱水東影仄。凡二四皆仄者與四仄者音節略同。第一字、第三字可不拘也。隨長流。三平脚。凡三見，一氣叠峙而下。杖藜換平起承上三平□□之勢，此字必須用平以停頓之。嘆世者仄。誰子，泣血迸空迴平。白頭。」作此等詩，須以大氣舉之，方不流于孱弱。此體雖曰源於齊梁，然在齊梁之時，由古變律，音節每就柔婉。自唐以來，律體既成，作此體者，志在復古。非運以沉雄蒼老之氣，俾風骨格力，高出齊梁之上，又奚以樹幟詞壇，稱一代作手乎？少陵拗體諸作，皆欲跨越齊梁，而此詩尤爲雄渾闊大，學者所宜取法也。

杜甫《九日》：「去年登高郪縣北，古句。今日重在仄。涪江濱。三平。苦遭白髮不仄。相放，羞見黃花無數新。第五字平，與上句對拗。世亂上二聯皆平起，此處忽變仄起，却緊承上句粘聯，一氣而下。鬱鬱久連用五仄。爲客，古句。路難悠悠常必平。傍必仄。人。酒闌却憶十仄。年事，腸斷驪山清平。路塵。本聯雙拗法。」一、二、五、六句俱用古調，三、四、七、八句俱用變拗，相間而下，用法最爲整齊。

杜甫《曉發公安》：「北城擊柝復欲罷，連五仄古句。東方明星四平。亦不仄。遲。鄰雞仍用平起。首句連用五仄脚，次句第五字復用仄聲，調抑而未起，此處必須平聲以振之。野哭如昨仄。日，古句。物色生態能必平。幾時。古句。舟楫即承上用仄起，與前首同。渺然自此去，三仄脚。江湖遠適仄。無前期。三平。出門轉盼已仄。陳跡，藥餌扶吾隨平。所之。二句雙拗。」首四句純用古調，五、六句漸入大拗法，七、八句遂以雙拗結。此以古峭起而收歸和平者。

杜甫《十二月一日三首》其二：「寒輕市上山烟碧，諧句不入韵。日滿樓前江拗用平。霧黃。負鹽平。出井此仄。谿女，打鼓發船何平。郡郎。雙拗。新亭平。舉目風景仄。切，古句。茂陵著書消必平。渴必仄。長。春風平不愁上句「茂陵」「陵」字用平，及此「愁」字用平，皆與通首音節調劑處。不爛漫，三仄脚。楚客唯聽棹相平。將。古句。」前四句律中正拗法，後四句純用古調，此以和平起而收歸古樸者。四聯俱平起。

杜甫《暮歸》：「霜黃碧梧白鶴仄。棲，古句。城上擊柝復烏平。啼。古句。客子入門月皎皎，三仄脚。誰家搗練風凄凄。三平。此處必須三平，音節方振得起。南渡換仄起。桂水闕仄。舟楫，古句。北歸秦川多平。鼓必仄。鞞。古句。年過半百不稱意，古句。明日看雲必平。還必平。杖藜。」「北歸秦川」「川」字用平，聲調最響。此等處須合通首音節諷詠之，方得其解，非拘拘于一句一聯中較論平仄者所能識也。

獨孤及《早發龍沮館舟中作寄東海徐司倉鄭司户》：「沙禽相呼連四平。曙色分，古句。漁浦鳴榔十里聞。參以諧句。正當平。秋風渡楚水，三仄脚。況值遠道四仄。傷離群。三平古句。津頭平。却望後仄。湖岸，别處已隔四仄。東山雲。三平古句。停艫平。目送北仄。歸翼，惜無瑶華平。持贈必仄。君。古句。」四聯皆平起，法本少陵。此全以古調入律者。

羅隱《曲江春感》：「江頭日暖花平。又開，江東仍用平。行客心悠哉。三平古調。高陽平。酒徒半仄。凋落，終南山色仄。空崔嵬。三平古調。聖代换仄起。上四句第二字皆用平，此處必須换仄聲，調乃起。也知無棄物，侯門未必用非才。二句諧。承上换仄起之勢，腔調一變，遂參入諧聯以和平其節，此調劑之妙也。一船明月一仄。竿竹，家住五湖歸平。去來。」

宋蘇軾《出潁口初見淮山是日至壽州》：「我行日夜向仄。江海，楓葉蘆花秋平。興長。平淮平。忽迷天遠仄。近，古句。青山久與船低昂。三平。壽州平。已見白石塔，五仄脚。短棹未展四仄。黄茅岡。三平。波平平。風軟望不到，四仄脚。故人久立烟蒼茫。三平。」四聯皆平起，亦取法少陵者。

陸游《泊公安縣》：「秦關蜀道何遼哉，三平脚。公安渡頭今始必仄。回。古句。無窮平。江水與仄。天接，不斷海風吹平。月來。船窗平。簾捲螢火仄。鬧，古句。沙渚露下仄。蘋花開。三平。少年平。許國忽仄。衰老，心折柁樓長平。笛哀。」四聯皆平起，一、二、五、六句以古入律，三、四、七、八句參以雙拗，用法悉本少陵。

陸游《感憤秋夜作》：「月昏當户樹突兀，四仄脚。風惡滿天雲救。往來。太阿平不粘。匣藏不見用，三仄脚。孤憤書成空救。自哀。吾輩赤心本仄。貫日，昔人白骨今生苔。三平。滎河温洛不可見，四仄脚。青海玉關安救。在哉。」

國朝杜濬《再送李三友之金陵》：「主人再出客未仄。行，研田仍用平。老爲誰平。力耕。三頓加餐管醉飽，三仄脚。四回見月詳虧盈。三平脚。白頭知感諒仄。何益，黄葉題詩傷平。此情。冀君平，不粘。暇日偕季仄二，視我十口四仄。鄰臺城。三平。」

王士禛《石谷子與門人合寫谿堂詩思見贈題其上》：「谿流雨過決決仄。鳴，古句。天風仍用平。環珮來琮琤。三平。谿邊平。山色自太古，四仄脚。谿上白雲非必平。世情。疎簾平。清簟晝仄。無暑，翠竹碧梧時平。有聲。此中平。幽意少仄。人會，起坐彈琴山平。月明。」四聯皆平起，亦是少陵遺法。

王士禛《望終南雲氣》：「終南雲物一仄。千里，遠横仍用平。嶓冢包商顔。三平。不雨不晴最窈窕，三仄脚。一東一西時往必仄。還。古句。何日换仄起。以下俱用諧句，當與羅昭諫《曲江春感》詩參看。高樓尋紫閣，來朝驛騎去聲。遶黄山。無心羨汝能舒卷，慚負秋來水石閑。」

朱彝尊《贈張山人穆》：「鐵橋山人逸興仄。長，古句。草堂仍用平。卜築東溪傍。三平脚。彈碁平。擊劍有仄。奇術，飲酒賦詩多平。樂方。四句拗法，與漁洋《石谷子》詩前四句略同。逢人平。豈憚灞仄。陵尉，畫馬不數四仄。江都王。三平。莫道雄心今老去，第二字緊承上句粘聯，變前三聯平起之調，而以諧聯結之。猶能結客少年場。」

朱彝尊《和韵送金檢討德嘉還黄州》：「謫居人海我未仄。還，古句。君亦捐佩仄。蛾眉班。三平。

忽攜平。紅藤杖七尺，三仄脚。歸卧黄箋仄。樓三間。三平。鯿肥平。筍香酒户大，三仄脚。月明此字用平以變其節。風熟仄。漁舟閒。三平。有時平。横江逐仄。孤鶴，古句。一聲長笛仄。開心顔。三平。」此通首以古入律者，豈得以齊梁體限之？故知前輩别立拗體之名，不爲無見。

趙執信《早行學劍南體》：「啓明煜煜沉東方，三平。欲陰平。欲晴天正此字必仄。凉。日脚插地若仄。飛火，古句。雨氣過山疑平。始霜。雞驚平。人語出仄。村樹，馬戀夜飼四仄。投秋埸。三平。市門平。一老笑仄。相問，忽入城府仄。君安忙。三平。」李天馥《楊鄂州招遊祖家園》：「城南春色太仄。無賴，處處花枝紅平。滿樓。百五節過任爾放，三仄脚。十千酒外非吾憂。三平。清絲豪竹恣仄。高會，檀炷匏尊居平。上頭。醉挾主人賭大斗，三仄脚。興酣不減滄浪遊。三平。」通首皆用對拗法，此拗法之最淺顯者。

續詩品

續詩品提要

《續詩品》不分卷，據乾隆間刻《小倉山房詩文集》本點校。撰者袁枚（一七一六—一七九八），字子才，號簡齋，晚年又號倉山居士、隨園老人，浙江錢塘人。乾隆四年進士，選庶吉士。歷任江蘇諸縣知縣。有《小倉山房詩文集》等。傳見《清史稿》卷四八五。此篇原載其詩集卷二十，時在乾隆三十二年。自序明言：「余愛司空表聖《詩品》，而惜其祇標妙境，未寫苦心，爲若干首續之。」則詞續之而意固不續矣。隨園論詩主性靈，所謂性真筆靈，此篇雖爲韵語，然頗能道其主張。大抵如「詩如鼓琴，聲聲見心。心爲人籟，誠中形外」（《齋心》）、「古人文章，俱非得已。僞笑佯哀，吾其憂矣」（《葆真》）諸品，即「性真」之謂也。而如《相題》、《選材》、《布格》、《擇韵》、《振采》、《結響》、《取徑》、《安雅》、《空行》、《固存》、《澄滓》、《勇改》、《滅跡》等品，則詳及作詩之幾乎所有環節，以求得「筆性靈」。又以「學如弓弩，才如箭鏃。識以領之，方能中鵠」（《尚識》）領銜各品，子才誠爲有才而更有識者也。此篇論詩，較其《隨園詩話》等作精粹，故歷來頗受重視。又以韵語難明而屢有人作箋注，以今人劉衍文、劉永翔之《詳注》（一九九三年十二月上海書店出版社版）最爲博贍。

續詩品

錢塘袁枚簡齋著

余愛司空表聖《詩品》，而惜其祇標妙境，未寫苦心，爲若干首續之。陸士龍云：「雖隨手之妙，良難以詞諭。」要所能言者，盡于是耳。

崇意

虞舜教夔，曰詩言志。何今之人，多辭寡意。意似主人，辭如奴婢。主弱奴强，呼之不至。穿貫無繩，散錢委地。開千枝花，一本所繫。

精思

疾行善步，兩不能全。暴長之物，其亡忽焉。文不加點，興到語耳。孔明天才，思十反矣。惟思之精，屈曲超邁。人居屋中，我來天外。

博習

萬卷山積，一篇吟成。詩之與書，有情無情。鐘鼓非樂，捨之何鳴。易牙善烹，先羞百牲。不從糟粕，安得精英。曰不關學，終非正聲。

相題

古人詩易，門户獨開。今人詩難，群題紛來。專習一家，硜硜小哉。宜善相之，多師爲佳。地殊景光，人各身分。天女量衣，不差尺寸。

選材

用一僻典，如請生客。如何選材，而可不擇？古香時艷，各有攸宜。所宜之中，且争毫釐。錦非不佳，不可爲帽。金貂滿堂，狗來必笑。

用筆

思苦而晦，絲不成繩。書多而壅，膏乃滅燈。焚香再拜，拜筆一枝。星月驅使，華岳奔馳。能剛能柔，忽斂忽縱。筆豈能然，惟悟所用。

理氣

吹氣不同，油然浩然。要其盤旋，總在筆先。湯湯來潮，縷縷騰烟。有餘於物，物自浮焉。如其客氣，冉猛必顛。無萬里風，莫乘海船。

布格

造屋先畫，點兵先派。詩雖百家，各有疆界。我用何格，如盤走丸。横斜操縱，不出於盤。消息機關，按之甚細。一律未調，八風掃地。

擇韻

醬百二甕，帝豈盡甘。韻八千字，人何亂探。次韻自縶，叠韻無味。鬬險貪多，偶然遊戲。勿瓦缶撞，而銅山鳴。食雞取跖，烹魚去丁。

尚識

學如弓弩，才如箭鏃。識以領之，方能中鵠。善學邯鄲，莫失故步。善求仙方，不爲藥誤。我有禪燈，獨照獨知。不取亦取，雖師勿師。

振采

明珠非白，精金非黄。美人當前，爛如朝陽。雖抱仙骨，亦由嚴妝。匪沐何潔，非熏何香。西施蓬髮，終竟不臧。若非華羽，曷別鳳皇。

結響

金先于石，餘響較多。竹不如肉，爲其音和。詩本樂章，按節當歌。將斷必續，如往復過。簫來天霜，琴生海波。三日繞梁，我思韓娥。

取徑

揉直使曲，疊單使複。山愛武夷，爲遊不足。擾擾闤闠，紛紛人行。一覽而竟，倦心齊生。幽徑蠶叢，是誰開創？千秋過者，猶祀其像。

知難

趙括小兒，兵乃易用。充國晚年，愈加持重。問所由然，知與不知。知味難食，知脉難醫。如此千秋，萬手齊抗。談何容易，著墨紙上。

葆真

貌有不足，敷粉施朱。才有不足，徵典求書。古人文章，俱非得已。僞笑佯哀，吾其憂矣。畫美無寵，繪蘭無香。揆厥所由，君形者亡。

安雅

雖真不雅，庸奴叱咤。悖矣曾規，野哉孔罵。君子不然，芳花當齒。言必先王，左圖右史。沈夸徵栗，劉怯題糕。想見古人，射古爲招。

空行

鐘厚必啞，耳塞必聾。萬古不壞，其惟虚空。詩人之筆，列子之風。離之愈遠，即之彌工。儀神黜貌，借西摇東。不階尺水，斯名應龍。

固存

酒薄易酸，棟撓易動。固而存之，骨欲其重。視民不佻，沉沉爲王。八十萬人，九鼎始扛。重而能行，乘百斛舟。重而不行，猴騎土牛。

辨微

是新非纖，是淡非枯。是朴非拙，是健非麤。急宜判分，毫釐千里。勿混淄澠，勿眩朱紫。戒之戒之，賢智之過。老手頹唐，才人膽大。

澄滓

描詩者多，作詩者少。其故云何，渣滓不少。糟去酒清，肉去洎饋。寧可不吟，不可附會。大官筵饌，何必横陳。老生常談，嚼蠟難聞。

齋心

詩如鼓琴，聲聲見心。心爲人籟，誠中形外。我心清妥，語無烟火。我心纏綿，讀者泫然。禪偈非佛，理障非儒。心之孔嘉，其言藹如。

矜嚴

貴人舉止，咳唾生風。優曇花開，半刻而終。我飲仙露，何必千鍾。寸鐵殺人，寧非英雄？博極而約，淡蘊于濃。若徒縈繆，非浮丘翁。

藏拙

晝贏宵縮，天不兩隆。如何弱手，好彎强弓？因謇徐言，因跛緩步。善藏其拙，巧乃益露。右師取敗，敵必當王。霍王無短，是以無長。

神悟

鳥啼花落，皆與神通。人不能悟，付之飄風。惟我詩人，衆妙扶智。但見性情，不著文字。宣尼偶過，童歌滄浪。聞之欣然，示我周行。

即景

混元運物，流而不注。迎之未來，攬之已去。詩如化工，即景成趣。逝者如斯，有新無故。因物賦形，隨影換步。彼膠柱者，將朝認暮。

勇改

千招不來，倉猝忽至。十年矜寵，一朝捐棄。人貴知足，惟學不然。人功不竭，天巧不傳。知一重非，進一重境。亦有生金，一鑄而定。

著我

不學古人，法無一可。竟似古人，何處著我？字字古有，言言古無。吐故吸新，其庶幾乎。孟學孔子，孔學周公。三人文章，頗不相同。

戒偏

抱杜尊韓，托足權門。苦守陶韋，貧賤驕人。偏則成魔，分唐界宋。霹靂一聲，鄒魯不鬨。江海雖大，豈無瀟湘。突夏自幽，亦須廟堂。

割忍

葉多花蔽，詞多語費。割之爲佳，非忍不濟。驪龍選珠，顆顆明麗。深夜九淵，一取萬棄。知熟必避，知生必避。入人意中，出人頭地。

求友

游山先問，參禪貴印。閉門自高，吾斯未信。聖求童蒙，而況于我。低栱偶然，一着頗可。臨池正領，倚鏡裝花。笑倩傍人，是耶非耶。

拔萃

同鏘玉珮，獨姣宋朝。同歌苕花，獨美孟姚。拔乎其萃，神理超超。布帛菽粟，終遜瓊瑶。折楊皇荂，敢望鈞韶？請披采衣，飛入丹霄。

滅迹

織錦有迹，豈曰蕙娘。修月無痕，乃號吴剛。白傅改詩，不留一字。今讀其詩，平平無異。意深詞淺，思苦言甘。寥寥千年，此妙誰探。

續詩品跋

簡齋先生之詩，梨棗久登，傳布未廣，今讀三十二品，而《小倉山房全集》可概見矣。鴛鴦繡出，甘苦自知，直足補表聖所未及。續云乎哉？丙午夏五月，鮑君以文舟中舉手鈔本見示，亟假歸校録，用識欣賞。震澤楊復吉識。

随園詩話

隨園詩話提要

《隨園詩話》十六卷補遺十卷，據乾隆五十五年、五十七年家刻增修本點校（底本原闕補遺卷六末四則、補遺卷八至卷十，今據《續修四庫全書》所收嘉慶己巳本補。其卷九末二十七則，即「揚州巨商汪令聞」以下亦闕，又據北大藏乾隆本補）。撰者袁枚，生平見《續詩品》提要。此書乃清代詩話中最具影響力之名作。全書以二十六卷四十餘萬字之超大篇幅，不僅詳盡記録詩壇中人，而且著力於表彰全社會上自鉅公顯宦、下至販夫走卒閨閣方外無不作詩之盛況，一改《六一詩話》以來直至《漁洋詩話》專述本人經歷之舊寫作格局。又冠以「性靈」之名目，遂引領鼓動起盛世之浩大詩潮，誠如錢泳《履園談詩》所言：「自太史《隨園詩話》出，詩人日漸日多。」一時竟取此前之「神韵」、「格調」諸説而代之。其取代亦有術，即不採漁洋闡詩理、歸愚積舊説之因循套路，而於前人詩學中幾乎所有觀念、規則，概採一既不肯定亦不否定、既可解又不可解、無可無不可狀，所謂「孔子論詩但云興觀群怨，又云温柔敦厚，足矣。孟子論詩但云以意逆志，又云言近而指遠，足矣。少陵云『老去漸於詩律細』，其何以謂之律，何以謂之細，少陵不言。元微之云『欲得人人服，須教面面全』，其作何全法，微之亦不言。蓋詩境甚寬，詩情甚活，總在乎好學深思，心知其意，以不失孔孟論詩之旨而已」。詩人亦只是「不失其赤子之心者也」，詩性亦不過「近取諸身而足矣。其言動心，其色奪目，其味適口，其音悦耳，便是佳詩」，「人人共有之意，共見之景，一經説出，方妙」。全書即充斥此類取消詩功、取消作詩門檻之言。即連「性靈」二字之出處，所謂「楊誠齋曰：從來天分低拙之人，好談格調，而不解風趣。何也？格調是空架子，有腔口易描；風趣專寫性靈，非天才不辦」，亦不見於《誠齋集》。全書雖非無具體詩人之品評、詩功之討論，然主旨終不在是也。《隨園詩話》之真實趣味當作如是觀，故不得以一「濫」字抹殺之。又從而可知其「性靈」説實非以學理見長，亦不得如「神韵」等説之觀念形態附會之。袁氏另撰有專談作詩「苦心」之《續詩品》，其用連章韵語之體述詩法，雖面面俱全，頭頭是道，終嫌未暢愜，亦可窺此人不耐理論之習性。當日章學誠作《婦學》、《婦學篇書後》、《詩話》等篇，雖非盡爲駁袁，而自能得婦學、詩話之正，然其駁袁則未得其平，亦略如嚴滄浪《詩話》之昧於本朝詩也。袁枚詩説著意與當朝之考據學主流立異，此則頗能凸出詩學之本性，已稍得分科之識、分疏之法，足在乾嘉學術中自佔一席，與章實齋之重義理而與樸學立異，實屬殊途同歸，皆已預後世學術之聲氣矣。此書版本甚夥，據鄭幸考證，現存清刻本多達三十餘種，分家刻本與坊間刻本兩系統。家刻本多有本人歷年增訂之舉，可窺《詩話》逐年成型之過程，故正編、補遺初刻雖分别始於乾隆五十五年、五十七年，但後印之本記事直至嘉慶二年逝世之年，當出自其最後增補之舉，其他翻刻本之文字差異則不足爲憑矣。

隨園詩話卷一

倉山居士著

古英雄未遇時，都無大志，非止鄧禹希文學，馬武望督郵也。晉文公有妻有馬，不肯去齊。光武貧時，與李通訟逋租於嚴尤，尤奇而目之。光武歸，謂李通曰：「嚴公寧目君耶？」窺其意，以得嚴君一盼爲榮。韓蘄王爲小卒時，相士言其日後封王，韓大怒，以爲侮己，奮拳毆之。都是一般見解。鄂西林相公《辛丑元日》云：「攬鏡人將老，開門草未生。」《詠懷》云：「看來四十猶如此，便到百年已可知。」皆作郎中時詩也。玩其詞，若不料此後之出將入相者。及其爲七省經略，《在金中丞席上》云：「問心都是酬恩客，屈指誰爲濟世才？」《登甲秀樓》絶句云：「炊烟卓午散輕絲，十萬人家飯熟時。問訊何年招濟火，斜陽滿樹武鄉祠。」居然以武侯自命，皆與未得志時氣象迥異。張桐城相公則自翰林至作首相，詩皆一格。最清妙者：「柳陰春水曲，花外暮山多。」「葉底花開人不見，一雙蝴蝶已先知。」「臨水種花知有意，一枝化作兩枝看。」《扈蹕》云：「誰憐七十龍鐘叟，騎馬踏冰星滿天。」《和皇上風筝》云：「九霄日近增華色，四野風多仗寶繩。」押「繩」字韵，寄託遥深。

楊誠齋曰：「從來天分低拙之人，好談格調，而不解風趣。何也？格調是空架子，有腔口易描；風趣專寫性靈，非天才不辦。」余深愛其言。須知有性情，便有格律，格律不在性情外。《三百篇》半是勞人思婦率意言情之事，誰爲之格？誰爲之律？而今之談格調者，能出其範圍否？况皋、禹之歌，不同乎《三百篇》，《國風》之格，不同乎《雅》、《頌》，格豈有一定哉？許渾云：「吟詩好似成仙骨，骨裏無詩莫浪吟。」詩在骨不在格也。

前明門户之習，不止朝廷也，於詩亦然。當其盛時，高、楊、張、徐，各自成家，毫無門户。一傳而爲七子，再傳而爲鍾、譚，爲公安，又再傳而爲虞山，率皆攻排詆呵，自樹一幟，殊可笑也。凡人各有得力處，各有乖謬處，總要平心静氣，存其是而去其非。試思七子、鍾譚，若無當日之盛名，則虞山選列朝詩時，方將搜索於荒村寂寞之鄉，得半句片言以傳其人矣。敵必當王，射先中馬，皆好名者之累也。

于耐圃相公構蔬香閣，種菜數畦，題一聯云：「今日正宜知此味，當年曾自咬其根。」鄂西林相公亦有菜圃對聯云：「此味易知，但須緑野秋來種；對他有愧，只恐蒼生面色多。」兩人都用真西山語，而胸襟氣象却迥不侔。

落第詩，唐人極多。本朝程魚門云：「也應有淚流知己，只覺無顔對俗人。」陳梅岑云：「得原有命他休問，壯不如人後可知。」家香亭云：「共説文章原有價，若論僥倖豈無人。」又云：「愁看童僕凄涼色，怕讀親朋慰藉書。」王菊莊云：「親朋共悵登程日，鄉里先傳下第名。」皆可與唐人頡頏。然讀姚武功云：「須鑿燕然山上石，登科記裹是閒名。」則爽然若失矣。讀唐青臣云：「不第遠歸來，妻子色不喜。黄犬恰有情，當門卧摇尾。」則吃吃笑不休矣。其他如：「不辭更寫公卿卷，恰是難修骨肉書。」「失意雅不惬，見花如見仇。路逢白面郎，醉簪花滿頭。」「枉坐公車行萬里，譬如閒看華山來。」「鄉連南渡思菰米，泪滴東風避杏花。」俱妙。

余作詩，雅不喜疊韵、和韵，及用古人韵。以爲詩寫性情，惟吾所適。一韵中有千百字，憑吾所選，尚有用定後不慊意而别改者，何得以一二韵約束爲之？既約束，則不得不凑拍，既凑拍，安得有性情哉？《莊子》曰：「忘足，履之適也。」余亦曰：「忘韵，詩之適也。」

常州趙仁叔有一聯云：「蝶來風有致，人去月無聊。」仁叔一生只傳此二句。某《擬古》云：「莫作江上舟，莫作江上月。舟載人别離，月照人離别。」其人一生所傳，亦只此四句。金聖歎好批小説，人多薄之，然其《宿野廟》一絶云：「衆響漸已寂，蟲於佛面飛。半窗關夜雨，四壁掛僧衣。」殊清絶。孔東堂演《桃花扇》曲本，有詩集若干，佳句云：「船衝宿鷺排檣起，燈引秋蚊入帳飛。」其他首未能稱是。

嵩亭上人《題活埋庵》云：「誰把庵名號活埋，令人千古費疑猜。我今豈是輕生者，只爲從前死過來。」周道士鶴雛有句云：「大道得從心死後，此身誤在我生前。」兩詩於禪理俱有所得。

乾隆丙辰，余二十一歲，起居叔父于廣西。撫軍金震方先生一見，有國士之目，特疏薦博學宏詞。首叙年齒，再夸文學，并云：「臣朝夕觀其爲人，性情恬淡，舉止安詳，國家應運生才，必爲大成之器。」一時司道爭來探問。公每見屬吏，談公事外，必及余之某詩某句，津津道之，并及其容止動作。余在屏後聞之，竊喜。探公見客，必隨而竊聽焉。呈七排一首，有句云：「萬里關前修薦表，百官座上嘆文章。」蓋實事也。公有詩集數卷，殁後無從編輯，僅記其《答幕友祝壽》云：「浮生虚逐黄雲度，高士群歌《白雪》來。」《題八桂堂》云：「盡日天香生畫戟，有時鶴舞到匡床。」想見撫粤九年，政簡刑清光景。

己未朝考，題是《賦得因風想玉珂》。余欲刻畫「想」字，有句云：「聲疑來禁院，人似隔天河。」諸總裁以爲語涉不莊，將置之孫山。大司寇尹公與諸公力争，曰：「此人肯用心思，必年少有才者，尚未解應制體裁耳。此庶吉士之所以需教習也。倘進呈時上有駁問，我當獨奏。」群議始息。余之得與館選，受尹公知，從此始。未幾，上命公教習庶吉士，余獻詩云：「琴爨已成焦尾斷，風高重轉落花紅。」

尹文端公總督江南，年才三十，人呼「小尹」。海寧詩人楊守知，字次也，康熙庚辰進士，以道員挂誤，候補南河，年七十矣。尹知爲老名士，所以奬慰之者甚厚。楊喜，自指其鬢，嘆曰：「蒙公盛意，惜守知老矣。『夕陽無限好，只是近黄昏。』」公應聲曰：「不然，君獨不聞『天意憐幽草，人間重晚晴』乎？」楊駭然，出語人曰：「不謂小尹少年科甲，竟能吐屬風流。」

尹文端公好和韵，尤好叠韵，每與人角勝，多多益善。庚辰十月，爲勾當公事，與嘉興錢香樹尚書相遇蘇州，和詩至十餘次。一時材官傔從，爲送兩家詩，至於馬疲人倦。尚書還嘉禾，而尹公又追寄一首，挑之於吴江。尚書覆札云：「歲事匆匆，實不能再和矣。願公徧告同人，説香樹老子戰敗於吴江道上，何如？」適枚過蘇，見此札，遂獻七律一章，第五六云：「秋容老圃無衰色，詩律吴江有敗兵。」公喜，從此又與枚叠和不休。押「兵」字，有「消寒須用美人兵」、「莫向床頭笑曳兵」之句，蓋探枚方娶妾故也。其好諧謔如此。己卯八月，枚江北穫稻，歸飲於公所。酒畢，與諸公子夜談。公從後堂札示云：「山人在外初回，家姬必多相憶，盍早歸乎？」余題札後云：「夜深手札出深閨，勸我新歸應早回。自笑公門嬾桃李，五更結子要風催。」除夕，公賜食物，枚以詩謝，末首云：「知公得韵便傳箋，倚馬才高不讓先。今日教公輸一着，新詩和到是明年。」公見之，大笑。

託冢宰庸，字師健，作江寧方伯時，潘明府涵，極言公風雅，强余入謁。果一見如平生歡。讀其送人赴陜詩云：「潞河冰合悲風生，欲曙不曙烏飛鳴。寒山歷歷路不盡，班馬蕭蕭君獨行。公孫閣下正延士，博望關西方用兵。此去知君未即返，月明空有相思情。」音節可愛。遂獻公二律，前四句云：「七十神仙海鶴姿，六年人悔見公遲。學窮宋理談偏妙，詩合唐首自不知。」次日，公過訪隨園。坐定，忽正色曰：「吾欲借君一貴重之物，未知肯否？」余愕然，問何物。公笑出袖中和韵詩，第二句仍是「六年人悔見公遲」七字耳。彼此囅然。兩人詩都遺失，余只記押「心」字韵，尹相國和云：「若非元老憐才意，争動閒雲出岫心。」

以昌黎之崛强，宜鄙俳體矣，而《滕王閣序》曰：「得附三王之末，有榮耀焉。」以杜少陵之博大，宜薄初唐矣，而詩曰：「王楊盧駱當時體」，「不廢江河萬古流。」以黄山谷之奥峭，宜薄西崑矣，而詩云：「元之如砥柱，大年若霜鶻。王楊立本朝，與世作郛郭。」今人未窺韓、柳門户，而先掃六朝；未得李、杜皮毛，而已輕温、李。何蜉蝣之多也！

「懷仁輔義天下悦，阿諛順旨要領絶。」子陵語也。「崇山幽都何可偶，黄鉞一下無處所。」光武語也。兩人同學，故言語相同，皆七古中硬句。

古無類書，無志書，又無字彙，故《三都》、《兩京賦》，言木則若干，言鳥則若干，必待搜輯群書，廣採風土，然後成文。果能才藻富艷，便傾動一時。洛陽所以紙貴者，直是家置一本，當類書、郡志讀耳。故成之亦須十年、五年。今類書、字彙，無所不備，使左思生於今日，必不作此種賦。即作之，不過翻摘故紙，一二日可成。而抄誦之者，亦無有也。今人作詩賦，而好用雜事僻韵，以多爲貴者，誤矣。

「樂府」二字，是官監之名，見霍光、張放兩傳。其《君馬黄》、《臨高臺》等樂章久矣失傳。蓋因樂府傳寫，大字爲辭，細字爲聲，聲詞合寫，易至舛誤。是以曹魏改《將進酒》爲《平關中》，《上之回》爲《克官渡》，共十二曲，並不襲漢。晉人改《思悲翁》爲《宣受命》，《朱鷺》爲《靈之祥》，共十二曲，亦不襲魏。唐太白、長吉知之，故仍其本名，而自作己詩。少陵、張、王、元、白知之，故自作己詩，而創爲新樂府。元稹序杜詩，言之甚詳。鄭樵亦言：「今之樂府，崔豹以義説名，吴兢以事解目，與詩之失傳一也。《將進酒》，而李餘乃序烈女，《出門行》，而劉猛不言别離，《秋胡行》，而武帝云『晨上散關山，此道當何難』，皆與題無涉。」今人猶貿貿然抱《樂府解題》爲秘本，而字摹句倣之，如畫鬼魅，鑿空無據，且必置之卷首，以撑門面。猶之自標門閥，稱乃祖乃宗絶大官銜，而不知其與己無干也。

《左氏》：「鄭伯享趙孟于垂隴。七子賦詩，伯有賦《鶉奔》。趙孟斥之曰：『床笫之言不踰閾，非使人之所聞也。』」然則其他之賦《野有蔓草》、《有女同車》及《蘀兮》者，其非淫奔之詩明矣。

「庚」字古音同「岡」，故字法「康」從「庚」，漢以前無讀「羹」者。「慶」字古音同「羌」，漢以前無讀「罄」者。「令」字古音同「連」，入先仙韵，轉去聲，作「戀」，漢以前無讀「靈」者。

《文選》詩，有五韵、七韵者。李德裕所謂「意盡而止，成篇不拘於隻偶也」。

陸放翁：「燒灰除菜蝗。」「蝗」字作仄聲。徐騎省：「莫折紅芳樹，但知盡意看。」「但」字作平聲。

李山甫《赴舉别所知》詩：「黄祖不憐鸚鵡客，志公偏賞麒麟兒。」「麒」字作仄聲。王建《贈李僕射》詩：「每日城南空挑戰。」「挑」字作仄聲。《贈田侍中》：「緑窗紅燈酒。」「燈」字作仄聲。皆本白香山之以「司」爲「四」，「琵」爲「别」，「凝脂」爲「佞」，「紅橋三百九十橋」，「十」字讀「諶」也。韓愈《岳陽樓》詩：「宇宙隘而妨。」「妨」作「訪」音。《東都》詩：「新輩只朝評。」「評」作「病」音。元稹《東南行百韵》詩：「徵俸封魚租。」「封」音「俸」。《痁卧》詩：「一生長苦節，三省詎行怪。」「怪」音「乖」。《嶺南》詩：「聯遊虧片玉，洞照失明鑒。」「鑒」音「間」。《夜池》詩：「高屋無人風張幙。」「張」音「丈」。「苦思正旦酹白雪，閒觀風色動青旂。」「正旦」讀作「真丹」。又白居易《和令狐相公》詩：「仁風扇道路，陰雨膏閭閻。」「扇」平聲，「膏」去聲。李商隱《石城》詩：「簟冰將飄枕，簾烘不隱鈎。」自注：「冰去聲。」陸龜蒙《包山》詩：「海客施明珠，湘蕤料浄食。」自注：「料平聲。」朱竹垞《山塘紀事》詩：「殷勤短主簿，端笏立阼階。」「阼」音「徂」。杜少陵用「中興」、「中酒」、「王氣」、「貞觀」等字，忽平忽仄，隨其所便。大抵「相如」之「相」、「燈檠」之「檠」、「親迎」之「迎」、「親家」之「親」、「寧馨」之「馨」、「蒲桃」之「蒲」、「鄮侯」之「鄮」、「馬援」之「援」、「别離」之「離」、「急難」之「難」、「上應」之「應」、「判捨」之判、「量移」之「量」、「處分」之「分」、「范蠡」之「蠡」、「禰衡」之「禰」、「伍員」之「員」，皆平仄兩用。

宋人雪詩：「待伴不嫌鴛瓦冷，羞明常怯玉鈎斜。」已新矣。鄭所南雪詩：「拇戰素手白相敵，酒潮上臉紅不鮮。」更新。蕭德藻梅花詩：「湘妃危立凍蛟背，海月冷掛珊瑚枝。」已新矣。徐巢友梅詩：「過墻新水滴眠鶴，壓屋冷雲眠定僧。」更新。

《三餘編》言：「詩家使事，不可太泥。白傅《長恨歌》：『峨嵋山下少人行。』明皇幸蜀，不過峨嵋。謝宣城詩：『澄江净如練。』宣城去江百餘里，縣治左右無江。相如《上林賦》：『八川分流。』長安無八川。」嚴冬友曰：「西漢時長安原有八川，謂涇、渭、灞、滻、灃、滈、潦、潏也，至宋時則無矣。」

人稱才大者，如萬里黄河，與泥沙俱下。余以爲此麤才，非大才也。大才如海水接天，波濤浴日，所見皆金銀宫闕，奇花異草，安得有泥沙污人眼界耶？或曰：「詩有大家，有名家。大家不嫌龐雜，名家必選字酌句。」余道：作者自命當作名家，而使後人置我於大家之中。不可自命爲大家，而轉使後人屏我於名家之外。常規蔣心餘太史云：「君切莫老手頹唐，才人膽大也。」心餘以爲然。

凡神廟扁對，難其用成語而有味。或造倉頡廟，求扁，侯明經嘉繙提筆書「始制文字」四字，人人叫絶。或求戲臺對聯，姚念兹集唐句云：「此曲祇應天上有，斯人莫道世間無。」又張文敏公戲臺集宋句云：「古往今來只如此，淡妝濃抹總相宜。」蘇州戲館集曲句云：「把往事今朝重提起，破工夫明日早些來。」俱妙。或題諸葛廟，用「丞相祠堂」四字，亦雅切。

余不喜黄山谷詩，而古人所見有相同者。魏泰譏山谷得機羽而失鵾鵬，專拾取古人所吐棄不屑用之字，而矜矜然自炫其奇，抑末也。王弇州曰：「以山谷詩爲瘦硬，有類驢夫脚跟、惡僧藜杖。」東坡云：「讀山谷詩，如食蝤蛑，恐發風動氣。」郭功甫云：「山谷作詩，必費如許氣力，爲是甚底？」林艾軒云：「蘇詩如丈夫見客，大踏步便出去。黄詩如女子見人，先有許多妝裹作相。此蘇、黄兩公之優劣也。」余嘗比山谷詩如果中之百合，蔬中之刀豆也，畢竟味少。

徐凝《咏瀑布》云：「萬古常疑白練飛，一條界破青山色。」的是佳語。而東坡以爲惡詩，嫌其未超脱也。然東坡《海棠》詩云：「朱唇得酒暈生臉，翠袖捲紗紅映肉。」似比徐詩更惡矣。人震蘇公之名，不敢掉罄，此應劭所謂「隨聲者多，審音者少」也。

某孝廉有句云：「立誓乾坤不受恩。」蓋自矜風骨也。余不以爲然，寄書規之，云：「人在世間，如何能不受人恩？古人如陶靖節之高，而以乞一頓食，至於冥報相貽。杜少陵以稷、契自許，而感孫宰存邺，至於願結弟昆。范文正公是何等人，而以晏公一薦，故終身執門生之禮。蓋『太上貴德，其次務施報』，聖人之所不諱也。」若商寶意太史之詩則不然，曰：「名心未了難遺世，晚景無多怕受恩。」蔣苕生太史之詩亦不然，曰：「不是微禽敢辭惠，只愁無處覓金環。」此皆不立身分，而身分彌高。

山陰胡天游稚威，以曠代才，受知於大宗伯任香谷先生。其待之之厚，不亞於令狐相公之待玉溪生也。館於其家，八月五日，宗伯指庭前蒲萄曰：「彼實垂垂矣，若能以儕淮險韵刻劃其狀，當令某伶進酒爲歡。」稚威刻燭二寸，成四十韵。其警句云：「一樹微藏曉，添幽得小齋。」「拏藤高屋起，縛架碧霄排。翻水層篩網，行天爪擲釵。」「枚驚千釘錯，結古百繩偕。」「見擬通身膽，環雕出目蛙。巧懸漚泡住，危累彈丸佳。多覺欺鄰棗，貧猶敵庾鮭。」「粉粘雲母膩，光逼水晶揩。軟謝金刀切，津宜貝齒湝。」「人窺雨餘館，凉破日斜階。」「寒別關門遠，肥憐壤性乖。豈知根入塞，不比橘踰淮。」一時傳誦。後乾隆辛卯冬日，嚴冬友侍讀在沈學士雲椒席上，偶談及稚威以險韵咏蒲桃事，沈因指席間橄欖，命其門人陳梅岑云：「汝能以十三覃韵賦此乎？」陳即席成二十韵。警句云：「青子當秋熟，評芳自嶺南。

嘉名忠可喻，真意諫同參。種類炎方别，林園壯月探。陰還連野屋，高欲逼層嵐。摘去梯難架，收來杖易擔。求温憑箬裹，致遠籍筒函。買或論千百，嘗應只二三。顰眉今莫訝，苦口舊曾諳。細共檳榔嚼，香逾荳蔻含。討尋偏耐久，風格在回甘。核試花生燭，仁挑粟綴簪。幸登君子席，佳話並傳柑。」余亦在席上，命門人楊蓉裳仿之，咏錢云：「魚伯飛來後，平添利海波。斵銅耶水曲，鑄幣歷山阿。輕影翻鯨甲，花紋皺鳳羅。五銖工剪鑿，四柱細摩挲。輪郭分烏漉，文章備隸蝌。」「好從床脚繞，誰向夢中磨。」「蕭庫懸標牓，吴宫衛甲戈。營中牘才士，帳下買青娥。藏處同牛吼，行求倩馬馱。無緣休慕孔，有癖定歸和。積窖千緡朽，當筵一擲多。裁皮嗤大業，剪葉記閨婆。只我偏窮薄，終年嘆轗軻。逐貧空有賦，得寶不成歌。」「壁立已如此，囊空將奈何。畫叉三十塊，掛壁羨東坡。」陳、楊二君，年未弱冠。

方望溪删改八家文，屈悔翁改杜詩，人以爲妄。余以爲八家、少陵復生，必有低首俯心而遵其改者，必有反覆辨論而不遵其改者。要之，抉摘於字句間，雖六經頗有可議處，固無勞二公之舍其田而芸人之田也。

余甲戌春往揚州，過弘濟寺，見題壁云：「隨着鐘聲入梵宫，憑誰一喝耳雙聾。杪欏不解無言旨，孤負拈花一笑中。」「山水争留文字緣，脚跟猶帶九州烟。現身莫問三生事，我到人間廿四年。」末無姓名，但著「茗生」二字。余録其詩歸，訪年餘，熊滌齋先生告以茗生姓蔣，名士銓，江西才子也。且爲通其意。茗生乃寄余詩云：「鴻爪春泥迹偶存，三生文字繫精魂。神交豈但同傾蓋，知己從來勝感恩。」已而入丁丑翰林，假歸，僑寓金陵，與余交好。壬申春，余過良鄉，見旅店題詩云：「滿地榆錢莫療貧，垂楊難繫轉蓬身。離懷未飲常如醉,客邸無花不算春。欲語性情思骨肉,偶談山水悔風塵。謀生消盡輪蹄鐵,輪與成都賣卜人。」末亦無姓名,但書「篁村」二字。余和其詩,有「好疊花箋抄稿去,天涯沿路訪斯人」之句。隔十三年,勞宗發觀察來江南,云渠宰良鄉時,見店壁有此二詩。爲館欽差故,主人將圬去。心甚愛之,抄詩請於制府方敏慤公,方亦欣賞,諭令勿圬。然彼此不知篁村何許人。壬辰,在粱瑶峰方伯署中晤篁村,方知姓陶,名元藻,會稽諸生也。以此語告陶,陶感三人之知己,而傷方、勞二公之已亡,重賦云:「匹馬曾從燕薊趨,橋霜店月已模糊。人如曠世星難聚,詩有同聲德未孤。自笑長吟忘歲月,翻勞相訪徧江湖。秦淮河上敦槃會,應識今吾即故吾。」「三間老屋夕陽邨,底事高軒過此門。飛蓋翠摇新蘸墨,華鐙紅照舊題痕。不教畫墁傭奴易,便勝紗籠佛殿尊。惆悵憐才青眼客,幾番剪紙爲招魂。」

本朝王次回《疑雨集》,香奩絶調,惜其只成此一家數耳。沈歸愚尚書選國朝詩,擯而不録,何所見之狹也!嘗作書難之云:「《關雎》爲《國風》之首,即言男女之情。孔子删詩,亦存《鄭》《衛》。公何獨不選次回詩?」沈亦無以答也。唐李飛譏元、白詩「纖艷不逞,爲名教罪人。」卒之千載而下,知有元、白,不知有李飛。或云:飛此言見于杜牧集中,牧祖佑年老不致仕,香山有詩譏之,故牧假飛語以詆之耳。

余戲刻一私印,用唐人「錢塘蘇小是鄉親」之句。某尚書過金陵,索余詩册,余一時率意用之,尚書大加訶責。余初猶遜謝,既而責之不休,余正色曰:「公以爲此印不倫耶?在今日觀,自然公官一品，蘇小賤矣。誠恐百年以後，人但知有蘇小，不復知有公也。」一座韙然。

高文良公夫人名琬，字季玉，蔡將軍毓榮之女，尚書珽之妹也。其母國色，相傳爲吴宫舊人。夫人生而明艷，嫺雅能詩。公巡撫蘇州，與總督某不合，屢爲所傾，而公卓然孤立。《咏白燕》第五句云：「有色何曾相假借。」沉思未對，適夫人至，代握筆曰：「不群仍恐太分明。」蓋規之也。夫人博極群書，兼通政治，文良公之奏疏文檄等作，每與商定。詩集不傳，記其《咏九華峰寺》云：「蘿壁松門一徑深，題名猶記舊鋪金。苔生塵鼎無香火，經蝕僧厨有蠹蟫。赤手屠鯨千載事，白頭歸佛一生心。征南部曲今誰是，剩有枯禪守故林。」此爲其父平吴逆後，獲咎歸空門而作也。

宋蓉塘《詩話》譏白太傅在杭州，憶妓詩多於憶民詩，此苛論也，亦腐論也。《關雎》一篇，文王輾轉反側，何以不憶王季、太王，而憶淑女耶？孔子戹於陳、蔡，何以不思魯君，而思及門耶？

詩人陳製錦，字組雲，居南門外，與報恩寺塔相近。樊明徵秀才贈詩云：「南郊風物是誰真，不在山巔與水濱。仰首陸離低首誦，長干一塔一詩人。」陳嫌不佳。余曰：「渠用意極妙，惜未醒耳。若改『仰首欲攀低首拜』，則精神全出，僅易三字耳。」陳爲雀躍。樊博學好古，尤精篆隸之學。余所得兩漢金石文字，皆所贈也。卒後，余挽聯云：「地下又添高士伴，生前原當古人看。」

靖逆侯張勇，字非熊。國初定鼎，即仗劍出關，求見英王，王大奇之。提督甘肅，知吴三桂將反，命子雲翼間道入都，首發其姦。聖祖親解御袍賜之。功成後，謚襄壯。相傳其封公夢夏侯惇而生侯。薨後，葬壙掘地，得夏侯碑碣，亦一奇也。性好吟詩，《過崆峒》云：「蚩尤戰後久消兵，此處猶存訪道名。萬里山河塵不起，松風常帶鳳鸞聲。」

人謀事，久而不得，則意思轉淡。何士顒秀才《感懷》云：「身非無用貧偏暇，事到難圖念轉平。」真悟後語也。其他如「貧猶買笑爲身累，老尚多情或壽徵」、「書因補讀隨時展，詩爲留删盡數抄」，皆不愧風人之旨。殁後，余聞信飛遣人到其家，搜取詩稿，得三百餘首，爲付梓行世，板藏隨園。

余宰沭陽時，淮安諸生吕文光館於沭之吴姓家。其弟子某赴童子試，吕爲代倩文字，被余偵獲，愛其能文，不加之罪，且延爲西席，以姨妻之。和余《春草》云：「綿力漫言承露薄，靈根自信濟人多。」又云：「托根何必蓬萊上，得氣均沾雨露中。」余笑曰：「此縣令詩，不能作翰林者。」已而果中辛未進士，出知滑縣。

江西魏允迪，字懋堂，豪邁不羈，官中書侍讀。以撫軍公子，而家資散盡，因之失官。《咏山中積雪》云：「寂寞山涯更水濱，漫天匝地白如銀。前村報道溪橋斷，可喜難來索債人。」「干霄篁竹翠盈眸，雪壓風欺撲地愁。莫訝此君無勁節，一經淪落也低頭。」又《出門》云：「憑着牽衣兒女送，只揮雙泪不回頭。」讀之令人神傷。與余同召試友也。

蘇州舁山轎者最狡獪，遊冶少年多與錢，則遇彼姝之車，故意相撞，或小停頓。商寶意先生有詩云：「直得輿夫争道立，翻因小住飽看花。」虎丘山坡五十餘級，婦女坐轎下山，心怯其墜，往往倒擡而行。鮑步江《竹枝》云：「妾自倒行郎自看，省郎一步一回頭。」

李義山《咏柳》云：「堤遠意相隨。」真寫柳之魂魄。與唐人「山遠始爲容」、「江奔地欲隨」之句，皆是嘔心鏤骨而成，粗才每輕輕讀過。吴竹橋太史亦有句云：「人影水中隨。」

陸魯望過張承吉丹陽故居，言：「祜善題目佳境，言不可刊置别處，此爲才子之最也。」余深愛此言。自古文章所以流傳至今者，皆即情即景，如化工肖物，着手成春，故能取不盡而用不竭。不然，一切語古人都已説盡，何以唐、宋、元、明才子輩出，能各自成家，而光景常新耶？即如一客之招，一夕之宴，開口便有一定分寸，貼切此人此事，絲毫不容假借，方是題目佳境。若今日所咏，明日亦可咏之，此人可贈，他人亦可贈之，便是空腔虚套，陳腐不堪矣。尹文端公在制府署中，冬日招秦、蔣兩太史及余飲酒，曰：「今日席上皆翰林同衙門，各賦一詩。」蔣詩先成，首句云：「卓午人停問字車。」公笑曰：「此教官請客詩也。」秦懼不肯落筆，余亦知難而退。公不許，乃呈一律云：「小集平泉夜舉觴，春風座上不知霜。偶然元老開東閣，難得群仙共玉堂。」公大喜，曰：「開口已包括全題。白傅夸劉禹錫《金陵懷古》詩前四句已探驪珠，此之謂矣。」

余每作咏古、咏物詩，必將此題之書籍無所不搜，及詩之成也，仍不用一典。常言：人有典而不用，猶之有權勢而不逞也。

熊掌、豹胎，食之至珍貴者也，生吞活剥，不如一蔬一筍矣。牡丹、芍藥，花之至富麗者也，剪綵爲之，不如野蓼、山葵矣。味欲其鮮，趣欲其真，人必知此，而後可與論詩。

襄勤伯鄂公容安，好吟詩，如有宿悟。《竹林寺》云：「初地相逢人似舊，前身安見我非僧。」《悼亡》云：「傷心最是懷中女，錯認長眠作暫眠。」

《記》曰：「學然後知不足。」可見知足者，皆不學之人，無怪其夜郎自大也。鄂公《題甘露寺》云：「到此已窮千里目，誰知才上一層樓。」方子雲《偶成》云：「目中自謂空千古，海外誰知有九州。」

昔人言，白香山詩無一句不自在，故其爲人和平樂易。王荆公詩無一句自在，故其爲人拗强乖張。愚謂荆公古文直逼昌黎，宋人不敢望其肩項，若論詩，則終身在門外。尤可笑者，改杜少陵「天闕象緯逼」爲「天閲象緯逼」，改王摩詰「山中一夜雨」爲「一半雨」，改「把君詩過日」爲「過目」，「關山同一照」爲「同一點」，皆是點金成鐵手段。大抵宋人好矜博雅，又好穿鑿，故此種剜肉生瘡之説，不一而足。杜詩「天子呼來不上船」，此指明皇白龍池召李白而言，「船」，舟也。《明道雜記》以爲：「船，衣領也。蜀人以衣領爲船。謂李白不整衣而見天子也。」青蓮雖狂，不應若是之妄。東坡《赤壁賦》：「而吾與子之所共適。」適，閒適也。羅氏《拾遺》以爲當是「食」字，引佛書以睡爲食，則與上文文義平險不倫。東坡雖佞佛，必不自亂其例。杜詩：「王母晝下雲旗翻。」此王母，西王母也。《清波雜志》以王母爲鳥名，則與雲旗杳無干涉。王勃《滕王閣序》：「落霞與孤鶩齊飛。」此落霞，雲霞也，與孤鶩不類而類，故見妍妙。吴獬《事始》以落霞爲飛蛾，則蟲鳥並飛，味同嚼蠟。杜牧《阿房宫賦》：「未雲何龍。」用《易經》「雲從龍」也。《是齋日記》以爲用《左氏》「龍見而雩。」宫中非雩祭地也。《文選》詩「挂席拾海月」，妙在海月之不可拾也。注《選》者，必以海月爲蚌蟜之類，則作此詩者，不過一摸蚌翁耳。少陵詩：「無風雲出塞，不夜月臨關。」其妙處在無風而雲，不夜而月故也。注杜者，以不夜、無風爲地名，則何地無雲，何地無月，何必此二處才有風、月耶？「三峽星河影動摇」，即景語也。注杜者，必引《天官書》「星動爲用兵之象」，未必太平時星光不動也。宋子京手抄杜詩，改「握節漢臣歸」爲「秃節」，「秃」字不如「握」字之有神也。劉禹錫瀼西詩：「春水縠紋生。」明是春水方生之義，而晏元獻以「生」爲生熟之生，豈織綺縠者定用生絲，不用熟絲耶？東坡雪詩，用「銀海」、「玉樓」，不過言雪色之白，以銀、玉字樣襯托之，亦詩家常事。注蘇者，必以爲道家肩、目之稱，則當下雪時，專飛道士家，不到別人家耶？《明道雜志》云：「坡詩『客行萬里半天下，僧卧一庵初白頭』，黄元以爲『白』字不可對『天』字，遂妄改爲『日』字。對則工矣，其如『初日頭』三字文理不通？」袁瓘《秋日》詩：「芳草不復緑，王孫今又歸。」此「王孫」，公子王孫之稱也。宋人云：「王孫，蟋蟀也。」引《詩緯》云：「楚人名蟋蟀爲王孫。」又以爲猿，引柳子厚《憎王孫》爲證。博則博矣，意味索然。《冷齋夜話》云：「太白詩『昔作夫容花，今爲斷腸草』，本陶弘景《仙方注》『斷腸草一名夫容』故也，乃知詩人無一字閒話。」方密之笑曰：「太白冤哉！草不妨同名，詩人何心作藥師父耶？」凡此種種，其病皆始于鄭康成。康成注《毛詩》「美目清兮」：「目上爲明，目下爲清。」然則「美目盼兮」，「盼」又是何物？注「亦既覯止」，爲男女交媾之媾。注「五日爲期」，爲「妾年未五十，必與五日之御。五日不御，故思其夫」。注「胡然而天，胡然而帝」，便是「靈威仰，赤熛怒」。注「言從之邁」，言「將自殺以從之」。其迂謬已作俑矣。堯之時，老人擊壤。壤，土也。周處《風土記》則曰：「壤，以木爲之，長三尺四寸。」引皇甫玄晏十七歲與從姑子擊壤於路爲證。不知堯之時，安得有木壤？果有之，又何得歷夏、商、周而不一見於咏樂耶？要知周處《風土記》亦宋人僞作。

本朝有某孝廉獻吴逆詩云：「力窮楚覆求秦救，心死韓亡受漢封。」聖祖愛其巧於用典，遣人訪之，其人逃。余以爲此做宋汪彦章爲張邦昌《雪罪表》也。其詞云：「孔子從佛肸之召，卒爲尊周；紀信乘漢王之車，將以誑楚。」可謂善於文過者。

有妓與人贈别云：「臨歧幾點相思淚，滴向秋階發海棠。」情語也。而莊蓀服太史《贈妓》云：「憑君莫拭相思淚，留着明朝更送人。」説破轉覺嚼蠟。佟法海《弔琵琶亭》云：「司馬青衫何必濕，留將淚眼哭蒼生。」一般殺風景語。

有人哭一顯者云：「堂深人不知何病，身貴醫争試一方？」説盡貴人患病情狀。

吾鄉陳星齋先生題畫云：「秋似美人無礙瘦，山如好友不嫌多。」江陰翁徵士朗夫《尚湖晚步》云：「友如作畫須求淡，山似論文不喜平。」二語同一風調。

本朝開國時，江陰城最後降。有女子爲兵卒所得，紿之曰：「吾渴甚，幸取飲，可乎？」兵憐而許之，遂赴江死。時城中積屍滿岸，穢不可聞。女子嚙指血題詩云：「寄語路人休掩鼻，活人不及死人香。」

同徵友萬柘坡光泰，精于五七古，程魚門讀之，五體投地。近體學宋人，有晦澁之病。陳古漁專工近體，宗七子，故聞魚門贊萬詩，大相扺牾。余爲作跋，釋兩家之憾，且摘柘坡近體之佳者，以曉古漁。其《題開元寺》云：「古樹鳥巢密，疏寮客到稀。」「鈴空隨瓦墜，碑斷入墻填。」《方鏡》云：「自笑相逢同枘鑿，封侯誰有面如田。」《金鰲玉蝀橋》云：「曉來濃翠東西映，也算蛾眉對仗班。」陳乃折服。

余長姑嫁慈溪姚氏。姚母能詩，出外爲女傅。康熙間，某相國以千金聘往教女公子。到府，住花園中，極珠簾玉屏之麗。出拜，兩妹容態絶世。與之語，皆吴音，年十六七，學琴、學詩，頗聰穎。夜伴女傅眠，方知待年之女，尚未侍寢於相公也。忽一夕，二女從内出，面微紅。問之，曰：「堂上夫人賜飲。」隨解衣寢。未二鼓，從帳内躍出，搶地呼天，語呶呶不可辨，顛仆片時，七竅流血而死。蓋夫人賜酒時，業已酖之矣。姚母踉蹌棄資裝，即夜逃歸。常告人云：「二女年長者尤可惜。」有《自嘲》一聯云：「量淺酒痕先上面，興高琴曲不和絃。」

詠物已難，而和前人之韻則更難。近惟陳其年之和王新城《秋柳》、奇麗川方伯之和高青丘《梅花》，能不襲舊語，而自出新裁。陳云：「盡日郵亭挽客衣，風流放誕是耶非。將軍營裏年光晚，京兆街前信息稀。愁黛忍令秋水見，柔條任與夜烏飛。舞腰女伴如相憶，爲報飄零願已違。」「鵝黄搓就便相憐，記得金城幾樹烟。未到阿那先麗覶，任爲拋擲也纏綿。由來春好惟三月，待得花開又一年。此日秋山太迢遞，株株摇落畫樓邊。」又云：「似爾陌頭還拂地，有人樓上怕開箱。」俱妙。方伯云：「枝頭何處認輕痕，霜亦精神雪亦温。一徑曉風尋舊夢，半林寒月失孤村。吟情欲鏤冰爲句，離恨難招玉作魂。寄語溪橋橋上客，莫從香裏誤柴門。」「點額誰教入漢宫，凍雲合處路難通。朧朧照去月疑落，瓣瓣擎來雪又空。無夢不隨流水去，有香只在此山中。松間竹外誰知己，地老天荒玉一叢。」又云：「珊珊仙骨誰能近，字與林家恐未真。」「隴首祇今春意薄，山中自昔故人稀。」其高淡之懷，梅花有知，當呼知己。

康熙間，于清端公總督江南，舉其族弟襄勤公來守江寧。二人俱名成龍，不以爲嫌，且俱以清節卓行名震海内，洵聖朝佳話也。襄勤巡撫京畿，不避權貴，故演戲者有「紅門寺誅姦僧」一節。事雖附會，非無因也。其孫紫亭先生名宗瑛者，甲戌翰林，人品高逸，善畫工詩。余戊申遊虞山，紫亭之子静夫明府適宰昭文，以《來鶴堂詩》見示。如《題畫》云：「寒聲兩岸蟲，秋懷千頃荻。雨斷月初明，孤篷猶滴瀝。」《遊馬氏園》云：「隔樹未知處，緣溪已到門。」折杏花贈某云：「燈紅人影摇芳樹，手動花陰落滿身。」《歸車》云：「急雨驚風翻碧沼，歸雲學水亦東流。」皆超超元箸，不食人間烟火。静夫云：清端、襄勤二公亦有詩集，他日撿出，爲余寄來。

李尚書雍熙學道，散遣歌姬。王西樵責以詩云：「聽歌曾入忘憂界，不應忽縛枯禪戒。未是香山與病緣，何妨樊子同春在。安石攜妓自不凡，處仲開閤終無賴。誰爲公畫此策者，狂奴恨不鞭其背。」阮亭亦云：「萬種心情消未盡，忍辭駱馬遣楊枝。」余惜秦少游未聞此言。

江西某太守將伐古樹，有客題詩于樹云：「遥知此去棟梁才，無復清陰覆緑苔。只恐月明秋夜冷，誤他千歲鶴歸來。」太守讀之，愴然有感，乃停斧不伐。

南宋宫嬪墓在越中者甚多，鳳湖之濱，獅山之側，塋址可識者二十四處，俗傳「廿四堆」是也。山陰邵薑畦先生詩云：「鳳湖湖水瑩如鏡，照出興亡事可哀。二十四堆春草緑，錢塘風雨翠華來。」綽有深情。先生尤長五言，《咏濟南趵突泉》云：「倒翻廬阜瀑，長湧浙江潮。」一時諸名士爲之擱筆。又有句云：「溪澄花影耦，山静屐聲孤。」

江南黄梅時節，潮濕可厭。徐金粟云：「不待雨來先地濕，並無雲處亦天低。」

丁巳前輩沈雲蜚先生館選後，乞假歸娶。逾年入都，以習國書故，僦屋鄰余，欲彼此宣究。未半年，以瘵疾亡。余入奠，見紙墨叢殘，家僮殯殮，爲之泣下。哭以四絶句，五十年來，全不省記。忽内子誦之琅琅，乃追録之，以存其人。詩云：「仙山樓閣本茫茫，容易青年到玉堂。底事曇花才一現，已蒙上帝遣巫陽。」「明知病體頽唐甚，何事間關萬里來。想是神仙厭鄉土，特教玉骨葬蓬萊。」「幾度蓬門歇小車，揮毫同習上清書。而今難字從誰問，旅櫬灰停一寸餘。」「半年湯藥滯天涯，腰瘦何人報沈家。少婦昨宵家信到，催君迎看帝城花。」

錢塘洪昉思昇，相國黄文僖公機之女孫壻也。人但知其《長生》曲本，與《牡丹亭》並傳，而不知其詩才在湯若士之上。《曉行》云：「咿喔晨雞鳴，僕夫駕輪鞅。四野絶無人，但聞征鐸響。」《夜泊》云：「竹篾隨潮落，蒲帆逐月飛。維舟已深夜，還上釣魚磯。」性落拓不羈，晚年渡江，老僕墜水，先生醉矣，提燈救之，遂與俱死。《送高江村宫詹入都》五排一百韵，沉鬱頓挫，逼真少陵。

先生爲王貞女作《金鐶曲》云：「王家有女字秀文，少小綽約蘭蕙芬。項郎名族學詩禮，金鐶爲聘結婚姻。十餘年來人事變，富兒那必歸貧賤。一朝别字豪貴家，三日悲啼淚如霰。手摘金鐶自吞食，將死未死救不得。柔腸九曲斷還續，卧地祇存微氣息。詎料國工賜靈藥，吐出金鐶定魂魄。至性由來動彼蒼，一夜銀河駕烏鵲。嗟哉此女貞且賢，項郎對之悲復憐。朝來笑倚鏡臺立，代繫金鐶雲鬢邊。」其事其詩，俱足千古。篇終結句，餘韵悠然。

蘇州徐文靖公，明季殉難。二子昭文、貫時，俱守父志，不仕。尤西堂爲貫時作傳，言其少時美好，自稱「三十六帝外臣」。《過平原有見》云：「玉面珠璫坐錦車，蟠雲作髻兩分梳。春風解下貂回脖，露出蝤蠐雪不如。」「曲水池頭倚玉闌，袚除初起曉妝寒。新來傳得江南樣，也是梳頭學牡丹。」摩寫燕趙佳人，風流可想。貫時先生名柯，其孫龍飲，精賞鑑，與余交好。

洪昉思《咏燕女》云：「燕姬生小習原野，春草茸茸獵城下。身輕不許健兒扶，捉鞭自上桃花馬。」胡稚威亦咏此題，中四句云：「蝤蠐明處緣裁領，荑手攕時爲攬妝。雲髻半籠花壓額，巾羅斜挂水成行。」

梅定九先生以算法、《易》理受知聖祖，人但知其朴學，而不知詩故風雅。其《繼籐坑夜雨》云：「萬壑連爲瀑，千峰撼欲平。虛堂漁艇似，短燭月華明。」《答周崑來》云：「墨妙時看珍（共）〔拱〕璧，心期今見托雙魚。」周故奇士，舞刀奪槊，豪氣逼人。畫龍一幅，人以千金相購。識戴雪村學士于未濟時，以女妻之。

余翰林歸娶，長安贈行詩甚多，記其佳者。鄒太和學士云：「菊黄楓紫小春天，送爾南歸是錦旋。才子掃眉宜赤管，洞房停燭有金蓮。歸鞍尚帶同文課，時余方習清書。吟篋新添却扇篇。此日和鳴誰不羨，鳳皇山下着神仙。」張南華宫詹云：「艷雪飛新句，紅絲繫夙緣。人間留玉杵，天上撤金蓮。官柳縈袍緑，宫花壓帽鮮。君恩許歸娶，仍𩊱曲江鞭。」「遥識催妝日，金花艷擘箋。湖山留粉黛，豪墨亂雲烟。兩美應空越，雙飛佇入燕。緑窗眉畫早，銀燭看朝天。」沈椒園御史云：「金閨才子愛袁絲，年少承恩出玉墀。丹詔命趨雙鶴髮，繡幃交護兩瓊枝。笙歌院落時衣錦，梅柳江村曉畫眉。佇看還朝成博議，文章報國正相期。」蔣御史和寧時作諸生，云：「金蓮銀燭數行低，照見鴛鴦兩兩棲。風動流蘇侵夜漏，應疑鈴索海棠西。」魏允廸中翰以余文捷，戲云：「争傳才子擅文詞，頃刻千言不構思。若使畫眉須緩欵，那容横掃筆尖兒。」大司空裘叔度時爲庶常，云：「袁郎走馬出京華，折得東風上苑花。一路香塵南國近，苧蘿村是阿儂家。」「畫壁旗亭句浪傳，藍橋歸去會神仙。從今厭看閒花草，新種湖頭並蒂蓮。」蓋調余狎許郎也。又云：「玉鏡臺前一笑時，石螺親爲畫雙眉。烏絲競艷催妝句，只恐流傳惱雪兒。」「雙綰同心帶一條，華燈椽燭好良宵。錦衾宛轉留春住，莫忘鳴珂趁早朝。」毘陵相國程聘三時作庶常，詩云：「金燈花下沸笙歌，寶帳流香散綺羅。此日黄姑逢織女，漫言人似隔天河。」蓋戲用余朝考句也。

座主蔣文恪公，時爲學士，詩云：「群仙艷羡送天涯，重叠詩箋壓小車。馬上玉郎春應醉，滿身香雪落梅花。」「我聞堂上兩親居，劃荻含丸廿載餘。此日江南花燭好，承歡同上紫泥書。」

余以翰林改官江南，一時送行詩甚多。其佳者，如劉文定公綸時官編修，詩云：「弱水神仙少定居，詞頭草罷領除書。蔣山南去秦淮路，好雨翛翛梅熟初。」「三載頭銜共冷官，幾人鄉夢出長安。君行若過吾廬外，五月江深草閣寒。」「定子當筵唱石城，離堂燭跋不勝情。芰荷香動三千里，誰共編詩記水程。」宗伯齊公召南時爲侍講，詩云：「尊前言别重踟躇，一向推袁話豈虚。才子何妨爲外吏，名山况可讀奇書。攜將佳偶花能笑，吟得新詩錦不如。轉眼蒲帆催北上，未容風物戀鱸魚。」「官河柳色雨餘新，故里風光更絶倫。書畫一船烟外月，湖山十里鏡中人。浣衣香裛芙蓉露，評史清澆竹葉春。回首同時趨直客，蓬萊猶是在紅塵。」莊參政有恭時爲修撰，詩云：「廬陵事業起夷陵，眼界原從閲歷增。況有文章堪潤色，不妨風骨露崚嶒。廉分杯水余同況，明徹晶籠爾獨能。儒吏風流政多暇，新詩好與寄吴綾。」副憲申甫時爲孝廉，詩云：「鵷行驚失鳳池春，百里初除墨綬新。簿領竟須煩史筆，朝廷原自重詞臣。交情未免憐今別，公論尤應惜此人。終是讀書能有用，他時端不負斯民。」「鶴書到日廣求賢，殿上揮毫各少年。遭遇未嘗非盛事，滯留或恐是前緣。公卿譽滿君猶出，僕婢詩成我自憐。可憶僧窗風雨夜，燈花只爲一人妍。戊午榜發前一日，與張少儀諸人同飲，喜燈有花，惟君獲雋。」「平臺縹緲見烟巒，客至能令眼界寬。談笑每欣多舊雨，杯盤常愧累貧官。由來氣類關偏切，此後風流繼必難。説與能詩姚秘監，豪情略爲洗儒酸。戲南青。」「臨期草草話難窮，高柳凉飄弄袖風。客裏驚心多聚散，酒邊分手又西東。對衙山色濃於染，繞郭溪光淡若空。此景江南曾不少，有人時在夢魂中。」其時長安諸公，以笏山四首爲獨絶。少宗伯劉公星煒，時爲諸生，倣昌谷體作七古一篇，云：「壬之年，癸之月，一鯨驅雲雲不行，走上江南木蘭檝。」詩長不能備録。

隨園詩話卷二

倉山居士著

丁巳，余流落長安，寓刑部郎中王公諱琬者家。同寓人常熟孝廉趙貴璞，字再白。傾蓋相知，西林相公門下士也。欲薦余見西林，有尼之者，因而中止。未幾，王公出守興化，余傫然無歸。趙以寒士而留余，仍住王公舊屋，供其饔飧，彼此倡和。趙詩才清警，《過仙霞嶺》云：「萬竹掃天青欲雨，一峰受月白成霜。」其曾祖某，生天啓間，《題天聖閣》云：「天在閣中看世亂，民從地上作人難。」

丙子九月，余患暑瘧，早飲吕醫藥，至日昳，忽嘔逆，頭眩不止。家慈抱余起坐，覺血氣自胸僨起，性命在呼吸間。忽有同徵友趙藜村來訪，家人以疾辭，曰：「我解醫理。」乃延入。診脉看方，笑曰：「容易。」命速買石膏，加他藥投之。余甫飲一勺，如以千鈞之石將腸胃壓下，血氣全消。未半盂，沉沉睡去，額上微汗，朦朧中聞家慈喈曰：「豈非仙丹乎！」睡須臾醒，君猶在坐，問：「思西瓜否？」曰：「想甚。」即命買瓜。曰：「憑君盡量，我去矣。」食片許，如醍醐灌頂，頭目爲輕。晚便食粥。次日來，曰：「君所患者，陽明經瘧也。吕醫誤爲太陽經，以升麻、羌活二味升提之，將君妄血逆流而上，惟白虎湯可治，然亦危矣。」未幾君歸，余送行詩云：「活我自知緣有舊，離君轉恐病難消。」先生亦見贈云：「同試明光人有幾，一時公幹鬢先斑。」

藜村《鷄鳴埭訪友》云：「佳辰結良覿，言采北山杜。鷄鳴古埭存，登臨渾漫與。蕭梁此化城，貽爲初地祖。六龍行幸過，金碧現如許。欲辨六朝蹤，風亂塔鈴語。江南山色佳，玄武湖瀲瀲。豁開几盎間，秀出庭木末。延陵敦夙尚，藉以紓藴結。山能使人澹，湖能使人闊。聊共發嘯吟，無爲慕禪悦。」趙名寧静，江西南豐人。

少陵云：「多師是我師。」非止可師之人而師之也，村童牧豎一言一笑，皆吾之師，善取之，皆成佳句。隨園擔糞者，十月中在梅樹下，喜報云：「有一身花矣。」余因有句云：「月映竹成千个字，霜高梅孕一身花。」余二月出門，有野僧送行，曰：「可惜園中梅花盛開，公帶不去。」余因有句云：「只憐香雪梅千樹，不得隨身帶上船。」

凡古人已亡之作，後人補之，卒不能佳，由無性情故也。束晳補《由庚》，元次山補《咸英》、《九淵》，皮日休補《九夏》，裴光庭補《新宫》、《茅鴟》，其詞雖在，後人讀之者寡矣。

唐人咏柳云：「長條亂拂春波動，不許佳人照影看。」宋人咏柳云：「愛把長條惱公子，惹他頭上海棠花。」

張燕公稱閻朝隱詩炫裝倩服，不免爲風雅罪人。王荆公因之作《字説》，云：「詩者，寺言也。寺爲九卿所居，非禮法之言不入，故曰『思無邪』。」近有某太史恪守其説，動云詩可以觀人品，余戲誦一聯云：「『哀箏兩行雁，約指一勾銀。』當是何人之作？」太史意薄之，曰：「不過冬郎、温、李耳。」余笑曰：「此宋四朝元老文潞公詩也。」太史大駭。余再誦李文正公昉《贈妓》詩曰：「便牽魂夢從今日，再覩嬋娟是幾時？」一往情深，言由衷發。而文正公爲開國名臣，夫亦何傷于人品乎？《孝經含神霧》

云：「詩者，持也。持其性情，使不暴去也。」其立意比荆公差勝。

劉昭禹曰：「五律一首，如四十賢人，其中着一屠沽兒不得。」余教少年學詩者，當從五律入手，上可以攀古風，下可以接七律。

孔子與子夏論詩曰：「窺其門，未入其室，安見其奥藏之所在乎？前高岸，後深谷，泠泠然不見其裏，所謂深微者也。」此數言即是嚴滄浪「羚羊挂角」、「香象渡河」之先聲。

盧雅雨《塞外接家書》云：「料來狼狽原應爾，便説平安那當真。」何南園《都中寄家書》云：「每因疾病愁家遠，强説平安下筆難。」

《宋稗類抄》第一卷「遭際類」云：「陳了翁之父尚書，與潘良貴義榮之父交好。潘一日謂陳曰：『吾二人官職、年齒種種相似，恨有一事不如公。』陳問之，潘曰：『公有三子，我乃無之。』陳曰：『吾有妾，已生子矣，可以奉借。他日生子，當即見還。』既而遣至，即了翁之母也。未幾，生良貴。後其母遂往來兩家。一母生二名儒，前所未有。」此事太通脱，今人所斷不爲，而宋之賢者爲之，且傳爲佳話。杭州高南阜太守題詩曰：「贈妾生兒古人有，兒生還妾古人無。宋賢豁達竟如此，寄語人間小丈夫。」

馮山公先生以春秋盧蒲嫳爲齊之忠臣，云：「替莊公報仇，要滅崔氏，非慶封不可。欲輸心慶封，非易内不可。五倫中，君父最大，夫妻爲小。盧顧大倫，故不顧小倫也。」其言甚創，人多怪之。余按東漢《獨行傳》，犍爲任永避王莽之亂，僞病青盲，妻淫于前，佯爲不見。似山公之言，未嘗無證。

唐翰林學士最榮，入直，許借飛龍厩馬。白香山《贈錢翰林》詩曰：「分班皆命婦，對苑即儲皇。」

蓋最親宫禁也。是以韋綬，學士也，而覆以蜀襭之袍。韓渥，學士也，而暗藏金蓮之燭。《十國春秋》載，後蜀王建待翰林過優，人尤之，建曰：「我昔值禁軍，見唐天子待翰林之厚，雖朋友不如也。我不過萬分之一耳。」

古稱狀元，不必殿試第一名。唐鄭谷登第後，《宿平康里》詩曰：「好是五更殘酒醒，耳邊聞唤狀元聲。」按谷登趙昌翰榜，名次第八，非第一也。周必大有《回姚狀元穎啓》、《回第二人葉狀元適啓》，當時新進士皆得稱狀元。惟南漢狀元不可作。《十國春秋》載，劉龑定例，作狀元者，必先受宫刑。羅履先《南漢宫詞》云：「莫怪宫人夸對食，尚衣多半狀元郎。」古稱探花，不必第三名。《天中記》：「唐進士杏園初會，使少俊二人探花遊園。若他人先折名花，則二人被罰。」《蔡寛夫詩話》云：「故事，進士朝集，擇年少者爲探花使。」是探花者，年少進士之職，非必第三名也。進士帽上多插花。太宗曰：「寇準少年，正插花飲酒時。」温公性嚴重，不肯插花。或曰：「君恩也。」乃插一枝。大概以年少者爲貴。某及第詩曰：「人老簪花不自羞，花應羞上老人頭。醉歸扶杖人多笑，十里珠簾半下鈎。」或又曰：「平康過盡無人問，留得宫花醒後看。」皆傷老之詞。熙寧間，余中請禁探花，以爲傷風化，遂停此例。後中以贓敗，人咸鄙之。王弇洲曰：「禁探花之説，譬如新婦入門，不許妝飾，便教績麻、造飯，理非不是也，而事太早矣。」余按：李燾《長編》載，陳若拙中進士第三名，以貌陋，人稱「瞎榜」。蓋宋以第三名爲榜眼，亦探花不必第三名之證。

商寶意有甥吴鑑南潢，爲詩人尊萊之子，亦能詩。嚴海珊贈云：「何無忌酷似其舅，嚴挺之乃有此兒。」真巧對也。鑑南以主事從温將軍征金川，大軍潰于木果，中礮墜溪死。未死時，知不免，寫詩兩册，以一册付其妻叔周某逃歸，以一册自置懷中。今秋帆先生所刻者，周帶回之一册也。與程魚門交好，程誦其《陶然亭》云：「偶着芒鞋策策行，到來心迹喜雙清。短蘆一片低如屋，空翠千層遠入城。野曠每留殘炤久，地高先覺早凉生。老僧解得登臨意，勸聽殘蟬曳樹聲。」《贈人》云：「波雖無恨終歸海，人到忘情却省才。」與乃舅寶意「人因福薄才生慧，天與才多恰費心」之句相似。

近今風氣，有不可解者。士人略知寫字，便究心于《説文》、《凡將》，而束歐、褚、鍾、王于高閣。略知作文，便致力于康成、穎達，而不識歐、蘇、韓、柳爲何人。間有習字作詩者，詩必讀蘇，字必學米，侈然自足，而不知考究詩與字之源流。皆因鄭、馬之學多糟粕，省費精神，蘇、米之筆多放縱，可免拘束故也。

改詩難于作詩，何也？作詩興會所至，容易成篇，改詩則興會已過，大局已定。有一二字于心不安，千力萬氣，求易不得，竟有隔一兩月，于無意中得之者。劉彦和所謂「富于萬篇，窘于一字」，真甘苦之言。《荀子》曰：「人有失針者，尋之不得，忽而得之，非目加明也，眸而得之也。」所謂眸者，偶睨及之也。唐人句云：「盡日覓不得，有時還自來。」即「眸而得之」之謂也。

香亭弟出守廣東，余賦詩送行云：「君恩深處忘途遠，家運隆時惜我衰。」一時和者甚多，惟押「衰」字頗難。胡書巢妹夫和云：「江南政績新遺愛，海外文章舊起衰。」余作書深美之。胡答書云：「連「爲押『衰』字，頗費心，今果見許，足徵兄之能知此中甘苦也。」書巢尤長五古，《途中望二華》云：「連山如洪濤，一瀉不得住。散作平岡低，萬壑此争赴。奔騰勢未已，倔强有餘怒。數里漸逶迤，坡陀相錯互。草木何繁滋，容畜欽美度。落日下翠微，蒼蒼群峰暮。白雲幻奇形，屢顧有時誤。」《大散關》云：「蜀門自此通，谷口望若合。日月互蔽虧，陰陽隱開闔。微徑臨深溪，馬蹄畏虚踏。泉流亂石中，砰磕肆擊磕。時節已初春，氣候如殘臘。黄葉間青條，風吹鳴颯颯。時見采樵人，行歌互相答。」《朝天峽》云：「旬月走雲棧，登頓勞下上。輿中困掀簸，厭聞馬蹄響。今晨改水涉，失喜聽雙槳。羌舟小如葉，羌水平如掌。健疑青鶻飛，疾類枋榆搶。灘轉峽角來，雙峙袤千丈。石裂怒欲落，畏壓不敢仰。洞陰中慘慄，白日迷惝怳。其深蟠蛟龍，其毒聚虺蟒。側目望天關，閣道更渺茫。行人偶失足，一墜詎可想。」《寄香亭》云：「携手天水橋，送我北新關。君歸我夜泊，咫尺不能攀。何况萬餘里，遠隔千重山。子來既無期，我行猶未還。至今夢寐中，橋下聞潺潺。流水無已時，思君如連環。森森九種竹，燦燦十樣箋。六六雙鯉鱗，泠泠三峽泉。險易雖有殊，窮達何與焉。自惜結隆愛，金石貫貞堅。與子同一心，豈與時俗遷。寓書奈不達，在遠情空延。子即能我諒，我衷胡由宣。相思如萱草，憂忿何時捐。」書巢受業于嘉禾布衣張庚，而詩之超拔，青出于藍。因書巢全集未梓，爲代存數章。

尹文端公論詩最細，有「差半个字」之説。如唐人「夜琴知欲雨，晚簟覺新秋」，「新秋」二字，現成語也，「欲雨」二字，以「欲」字起「雨」字，非現成語也，差半个字矣。以此類推，名流多犯此病。必云「晚簟恰宜秋」，「宜」字方對「欲」字。

詩無言外之意，便同嚼蠟。杭州俞蒼石秀才《觀繩伎》云：「一綫騰身險復安，往來不厭幾回看。

笑他着脚寬平者，行路如何尚説難？」又：「雲開晚霽終殊旦，菊吐秋芳已負春。」皆有意義可思。嚴冬友壯年不仕，《韋曲看桃花》云：「憑君眼力知多少，看到紅雲盡處無。」

痘神之説，不見經傳。蘇州名醫薛生白曰：「西漢以前，無童子出痘之説。自馬伏波征交阯，軍人帶此病歸，號曰『虜瘡』，不名痘也。」語見《醫統》。余考史書，凡載人形體者，妍媸各備，無載人面麻者。惟《文苑英華》載：「潁川陳黯，年十三，袖詩見清源牧。其首篇咏河陽花，時痘痂新落，牧戲曰：『汝藻才而花面，何不咏之？』陳應聲曰：『玳瑁應難比，斑犀點更嘉。天憐未端正，滿面與妝花。』」似此爲痘痂見歌咏之始。

唐人有「南宫歌管北宫愁」之句，蓋賦體也。不如方子雲《晚坐》云：「西下夕陽東上月，一般花影有寒温。」以比興體出之，更妙。

安徽方伯奇麗川，席間誦和親王《風箏》詩云：「風高欲上不得上，風緊求低不得低。」方伯《咏梅》云：「淡影是雲還是夢，暗香宜雨亦宜烟。」風調相似。

康熙間，曹練亭爲江寧織造，每出，擁八騶，必携書一本，觀玩不輟。人問：「公何好學？」曰：「非也。我非地方官，而百姓見我必起立，我心不安，故藉此遮目耳。」素與江寧太守陳鵬年不相中，及陳獲罪，乃密疏薦陳。人以此重之。其子雪芹撰《紅樓夢》一部，備記風月繁華之盛。明我齋讀而羨之。當時紅樓中有某校書尤艷，我齋題云：「病容憔悴勝桃花，午汗潮回熱轉加。猶恐意中人看出，强言今日較差些。」「威儀棣棣若山河，應把風流奪綺羅。不似小家拘束態，笑時偏少默時多。」

青陽秀才陳蔚，字豹章，能文，愛客，受業隨園。《江行雜咏》云：「日沉遠樹青，烟起遥山失。何處艤孤舟，一燈古渡出。昨發螃蠏磯，今泊針魚觜。秋風一夜生，吟冷半江水。」隨其兄芳郁庭遠行云：「江梅開遍雨霏霏，同駐郵亭整客衣。今日反嗟人似雁，一行齊向異鄉飛。」郁庭有《草堂雜咏》云：「處士應門惟使鶴，高人去榻更無賓。」「小橋時有雲遮斷，不使遊人過水西。」兄弟俱耽吟咏，人以雙丁、二陸比之。

莆田有吴荔娘者，庖人之女也。性愛潔，而能詩。豹章聘爲旁妻，未一年卒。豹章爲寫其《蘭坡剩稿》。有《春日偶成》云：「曈曈曉日映窗疏，荏苒韶光一枕餘。深巷賣花新雨後，開門插柳嫩寒初。鶯兒有語遷喬木，燕子多情覓舊廬。那用踏青郊外去，芊芊草色上階除。」又：「深院不知春色早，忽驚墻外賣花聲。」

向讀金陵孫秀才韶《咏小孤山》云：「江心突兀聳孤巒，飄渺還疑月裏看。絶似凌雲一枝筆，夜深横插水精盤。」後過此山，方知此句之妙。

河南撫軍畢秋帆先生篷室周月尊，字漪香，長洲人也。酷嗜文墨，禮賢下士。《咏水仙》云：「影疑浮夜月，香不隔簾櫳。」《偶成》云：「家如夜月圓時少，人似秋雲散處多。」夫人還吴門，先生七夕寄詩云：「汴水吴山同悵望，今宵兩地拜雙星。」

泗州選貢毛俟園藻，辛卯秋，赴金陵鄉試，主試爲彭芸楣侍郎。其友羅孝廉恕，彭門下士也，寓書索觀近藝，戲爲催妝俳語。毛答以詩云：「月影空濛柳影疎，秦淮水漲石城隅。小姑獨處無郎慣，争似羅敷自有夫。」榜揭，毛獲雋，羅往賀，入門狂叫曰：「今日小姑亦嫁彭郎矣。」一時傳爲佳話。古人官貴，行舡多伐鼓。少陵詩曰：「打鼓發舡誰氏郎。」白香山詩曰：「兩岸紅燈數聲鼓，使君樓艓下巴東。」皆伐鼓之證也。今人開舡鳴鉦，未知起于何時。

劉曾燈下誦《文選》，倦而就寢，夢一古衣冠人告之曰：「魏晉之文，文中之詩也。宋元之詩，詩中之文也。」既醒，述其言于余。余曰：「此余夙論如此。」

余畫《隨園雅集圖》，三十年來，當代名流題者滿矣，惟少閨秀一門。慕漪香夫人之才，知在吴門，修札索題，自覺冒昧。乃寄未五日，而夫人亦書來，命題《採芝小照》，千里外，不謀而合，業已奇矣。余臨《採芝圖》副本，到蘇州，告知夫人，而夫人亦將《雅集圖》臨本見示。彼此大笑。乃作詩以告秋帆先生曰：「白髮朱顔路幾重，英雄所見竟相同。不圖劉尹衰頽日，得見夫人林下風。」

王夢樓太守，精于音律，家中歌姬輕雲、寶雲，皆余所取名也。有柔卿者，兼工吟咏。成嘯厓公子贈以詩云：「侍兒原是紀離容，紅豆拈來意轉慵。時方示疾。一曲未終人不見，可堪江上對青峰。」柔卿和云：「生小原無落雁容，秋風偶覺病身慵。挂帆公子金陵去，望斷青青江上峰。」

杭州孫令宜觀察，余世交也。女公子雲鳳，幼聰穎，八歲讀書。客出對云：「關關雎鳩。」即應聲曰：「嗈嗈鳴雁。」觀察大奇之。和余《留别杭州》詩四首，録其二云：「撲簾飛絮一春終，太史歸來去又匆。把菊昔爲三徑客，盟鷗今作五湖翁。囊中有句皆成錦，閨裹聞名未識公。遥憶花間揮手别，片帆天外挂長風。」「未曾折柳倍留連，縱得重來又隔年。遠水夕陽青雀舫，新蒲春雨白鷗天。三千歌管歸花縣，十二因緣屬散仙。安得講筵爲弟子，名山隨處執吟鞭。」

羊后答劉曜語，輕薄司馬家兒。再醮之婦，媚其後夫，所謂閨房之内，更有甚于畫眉者。床笫之言不踰閾，史官何以知之？楊妃洗兒事，新、舊《唐書》皆不載，而温公《通鑑》乃采《天寶遺事》以入之，豈不知此種小説，乃委巷讕言？所載張嘉貞選壻，得郭元振，年代大訛，何足爲典要，乃據以污唐家宫闈耶？余《咏玉環》云：「《唐書》新舊分明在，那有金錢洗禄兒？」蓋雪其冤也。第李義山《西郊百韵》詩，有「皇子棄不乳，椒房抱羌渾」之句，天中進士鄭嵎《津陽門詩》，亦有「禄兒此日侍御側，繡羽褓衣日屓贔」之句。豈當時天下人怨毒楊氏，故有此不根之語耶？至于楊妃縊死佛堂，《唐書》、《通鑑》俱無異詞，獨劉禹錫《馬嵬》詩云：「貴人飲金屑，倏忽舜英暮。」似貴妃之死，乃飲金屑，非雉經矣。傳聞異詞，往往如是。

唐人詩話：「李山甫貌美，晨起，方理髮，雲鬟委地，膚理玉映。友某自外相訪，驚不敢進。俄而山甫出，友謝曰：『頃者誤入君内。』山甫曰：『理髮者，即我也。』相與一笑。」余弟子劉霞裳有仲容之姣，每遊山，必載與俱。趙雲松調之云：「白頭人共泛清波，忽覺沿堤屬目多。此老不知看衛玠，誤夸看殺一東坡。」

「忍凍不禁先自去，釣竿常被別人牽。」宋人句也。默禪上人一聯云：「水藻半浮苔半濕，浣紗人去不多時。」俱眼前語，而餘韵悠然。

余過袁江，蒙河督李香林尚書將所坐舡親送渡河。席間讀尚書詩，《野行》云：「香聞春酒熟茅店，紅惜秋花開野塘。」《宿永平》云：「樹樹鳥相語，山山水上看。」皆佳句也。又見贈二律，已梓入集中矣。其尊人湛亭尚書先督南河，《遥灣夜泊》云：「風雪荆山道，春帆滯水涯。幾聲深夜犬，知近野人家。」《赴南河》云：「過纇應知因搏致，徹桑須及未陰時。」用《孟子》語，而治河之道，思過半矣。

錢文端公少時，鄉試落第，其科主試者趙侍郎也，别號長眉公。觀演《小尼姑下山》，戲題云：「三寸黄冠綰碧絲，裝成十六女沙彌。無情最是長眉佛，訴盡春愁總不知。」毛西河選閨秀詩，獨遺山陰女子王端淑。王獻詩云：「王嬙未必無顔色，争奈毛君筆下何。」一藏其名，一切其姓。

尹似邨有句云：「自與情人和泪别，至今愁看雨中花。」蔣廷鎔有句云：「自從環珮無消息，簷馬丁東不忍聽。」

阮亭先生自是一代名家，惜譽之者既過其實，而毁之者亦損其真。須知先生才本清雅，氣少排奡，爲王、孟、韋、柳則有餘，爲李、杜、韓、蘇則不足也。余學遺山論詩，一絶云：「清才未合長依傍，雅調如何可詆娸。我奉漁洋如貌執，不相菲薄不相師。」

本朝古文之有方望溪，猶詩之有阮亭，俱爲一代正宗，而才力自薄。近人尊之者，詩文必弱；詆之者，詩文必粗。所謂佞佛者愚，闢佛者迂。

鄭夾漈笑韓昌黎《琴操》諸曲爲兔園册子，薄之太過。然《羑里操》一篇末二句云：「臣罪當誅，天王聖明。」深求聖人，轉失之僞。按《大雅》：「文王曰咨，咨汝殷商。汝炰烋于中國，斂怨以爲德。」文王並不以紂爲聖明也。昌黎豈不讀《大雅》耶？東坡言孔子不稱湯、武。按《革卦》《繫詞》：「湯武革命，順乎天而應乎人。」《繫詞》，孔子所作也。東坡豈不讀《易經》耶？劉後村爲吴恕齋作詩序云：「近世貴理學而賤詩賦，間有篇章，不過押韵之語録講章耳。」余謂此風至今猶存，雖不入理障，而但貪序事，毫無音節者，皆非詩之正宗，韓、蘇兩大家往往不免。故余《自訟》云：「落筆不經意，動乃成蘇韓。」

爲人不可不辨者，柔之與弱也，剛之與暴也，儉之與嗇也，厚之與昏也，明之與刻也，自重之與自大也，自謙之與自賤也，似是而非。作詩不可不辨者，淡之與枯也，新之與纖也，樸之與拙也，健之與粗也，華之與浮也，清之與薄也，厚重之與笨滯也，縱横之與雜亂也，亦似是而非。差之毫釐，失以千里。

明季以來，宋學大盛，于是近今之士，競尊漢儒之學，排擊宋儒，幾乎南北皆是矣，豪健者尤争先焉。不知宋儒鑿空，漢儒尤鑿空也。康成臆説，如用麒麟皮作鼓郊天之類，不一而足。其時孔北海、虞仲翔早駁正之。孟子守先王之道，以待後之學者，尚且周室班爵禄之制，其詳不可得而聞。又曰：「盡信《書》不如無《書》。」况後人哉？善乎楊用修之詩曰：「三代後無真理學，六經中有僞文章。」

後之人未有不學古人而能爲詩者也。然而善學者，得魚忘筌；不善學者，刻舟求劍。

韓侂胄伐金而敗，與張魏公之伐金而敗一也。後人責韓不責張，以韓得罪朱子故耳。然金人葬其首，謚曰忠繆，以其忠于爲國，繆于謀身也。錢辛楣少詹過安陽，弔之曰：「匆匆函首議和親，昭雪何心及老秦。一局殘棋偏汝著，千秋公論是誰伸。横挑强敵誠非計，欲報先仇豈爲身。一樣北征師挫衄，符離未戮首謀人。」少詹又弔姚廣孝云：「空登北郭詩人社，難上西山老佛墳。」

唐僧大雅《半截碑》，頌吴大將軍李夫人曰：「圓儀替月，潤臉呈花。」邯鄲淳作《孝女曹娥碑》曰：「令色孔儀，巧笑倩兮。」頌其德，及其貌，皆涉輕佻，與題不稱。然大旨是倣《碩人》一章。迂儒讀之，必起物議。

方敏慤公三妹能詩，自畫牡丹，題云：「菊瘦蘭貧植謝家，愧無春色繪年華。剩來井底胭脂水，學畫人間富貴花。」公《咏清涼山桃花》云：「傾將一井胭脂水，和就六朝金粉香。」似襲乃妹詩，而風趣轉遜。

敏慤公未遇時，祖、父俱以罪戍塞外。公南北奔走，備極流離。清涼寺僧號中州者，知爲偉人，時周恤之。公贈詩云：「須知世上逃名易，只有城中乞食難。」後官制府，爲中州弟子麗雅重建清涼寺，殿宇焕然。余過而有感，亦題詩云：「細讀紗籠數首詩，尚書回首憶前期。英雄第一心開事，揮手千金報德時。」蘇州薛皆三進士有句云：「人生只有修行好，天下無如喫飯難。」意與方公相似。

虞山王次山先生峻風骨嚴峭，館蔣文肅公家，晚不戒於酒，肆口嫚駡。蔣家人群欲毆之，文肅呵禁。次日，待之如初。先生不自安，辭去。余己未會試出文恪公門下，聞此説而疑之。後讀先生哭文肅公詩云：「回首却傷門下士，少時無賴吐車茵。」方知此事信有。愈徵文肅之賢，而先生之不諱過也。先生少所許可，獨譽枚不絶于口。以故枚雖報罷鴻詞科，而名聲稍起公卿間。惜無所樹立，以酬先生之知。而先生自劾罷都御史彭茶陵，直聲震天下。後竟卧病不起，悲夫！

博陵尹元孚先生，少孤貧，以母教成名。督學江南，好教人讀《小學》，宗程、朱。余時宰江寧，意趣不合。一日，先生騶唱三山街，爲某大將軍家奴所窘，詐稱某王遣來，太守不敢詰，予收縛置獄，先生以此見重。適高相國斌有事來江寧，先生面稱枚云：「才如子建，政如子產。」亡何，先生薨。予感知己之恩，將賦輓詩，見次山先生四章，不能再出其右，遂擱筆焉。其警句云：「母教成三徙，君恩厚兩朝。」又曰：「士幸方知向，天何遽奪公。」

從古文人，得功于母教者多，歐、蘇其尤著者也。次山題錢修亭《夜紡授經圖》曰：「辛勤篝火夜燈明，繞膝書聲和紡聲。手執女工聽句讀，須知慈母是先生。」

尹元孚先生任兩淮鹺務時，布衣鮑皋以詩受知，今有《海門集》行世，皆先生爲之提倡。鮑奉陪先生，《汎海口》詩云：「蓬萊清切逢仙侶，蛟鱷威稜避顯官。」其相得如此。因憶明大學士劉健好理學，惡人作詩，曰：「汝輩作詩，便造到李、杜地位，不過一酒徒耳。」嘻！《記》云：「不能詩，於禮繆。」孔子教人學詩，在《論語》中至于十一見。而劉公乃爲此言，不如尹公遠矣。

隨園有對聯云：「此地有崇山峻嶺，茂林修竹；是能讀三墳五典，八索九丘。」故是李侍郎因培所贈，懸之二十餘年。忽一日，岳大將軍鍾琪之子參將名瀞者來謁，入門先問此聯有否，現懸何處。予指示之。端睇良久，曰：「此後書舍可有蔚藍天否？」予問：「何以知之？」曰：「余在四川時，夢先大人引遊一園，有此聯額，且曰：『將我交此園主人。』瀞驚醒，遍訪川中，無人知者。今來補官江寧，有人談及，故來相訪。」因出將軍行狀二十餘頁，稽首求傳。予讀之，雜亂舛錯，爲編纂七日方成。而岳又調往金川，不復再見矣。今年夏間，偶抄選鮑海門詩二十餘首，其子之鍾適渡江來，余告以選詩之事，問：「尊人有餘集否？」鮑不覺泣下，曰：「異哉！余今而知夢之有靈也。吾渡江前三日，夢與先人遊隨園。先人與公同修舡，以紙補其窗櫺。醒而不解。今思之，夫舡者，傳也，紙者，詩之所附以傳者也。今公抄選先人之詩，豈不暗相脗合耶？」甚矣，鬼神之好名也！

詩貴翻案。神仙，美稱也，而昔人曰：「丈夫生命薄，不幸作神仙。」楊花，飄蕩物也，而昔人云：「我比楊花更飄蕩，楊花只有一春忙。」長沙，遠地也，而昔人云：「昨夜與君思賈誼，長沙猶在洞庭南。」龍門，高境也，而昔人云：「好去長江千萬里，莫教辛苦上龍門。」白雲，閒物也，而昔人云：「白雲朝出天際去，若比老僧猶未閒。」「修到梅花」，指人也，而方子雲見贈云：「梅花也有修來福，着个神仙作主人。」皆所謂更進一層也。

苕溪女子姚益鱗，嫁嚴林溪，以夭亡。《送姊之泽溪》云：「姊妹花窗下，相依兩意同。拈針五夜火，拜月一襟風。忽逐分飛雁，都爲斷梗蓬。擬將苕水闊，送盡别離衷。」《閏七夕》云：「微雲依約接銀河，一月佳期兩度過。倘把重逢歡較昔，翻教添得别愁多。」

沈學子有女弟子徐瑛玉，字若冰，崑山人，嫁孔氏，能詩，早亡。與王蘭泉夫人許雲清，及吾鄉方宜炤之女芷齋，唱和甚多。和學子《送春》云：「春光心事兩蹉跎，愁見飛花檻外過。漫説窮愁詩便好，算來詩不敵愁多。」《病起》云：「重開鸞鏡施膏沐，卷上珠簾怯曉風。病起不知秋幾許，飛來黄葉滿庭中。」《七夕》云：「銀漢横斜玉漏催，穿針瓜果飣妝臺。一宵要話經年别，那得工夫送巧來。」

顧東山有女，美而不嫁，好服壞色衣，持念珠，作六時梵語。其母哂之，曰：「汝故是優婆夷耶？」女微哂而已。行年三十，操修益堅。父母知其志，爲築即是庵處之，因號即是庵主人。許太夫人題其庵云：「上界遭謫謫，人言萼緑華。十年貞不字，一室語無譁。遣興惟吟絮，逢春欲避花。結庵殊可羡，萱草傍蘭芽。」

嘉善曹六圃廷棟，少宰蓼懷之孫，隱居不仕，自號慈山居士。自爲壽藏，不下樓者二十年，著作甚富。余愛其晚年佳句，如：「廢書祇覺心無著，少飲從教睡亦清。」「病教揖讓虚文減，老覺婆娑古意多。」「詩真豈在分唐宋，語妙何曾露刻雕。」余稱其詩專主性情，慈山寄札謝云：「老人生平苦心，被君一語道破。」屢招余往，而竟不遂其願。卒，已八十五矣。

余性不飲酒，又不喜唱曲，自慚寠人子，故音律一途，幼而失學。偶讀桐城張文和公《元夕寄弟葯齋》詩云：「亦知令節休虚度，其奈疎慵本性何。天與人間清浄福，不能飲酒厭聞歌。」公爲大學士文端公之子，一生富貴，而獨缺東山絲竹之好，何耶？豈金星不入命之故耶？余親家徐題客，健庵司寇孫也，五歲能拍板歌。見外祖京江張相國，相國愛之，抱置膝上。乳母在旁，夸曰：「官官雖幼，竟能歌曲。」相國怫然曰：「真耶？」曰：「真也。」相國推而擲之，曰：「若果然，兒没出息矣。」兩相國性情相似。後徐竟坎壈，爲人司音樂，以諸生終。《自嘲》云：「文章聲價由來賤，風月因緣到處新。」此語題客親爲余言。

吾鄉孝廉王介眉，名延年。少嘗夢至一室，秘帖古器，盎然横陳。榻坐一叟，短身白鬚，見客不起，亦不言。又有一人，頎而黑，揖介眉而言曰：「余漢之陳壽也。作《三國志》，黜劉帝魏，實出無心，不料後人以爲口實。」指榻上人曰：「賴彦威先生以《漢晉春秋》正之。汝乃先生之後身，聞方撰《歷代編年紀事》，夙根在此，須勉而成之。」言訖，手授一卷書，俾題六絶句而寤。寤後，僅記二句曰：「慚無晉漢春秋筆，敢道前身是彦威？」後介眉年八十餘，進呈所撰《編年紀事》，賜翰林侍讀。

同年儲梅夫宗丞，能養生，七十而有嬰兒之色。乾隆庚辰，奉使祭告嶽瀆，宿搜敦郵旅店。是夕，燈花散采，倏忽變現，噴烟高二三尺，有風霧回旋。急呼家童觀之，共爲詫異，相戒勿動。夢群仙五六人，招至一所，上書「赤雲岡」三字，呼儲爲雲麾使者。諸仙列坐聯句，有稱海上神翁者，首唱曰：「蓮炬今宵獻瑞芝。」次至五松丈人，續曰：「群仙佳會飄吟髭。」又次至東方青童，曰：「春風欲换楊柳枝。」旁一女仙曰：「此雲麾過凌河句也，汝何故竊之？」相與一笑。忽燈花如爆竹聲，驚而醒。

蔣苕生太史序玉亭女史之詩曰：「離象文明，而備位乎中。女子之有文章，蓋自天定之。」玉亭名慎容，姓胡，山陰人，嫁馮氏。所天非解此者，遂一旦焚棄之，然其韵語已流播人間，有《紅鶴山莊詩》行世。其女兄弟采齊、景素亦皆能詩，俱不得志。玉亭尤鬱鬱，未四旬殁矣。其《病中》云：「惚惚魂無定，飄飄若夢中。扶行驚地軟，倚卧覺頭空。放眼皆疑霧，聞聲似起風。那堪窗下雨，寂寞一燈紅。」《窺采齊曉妝》云：「徘徊明鏡漫凝神，個裏伊誰解效顰。一樹梨花一溪月，隔窗防有斷魂人。」《女郎詞》云：「相呼同伴到簾幃，偷看新來客是誰。又恐被人先瞥見，却從紈扇隙中窺。」《殘梅》云：「纔發疎林便褪妝，冰姿空對月昏黄。東風只顧吹零雨，那惜枝頭有暗香。」采齊，名慎儀。《早起》

云：「一番花信五更風，那管春宵夢未終。起傍芳叢頻檢點，夜來曾否損深紅。」《夜眠》云：「銀蟾朗徹有餘光，静坐庭軒寄興長。地僻不知更漏永，瞥驚花影過東墻。」《贈茗生》云：「沽酒每聞捐玉珮，濟人時復典宫袍。」殊貼切茗生之爲人。余問茗生：「玉亭貌可稱其才否？」茗生乃誦其《菩薩蠻》一闋云：「人言我瘦形同鶴，朝朝攬鏡渾難覺。但見指尖長，羅衣褪粉香。若能吟有異，不管腰身細。清減肯如梅，凋零亦是魁。」可想見風調，使人之意也消。

《紅鶴山莊詩》，乃王菊莊孝廉爲之刊行。玉亭作詞謝云：「多謝詩人，深蒙才士，不憎戚末堪因倚。吴頭楚尾一相逢，白雲紅鶴傳千里。南浦悲吟，西窗閒技，居然卷附秋香裏。寸心從此莫言愁，人間已有人知己。」其女思慧，嫁劉侍郎秉恬，亦才女也。《過嶺》云：「半嶺梅花成故舊，兩肩書本是行裝。」

孔莶谷扶乩，有女仙，自稱袁茝君，名沅。年十五，入蜀王杲宫中，給事花蕊夫人。未進御，而唐兵下蜀。茝君匿民間，被人搜得，將獻之大帥，行次劍閣，投水死，年才十八。今石壁間有垂紅珊瑚樹者，即其藁葬所也。菊莊爲題詩云：「劍閣崔巍萬古存，西川宫殿總成塵。可憐殉國磨笄者，不是昭陽寵幸身。」

蘇州楊文叔先生，掌教吾鄉敷文書院，以實學教人。余年十九，即及門焉。後宰江寧，而先生掌教鍾山，又復追隨絳帳。近聞其家式微，詩稿遺失。僅傳《孝陵》二首云：「鼎湖龍去上升天，弓劍埋藏四百年。金盌玉魚無恙在，不須清淚滴銅仙。」「豎儒瞻拜舊山陵，落日平蕪百感生。欲奏通天臺下表，只憐才謝沈初明。」先生名繩武，康熙癸巳翰林，維斗先生孫也。

江寧方伯永公之子明新，字竹岩，性耽風雅。其弟亮，字鐵崖，亦聰穎。在江寧時，與余交好，選勝徵歌，時時不絶。後永公内用，竹岩留别詩云：「春風幾度坐瓊筵，玉屑霏霏細雨天。盛會忽然成往事，别情無那到尊前。挂帆江上三秋雨，寫恨銀燈五色箋。此後夢魂來不易，琴聲重聽是何年。」鐵崖云：「雁唳空天氣泬寥，驪歌未唱已魂消。兩年師弟情何重，一别關山路正遥。海上瑶琴驚忽斷，岩前叢桂悵難招。離懷此際憑誰説，只可長亭折柳條。」其師嚴翼祖孝廉，亦留别四首，末云：「子雲筆札君卿舌，到處聽人説感恩。」鐵崖《遊河房》云：「水深不覺漁舟過，櫓動先看月影摇。」

咏物詩無寄托，便是兒童猜謎。讀史詩無新義，便成廿一史彈詞。雖着議論，無雋永之味，又似史贊一派。俱非詩也。余最愛常州劉大猷《岳墓》云：「地下若逢于少保，南朝天子竟生還。」羅兩峰咏始皇云：「焚書早種阿房火，收鐵還留博浪椎。」周欽來咏始皇云：「蓬萊覓得長生藥，眼見諸侯盡入關。」松江徐氏女咏岳墓云：「青山有幸埋忠骨，白鐵無辜鑄佞臣。」皆妙。尤雋者，嚴海珊咏張魏公云：「傳中功過如何序，爲有南軒下筆難。」冷峭蘊藉，恐朱子在九原，亦當乾笑。

海珊自負咏古爲第一，余讀之，果然。《三垂岡》云：「英雄立馬起沙陀，奈此朱梁跋扈何。赤手難扶唐社稷，連城猶擁晉山河。風雲帳下奇兒在，鼓角燈前老淚多。蕭瑟三垂岡下路，至今人唱百年歌。」

桐城張葯齋宗伯，三任江南學政，奬擢名流，詩尤清婉。《題三妹澄碧樓》云：「小軒近對碧波澄，隔着疏楊喚欲譍。最好淡雲微月夜，半簾相望讀書燈。」《寄女》云：「香羹洗手調晨膳，書案分燈補舊襦。」《喜若需歸里》云：「一匹絹堪憐宦況，五車書足艷歸裝。」余以翰林改官，公向其兄文和公作元相語曰：「韓愈可惜。」

崔念陵進士《鄱陽道中》云：「班鳩呼雨兩三處，毛竹編籬四五家。流水聲中行半日，薰風不動晚禾花。」《折柳》云：「陌頭楊柳正垂絲，泣雨含風送别離。今日兒心正飄蕩，折枝休折帶花枝。」崔有如此才，而以微罪褫職，漂泊江寧僧舍，當事者欲逐回籍，予力爲護持，久之乃行。

年家子任進士大椿，詩學《選》體，獨《了義寺》一首，脱盡齊梁金粉。詞曰：「過塢指歸林，到寺停雙楫。風吹烟穗斜，入户氣騷屑。境僻罕來蹤，日落見殘雪。不識此何人，隔竹聞僧説。」又有句云：「抱琴看月去，吹鬢愛風來。」

壬申冬，陽羨詩人汪溥落魄金陵，余小有周濟，蒙贈詩云：「邂逅得蒙青眼顧，此生今已屬明公。」還家後，寄其弟玉珩《圖山草堂詩》來，有「屋角響松濤，晴日長疑雨」之句。又《柳絮》云：「明知繡閣多春思，故傍簾前欵欵飛。」

竹筠女子早卒，自焚詩稿，僅傳其《宫詞》云：「中官宣詔按新箏，玉指輕彈别恨聲。恰被東風吹散去，君王乍聽未分明。」高東井題云：「叢殘私字叠兜央，零亂殘脂儘斷腸。賴是六丁收不盡，一編擎出返魂香。」

同年邵叔宀太史，《玉芝堂四六》一編，直逼齊梁，詩亦高雅。掌教常州，余泊舟相訪。别後，寄七律四章，有句云：「興來不覺風吹帽，坐久方知露濕衣。」《北歸》云：「終朝濟水隨船尾，盡日淮山在眼中。」

曹學士洛禋，言少時過市，買《椒山集》歸。夜閱之，倦，掩卷卧。聞叩門聲，啓視，則同學遲友山也。携手登臺，聯句云：「冉冉乘風一望迷遲，中天烟雨夕陽低。來時衣服多成雪曹，去後皮毛盡屬泥。但見白雲侵月冷遲，微聞黄鳥隔花啼。行行不是人間象，手挽蛟龍作杖藜曹。」吟罷，友山别去。學士歸，語其妻，妻不答；呼僕，僕不應。復坐北窗，取《椒山集》，掀數頁，回顧，則身卧竹床上，大驚，始知夢也。少頃，友山訃至。

周少司空青原，未遇時，夢人召至一處，金字榜云「九天玄女之府」。周入拜，見玄女霞帔珠冠，南面坐。以手平扶之，曰：「無他相屬，因小女有像，求先生詩。」出一卷，漢魏名人筆墨俱在。淮南王劉安隸書最工，自曹子建以下，稍近鍾、王風格。周題五律四首，玄女喜，命女出拜。神光照耀，周不敢仰視。女曰：「周先生富貴中人，何以身帶暗疾？我爲君除之，作潤筆資。」解裙帶，授藥一丸。周幼時誤吞鐵針，着腸胃間，時作隱痛。服後霍然。醒來，詩不能記，惟記一聯云：「冰雪消無質，星辰繫滿頭。」

尤琛者，長沙人，少年韶秀。過湘溪野廟，見塑紫姑神甚美，題壁云：「藐姑仙子落烟沙，冰作闌干玉作車。若畏夜深風露冷，槿籬茅舍是郎家。」夜有叩門者，啓之，曰：「紫姑神也。讀郎詩，故來相就。」手一物，與尤曰：「此名紫絲囊，吾朝玉帝時，織女所賜。佩之，能助人文思。」生自佩後，即登科出宰。女助其爲政，有神明之稱。余按：尤詩頗藴藉，無怪神女之相從也。其始末甚長，載《新齊諧》中。

先祖旦釜公有詩一册，皆蠅頭草書。予幼時，曾手録之。一行爲吏，屢移眷屬，竟爾遺失。僅記其《咏雪》云：「忽然捲幔如逢月，可惜開窗不見山。」《途中遇雪》云：「四望平林飛鳥絶，一肩行李店房疏。」犖縣幕中五十自壽《沁園春》二闋云：「自壽三杯，仰天稽首，屈指徘徊。嘆一經糟粕，挂名入泮，八塲傀儡，逐隊登臺。漸漸消磨，人生老矣，富貴功名安在哉。休傷感，且搜尋禿管，别作生涯。

傭書事屬吾儕，權混迹藩籬學賣獃。任紆青拖紫，名齊北斗，論黄數白，富比長淮。與我無干，事皆前定，何苦攢眉不放開。與君約，在醉鄉深處，不飲休來。」又云：「自壽三杯，從今客邸，追數年華。憶金燈縱飲，呼盧喝雉，雕鞍馳射，問柳尋花。此興非遥，廿年前事，倏忽皤然老缺牙。憂來處，把唾壺敲缺，羯鼓頻撾。

幾年浪迹天涯，若个是狂夫不憶家。看零丁弟妹，睁睁望我，嬌柔兒女，悄悄呼爺。恨不乘風，飄然歸去，可柰關河道路賒。黄昏後，問有誰伴我，數點寒鴉。」先祖慈溪籍，前明槐眉侍御之孫。槐眉與其父茂英方伯有《竹江詩集》行世。

叔父健磐公，遊西粤三十餘年。卒時，香亭弟年才十歲，以故詩多散失。余歸其喪，搜篋中，僅存見寄五律云：「獨向空庭立，詩思入沭陽。才先施簡邑，俸可養高堂。汝豈池中物，吾愁鬢上霜。何時一尊酒，相對話滄桑。」「吾生最飄泊，淚迹滿征衣。紫陌春猶在，青年事已非。水寛魚未活，樹密鳥難依。朽骨埋何處，秋原瘴雨飛。」

尹似村《小園絶句》云：「春草自來芟不盡，與花無礙不妨多。」深得司馬温公所云「草非礙足不芟」包容氣象。

揚州郭元釪，字于宮，江左十五子之一也。秋闈文卷，偶誤一字，乃挖小孔，補綴書之。收卷官勘以違例，不許入場。于宮作《挖孔詩》云：「吾道真成一喟然，仰高未已忽鑽堅。甲午首題「仰之彌高」。似餐脈望三枚字，未補媧皇五色天。眼底金篦昏待刮，年來玉楮刻將穿。海山伴侣飛騰盡，慚愧偏爲有漏仙。」「一罅虧成抵海寬，功名赢得齒牙寒。世情畢竟吹毛易，筆力須知透背難。混沌畫眉良可已，虛空著楔本無端。些些紕繆無多子，勞動諸君反覆看。」又：「誰知百步穿楊手，如此夸張洞札工。」「身世自憐還自笑，此生相誤只毛錐。」真不愧才人吐屬。

余在王孟亭太守處，翻閱舊簏，得劉大山先生手書詩册。賀其祖樓村修撰移居云：「官如蠶受繭絲纏，鬱鬱惟將邸舍遷。家具無多移較易，街坊太遠住堪憐。月逢廟市剛三日，俸算詞林已六年。閉户忍饑都不患，只愁囊乏買書錢。」「碧山堂裏老尚書，二十年前此卜廬。任昉交遊今在否，羊曇涕淚痛何如。頹廊有鼪奔饑鼠，廢圃無墻種野蔬。此日君居最相近，教余一到一躊躕。」大山名巖，江浦人。人但知其工作時文，而不知詩才清妙乃爾。所云碧山堂尚書者，即東海徐健庵司寇，領袖名場者也。查浦先生亦有詩云：「分明萬壑歸東海，不到朝宗轉自疑。」可謂善于推尊者矣。

蕪湖范兆龍，字荔江，館江寧宰陸蘭村署中，時以詩見示。歸後，身亡。記其《雨宿韓家廟》一首云：「陰雲蔽空白日冥，疾風滿路驅雷霆。幸接招提投一宿，空廊寂寂飛鼯鼪。齋厨無人烟火熄，佛前幾卷堆殘經。燃燈枯坐雙耳冷，側聽萬斛松濤傾。簷溜須臾聲漸止，門外潺湲猶未已。開軒月露浩盈階，仰看天光净如洗。」

上虞陳少亭，愛童二樹五言，爲《摘句圖》，仿阮亭之摘施愚山也。余尤喜其「早烟山際重，春霧水邊多」、「看花蜂立帽，問水鷺隨人」、「晴流鳴斷壑，山影卧空田」數聯。

隨園詩話卷三

倉山居士著

余嘗語人云：「才欲其大，志欲其小。才大則任事有餘，志小則願無不足。孔北海志大才疏，終于被難。邴曼容爲官不肯過六百石，没齒晏然。」童二樹詩云：「所欲不求大，得歡常有餘。」真見道之言。

夫用兵，危事也，而趙括易言之，此其所以敗也。夫詩，難事也，而豁達李老易言之，此其所以陋也。唐子西云：「詩初成時，未見可訾處，姑置之。明日取讀，則瑕疵百出，乃反復改正之。隔數日，取閲，疵累又出，又改正之。如此數四，方敢示人。」此數言，可謂知其難而深造之者也。然有天機一到，斷不可改者。余《續詩品》有云：「知一重非，進一重境。亦有生金，一鑄而定。」

《西河詩話》載曹能始先生得家信詩：「驟驚函半損，幸露語平安。」以爲佳句。一客謂：「『露』字不如『賸』字之當。大抵『平安』注函外，損餘曰賸。若内露，不必巧值此字矣。」人以爲敏。余獨謂不然。「賸」字與「半」字不相叫應，函不過半損，則剩者正多，不止「平安」二字。「幸露語平安」，正是偶然觸露，所以羈旅之情，爲之驚喜耳。若曰不必巧值，則又何以知其必不巧值耶？

盧雅雨先生與蔣蘿村副憲同謫塞外。蔣年老，慮不得歸，盧戲作文生祭之，文甚譎詭。尹文端公一日謂余曰：「汝見盧《出塞集》乎？」曰：「見矣。」曰：「汝最愛何詩？」余未答。公曰：「汝且勿言，我猜必是生祭蔣蘿村文。」余不覺大笑，而首肯者再，喜師弟之印可也。其詞曰：「先生之壽，七十有七。先生之壯，如其壯日。先生曠達，不諱其恤。先生有教，乃載之筆。先生書來，示我云云。昔同轉運，與君爲寅。今同謫戍，與君爲鄰。我欲生祭，乞君一言。僕謝不敏，非甘懶惰。詛老咒生，無乃不可。既而思之，公非欺我。辱公之教，奈何弗果。爰卜吉日，乃駕黄驪。羔羊烝炙，酪酥淋漓。乾餱醽酒，載攜載隨。造廬展笑，大放厥詞。昔公早達，久食天禄。遭際堯廷，而登憲副。有其志之，非僕所録。僕識公晚，蓋始投荒。過公信宿，示我周行。何以圖報，祝壽而康。今年聞公，報三周歲。憶公語我，軍臺有制。諸弛形徒，考績爲例。瓜代爲常，喜而不寐。何期命宫，磨蝎流連。帝聞臣罪，未聞臣年。草霜風燭，能否再延。有死之心，無生之氣。僕忝同群，敢忘敦慰？言之達心，聽之無味。破涕用奇，于是乎祭。世之祭者，羅鼎列牲。豈無酹奠，誰進一觥。豈無呼告，誰應一聲。禱爾曰誄，莫若及生。我聞設臺，防厄魯特。雪山爲窟，師老難克。鬼能爲厲，殊便殺賊。生不如人，死當報國。我聞西域，佛教常新。恒河沙數，皆不壞身。此去天竺，無間關津。一靈不昧，便入法門。我聞閻羅，即包孝肅。其家廬州，僕曾爲牧。牧不負神，神應電矚。爲問年來，神頗憶不？我聞冥司，分隸城隍。我輩頭銜，頗與相當。定容抗禮，謙尊而光。豈如井底，妄肆蛙張。我聞此地，李陵所竄。苗裔及唐，猶通祖貫。游子河梁，妙絶詞翰。地下相逢，定非冰炭。我聞歸化，葬古昭君。青塚表表，血食爲神。乃心漢闕，同鄉是親。死如卜宅，請傍佳人。凡諸幻想，謂死有覺。有覺而死，不改其樂。若本無知，何嫌沙漠。滄桑以來，誰非委壑。公曰信哉，君言慨慷。君浮我白，我奉君觴。飲既盡興，食亦充腸。飲食醉飽，是爲尚饗。」

松江曹黄門先生陸夫人，自號秀林山人。歸先生時，年才十七，奩具旁皆文史也。尤愛《楚詞》，針黹暇，必朗誦之。侍婢私語曰：「夫人所誦，與在家時何異？」先生因贈詩云：「幽意閒情不自知，碧窗吟遍楚人詞。添香侍女聽來慣，笑説書聲似舊時。」因戒夫人曰：「卿愛屈子詞，此生不當得意。」已而果亡。先生爲梓其《梯山閣遺稿》。《冬日病起》云：「病裏生涯百事睽，一絃一柱譜《平沙》。彈來却怪人偷聽，閒倚欄干看雪花。」《寄外》云：「烟水迢迢泛木蘭，寒風殘雪怯衣單。客裘自着江邊雨，莫作臨行淚點看。」余聞方問亭宫保少時亦愛《離騷》，自懺云：「愛讀《離騷》便不祥。」其後功名顯赫。然則黄門先生之言，亦未必盡然與？先生諱一士，官御史。

人或問余，以本朝詩誰爲第一。余轉問其人：「《三百篇》以何首爲第一？」其人不能答。余曉之曰：「詩如天生花卉，春蘭秋菊，各有一時之秀，不容人爲軒輊。音律風趣，能動人心目者，即爲佳詩，無所爲第一、第二也。有因其一時偶至而論者，如『不愁明月盡，自有夜珠來』一首，宋居沈上；『文章舊價留鸞掖，桃李新陰在鯉庭』一首，楊汝士壓倒元、白是也。有總其全局而論者，如唐以李、杜、韓、白爲大家，宋以歐、蘇、陸、范爲大家是也。若必專舉一人，以覆蓋一朝，則牡丹爲花王，蘭亦爲王者之香，人于草木不能評誰爲第一，而况詩乎？」

王陽明先生云：「人之詩文，先取真意。譬如童子垂髫肅揖，自有佳致。若帶假面，傴僂而裝鬚髯，便令人生憎。」顧寧人與某書云：「足下詩文非不佳，奈下筆時胸中總有一杜一韓放不過去，此詩文之所以不至也。」

王夢樓侍講云：「詩稱家數，猶之官稱衙門也。衙門自以總督爲大，典史爲小，然以總督衙門之擔水夫，比典史衙門之典史，則亦寧爲典史，而不爲擔水夫。何也？典史雖小，尚屬朝廷命官；擔水夫，衙門雖尊，與他無涉。今之學杜、韓不成，而矜矜然自以爲大家者，不過總督衙門之擔水夫耳。」葉横山先生云：「好摹倣古人者，竊之似，則優孟衣冠，竊之不似，則畫虎類狗。與其假人餘焰，妄自稱尊，孰若甘作偏裨，自領一隊？」

東坡近體詩，少蘊釀烹煉之功，故言盡而意亦止，絕無絃外之音、味外之味。阮亭以爲非其所長，後人不可爲法，此言是也。然毛西河詆之太過。或引「春江水暖鴨先知」，以爲是坡詩近體之佳者，西河云：「春江水暖，定該鴨知，鵝不知耶？」此言則太鶻突矣。若持此論詩，則《三百篇》句句不是，「在河之洲」者，斑鳩、鳲鳩皆可在也，何必雎鳩耶？止丘隅者，黑鳥、白鳥皆可止也，何必黄鳥耶？

富貴詩有絕妙者，如唐人「偷得微吟斜倚柱，滿衣花露聽宫鶯」，宋人「一院有花春晝永，八荒無事詔書稀」、「燭花漸暗人初睡，金鴨無烟却有香」、「人散秋千閒挂月，露零蝴蝶冷眠花」、「四壁宫花春宴罷，滿床牙笏早朝回」，元人「宫娥不識中書令，問是誰家美少年」、「袖中籠得朝天筆，畫日歸來又畫眉」。本朝商寶意云：「簾外濃雲天似墨，九華燈下不知寒。」「那能更記春明夢，壓鬢濃香侍宴歸。」湯西崖少宰云：「樓臺鶯蝶春喧早，歌舞江山月墜遲。」張得天司寇云：「願得紅羅千萬匹，漫天匝地綉鴛鴦。」皆絕妙也。誰謂「歡娱之言難工」耶？

貧士詩有極妙者，如陳古漁：「雨昏陋巷燈無焰，風過貧家壁有聲。」「偶聞詩累吟懷減，偏到荒年飯量加。」楊思立：「家貧留客干妻惱，身病閒遊惹母愁。」朱草衣：「床燒夜每借僧榻，糧盡妻常寄母家。」徐蘭圃：「可憐最是牽衣女，哭説鄰家午飯香。」皆貧語也。常州趙某云：「太窮常恐人防賊，久病都疑犬亦仙。」「短氣莫書賒酒券，索逋先畏扣門聲。」俱太窮，令人欲笑。

楊花詩最佳者，前輩如查他山云：「春如短夢初離影，人在東風正倚闌。」黄石牧云：「不宜雨裏宜風裏，未見開時見落時。」嚴遂成云：「每到月明成大隱，轉因雲熱得佯狂。」薛生白云：「飄泊無端疑白也，輕盈真欲類虞兮。」王菊莊云：「不知日暮飛猶急，似愛天晴舞欲狂。」虞東皋云：「飄來玉屑緣何軟，看到梅花尚覺肥。」意各不同，皆妙境也。近有人以此命題，燕以均云：「小院無端點緑苔，問他來處費疑猜。春原不是一家物，花竟偏能離樹開。質潔未堪污道路，身輕容易上樓臺。隨風似怕兒童捉，才撲闌干又却回。」蔡元春云：「沾裳似爲衣添絮，撲帽應憐鬢有霜。似我辭家同過客，憐君一去便無歸。」李炎云：「偶經墮地時還起，直到爲萍恨始休。」楊芳燦云：「掠水燕迷千點雪，窺窗人隔一重紗。」「願他化作青萍子，傍着鴛鴦過一生。」方正澍云：「春盡不堪垂老别，風停亦解步虚行。」錢履青云：「風便有時來硯北，月明無影度墻東。」

嚴海珊咏桃花云：「怪他去後花如許，記得來時路也無？」暗中用典，真乃絶世聰明。

最愛周櫟園之論詩曰：「詩以言我之情也，故我欲爲則爲之，我不欲爲則不爲，原未常有人勉强之，督責之，而使之必爲詩也。是以《三百篇》稱心而言，不著姓名，無意于詩之傳，并無意于後人傳我之詩。」嘻！此其所以爲至與？今之人欲借此以見博學，競聲名，則誤矣。

英夢堂相公，詩才清絶。作裹河同知，與余遊揚州僧寺，云：「蕭寺廊回水一層，闌干閒處有人憑。書生自笑酸寒甚，不看春燈看佛燈。」後三十年，金陵弟子龔元超有一首云：「烟蘿暗處石稜嶒，翠竹玲瓏月作燈。聽是誰家吹玉笛，畫欄清冷夜深憑。」何其風韵之相似也。

合肥進士田實發，庚戌會試，夢其母浴小兒于盆，意頗惡之。過黄河，資盡，不能僱車，意闌珊欲返，有驢夫苦勸前行。問夫何姓，曰姓孟。因憶夢中兒者，子也，盆者，皿也，或者此行其有益乎？果以是科獲售。《咏曉鐘》云：「雨雲魂夢初驚後，名利心思未動前。」又：「鳥立樹梢徐墜果，風來簷隙自翻書。」頗近放翁小品。《咏花下鴛鴦》云：「翠幄紅幬夢未闌，頻傾香露不知寒。除非花上蜂兒落，才肯擡頭子細看。」

余常謂：詩人者，不失其赤子之心者也。沈石田《落花詩》云：「浩劫信于今日盡，癡心疑有别家開。」盧仝云：「昨夜醉酒歸，仆倒竟三五。摩挲青莓苔，莫嗔驚着汝。」宋人倣之云：「池昨平添水三尺，失却擣衣平正石。今朝水退石依然，老夫一夜空相憶。」又曰：「老僧只恐雲飛去，日午先教掩寺門。」近人陳楚南《題背面美人圖》云：「美人背倚玉闌干，惆悵花容一見難。幾度喚他他不轉，癡心欲掉畫圖看。」妙在皆孩子語也。

詩有認假爲真而妙者。唐人《宿華山》云：「危欄倚遍都無寐，猶恐星河墜入樓。」宋人《咏梅花帳》云：「呼童細掃瀟湘簟，猶恐殘花落枕旁。」有認真爲假而妙者。宋人《雪中觀妓》云：「恰似春風三月半，楊花飛處牡丹開。」元人《美人梳頭》云：「紅雪忽生池上影，烏雲半捲鏡中天。」

黄藜洲先生云：「詩人萃天地之清氣，以月露風雲花鳥爲其性情。月露風雲花鳥之在天地間，俄頃滅没，惟詩人能結之于不散。」先生不以詩見長，而言之有味。

江州進士崔念陵室許宜媖，七歲《玩月》云：「一種月團圞，照愁復照歡。歡愁兩不着，清影上闌干。」其父嘆曰：「是兒清貴，惜福薄耳。」宜媖不得于姑，自縊死。其《春懷》云：「無窮事業了裙釵，不律閒拈小遺懷。按曲填詞調玉笛，摘詩編譜入牙牌。凄凉夜雨謀生拙，零落春風信命乖。門外艷陽知幾許，兼花雜柳鳥喈喈。」《寄外》云：「花缸對月相憐夜，恐是前身隔世人。」進士已早知其不祥，解環後，顔色如生。進士哭之云：「雙鬟雙綰嬌模樣，翻悔從前領略疏。」崔需次京師，又聘女鸞媖爲妾。崔故貧士，歸來省親，媖之養父强售之于某千户。媖不從，詭呼千户爲爺，而訴以原定崔郎之故。千户義之，不奪其志，仍以歸崔。媖生時，母夢鳳集于庭。崔贈云：「柳如舊皺眉，花比新啼頰。挑燈風雨窗，往事從頭説。」

崔有《灌園餘事》一集，載宜媖事甚詳。陳淑蘭女子閲之，賦詩責崔云：「可惜江州進士家，灌園難護一枝花。若能才子情如海，争得佳人一念差？」「自説從前領略疏，阿誰牽繞好工夫？宜媖此後心宜淡，莫再人間挽鹿車。」嗚呼！淑蘭吟此詩後十餘年，亦縊死，可哀也。然宜媖死于怨姑，淑蘭死于殉夫，有泰山鴻毛之别矣。

常寧歐永孝序江賓谷之詩曰：「《三百篇》，《頌》不如《雅》，《雅》不如《風》，何也？《雅》、《頌》，人籟也，地籟也，多后王、君公、大夫修飾之詞。至十五《國風》，則皆勞人、思婦、靜女、狡童矢口而成者也。《尚書》曰：『詩言志。』《史記》曰：『詩以達意。』若《國風》者，真可謂之言志而能達矣。」賓谷自序其詩曰：「予非存予之詩也。譬之面然，予雖不能如城北徐公之面美，然予寧無面乎？何必作闚觀焉？」

吾鄉吴修撰鴻，督學湖南。壬午科，湖南主試者爲嘉定錢公辛楣、陝西王公偉人。諸生出闈後，各以闈卷呈吴。吴所最賞者，爲丁甡、丁正心、張德安、石鴻翥、陳聖清五人，曰：「此五卷不售，吾此後不復論文矣。」榜發日，吴招客共飲，使人走探。俄而抄榜來，自第六名至末，只陳聖清一人。吴旁皇莫釋。未幾，五魁報至，則四生已各冠其經，如聯珠然。吴大喜過望。一時省下傳爲佳話。先是，陳太常兆崙在都中，以書賀吴云：「今科楚南得人必盛。」蓋預知吴、錢、王三公之能知文、能拔士也。吴首唱一詩云：「天鼓喧傳昨夜聲，大宫小徵盡含鳴。當頭玉笋排班出，入眼珠光照乘明。喜極轉添知己淚，望深還慰樹人情。文昌此日欣連曜，誰向西風訴不平。」一時和者三十餘人。後甲辰三月，余遊匡廬，遇丁君辛星子，爲僱夫役作主人，相與序述前事，彼此慨然。且曰：「正心管領廬山七年，來遊者，先生一人耳。」

錢香樹先生爲侍讀時，出都，泊濟寧，立船頭，爲霜所滑，失足入水，家人救以篙，得不死。笑謂賓客曰：「吾聞墜水死者必有鬼物凴之。倘昨夜遇李太白，便把臂去矣。」明日過李白樓，題云：「昨夜未曾逢李白，今朝乘興一登樓。樓中人已騎鯨去，樓影當空占上游。」

予在轉運盧雅雨席上，見有上詩者，盧不喜，余爲解曰：「此應酬詩，故不能佳。」盧曰：「君誤矣。古大家韓、杜、歐、蘇集中，强半應酬詩也，誰謂應酬詩不能工耶？」予深然其説。後見粤西學使許竹人先生自序其《越吟》云：「詩家以不登應酬作爲高，余曰不然。《三百篇》，行役之外，贈答半焉。逮自河梁，洎李、杜、王、孟，無集無之。己實不工，體于何有？萬里之外，交生情，情生文，存其文，思其事，見其人，又可棄乎？今而可棄，昔可無贈，毋寧以不工規我。」

比來閨秀能詩者，以許太夫人爲第一。其長嗣佩璜，與余同徵鴻博。讀太夫人《緑浄軒自壽》云：「自分青裙終老婦，濫叨紫綍拜鄉君。」《元旦》云：「剩有濕薪同爆竹，也將紅紙寫宜春。」《喜雨》云：「愆期休割乖龍耳，破塊粗安野老心。不獨清凉宜翠簟，可知點滴盡黄金。」皆佳句也。夫人爲徐清獻公季女，名德音，字淑則。王太倉相公掞出清獻之門，其視學浙江也，遣人告墓，夫人有句云：「魚菽薦羹惟弱女，松楸酹酒屬門人。」

尹望山制府，在途中寄鄂夫人詩云：「正因被冷想裝綿，又接音書短榻前。暖閣遥思春雪冷，長途更犯曉冰堅。不言家事知予苦，頻寄征衣賴汝賢。依舊疏狂應笑否，偷閒時復聳吟肩。」夫人爲鄂文端公之從女，賢淑能詩。常侍尹、鄂兩公小飲，鄂公老矣，向尹公云：「閣務殷繁，何日得抽身是好？」夫人正色曰：「女聞聖人云：事君能致其身，其次則明哲保身，未聞有抽身之説。」公爲莞然。

遼東三老者，戴亨字遂堂，陳景元字石閭，馬大鉢字雷溪。三人皆布衣不仕，詩宗漢魏，字學二王，不與人世交接，來往者，李鐵君一人而已。戴詩不傳，陳有《崇兆寺》詩云：「世外招提境，浮生寄一時。鈴聲吟殿角，澗影落松枝。鳥語留歸念，山僧笑索詩。東方明月上，若遇此心期。」馬《聞西師振旅寄寧遠大將軍》云：「雪飄組練歸榆海，花滿弓刀入玉關。」《偶成》云：「晒藥偶然來竹外，修琴不復到人間。」石間弟景鐘，字橘洲，有《夜闌曲》云：「春夜頻傾金叵羅，胡姬按板對筵歌。低徊笑語牽紅袖，如此風光可奈何。」明七子論詩，蔽於古而不知今，有拘墟皮傅之見。遼東三老亦復似之。鐵君作《尚史》，專搜三代以上事，而竟不知本朝有馬驌之《繹史》，亦囿於聞見之一端。然近今士人，先攻時文，通籍後，始學爲詩，大概從宋元入手，俗所稱半路上出家是也。源流不清，又不若三家之力争上乘矣。

鐵君名鍇，父爲總督，而能隱居不仕，自稱鳶青山人，有《蜨㝠齋集》行世。録其《梅花》云：「衆木正如夢，一枝方自春。遂令江水上，真見獨醒人。」《咏月》云：「清絶自成照，何曾掛樹生。有時通夜白，一片得秋明。遠水若相接，浮雲或並行。年年圓便缺，誰悟善持盈。」

康熙初，吴兆騫漢槎謫戍寧古塔。其友顧貞觀華峰館于納蘭太傅家，寄吴《金縷曲》云：「季子平安否？諒絶塞，苦寒難受。廿載包胥曾一諾，盼烏頭馬角終相救。置此札，兄懷袖。詞賦從今須少作，留取心魂相守。歸日急繙行戍稿，把空名料理傳身後。言不盡，觀頓首。」太傅之子成容若見之，泣曰：「河梁生别之詩，山陽死友之傳，得此而三。此事三千六百日中，我當以身任之。」華峰曰：「人壽幾何，公子乃以十載爲期耶？」太傅聞之，竟爲道地，而漢槎生入玉門關矣。顧生名忠者，咏其事云：「金蘭倘使無良友，關塞終當老健兒。」一説華峰之救吴季子也，太傅方宴客，手巨觥謂曰：「若飲滿，爲救漢槎。」華峰素不飲，至是一吸而盡。太傅笑曰：「余直戲耳。即不飲，余豈遂不救漢槎耶？雖然，何其壯也。」嗚呼！公子能文，良朋愛友，太傅憐才，真一時佳話。余常謂漢槎之《秋笳集》與陳卧子之《黄門集》，俱能原本七子而自出精神者。

阮亭《池北偶談》笑元、白作詩未窺盛唐門户，此論甚謬。桑弢父譏之云：「大辨才從覺悟餘，香山居士老文殊。漁洋老眼披金屑，失却光明大寶珠。」余按：元、白在唐朝，所以能獨竪一幟者，正爲其不襲盛唐窠臼也。阮亭之意，必欲其描頭畫角若明七子，而後謂之窺盛唐乎？要知唐之李、杜、韓、白，俱非阮亭所喜，因其名太高，未便詆毁，于少陵亦時有微詞，况元、白乎？阮亭主修飾，不主性情，觀其到一處必有詩，詩中必用典，可以想見其喜怒哀樂之不真矣。或問：「宋荔裳有『絶代消魂王阮亭』之説，其果然否？」余應之曰：「阮亭先生非女郎，立言當使人敬，使人感且興，不必使人消魂也。然即以消魂論，阮亭之色亦並非天仙化人，使人心驚者也。不過一良家女，五官端正，吐屬清雅，又能加宫中之膏沐，熏海外之名香，傾動一時，原不爲過。其修詞琢句，大概捃摭于大曆十子，宋、元名家，取彼碎金，成我風格，恰不沾沾于盛唐，蹈七子習氣，在本朝自當算一家數。奈歸愚、子遜奉若斗山，璵沙、心餘棄若芻狗，余以爲皆過也。」

杭州周汾，字蓉衣，《咏春柳》云：「西湖送我離家早，北道看人得第多。」不脱不粘，得古人未有。惜客死于清江。

壬寅，余過天台，齊侍郎召南亡久矣。其昆季延余小飲，捧侍郎全集，高尺許，乞作序。盡半日之暇，爲之翻擷，見其鴻富，美不勝收。僅記其《咏漢武》七律一首後四句云：「親承文景昇平業，開闢唐虞未有天。到底英雄晚能悔，輪臺一詔是神仙。」其兄周南、弟世南，俱以甲科作廣文，龐眉白髮，年八十餘。

陶篁村置屋孤山，余月夜訪之。憐其孤寂，勸置燕玉爲煖老計。篁村以爲然，購一小鬟。梁山舟侍講調以詩云：「病來久不見陶潛，隔着重城似隔天。昨夜中庭看星象，小星正在少微邊。」「見説榕江泛櫹枝，已成陰後未凉時。一根榔栗無人管，分付樵青好護持。」「不比朝雲侍老坡，也如天女伴維摩。對門有个林和靖，冷抱梅花柰爾何？」「好將班管畫眉雙，莫染星星鬢上霜。比似詩人張子野，鶯花還有廿年狂。」山舟又有句云：「畢竟人間勝天上，不然劉阮不歸來。」余適從天台山歸，誦此，爲之一笑。

余寓西湖漱石居，有徽州汪明府見訪。名喬年，字繡林，年八十矣。適余外出，未獲相見。蒙其題壁云：「無人不識元才子，今我來尋李謫仙。底事閒雲無處捉，教儂空蕩釣魚船。」

詩如言也，口齒不清，拉雜萬語，愈多愈厭。口齒清矣，又須言之有味，聽之可愛，方妙。若村婦絮談，武夫作鬧，無名貴氣，又何藉乎？其言有小涉風趣，而嚅嚅然若人病危不能多語者，實由才薄。

詩不可不改，不可多改。不改則心浮，多改則機窒。要像初搨《黄庭》，剛到恰好處。孔子曰：「中庸不可能也。」此境最難。予最愛方扶南《滕王閣》詩云：「閣外青山閣下江，閣中無主自開窗。春風欲搨滕王帖，蝴蝶入簾飛一雙。」嘆爲絶調。後見其子某云：「翁晚年嫌爲少作，删去矣。」予大驚，卒不解其故。桐城吴某告予云：「扶南三改《周瑜墓》詩，而愈改愈謬。其少作云：『大帝君臣同骨肉，小喬夫婿是英雄。』可稱工矣。中年改云：『大帝誓師江水緑，小喬卸甲晚妝紅。』已覺牽强。晚年又改云：『小喬妝罷胭脂濕，大帝謀成翡翠通。』真乃不成文理。豈非朱子所謂『三則私意起而反惑』哉？扶南與方敏恪公爲族兄，敏恪寄信苦勸其勿改少作，而扶南不從。」方知存幾句好詩，亦須福分。

詩雖奇偉，而不能揉磨入細，未免粗才。詩雖幽俊，而不能展拓開張，終窘邊幅。有作用人，放之則彌六合，收之則斂方寸，巨刃摩天，金針刺繡，一以貫之者也。諸葛躬耕草廬，忽然統師六出，蘄王中興首將，竟能跨驢西湖，聖人用行舍藏，可伸可屈，于詩亦可一貫。書家北海如象，不及右軍如龍，亦此意耳。余嘗規蔣心餘云：「子氣壓九州矣，然能大而不能小，能放而不能斂，能剛而不能柔。」心餘折服，曰：「吾今日始得真師。」其虚心如此。

夢中得詩，醒時尚記，及曉往往忘之。似村公子有句云：「夢中得句多忘却，推醒姬人代記詩。」予謂此詩固佳，此姬人尤佳。魯星村亦云：「客裏每先頑僕起，夢中常惜好詩忘。」

徐雨峰中丞士林，巡撫蘇州，人以爲繼湯文正公之後，一人而已。母喪去官，有詔奪情，不起，其方正如此。然其詩極綿麗。官中書時，有句云：「歸來惹得山妻問，侍女熏香近有無？」

金陵僧葯根，工楷法，住揚州某庵。商人洪姓者，欲買其庵旁隙地起花園。葯根意不欲，乃投以詩云：「自笑蝸廬傍寺開，鄰園樹木迴崔巍。儂家院小難栽樹，但有青青一片苔。」洪知其意，乃不果買。葯根《泊瓜渚》云：「星光全在水，漁火欲浮天。」《喜晴》云：「雨收亦似痊沉病，日出渾如見故人。」

賢者多情，每離所官之地，動致留連。韓魏公離黄州，依依不捨。尹太保四督江南，三十餘年，乙酉入相，正值重九之時，先別棲霞，再辭蜀阜，淒然泣下。公不能捨江南，猶江南之人亦不能捨公也。余送至清江浦，每晚必見。及渡黄河，公猶教以明晨作別。臨期，余乍盥面，而公遣家人來云：「公已上馬行矣。」蓋恐面別之難爲情耳。後從京師寄詩云：「歌到離亭聲斷續，人分淮浦影東西。」又曰：「三年只覺流光速，一別方知見面難。」

古之忠臣孝子，皆情爲之也。胡忠簡公劾秦檜，流竄海南。臨歸時，戀戀於黎倩，此與蘇子卿娶胡婦相類。蓋一意孤行之士，細行不矜，孔子所謂「觀過知仁」，正此類也。乃朱子譏之云：「十年浮海一身輕，歸對黎渦恰有情。世上無如人欲險，幾人到此誤平生。」高守村和云：「批鱗一疏死生輕，萬死投荒尚有情。不學遯翁捧蓍草，甘心箝口自偷生。」

閨秀能文，終竟出于大家。張侯家高太夫人著《紅雪軒稿》，七古、排律至數十首，盛矣哉。其本朝之曹大家乎？夫宗仁襲封靖逆侯，家資百萬，以好客喜施，不二十年，費盡而薨。夫人暗埋三十萬金于後園，交其兒謙，始能襲職，其識力如此。夫人名景芳，父琦，爲浙閩總督。作女兒時，年十五，《晨妝》云：「妝閣開清曉，晨光上畫欄。未曾梳寶髻，不敢問親安。妥貼加釵鳳，低徊插佩蘭。隔簾呼侍婢，背後與重看。」又《示謙兒》云：「高捧名花求插髻，徧尋佳果勸嘗新。」

余不喜佛法，而獨取「因緣」二字，以爲足補聖經賢傳之缺。身在名場五十餘年，或未識面而相憎，或未識面而相慕，皆有緣無緣故也。己亥，省墓杭州，王夢樓太守來云：「商丘陳葯洲觀察願見甚切。」予不解何故。晤後，方知其尊人諱履中者，曾在尹制府署中，讀余詩而愛之。事已三十餘年，其夫人李氏見余名紙，詫曰：「是子才耶？吾先君門下士也。」蓋夫人爲存存先生之女。先生名惺，宰錢塘時，枚年十二，應童子試，受知入泮。因有兩重世好，歡宴月餘。别後，觀察見懷云：「早從仙佛參真諦，且向漁樵伴此身。」又曰：「猶記何郎年少日，新詩賞共沈尚書。」

汪度齡先生中狀元時，年已四十餘，面麻身長，腰腹十圍。買妾京師，有小家女陸氏，粗通文墨，觀彈詞曲本，以爲狀元皆美少年，欣然願嫁。結婚之夕，於燭下見先生年貌，大失所望，業已鬱鬱矣。是夕，諸同年嬲飲巨杯，先生量宏興豪，沉醉上床，不顧新人，和衣酣寢。已而嘔吐，將新製枕衾盡污腥穢。陸女恚甚，未五更，雉經而亡。或嘲之曰：「國色太嬌難作壻，狀元雖好却非郎。」

商寶意詩集刻成，有人摘其疵累，余爲悵然。仲小海曰：「但願人生一世，留得幾行筆墨，被人指摘，便是有大福分人。不然，草亡木卒，誰則知之，而誰議之？」余謂此言沉痛，深得聖人疾没世無名之意。然古來曹蜍、李志，又轉以庸庸而得存其名，豈非不幸中之幸耶？寶意先生有句云：「明知愛惜終須割，但得流傳不在多。」

黄允修云：「無詩轉爲讀書忙。」方子雲云：「學荒翻得性靈詩。」劉霞裳云：「讀書久覺詩思澀。」余謂此數言，非真讀書、真能詩者不能道。

諺云：「死棊腹中有仙着。」此言最有理。余平生得此益不一而足。要之，能從人而不徇人方妙。

樂取于人以爲善，聖人也。無稽之言勿聽，亦聖人也。作史三長，才、學、識缺一不可。余謂詩亦如之，而識最爲先。非識，則才與學俱誤用矣。北朝徐遵明指其心曰：「吾今而知真師之所在。」其識之謂歟！

汪舟次先生作周櫟園詩序曰：「《賴古堂集》欲小試神通，加以氣格，未必不可以怖作者。但添出一分氣格，定減去一分性情，于方寸中終不愉快。」

淡蓮洲明府稱蕪湖胡漱泉秀才有「日影度花輕」五字，得五言妙境。江君旭東亦賞沙斗初「花氣半湖陰」五字，所見與蓮洲同。

詩境最寬，有學士大夫讀破萬卷，窮老盡氣，而不能得其閫奥者。有婦人女子、村氓淺學，偶有一二句，雖李、杜復生，必爲低首者。此詩之所以爲大也。作詩者必知此二義，而後能求詩於書中，得詩於書外。

陶悔軒方伯任衡陽時，署中小池爲署外居民所買，先生贖歸，置軒其上。朱玉階督學贈句云：「官廨買歸三徑内，夜窗補惜寸陰餘。」一咏其事，一切其姓。石君文成爲序云：「先失楚弓，旋歸趙璧。汶陽田反，合浦珠還。支公之鶴可高飛，子産之魚真得所。鵾鵬待化，行看君去朝天；臺榭長存，知是誰來作主？」

癸酉春，余在王孟亭太守處，見建德布衣徐鳳木席間吟一絶云：「自笑不如原上草，春風吹到也開花。」《除夕在外》云：「閲歷深知客路難，非關白首戀江干。歲除一息争千古，莫作尋常旅夜看。」武進莊念農初宰建德，即往相訪，贈詩云：「玉峰花影颺簾旌，罨户閒雲静不扃。未必出城無綺皓，斯人即是少微星。」「粗官未敢師嚴武，泥飲無由續舊題。劇喜少陵居杜曲，得閒還過浣花溪。」鳳木得詩喜，刻之集中。後莊殁十餘年，詩多散失。其子宸選搜尋不可得，予於鳳木集中抄此與之。嗚呼！使無鳳木代爲之存，則人琴俱亡矣，豈非愛才之報乎？

蔣用庵侍御罷官後，與姚雲岫觀察同修《南巡盛典》。過隨園，咏菊云：「名花自向閒中老，浮世原宜淡處看。」後姚爲廣西巡撫，寄信來，猶吟及之。

余年二十三，館今相國嵇公家，教其幼子承謙。今四十三年矣，承謙官侍讀，行走上書房。假滿赴都，過隨園，贈云：「萬事由來夙有緣，七齡問字記當年。讀書好處心先覺，立雪深時道已傳。每盼鳳巢阿閣上，果摩麟頂絳帷前。德門善慶知無限，佇見驪珠顆顆圓。」余附書相國云：「當日七齡公子，爲問字之佳兒；此時白髮詞臣，作青宮之師傅。能無對之欣然，思之黯然也乎？」

千古善言詩者，莫如虞舜。教夔典樂曰：「詩言志。」言詩之必本乎性情也。曰：「歌永言。」言歌之不離乎本旨也。曰：「聲依永。」言聲韵之貴悠長也。曰：「律和聲。」言音之貴均調也。知是四者，于詩之道盡之矣。

每見熱中人鋭進不已，身家交瘁，未常不隆隆而升，一旦化去，若烘開花，精神已竭，次年必萎。常咏唐花云：「百花開落雖天定，倘不烘開落或遲。」又見媚長官者，損下益上，徒招怨尤，而于己毫無享受，戲咏箸云：「笑君攫取忙，送入他人口。一世酸鹹中，能知味也否？」

己未翰林五十人，蔣君麟昌年才十九，大京兆晴厓公諱炳之長子也。目空一世，嘗言：「同館中，吾服叔度、子才耳。」歸愚先生雖耆年重望，意不屬也。和皇上《消夏》詩，援筆立就，賜葛二疋。旁觀者疑君正簪青雲，而竟一病以卒。余别後寄懷云：「干將莫邪虞缺折，我有數言贈李邕。」乃成讖語。詩有奇氣，《咏七夕》云：「一報人間簫鼓喧，羊燈無燄秋雲碧。」《中元》詩云：「兩岸紅沙多旋舞，驚風不定到三更。」劉相國綸序其詩曰：「十八載夜熠太白，知臣則但問王公；廿七年晝見緋衣，召汝而重呼阿嬭。阿翁投杖，誰當荷此析薪；稚子牽衣，未得預其元艸。」蓋静存亡時，大父猶存，子尚幼故也。同年金質夫哭之云：「漸看豪氣籠人上，不料英年似夢中。」余哭之云：「一榜少年今剩我，九原才子又添君。」

某侍郎督學江蘇，羅致知名之士，所選五古最佳，七古則不拘何題，動輒千言，引典填書，如塗塗附，杳不知其命意之所在。程魚門閲之，掀髯笑曰：「欲嚇人耶？此揚子雲所謂『鴻文無範』也，吾不受其嚇矣。」

乾隆辛未，予在吴門。五月十四日，薛一瓢招宴水南園。座中葉定湖長楊、虞東皋景星、許竹素廷鑅、李客山果、汪山樵俊、俞賦拙來求，皆科目耆英，最少者亦過花甲，惟余才三十六歲，得遇此會。是夕大雨，未到者沈歸愚宗伯、謝淞洲徵士而已。葉年八十五，詩云：「瀟瀟風雨滿池塘，白髮清尊掃葉莊。不有忘形到爾汝，那能舉座盡文章。軒窗遠度雲峰影，几席平分水竹光。最是葵榴好時節，醉吟相賞晝方長。」虞八十有二，句云：「入座古風堪遠俗，到門新雨欲催詩。」俞六十有九，句云：「社開今栗里，樹老古南園。」次月，一瓢再招同人相會，則余歸白下，竹素還太倉，客山死矣。主人之孫壽魚賦云：「炤眼芙蕖半開落，滿堂名士各西東。」

昇平日久，海内殷富，商人士大夫，慕古人顧阿瑛、徐良夫之風，蓄積書史，廣開壇坫。揚州有馬氏秋玉之玲瓏山館，天津有查氏心穀之水西莊，杭州有趙氏公千之小山堂、吴氏尺凫之瓶花齋，名流宴咏，殆無虚日。許珮璜刺史贈查云：「庇人孫北海，置驛鄭南陽。」其豪可想。此外，公卿當事，則有唐公英之在九江，鄂公敏之在西湖，皆以宏奬爲己任。不四十年，風流頓盡。唐公號蝸寄老人，司九江關，懸紙墨筆硯于琵琶亭，客過有題詩者，命關吏開列姓名以進。公讀其詩，分高下以酬贈之。建白太傅祠，肖己像于旁。甲辰冬，余過九江，則太傅祠改作戲臺，唐公像亦不見。

馬氏玲瓏山館，一時名士，如厲太鴻、陳授衣、汪玉樞、閔蓮峰諸人，争爲詩會，分咏一題，裒然成集。陳《田家樂》云：「兒童下學惱比鄰，抛墮池塘日幾巡。折得松梢當旗纛，又來呵殿學官人。」閔云：「黄葉溪頭村路長，挫針負局客郎當。草花插鬢偎籬望，知是誰家新嫁娘？」秋玉云：「兩兩車乘轂觫輕，田家最要一冬晴。秋田晒罷村醪熟，翻愛糟床滴雨聲。」汪《養蠶》云：「小姑畏人房闥潛，采桑那惜春葱纖。半夜沙沙食葉急，聽作雨聲愁雨濕。」陳云：「蠶娘養蠶如養兒，性知畏寒饑有時。籬根賣炭聞盪槳，屋後鄰園桑剪響。」皆可誦也。餘題甚多，不及備載。至今未三十年，諸詩人零落殆盡，而商人亦無能知風雅者。蓮峰年八十三歲，傫然尚存，聞其饑寒垂斃矣。

金陵女徐氏，適桐城張某。夫久客不歸，寄詩云：「殘漏已催明月盡，五更如度五重關。」又有魯月霞者，嫁徽邑程生而寡，有《掃花詩》云：「觸我朱欄三日恨，費他青帝一春功。」陳淑蘭讀兩詩而慕之，題其集云：「吟來恍入班昭座，恨我遲生二十年。」

本朝詩家序事學古樂府《孔雀東南飛》而絶妙者，如陳元孝之《王將軍歌》、許衡紫之《伍節女歌》、馬墨麟之《戴烈婦歌》、胡稚威之《孝女李三行》，皆古藻淋漓，惜篇頁繁重，不能盡録。

乾隆初，杭州詩酒之會最盛。名士杭、厲之外，則有朱鹿田樟、吴鷗亭城、汪抱樸臺、金江聲志章、張鷺洲湄、施竹田安、周穆門京。每到西湖堤上，掎裳聯襼，若屏風然。有明中、讓山兩詩僧，留宿古寺，詩成傳抄，紙價爲貴。《南屏坐雨》，朱云：「一角山昏秋欲晚，滿窗葉戰雨來初。」張云：「荷聲泠帶跳珠雨，鐸語遥飛潑墨山。」汪云：「雲氣半遮山下塔，秋光早入水邊村。」施云：「濃雲擁樹湖先暝，涼雨到窗山欲曛。」讓山句如：「多情無過鳥，到處似留人。」「室敞許雲住，竹深無暑通。」「樹聲滿壑秋初到，山影一池泉洗青。」明中句如：「燒烟隔岸水猶静，初日到窗山自移。」皆可愛也。四十年來，儒、釋兩門一齊寂滅，竟無繼起者。

山陰吴修齡有句云：「雁將秋色去，帆帶好山移。」人因呼之曰「吴好山」。好山《晚晴》云：「江皋收宿雨，征雁捲簾聞。野戍空千里，高秋無片雲。海明天落日，風響馬歸群。賦罷衫巾岸，應書白練裙。」與胡稚威交好，兩序皆胡所作。胡和其《寒夜》一聯云：「凍苦星辰白，霜明鼓角乾。」真乃不愧孟郊。

或云：「詩無理語。」予謂不然。《大雅》「於緝熙敬止」、「不聞亦式，不諫亦入」，何嘗非理語？何等古妙？《文選》：「寡欲罕所缺，理來情無存。」唐人：「廉豈沽名具，高宜近物情。」陳后山《訓子》云：「勉汝言須記，逢人善即師。」文文山《咏懷》云：「疏因隨事直，忠故有時愚。」又宋人：「獨有玉堂人不寐，六箴將曉獻宸旒。」亦皆理語，何嘗非詩家上乘？至乃「月窟」、「天根」等語，便令人聞而生厭矣。

詩家有不説理，而真乃説理者。如唐人咏棋云：「人心無算處，國手有輸時。」咏帆云：「恰認己身住，翻疑彼岸移。」宋人：「君王若看貌，甘在衆妃中。」「禪心終不動，仍捧舊花歸。」雪詩：「何由更得齊民煖，恨不偏於宿麥深。」雲詩：「無限旱苗枯欲盡，悠悠閒處作奇峰。」許魯齋《即景》云：「黑雲莽莽路昏昏，底事登車尚出門？直待前途風雨惡，蒼茫何處覓烟村。」無名氏云：「一點緇塵涴素衣，癡癡騃騃使人疑。縱教洗徧千江水，争似當初未涴時。」

蘇州黄子雲，號野鴻，布衣能詩。有某中丞欲見之，黄不可，題一聯云：「空谷衣冠非易覯，野人門巷不輕開。」《郊外》云：「村角鳥呼紅杏雨，陌頭人拜白楊烟。」《上王虚舟先生》云：「兩晉而還誰翰墨，九州之内獨聲名。」皆佳句也。子雲于城外構一草屋，客至則具雞黍，夜留榻焉。父子終夜讀書，客嘆其好學，曰：「非也。我父子只有一被，撤以供客，夜無以爲寢，故且讀書耳。」

己卯鄉試，丹陽貢生于震負詩一册，踵門求見。年五十餘矣。曰：「苦吟半生，無一知己，今所望者惟先生，故以詩呈教。如先生亦無所取，則震將投江死矣。」余駭且笑，急讀之，是學前明七子者，於唐人形貌頗能描摹，因稱許數言。其人大喜而去。黄星岩戲吟云：「虧公寬著看詩眼，救得狂人蹈海心。」

劉春池賦白牡丹云：「神仙隊裏風流易，富貴場中本色難。」陳紫瀾宫詹浩賦白桃花云：「《後庭》歌罷醒初醒，前度人來鬢已華。」蔣用庵御史亦賦白桃云：「亡息國因紅粉累，避秦人是白衣尊。」皆妙。

山陰胡西垞素行詭激，落魄揚州，屢謁盧轉運，不得見，乃除夕投詩云：「莽莽乾坤歲又闌，蕭蕭白髮老江干。布金地煖迴春易，列戟門高再拜難。庾信生涯最蕭瑟，孟郊詩骨劇清寒。自憐七字香無力，封上梅花閣下看。」雅雨先生見之，即呼騶往拜，餽朱提數笏。

盧招人觀虹橋芍藥，諸名士集二十餘人，獨布衣金司農詩先成，云：「看花都是白頭人，愛惜風光愛惜身。到此百杯須滿飲，果然四月有餘春。枝頭紅影初離雨，扇底狂香欲拂塵。知道使君詩第一，明珠清玉比精神。」盧大喜，一座爲之擱筆。

詩家閨秀多，青衣少。高明府繼允有蘇州薛筠郎，貌美藝嫻，賦秋月云：「風韵亂傳杵，雲華輕入河。」《旅思》云：「如何野店聞鐘夜，猶是寒山寺裏聲。」《曉行》云：「並馬忽驚人在後，貪看山色又回頭。」皆有風調。筠郎隨主人入都，卒於保陽。高刻其遺稿，屬余題句，余書三絕，有云：「絶好齊梁詩弟子，不教來事沈尚書。」

沈歸愚選《明詩别裁》，有劉永錫《行路難》一首云：「雲漫漫兮白日寒，天荆地棘行路難。」批云：「只此數字，抵人千百。」予不覺大笑。「風蕭蕭兮白日寒」，是《國策》語，「行路難」三字是題目，此人所作，只「天荆地棘」四字而已。以此爲佳，全無意義。須知《三百篇》如「采采芣苢，薄言采之」之類，均非後人所當效法。聖人存之，采南國之風，尊文王之化，非如後人選讀本，教人摹倣也。今人附會聖經，極力贊嘆，章艧齊戲倣云：「點點蠟燭，薄言點之。點點蠟燭，薄言剪之。」注云：「剪，剪去其煤也。」聞者絶倒。余嘗疑孔子删詩之説，本屬附會。今不見于《三百篇》中，而見于他書者，如《左氏》之「翹翹車乘，招我以弓」、「雖有姬姜，無棄憔悴」，《表記》之「昔吾有先正，其言明且清」，古詩之「雨無其極，傷我稼穡」之類，皆無愧於《三百篇》，而何以全删？要知聖人述而不作，《三百篇》者，魯國方策舊存之詩，聖人正之，使《雅》《頌》各得其所而已，非删之也。後儒王魯齋欲删《國風》淫詞五十章，陳少南欲删《魯頌》，何迂妄乃爾？

宋人好附會名重之人，稱韓文、杜詩無一字没來歷。不知此二人之所以獨絶千古者，轉妙在没來歷。元微之稱少陵云：「憐渠直道當時事，不着心源傍古人。」昌黎云：「惟古於詞必己出，降而不能乃剽賊。」今就二人所用之典證二人生平所讀之書，頗不爲多，班班可攷，亦從不自注此句出何書、用何典。昌黎尤好生造字句，正難其自我作古，吐詞爲經。他人學之，便覺不妥耳。

女寵雖自古爲患，而地道無成，其過終在男子。使太宗不死，武氏何能爲禍？李白云：「若教管仲身常在，宫内何妨更六人。」楊誠齋云：「但願君王誅宰嚭，不愁宫裏有西施。」唐人咏明皇云：「姚宋不亡妃子在，胡塵那得到中華？」僖宗幸蜀詩云：「地下阿瞞應有語，這回休更怨楊妃。」范同叔云：「吴國若教丞相在，越王空送美人來。」此數首，皆爲美人開脱。余咏陳宫云：「若教褒妲逢君子，都是周南傳裏人。」亦此意也。唐人又有句云：「吴王事事都顛倒，未必西施勝六宫。」尤妙。

余雅不喜四皓事，著論非之，且疑是子長好奇附會，非真有其人也。後讀杜牧「四皓安劉是滅劉」、錢辛楣先生「安吕非安劉」二詩，可謂先得我心。顧禄伯亦有詩誚之云：「垂老與人家國事，幾聞巢許出山來？」

己酉夏間，鰲静夫圖明府與張荷塘過訪隨園，蒙見贈云：「太史藏書地，因山得一園。西風吹蠟屐，凉雨叩蓬門。霜重楓將老，秋酣菊已繁。十年荒舊學，詩律待深論。」此詩雖成，逾年不寄，直至鰲公調任金山，余過松江，舟中相晤，方出以相示。予問：「何不早寄？」曰：「荷塘道不佳。」余笑曰：「此詩通首清老，一氣卷舒，不求工于字句間，古大家往往有之，頗可存也。想荷塘引《春秋》之義，必欲責備賢者，誘出君驚人之句耶？」彼此囅然。鰲第三句是「西風吹倦客」，荷塘道「倦」字對不過「蓬」字，爲改作「西風蠟山屐」。余道「蠟」字又與「風」字不相聯貫，不如改「西風吹蠟屐」，益覺清老也。

奇麗川方伯，篤友誼而愛風雅。辛亥清明後三日，寄札云：「有惠山侯生名光第，字枕漁者，常携之同至黔中，詩多清妙。而身亡後，散失無存，向其家搜得古今體一卷，特耑函寄上。倘得採録入《詩話》中，則鯫生附以不朽，而余亦有以報故人也。」余讀之，頗近中唐風格。爲録其《送友之河南》云：「親老難爲别，家貧耐遠行。東風吹客夢，落日已孤征。盡此一樽酒，相將無限情。梁園春正好，莫聽鷓鴣聲。」《山塘竹枝詞》云：「當罏十五鬢堆鴉，稱體單衫淺碧紗。玉琖勸郎拚醉飲，更無花好似儂家。」「陂塘春水碧於油，樹樹垂楊隱畫樓。樓上玉人春睡足，一簾紅日正梳頭。」其他佳句，五言如：「蟬吟出高樹，山色落孤篷。」「隔水犬争吠，斷橋僧獨歸。」七言如《弔李白》云：「千載比肩惟杜甫，一生低首祇宣城。」《落花》云：「丁寧落向春波去，不許東西兩處流。」

隨園詩話卷四

倉山居士著

凡作詩者，各有身分，亦各有心胸。畢秋帆中丞家漪香夫人有《青門柳枝詞》云：「留得六宫眉黛好，高樓付與曉妝人。」是閨閣語。中丞和云：「莫向離亭争折取，濃陰留覆往來人。」是大臣語。嚴冬友侍讀和云：「五里東風三里雪，一齊排着等離人。」是詞客語。夫人又有句云：「天涯半是傷春客，飄泊煩他青眼看。」亦有慈雲護物之意。張少儀觀察和云：「不須看到婆娑日，已覺傷心似漢南。」則的是名場耆舊語矣。

惲南田壽平之父遜庵，遭國變，父子相失，壽平賣杭州富商某爲奴。其故人諦暉和尚在靈隱，坐方丈，苦無救策。會二月十九日觀音生辰，天竺燒香者，過靈隱寺，必拜方丈。諦暉道行高，貴官男女來膜拜者以萬數，從無答禮。富商夫人從蒼頭婢僕數十人來拜諦暉。諦暉探知頎而纖者，惲氏兒也，矍然起跪兒前，膜拜不止，曰：「罪過罪過！」夫人驚問，故曰：「此地藏王菩薩也，托生人間，訪人善惡。夫人奴畜之，無禮已甚，聞又鞭撲之，從此罪孽深重，奈何！」夫人惶急，歸告某商。次早，某商來，長跪不起，求開一綫佛門之路。諦暉曰：「非特公有罪，僧亦有罪。地藏王來寺，而僧不知迎，僧罪大矣。請以香花清水，供養地藏王入寺，緩緩爲公夫婦懺悔，并爲僧自己懺悔。」某商大喜，布施百萬，以兒付諦暉。諦暉教之讀書學畫，一時聲名大起。壽平佳句，如：「蟬移無定響，星過有餘光。」

「送迎人自老，新舊歲無痕。」「只爲花陰貪坐久，不須歸去更熏衣。」皆清絶也。《十四夜望月》云：「平開圖畫含千嶺，盡掃星河占一天。」真乃自喻其筆墨之高矣。其時石揆僧與諦暉齊名，石揆有弟子沈近思，後官總憲。人問諦暉孰優，曰：「近思講理學，不出周、程、張、朱範圍，壽平作畫，能脱文、沈、唐、仇窠臼，似惲優矣。」

詩用經書成語，有對仗極妙者。前輩盧玉岩云：「頭既責余余責頭，腹亦負公公負腹。」近人吴文溥云：「人非磨墨墨磨人，我自注經經注我。」姚念慈云：「野無青草霜飛後，菊有黄花雁到初。」汪韓門云：「白鳧化後成衰老，黄雀飛來謝少年。」胡稚威云：「春水緑波芳草色，雜花生樹亂鶯飛。」朱鹿田《得子》云：「我求壯艾三年藥，汝似王瓜五月生。」皆用經書、樂府成語也。余戲集樂府云：「背畫天圖，子星歷歷；東升日影，雞黄團團。」

題古蹟，能翻陳出新最妙。河南邯鄲壁上，或題云：「四十年中公與侯，雖然是夢也風流。我今落魄邯鄲道，要替先生借枕頭。」嚴子陵釣臺，或題云：「一着羊裘便有心，虚名傳誦到如今。當時若着蓑衣去，烟水茫茫何處尋？」

凡事不能無弊，學詩亦然。學漢、魏、《文選》者，其弊常流于假。學李、杜、韓、蘇者，其弊常失于粗。學王、孟、韋、柳者，其弊常流于弱。學元、白、放翁者，其弊常失于淺。學温、李、冬郎者，其弊常失于纖。人能吸諸家之精華，而吐其糟粕，則諸弊盡捐。大概杜、韓以學力勝，學之，刻鵠不成猶類鶩也；太白、東坡以天分勝，學之，畫虎不成反類狗也。佛云：「學我者死。」無佛之聰明而學佛，自然死矣。

昔人稱謝太傅功高百辟，心在一丘。范希文經略西邊，猶戀戀于曩日之圭峰月下，與友人書，時時及之。秋帆尚書巡撫陝西，有《小方壺憶梅》詩，節其大概云：「仙人家住梅花村，寒香萬頃塞我門。門巷寂寂嵌空谷，冷艷繁枝環破屋。塵緣未了出山去，回頭別花花不語。北走燕雲西入秦，問梅精舍知何處。歲云暮矣風雪驟，驛使音稀斷隴首。天涯人遠乍黄昏，料得花還如我瘦。松林翠羽最相思，夢繞南枝更北枝。花神曩日盟言在，重訂還山在幾時。香落琴絃彈一曲，爾音千里同金玉。花如不諒余精誠，請問鄧尉山樵徐友竹。」徐名堅，蘇州木瀆人，能詩，工畫，余舊交也。張文敏公《題横山西廬》云：「壺中長日静中緣，我亦曾經四小年。不及蒼髯墻外叟，梅花看到菊花天。」與畢公同有心在一丘之想。

尹文端公年七十七而薨。薨時，滿榻紛披，皆詩草也。病革，聞皇上有駕臨之信，才略收拾。前一月，命諸公子作送春詩，西席解吉庵賦云：「也知住已經三月，其奈逢須隔一年。遺愛只留庭樹好，餘暉空托架花鮮。」公甚賞之，動筆加圈。歿後，方知皆讖。公第四公子樹齊尚書應第三句。又一聯云：「千紅萬紫費安排，底事功成駕便回。」亦暗藏騎箕之意，皆無心偶觸云。

副憲趙學齋先生，提倡後學，愛才如命。掌教萬松書院，識拔英俊少年，一時遂有《北史》張雕武之謗。不數年，所識拔者雲蒸霞起，如吴雲岩、葉登南輩，皆作狀元詞翰，浮言始息。有項春臺秀才，早卒，先生哭之，云：「文章靈氣歸何處，師弟情緣結再生。」余在京師，《送王卿華歸里》云：「風懷似我能憐我，客路逢君又別君。」先生讀之，謂卿華曰：「此種才人，當鑄黄金事之。」先生諱大鯨。

蔣南莊守潁州，有句云：「人原是俗非因吏，仕豈能優且讀書。」謙而藴藉。《過瀧喉》云：「亂石磨舟泉有骨，雙橈撥霧水生塵。」與徐鳳木布衣「水淺擱舟沙怒語，山彎轉舵月回眸」相似。蔣名熊昌，常州人。

湯潛庵巡撫江蘇，《出郭》云：「按部雨餘香稻熟，課農花發曉雲輕。」人言公理學名儒，何詩之清婉也？余記座師孫文定公亦有《咏梅》云：「天地心從數點見，河山春借一枝回。」詩不腐，而言外俱含道氣。

朱子立中丞，高顴長髯，多權謀，人稱「雙料曹操」。與西林相公共事雲南，彼此抵牾。朱有句云：「畏暑鋪長簟，思風去短屏。」頗閒雅，不類其爲人。康熙間，施漕帥諱世綸者，亦剛不可犯，有句云：「愛山移舫對，隔水問花多。」與中丞同調。朱名綱。

己未冬，余乞假歸娶，路過揚州，轉運使徐梅麓先生止而觴之。席無雜賓，汪度齡應銓、唐赤子建中，皆翰林前輩。余科最晚，年最少，終席敬慎威儀，不敢發一語。但見壁上有赤子先生《端午竹枝》云：「無端鐃鼓出空舟，賺得珠簾盡上鈎。小玉低言嬌女避，郎君倚扇在船頭。」

湖南張少廷尉名璨，字豈石，紫髯偉貌，議論風生，能赤手捕盜，與魯觀察亮儕俱權奇自喜。題所居云：「南軒北牖又東扉，取次園林待我歸。當路莫栽荆棘草，他年免挂子孫衣。」言可風世。又戲題云：「書畫琴棋詩酒花，當年件件不離他。而今七事都更變，柴米油鹽醬醋茶。」殊解頤也。又謂人云：「見鬼莫怕，但與之打。」人問打敗奈何，曰：「我打敗才同他一樣。」

馮古浦在西林相公席上咏牡丹云：「詩到《清平》能動主，花雖富貴不驕人。」西林喜，贈遺甚厚。此詩若在他人席上作，便覺無謂。

丙辰，余在都中，受知于張鷺洲先生。先生作御史，立朝侃侃，頗著風績，有《柳漁集》行世。余購得，被人攫去，時爲惱悶。甲午歲，余泊舟丹陽，旁有小舟相並，時天暑，彼此窗開。余艙中詩稿堆積几上，鄰舟一女子，容貌莊姝，每伺余出艙，便注目偷視，若領解者。余心疑之，問其家人，乃先生女，嫁汪文端公從子某。因招汪入艙話舊，問先生詩，不能記。入問夫人，夫人乃誦其巡臺灣作云：「少寒多暖不霜天，木葉長青花久妍。真个四時皆是夏，荷花度臘菊迎年。」

宛平黄崑圃先生，康熙辛未詞林。予告後，在長安主持風雅，人有一技一長，必爲揄揚，無須識面。李方伯渭來江南，余往衙參，一見，便云：「崑圃先生交好耶？」余曰：「未也。」方伯云：「我出都時，黄公以足下再三托我。」方知先生憐才，有古人風。《庚午重赴鹿鳴》詩曰：「蕊榜新開敞盛筵，漫勞車馬問衰年。雀羅門巷群相訝，鶴髮重聯桂籍仙。」《辛未重赴瓊林》詩曰：「天鼓聲喧曉漏餘，春風吹雨洒庭除。婆娑老眼看新榜，髣髴青雲接敝廬。」「鶴返故巢無宿侣，花開仙洞見新枝。輶軒南國追疇昔，風雨橋山愴夢思。」先生巡撫浙江，追感兩朝恩遇，故詩中及之。

姜白石云：「人所易言，我寡言之。人所難言，我易言之。詩便不俗。」

古人詩有全篇用平聲者，天隨子《夏日》詩，四十字皆平聲。有全篇用仄聲者，梅聖俞《酌酒與婦飲》一篇皆仄聲。有通首不用韵者，古《采蓮曲》是也。有平仄各押韵者，唐末章碣以八句詩平仄各有一韵是也。詩家變體，宋魏菊莊《詩人玉屑》言之最詳。

稅關巡攔書吏，如捕役緝賊，虎視眈眈，但一見書册，興便索然。姚雲上作七古，前四句云：「劬勞王事前旌驅，咿唔星夜關山踰。笋束牛腰槖負載，關吏疾呼書書書。」此輩聲口宛然，讀之欲笑。南豐謝鳴篁有句云：「近海風濤壯，當關僕隸尊。」或和云：「客久囊雖破，船裝書便尊。」

鄭所南井中《心史》，雖用鐵匣浸水中，然年歷二百，紙墨斷無不壞之理。所載元世祖剖割文天祥，食其心肺，又好食孕婦腹中小兒，語太荒悖，殊不足信。惟四言詩一首殊妙，曰：「今日之今，霍霍栩栩。少焉矚之，已化爲古。」

女心外向，自古爲然。南越古蠻洞，秦時最强，俗尤善弩，每發銅箭，貫十餘人，趙佗畏之。蠻王有女蘭珠，美而艷，製弩尤精。佗乃遣子某贅其家，不三年，盡得其製弩、破弩之法，遂起兵伐之，虜蠻王以歸。此事見《粤嶠志》。余賦詩云：「趙王父子開邊界，賴種蘭珠一朶花。銅弩三千隨壻去，女兒心太爲夫家。」按：後世開邊，往往收功于婦人。洪武時，貴州宣慰使靄翠妻奢香，爲都督馬聘所裸撻，乃走愬京師。太祖問：「朕爲汝報仇，何以報我？」曰：「願立龍場九驛，通黔蜀之道。」後果如其言。吴明卿詩云：「君不見蜀道之闢五丁神，犍爲萬卒迷無津。帳中坐叱山河走，誰道奢香一婦人？」

古來奇女子，如馮嫽及冼夫人，事載史書，惜見于詩者絶少。惟石柱土司之秦良玉能爲國殺賊，明懷宗賜詩云：「桃花馬上請長纓。」又云：「試看他年麟閣上，丹青先畫美人圖。」本朝朱鹿田先生作七古美之，警句云：「一時巾幗盡鬚眉，馬上紅旗馬前酒。蜀亡不肯樹降旗，殘疆猶爲君王守。」又曰：「緑沉槍舞春星轉，花桶裙拖錦帶紅。」

僧無稱郎之理，而北魏諺云：「支郎眼中黄，形軀似智囊。」是僧可稱郎之一證。魏有三高僧，支謙、支諒、支讖也。

香山詩：「楊柳小蠻腰。」妓名也。後寄禹錫詩：「携將小蠻去，招得老劉來。」自注云：「小蠻，酒榼也。」小蠻竟有二解。

汪舒懷先生云：「錢箋杜詩，穿鑿附會，令人欲嘔。如以黄河十月冰爲櫝蓋之冰，煎弦續膠爲美饌愈疾，以《洗兵馬》、《收兩京》二篇爲刺肅宗，比之商臣、楊廣，此豈少陵忠君愛國之心耶？尤可笑者，跋元人汪水雲詩：『客中忽忽又重陽，滿酌葡桃當菊觴。謝后已叨新聖旨，謝家田土免輸糧。』『第二筵開八九重，君王把酒勸三宫。酡酥割罷行酥酪，又進椒盤剥嫩葱。』就此二首，遂以爲謝后有失節之事。按《宋史》，理宗謝后，寶慶三年册立，垂四十年，而度宗嗣位，尊爲太皇太后，已老病不能聽政。德祐二年，宋亡，徙越七年而崩，壽七十四。是至燕時已六十七矣，寧有劉曜羊后之慮哉？水雲又咏宋宫人分嫁北匠云：『君王不重色，安肯留金閨？』則世祖爲人可知。《元史》又稱弘吉剌皇后見幼主入朝而不樂，爲全太后不習水土，代奏乞放還江南。帝雖不許，而封幼主爲瀛國公。則别置邸第，完全眷屬可知。水雲詩云：『昭儀别館香雲煖，手把詩書授國公。』是王昭儀亦未入元宫也。」

陳后山吟詩最刻苦。《九日》云：「人事自生今日意，寒花只作去年香。」鄭毅夫云：「夜來過嶺忽聞雨，今日滿溪都是花。」此種句似易實難。人能知易中之難，可與言詩。

雍正甲寅，海寧陳文簡公予告在家，來游西湖，人知三朝元老，觀者如堵。余年十九，猶及仰瞻風采。先生仙風道骨，年已八十，猶替人題陳章侯《蓮鷺圖》云：「墨花吹得緑差差，小景分來太液池。白鷺不飛蓮不謝，摇風立雨已多時。」書法絶似董香光。余生平所見翰林前輩，如徐蝶園相國、陳文簡公、黄崑圃中丞、熊滌齋太史，皆魯靈光也。

諺云：「讀書是前世事。」余幼時家中無書，借得《文選》，見《長門賦》一篇，恍如讀過，《離騷》亦然，方知諺語之非誣。毛俟園廣文有句云：「名須没世稱才好，書到今生讀已遲。」

凡作人貴直，而作詩文貴曲。孔子曰：「情欲信，詞欲巧。」孟子曰：「智譬則巧，聖譬則力。」巧，即曲之謂也。崔念陵詩云：「有磨皆好事，無曲不文星。」洵知言哉。

或問：「詩如何而後可謂之曲？」余曰：「古詩之曲者，不勝數矣。即如近人，王仔園《訪友》云：『亂烏棲定夜三更，樓上銀燈一點明。記得到門還不扣，花陰悄聽讀書聲。』此曲也。若到門便扣，則直矣。方蒙章《訪友》云：『輕舟一路繞烟霞，更愛山前滿澗花。不爲尋君也留住，那知花裏即君家。』此曲也。若知是君家，便直矣。宋人咏梅云：『緑楊解語應相笑，漏洩春光恰是誰？』咏紅梅云：『牧童睡起朦朧眼，錯認桃林欲放牛。』咏梅而想到楊柳之心、牧童之眼，此曲也。若專咏梅花，便直矣。」

詩雖貴淡雅，亦不可有鄉野氣。何也？古之應、劉、鮑、謝、李、杜、韓、蘇，皆有官職，非村野之人。

蓋士君子讀破萬卷，又必須登廟堂，覽山川，結交海内名流，然後氣局見解自然闊大，良友琢磨，自然精進。否則鳥啼蟲吟，沾沾自喜，雖有佳處，而邊幅固已狹矣。人有鄉黨自好之士，詩亦有鄉黨自好之詩。桓寬《鹽鐵論》曰：「鄙儒不如都士。」信矣。

吾鄉宋笠田明府女，名右妍，能詩，有「殘溜積來頻洗硯，爐灰撥去屢添香」之句。嫁堉徐金粟，亦少年能詩。《七夕》云：「一灣河漢影，萬國女兒情。」《晚坐》云：「風帶殘雲歸遠岫，樹摇餘滴亂斜陽。」

丙辰，以布衣薦鴻詞者，海内四人。一江西趙寧静，一河南車文，一陝西屈復，一嘉禾張庚。車之著作，余未經見。張善畫，長于五古，人亦樸誠。獨屈叟傲岸，自號悔翁，出必高杖，四童扶持。在京師，見客南面坐，公侯學詩者，入拜床下。專改削少陵，呰詆太白，以自誇身分，耳食者抵死奉若神明。山左顔懋倫心不平，獨往求見。坐定，即問曰：「足下詩有《書中乾蝴蝶》二十首，此委巷小家子題目，李、杜集中可曾有否？」屈默然慚。人以爲快。沈歸愚刻《别裁集》，僅録屈《王母廟》一首云：「秦地山河留落日，漢家宫闕見孤燈。如今應是蟠桃熟，寂寞何人薦茂陵？」

慶兩峰玉觀察蕪湖，因舊署荒蕪，前任劉公未加修葺，兩峰抵任，爲培花樹，戲題一絶寄劉云：「笑殺河陽舊吏來，地無青草長莓苔。嶺梅岩桂江干竹，都是劉郎去後栽。」

辛未，聖駕南巡，西湖僧某迎於聖因寺。上以手撫其左腕，其僧遂綉團龍於袈裟之左偏，客來相揖者，以右手答之，而左臂不動。杭堇浦嘲之云：「維摩經院境清嘉，依舊紅塵送歲華。夸道賜衣曾借紫，竹邊留客晒袈裟。」

丙辰徵士王藻，字載揚，吴江人，販米爲業。偶題《桃源圖》云：「相看何物同塵世，只有秦時月在天。」以此受知于沈艑翁先生，四處揄揚，遂棄業讀書。吴大宗伯荆山薦舉鴻詞科，廷試報罷。往來揚州，與詩人結社吟咏。貌瑣瘦，急遽小聲音，好畜宋板書、青田石印章。有友借觀，誤墮地碎，載揚垂泣三日，其風趣如此。《讀梅村集》云：「百首淋浪長慶體，一生慚愧義熙民。」《剪梅》云：「大抵端相求入畫，最難割愛似删詩。」

余少時過江西瀘溪，舟中把書吟咏，岸上兒童指曰：「此學士船也。」余喜而成句云：「衣冠僧識江南客，翰墨兒呼學士舟。」後三十年，讀無錫顧公奎光《赴辰州》詩云：「村民久識瀘溪令，笑指篷窗滿几書。」兩意相同，而俱成于瀘溪，亦奇。顧《咏傀儡》云：「閒來惟挂壁，用我也登場。」《過沅江》云：「名場似弈無同局，吏道如詩有别才。」

陳滄州先生守蘇州，《重遊虎丘》詩云：「雪艇松龕閱歲時，廿年踪跡鳥魚知。春風再掃生公石，落照仍銜短薄祠。雨後萬松全逕匝，雲中雙塔半迷離。夕佳亭上憑闌處，紅葉空山繞夢思。」「塵鞅删餘半晌閒，青鞋布襪也看山。離宫路出雲霄上，法駕春留紫翠間。代謝已憐金氣盡，再來偏笑石頭頑。楝花風後遊人歇，一任鷗盟數往還。」其時總督噶禮，以詩爲誹謗，句句旁注而劾奏之，摘印下獄。聖祖詔云：「詩人諷咏，各有寄托，豈可有意羅織，以入人罪？」命復其官，尋擢霸昌道。

杭州趙鈞臺，買妾蘇州。有李姓女，貌佳而足欠裹，趙曰：「似此風姿，可惜土重。」土重者，杭州諺語脚大也。媒嫗曰：「李女能詩，可以面試。」趙欲戲之，即以弓鞋命題，女即書云：「三寸弓鞋自古無，觀音大士赤雙趺。不知裹足從何起，起自人間賤丈夫。」趙悚然而退。

古閨秀能詩者多，何至今而杳然？余宰江寧時，有松江女張氏二人，寓居尼庵，自言文敏公族也。姊名宛玉，嫁淮北程家，與夫不協，私行脱逃。山陽令行文關提，余點解時，宛玉堂上獻詩云：「五湖深處素馨花，誤入淮西估客家。得遇江州白司馬，敢將幽怨訴琵琶。」余疑倩人作，女請面試。予指庭前枯樹爲題，女曰：「明府既許婢子吟詩，詩人無跪禮，請假紙筆，立吟可乎？」余許之。乃倚几疾書曰：「獨立空庭久，朝朝向太陽。何人能手植，移作後庭芳。」未幾，山陽馮令來，予問張女事作何辦，曰：「此事不應斷離，然才女嫁俗商，不稱，故釋其背逃之罪，且放歸矣。」問何以知其才，曰：「渠獻詩云：『泣請神明宰，容奴返故鄉。他時化蜀鳥，銜結到君旁。』」馮故四川人也。

雍正間，京師伶人劉三，色藝冠時，獨與翰林李玉洲先生交好。蘇州張少儀觀察爲諸生時，封公謫戍軍臺，徒步入都，爲父贖罪，一時有「三子」之稱，蓋云公子、才子、孝子也。沿門托鉢，尚缺五百餘金。偶于先生席上言及此事，劉慨然曰：「此何難。公子有此孝心，我能相助。」遂徧告班中人云：「諸君助張如助我也。」擇日設席江南會館，請諸豪貴來，己乃纏頭而出，一座傾靡，擲金錢者如雨，果得五百餘金，盡以與張，而封公之難遂解。余丙辰入都，在先生處見劉，則已老矣。但聞先生未第時甚貧，劉愛其才，以身事之，余疑而不信。偶過薙髮鋪，壁上無名氏題云：「欲得劉三一片心，明珠十斛萬黄金。一錢不費偏傾倒，姤殺江南李翰林。」方知果實事也。先生在吴門，《與朱約岑送采官北上》云：「莫惜當筵舞鬢斜，多情曾爲損才華。玉郎此會成長别，飛盡江南陌上花。」朱和之，有「春燈紅照一枝花」之句。朱爲張匠門先生之故人，相見京師，年已八十，惡見髮鬚之白，日日薙之，與翁霽堂同癖。乾隆己未，京師伶人許雲亭名冠一時，群翰林慕之，糾金演劇。余雖年少，而敝車羸馬，無足動許者。許流目送笑，若將暱焉。余心疑之，未敢問也。次日侵晨，竟叩門而至，情欵綢繆。余喜過望，贈詩云：「笙清簧煖小排當，絶代飛瓊最擅場。底事一泓秋水剪，曲終人反顧周郎？」

李桂官與畢秋帆尚書交好。畢未第時，李服事最殷，病則秤藥量水，出則授轡隨車。畢中庚辰進士，李爲購素册界烏絲，勸習殿試卷子，果大魁天下。溧陽相公，康熙前庚辰進士也，重赴櫻桃之宴，聞桂郎在坐，笑曰：「我揩老眼，要一見『狀元夫人』。」其名重如此。戊子年，畢公官陝西，李將往訪，路過金陵，年已三十，風韵猶存。余作長歌贈之，序其勸畢公習字云：「若教内助論勛伐，合使夫人讓誥封。」

今人論詩，動言貴厚而賤薄，此亦耳食之言。不知宜厚、宜薄，惟以妙爲主。以兩物論，狐貉貴厚，鮫綃貴薄。以一物論，刀背貴厚，刀鋒貴薄。安見厚者定貴，薄者定賤耶？古人之詩，少陵似厚，太白似薄，義山似厚，飛卿似薄，俱爲名家。猶之論交，謂深人難交，不知淺人亦正難交。

庚寅元旦，皇上登保和殿受朝賀，望見遠處有烟，騰空而起，問大學士曰：「得毋民間有失火者乎？」首相舒文襄公奏曰：「似烟非烟。」諸公服其吐屬典雅。古語：「似烟非烟，是謂慶雲。」

杭人土音呼「朋」作「蓬」之本音，「崩」爲「蓬」之陽音，皆一東韵也。韵書都收入十烝，則與一東遠矣。然《左傳》：「翹翹車乘，招我以弓。豈不欲往，畏我友朋。」《三國志》張昭作陶謙哀詞曰：「喪覆失恃，民知困窮。曾不旬月，五郡潰崩。」是將「朋」、「崩」二字俱押入一東也。

彭城李涓，字蓉湄，以選拔入京師。一日，欲訪某友之寓，賣所乘小驢贈之，賦詩云：「從此蹣跚嬾行步，好花都讓別人看。」亡何，不第而亡，人以爲讖。蓉湄貌美。揚州紬舖女兒有國色，好養鸚鵡，每早餵食。一日，方提籠，而目有所睇，不覺籠落于地，旁人咸訝之，察所睇，則蓉湄方過其門故也。劉霞裳聞而賦詩云：「貪看野鴛鴦，忘墮手鸚鵡。可惜此時情，鸚鵡不能語。」

陸陸堂、諸襄七、汪韓門三太史，經學淵深，而詩多澀閟，所謂學人之詩，讀之令人不懽。或誦諸詩：「秋草駠龍種，春羅狎雉媒。」「九秋易灑登高淚，百戰重經廣武場。」差爲可誦，他作不能稱是。相傳康熙間，京師三前輩主持風雅，士多趨其門。王阮亭多譽，汪鈍翁多毁，劉公㦷持平。方望溪先生以詩投汪，汪斥之。次以詩投王，王亦不譽。乃投劉，劉笑曰：「人各有性之所近，子以後專作文、不作詩可也。」方以故終身不作詩。近代深經學而能詩者，其鄭璣尺、惠紅豆、陳見復三先生乎？

吟詩自注出處，昔人所無。歐公譏元稹注《桐柏觀碑》，言之詳矣。况詩有待于注，便非佳詩。韓門先生《蚊烟》詩十二韵，注至八行，便是蚊類書，非蚊詩也。《贈友》云：「知來匪鵲休論往，爲主如鴻喜得賓。」上句注：「《淮南子》：『乾鵲知來而不知往。』」下句注：「孔疏：『鴻以先至者爲主，後至者爲賓。』」作詩何苦乃爾？惟張雪子雲南典試歸，將近長安而殁，先生哭之云：「路紓雙節重，天近一星沉。」便覺清妙。又有《咏柳絮》一絶云：「沾襟撩袖自矜妍，未化爲萍絶可憐。嘆息春風竟何意，團揉無處不成綿。」

惲南田少時，受知王太倉相國。有監司某，延之作畫，不即赴，乃迫致蘇州，拘官廳所，明旦將辱之。南田以急足至妻水乞援，時已二更，相國急命呼舟，將出，復擊案曰：「馬最速，舟不如。」遽跨馬，命僕以竹竿挑燈，縛背上，行九十里，抵郡城，尚未五鼓也。守門者知爲相國，遽啓門。直詣監司署，問南田所在，攜之以歸。監司隨詣太倉謝過，乃釋。南田畫《拙修堂讌集圖》，題詩云：「花殘江國滯征纓，绿浦紅潮柳岸平。芳草有心抽夜雨，東風無力轉春晴。艱難抱子還鄉國，落拓浮家仗友生。只爲躊躇千里别，歸期臨發又重更。」

黄莘田妻月鹿夫人，與莘田仝有研癖。先生罷官時囊餘二千金，以千金市十研，以千金購侍兒金櫻以歸。有二女，長曰淑窕，字姒洲，次曰淑畹，字紉佩。《題杏花雙燕圖》云：「艷陽天氣試輕衫，媚紫嬌紅正鬭酣。記得春明池館静，落花風裏話呢喃。」「夕陽亭院曲闌東，語燕時飛扇底風。不管春來與春去，雙雙長在杏花中。」金櫻明艷，能詩，許子遜酒間舉其《夜來香》絶句云：「知隔絳紗帷暗坐，謝娘頭上過來風。」

白雲禪師作偈曰：「蠅愛尋光紙上鑽，不能透處幾多難。忽然撞着來時路，始覺平生被眼瞞。」雪竇禪師作偈曰：「一兔横身當古路，蒼鷹才見便生擒。後來獵犬無靈性，空向枯樁舊處尋。」二偈雖禪語，頗合作詩之旨。

冬友侍讀出都，過天津查氏，晤佟進士濬，言其母趙夫人苦節能詩。《祭竈》云：「再拜東厨司命神，聊將清水餞行塵。年年破屋多灰土，須恕夫亡子幼人。」查恂叔言其叔心穀悼亡姬詩，和者甚衆，有佟氏姬人名艷雪者一絶甚佳，其結句云：「美人自古如名將，不許人間見白頭。」此與宋笠田明府「白髮從無到美人」之句相似。

乙丑歲，予宰江寧。五月十日，天大風，白日晦冥。城中女子韓姓者，年十八，被風吹至銅井村，離城九十里。其村氓問明姓氏，次日送女還家。女已婚東城李秀才之子，李疑風無吹人九十里之理，必有姦約，控官退婚。余曉之曰：「古有風吹女子至六千里者，汝知之乎？」李不信。予取元郝文忠公《陵川集》示之，曰：「郝公一代忠臣，豈肯作誑語者？第當年風吹吴門女，竟嫁宰相，恐汝子没福耳。」秀才讀詩大喜，兩家婚配如初。制府尹公聞之，曰：「可謂宰官必用讀書人矣。」其詩曰：「八月十五雙星會，花月摇光照金翠。黑風當筵滅紅燭，一朶仙桃落天外。梁家有子是新郎，芈氏負從鍾建背。争看燈下來鬼物，雲鬟欹斜倒冠佩。須臾舉目視旁人，衣服不同言語異。自説吴門六千里，恍惚不知來此地。甘心肯作梁家婦，詔起高門牓天賜。幾年夫壻作相公，滿眼兒孫盡朝貴。須知伉儷有因緣，富者莫求貧莫棄。」

或問：「明七子摹倣唐人，王阮亭亦摹倣唐人，何以人愛阮亭者多，愛七子者少？」余告之曰：「七子擊鼓鳴鉦，專唱宫商大調，易生人厭。阮亭善爲角徵之聲，吹竹彈絲，易入人耳。然七子如李崆峒，雖無性情，尚有氣魄。阮亭于氣魄、性情，俱有所短，此其所以能取悦中人，而不能牢籠上智也。」

近有《聲調譜》之傳，以爲得自阮亭，作七古者，奉爲秘本。余覽之，不覺失笑。夫詩爲天地元音，有定而無定，到恰好處，自成音節，此中微妙，口不能言。試觀《國風》、《雅》、《頌》、《離騷》、樂府，各有聲調，無譜可填。杜甫、王維，七古中平仄均調，竟有如七律者。韓文公七字皆平，七字皆仄。阮亭不能以四仄三平之例縛之也。倘必照曲譜排填，則四始六義之風掃地矣。此阮亭之七古所以如杞國伯姬，不敢那移半步。

南朝人云：「鵝性最傲，鶴更甚焉。」余嘗畜一鶴，偶過池隄，甚窄，鶴故意張翅攔之，頗爲所窘。後讀陸甥詩云：「境仄鶴妨人去路，窗虛雲攬雨來天。」方賞其詞之工。

詩雖小技，然必童而習之，入手先從漢、魏、六朝，下至三唐、兩宋，自然源流各得，脉絡分明。今之士大夫，已竭精神于時文八股矣，宦成後，慕詩名而强爲之，又慕大家之名而狹取之。於是所讀者，在宋非蘇即黄，在唐非韓則杜，此外付之不觀。亦知此四家者，豈淺學之人所能襲取哉？於是專得皮毛，自夸高格，終身由之，而不知其道。《書》曰：「德無常師，主善爲師。」子貢曰：「夫子焉不學，而亦何常師之有？」此作詩之要也。陶篁村曰：「先生之言固然，然亦視其人之天分耳。與詩近者，雖中年後可以名家。與詩遠者，雖童而習之，無益也。磨鐵可以成針，磨磚不可以成針。」

余于古人之詩，無所不愛，恰無偏嗜者。于今人之詩亦無所不愛，恰于高文良公《味和堂集》、黄莘田先生《香草齋詩》有偏嗜焉。豈亦性之所近耶？

丙戌年，慶樹齋、雨林兩公子過蘇州，余招飲唐氏棣華書屋，一時都知、録事，佳者雲集，三人各有所屬。雨林即席云：「度曲花猶遮半面，迎眸春已透三分。」别後又寄詩云：「天河落向碧窗紗，十二瑶臺霧不遮。香煖繡幃春似海，一鴛鴦抱一枝花。」友人陶夔典贈余一姬，載還家，方知已有娠，乃送還之。雨林所昵，以事到官，有困于株木之慘。雨林和余《懊惱詞》云：「無奈别春何，詩筒驢背馱。花開仍散影，水小亦生波。頓改繁華夢，惟餘懊惱歌。金釵雖十二，難解此情多。」「滄浪烟水際，無復蕩舟來。完璧仍歸趙，明珠别有胎。倚欄頻繾綣，對月暗低徊。環珮聲偏遠，銷魂又幾回。」「猶記旗亭夜，紅燈語不休。芙蓉經雨損，風蝶爲花愁。薄命原應爾，無情笑此流。心同天外月，空自照蘇州。」又寄《遊仙》一首云：「吹殘瓊樹下蓬萊，自斷仙緣萬念灰。底事無風花也落，方知立地有輪迴。」樹齋公子後一年爲威遠將軍，出鎮伊犂，予寄七律三章，末二句戲云：「倘奪胭脂好顏色，江南兒女要平分。」

乙丑，余知江寧，救火水西門，見喧嚷時，一美少年着單縑衣，貌頗閒雅，異而問焉，曰：「秀才也，姓龔，名如璋，號雲若。」次日，以文作贄，來往甚歡。後十年，中進士，改名孫枝。過隨園，見贈云：「早結山堂水竹緣，朝簪重脱未華顛。有詩何但稱循吏，不老方知是謫仙。細雨漸消寒食候，穠花争放麴塵天。謝公墩外峰峰好，屐齒逡巡又一年。」龔後出宰山西榆次縣，王師西征，烹羊享兵，得奇句云：「拔刀割肉目皆裂，太平時羊亂時妾。」

詩得一字之師，如紅爐點雪，樂不可言。余祝尹文端公壽云：「休夸與佛同生日，轉恐恩榮佛尚差。」公嫌「恩」字與佛不切，應改「光」字。《咏落花》云：「無言獨自下空山。」邱浩亭云：「『空山』是落葉，非落花也，應改『春』字。」《送黄宫保巡邊》云：「秋色玉門凉。」蔣心餘云：「『門』字不響，應改『關』

字。」《贈樂清張令》云：「我慙靈運稱山賊。」劉霞裳云：「『稱』字不亮，應改『呼』字。」凡此類，余從諫如流，不待其詞之畢也。浩亭詩學極深，惜未得其遺稿。

茗生分校禮闈，作詩云：「再然丹炬炤波心，恐有遺珠碧海沉。記得當時含木石，十年辛苦作冤禽。」朱香南太史有句云：「寄語群公高着眼，青衫明日淚痕多。」余甲子分校，亦有句云：「帶入秋闈示同伴，當時落第淚痕衫。」

桐城女子方筠儀，嫁左君文全而寡，年二十有六，即守節以終，有《含貞閣集》。其《偶檢先夫遺草》云：「鸚鵡才高屈數奇，未開篋笥淚先垂。平生映雪囊螢力，不見騰蛟起鳳時。獄底龍埋光詎掩，墓門鶴返事難期。九京應悔嘔心血，百卷文章待付誰。」

春江公子，戊午孝廉，貌如美婦人，而性倜儻，與妻不睦，好與少俊遊，或同卧起，不知烏之雌雄。嘗賦詩云：「人各有性情，樹各有枝葉。與爲無鹽夫，寧作子都妾。」其父中丞公見而怒之。公子又賦詩云：「古聖所制禮，立意何深妙。但有烈女祠，而無貞童廟。」中丞笑曰：「賤子强詞奪理，乃至是耶？」後乙丑入翰林，妻楊氏亡矣，再娶吴氏，貌與相抵，遂懽愛異常。余贈詩云：「安得唐宫針博士，唤來趙國繡郎君。」嘗觀劇于天禄居，有參領某，誤認作伶人而調之，公子笑而避之。人爲不平，公子曰：「夫狎我者，愛我也。子獨不見《晏子春秋》『諫誅圉人章』乎？惜彼非吾偶耳，怒之則俗矣。」參領聞之，踵門謝罪。

詩少作則思澁，多作則手滑。醫澁須多看古人之詩，醫滑須用剥進幾層之法。

蕭子顯自稱：「凡有著作，特寡思功，須其自來，不以力構。」此即陸放翁所謂「文章本天然，妙手偶得之」也。薛道衡登吟榻構思，聞人聲則怒。陳后山作詩，家人爲之逐去猫犬，嬰兒都寄别家。此即少陵所謂「語不驚人死不休」也。二者不可偏廢。蓋詩有從天籟來者，有從人巧得者，不可執一以求。

己未殿試，予傲諸同年云：「霓裳三百都輸我，此處曾來第二回。」蓋試鴻博曾在保和殿也。同徵友蘧雲墀曾與章藻功太史、蔣文肅相公同時角逐名場，而流落不偶，誓不登科不娶妻，寓京師晉陽庵五十餘年而卒。康熙庚子中北闈副車。妻年五十，竟以處女終。余有詩弔之云：「五十四年蕭寺老，終身一曲雉朝飛。」雲墀名駿，常熟人。

雲墀七十生日，金江聲觀察率同人携樽晉陽庵，即席賦詩云：「卅年京洛已成翁，經學人推馯子弓。酒熟漫將孤影勸，詩成先揀妙香烘。龕燈清晝同彌勒，慧業前生定玉童。天眼視君多道氣，紛紛真愧可憐蟲。」

圖東張學林爲京江相公之孫，守河南時，雲墀薦余司記室事，公欣然相延，余以道遠，不果往。記其贈蘧云：「征塵才拂卸行幐，亟叩禪扉訪舊朋。七度春明惟剩爾，卅年蕭寺竟同僧。賣文自昔家懸磬，愛士于今局似冰。我亦栖栖倦行役，二毛相對感鬅鬙。」公暮年陞觀察，閱河工，憊甚，有女六歲，泣曰：「爺何不歸？」家婢戲云：「作官豈不好耶？」女答曰：「大家原好，爺一箇獨苦耳。」公凄然泣下，賦詩云：「恩重難抽七尺身，愧他黄口語酸辛。」

康熙中年，金陵詩人有三布衣，一馬秋田，一袁古香，一芮瀛客。古香年老，在都中，館康親王府。芮年少後至，意頗輕之，常短袁于王前。一日，王命宦者封一紙，出付客，題是賀人新婚，韵限「階」「乖」「骸」「埋」四字，外銀二封，一重一輕，能作此詩者取重封，留邸；不能者持輕封，作路費歸。芮辭不能，而袁獨詠云：「裴航得踐遊仙約，簇擁紅燈上緑階。此夕雙星成好會，百年偕老莫相乖。芝蘭氣吐香爲骨，冰雪心清玉作骸。更喜來宵明月滿，團圓不爲白雲埋。」王大欣賞。芮慚沮，即日辭歸。馬客中有句云：「二更聞雁月在水，半夜打鐘天有霜。」

宋王禹偁詠月波樓，自注：「不知月波出處。」按：漢樂府「月穆穆以金波」、昌黎詩「微風吹空月舒波」已用之矣。

松江張夢喈之妻汪氏，名佛珍，能詩而有幹才。夢喈外出，有偷兒入其室，汪佯爲不知，唶曰：「今夕賴得某在家相護，可無憂矣。」某者，其戚中之有勇力者也。偷兒聞之，潛逃。夫人佳句，如《對月》云：「萬户恍臨城不夜，千年惟有兔長生。」《對雪》云：「自携尊酒酬滕六，莫損籬邊竹外枝。」兩子興載、興鏞，皆能詩。來江寧秋試，興載見贈云：「海内論交皆後輩，江南何福着先生。」興鏞見贈云：「絶地通天雙管擅，登山臨水一筇先。」人夸其妙，不知皆母訓也。興載云：「桐鄉有程拱字者，畫《拜袁揖趙哭蔣圖》，其人非隨園、心餘、雲松三人之詩不讀。」想亦唐時之任華、荆州之葛清耶？程字墨浦，廩膳生。

李敏達公撫浙時，威不可犯，獨能敬讀書人。設志局修書，所延皆一時名士。公餘之暇，放艇西湖，屢開文讌。汪西顥沉賦詩云：「西湖大好作春遊，環珮如雲簇水頭。誰似尚書能愛士，日斜堤外未回舟。」其時余才九歲。後五十年，西顥在莊相國席上見贈云：「花巵同泛小山堂，回首星霜三載强。野叟尚能夸舊政，群公每見譽文章。君卿老去言逾妙，陶令歸來樂未央。莫道隨園秋色淡，萱庭日月閉門長。」與余在席上論元次山文，有《惡圓》一篇。余道：「天體尚圓，何可見惡？」西顥因指身上衣袖冠領，席上盤碗壺碟，曰：「諸物皆圓，才適于用。」彼此大笑。

詩文用字，有意同而字面整碎不同、死活不同者，不可不知。楊文公撰宋主與契丹書，有「鄰壤交懽」四字，真宗用筆旁抹，批云：「鼠壤？糞壤？」楊公改「鄰壤」爲「鄰境」，真宗乃悦。此改碎爲整也。范文正公作《子陵祠堂記》，初云：「先生之德，山高水長。」旋改「德」字爲「風」字。此改死爲活也。《荀子》曰：「文而不采。」《樂記》曰：「聲成文謂之音。」今之詩流，知之者鮮矣。

昔人有「王琨回面避家姬」之句，嗤其迂也。元相燕帖木兒侍妾數百，一日宴侍郎趙世延家，見簾内人，驚爲絶色，竄取至家，即其第二十九房妾也。虞啓，蜀秀才，題其事云：「一簾相隔未模糊，上眼心驚即故夫。絶似采桑相遇處，大元宰相作秋胡。」

《唐書》載：賀知章在禮部選輓郎，取捨不公，門蔭子弟喧鬧盈門。知章不敢出，乃于後園舁一梯，出頭墻外以决事。康熙辛丑會試，李穆堂先生用通榜法，所取皆一時名士。落第者糾衆作鬧，新進士無由入謁。或呈一詩云：「門生未必敢升堂，道路紛紛鬧未央。我獻一梯兼一策，墻頭高立賀知章。」丙辰，予在都中，見先生白鬚偉貌，有泰山巖巖氣象。待後輩，當面必訓斥，逢人必贊揚，人以故畏而服之。余謂此張乖厓待彭公乘法也。前輩率真，亦可不必。

周青原云：「不知誰把芙蓉摘，枝上分明見爪痕。」劉悔庵云：「鏡影不知雙鬢白，書聲寧識此翁衰？」余謂不知得妙。王至淳云：「水邊紅影一燈過，知有人從堤上行。」楊子載云：「忽驚雨後青龍爪，知是蒼松倒挂枝。」余謂知得妙。喬慕韓云：「夢回枕上牕微白，知是天明是月明？」余謂似知非知得妙。

宜興儲氏，多古文、經義之學，少吟詩者，吾近今得二人焉。一名潤書，字玉琴。《贈梅岑》云：「一曲吳歌酒半醺，當筵爭識杜司勳。天花作骨絲難繡，春水如情剪不分。話到西窗剛近月，人於東野願爲雲。應知此後相思處，日日江頭倚夕曛。」又句云：「山氣作寒啼鳥外，春陰如夢落花初。」其一名國鈞，字長源。《梁溪》云：「紙鳶輕颺午晴開，雜沓遊人傍水隈。多半畫船猶未攏，知從池上飼魚來。」《即目》云：「日午橫塘緩櫂過，風吹花氣蕩層波。依篷不肯輕回首，近水樓臺茜袖多。」晚年飄泊，《六十自壽》云：「誰言老去離家慣，轉恐歸來卒歲難。」窘狀可想。他如：「樹涼宜散帙，梅盡始熏衣。」「烟消松翠淡，雪墮柳枝輕。」「酒旗翻凍雪，土銼燎征衣。」「嵐翠忽從亭午變，扇紈都向嫩晴開。」「銀箏度曲徐牽舫，鏡檻懸燈不隔紗。」皆詩人之詩。殁後，知之者少矣。

余宰江寧時，查宣門居士開贈《蔗塘詩》一集，蓋其族人心穀先生爲仁所作。本籍海寧，寓居天津。十九歲即經患難，在獄八年，始得釋歸。憐才愛士，置驛通賓。其詩清妙，蓋深得初白老人之教者。《同友集空谷園》云：「郊居廛墟少，幽訪共沿回。柳下孤篷泊，花間白版開。高人還掩卧，稚子識曾來。小立窺鷗鷺，忘機客不猜。」《秋夜病中》云：「巷尾迢迢報柝聲，虚堂如水斷人行。雲移一朵月吞吐，竹嘯幾聲風送迎。不向枚生求《七發》，衹憑麴部覓三清。調糜煮藥經旬卧，白髮蕭蕭又幾莖。」他如：「酒無千日醉，事有百年忙。」「風愁撼樹響，鼠厭數錢聲。」「爲問亭邊三五樹，春來花發幾多枝。」皆可誦也。己未，余乞假歸娶，杭堇蒲前輩爲余通書，先生命其子儉堂禮登船厚儩，至今未敢忘也。

先生有《蓮塘詩話》，載初白老人教作詩法云：「詩之厚在意不在辭，詩之雄在氣不在句，詩之靈在空不在巧，詩之淡在妙不在淺。」其言頗與吾意相合，特録之。

隨園詩話卷五

倉山居士著

余春圃、香亭兩弟，詩皆絶妙，而一累于官，一累于畫，皆未盡其才。春圃有《揚州虹橋》二律云：「出郭聊爲汗漫遊，虹橋曉放木蘭舟。芰荷香氣宜初日，鷗鷺情懷赴早秋。自喜琴尊今雨共，敢夸風雅昔賢儔。盈盈緑水依依柳，暫擬名園作小留。」「雁落平沙古調稀，冰絃聲徹樹間扉。荷亭逭暑茶烟颺，竹院尋僧木葉飛。山雨暗移游客舫，水風凉上酒人衣。林鴉櫪馬都喧散，賓從傳呵子夜歸。」又「山堂勝迹先賢重，蓮界慈雲大士尊」，皆佳句也。

戊辰秋，余初得隋織造園，改爲隨園，王孟亭太守，商寶意、陶西圃二太史，置酒相賀，各有詩見贈。西圃云：「荒園得主名仍舊，平野添樓樹盡環。作吏如何耽此事，買山真不乞人錢。」寶意云：「過江不愧真名士，退院其如未老僧。領取十年卿相後，幅巾野服始相應。」蓋其時余年才過三十故也。惟孟亭詩未録，只記「萬木槎枒緑到簷」一句而已。嗟乎！余得隨園之次年，即乞病居之，四十年來，園之增榮飾觀，迥非從前光景，而三人者，亦多化去久矣。

西林鄂公爲江蘇布政使，刻《南邦黎獻集》，沈歸愚尚書時爲秀才，得與其選。後此本進呈御覽，沈之受知，從此始也。公《春風亭會文贈華豫原》一律中四句云：「謬以通家尊世講，敢當老友列門生。文章報國科名重，洙泗尋源管樂輕。」其好賢禮士，情見乎詞。公亡後，門下生楊潮觀梓其詩五百餘首。《苦熱》云：「未能作霖雨，何敢怨驕陽。」《偶成》云：「楊柳情多因帶水，芭蕉心定不聞雷。」題某寺云：「飛雲倚岫心常住，明月沉潭影不流。」《别貴州》云：「身名到底都塵土，留與閒人袖手看。」嗚呼！公出將入相，垂二十年，經略七省，諸郎君兩督、兩撫，故吏門生亦多顯貴，而平生詩集，終傳于一落托書生。檀默齋詩云：「不有三千門下客，至今誰識信陵君？」

揚州孝廉馬力畚，自負古文作家，與汪可舟會于盧轉運席上。汪雖布衣，詩才實出馬上，馬意頗輕之，汪又不肯自下，於是二人終席不交一語。後五日，馬病卒，沙斗初戲可舟曰：「汝與馬君，前日席間已陰陽分界矣。」汪《送方守齋之白下兼懷隨園》云：「此邦賴有舊神君，除却斯人孰與群。久卧林泉猶未老，只談風月别無聞。山中白石同誰煮？座上名香待爾焚。聽説扁舟去吴會，料應歸看早秋雲。」

丁丑，余覓一抄書人，或薦黄生，名之紀，號星岩者。人甚朴野，偶過其案頭，得句云：「破庵僧賣臨街瓦，獨井人争向晚泉。」余大奇之，即餉米五斗。自此欣然大用力于詩。五言句云：「雲開日脚直，雨落水紋圓。」「竹鋭穿泥壁，蠅酣落酒尊。」「釣久知魚性，樵多識樹名。」「筆殘蘆並用，墨盡指同磨。」七言云：「小窗近水寒偏覺，古木遮天曙不知。」「舊生萍處泥猶緑，新落花時水亦香。」「舊甓恐閒都貯水，破墻難補盡糊詩。」「有簾當檻雲仍入，無客推門風自開。」

曾南村好吟詩，作山西平定州刺史，倣白香山將詩集分置聖善、東林故事，乃將《上黨咏古》諸作，命門人李珍聘書，藏文昌祠中。身故十餘年，陶悔軒來牧此州，過祠拈香，見此藏本，既愛詩之清妙，而又自憐仝爲山左人，乃序而梓之，并附己作于後。曾《過盤石關》云：「盤石關前石路微，離離黄葉小村稀。斜陽忽送奇峰影，千叠層雲屋上飛。」陶《咏遺詩軒》云：「一代文章擅逸才，開軒吟罷興悠哉。官閒且喜能醫俗，爲與詩人坐卧來。」陶又《咏嘉山書院》云：「新開藝苑育群英，文學風傳古艾城。借得公餘無俗累，携朋來聽讀書聲。」

吴門名醫薛雪，自號一瓢，性孤傲，公卿延之不肯往，而予有疾則不招自至。乙亥春，余在蘇州，庖人王小余病疫不起，將掩棺，而君來。天已晚，燒燭照之，笑曰：「死矣，然吾好與疫鬼戰，恐得勝亦未可知。」出藥一丸，搗石菖蒲汁調和，命輿夫有力者用鐵箸鍥其齒灌之，小余目閉氣絶，喉汩汩然似咽似吐。薛囑曰：「好遣人視之，鷄鳴時當有聲。」已而果然。再服二劑而病起。乙酉冬，余又往蘇州，有厨人張慶者得狂易之疾，認日光爲雪，啖少許，腸痛欲裂，諸醫不效。薛至，袖手向張臉上下視，曰：「此冷痧也，一刮而愈，不必胗脉。」如其言，身現黑瘢，如掌大，亦即霍然。余奇賞之。先生曰：「我之醫，即君之詩，純以神行。所謂人居屋中，我來天外是也。」然先生詩亦正不凡，如《夜别汪山樵》云：「客中憐客去，燒燭送歸橈。把手各無語，寒江正落潮。異鄉難跋涉，舊業有漁樵。切莫依人慣，家貧子尚嬌。」《嘲陶令》云：「又向門前栽五柳，風來依舊折腰枝。」《咏漢高》云：「恰笑手提三尺劍，斬蛇容易割鷄難。」《偶成》云：「窗添墨譜摇新竹，几印連環按覆盂。」

張文敏公以書法掩詩名，余見手書《春鶯囀》云：「綢壓香筒墜宿雲，花魂愁殺月如銀。獨聽魚鑰西風冷，又是深秋一夜人。」

方敏恪公勳位隆赫，而詩情極佳。未第時，《途中看花》三絶云：「數枝紅艷困輕塵，隴後風前别有春。袖底飛英吹特地，似憐驢背有詩人。」「女兒裝罷鬟鬖鬖，鬟底桃花一面酣。結伴前村携手去，每逢花處又重簪。」「稽首茅庵古白華，道旁人獻道旁花。慈雲座下無多願，每到花時壻在家。」

己卯夏，蔣秦樹中翰偶過金陵，篋中藏海寧許衡紫名燦者詩一卷。《湖上》云：「秋思動孤往，凌波遂渺然。湖雲多上樹，山雨忽如烟。白鷺來菱外，紅蕖落檻前。淡妝西子笑，風急莫回舡。」作《河西雜詩》，有明七子氣魄。如：「龍沙掃雪秋馳馬，兔魄凝霜夜炤旗。」「邊丁日課屯田麥，使者星馳屬國瓜。」皆極雄健。又絶句云：「鐵馬寒風日日秋，繡旂獵獵卷蚩尤。何緣身作平安火，一夜東還過肅州。」余慕其人，徧訪卅年，卒無知者。

丙辰秋，召試者同領月俸于户部。同鄉程鄘渠指一人，笑曰：「此吾家娘子秀才也。」入學時初名默，寓居金陵，工詩。今遁而窮經，改名廷祚，别字綿莊。以其閒静修潔，故號『程娘子』。」因與數言而别。讀其《海淀園林》一絶云：「隔岸迢遥御路明，林間倒影見人行。朝天多少朱輪過，添入山泉作水聲。」《京中憶女》云：「三齡幼女繫離夢，一自能言未得看。戲罷頗聞知記憶，書來漸解問平安。慰情欲比真男子，努力應加遠客餐。啼笑更教聽隔舍，茫茫愁思到更闌。」《武林懷古》云：「一自休兵國怨除，君王酣醉九重居。雲開鳳嶺笙歌滿，夢冷龍城驛使疏。海日忽驚宫漏盡，春潮猶笑將壇虚。誰知立馬吴山客，不惜千金買諫書。」詩甚綿麗，不作經生語。後蘇撫雅公薦先生經學，卒報罷。年七十七，無子而卒。著書盈尺，俱付隨園。

乙亥秋，余弔於綿莊家。綿莊指一少年，告我曰：「此嚴冬友秀才也。年未弱冠，前日學使問《笙詩》有聲無辭，生條舉十六家之説，以辨其非。」余心敬之。已而見過，以《秀容小草》相示。《晚眺》云：「別院鳴鐘鼓，登樓報晚晴。一山清有待，千樹暖無聲。漸得東風信，彌傷旅客情。滄洲明發早，應負好春生。」《舟次仇湖》云：「際天雙岸失，出霧一帆輕。」

通州保井公，工填詞，自號四鄉主人，蓋言睡鄉、醉鄉、温柔鄉、白雲鄉也。《咏崔鶯鶯》一闋甚佳，末二句云：「交相補過，還他一嫁。」癸酉秋，見訪隨園，相得甚懽。别三十年，余遊狼山，井公久亡矣。其子款接甚殷，壁上糊余手札數行，視之，乃遊客某所假也，然已厚贐之矣。其兩代之好賢若此。

陝州、鞏、洛間，人多鑿土而居。余自西秦歸，遇雨，住窑中三日，吟詩未成。後二十年，年家子沈孝廉琨有《過陝》一聯云：「人家半鑿山腰住，車馬都從屋上過。」直是代予作也。又《過高淳湖》云：「凉生宿鷺眠初穩，風静遊魚聽有聲。」

宋維藩字瑞屏，落魄揚州，盧雅雨爲轉運，未知其才，拒而不見。余爲代呈《曉行》云：「客程無晏起，破曉跨驢行。殘月忽墮水，村鷄初有聲。市橋霜漸滑，野店火微明。不少幽居者，高眠夢不驚。」盧喜，贈以行資。蘇州浦翔春《曉行》云：「早出弇山口，秋風襆被輕。背人殘月落，何處曉鷄聲。客久影俱瘦，宵闌氣更清。行行遠樹裹，紅日自東生。」二人不相識，而二詩相似，且同用「八庚」韵，亦奇。浦更有佳句云：「舊塔未傾流水抱，孤峰欲倒亂雲扶。」又：「醉後不知歸路晚，玉人扶着上花驄。」

杭州宴會，俗尚盲女彈詞。予雅不喜，以爲女之首重者目也，清矑不盼，神采先無。有王三姑者，雅好文墨，對答名流，人人如其意之所出。王夢樓侍講作七古一章，中有八句云：「成君浮磬子登璈，金醴曾經侍玉霄。謫降道緣猶未減，不將青眼看塵囂。紈質由來兼黠慧，傳神豈待秋波媚。輕雲冉冉月宜遮，香霧濛濛花愛睡。」杭堇浦贈詩云：「曉妝梳掠逐時新，巧笑生春又善顰。道客勝常知客姓，目中莫謂竟無人。」「檀槽圓股曉生寒，也學曹剛左手彈。衆裏自嫌衰太甚，幸無老態被卿看。」

乾隆戊寅，盧雅雨轉運揚州，一時名士，趨之如雲。其時劉映榆侍講掌教書院，生徒則王夢樓、金棕亭、鮑雅堂、王少陵、嚴冬友諸人，俱極東南之選。聞余到，各捐餼廩，延飲于小全園。不數年，盡入青雲矣。鮑見贈《玉堂仙人篇》，不及省記。僅記夢樓偕全公魁使琉球二首云：「一行金埒響瓊琚，公子群過水竹居。丱髮也須千萬值，綺年多是十三餘。將離更唱紅蘭曲，相憶應看青李書。鸚鵡香醪斟酌遍，不知涼月透交疏。」「那霸清江接海門，每隨殘照望中原。東風未與歸舟便，北里空銷旅客魂。盡夜華燈舞鸜鴒，三秋荒島狎鯨鯤。他時若話悲歡事，衣上濤痕並酒痕。」余按：琉球國王貴戚子弟皆傅脂粉，錦衣玉貌，能歌，以敬天使，故移尊度曲。汪舟次先生集中所咏與夢樓同。

有某太史以哭父詩見示，余規之曰：「哭父，非詩題也。禮，大功廢業，而況于斬衰乎？古人在喪服中，三年不作詩，何也？詩乃有韵之文，在哀毁時，何暇揮毫拈韵？況父母恩如天地，試問古人可有咏天地者乎？六朝劉晝賦六合，一時有『疥駱駝』之譏。歷數漢、唐名家，無哭父詩，非不孝也，非皆生于空桑者也。《三百篇》有《蓼莪》，古序以爲刺幽王作。有『陟岵』、『陟屺』，其人之父母生時作。惟晉傅咸、宋文文山有小祥哭母詩。母與父似略有間，到小祥哀亦略減，然哭二親，終不可爲訓。」

常州莊蓀菔太史《冬日》詩云：「磨來凍墨無濃色，典後朝衣有皺痕。」揚州程午橋太史《贈唐改堂前輩》云：「春生秋扇隨新令，霉久朝衣檢舊斑。」

常州顧文煒有《苦吟》一聯云：「不知功到處，但覺誦來安。」又云：「爲求一字穩，耐得半宵寒。」深得作詩甘苦。

人畏冷，卧必彎身。高翰起司馬《宿明港驛》云：「燈昏妨睡頻移背，衾薄愁寒屢曲腰。」野行者嘗見牛背上負群鳥而行，魯星村云：「春田牛背鳩争落，野店墻頭花亂開。」舡小者，人不能起立，程魚門云：「别開新樣殊堪哂，跪着衣裳卧讀書。」

黄星岩《隨園偶成》云：「山如屏立當窗見，路似蛇旋隔竹看。」厲樊榭《咏崇先寺》云：「花明正要微陰襯，路轉多從隔竹看。」二人不謀而合。然黄不如厲者，以「如」字與「似」字犯重。竹垞爲放翁摘出百餘句，後人當以爲戒。

戊戌九月，余寓吴中。有嘉禾少年吴君文溥來訪，袖中出詩稿見示，云：「將就陝西畢撫軍之聘。」匆匆别去。予讀其詩，深喜吾浙後起有人，而嘆畢公之能憐才也。録其《遊孤山》云：「春風欲來山已知，山南梅萼先破枝。高人去後春草草，萬古孤山迹如掃。巢居閣畔酒可沽，幸有我來山未孤。笑問梅花肯妻我？我將抱鶴家西湖。」其他佳句如：「不知新月上，疑是水沾衣。」「底事春風欠公道，兒家門巷落花多。」深得唐人風味。

巢縣湯郎中名懋綱，性高淡，如其吟咏。《早起》云：「老杏着東風，紅芳幾回變。何必遠尋春，日日墻頭見。昨夜雨無聲，地上青苔徧。早起快登樓，鈎簾進雙燕。」他如：「溪清山影入，風動竹陰移。」「遊山必在山，合眼飛嵐繞。」真得静中三昧者。其子擴祖能詩，有父風。過隨園見訪，不值，寄詩云：「花含宿雨柳含烟，隱士園林别有天。高卧白雲人不見，一家鷄犬翠微巔。」

杭州符郎中名曾，字幼魯，詩主高淡。嵇相國爲余誦其「三日不來秋滿地，蟲聲如雨落空山」一聯。余仝召試，記其《齋宫》云：「寒雲添暝色，老屋聚秋聲。」《咏唐花》云：「當時不藉吹嘘力，少待陽和也自開。」《哭揚州馬秋玉》云：「心死便爲大自在，魂歸仍返小玲瓏。」小玲瓏山館者，馬氏花園也，屬對甚巧。《賀周石帆學士納妾》云：「藥爐經卷都抛却，只向燈前唤夜深。」尤藴藉。

吴中七子有趙損之，而無張少華。二人交好，忽中道不終，都向余嘖嘖有言，而余亦不能爲兩家騎驛也。未十年，張一第而卒，趙亦殉難金川。史彌遠云：「早知泡影須臾事，悔把恩仇抵死分。」信哉！少華《蘇堤》三首云：「拍隄新漲碧于羅，隄上遊人連臂歌。笑指紛紛水楊柳，那枝眠起得春多。」「碧琉璃净夜雲輕，簫管無聲露氣清。好是柳陰花影裏，月華如水踏莎行。」「沙棠衜尾按箏琶，鄰舫停橈静不譁。雲母窗中雙鬢影，亭亭低映小紅紗。」《消夏》云：「水厄不辭茶七椀，火攻愁對燭三條。」

王道士至淳有句云：「東風大是無知物，吹老春光晝轉長。」黄星岩有句云：「飯餘一睡都成例，五月何曾覺晝長。」陳古漁有句云：「静坐晴冬晝亦長。」三押「長」字，俱妙。

朱草衣《哭槎兒》云：「羅浮南海歷秋冬，烟水雲山隔萬重。前日寄書書面上，紅簽猶寫汝開封。」

洪鑾《贈徐小鶴》云：「早離講席賦離居，知己逢難別易疏。正是開門逢去使，接君三月十三書。」嚴冬友《憶女》云：「料得此時依母坐，看封書札寄長安。」三詩人傳誦以爲天籟，不知藍本皆出於王次回。其《過婦家感舊》云：「歸寧去日淚痕濃，鎖却妝樓第二重。空剩一行遺墨在，丙寅三月十三封。」

余挂冠四十年，久不閲《縉紳》，偶有送者，擷之，都非相識。偶讀趙秋谷《題縉紳》云：「無復堪容位置處，漸多不識姓名人。」爲之一笑。先生康熙己未翰林，至乾隆己未，而身猶强健，惟兩目不能見物，與余爲先後同年。相傳所著《譚龍録》痛詆阮亭，余索觀之，亦無甚牴牾。先生名執信，以國忌日演戲被劾，故有句云：「可憐一曲《長生殿》，直誤功名到白頭。」

祝太史芷塘，以詩集見示。予小獻蒭蕘，太史深爲嘉納。别後，從京師寄懷云：「蓋世才名大，遊仙福量深。江河不廢業，松柏後凋心。酌兕祈難老，將雛得好音。平生行樂處，古少莫論今。」「孤踪淹丙舍，公亦返鄉閭。一見笑談劇，廿年傾倒餘。定文丁敬禮，賦海木玄虛。何日秦淮曲，相逢重起予。」

咏古詩有寄托固妙，亦須讀者知其所寄托之意，而後覺其詩之佳。盧雅雨先生長不滿三尺，人呼「矮盧」，故《題李廣廟》云：「明禋自有千秋貌，不在封侯骨相中。」薛皆三進士，門生甚少，《題桃源圖》云：「桃花不相拒，源路自家尋。」余起病補官，年未四十，《題邯鄲廟》云：「黄粱未熟天還早，此夢何妨再一回。」

從古權貴在朝，未有能和協者。宋人《登山》詩云：「直到天門最高處，不能容物只容身。」唐人

《閨情》云：「若非形與影，未必肯相容。」《宫詞》云：「聞有美人新進入，六宫無語一齊愁。」又曰：「三千宫女如花貌，幾个春來没淚痕。」皆可謂説盡世情。

人有滿腔書卷，無處張皇，當爲考據之學，自成一家，其次則駢體文，儘可鋪排，何必借詩爲賣弄？自《三百篇》至今日，凡詩之傳者，都是性靈，不關堆垛。惟李義山詩稍多典故，然皆用才情驅使，不專砌填也。余續司空表聖《詩品》，第三首便曰「博習」，言詩之必根于學，所謂不從糟粕，安得精英是也。近見作詩者，全仗糟粕，瑣碎零星，如剃僧髮，如拆襪線，句句加注，是將詩當考據作矣。慮吾説之害之也，故續元遺山《論詩》末一首云：「天涯有客號詅癡，誤把抄書當作詩。抄到鍾嶸《詩品》日，該他知道性靈時。」

宋人論詩多不可解。楊蟠《金山》詩云：「天末樓臺横北固，夜深燈火見揚州。」的是金山，不可移易，而王平甫以爲是牙人量地界詩。嚴維：「柳塘春水慢，花塢夕陽遲。」的是静境，無人道破，而劉貢父以爲春水慢不須柳塢。孟東野《咏吹角》云：「似開孤月口，能説落星心。」月不聞生口，星忽然有心，穿鑿極矣，而東坡贊爲奇妙。皆所謂好惡拂人之性也。

余素慕山左高鳳翰之名，不得一見。初之朴太守爲誦其《送人》一首云：「君胡爲者昨日來，青燈緑酒歡無涯。君胡爲者今日去，挽斷征鞭留不住。君來君去總傷神，不如悠悠陌路人。」高字南阜，晚年病臂，以左手作書。盧雅雨哭之云：「再散千金仍托鉢，已殘一臂尚臨池。」高珍藏衛青印一方，臨終贈陜中劉介石刺史。斗紐方寸，篆法雖佳，而玉已經火炙。余見之，頗不當意。按《明史》亦有衛青，此印未必便是漢大將軍之物。

蘇州袁秀才鉞，自號青溪先生，嫉宋儒之學，著書數千言，專駁朱子，人以怪物目之。年八十餘，猶生子。善醫，工書，詩多自適，不落古人家數。《明覺寺題壁》云：「燈火熒熒滿法堂，僧家愛静却偏忙。亦知世上逍遥客，踏月吟詩到上方。」《夏日寫懷》云：「風過静聽松子落，雨餘閒數藥苗抽。」《冬煖》云：「似閔敝裘留質庫，爲開薄霧送朝暾。」頗見性情。青溪解「唯求則非邦也與」、「惟赤則非邦也與」皆夫子之言，非曾點問也，人以爲怪；不知《論語》何晏古注，原本作此解。宋王旦怒試者解「當仁不讓于師」「師」字作「衆」字解，以爲悖古；不知説本賈逵，並非杜撰。少所見之人，以不怪爲怪。

元遺山譏秦少游云：「有情芍藥含春淚，無力薔薇卧晚枝。拈出昌黎山石句，方知渠是女郎詩。」此論大謬。芍藥、薔薇，原近女郎，不近山石，二者不可相提而並論。詩題各有境界，各有宜稱。杜少陵詩光燄萬丈，然而「香霧雲鬟濕，清輝玉臂寒」、「分飛蛺蝶原相逐，並蒂芙蓉本是雙」，韓退之詩横空盤硬語，然「銀燭未銷窗送曙，金釵半醉坐添春」，又何嘗不是女郎詩耶？《東山》詩「其新孔嘉，其舊如之何」，周公大聖人，亦且善謔。

抱韓、杜以凌人，而粗脚笨手者，謂之權門托足。倣王、孟以矜高，而半吞半吐者，謂之貧賤驕人。開口言盛唐，及好用古人韵者，謂之木偶演戲。故意走宋人冷徑者，謂之乞兒搬家。好叠韵、次韵，刺刺不休者，謂之村婆絮談。一字一句，自注來歷者，謂之骨董開店。

余咏春草，一時和者甚多，獨徐緒和「人」字韵云：「踏青渺渺前無路，埋玉深深下有人。」余爲嘆絶。其他則周青原云：「拾翠暗遺金鈿小，踏青微礙繡裙低。」嚴冬友云：「坐來小苑同千里，夢去朱門又一年。」龔元超云：「春回地上人難測，緑到門前柳未知。」李參將炯云：「曠野有人知醉醒，荒園無主自高低。」諸作雖佳，皆不如徐之沉着也。惟程魚門有「長共春來不共歸」七字，殊覺大方，惜忘其全首。

作古體詩，極遲不過兩日，可得佳構。作近體詩，或竟十日不成一首。何也？蓋古體地位寬餘，可使才氣卷軸，而近體之妙，須不着一字，自得風流，天籟不來，人力亦無如何。今人動輕近體而重古風，蓋於此道未得甘苦者也。葉庶子書山曰：「子言固然，然人功未極，則天籟亦無因而至。雖云天籟，亦須從人功求之。」知言哉。

詩人家數甚多，不可硜硜然域一先生之言，自以爲是，而妄薄前人。須知王、孟清幽，豈可施諸邊塞？杜、韓排奡，未便播之管絃。沈、宋莊重，到山野則俗。盧仝險怪，登廟堂則野。韋、柳雋逸，不宜長篇。蘇、黄瘦硬，短於言情。悱惻芬芳，非温、李、冬郎不可。屬詞比事，非元、白、梅村不可。古人各成一家，業已傳名而去，後人不得不兼綜條貫，相題行事。雖才力筆性各有所宜，未容勉强，然寧藏拙而不爲則可，若護其所短，而反譏人之所長，則不可。所謂以宫笑角，以白詆青者，謂之陋儒。范蔚宗云：「人識同體之善，而忘異量之美，此大病也。」蔣苕生太史《題隨園集》云：「古來只此筆數枝，怪哉公以一手持。」余雖不能當此言，而私心竊向往之。

古人門户，雖各自標新，亦各有所祖述。如《玉臺新咏》、温、李、西崑，得力於《風》者也。李、杜排奡，得力于《雅》者也。韓、孟奇崛，得力於《頌》者也。李賀、盧仝之險怪，得力于《離騷》、《天問》、《大招》者也。元、白七古長篇，得力于初唐四子，而四子又得之于庾子山及《孔雀東南飛》諸樂府者也。今人一見文字艱險，便以爲文體不正，不知「載鬼一車」、「上帝板板」，已見于《毛詩》、《周易》矣。

詩宜朴不宜巧，然必須大巧之朴。詩宜澹不宜濃，然必須濃後之澹。譬如大貴人，功成宦就，散髮解簪，便是名士風流，若少年紈袴，遽爲此態，便當笞責。富家雕金琢玉，别有規模，然後竹几籐床，非村夫貧相。

牡丹詩最難出色。唐人「國色朝酣酒，天香夜染衣」之句，不如「嫩畏人看損，嬌疑日炙消」之寫神也。其他如「應爲價高人不問，恰緣香甚蝶難親」，别有寄託。「買栽池館疑無地，看到子孫能幾家」，别有感慨。宋人云：「要看一尺春風面。」俗矣。本朝沙斗初云：「艷艷嚴妝常自重，明明薄醉要人扶。」裴春臺云：「一欄并力作春色，百卉甘心奉盛名。」羅江邨云：「未必美人多富貴，斷無仙子不樓臺。」胡稚威云：「非徒冠冕三春色，真使能移一世心。」程魚門云：「能教北地成香界，不負東風是此花。」此數聯足與古人頡頏。元人《貶牡丹詩》云：「棗花似小能成實，桑葉雖麤解作絲。惟有牡丹如斗大，不成一事又空枝。」晁無咎《並頭牡丹》云：「月下故應相伴語，風前各自一般愁。」

詩以比興爲佳。王孟亭箴輿守懷慶時，與盧中丞焯同寅。王被劾罷官，二十年後，盧爲浙江巡撫，王往見之，盧相待甚優，許其薦舉，而王自傷老矣，不欲再談往事。《西湖小集》詩云：「再移畫舫春應老，重撥朱絃恨轉生。」

江陰翁明經照，字朗夫，館嵇相國家。相公非朗夫倡和不吟詩，人呼爲「詩媒」。雍正乙卯，以鴻博薦。朗夫謝詩云：「此身得遇裴中令，不向香山老一生。」一時傳誦。朗夫有《春柳》云：「千里因依惟夜月，一生消受是東風。」「迎來桃葉如相識，猜得楊枝是小名。」皆佳句也。平生有謙癖，拜起紆遲，年登八十，猶熏衣飾貌，寸髭不留。余初相見，知其多禮，乃先跪叩頭，逾時不起。先生愕然，余告人曰：「今日謙過朗夫矣。」

李嘯村《虎丘竹枝詞》已極新艷，而楊次也先生《西湖竹枝》乃更過之。李云：「横塘七里路西東，侍女如雲踏軟紅。才到寺門歡喜地，一時花下筍輿空。」「仰蘇樓畔石梯懸，步步弓鞋劇可憐。五十三參心暗數，欹斜扶遍阿娘肩。」「佛座燒香一瓣新，慈雲低覆落花塵。不妨訴盡癡兒女，那有如來更笑人。」「女冠裝裹認依稀，只少穿珠百八圍。豈是閨人真好道，阿儂愛着水田衣。」楊云：「自翻黄曆揀良辰，幾日前頭約比鄰。郎自乞晴儂乞雨，要他微雨散閒人。」「斟酌衣裳稱體難，回時暄熱去時寒。侍兒會得人心意，半臂輕綿隔夜安。」「乍晴時節好天光，紈綺風來撲地香。花點胭脂山潑黛，西湖今日也濃妝。」「烏油小轎兩肩扶，紕縵窗紗有若無。裏面看人原了了，不知人看可模糊。」「時樣梳妝出意新，鄂王墳上小逡巡。擡頭一笑匆匆去，不避生人避熟人。」「遊人魚貫各分行，就裏妍媸略自量。老婢當頭娘押尾，垂髫嬌女在中央。」「珠翠叢中逞別才，時新衣服稱身裁。誰知百襇羅裙上，也畫西湖十景來。」「白石敲光細火紅，繡襟私貯小金筒。口中吹出如蘭氣，僥倖何人在下風。」「苔陰小立按雙鬟，貼地弓鞋一寸彎。行轉長堤無氣力，累人攙着上孤山。」「白舫青尊挾妓遊，語音輕脆認蘇州。

明知此地湖山勝，偏要違心譽虎丘。」「悄密行踪自戒嚴，朱籐轎子緑垂簷。輕風畢竟難防備，故揀人叢揭轎簾。」「朋儕遊興略相同，裏外湖橋宛轉通。覿面幾番成一笑，剛才分路又相逢。」「畫舫人歸一字排，半奩春水净如揩。斜陽獨上長堤立，拾得花間小鳳釵。」黄莘田先生《虎丘竹枝》云：「昏崖老樹落朱籐，漏出紅紗隔葉燈。不畏霓裳有風露，吹笙樓上坐三層。」「斑竹薰籠有舊恩，湘妃節節長情根。吴娘酷愛衣香好，個個將錢買淚痕。」「千點琉璃八角亭，劍池寒水浸華星。天生一片笙歌石，留與千人廣坐聽。」「畫鼓紅牙節拍繁，崑山法部鬬新翻。順郎年少何戡老，海燕亭前較一番。」「樓前玉杵擣紅牙，簾下銀燈索點茶。十五當壚年少女，四更猶插滿頭花。」「湘簾畫楫趁新凉，衣帶盈盈隔水香。好是一行烏桕樹，慣遮朱舫坐秋娘。」又《西湖竹枝》云：「畫羅紈扇總如雲，細草新泥簇蝶裙。孤憤何關兒女事，踏青争上岳王墳。」「梨花無主草堂青，金縷歌殘翠黛凝。魂斷蕭蕭松栢路，滿天梅雨下西陵。」三人竹枝皆冠絶一時。

又程太史午橋《虹橋竹枝》云：「青溪碧草兩悠悠，酒地花場易惹愁。月暗玉鈎人散後，冷螢飛上十三樓。」「米家舫子只琴書，秋水新添二尺餘。一帶管絃歸棹晚，橋邊簾幕上燈初。」「遊人争唤酒家船，兒女心情更可憐。未出水關三四里，家家開閣整花鈿。」「不厭朝陰愛曉晴，園林相倚百花生。梨紅杏白休輕唤，簾底防人認小名。」「法海橋頭酒半闌，水嬉烟火盡餘歡。笑他避客雙環女，一半搴簾側鬢看。」

岳大將軍鍾琪，爲一代名將，容狀奇偉，食飲兼人，而工於吟詩。丙辰赦歸後，種菜於四川之百花洲。尹文端公贈詩云：「他日玉書傳詔日，江天何處覓漁翁。」未幾，王師征金川，果復起用。《過邯鄲題壁》云：「只因未了塵寰事，又作封侯夢一場。」周蘭坡學士祭告西岳，所過僧壁山岩，見題詩甚佳，字亦奇古，款落「容齋」，不知即岳公也。

明將軍瑞殉節緬甸，賜謚忠烈，工于吟詩。《雨中過石門》云：「自憐馬上橐鞬客，獨立溪邊問渡船。」《元夜歸省》云：「陌上晚烟飛素練，渡頭殘雪踏銀沙。」《送弟瑶林使烏斯藏》云：「寒分百戰袍，渴共一刀血。」皆名句也。弟明義，字我齋，詩尤嫺雅。其《醉後聽歌》云：「官柳蕭蕭石路平，歡場回首隔重城。可憐驕馬情如我，步步徘徊不肯行。」「涼風吹面酒初醒，馬上敲詩鞭未停。寄語金吾城慢閉，夢魂還要再來聽。」又《偶成》云：「東風不解瞞人度，才入竹來便有聲。」《早起》云：「平明鐘鼓嚴寒夜，不負香衾有幾人。」

將軍三娶名媛，皆見逐于姑，有放翁之恨。最後娶都統常公季女，伉儷甚篤。征緬時，夫人送行詩有「但願同凋並蒂蓮」之句。公果死節，而夫人亦自縊。

京師故事，凡縉紳陪弔于喪家者，聞前輩至，則易吉服相見。然有易有不易者，以來客之未必皆前輩也。余陪弔于座主甘大司馬家，忽聞徐蝶園相公來，則滿堂盡吉服矣。公名元夢，康熙癸丑進士，與韓慕廬同年，滿朝公卿皆其後輩。時年九十餘，短身赤鼻，面少鬚髯。詩宗盛唐，《送人出塞》云：「君到居庸北，應憐一雁回。沙平疑地盡，山豁訝天開。落日重關閉，秋風萬馬來。勉旃從此役，莫上望鄉臺。」大學士舒公赫德，其孫也。

蘇州逸園，離城七十里，在西磧山下，面臨太湖，古梅百株，環繞左右，溪流潺潺，渡以石橋，登騰嘯臺，望縹渺諸峰，有天際真人想。主人程鍾，字在山，隱士也。妻號生香居士。夫婦能詩。有絶句云：「高樓鎮日無人到，只有山妻問字來。」可想見一門風雅。予探梅鄧尉，往訪不值。次日，程君入城作答，鬚眉清古，勸續前遊，而予匆匆解纜。逾年再至蘇州，程君已爲異物。記其《雜咏》一首云：「樵者本在山，山深没樵徑。不見採樵人，樵聲谷中應。」

詩家活對最妙。宋人贈某云：「每憐民若子，還喜稻成孫。」真山民《咏杜鵑》云：「歸心千古終難白，啼血萬山都是紅。」華亭李進《哭友》云：「誄詞作自先生婦，遺稿歸于後死朋。」王介祉《咏牡丹》云：「相公自進姚黄種，妃子偏吟李白詩。」李穆堂《賀安溪相公生子》云：「其間原必有，幾日辨之無。」沈椒園《登陶然亭》云：「每來此地皆重九，有約同遊至再三。」胡宗緒祭酒《贈友》云：「兩人拍手齊大笑，一路同行到小姑。」皆活對也。

揚州爲鹽賈所居，風尚侈靡。崔尚書應階詩云：「青山也厭揚州俗，多少峰巒不過江。」鄭板橋詩云：「千家生女先教曲，十里栽花當種田。」

常熟陳見復先生，爲海内經師，而詩極風韵。《悼亡》云：「出門交寡入門求，晤語居然近上流。寂寞於陵停織屨，他時誰與謚黔婁？」「何必他生訂會期，相逢即在夢來時。烏啼月落人何處，又是一番新别離。」中進士，不殿試而歸，曰：「馬力健知遊冀北，櫓聲柔覺到江南。」「題名浪逐看花伴，去國還同落第人。」

錢稼軒司寇之女名孟鈿，嫁崔進士龍見，爲富平令。嚴侍讀從長安歸，夫人厚贈之。嚴問：「至江南，帶何物奉酬？」曰：「無他求，只望寄袁太史詩集一部。」其風雅如此。因誦其五言云：「啼烏空繞樹，殘夢只隨鐘。」有《浣青集》行世。其號浣青者，欲兼浣花、青蓮而一之也。夫人通音律，常在秋帆中丞座上聽客鼓琴，曰：「角聲多，宫聲少，且多殺伐之音，何也？」問客，果從塞外軍中來。余庚申夏乘舟北上，遇稼軒南歸，時未中狀元也，見其手抱幼女，才周晬，今四十八年矣。在杭州，見夫人，談及此事。夫人笑云：「所抱者，即年姪女也。」余故題其詩册，有云：「而翁南下賦歸歟，值我新婚北上初。水面匆匆通數語，懷中正抱女相如。」

詩有有篇無句者，通首清老，一氣渾成，恰無佳句令人傳誦。有有句無篇者，一首之中，非無可傳之句，而通體不稱，難入作家之選。二者一欠天分，一欠工夫。必也有篇有句，方稱名手。

杭州布衣吴穎芳，字西林，博學多聞。嘗自序其詩曰：「古人讀書，不專務詞章，偶爾流露謳吟，僅抒所蓄之一二。其胸中所貯，淵乎其莫測也。遞降而下，傾瀉漸多。逮至元、明，以十分之學，作十分之詩，無餘藴矣。次焉者，或溢其量以出。故其經營之處，時露不足。如舉重械，雖同一運用，而勞逸之態各殊。古人勝于近代，可準是以觀。」予嘗試武童，見有開弓至十石，而色變手戰者，曉之曰：「汝務十石之名，而醜態盡露。何若用五石、六石之從容大方乎？」頗與吴言相合。

西林與杭、厲諸公同時角逐，及諸公俱登科第，而西林如故也。故《咏笋腊》結句云：「回頭看同隊，一一上雲烟。」又《答客至》曰：「田間住却携鋤手，來與諸公話白雲。」

詩須善學，暗偷其意，而顯易其詞。如《毛詩》「嗟我懷人，置彼周行」，唐人學之云「提籠忘采葉，昨夜夢漁陽」是也。唐人詩云：「憶得去年春風至，中庭桃李映瑣窗。美人挾瑟對芳樹，玉顏亭亭與花雙。今年花開如舊時，去年美人不在兹。借問離居恨深淺，只應獨有庭花知。」宋人學之云：「去年除夕歸自北，行李到門天已黑。今年除夕客南方，雪滿關山歸不得。老妻望我眼將穿，只道今年似去年。古樹夕陽鴉影亂，猶同小女立門前。」

白香山詩云：「周公恐懼流言日，王莽謙恭下士時。若使當時身早死，兩人真僞有誰知。」宋人反其意曰：「少年跨下安無忤，老父圯邊愕不平。人物若非觀歲暮，淮陰何必滅文成？」

毘陵王萩山明府女玉瑛，字采薇，嫁孫星衍秀才，伉儷甚篤，年二十四而夭，秀才求予志墓。其《舟過丹徒》云：「幽行已百里，村落半柴扉。隻鳥時依樹，孤螢不上衣。月高人影小，潮定櫓聲稀。沿水星星火，歸鷺宿鷺飛。」其他佳句如：「户低交葉暗，徑小受花深。」「研墨污羅袖，看魚落翠鈿。」「蟲依香影垂簾網，蛾怯晨光墮帳紗。」「一院露光團作雨，四山花影下如潮。」皆妙絶也。秀才後中丁未榜眼，采薇竟不及見，悲夫。

李北海見崔顥投詩曰：「十五嫁王昌。」罵曰：「小兒無禮。」秦少游見孫莘老，投詩曰：「平康在何處，十里帶垂楊。」孫罵曰：「小子又賤發！」二前輩方嚴相似，而考其生平，均非能作詩者。

鎮江布衣李琴夫《咏佛手》云：「白業堂前幾樹黄，摘來猶似帶新霜。自從散得天花後，空手歸來總是香。」咏佛手至此，可謂空前絶後矣。

余少貧，不能買書，然好之頗切。每過書肆，垂涎翻閱，苦價貴不能得，夜輒形諸夢寐。曾作詩曰：「塾遠愁過市，家貧夢買書。」及作官後，購書萬卷，翻不暇讀矣。有如少時牙齒堅强，貧不得食，衰年珍羞滿前，而齒脱腹果，不能饜飫，爲可嘆也。偶讀東坡《李氏山房藏書記》，甚言少時得書之難，後書多而轉無人讀，正與此意相同。

黄石牧太史言：「秦禁書，禁在民，不禁在官，故内府博士所藏並未亡也。自蕭何不取，項羽燒阿房，而書亡矣。」年家子高樹程《咏蕭相》云：「英風猶想入關初，相國功勳世莫如。獨恨未離刀筆吏，只收圖籍不收書。」

揚州轉運使朱子潁，工畫，能詩，王夢樓爲誦其佳句云：「一水漲喧人語外，萬山青到馬蹄前。」老年之詩多簡練者，皆由博返約之功。如陳年之酒，風霜之木，藥淬之匕首，非枯槁簡寂之謂。然必須力學苦思，衰年不倦，如南齊之沈麟士，年過八旬，手寫三千紙，然後可以壓倒少年。

上官儀詩多浮艷，以忠獲罪。傅玄善言兒女之情，而剛正嫉惡，臺閣生風。揚子雲自擬《周易》，乃附新莽。余中請禁探花，而後以贓敗。席豫一生不作艸書，而薦安禄山公正無私。

余門生談羽儀，字毓奇，家富而好買書，自署一聯曰：「閉户自知精力減，貯書還望子孫賢。」

宋嚴有翼詆東坡詩「誤以葱爲韭，以長桑君爲倉公，以摸金校尉爲摸金中郎」，所用典故，被其捃摘，幾無完膚。然七百年來，人知有東坡，不知有嚴有翼。

用事如用兵，愈多愈難。以漢高之雄略，而韓信只許其能用十萬。可見部勒驅使，談何容易。有梁溪少年，作懷古詩，動輒二百韻。予笑曰：「子獨不見唐人咏蜀葵詩乎？」其人請誦之，曰：「能共牡丹争幾許，被人嫌處只緣多。」

某太史掌教金陵，戒其門人曰：「詩須學韓、蘇大家，一讀温、李，便終身入下流矣。」余笑曰：「如温、李，方是真才，力量還在韓、蘇之上。」太史愕然。余曰：「韓、蘇官皆尚書、侍郎，力足以傳其身後之名。温、李皆末僚賤職，無門生故吏爲之推挽，公然名傳至今，非其力量尚在韓、蘇之上乎？且學温、李者，唐有韓偓，宋有劉筠、楊億，皆忠清鯁亮人也。一代名臣如寇萊公、文潞公、趙清獻公，皆西崑詩體，專學温、李者也，得謂之下流乎？」

「傳」字「人」旁加「專」，言人專則必傳也。堯、舜之臣只一事，孔子之門分四科，亦專之謂也。唐人五言工，不必七言也，近體工，不必古風也。宋以後學者，好誇多而鬪靡，善乎方望溪云：「古人竭畢生之力，只窮一經，後人貪而兼爲之，是以循其流而不能溯其源也。」

乾隆丙辰，召試博學宏詞，海内薦者二百餘人。至九月，而試保和殿者一百八十人。詩題是《山鷄舞鏡》七排十二韻，限「山」字。劉文定公有句云：「可能對語便關關。」上深嘉獎，親拔爲第一，遂以編修致身宰相。二百人中，年最高者，萬九沙先生諱經，最少者爲枚。全謝山庶常作《公車徵士録》，以先生居首，枚署尾。己亥，枚還杭州，先生之少子名福者，持先生小像索詩。余題一律，有「當年丹詔召耆英，驥尾龍頭記得清」之句。詩載集中。

明洪紫溪自言：「三十年讀書，才消得胸中『狀元』二字。」陋哉言乎！如欲狀元之名副其實，則

「狀元」二字，胸中不可一日忘也。如倚狀元爲驕人之具，則「狀元」二字，胸中不可一日不忘也，何待讀書三十年哉？味其言，紫溪自以爲忘，正其終身不忘之證。同年錢文敏公臚唱第一，口號云：「自慚才出劉蕡下，獨對春風轉厚顏。」其胸襟出紫溪上矣。

鄭夾漈極夸杜征南之注《左傳》，顔師古之注《漢書》，妙在不强不知以爲知。杜不長於鳥獸蟲魚，顔不長於天文地理，故俱缺之，不假他人以訾議也。余謂作詩亦然。青蓮少排律，少陵少絶句，昌黎少近體，善藏其短，而長乃愈見。

《大雅》「文王在上」，《毛傳》稱：文王受命而作。然則文王生而謚文乎？自以爲「於昭于天」乎？鄭箋「平王之孫」爲「平正之王」，「成王不敢康」爲「成此王功不敢自安逸」，「不顯成康」亦解爲「成安祖考之道」，皆捨先王之謚法，而逞其穿鑿之臆説，朱子駁而正之，是矣。

顧寧人曰：「夫其巧於和人者，其胸中本無詩，而拙于自言者也。」又曰：「舍近今恒用之字，而借古字之通用以相矜者，此文人之所以自文其陋也。」

人悦西施，不悦西施之影。明七子之學唐，是西施之影也。

皋陶作歌，禹、稷無聞。周、召作詩，太公無聞。子夏、子貢可與言詩，顔、閔無聞。人亦何必勉强作詩哉？

《宋史》：「嘉祐間，朝廷頒陣圖以賜邊將。王德用諫曰：『兵機無常，而陣圖一定。若泥古法，以用今兵，慮有僨事者。』」《技術傳》：「錢乙善醫，不守古方，時時度越之，而卒與法會。」此二條皆可悟作詩文之道。

崔念陵進士，詩才極佳，惜有五古一篇，責關公華容道上放曹操一事。此小説演義語也，何可入詩？何屺瞻作札，有「生瑜生亮」之語，被毛西河誚其無稽，終身慙悔。某孝廉作關廟對聯，竟有用「秉燭達旦」者，俚俗乃爾，人可不學耶？

宋曾致堯謂李虚己曰：「子詩雖工，而音韻猶啞。」《愛日齋詩話》曰：「歐公詩如閨中孀婦，終身不見華飾味。」此二語當知音韻風華，固不可少。

某太史自夸其詩，不巧而拙，不華而朴，不脆而澁。余笑謂曰：「先生聞樂，喜金絲乎？喜瓦缶乎？入市買錦繡乎？買麻枲乎？」太史不能答。

隨園詩話卷六

倉山居士著

王荆公作文，落筆便古；王荆公論詩，開口便錯。何也？文忌平衍，而公天性拗執，故琢句選詞，迥不猶人。詩貴温柔，而公性情刻酷，故鑿險縋幽，自墮魔障。其平生最得意句云：「青山捫虱坐，黄鳥挾書眠。」余以爲首句是乞兒向陽，次句是村童逃學。然荆公恰有佳句，如：「近無船舫猶聞笛，遠有樓臺只見燈。」可謂生平傑作矣。

宋沈朗奏：「《關雎》，夫婦之詩，頗嫌狎褻，不可冠《國風》。」故别撰堯、舜二詩以進。敢翻孔子之案，迂謬已極，而理宗嘉之，賜帛百疋。余嘗笑曰：「《易》以《乾》、《坤》二卦爲首，亦陰陽夫婦之義，沈朗何不再别撰二卦以進乎？且《詩經》好序婦人，咏姜嫄則忘帝嚳，咏太任則忘太王，律以宋儒夫爲妻綱之道，皆失體裁。」

顧寧人言：「《三百篇》無不轉韵者，唐詩亦然，惟韓昌黎七古，始一韵到底。」余按：《文心雕龍》云：「賈誼、枚乘，四韵輒易；劉歆、桓譚，百韵不遷。亦各從其志也。」則不轉韵詩，漢、魏已然矣。

今詩稱「篇什」者，本《左傳》所謂「以什其車，必克」之義。什者，十人爲耦也。《國風》詩少，可以同卷。《雅》、《頌》篇多，故每十爲卷，而即以卷首之篇爲「什」。

晏子以二桃殺三士，事本荒唐，後人演爲《梁父吟》，尤無意味。而孔明好吟之，殊不可解。秋胡一妬婦，劉知幾《史通》詆之甚力，乃樂府外，前人又有詩云：「郎心葉蕩妾冰清，郎説黄金妾不應。若使偶然通一語，半生誰信守孤燈。」

楊用修笑今之儒者皆宋儒之應聲蟲，吾以爲孔穎達真鄭康成之應聲蟲也。最可笑者，鄭注「曾孫來止，以其婦子」，以曾孫爲成王，婦子爲王后、太子。王肅非之云：「勸農不必與王后、太子同行。」而孔穎達以爲：「聖賢所訓，與日月同懸。」其識見之謬如此，安得不誤認王世充爲真主乎？

安徽方伯陳密山先生，諱德榮，人淳朴而詩極風趣。每瞻園花開，必招余遊賞，不以屬吏待。適階下蟻鬬，公用扇拂之，作詩云：「退食展良覿，逍遥步深院。樹根見群蟻，紛紛方交戰。呼童前布席，拂以蒲葵扇。頃刻緣草根，求穴各奔竄。伊有記事臣，載筆應上殿。大書某日月，兩軍正相見。忽然風揚沙，師潰互踏踐。收隊各依壘，蓄鋭更伺便。人生亦倮蟲，擾擾盈赤縣。嗜欲各有求，情僞遞相煽。吞噬蠢然動，吉凶見常變。豈無飛仙人，乘鸞注遐盼。」余按宋人詩云：「蟭螟殺敵蚊眉上，蠻觸交争蝸角中。何異諸天觀下界，一微塵裏鬬英雄。」即此意也。先生《郊行》云：「芳園青草緑離離，好是人家祭掃時。何處紙錢燒不盡，東風吹上野棠枝。」又《女兒曲》云：「睡眼朦朧春夢覺，不知額上有梅花。」

魯星村《得雨》詩云：「一雨人心定，歌聲四野聞。」何南園《春雨》詩云：「芳草不知春，一雨猛然省。」曹澹泉《偶成》云：「東風力尚微，一雨衆山緑。」同用「一雨」二字，俱可愛。

福建鄭王臣爲蘭州太守，年未六十，以弟喪乞病歸。《留别寅好》云：「畏聞使過頻移疾，懶答人言但託聾。」《閨情》云：「最憐待月湘簾下，銀燭烟多怕點燈。」俱暗用故事，使人不覺。杭堇浦題其《歸來草》云：「東京風俗由來厚，每爲期功便去官。陳寔譙玄吾目汝，蓴鱸人錯比張翰。」「東皋舒嘯復西疇，人較柴桑更遠遊。《七録》異時標別集，竟應題作鄭蘭州。」在隨園小住一日，買書兩舡，打槳而去。

湖州徐溥雨亭，在金陵爲人司織局，每吟詩，與機聲相和。《錢塘竹枝》云：「芳心脉脉夜迢迢，郎在江南第幾橋。欲寄尺書寫腸斷，西湖只恨不通潮。」「落盡楊花郎未歸，空煩刀尺製羅衣。人前怕卷珠簾看，蝴蝶一雙相對飛。」《虎丘題壁》云：「好景半藏峰頂寺，美人多住水邊樓。」

常熟王介祉之弟名岱，字次岳，能繼其家風。宿隨園，見贈云：「貧分鶴俸還留客，老惜鴻才尚著書。」其他句云：「片雨前村過，微雲半嶺陰。」「故山解慰歸人望，隔水先迎一髻青。」《清明》云：「忽忽春光過半時，浴蠶天氣雨如絲。無端柳色侵書幌，憶着河橋折處枝。」

錫山鄒世楠過孟廟，夢懸對句云：「戰國風趨下，斯文日再中。」覺而異之，偏觀廊廡，無此十字。後數年，過蘇州，得黄野鴻集讀之，乃其集中句也。豈孟子愛之，而冥冥中書以自娱耶？田實發題孟廟云：「孔門功冠三千士，周室生虚五百年。」似遜黄作。黄以論詩忤沈歸愚，故吴人多擯之，然其佳句自不可掩。《夜歸》云：「兒童喧笑各紛紛，未解燈前刺繡紋。夜半醉歸人不覺，叩門獨有老妻聞。」

在都，余與金質夫文淳、裘叔度曰修居最相近。金棋劣于裘，而偏欲饒裘。金移居，裘以詩賀云：「追趨秘閣兩年餘，一日何曾賦索居。雪苑對裁新著稿，風簾同校舊抄書。吟筒惠我寧嫌數，棋局饒人實自譽。早有聲華傳日下，故知名士定無虛。」余作七古一首，中四句云：「我願同年如春樹，枝枝葉葉相依附。不願同年如落花，鸞漂鳳泊飛天涯。」裘讀而嘆曰：「子才終竟有性情。」嗚呼！此皆四十年前事，今裘官至尚書，聲施赫奕，而質夫爲太守，兩遭罪遣，謫戍以死。豈亦如花之飛茵、飛溷，各有前因耶？金死後，余搜其遺詩，了不可得。僅得其《遊張園》云：「緑楊門外板橋横，新水如船接岸平。三月春寒花尚淺，一簾烟重雨初成。欹危瘦竹扶衰步，高下疏畦入晚晴。莫便酒闌催晚棹，野懷吾欲與鷗盟。」《偶成》云：「一蟲吟到曉，兩客淡無言。」

閻百詩云：「百里不同音，千年不同韵。《毛詩》凡韵作某音者，乃其字之正聲，非强爲押也。」《焦氏筆乘》載：古人「下」皆音「虎」。《衛風》云：「于林之下。」上韵爲：「爰居爰處。」《凱風》云：「在浚之下。」下韵爲：「母氏勞苦。」《大雅》云：「至于岐下。」下云：「率西水滸。」「服」皆音「迫」。《關雎》云：「寤寐思服。」下韵爲：「輾轉反側。」《候人》云：「不濡其翼。」下句爲：「不稱其服。」《離騷》云：「非時俗之所服。」下句爲：「依彭咸之遺則。」「降」皆音「攻」。《草蟲》云：「我心則降。」下句爲：「憂心忡忡。」《旱麓》云：「福禄攸降。」上韵爲：「黄流在中。」「英」皆音「央」。《清人》云：「二矛重英。」下句爲：「河上乎翺翔。」《有女同車》云：「顔如舜英。」下句爲：「珮玉將將。」《楚詞》云：「華采衣兮若英。」下句爲：「爛昭昭兮未央。」「風」皆讀「分」。《緑衣》云：「凄其以風。」下句爲：「實獲我心。」《晨風》云：「鴥彼晨風。」下句爲：「鬱彼北林。」《烝民》云：「穆如清風。」下句爲：「以慰其心。」「憂」皆讀「喓」。《黍離》云：「謂我心憂。」上句爲：「中心摇摇。」《載馳》云：「我心則憂。」上句爲：「言至于澧。」《楚詞》云：「思公子兮徒離憂。」上韵爲：「風颯颯兮木蕭蕭。」其他則「好」之爲「吼」，「雄」之爲「形」，「南」之爲「能」，「儀」之爲「何」，「宅」之爲「托」，「澤」之爲「鐸」，皆玩其上下文及他篇之相同者而自見。「風」字，《毛詩》中凡六見，皆在「侵」韵，他可類推。朱子不解此義，乃以後代詩韵强押《三百篇》，誤矣。至於「委蛇」二字，有十二變，「離」字有十五義，「敦」字有十二音，徐應秋《談薈》言之甚詳。

王氏《續通考》言：「唐武夷山人吴棫深惡沈約、周顒之韵，以爲穿鑿無理。乃稽考《毛詩》、《周易》、《尚書》，而别爲韵書，分『麻』『遮』『歸』『飛』爲二，合『東』『冬』『江』『陽』爲一。」予以爲此《洪武正韵》之先聲也。然積習已久，雖帝王之力，尚不能挽，况其下乎？文公逆祀，去者三人，定公順祀，叛者三人。商鞅廢井田而天下怨，王莽復井田而天下怨。一改舊習，人以爲怪。從前解經者，河北宗王，河南宗鄭，今之經解，專宗程、朱，亦詩韵類耳。

山左朱文震，字青雷，在慎郡王藩邸，善畫，能詩，兼工篆刻。偶宿隨園，爲鐫小印二十餘方，余驚其神速，君笑曰：「以鐵畫石，何所不靡？凡遲遲云者，皆故作身分耳。」記其《紅橋晚步》云：「西風開遍野棠花，垂柳絲絲數點鴉。多少畫船歸欲盡，夕陽偏戀玉鉤斜。」《過揚子江》云：「笑對篷窗酒一罌，黄梅時節恰揚舲。憑君説盡風波惡，貪看金焦漫不聽。」《雨霽》云：「雨霽碧天闊，夕陽蟬復吟。偶然行樹下，餘點濕衣襟。」

楊公子揞，父笠湖公，刺邛州。公子自任上歸，其弟蓉裳索蜀中土宜，公子贈蜀椒、雅蓮，附詩云：「宦久并無囊，土物置何許？且開藥籠看，贈子辛與苦。」有《雨後》一聯云：「坐吹紫玉樹聲雜，行近白蓮人影香。」《漁父》詞云：「若使樵青絶世，閒身願作漁童。」

隨園西有放生庵，余偶至其地，見僦居一寒士，衣敝履穿，几上有詩稿，題是《夏日雜吟》，云：「香焚寶鴨客吟哦，萬軸牙籤手徧摩。此事未知何日了，著書翻恨古人多。」余驚問姓名，曰：「丁珠，字貫如，懷寧人。訪親不值，流落于此。」因小有饋贈，勸其攻詩。作札薦與安慶太守鄭公時慶。鄭拔作府案首，入學，次年即舉鄉試。記其《遺懷》云：「我口所欲言，已言古人口。我手所欲書，已書古人手。不生古人前，偏生古人後。一十二萬年，汝我皆無有。等我再來時，還後古人否？」《咏淮陰侯》云：「淮陰當窮時，乞食一餓殍。及其封王後，被誅尤草草。窮不能自保，達不能自保。萬古稱人傑，爲之一笑倒。」陳古漁尤愛其「江心浪險鷗偏穩，舡裏人多客自孤」之句。

乙酉鄉試，徽州汪秀才廷昉以詩受業。《路過淳安》云：「扁舟一葉枕江濱，邑小如村俗尚淳。出郭千家圍竹木，浪遊五日識風塵。雲垂有脚疑成雨，水落無聲欲斷津。僂指故園歸信早，天涯極目倚閭人。」俄而竟以丁憂歸。

盧抱經學士有《張遷碑》，搨手甚工。其同年秦澗泉愛而乞之，盧不與。一日，乘盧外出，入其書舍，攫至袖中。盧知之，追至半途，仍篡取還。未半月，秦暴亡。盧往奠畢，忽袖中出此碑，哭曰：「早知君將永訣，我當時何苦如許吝耶？今耿耿于心，特來補過。」取帖出，向靈前焚之。予感其風義，爲作詩云：「一紙碑文贈故交，勝他十萬紙錢燒。延陵挂劍徐君墓，似此高風久寂寥。」

盧抱孫先生轉運揚州，名流畢集，極東南壇坫之盛。己卯十月，余飲署中，見其少子謨，年甫十五六，玉雪可念。後三十年，家籍没矣。公子雖舉孝廉，而飄泊無歸。《上渤海公》二首云：「城旦餘生剩藐孤，十年飄泊到江湖。桐花久墮懷中羽，香飯誰抛屋上烏。踽踽葛衣留凍骨，栖栖蹇足耐征途。年來雞鶩同争食，不是當年小鳳雛。」「拂拭知誰眼獨青，襹褷弱鳥許梳翎。量來碧海輸愁淺，嗅到黄粱感涕零。將母誰憐棲逆旅，忍饑猶勉誦殘經。簫聲吹徹吴門市，敢望山陽舊雨聽？」

用巧無斧鑿痕，用典無填砌痕，此是晚年成就之事。若初學者，正要他肯雕刻，方去費心；肯用典，方去讀書。

寶山范秀才起鳳，字瘦生，有詩癖。《咏梅》云：「微月雲際升，獨鶴踏花影。」又：「風急衆香齊度水，夜深孤月獨當天。」皆可喜也。萬華峰應馨贈云：「瘦真同鶴立，命若與仇謀。」其困躓可想。《送别》云：「酒惟可化當前淚，詩尚能傳别後情。」《咏桃源》云：「樹木自生無税地，子孫常讀未燒書。避地不知誰日月，成仙可惜廢君臣。」范後遭奇禍，竟得脱免，終落托以死。

吴下進士蘇汝礪，宰黄陂，有句云：「水面星疑落，船頭樹似行。」與宋人「山遠疑無樹，湖平似不流」相似。吾鄉王麟徵有句云：「鳥翻仍戀樹，波定尚摇人。」與宋人「窺魚光照鶴，洗鉢影摇僧」相似。李鐵君「鬬禽雙墮地，交蔓各升籬」，與唐人「驚蟬移别樹，鬬雀墮閒庭」相似。

詩情愈癡愈妙。紅蘭主人《歸途贈朱贊皇》云：「大漠歸來至半途，聞君先我入京都。此宵我有逢君夢，夢裏逢君見我無？」許宜媖《寄外》云：「柳風梅雨路漫漫，身不能飛着翅難。除是今宵同入夢，夢時權作醒時看。」

吴竹橋太史見訪湖上，贈詩有「湖氣逼人將上樓」之句。范瘦生《觀梅太湖》亦云：「湖光都欲上樓來。」兩意相同。吴《題揚州天寧寺》云：「鈴聲得露清如語，塔勢隨雲遠欲奔。」尤妙。

歐公學韓文，而所作文全不似韓，此八家中所以獨樹一幟也。公學韓詩，而所作詩頗似韓，此宋詩中所以不能獨成一家也。

七律始于盛唐，如國家締造之初，宫室粗備，故不過樹立架子，創建規模，而其中之洞房曲室，網户罘罳，尚未齊備。至中晚而始備，至宋、元而愈出愈奇。明七子不知此理，空想挾天子以臨諸侯，於是空架雖立，而諸妙盡捐。《淮南子》曰：「鸚鵡能言，而不能得其所以言。」

朱竹君以學士降編修，分校得老名士程魚門，京師傳爲佳話。殁後，張中翰塤哭以一律，後四句云：「丹旐書銘前學士，青山送葬老門生。從今前輩無人哭，拚與先生淚盡傾。」瘦銅詩多雕刻，而此獨沉着。

鄭板橋愛徐青藤詩，常刻一印云：「徐青藤門下走狗鄭燮。」童二樹亦重青藤，《題青藤小像》云：「抵死目中無七子，豈知身後得中郎。」又曰：「尚有一燈傳鄭燮，甘心走狗列門墻。」

二樹名鈺，山陰詩人。幼時，女史徐昭華抱置膝上，爲梳髻課詩。及長，少所許可，獨于隨園詩矜寵太過，奈從未謀面。今春在揚州，特渡江見訪，適余遊天台相左。嗣後寄聲，欲秋間再來，余以將往揚州，故作札止之。旋爲他事滯留，到揚時，則童已殁十日矣。聞其臨終時，簾開門響，都道余之將至也。故余入哭，作挽聯云：「到處推袁，知君雅抱千秋鑑；特來訪戴，恨我偏遲十日期。」童病中，夢二叟自稱紫閣真人、浮白老人，手牽鶴使騎。童辭衣裝未備，真人曉以詩曰：「昔從赤身來，今從赤身去。一絲且莫挂，何論麻與絮。不若五銖衣，隨風自高舉。」童答云：「多謝群真招我歸，殷勤持贈五銖衣。相從化鶴吾真願，要傍先人隴上飛。」吟畢，求寬期，紫閣真人立二指示之，果越二十日而卒。

二樹臨終，滿床堆詩，高尺許。所以殷殷望余者，爲欲校定其全稿，而加一序故也。余感其意，爲編定十二卷，作序外，録其《黄河》云：「一氣直趨海，中含萬古聲。劃開神禹甸，横壓霸王城。幾見榮光出，剛逢徹底清。浮槎如可借，應犯斗牛行。」《金山》云：「三山名勝豈尋常，彼岸居然一葦航。重疊樓臺知地少，奔騰江海覺天忙。梵音只許魚龍聽，佛面時分水月光。回首蓬萊應不遠，幾聲長嘯極蒼茫。」五言如：「落花隨棹轉，隔樹看山移。」「蟻閒緣水過，蜂健負花歸。」「山遠雲平過，天空月直來。」《觀潮》云：「一氣自開闢，衆星相動摇。」《齒落》云：「無煩重漱石，所恨不關風。」七言如：「秋聲如雨不知處，落月帶霜還照人。」「風梅落紙畫猶濕，松雪撲弦琴一鳴。」「客感每從孤館集，老懷常覺暮秋多。」「茶聲響雜花梢雨，簾影晴通竹塢烟。」「詎有庚寅同正則，敢夸丁卯是前生。」「花猶解媚開如笑，水不忘情去有聲。」皆可傳也。二樹畫梅，題七古一篇，叠「鬚」字韵八十餘首，神工鬼斧，愈出愈奇。余雅不喜叠韵，而見此詩，不覺嘆絶。易簀時，令兒扶起，畫梅贈我。梅成，題詩三句而氣絶矣。余裝潢作跋，傳子孫，以表不識面之交情拳拳如此。

蕪湖觀察張莴亭先生，性耽風雅，工詩善書。有《散步》一首云：「霜林落葉點人衣，散步郊原趁夕暉。禾熟更經新雨潤，雀馴常傍舊簷飛。餘霞近水添紅艷，遠岫排空接翠微。洗却纖塵天宇近，閒吟不覺帶星歸。」乙酉秋，來江寧監試，余以竹葉裹粽餽之，附詩云：「勸公莫負便便腹，不嚼紅霞嚼緑雲。」公和云：「倘得携笻親奉訪，管教嚼盡嶺頭雲。」

漢軍董元鏡，在京師市上買端硯，中有黄氣一縷，即硯譜中所謂「黄龍」也。旁題云：「雖有虹貫日，竟無客入秦。可憐易水上，愁殺白衣人。」

尹文端公于近體詩推敲最細。常招陳太常星齋、申副憲笏山小集。申和「廉」字，云：「得天厚只論詩刻，待客豐惟自奉廉。」余按：宋人亦有句云：「詩律傷嚴似寡恩。」

唐有無名氏詩云：「烈風拔大樹，未拔根已露。上有寄生草，依依猶未悟。」明季國事危矣，姚雪庵大司馬在朝，有友畫猴兒抱藤眠枯樹上寄之，題云：「猴兒要醒而今醒，莫待藤枯樹倒時。」白門張啓人句云：「書爲重看多折角，詩因待酌暫存雙。」陳古漁亦有句云：「却恐好書輕看過，摺將餘頁待明朝。」

桐城張文端公賀同館翰林某新婚云：「坐對玉人無辨處，只分雲鬢與花鈿。」可想見其人之美。余故史文靖公門生，而其子抑堂少司馬，則兒女親家也。壬寅二月，訪抑堂于溧陽，席間出文靖公《玉堂歸娶圖》命題。畫美少年騎馬，行親迎禮于揚州許氏。事在康熙庚辰，公才十九歲，至今八十餘年矣。抑堂笑謂余曰：「親家當日，亦係翰林歸娶，何不歸娶人題歸娶圖乎？」卷中前輩詩之最佳者，郭元釪云：「采燈十道簇香輪，花滿游纓踏路塵。似有路人傳盛事，公然許史是天親。」徐葆光云：「華燈夾道擁鳴騶，詔許乘鸞衣錦遊。十里珠簾春盡捲，誰家少婦不登樓。」蔣仁錫云：「宴罷紅綾樂事賒，翩翩走馬帽簷斜。似聞却扇先私語，誰奪迎門利市花。」余題四絶，末一首云：「愧作彭宣拜後堂，絶無衣鉢繼安昌。算來只有歸迎事，曾學黃粱夢一場。」

人問妓女始于何時，余云：「三代以上，民衣食足而禮教明，焉得有妓女？惟春秋時，衛使婦人飲南宮萬以酒，醉而縛之。此婦人當是妓女之濫觴。不然，焉有良家女而肯陪人飲酒乎？若管仲之女閭三百，越王使罷女爲士縫袵，固其後焉者矣。」戴敬咸進士過邯鄲，見店壁題云：「妖姬從古説叢臺，一曲琵琶酒一杯。若使桑麻真蔽野，肯行多露夜深來？」用意深厚，惜忘其姓名。

霞裳從余遊琴溪歸，次日，同遊之盛明經復初以二律見投。余問：「盛公何句最佳？」霞裳應聲云：「惟『赤鯉去千載，青山留一峰』。」余曰：「然。果近太白。」後三日，路遇雨，霞裳曰：「偶得『雨過濕雲忙』五字。」余極稱其得雨後雲走之神，代作出句云：「風停乾鵲噪。」家春圃觀察曰：「『噪』字對不過『忙』字。」爲改「喜」字。霞裳《過鄱陽湖》云：「風能扶水立，雲欲帶山行。」亦佳。

余在安慶許司獄席上，見小伶扇上畫一白頭公，題曰：「山中一隻鳥，獨立心悄悄。所歡胡不來，相思頭白了。」又題鸞嘴鳥云：「世味嚼來渾似蠟，莫教開口向人啼。」

高文端公第七公子，字雨亭，從京師寄小照索題。畫美少年，着縑單衣，坐松石上。余題就寄去，而公子死矣。其弟廣德搜其遺稿，屬余爲序。録其《七夕》一首云：「女伴穿針乞巧時，半彎新月動相思。天邊星宿人間客，一樣明朝有別離。」《咏柳》云：「柳色連溪碧，依依傍玉臺。門前無知己，青眼爲誰開。」又：「懷人隨夢去，隔世帶愁來。」皆不似富貴人語。

有某以詩見示，題皆雁字、夾竹桃之類。余謂之曰：「尊作體物非不工，然享宴者，必先有三牲、五鼎，而後有葵菹蚳醢之供；造屋者，必先有明堂、大厦，而後有曲室密廬之備。似此種題，大家集中，非不可存，終不可開卷便見。韓昌黎與東野聯句，古奥可喜，李漢編集，都置之卷尾。此是文章局面，不可不知。」

凡作詩，寫景易，言情難。何也？景從外來，目之所觸，留心便得。情從心出，非有一種芬芳悱惻之懷，便不能哀感頑艷。然亦各人性之所近，杜甫長于言情，太白不能也；永叔長于言情，子瞻不能也；王介甫、曾子固偶作小歌詞，讀者笑倒，亦天性少情之故。

甬東顧鑑沙，讀書伴梅草堂，夢一嚴裝女子來見，曰：「妾月府侍書女，與生有緣。今奉勅賫書南海，生當偕行。」顧驚醒，不解所謂。後作官廣東，于市上買得葉小鸞小照，宛如夢中人。爲畫《横影圖》索題，錢相人方伯有句云：「怪他才解吟詩句，便是江城笛裏聲。」余按：小鸞粤人，笄年入道，受戒于月朗大師。佛法受戒者，必先自陳平生過惡，方許懺悔。師問：「犯淫否？」曰：「徵歌愛唱求凰曲，展畫羞看出浴圖。」「犯口過否？」曰：「生怕泥污嗤燕子，爲憐花謝罵東風。」「犯殺否？」曰：「曾呼小玉除花虱，偶挂輕紈壞蝶衣。」

余在杭州，杭人知作《詩話》，争以詩來求摘句者，無慮百首。余只愛朱亦籛《春晚書懷》云：「春當三月原如客，人過中年欲近僧。」沈菊人一聯云：「雙雀露濃移别樹，孤螢風静引歸人。」福建女子林氏《賀黄莘田重赴鹿鳴》云：「丹桂花開六十秋，振衣人到廣寒遊。嫦娥細認曾相識，前度人來竟白頭。」

周德卿之言曰：「文章徒工于外者，可以驚四筵，不可以適獨坐。」斯言也，余頗非之。文章非比陰德，不求人知。景星慶雲，明珠美玉，誰不一見即知寶貴哉？吟蛩唧唧，囈語愔愔，彼雖自鳴得意，豈足傳之不朽？得之雖苦，出之須甘，出人意外者，仍須在人意中，古名家皆然。況四座之驚，有知音，有不知音，獨坐之適，有敝帚之享，有寸心之知，不可一概而論。

司空表聖論詩，貴得味外味。余謂今之作詩者，味内味尚不能得，況味外味乎？要之，以出新意、去陳言爲第一着。《鄉黨》云：「祭肉不出三日。出三日，則不食之矣。」能詩者，其勿爲三日後之祭肉乎。

博士賣驢，書券三紙，不見驢字。此古人笑好用典者之語。余以爲用典如陳設古玩，各有攸宜。或宜堂，或宜室，或宜書舍，或宜山齋，竟有明窗浄几，以絶無一物爲佳者，孔子所謂「繪事後素」也。世家大族，夷庭高堂，不得已而隨意横陳，愈昭名貴。暴富兒自夸其富，非所宜設而設之，置槭窬于大門，設尊罍于卧寢，徒招人笑。吴西林云：「詩以意爲主，以辭采爲奴婢。苟無意思作主，則主弱奴强，雖僮指千人，唤之不動。古人所謂詩言志，情生文，文生韵，此一定之理。今人好用典，是無志而言詩；好叠韵，是因韵而生文；好和韵，是因文而生情。兒童鬭草，雖多亦奚以爲？」

欲作佳詩，先選好韵。凡其音涉啞滯者、晦僻者，便宜棄捨。「葩」即「花」也，而「葩」字不亮。「芳」即「香」也，而「芳」字不響。以此類推，不一而足。宋、唐之分，亦從此起。李、杜大家，不用僻韵，非不能用，乃不屑用也。昌黎鬬險，掇唐韵而拉雜砌之，不過一時遊戲，如僧家作盂蘭會，偶一布施窮鬼耳。然亦止于古體、聯句爲之。今人效尤務博，竟有用之于近體者。是猶奏雅樂而雜侏儒，坐華堂而宴乞丐也，不已傎乎？」

唐人近體詩不用生典，稱公卿不過臯、夔、蕭、曹，稱隱士不過梅福、君平，叙風景不過夕陽、芳草，用字面不過月露風雲，一經調度，便日月嶄新。猶之易牙治味，不過鷄猪魚肉，華陀用藥，不過青粘漆葉，其勝人處，不求之海外異國也。余過馬嵬，弔楊妃詩曰：「金鳥錦袍何處去，只留羅襪與人看。」用《新唐書・李石傳》中語，非僻書也。而讀者人人問出處，余厭而删之，故此詩不存集中。

王夢樓云：「詞章之學，見之易盡，搜之無窮。今聰明才學之士，往往薄視詩文，遁而窮經注史，不知彼所能者，皆詞章之皮面耳。未吸神髓，故易於決捨。如果深造有得，必愁日短心長，孜孜不及，焉有餘功旁求考據乎？」予以爲君言是也，然人才力各有所宜，要在一縱一横而已。鄭、馬主縱，崔、蔡主横，斷難兼得。余嘗考古官制，撿搜群書，不過兩月之久，偶作一詩，覺神思滯塞，亦欲于故紙堆中求之。方悟著作與考訂兩家，鴻溝界限，非親歷不知。或問：「兩家孰優？」曰：「天下先有著作，而後有書，有書而後有考據。著述始于三代六經，考據始于漢、唐注疏，考其先後，知所優劣矣。著作如水，自爲江海；考據如火，必附柴薪。『作者之謂聖』，詞章是也；『述者之謂明』，考據是也。」

余任江寧時，送尹文端公移督廣州云：「天上本無常照月，人間還有再來春。」未五年，果仍督江南。

元相稱韓舍人詩：「欲得人人服，能教面面全。」又曰：「玉磬聲聲徹，金鈴個個圓。」韓舍人即昌黎也。昌黎硬語横空，而元相以此二聯稱之，此中消息，非深于詩者不知。

懷古詩乃一時興會所觸，不比山經地志，以詳核爲佳。近見某太史《洛陽懷古》四首，將洛下故事搜括無遺，竟有一首中使事至七八者，編湊拖沓，茫然不知作者意在何處。因告之曰：「古人懷古，只指一人一事而言。如少陵之《咏懷古迹》，一首武侯，一首昭君，兩不相羼也。劉夢得《金陵懷古》，只咏王濬樓船一事，而後四句全是空描。當時白太傅謂其『已探驪珠』，所餘鱗甲無用，真知言哉！不然，金陵典故豈王濬一事？而劉公胸中，豈止曉此一典耶？」

松江有徐媛者，十峰先生之女。黄石牧太史述其《續繡餘集》一絶云：「仰視天無星，俯視月如霜。月正人影短，月斜人影長。」其母張夫人能詩，所云「續繡餘」者，以母夫人先有此集名也。

黄石牧太史未遇時，館于青浦盛氏。范笏溪先生訪之，爲閽人所阻，懊惱而返。華亭至青浦，已百里矣。黄知之，深不自安，贈詩云：「高鴻渺渺過無迹，凡鳥匆匆去未題。妬殺緑楊絲萬縷，曾牽范舸在長堤。」後海寧陳文簡公延石牧于家，范所薦也。范于黄爲先輩，范卒後，黄爲序其《四香樓詩集》，而述其在葉忠節公席上贈欠山詩云：「有客夜歸迷舊路，隔村樹黑遠疑山。」

余幼時家貧，除四書五經外，不知詩爲何物。一日，業師外出，其友張自南先生攜書一册，到館求售。留札致師云：「適有亟需，奉上《古詩選》四本，求押銀二星。實荷再生，感非言罄。」予舅氏章升扶見之，語先慈曰：「張先生以二星之故，而詞哀如此，急宜與之。留其詩可，不留其詩亦可。」予年九歲，偶閱之，如獲珍寶。始《古詩十九首》，終于盛唐。伺業師他出，及歲終解館時，便吟咏而摹倣之。嗚呼！此余學詩所由始也。自南先生其益我不已多乎！

阮亭尚書自言一生不次韵、不集句、不聯句、不叠韵、不和古人之韵，此五戒與余天性若有暗合。甲辰秋，余在廣州，有傳蔣苕生物故者。未幾，接苕生手書，方知訛傳。到桂林，告岑溪令李獻喬明府，李喜，口號一絶云：「狂生有待兩公裁，未便先期一嶽摧。豈爲路逢章子厚，端明已自道山回。」李心折袁、蔣兩家詩，與趙雲松同癖。

余在桂林，淑蘭女弟子偶過隨園，題壁見懷云：「爲訪桃源偶駐車，仙雲何處落天涯。喜看幾筆簪花字，猶領春風護絳紗。」「幾度蒙招未得過，居然人似隔天河。偷公朝考句。非關學得嵇康懶，半爲風多半病多。」

戊辰秋，余宰江寧，將乞病歸，適長沙陶士璜方伯調任福建，路過金陵，謂余曰：「子現題陞高郵州，憲眷如此，年方三十，忽有世外之志，甚非所望于賢者也。」余雖未從其言，而至今感其意。甲辰在廣州，遇方伯之孫，誦乃祖《買書歌》曰：「十錢買書書半殘，十錢買酒酒可餐。我言舍酒僮曰否，咿唔萬卷不療飢。斟酌一杯酒適口，我感僮言意良厚。酒到醒時愁復來，書堪咀處味逾久。淳于豪飲能一石，子建雄才得八斗。二事我俱遜古人，不如把書聊當酒。雖然一編殘字半蠹魚，區區蠡測我真愚，秦灰而後無完書。」

同年李湖，字又川，巡撫廣東，以清嚴爲政。輿人歌云：「廣東真樂土，來了李巡撫。」聖眷甚隆，而積勞成疾。薨時，香亭往送入殮，見公面目手足作黄金色，光耀照人，亦一奇也。巡撫貴州，入境口號云：「雙旌遥指貴陽城，紫蓋紅旗夾道迎。自愧書生當重任，不知何以報昇平。」

周櫟園論詩云：「學古人者，只可與之夢中神合，不可使其白晝現形。」至哉言乎。

乙丑，余宰江寧，有張漱石名堅者，持故人陳長卿札求見。贈云：「他年霖雨知何處，記取烟波有釣徒。」後歲丙子，同楊洪序來隨園，年七十餘，喜所居不遠，月下時時過從。别三十年，杳無音耗。丙午二月，過洪武街，遇老人，乃其子也。方知先生八十三歲委化陝中，爲黯然者久之。次日，其子抱先生全集，屬爲點定。《偶成》云：「細雨瀟瀟欲曉天，半床花影伴書眠。朦朧正作思鄉夢，隔院棋聲落枕邊。」鄂文端公爲蘇藩司，選《南邦黎獻集》，擢君第三。

茗生携婦遊攝山，余寄詩調之，茗生答云：「樵夫汲婦互穿雲，老佛低眉苦不分。客路偶然携眷屬，遊踪未必感星文。漫勞史筆傳佳話，却被山靈識細君。誰與洪厓描小影，鹿皮冠伴水田裙。」

余得紹興十八年題名碑，朱子乃五甲進士也。王葑亭中翰戲題云：「若使當時無五甲，先生也合落孫山。」朱子小名沈郎，亦載碑中。

武將能詩，皆由天授。劉大刀名綎，本姓龔，湖廣人。其七世孫某，來作江寧都司，誦其先人遺句云：「剪髮接韁牽戰馬，拆袍抽線補旌旗。胸中多少英雄淚，洒上雲藍紙不知。」戚繼光亦有警句云：「風塵已老塞門臣，欲向君王乞此身。一夜秋霜零短鬢，明朝不是鏡中人。」

乾隆丙辰，唐公莪村爲太常寺卿。余鴻詞報罷後，袖詩走謁，公奇賞之。次日，即托其西席朱君佩蓮道意，欲以從女見妻。余以聘定辭，公爲惋惜。至今感不能忘，垂五十年矣。甲辰，到端州，見公贈關廟瑞公上人一律云：「何因來古寺，冷落二年羈。性拙宜僧朴，身危仗佛慈。險夷無定象，夢幻有醒時。一笑成今别，前途最汝思。」紙尾注云：「甲子冬，緣事來肇慶，羈棲二年。今丙寅夏，將之任山左，賦詩留别。」蓋公任廣西方伯時，待鞫到此所作。後巡撫江西，三仕三已，以官壽終。名綏祖，揚州人。

余過永州，時值冬月，遠望秃樹上立數鷺鷥，疑是木蘭花開，方憶戴雪村先生「高端散作低田雨，白鳥棲爲遠樹花」二句之妙。

周元公云：「白香山詩似平易，間觀所存遺稿，塗改甚多，竟有終篇不留一字者。」余讀公詩云：「舊句時時改，無妨悦性情。」然則元公之言信矣。

王荆公矯揉造作，不止施之政事也。王仲圭「日斜奏罷《長楊賦》，閒拂塵埃看畫墻」句，最渾成，荆公改爲「奏賦《長楊》罷」，以爲如是乃健。劉貢父「明日扁舟滄海去，却從雲裏望蓬萊」，荆公改「雲裏」爲「雲氣」，幾乎文理不通。唐劉威詩云：「遥知楊柳是門處，似隔芙蓉無路通。」荆公改爲「漫漫芙蓉難覓路，蕭蕭楊柳獨知門」。蘇子卿《咏梅》云：「祇應花是雪，不悟有香來。」荆公改爲：「遥知不是雪，爲有暗香來。」活者死矣，靈者笨矣。

余遊南嶽，往謁衡山令許公。其僕人張彬者，沅江人，年二十許，見余名紙，大喜，奔告諸幕府，以得見隨園叟爲幸。既而許公招飲，命彬呈所作詩，有「湖邊芳草合，山外子規啼」、「遠岫碧雲高不落，平湖螢火住還飛」之句，果青衣中一異人也。性無他嗜，酷好吟咏。主人賞婚費，乃不聘妻，而盡以買書。

全祖望，字謝山，以丙辰春闈先入詞館，故九月間不與鴻博之試。丁巳，散館外用，謝山不樂，賦詩呈李穆堂侍郎云：「生平坐笑陶彭澤，豈有牽絲百里才。秫未成醪身已去，先幾何待督郵來。」有乩仙傳謝山爲錢忠介公後身者，故有《舉子》詩云：「釋子語輪回，聞之輒加嗔。有客妄附會，云我具夙根。琅江老督相，于我乃前身。一笑妄應之，燕説謾云云。」按，謝山年三十六，方娶滿洲學士春臺之女，逾年舉子。時忠介公後人名芍亭者，侵晨入賀。謝山驚曰：「何知之神耶？」芍亭曰：「夜來寒影堂中，不知何人揚言曰：『謝山得子。』故來賀耳。」此事朱心池爲余言之，余悔在都見謝山時，不曾一問。

余在粤，自東而西，常告人曰：「吾此行得山西一人，山東一人。」山西者，普寧令折君遇蘭，字霽山。山東者，岑溪令李君憲喬，字義堂。二人詩有風格，學有根柢，皆風塵中之麟鳳也。折君見贈五首，録其二云：「南國多芙蓉，北地饒冰雪。風土固自殊，氣類有差别。如何邂逅間，投契若符節。蘭馨蕙自芬，松茂柏乃悦。物理有如斯，心知不容説。」「經年廢吟咏，對客類喑啞。豈無風人懷，所嗟和者寡。今逢袁夫子，方寸有鑪冶。隻字精搜羅，篋衍重包裹。敬宗詎不聰，能知世有我。自慙苦窳姿，一顧成碩果。于我雖無加，益以成公大。誰能充是心，用以宰天下。」李君于余起行時，追送不及，到泉州後寄詩云：「岸邊雙樹林，來對兀沉沉。挂席去已遠，别醪空自斟。烟寒過客少，江色暮樓深。

誰識此時際，寥寥千載心。」《湘上》云：「孤月無人處，扁舟先雁來。」皆高淡可喜。

己亥三月，小住西湖。有李明府名天英者，號蓉塘，四川詩人，特來見訪。録其《雪後寄施南田》云：「雪汁初融瓦，寒光已在天。大江回望處，清影兩蕭然。忽發山陰興，思乘訪戴船。風濤夜未息，目斷小姑前。」他如：「遠夢摇孤榜，殘星落酒旗。」「野鷗時避槳，旅雁自爲群。」李松圃郎中稱其詩有奇氣，信然。

金陵閨秀陳淑蘭，受業隨園。繡詩見贈云：「儂作門生真有幸，碧桃種向彩雲邊。」張秋厓孝廉見而和云：「書生未列扶風帳，慚愧佳人賦彩雲。」秋厓詩筆清雅，《鄴城九日》句云：「楓葉落殘孤閣雨，菊花開盡故鄉心。」

明鄭少谷詩學少陵，友林貞恒譏之曰：「時非天寶，官非拾遺，徒託于悲哀激越之音，可謂無病而呻矣。」學杜者不可不知。

康熙間，杭州林邦基妻曾如蘭，能詩。邦基死，招之相從，曾矢之曰：「有如皎日。」後立其兄子光節，葬畢舅姑，吞金而亡。吟詩曰：「鏡裏菱花冷，三年淚未乾。已終姑舅老，復咽雪霜寒。我自歸家去，人休作烈看。西陵松柏下，夫子共盤桓。」一時和者數百人。未死前十日，先具牒錢塘令周公。周加批，用駢語慰留之，竟不從而死。可謂從容之至矣。

詩分唐、宋，至今人猶恪守。不知詩者，人之性情；唐、宋者，帝王之國號。人之性情，豈因國號而轉移哉？亦猶道者，人人共由之路，而宋儒必以道統自居，謂宋以前直至孟子，此外無一人知道者。

吾誰欺，欺天乎？七子以盛唐自命，謂唐以後無詩，即宋儒習氣語。倘有好事者，學其附會，則宋、元、明三朝，亦何嘗無初、盛、中、晚之可分乎？節外生枝，頃刻一波又起。《莊子》曰：「辨生于末學。」此之謂也。

余引泉過水西亭，作五律，起句云：「水是悠悠者，招之入户流。」隔數年，改爲「水澹真吾友，招之入户流」。孔南溪方伯見曰：「求工反拙，以實易虚，大不如原本矣。」余憬然自悔，仍用前句。因憶四十年來，將詩改好者固多，改壞者定復不少。

詩人用字，大概不拘字義。如上下之「下」，上聲也，禮賢下士之「下」，去聲也。杜詩：「廣文到官舍，繫馬堂堦下。」又：「朝來少試華軒下，未覺千金滿高價。」是借上聲爲去聲矣。王維：「公子爲嬴停四馬，執轡愈恭意愈下。」是借去聲爲上聲矣。

時文之學，有害于詩，而暗中消息，又有一貫之理。余案頭置某公詩一册，其人負重名，郭運青侍講來，讀之，引手横截于五七字之間，曰：「詩雖工，氣脉不貫。其人殆不能時文者耶？」余曰：「是也。」郭甚喜，自夸眼力之高。後與程魚門論及之，程亦韙其言。余曰：「古韓、柳、歐、蘇，俱非爲時文者，何以詩皆流貫？」程曰：「韓、柳、歐、蘇所爲策論應試之文，即今之時文也。不曾從事于此，則心不細而脉不清。」余曰：「然則今之工于時文而不能詩者，何故？」程曰：「莊子有言：『仁義者，先王之蘧廬也。可以一宿，而不可以久處也。』今之時文之謂也。」

前朝番禺黎美周，少年玉貌，在揚州賦黄牡丹詩，某宗伯品爲第一，人呼爲「牡丹狀元」。花主人鄭超宗，故豪士也，用錦輿歌吹，擁狀元遊廿四橋，士女觀者如堵。還歸粤中，郊迎者千人。美周被錦袍，坐畫舫，選珠娘之麗者，排列兩行，如天女之擁神仙。相傳有明三百年，真狀元無此貌，亦無此榮也。其詩十章，雖整齊華贍，亦無甚意思，惟「窺浴轉愁金照眼，割盟須記赭留衣」一聯稍切「黄」字。後美周終不第，陳文忠薦以主事，監廣州軍，死明亡之難。《絶命詞》云：「大地吹黄沙，白骨爲塵烟。鬼伯舐復厭，心苦肉不甜。」一時將士爲之隕涕。此外尚有「蓮花榜眼」，其詩不傳。

廣西岑溪縣最小且僻，有諸生謝際昌者，送其邑宰李少鶴云：「官貧歸棹易，民愛出城難。」此生可謂陽山之區册矣。或贈查聲山宫詹云：「地高投足險，恩重乞身難。」

甲戌春，余與張司馬芸墅遊棲霞，見僧雛墨禪，才七歲。其時山最幽僻，遊者絶稀，惟揚州商人構静室數間，春秋一到而已。自尹文端公請聖駕巡幸，乃增榮益觀。方修葺時，余屢從公遊，有「山似人才搜更出」之句。其時墨禪漸長成，花前燈下，時時以一聯相示。隨入京師，别十餘載，丁未秋，相見于紫峰閣下，則年已三十九矣。追談往事，彼此愴然。誦其《盤山》詩云：「偶來浮石上，疑是泛滄浪。一鳥墮寒翠，千峰明夕陽。無人垂釣去，有約看雲忙。」即此愜真賞，蕭然世慮忘。」其他如：「樹隨厓脚斷，山到寺門深。」「月白鳥疑晝，山空樹欲秋。」「樹偏饒曲折，僧不礙逢迎。」皆可愛也。相别又一年，遽示寂而去。

尹公三次迎鑾，幽居庵、紫峰閣諸奇峰，皆從地底搜出，刷沙去土，至三四丈之深。所用朱龍鑑、莊經畬、潘涵等州縣官，皆一時名士。又嫌攝山水少，故于寺門外開兩湖，題曰「彩虹」、「明鏡」。余戲呈詩云：「尚書抱負何曾展，展盡經綸在此山。」

揚州四十年前，平山樓閣寥寥，溝水一泓而已。自高、盧兩榷使費帑無算，浚池簣山，別開生面，而前次遊人幾不相識矣。劉春池有句云：「兩隄花柳全依水，一路樓臺直到山。」

山陰陶篁村，得汪氏舊莊于葛嶺下，葺而新之。自云：「詩不能寫者付之于畫，畫不能寫者付之于詩。」號曰「泊鷗山莊」，題云：「高士門庭雲亦懶，荷花世界夢俱香。」四詩甫成，忽奉有官檄，估去養馬，如催租人敗興一般。

永州太守王蓬心，爲麓臺司農之後，工詩畫。余遊南岳，過永州，與其子訪愚溪、鈷母潭諸處。夕歸，太守出小像索詩，而自畫《芝城話舊圖》見贈，題云：「一別東吴思舊雨，重來南楚鬢添霜。」談天猶是蘇玉局，縮地難逢費長房。江水悠悠不知遠，山風習習漸加凉。兩人情態都如昨，作畫吟詩愛夜長。」彼此落筆時，各挑燈倚几，蓬心笑謂余曰：「此夕光景，可似五十年前同赴童子試耶？」記其書齋對聯云：「豈易片言清積牘，還留一息理殘書。」

沈子大先生夢至一處，上坐二儒者，皆姓周，素不識面，笑向沈云：「『羲畫破天煩妹補』，君可對之。」沈沉吟良久，忽唐孫華太史從外來，曰：「我代對『羿弓饒月待妻奔』，何如？」兩周爲之拍手。唐字實君，沈之業師也。

陳古漁嘗爲余誦「馬過聞沙響，拖霜看雁飛」之句，余甚愛之。後知是曲沃詩人秦紫峰明府所作。紫峰有句云：「看花須看花盛時，盛時難再花亦知。」尤妙。紫峰與客觀方竹，客戲云：「世有方竹無方人。」紫峰曰：「有。」問何人，曰：「子貢。」問何以知之，曰：「《論語》云：『子貢方人。』」

吾鄉金長儒先生以時文名，世不知其能詩也。有人爲述其《禹廟》云：「授笈儼陪蒼水使，奉香猶賸白頭僧。」《晚步》云：「打頭黄葉忽飄墜，知是隔林松鼠來。」

梅耦長《咏緑梅》云：「聞説緑珠真絶世，我來偏見墜樓時。」歸安有五亭山人者，姓吴，名斯洺，《咏桐子》云：「墮地緑珠人不見，至今但覺畫樓高。」二詩相似。又《嘲牡丹》云：「蝶使蜂媒齊用力，萬花叢裏看擒王。」可云奇絶。

乾隆己未，余乞假歸娶，諸公卿有送行詩册，題簽者爲吴江陸虔石先生，今五十餘年矣。甲辰，其子朗夫巡撫湖南，余從西粤過長沙，中丞欵接甚殷，云：「當初先人題簽時，我年才十七，侍旁磨墨。」余感其意，到家寄詩謝之。不料詩未到而中丞已亡，僅傳其《夢中自贈》云：「能開衡岳千重雲，只飲湘江一杯水。」至今楚人受德者，揮泪誦之。名曜，吴江人。

蘇州惠天牧先生，督學廣東，訓士子以實學，一時英俊，多在門墻。去後，人立生祠，如潮州之奉韓愈也。先生以《珠江竹枝詞》試士，何夢瑶賦云：「看月誰人得月多，灣船齊唱浪花歌。花田一片光如雪，照見賣花人過河。」公喜，延入幕中。此雍正年間事。後吾鄉杭堇浦太史掌教粤東，與何唱和。《嘲杭病起》云：「門外久疏參學侣，簾前漸立犯齋人。」《咏史》云：「趙宋若生燕太子，肯將金幣事仇人？」余慕何君之名，到海南訪之，則已逝矣。

沈方舟《磁溪早發》云：「北風獵獵水茫茫，多謝吴門鼓柂娘。鐵鹿長檣四千里，送人夫壻早還鄉。」方問亭宫保未遇時，在漢上，亦有句云：「寄語湘波連夜發，十年我是未歸人。」

英夢堂相公與裘文達公同在户部，謂裘曰：「有句云：『官久真成强弩末，歸遲空望大刀頭。』君猜是何人之作？」裘以爲放翁逸詩，已而知是桐城石曉堂，乃大驚嘆。石屢欲訪余，以官楚南路遠，時時托方綺亭明府寄聲道意。方誦其《舟行》云：「擊汰過篺洲，人在烟中語。中流一舟來，空濛數聲欸。少婦善操舟，小兒能盪槳。漁翁不捕魚，舡頭坐補網。」曉堂，名文成。

曉堂亡後，其子某抱遺集來索余作序，云：「先人志也。」余摘其佳句，五言如：「角聲沉暮雨，雁影起寒沙。」「水喧村碓急，雲墮寺門低。」七言如：「沙邊水退猶存跡，烟際帆遥似不行。」「買田陽羡宵宵夢，作客并州處處家。」「窺魚淺渚翹雙鷺，待渡斜陽立一僧。」「入店已非前度主，拂墻猶有舊題詩。」「僮嫌解橐尋詩稿，客忌登舟算水程。」皆妙。

張君五典，字叙百，秦中人，九世同居，蒙恩題獎。作宰上元，時時攏詩袖中，入山見訪，絶非今之從政者。《祁陽訪友》云：「示病手揮群吏散，著書心喜好朋來。」《示安奴》云：「孺人日課郎君讀，去就書聲認畫船。」孺人亡，乃悼之云：「好我果能長入夢，把君竟可當長生。」示奴者，遣接家眷船也。

杭州方夫人芷齋，名芳佩，適汪又新太史。翁霽堂徵君向余誦其《西湖》佳句云：「曉市花間揺短幟，夕陽柳外數歸舟。」「烟迷山失浮圖影，風緊帆歸盞飯僧。」皆有畫意。隨太史入都，《憶西湖》云：「清凉世界水晶宫，亞字闌干面面風。今夜若教身作蝶，祇應飛入藕花中。」《贈霽堂》云：「四海長留知己感，一生惟有愛才忙。」有《在璞草堂集》，一時唱和者，許太夫人而外，杭堇浦之妹清之，嫁趙萬暻上舍，寡居守志，有句云：「盡日支牀深擁被，不知户外幾峰青。」同一能詩女子，方榮貴而杭艱辛，何耶？

王陽明集中云：正德庚辰八月，夢見郭璞，極言王導姦邪在王敦之上。故公詩責導云：「事成同享帝王貴，事敗仍爲顧命臣。」璞亦有詩云：「倘其爲我一表揚，萬世萬世萬萬世。」余按：此説與蘇子瞻夢中人告以唐楊綰之好殺，陶貞白《真誥》言晉太尉郗鑒之貪酷，皆與史册相反。

《樂府解題》云：「《毛詩》之『兮』，《楚詞》之『些』，曹操所不喜。」余頗以操爲知音。蓋詩有關詠嘆者，不得不用虚字，以伸長其音。若直叙鋪陳，一用虚字，便成敷衍。近有作七古者，排比未終，無端忽插「兮」字，以致調軟氣鬆，全無音節。

劉霞裳之弟某，風貌遠不及其兄，而際遇甚奇。有揚州女子姓陳名素蓮者，與交好，抽簪勸學。臨别贈詩云：「深閨獨醒起常遲，愁上眉峰有鏡知。縱使天風能解意，萍蹤吹聚又何時。」

酒肴百貨，都存行肆中，一旦請客，不謀之行肆，而謀之于厨人，何也？以味非厨人不能爲也。今人作詩，好填書籍，而不假鑪錘，别取真味，是以行肆之物享大賓矣。

杭州沈觀察世濤妻陳氏，名素安，字芝林。《咏賣花聲》云：「房櫳寂寂閉春愁，未放雕梁燕出樓。應怪賣花人太早，一聲聲似促梳頭。」《水墨裙》云：「百叠波紋縐墨痕，疏花細葉淡生春。窈娘病後腰肢減，錮尺休量舊日身。」《病起》云：「幾日無心課小娃，晴窗睡起自分茶。重簾不捲紗幃静，落硯何來數點花。」

王梅坡妻張氏，能詩。幼子汝翰初上學，嫌衣服不華，張訓以詩云：「簞食應知顔子樂，緼袍誰笑仲由寒。」其他佳句如：「花因寒重難舒蕊，人爲愁多易歛眉。」生女美絶，年十三時，皇太后駕過，見之，抱置膝上，賞藏香一枝。

鄧英堂秀才偕妻陳淑蘭，各畫蘭竹數枝，贈毛俟園廣文。毛謝以詩曰：「閨中清課剪冰紈，夫寫篔簹婦寫蘭。料得圖中愛雙絶，水精簾下並肩看。」未幾，英堂無故自沉于水。越三月，淑蘭殉夫自縊。毛追憶詩中「雙絶」二字、「水精簾」三字，早成詩讖，嘆悔莫及。余作《陳烈婦傳》，兼梓其詩。

四川崇寧縣蔡酣紫先生，好道術，與漢陽太守王某交好。王年九十餘，能馭空而行。言元時玉山堂主人顧阿瑛已成地仙，至今猶在青城山中，引蔡見之，緑鬢朱顔，不食不飲，談笑不異常人，説元末明初之事尤詳。王善畫古松，題云：「烟墨一螺香一炷，寫出長松兩三樹。月明老鶴忽飛來，踏枝不着空歸去。」

有人《咏風箏美人》詩曰：「薄憐妾命風吹紙，瘦到腰支骨是柴。」魯星村云：「切則切矣，何窮薄乃爾？」因誦台怡庵句云：「紅線祇今爲近侍，飛瓊當日是前生。」是何等風華。

魯温卿席上嫌酒不佳，調主人云：「詩近老成多帶辣，酒逢寒士不嫌酸。」俞又陶喜席上酒佳，謝主人云：「疏花似月將殘夜，好友如醇欲醉時。」

余屢娶姬人，無能詩者，惟蘇州陶姬有二首云：「新年無處不張燈，笙鼓元宵響沸騰。惟有學吟人愛静，小樓坐看月高升。」「無心閒步到蕭齋，忽有春風拂面來。行過小橋池水活，梅花對我一枝開。」生女，嫁蔣氏。姬年三十而亡。

康熙間，蘇州名妓張憶娘，色藝冠時，蔣繡谷先生爲寫《簪花圖小照》。乾隆庚午，余在蘇州，繡谷之孫漪園以圖索題。見憶娘戴烏紗髻，着天青羅裙，眉目秀媚，以左手簪花而笑，爲當時楊子鶴筆也。題者皆國初名士。萊陽姜垓云：「十年前遇傾城色，猶是雲英未嫁身。今日相逢重問姓，尊前愁殺白頭人。」蘇州尤侗云：「當場一曲《浣溪紗》，可是陳宫張麗華。恰勝狀元新及第，瓊林宴裏去簪花。」沈歸愚云：「曾遇當年冰雪姿，輕塵短夢悵何之。卷中此日重相見，猶認春風舞柘枝。」「繡谷留春春可憐，傾城名士總寒烟。老夫莫怪襟懷惡，觸撥閒情五十年。」余題數絶，有「國初諸老鍾情甚，袖角裙邊半姓名」之句，人皆莞然。按：萊陽兩姜先生，以孤忠直節，名震海内，而詩之風情如此。聞憶娘與先生本舊相識，一别十年，尊前問姓，故詩中不覺情深一往云。

前人《過虎丘》句云：「妬他怒馬隨車客，出色花枝不避人。」陸湄君《過彭城》句云：「休夸洛浦能投枕，不是天台懶看花。」一羨之，一厭之，兩人心事易地則皆然。

「君子思不出其位」，又曰「素其位而行」。余雅不喜解組人好説在官事迹。錢璵沙方伯有句云：「劇憐到處皆爲客，生怕逢人尚説官。」余讀之，距躍三百。

隨園詩話卷七

倉山居士著

同年葉書山太史掌教鍾山，生平專心經學，而尤長于《春秋》，自稱啖助、趙匡不足多也。注《毛詩》「佻兮達兮」一章爲兩男子相悦之詩，人多笑之。然作詩頗有性情，《出都》云：「行年七十古來稀，東馬嚴徐事已非。檢點良方醫老病，所須藥物是當歸。」「白石清泉故自佳，九衢車馬漫紛拏。欲知此後春相憶，只有豐臺芍藥花。」「行色匆匆鬢影疎，騎驢猶憶入京初。蒯緱一劍酸寒甚，今日歸裝有賜書。」太史諱酉，桐城人。

壬戌歲，余改官金陵，寓王俣岩太史家，遇戚晴川太守，言：「書生初任外吏，參見長官，不慣屈膝，匆遽間動致聲響。」余試之，果然。戲吟云：「書銜筆慣字難小，學跪膝忙時有聲。」戚《宿承恩寺》句云：「瓦溝落月印孤榻，檐隙入風吹短檠。」殊冷峭。戚諱振鷺，湖州人。

舒城任自舉學坡，爲莊明府記室，好吟咏。一日，余訪莊公，聞書齋中高唱拍案，細聽之，乃余詩也。莊出，笑曰：「幸而任先生大賞公詩，如其大罵，則奈何？」後任死，伏魄時，口號別親友云：「六句失足下蓬瀛，今日才欣返玉京。直以聰明還造化，但憑樵牧話平生。花當春盡應辭樹，鳥際冬殘合罷聲。見説群仙同抗手，遲余受代主蓉城。」

通州李方膺晴江，工畫梅，傲岸不羈。罷官，寓江寧項氏花園，日與沈補蘿及余遊覽名山，人觀者號「三仙出洞」。《題畫梅》云：「寫梅未必合時宜，莫怪花前落墨遲。觸目横斜千萬朶，賞心只有兩三枝。」《秋葵》云：「肅瑟風吹永巷長，采衣非復舊時黄。到頭只覺君恩重，常自傾心向太陽。」晴江牧滁州，見醉翁亭古梅，伏地再拜。其風趣如此。

上猶令方綺亭，名求義，聵于耳而聰于心。與人言，必大聲高呼，諧謔百出，而一本于天真。《辭官歸里》云：「三年政罷喜忘機，老去仍思竹裏扉。攜取清風隨棹去，添來白髮滿頭歸。不妨琴鶴爲行李，那計妻孥説是非。力倦眼昏貪穩臥，誤傳高尚遂初衣。」死後，余爲銘墓。陳古漁哭之云：「不見白頭憑几坐，尚疑朱履出堂來。」

予過蘇州，常寓曹家巷唐静涵家。其人有豪氣，能羅致都知録事，故尤狎就之。兩家妻女無嫌，如龐公之于司馬德操，不知誰爲主客也。静涵有句云：「苔痕深院雨，人影小窗燈。」《花朝分韵》云：「薄醉微吟答歲華，春寒十日掩窗紗。多情昨夜樓頭雨，吹出滿墻紅杏花。」其少子七郎《咏落花》云：「零落嫣紅歸不得，楊花相約過鄰家。」真佳句也。長子湘畇居隨園，吟云：「小住名園又一年，石闌干畔聽流泉。夜深怕作還鄉夢，月到南窗尚未眠。」「小窗閒坐夕陽斜，對此教人不憶家。喜見香荷才出水，一枝高葉一枝花。」從來荷葉高出水者必有花，湘畇居園久，故知之。静涵有姬人王氏，美而賢，每聞余至，必手自烹飪。先數年亡，余挽聯云：「落葉添薪，心傷元相貧時婦；爲誰截髮，腸斷陶家座上賓。」

元人詩曰：「老不甘心奈鏡何。」李益《覽鏡》云：「縱使逢人見，猶勝自見悲。」本朝鄭璣尺先生云：「朱顔誰不惜？白髮爾先知。」皆嫌鏡之示人以老也。宋人云：「貧女如花衹鏡知。」又曰：「鏡裏自應諳素貌，人間只解看紅妝。」又曰：「自家憐未了，臨去復徘徊。」本朝高夫人有句云：「乍見不知誰覿面，細看真覺我憐卿。」是鏡有恩于女子，有怨于老翁也。容成侯何容心哉？

蘇州楓橋西沿塘有余本家漁洲居士，乃前明六俊之後。愛客，能詩，家有漁隱園，水木明瑟，余爲作記，鐫石壁間。每過姑蘇，必泊舟塘下，與其叔春鋤、弟又愷爲剪燭之談。年甫五十而亡。有《新柳》一律云：「二月韶光媚，春風嫩柳條。含烟初作態，浥露不勝嬌。腰細柔難舞，眉疎淡欲描。丰神與誰並，好女乍垂髫。」

香亭弟偶吟往往如吾意所欲出，不愧吾家阿連也。余三十年前，選妾姑蘇，所需花封甚輕，今動至數金。香亭《過吴門》云：「傳聞近日選花枝，百兩纏頭費莫支。争及當年吴市好，一錢便許看西施。」《消夏雜咏》云：「科頭赤足徜徉過，一領蕉衫尚覺多。不信熱場人不熱，紅燈圍著聽笙歌。」

《南史》言：「阮孝緒之門閥，諸葛璩之學術，使其好仕，何官不可爲？乃各安于隱退，豈非性之所近，不可强歟？」近今吾見二人焉，一爲尹文端公之六公子似村，一爲傅文忠公從子我齋。似村舉秀才，終日閉户吟詩。我齋雖官參領，司馬政，而意思蕭散，不希榮利。有人從都中來，誦其《環溪别墅》詩云：「將官當隱稱畸吏，未老先衰號半翁。」又曰：「不是門前騎馬過，幾忘身現作何官。」

長洲女子陶慶餘，嫁大司馬彭公孫希洛，年二十二而亡，有《瓊樓吟》行世。《咏鸚鵡》云：「一夢喚回唐社稷，千秋留得漢文章。」《婢去》云：「院從汝去長青苔，小榻香消午夢回。不覺疏簾摇樹影，風前誤認摘花來。」

己卯秋，在揚州遇萬近蓬秀才，屬題《紅袖添香圖》。近蓬少時托李硯北寫此圖，虚擬娉婷，實無所指。裘姓友見畫中人，驚笑，以爲絶似其家婢，遂延近蓬至其家，出婢贈之，婢姓花，一時題者紛然。余獨愛吴玉墀詩曰：「紅樓翠被知多少，如此消魂定姓花。」又曰：「聘錢若許名流歛，第一須酬作畫人。」廿年後，余至杭州，花姬已下世矣。近蓬訪余湖上，不值，投詩云：「惜花人早出，載酒客遲來。」

辛丑秋，忽有浙中校官入山見訪，方知即玉墀，字小谷，是吾鄉尺鳧先生之少子，鷗亭居士之季弟。予少時乞假歸娶，飲于鷗亭之瓶花齋，其時小谷才四歲。故見贈云：「園林心契卅年餘，今日真來大隱居。修贄忙于投要路，扣門快比訪奇書。相看共訝鬚眉古，久别渾忘問訊疏。細認雙瞳點秋水，依然竹馬識君初。」嗚呼！四十餘年鄉里故人，二十年前詩中知己，彼此茫茫，絶無晤期，而天必爲兩人作合，文章有神，信矣。小谷在隨園賞芙蓉，賦五古千言，以太長，不能全録。托羅兩峰畫《板橋遺迹》，題云：「談罷羅家《鬼趣圖》，去尋舊院影模糊。蘆根瑟瑟如人語，中有鶯鶯燕燕無？」「緑蕪一片衆香埋，半没橋身半没街。艶迹但餘殘礎在，也曾親近玉人鞋。」「此栢婆娑似舊人，盤桓幾度板橋春。祇憐生長烟花裏，猶作亭亭倩女身。」「者番遊緒已愴然，又對風斜雨細天。畫最凄涼天最慘，看君筆上起蒼烟。」

余自幼詩文不喜平熟。丙辰，諸徵士集京師，獨心折于山陰胡天游稚威。常言：「吾于穉威，則師之矣。吾于元木、循初，則友之矣。其他某某，則事我者也。」元木者，周君大樞；循初者，萬君光泰也。稺威駢體文直掩徐、庾，散行恥言宋代，一以唐人爲歸。詩學韓、孟，過于澁拗。今録其近人者，如《明妃》云：「天低海水西流處，獨有琵琶堪解語。斷絲枯木本無情，猶勝人心百千許。」《咏諫果》云：「苦口衆所揮，餘甘幾人賞。置蜜錕鋙端，或者如舐掌。」贈某營將云：「大聲當鼓急，片影落槍危。劍血看生瘦，天狼對捋髭。」皆奇句也。亦有風韵獨絶者，《曉行》云：「夢闌鶯喚穆陵西，驛吏催詩雨拂衣。行客落花心事别，無端俱趁曉風飛。」

丁巳春，予與元木、循初同在稺威寓中，夜眠聽雨。元木見贈一篇云：「文章之家無不有，袁郎二十膽如斗。」詩甚奇詭，不能備録。壬申歲，余起病至長安，元木再贈七古，起句云：「憶昔相見長安邸，志氣如虹挂千里。狂飛大句風雨來，頭没酒杯笑不已。」真乃替余少時寫照。元木廷試報罷，果毅公訥親延爲上客。每公餘之暇，命講《通鑑》數則，亦想見當日公卿風雅也。元木詩最堅瘦，獨《咏桃花》頗婉麗，其詞曰：「寂寂朱廛度歲華，又驚春色到桃花。五陵游客知何限，只有漁人最憶家。」《管仲墓》云：「浪説儒門羞五尺，至今江左幾夷吾？」

《早行》詩，二人同調，而皆有妙境。梁葯亭云：「鴻雁自南人自北，一時來往月明中。」元木云：「行人飛鳥都何事，一樣衝寒度曉隄。」

周蘭坡學士多髯，冬日同元木咏雪，和東坡「尖叉」韵，元木押「鹽」字韵云：「修髯繞作離離竹，妙句清于《昔昔鹽》。」

予宰江寧時，俞來溪秀才見贈云：「誰道樓前多鼓響，只聞花外有琴聲。」余道不如宋人「雨後有人耕緑野，月明無犬吠花村」。又有人贈云：「事到眼前亮于雪，民從心上養如春。」余道不如余《沭陽雜興》云「獄豈得情寧結早，判防多誤每刑輕」。

人言通天文者不祥。四川高太史名辰，字白雲，向爲岳大將軍西席。嘗在金陵觀星象，言山東有事。次年，果有王倫之逆，而太史已先亡矣。過隨園，命其子受業門下，贈詩云：「名重隨園詎偶然，興來神妙寫毫顛。已知葛井來勾漏，豈但香山數樂天。入座嵐光時拱揖，依人鶴影自翩翻。荀香近處瞻先輩，慰我調饑三十年。」《過定軍山弔武侯》云：「三代而還論出處，兩朝之際見權宜。」

孫過庭《書譜》云：「學書者初學先求平正，進功須求險絶，成功之後，仍歸平正。」予謂學詩之道，何以異是。

爲人不可以有我，有我則自恃很用之病多，孔子所以「無固」、「無我」也。作詩不可以無我，無我則剿襲敷衍之弊大，韓昌黎所以「惟古于詞必己出」也。北魏祖瑩云：「文章當自出機杼，成一家風骨，不可寄人籬下。」

詩有現前指點語最佳。香樹尚書《題紅葉》云：「一夜流傳霜信徧，早衰多是出頭枝。」程魚門《觀打漁》云：「旁人束手休相怪，空網由來撒最多。」張哲士《觀弈》云：「笑渠斂手推枰後，始羡從旁攏袖人。」

宋人詩云：「無事閉門防俗客，愛閒能有幾人來？」哲士《月夜》云：「恐有閒人能見訪，滿庭涼影未關門。」兩意相反，而皆有味。

唐以前未有不熟精《文選》理者，不獨杜少陵也。韓、柳兩家文字，其濃厚處俱從此出。宋人以八代爲衰，遂一筆抹殺，而詩文從此平弱矣。漢陽戴思任《題文選樓》云：「七步以來誰抗手，六經而外此傳書。」

近日文人，常州爲盛。趙懷玉，字映川，能八家之文。黄景仁，字仲則，詩近太白。孫星衍，字淵如，詩近昌谷。洪君禮吉，字稚存，詩學韓、杜。俱秀出班行。黄不幸早亡，録其《前觀潮行》云：「客有不樂遊廣陵，卧看八月秋濤興。偉哉造物此巨觀，海水直挾心飛騰。龍堂誰作天吴介，對此茫茫八埏隘。才見銀山動地來，已將赤岸浮天外。砰崖硊岳萬穴號，雄呿雌吟六節摇。是豈乾坤共呼吸，乃與晦朔爲盈消。殷天怒爲排山入，轉眼西追日輪及。一信將無渤澥空，再來或恐鴻濛濕。唱歌踏浪輸吴儂，曾將何物齎海童。答言三千水犀弩，至今猶敢攖其鋒。我思此語等兒戲，員也英靈實難避。只合回頭撼越山，那因抉目仇吴地。吴顛越蹶曾幾時，前胥後種誰見知。潮生潮落自終古，我欲停杯一問之。」《後觀潮行》云：「海風捲盡江頭葉，沙岸千人萬人立。怪底山川忽變容，又報天邊海潮入。鷗飛艇亂行雲停，江亦作勢如相迎。鵝毛一白尚天際，側耳已是風霆聲。江流不合幾回折，欲折潮頭如折鐵。一折平添百丈飛，浩浩長空捲晴雪。星馳電掣望已遥，江塘十里隨低高。此時萬户同屏息，但見窗櫺齊動摇。濤頭障天天亦暮，蒼茫却望潮來處。前陣才平羅刹磯，後來又没西興樹。獨客弔影行自愁，大地與身同一浮。願乘世外鹿盧蹻，孰職就裏陰陽鞲。賦罷觀潮長太息，我尚輸潮歸即得。回首重城鼓角哀，半空純作魚龍色。」

余常謂孫淵如云：「天下清才多，奇才少，君天下之奇才也。」淵如聞之，竊喜自負。《登千佛樓》云：「城東佛樓幾年閉，塞逕秋𧀼刺芒利。飛燐射屋烏啄墻，鬼風吹檐斷佛臂。此間非墓非戰原，豈有厲魄號煩冤。青狸捧骨夜窺月，日氣不足羅神姦。迎廊一僧病枯瘠，見慣妖蹤訝人跡。老莎出户曲復斜，反鎖空堂晝深黑。樓前慘碧竹作圍，逼袖細影明寒暉。殘霖滴階漬幽血，敗粉剥壁生陰苔。竹梢朦朧上無路，疑墮中宵夢遊處。回頭不憶隔世來，過眼復恐今生去。檐牙壓肩樓脚摇，驚起穴棟千年鴞。屏聲獨立瓦争落，失勢一墜魂難招。原頭日落樹蒼莽，既下心神久惝怳。林端却顧寺角移，那得騰身立平壤。」又《妻病》云：「眉痕只覺瘦來濃，指爪都從病後長。」抑何哀艷。

洪稚存題某官《散賑圖》云：「河流東來不可當，憶昨魚鼈升君堂。官卑方攝丞簿尉，天險欲合江淮黄。河流決城已旬日，散賑遂呼尉官出。尉官耳聾年六十，驗粟呼人百無失。大者屋角狂狐犇，小者樹底飢鷹蹲。頭顛頸縮三日餓，共聞賑粟來空邨。持瓢舉釜復携斗，已見千人立沙阜。黄衫小吏足不停，村後村前更招手。深泥没髁無肩輿，尉來村北跨一驢。行籌散盡整鞭去，不遣索米來豪胥。淮陰太守知君績，早晚臺端奏賢迹。君今所補非寸尺，不見遺黎活千百？」

裴晉公笑韓昌黎「恃其逸足，往往奔放」，近日才人，頗多此病。惟王太守夢樓能揉之使遒，鍊之使警，篇外尚有餘音。録其《在西湖寄都中同年》云：「星河雲海望迢迢，八度花朝與雪朝。徼外蠻烟空目極，楚南芳草易魂銷。抽身我本疏慵慣，奮翅君方搏擊遥。豈是升沉關氣類，輕舟相繼返林皋。」「增城瓊苑蕊珠宫，香案西偏紫閣東。夢裏似曾聞廣樂，歸來但覺任樵風。蓬瀛消息無青鳥，烟水生涯有雪鴻。近日愈諳禪悦味，繁華清浄兩俱空。」「每向東華散玉珂，相於花下酌紅螺。歐梅自許賢豪聚，蘇李偏教闊别多。棋局居然更甲子，酒壚真自邈山河。何戡解話當年事，也與樽前唤奈何。」「棧道連雲粤海霏，星軺先後有光輝。去歲芷塘典試四川，頊竹虚典試廣東。吟詩喜得江山助，問字欣添玉笥圍。舊雨定知縈遠夢，野雲端不耐高飛。年來自署西湖長，占取蘇隄作釣磯。」

唐人句云：「鄉心正無限，一雁度南樓。」宋人句云：「正思秋信到，一葉墜中庭。」古今人下筆，往往不謀而合。

吴中詩人沙斗初、張崑南外，有張玉穀，詩工古風。在家漁洲處一見，後遂成永訣。僅記其《烏夜啼》云：「參横月落庭烏啼，窗前有女猶鳴機。聞聲停梭低頭思，烏何夜啼想烏飢。老烏辛苦飢常忍，小烏啾啾老烏憫。勸烏且莫啼高聲，嬌兒甫眠恐驚醒。」玉穀尤長樂府。有義婦袁氏，因夫作竊，勸之不從，乃沉水死。其事其詩，俱足千古，惜太長，不能備録。

佳句有無心而相同者。張寶臣宗伯《晚步》云：「竹枝風影更宜月，荷葉露香偏勝花。」厲樊榭《游智果寺》云：「竹陰入寺緑無暑，荷葉繞門香勝花。」王夢樓《游曲院》云：「烟光自潤非關雨，水藻俱香不獨花。」梁守存《看新荷》云：「似經雨過風猶颺，未到花時葉早香。」

周幔亭：「山光含月淡，僧影入松無。」魯星村：「酒中萬愁散，詩外一言無。」方子雲：「香篆舞來簷際斷，水痕圓到岸邊無。」陳古漁：「花陰拂地香方覺，橋影横波動即無。」四押「無」字，俱妙。前人《咏始皇》云：「憐君未到沙丘日，知道人間有死無？」尤奇。

七夕牛郎、織女雙星渡河，此不過月桂、日烏、乘槎、化蝶之類，妄言妄聽，作點綴詞章用耳。近見蔣苕生作詩，力辨其誣，殊覺無謂。常調之云：「譬如贊美人秀色可餐，君必争人肉喫不得，算不得聰明也。」高郵露筋祠，説部書有四解。或云鹿筋，梁地名也，有鹿爲蚊所嘬，露筋而死，故名。或云路金者，人名也，五代時將軍，戰死于此，故名。或云有遠商二人，分金于此，一人忿争不已，一人悉以贈之，其人大慚，置金路上而去。後人義之，以其金爲之立祠，故名。路金訛爲露涇。所云姑嫂避蚊者，乃俗傳一説耳。近見雲松觀察詩，極褒貞女之貞，而痛貶失節之婦，笨與苕生同。不如孫豹人有句云：「黄昏仍獨自，白鳥近如何？」李少鶴有句云：「湖上天仍暮，門前草自春。」與阮亭「門外野風開白蓮」之句同爲高雅。

詩有幹無華，是枯木也。有肉無骨，是夏蟲也。有人無我，是傀儡也。有聲無韵，是瓦缶也。有直無曲，是漏卮也。有格無趣，是土牛也。

古詞奇奥，多不可解。大抵本其時之方言，而流傳失真。如《盤庚》之「弔由靈」，《國語》之「暇豫之吾吾」，《巾舞歌》之「來吾嬰」，《伯牙》之「歍欽傷宫」，古樂府之「收中吾」、「羊無夷」、「何何」、「吾吾」，《尚書大傳》之「舟張辟雍，鶬鶬相從」，皆是也。北魏繆襲仿其體，作《尤射經》，拗澁不可句讀，殊覺無謂。

選詩如用人才，門户須寬，採取須嚴。能知派别之所由，則自然寬矣。能知精采之所在，則自然嚴矣。余論詩似寬實嚴，常口號云：「聲憑宫徵都須脆，味儘酸鹹只要鮮。」

楊、劉詩號「西崑體」，詞多綺麗。《宋史》：楊文公之正直，人皆知之。劉筠知制誥時，不肯草丁謂復相之詔，真宗不得已，命晏元獻草之。後晏見劉，自慚至掩扇而過。其剛正不在楊下。可見桑間濮上之音，未必非賢人所作。

楊龜山先生云：「當今祖宗之法，不必分元祐與熙豐也。國家但取其善者而行之可也。」予聞人論詩，好争唐、宋，必以先生此語曉之。

從古講六書者，多不工書。歐、虞、褚、薛，不硜硜于《説文》、《凡將》。講韻學者，多不工詩。李、杜、韓、蘇，不斤斤于分音列譜。何也？空諸一切，而後能以神氣孤行；一涉箋注，趣便索然。

《三百篇》不著姓名，蓋其人直寫懷抱，無意于傳名，所以真切可愛。今作詩，有意要人知有學問、有章法、有師承，于是真意少而繁文多。予按：《三百篇》有姓名可考者，惟家父之《南山》、寺人孟子之《萋菲》、尹吉甫之《崧高》、魯奚斯之《閟宫》而已，此外皆不知何人秉筆。

人但知寥寥短章之才短，而不知喋喋千言之才更短。人但知滿口公卿之人俗，而不知滿口不趨公卿之人更俗。予常箴一名士云：「吟詩羞作野才子，行己莫爲小丈夫。」

阮亭《詩話》，道晚唐人之「布穀啼春雨，杏花紅半村」，不如盛唐人之「興闌啼鳥緩，坐久落花多」。余以爲真耳食之論。阮亭胸中先有晚、盛之分，故不知兩詩之各有妙境。若以渾成而言，轉覺晚唐爲勝。

或言八股文體制出于唐人試帖，累人已甚。梅式庵曰：「不然。天欲成就一文人、一儒者，都非偶然。試觀古文人如歐、蘇、韓、柳，儒者如周、程、張、朱，誰非少年科甲哉？蓋使之先得出身，以捐棄其俗學，而後乃有全力以攻實學。試觀諸公應試之文，都不甚佳，晚年得力于學之後，方始不凡。不然彼方終日用心于五言八韵、對策三條，豈足以傳世哉？就中晚登科第者，只歸熙甫一人，然古文雖工，終不脱時文氣息，而且終身不能爲詩，亦累于俗學之一證。」

休寧布衣陳浦，字楚南，白鬚偉貌。壬辰年，與陳古漁同來，投一册詩而去。余當時未及卒讀，庋之架上，蠹蝕者過半。庚子春，偶撿讀之，乃學唐人能得其神趣者。問古漁，曰：「死數年矣。」余深悔交臂而失詩人。其《廬山瀑布》云：「噴雪萬峰巔，風吹直下天。長懸一疋練，飛作百重泉。松近無晴靄，村遥有濕烟。因知元化大，江海與周旋。」《秋月》云：「秋月一何皎，照人生遠哀。閉門不忍看，自上紙窗來。」《孤雁》云：「月因孤影冷，夜以一聲長。」《鄱陽湖》云：「岸闊山沉水，天低浪入雲。」七言如：「遠水無邊天作岸，亂帆一散影如鵶。」「割愛折花因贈妾，攢眉入社爲吟詩。」皆不凡也。其可憐者，《醉後題壁》云：「貧歸故里生無計，病卧他鄉死亦難。放眼古今多少恨，可憐身後識方干。」嗚呼！余亦識方干于死後，能無有愧其言哉！

明季秦淮多名妓，柳如是、顧横波其尤著者也。俱以色藝受公卿知，爲之落籍，而所適錢、龔兩尚書，又都少夷、齊之節。兩夫人恰禮賢愛士，俠骨稜嶒。閻古古被難，夫人匿之側室中，卒以脱禍。厲樊榭詩云：「蛾眉前後皆奇絶，莫怪群公欠致身。」較梅庚「蘼蕪詩句横波墨，都是尚書傳裏人」之句，更覺藴藉。

或問：「太白樂府『元氣是文康之老親』，作何解？」余按：周捨《上雲樂》曰：「西方老胡，厥名文康。」此其所本。然樂府語多不可解，如《烏棲曲》之「目作宴瑱飽，腹作宛惱飢，刀作離婁僻」，措語奧僻。又曰：「既死明月魄，無復玻璃魂。」「明月魄」可解也，「玻璃魂」不可解也。周宣王時《采薪歌》曰：「金虎入門吸元泉。」「金虎」、「元泉」，的是何物？

聯句始《式微》。劉向《列女傳》謂：「《毛詩》『泥中』、『中露』，衛二邑名。《式微》之詩，二人同作。」是聯句之始。《文心雕龍》云：「聯句共韵，柏梁餘製。」

集句始傅咸。傅咸有《回文反覆詩》，又作《七經詩》，其《毛詩》一篇，皆集經語，是集句所由始矣。

詩文集之名，始東京。《隋・經籍志》曰：「集之名，東京所創。」蓋指班史某人文幾篇，某人詩幾篇而言，後人集之，非自爲集也。齊、梁間，始有自爲集者。王筠以一官爲一集，江淹自名前後集是也。有一人之集止一題者。阮步兵集，五言八十篇，四言十三篇，題皆曰《咏懷》；應休璉詩八卷，總名曰《百一詩》是也。亦有一集止爲一事者。梁元帝爲《燕歌行》，群臣和之，爲《燕歌行集》；唐睿宗時，李適送司馬承禎《還山詩》，朝士和者三百餘人，徐彦伯編而序之，號《白雲記》是也。有一集止一體者。崔道融《唐詩》二卷，皆四言是也。有數人唱和而成集者。元、白之《因繼集》，皮、陸之《松陵集》，温飛卿之《漢上題襟集》是也。

余嘗鑄香鑪，合金銀銅三品而火化焉。鑪成後，金與銀化，銀與銅化，兩物可合爲一，惟金與銅，則各自凝結，如君子小人不相入也。因之有悟于詩文之理。八家之文，三唐之詩，金銀也，不攙和銅錫，所以品貴。宋元以後之詩文，則金銀銅錫無所不攙，字面欠雅馴，遂爲耳食者所擯，并其本質之金銀而薄之，可惜也。余《哭鄂文端公》云：「魂依大袷歸天廟。」程夢湘争云：「袷字入《禮》不入《詩》。」余雖一時不能易，而心頗折服。夫六經之字，尚且不可攙入詩中，况他書乎？劉禹錫不敢題糕字，此劉之所以爲唐詩也。東坡笑劉不題糕字爲不豪，此蘇之所以爲宋詩也。人不能在此處分唐、宋，而徒在渾含刻露處分唐、宋，則不知《三百篇》中渾含固多，刻露者亦復不少。此作僞唐詩者之所以陷入平庸也。

無題之詩，天籟也；有題之詩，人籟也。天籟易工，人籟難工。《三百篇》、《古詩十九首》，皆無題之作，後人取其詩中首面之一二字爲題，遂獨絶千古。漢魏以下，有題方有詩，性情漸漓。至唐人，有五言八韵之試帖，限以格律，而性情愈遠。且有「賦得」等名目，以詩爲詩，猶之以水洗水，更無意味，從此詩之道每况愈下矣。余幼有句云：「花如有子非真色，詩到無題是化工。」略見大意。

秦澗泉修撰將朝考，關廟求籤，得句云：「静來好把此心捫。」不解所謂。朝考題是《松柏有心賦》，通篇忘押「心」字韵，總裁列之高等，被上看出，乃各謝罪。上笑曰：「狀元有無心之賦，試官無有眼之人。」按：宋莒公試《德車結旌賦》，亦忘押「結」字，謝表云：「掀天破浪之中，舟人忘楫；動地鼓鼙之下，戰士遺弓。」

香亭宰南陽，大將軍明公瑞之弟諱仁者，領軍征西川，路過其邑。于未到前三日，飛羽檄寄香亭，合署大駭。拆視，乃詩一首，云：「雙丁二陸聞名久，今日相逢在道途。寄問南陽賢令尹，風流得似子才無？」嗚呼！枚與公絶無一面，蒙其推挹如此。因公在京時，曾託尹似村索詩，枚書扇奉寄，而公已殁軍中，故哭公云：「團扇詩才從北寄，雕弓人已賦西征。」

襄城劉芳草先生，名青芝，雍正丁未翰林。與兄青藜友愛，築江村七一軒同居。所謂七一者，仿歐陽六一居士之義，多一弟，故名七一。先生初入詞館，即請假省兄。座主沈近思留之，曰：「頃閲子上張儀封書，與王豐川札，知君有經濟之人，何言歸也？」先生誦其兄寄詩云：「今生不盡團圞樂，那有來生未了因？」沈憐而許之。丙辰秋，同徵友張雄圖引見先生于僧寺中，鬢已盡白，德容粹然。秀水張布衣庚爲之立傳。初，先生與張訣，脱珮玉爲贈。後聞訃，張奉玉爲位以哭云。

或誦詩句云：「鳥聲穿樹日當午，燈影隔簾人讀書。」問當是何人之句。余曰：「似宋、元名家。」其人曰：「非也。近人李松圃所作。」

雲南蒙化有陳把總名翼叔，《即景》云：「斜月低于樹，遠山高過天。」《從軍》云：「壯士從來有熱血，秋深不必寄寒衣。」有如此才而隱于百夫長，可嘆也。陳鑿一山洞，命子俟其死，藏而封焉。

廣東珠娘皆惡劣，無一可者。余偶同龍文弟上其船，意致索然。問何姓名，龍文笑曰：「皆名春色。」余問：「何以有此美名？」曰：「春色惱人眠不得。」

唐殷璠選《河嶽英靈集》，不選杜少陵，高仲武選《中興間氣集》，不選李太白，所謂各從其志也。

吴中多閨秀，崔夫人之子景儼，娶婦莊素馨，能詩，早卒，夫人爲梓其《蒙楚閣遺草》。《咏蟬》云：「吟風雙翅薄，飲露一身輕。」《新月》云：「簾捲西風小院門，玉階凉動近黄昏。蛾眉一曲横天半，疑是嫦娥指爪痕。」洪稚存爲志墓云：「景儼感逝既殷，傷心屢賦。十二時之内，欲廢黄昏；三百篇之間，竟删蒙楚。」彭希涑孝廉之妻顧韞玉，亦能詩，早卒。《咏白燕》云：「銀剪輕風送曉寒，穿來飛絮訝春殘。那知暫向林間宿，猶作枝頭霽雪看。」《舟行》云：「鳥啼知月上，犬吠報村來。」

味甜自悦口，然甜過則令人嘔。味苦自螫口，然微苦恰耐人思。要知甘而能鮮，則不俗矣。苦能回甘，則不厭矣。凡作詩獻公卿者，頌揚不如規諷。余有句云：「厭香焚皂莢，苦膩慕蒿芹。」

古無小照，起于漢武梁祠畫古賢烈女之像，而今則庸夫俗子皆有一行樂圖矣。古無别號，起于史衛王紈袴子弟，創「雲麓」、「十洲」之號，互相稱栩，而今則市井少年皆有一别字矣。索題者，累百盈千，余不得已隨手應酬，常口號云：「别號稱非古，題圖詩不存。」偶然翻擷全集，存者尚多，可見割愛甚難。然所存，亦十分中之一二。

東坡云：「作詩必此詩，定知非詩人。」此言最妙。然須知作此詩而竟不是此詩，則尤非詩人矣。其妙處總在旁見側出，吸取題神，不是此詩，恰是此詩。古梅花詩，佳者多矣。馮鈍吟云：「羨他清絶西溪水，才得冰開便照君。」真前人所未有。余咏蘆花詩，頗刻劃矣，劉霞裳云：「知否楊花翻羡汝，一生從不識春愁。」余不覺失色。金壽門畫杏花一枝，題云：「香驄紅雨上林街，墻内枝從墻外開。惟有杏花真得意，三年又見狀元來。」咏梅而思至于冰，咏蘆花而思至于楊花，咏杏花而思至于狀元，皆從天外落想，焉得不佳？

余家藏古剌水一罐，上鐫「永樂六年古剌國熬造」。重一斤十三兩，五十年來，分量如故。鑽開試水，其臭香，色黄而濃，裏面皆黄金包裹。方知水歷數百年而分量不減者，金生水故也。《池北偶談》：「左蘿石咏古刺水云：『瓶中古刺水，製自文皇年。列皇飲祖澤，旨之如羹然。』又曰：『再拜嘗此水，含之不忍咽。』」似乎古刺水可飲也。明人《宫詞》云：「聞道内人新浴罷，一杯古刺水横陳。」似乎宫人浴罷染體之水也。厲太鴻詩曰：「一灑羅衣常不滅，氤氲願與君恩終。」又似乎熏洒衣服之用矣。三君子者，不知何考耶？嚴分宜籍没時，其家有古刺水十三罐，人以爲奇，則此水之貴重可知。

骨董家相傳，雨過天青色磁，始于柴世宗。按：晚唐早有之。陸龜蒙詩曰：「九天風露越窑開，奪得千峰翠色來。」

宋人詞云：「斜陽何處最消魂？樓上黄昏，馬上黄昏。」陳古漁《咏月》云：「閨中少婦關山客，樓上無眠馬上看。」《清波雜志·咏望後月》云：「昨夜三更後，嫦娥墮玉簪。馮夷不敢受，捧出碧波心。」本朝楊文叔先生《咏十六夜月》云：「休言三五團圞好，二八嬋娟更可憐。」《玉壺清話·咏新月》云：「一二初三四，蛾眉影尚單。待奴年十五，正面與君看。」近人方子雲《咏新月》云：「宛如待嫁閨中女，知有團圞在後頭。」心思之妙，孰謂今人不如古人耶？

前朝廣東惠州有蘇神童《咏月》三十首。其最佳者，《初一月》云：「氣朔盈虚又一初，嫦娥底事半分無？却于無處分明有，渾似先天太極圖。」《初二月》云：「三足金烏已斂形，且看兔魄一絲生。嫦娥底事梳妝嬾，終夜蛾眉畫不成。」《初三月》云：「日落江城半掩門，城西斜眺已黄昏。何人伸得披雲手，錯把青天搨一痕。」《初四月》云：「禁鼓纔聞第一敲，忽看新月挂林梢。誰家寶鏡新藏匣，蓋小參差掩不交。」《十八月》云：「二九良宵此夜當，鏡輪雖破有餘光。勸君夜飲停杯待，二鼓初敲管上窗。」《二十一月》云：「破鏡緣何少半規，陽精倒迫若相催。弓弦過滿知何似，正是彎弓欲射時。」《二十二月》云：「三更半夜未成眠，殘月今宵正下弦。若有遠行人早起，也應相伴五更天。」神童年十四而卒，人問幾時再生，應聲曰：「五百年。」

吴雲岩殿撰，在潮州眷一妓。妓持紙乞詩，吴書一絶云：「濤箋親捧剪輕霞，小立當筵蹙錦靴。休訝老坡難忍俊，多因無奈海棠花。」此妓聲價頓增，人呼「狀元嫂」。

譚默齋進士掌教嶺南，其同年謝興士新納寵，不肯告人，譚寄詩調之云：「玉指丹唇鴉髻盤，東山絲竹妙吹彈。定知鍾得夫人愛，簾捲常教太傅看。」謝笑曰：「既吾家有此故事，敢不自首？」譚著《楚庭稗珠録》，皆遊黔、粵所得。自序云：「人有到南海得大蟻尺許者，漬鹽帶歸，以夸示人。東坡食蠔而甘，戒其子勿告人，慮有公卿謀謫南海，以奪其味者。余爲此書當蟻以夸人，不學東坡之饞，慮人奪味也。」其言甚雋。譚名萃。

杜雲川太史送周震夫之天長，僕馬俱已戒途，口號一首云「招尋有約竟何嘗，判袂匆匆語未遑。半晌花前嫌日短」，至第四句久停，乃疾書曰「一帆江上到天長」。真巧對也。

詩難其真也，有性情而後真，否則敷衍成文矣。詩難其雅也，有學問而後雅，否則俚鄙率意矣。太白斗酒詩百篇，東坡嬉笑怒駡皆成文章，不過一時興到語，不可以詞害意。若認以爲真，則兩家之集，宜塞破屋子，而何以僅存若干，且可精選者，亦不過十之五六，人安得恃才而自放乎？惟糜惟芑，美穀也，而必加舂揄揚簸之功。赤堇之銅，良金也，而必加千辟萬灌之鑄。

用典一也，有宜近體者，有宜古體者，有近、古體俱宜者，有近、古體俱不宜者。用典如水中著鹽，但知鹽味，不見鹽質。用僻典如請生客，入座必須問名探姓，令人生厭。宋喬子曠好用僻書，人稱「孤穴詩人」，當以爲戒。或稱予詩云：「專寫性情，不得已而適逢典故；不分門户，乃無心而自合唐音。」雖有不及，不敢不勉。

高青丘笑古人作詩，今人描詩。描詩者，像生花之類，所謂優孟衣冠，詩中之鄉愿也。譬如學杜而竟如杜，學韓而竟如韓，人何不觀真杜、真韓之詩，而肯觀僞韓、僞杜之詩乎？孔子學周公，不如王莽之似也；孟子學孔子，不如王通之似也。唐義山、香山、牧之、昌黎，同學杜者，今其詩集都是别樹一旗。杜所伏膺者，庾、鮑兩家，而集中亦絶不相似。蕭子顯云：「若無新變，不能代雄。」陸放翁曰：「文章切忌參死句。」黄山谷曰：「文章切忌隨人後。」皆金針度人語。《漁隱叢話》笑歐公「如三館畫筆，專替古人傳神」，嫌其描也。五亭山人《嘲鸚鵡》云：「齒牙餘慧雖偷拾，那識雷同轉可羞。」又曰：「争似流鶯當百囀，天真還是一家言。」

人莫不有五官百體，而何以男夸宋朝、女稱西施？昌黎《答劉正夫》云：「足下家中百物，皆賴而用也。然其所珍愛者，必非常物。」皇甫持正亦云：「虎豹之文必炳，珠玉之光必耀。」故知色采貴華也。聖如堯舜，有山龍藻火之章；淡如仙佛，有瓊樓玉宇之號。彼擊瓦缶、披裋褐者，終非名家。

老學究論詩，必有一副門面語。作文章，必曰有關係。論詩學，必曰須含蓄。此店舖招牌，無關貨之美惡。《三百篇》中，有關係者，「邇之事父，遠之事君」是也。有無關係者，「多識於鳥獸草木之名」是也。有含蓄者，「棘心夭夭，母氏劬勞」是也。有説盡者，「投畀豺虎」、「投畀有昊」是也。

鍾、譚論詩入魔，李崆峒作詩落套。然其佳句，自不可掩。鍾云：「子姪漸親知老至，江山無故覺情生。」慰人下第云：「似子何須論富貴，旁人未免重科名。」皆妙。李《遊黄曾嶺》云：「搔首黄曾霄漢近，舊題應被紫苔封。」《舟飲》曰：「貪數岸花杯不記，已衝江雨纜猶牽。」《春暮》云：「荷因有暑先擎蓋，柳爲無寒漸脱綿。」俱有風味，不似平時闊落。

乙未冬，余在蘇州太守孔南溪同年席上，談久夜深，余屢欲起，而孔苦留不已，曰：「小坐强於去後書。」予爲黯然，問是何人之作，曰：「任進士大椿《别友》詩也。首句云：『無言便是别時淚。』」

人有生而瀟灑者，不關學力也。傅玉笥先生有句云：「鶯花日辦三春課，風月天生一種人。」嚴冬友最愛陳梅岑「怕鋤野草傷新笋，偶檢殘書得舊詩」之句，以爲閒中鋤地、翻卷，往往有之。

張南華先生畫白頭鳥立桃花上，題者難之，李玉洲先生云：「桃花紅滿三千歲，青鳥飛來也白頭。」

程魚門多鬚，納妾，尹公子璞齋戲賀云：「鶯囀一聲紅袖近，長髯三尺老奴來。」文端公笑曰：「阿三該打。」

熊蔗泉觀察《咏蘭》云：「伴我三春消永晝，垂簾一月不燒香。」予謂第二句並非蘭花，的是蘭花。

桐城孫容克《題采石》詩云：「從古江山閒不得，半歸名士半英雄。」蓋一指太白，一指常開平也。

虞山陳見復先生《過桐城》云：「彌天險手高人筆，如此村墟大有人。」一指姚廣孝，一指李公麟也。

方制府問亭栽棉花，招幕府吟詩，多至數十韵。桐城馬蘇臣曰：「我止兩韵。」提筆云：「五月棉花秀，八月棉花乾。花開天下暖，花落天下寒。」方公擊節不已。常州楊公子揞一聯云：「誰知姹紫嫣紅外，衣被蒼生别有花。」

同年舒瞻，字雲亭，作宰平湖，招吾鄉詩人施竹田、厲樊榭諸君，流連倡和，極一時之盛。同時杭郡太守鄂筠亭先生亦修禊西湖，名流畢集，各有歌行。臨去時，布衣丁敬送哭失聲。雲亭《偶成》一首云：「芳草青青送馬蹄，垂楊深處畫樓西。流鶯自惜春將去，銜住飛花不忍啼。」鄂公《修禊序》云：「詩者，先王之教也。山水清音，此邦爲最。無與合之則調孤，有與倡之則和起。余安得拘俗吏之規規乎？此擬蘭亭之所由作也。」嗚呼！似此賢令尹賢太守，何可再得？鄂公名敏，上改名樂舜。

丙辰入都，一時耆士中，得見前輩甚少。惟翁霽堂照曾見西河、竹垞，謝皆人芳蓮曾見阮亭。謝風調和雅，如春風中人。阮亭有《香祖筆記》，故自號香祖。其詩淡潔，而蹊徑殊小，尚茶洋比部稱爲盆景詩。《溪村早起》云：「早起杏花白，飯牛人出門。野田多傍水，深柳自爲村。比屋盡耕稼，服疇皆弟昆。炊烟猶未散，林鳥亂朝暾。」其弟子王繼祖敬亭能傳其派。《曉起》云：「曉起臨幽檻，無人一徑清。淡烟縈竹翠，微露點花明。梁燕梳新羽，林鴉雜乳聲。偶然忘盥櫛，得句且怡情。」敬亭與余同校甲子科鄉試，闈中自誦其《過古墓》云：「古墓鬱嵯峨，荒鴟立華表。當時會葬時，車馬何擾擾。」余不覺其佳，王笑云：「君且閉目一想。」

敬亭牧泰州，爲太守楊重英所劾。落職後，《遊朝陽洞》云：「洞古層厓上，藤蘿挂石扉。白雲時出没，一半濕僧衣。」《雨過》云：「陰雲初過雨，一半夕陽開。閒立豆棚下，蜻蜓去復來。」

常州陳明善，字亦園，鄉居甚富，家有園亭，性好吟咏。《種蔬》云：「閒種半畦蔬，芳葉紛滿目。天意答小勤，盤餐遂余欲。」亦清才也。錫山邵辰焕主其家，有《柳枝詞》云：「前溪烟雨後溪晴，桃葉桃根慣送迎。誰似小紅橋畔柳，繫儂畫舫過清明。」亦園忽有仕宦之志，盡賣其田，出仕遠方，家業蕩然，園歸他姓。余爲誦白傅詩曰：「我有一言君應記，世間自取苦人多。」

詩占身分，往往有之。莊容可未遇時，《咏蠶》云：「經綸猶有待，吐屬已非凡。」後果以狀元致官亞相。唐郭代公元振《咏井》云：「鑿處若教當要路，爲君常濟往來人。」亦此意也。齊次風宗伯年十二，《登巾子山》云：「江水連天白，人烟滿地浮。巾山山上望，一覽小東甌。」龍爲霖太史改官爲令，《咏大樹》云：「但教能覆地，何必定參天。」陸雙橋貧困，《有感》云：「老驥尚懷千里志，枯桐空抱五音材。」

馬觀察維翰，字墨麟，嘉興人。貌不逾中人，而抱負甚大。中康熙辛丑進士，内大臣看驗時，諸人皆跪，公不可。九門提督隆科多呵之，公夷然不動。隆轉笑曰：「不料渺小丈夫，乃風骨如許。」公曰：「區區一跪，尚未見維翰風骨也。」隆大奇之，從部郎擢四川建昌道。忤總督某，直揭部科，被逮入都。皇上登極，授江南常鎮道。在都時，余以後輩禮見，蒙有「三異人」之稱。其二則尚君廷楓、萬君光泰也。公《南行漫興》云：「西方多説無生法，但演刀山即下乘。」《咏梅》云：「雅值心知原欲笑，淡無人賞亦終開。」其心胸可想。與盧雅雨同年，一時號「南馬北盧」。亡後，盧哭之云：「前輩典型亡北斗，中原旗鼓失南軍。」

眼前欲説之語，往往被人先説。余冬月山行，見柏子離離，誤認梅蕊，將欲賦詩，偶讀江岷山太守詩云：「偶看柏子梢頭白，疑是江梅小著花。」杭堇浦詩云：「千林烏柏都離殼，便作梅花一路看。」是此景被人説矣。晚年好遊，所到黄山、白嶽、羅浮、匡廬、天台、雁宕、南岳、桂林、武夷、丹霞，覺山水各自争奇，無重複者。讀門生邵玘詩云：「探奥搜奇興不窮，山連霄漢水連空。較量山水如評畫，畫稿曾無一幅同。」知此意又被人説過矣。

商寶意先生《咏菜花》云：「小朶最宜村婦鬢，細香時簇牧童衣。」其同鄉劉鳴玉翻其意云：「半畝只邀名士賞，一生不上美人頭。」鳴玉與童二樹、陳芝圖號「越中三子」。

《宋詩紀事》載：有羅穎者，《題漢高祖廟》云：「果然公大度，容得辟陽侯。」夜夢高祖召而責之，旦遂病卒。異哉！果有此事，彼僞撰《天寶遺事》者，明皇何以不誅？

論詩區别唐、宋，判分中、晚，余雅不喜。嘗舉盛唐賀知章《咏柳》云：「不知細葉誰裁出，二月春風似剪刀。」初唐張謂之《安樂公主山莊》詩：「靈泉巧鑿天孫錦，孝笋能抽帝女枝。」皆雕刻極矣，得不謂之中、晚乎？杜少陵之「影遭碧水潛勾引，風妬紅花却倒吹」、「老妻畫紙爲棋局，稚子敲針作鈎鈎」，瑣碎極矣，得不謂之宋詩乎？不特此也，施肩吾《古樂府》云：「三更風作切夢刀，萬轉愁成繞腸線。」如此雕刻，恰在晚唐以前，耳食者不知出處，必以爲宋、元最後之詩。

元微之《自嘲》云：「飯來開口似神鴉。」姚武功某寺云：「無齋鴿看僧。」二句皆摹神之筆。古樂府「羞澁佯牽伴」，五字寫盡女兒情態。唐人因之，有「强語戲同伴，希郎聞笑聲」之句。他如「從來不墜馬，故遺髻鬟斜」、「小膽空房怯，長眉滿鏡愁」、「密約臨行怯，私書欲報難」，皆不愧淫思古意矣。近時楊公子搢一聯云：「行來躑躅渾無力，不倚闌干定倚人。」

唐人咏小女詩云：「見爺不相識，反走牽娘裾。」是畫小女之神。「髮覆長眉側，花簪小髻旁。」是畫小女之貌。「學語渠渠問，牽裳步步隨。」是畫小女之態。「愛拈爺筆墨，閒學母裁縫。」是寫小女之憨。

東坡詩有才而無情，多趣而少韵，由于天分高，學力淺也。有起而無結，多剛而少柔，驗其知遇早、晚景窮也。

離别詩最佳者，如：「路長難算日，書遠每題年。無復生還想，終思未别前。」「醉中忘却身爲客，意欲仍同送者歸。」皆讀之令人欲泣。又宋人云：「西窗分手四年餘，千里殷勤慰索居。若比九原泉路别，只多含淚一封書。」

唐人《女墳湖》云：「應是離魂雙不得，至今沙上少鴛鴦。」宋人青樓詩云：「與郎酣夢渾忘曉，雞亦流連不肯啼。」

陸釴曰：「凡人作詩，一題到手，必有一種供給應付之語。老生常談，不召自來。若作家，必如謝絶泛交，盡行麾去，然後心精獨運，自出新裁，及其成後，又必渾成精當，無斧鑿痕，方稱合作。」余見史稱孟浩然苦吟，眉毫脱盡，王維構思，走入醋甕，可謂難矣。今讀其詩，從容和雅，如天衣之無縫，深入淺出，方臻此境。唐人有句云：「苦吟僧入定，得句將成功。」

溧陽相公爲大司寇時，奉旨教習庶吉士。到任庶常館，而此科狀元莊容可以在南書房故，不偕諸翰林來。史公怒曰：「我二十年老南書房，不應以此給我。」將奏召之，彭芝庭侍講爲之通其意甚婉，遂爲師弟如常。彭故史公本房弟子，而莊又彭公本房弟子也。莊獻詩云：「絳帳自然應侍立，蓬山未到總支吾。」

溧陽公館課，出「春日即事」題。同年管水初一聯云：「兩三點雨逢寒食，廿四番風到杏花。」公擢爲第一。同人以「管杏花」呼之。公七十壽旦，某庶常獻百韵詩，公讀之，笑曰：「把老夫做題也還耐得百韵，可惜無一句搔癢處，都是祝嘏浮詞，不敢領情。」蓋公總督八省，兼領六卿故也。記許刺史佩璜有句云：「三朝元老裴中令，百歲詩篇衛武公。」余有句云：「南宫六一先生座，北面三千弟子行。」俱爲公所許可。

余雅不喜杜少陵《秋興八首》，而世間耳食者往往贊嘆，奉爲標準。不知少陵海涵地負之才，其佳處未易窺測，此八首不過一時興到語耳，非其至者也。如曰「一繫」、曰「兩開」、曰「還泛泛」、曰「故飛飛」，習氣大重，毫無意義。即如韓昌黎之「蔓涎角出縮，樹啄頭敲鏗」，此與《一夕話》之「蛙翻白出闊，蚓死紫之長」何殊？今人將此學韓、杜，便入魔障。有學究言：「人能行《論語》一句，便是聖人。」有紈袴子笑曰：「我已力行三句，恐未是聖人。」問之，乃「食不厭精，膾不厭細」、「狐貉之厚以居」也，聞者大笑。

余常教人，古風須學李、杜、韓、蘇四大家，近體須學中、晚、宋、元諸名家。或問其故，曰：「李、杜、韓、蘇，才力太大，不屑抽筋入細，播入管絃，音節亦多未協。中、晚名家便清脆可歌。」

《高惠功臣表》，班氏以「符」與「昭」押韵。《西南夷兩粤贊》，班氏以「區」與「驕」押韵。王岐公爲人作碑銘，俱倣此例。

蔡孝廉有青衣許翠齡，貌如美女而夭。記性絶佳，嘗過染坊，戲焚其簿，坊主大駭，翠齡笑取筆爲默出之，某家染某色及其價值，絲毫不差。主人亡，翠齡哭以詩云：「雙淚啼殘遺僕在，一燈青入旅魂來。」初，孝廉在蘇州安方伯幕中，請乩，有女仙劉碧環下降，贈詩云：「升沉已定君休戚，他日長安道上人。」孝廉喜以爲東野「看遍長安花」之意，後竟死于陝西。

福建歌童名點點者，柔媚能文。有客行酒政，要一句唐詩，一句曲牌名，曰：「閒看兒童捉柳花，合手拿。」點點應聲曰：「有約不來過夜半，奴心怒。」點點又唱曰：「柳下惠風和。」合席噤口，以爲絶對。

余已選楊次也、李嘯村《竹枝》，自謂妙絶矣。近又得程望川《揚州竹枝》云：「准備明朝謁梵宫，癡情不與别人同。薰籠徹夜衣香透，故意鈎人立上風。」「巧髻新盤兩鬢分，衣裝百蝶薄棉温。臨行自顧生憎色，袖底何人潑酒痕。」「長旛飄動繞爐香，攝級同登拜上方。此去下坡苔露滑，儂扶小妹妹扶娘。」「繡花簾下靄晴烟，特漏全身到客前。忽聽後艙人贊好，安排鬬眼看來船。」四首皆眼前事，而筆足以達之，殊可愛也。望川名宗洛，桐城人。

吴俗以六月二十四爲荷花生日，士女出游。徐朗齋作《竹枝詞》云：「荷花風前暑氣收，荷花蕩口碧波流。荷花今日是生日，郎與妾船開並頭。」「赤日當天駐火輪，龍船旗幟一時新。東家女笑西家女，橋上人看橋下人。」「葑門城門門繞湖，湖光一片白模糊。荷花生日年年去，若問荷花半朶無。」「丹陽段郎官長清，天然詩句自然成。怪郎面似荷花好，郎是荷花生日生。」

隨園詩話卷八

倉山居士著

諷世語最藴藉者，某《遊春》云：「地濕莎青雨後天，桃花紅近竹林邊。遊人本是農桑客，記得春深要種田。」《咏桑》云：「采采東風葉滿籃，禦寒功已在春蠶。世間多少閒花草，無補生民亦自慙。」《雨中作》云：「布被裝棉夢黯然，曉看遥岫鎖輕烟。蹇驢盡避當風馬，也有香泥濕錦韉。」

西崖先生云：「詩話作而詩亡。」余嘗不解其説，後讀《漁隱叢話》，而嘆宋人之詩可存，宋人之話可廢也。皮光業詩云：「行人折柳和輕絮，飛燕含泥帶落花。」詩佳矣，裴光約訾之曰：「柳當有絮，燕或無泥。」唐人「姑蘇城外寒山寺，夜半鐘聲到客船」，詩佳矣，歐公譏其夜半無鐘聲，作詩話者，又歷舉其夜半之鐘以證實之。如此論詩，使人夭閼性靈，塞斷機括，豈非詩話作而詩亡哉？或贊杜詩之妙，一經生曰：「『濁醪誰造汝，一醉散千愁。』酒是杜康所造，而杜甫不知，安得謂之詩人哉？」癡人説夢，勢必至此。

天長詩人陳燭門進士，名以剛。余宰江寧，蒙其過訪。余愛買書，而官廨甚小，都堆簽押處，故贈詩云：「六朝山立簾鈎外，萬卷書横簿領中。」即姚武功「印硃沾墨研，户籍雜經書」之意。

有箍桶匠，老矣，其子時時凍餒之。子又生孫，老人愛孫，常抱于懷。人笑其痴，老人吟云：「曾記當年養我兒，我兒今又養孫兒。我兒餓我憑他餓，莫遣孫兒餓我兒。」此詩用意深厚，較之因子不孝，抱孫圖報仇者，更進一層。

詩讖從古有之。宋徽宗咏金芝生詩曰：「定知金帝來爲主，不待春風便發生。」已兆靖康之禍。後蜀主孟昶題桃符貼寢宫云：「新年納餘慶，嘉節號長春。」後太祖滅蜀，遣吕餘慶知成都。王陽明擒宸濠，勒石廬山，有「嘉靖我邦國」五字。亡何，世宗即位，國號嘉靖。揚州城内，有康山，俗傳康對山曾讀書其處，故名。康熙間，朱竹垞遊康山，有「有約江春到」之句。今康山主人穎長方伯修葺其地，極一時之盛，姓江，名春，亦一奇矣。

乾隆初，江西有四子，楊、汪、趙、蔣是也。趙山南早夭，詩失傳。汪輂雲名軔，少孤貧，爲人執炊，有句云：「積晦雲疑鬬，新晴草欲焚。」楊子載名垕，才最高，與蔣心餘相抗。其先本雲南土司，改籍江西。五言云：「山鬼常聯臂，溪虹倏現身。」「早霞隨日上，敗葉擁潮行。」「有客嫌庭仄，無書覺晝長。」七言云：「寒星欲滅見漁火，小雨無聲添落花。」「欄邊花草牛羊路，寺裏人家杵臼聲。」「客少長留不鳴雁，睡酣翻喜失晨鷄。」

又有何在田者，《偶成》云：「月借日光成半面，雨收雲氣泛餘絲。」《郊外》云：「野徑無人問，隨牛自得村。」「近市原非隱，能詩豈是才。」「樵室薪爲榻，魚舟網作帆。」皆可傳之句也。甲辰三月，余赴粤東，過南昌，心餘病風，口不能言，猶以左手書此數聯。

心餘手持詩集廿卷，向余云：「知交遍海内，作序只托隨園。」余感其意，臨别涕下。其子知讓，見贈五古，灑灑千言，合少陵、香山而一之，篇什太長，故未鈔録。與余論古尤合，又贈三律，有句云：

「公所讀書人亦讀，不如公處只聰明。」

心餘書舍有揚州汪端光孝廉贈句云：「置酒好招鄉父老，解衣平揖漢公卿。」汪字劍潭，少年玉貌。佳句如：「水定漁燈出，風驕戍鼓沉。」「路長行應獨，舟小買宜雙。」「月明又是無邊水，半照行人半照魚。」皆有別趣。

魚門哭董東亭云：「然疑未定先抛淚，日月都真旋得書。」雲松哭韓廷宣云：「久客不歸無異死，故人入夢尚如生。」

廬州守備徐椒林，每到金陵，與余款洽。《在滿洲城夜飲》詩云：「爲恃將軍司鎖鑰，幾番痛飲月沉西。」

士大夫宦成之後，讀破萬卷，往往幼時所習之四書五經都不省記。癸未召試時，吴竹嶼、程魚門、嚴冬友諸公畢集隨園。余偶言及《四書》有韵者，如《孟子》「師行而糧食」一段，五人背至「方命虐民」之下，都不省記。冬友自撰一句足之，彼此疑其不類，急翻書看，乃「飲食若流」四字也，一座大笑。外甥王家駿有句云：「因留僧話通吟偈，爲課兒功熟舊書。」

甥多佳句，如：「乍見波微白，方知月驟明。」「一編如好友，宜近不宜疏。」「衣因亂叠痕常縐，書爲頻翻卷不齊。」「宿雲似幕能遮月，細雨如烟不損花。」「停足恰逢曾識寺，入門先問舊交僧。」「曲引急流歸遠港，微删密葉顯新花。」「伏枕苦吟無好句，描詩容易做詩難。」皆有放翁風味。

錢文端公庚午典江西試，寫榜吏陳巨儒，鬚鬢如雪，求公贈手迹爲榮。自陳年七十，手寫文武試三十二榜。公贈詩云：「桂籍憑伊腕力傳，白頭從事地行仙。自言作吏中書省，曾侍朱衣四十年。」十月，復寫武榜，解首則其孫騰蛟也。名初唱，掀髯一笑，筆墮于地。中丞阿公喜極，遣牙校馳箋索藩司彭公家屏贈詩。彭方有劇務，幕中客擬數首，不稱公意，遣吏飛馬請蔣苕生來。蔣方與友飲酒肆，戀不肯行。吏敦促至再，扶鞭上馬。比至，則促召之使已四輩矣。彭公遽起，告以中丞索詩之使立馬簷下。蔣笑曰：「某不知公有此急也。」濡筆立題一絶云：「榜頭題處笑開眉，六十年來鬢若絲。官燭兩行人第一，夜闌回憶抱孫時。」彭公得詩狂喜，復酧苕生，送輕紗四端。

苕生太夫人鍾氏，名令嘉，晚號甘荼老人。生心餘四歲，即斷竹絲，作波磔教之識字。嘗登太行山云：「絶磴馬蕭蕭，群峰氣勢驕。蒼雲横上黨，寒色滿中條。極目河如帶，攔車雪未消。龍門劃諸水，禹力萬年昭。」乙酉歲，心餘奉母出都，畫《歸舟安穩圖》，一時名公卿題滿卷中。尹文端公謂余曰：「此卷中無佳作，惟太夫人自題七章、陸健男太史四首足傳也。」惜未抄録。

尹文端公和余「飛」字韵云：「鳥入青雲倦亦飛。」吟至再三，欷歔不已。想見當局者求退之難。古漁有句云：「未遊五嶽心雖切，便到重霄劫又多。」

尹文端公督兩江時，愛才如命。宛平王發桂以主簿派管行宫，有句云：「愧我銜官無一事，宫門持帚掃閒花。」公見而大喜，即超遷貳尹。秀才解中發有句云：「多讀詩書命亦佳。」公于某扇上見之，即聘作西席。

或問：「李師中將出兵，在韓魏公席上賦詩云：『歸來不願封侯印，只向君王覓愛卿。』不知所用何典？」余按《宋史・王景傳》，景仕唐，歸晉，高祖厚遇之。問其所欲，對：「受恩已厚，無所欲。」固問之，乃曰：「臣爲小卒，常負胡床從隊長過官妓侯小師家彈唱，心頗慕之。今得小師爲妻足矣。」高祖大笑，即以賜之，封楚國夫人。疑師中即指此事。後蔡攸出兵，指帝座劉妃求賞，其事在後。或云：愛卿者，即魏公席上之妓名。

梅鈐爲文穆公第六子。弱冠時，從張芸墅遊隨園，云：「隨園耳久熟，遊歷自今初。買得小山隱，名仍太傅餘。主人能愛客，高士幸攜余。幽徑入蘿薜，知應世味疏。」又曰：「岸分雙沼水，壁滿一朝詩。」嗚呼！式庵學醇行端，年未五十竟亡，詩多散失矣。

余幼時咏史云：「若道高皇勝項羽，試將吕后比虞姬。」後見益都王中丞遵坦有句云：「垓下何必更悲歌，虞兮吕兮較若何？」兩意相同。王又有句云：「亞父不用乃壽終，淮陰枉死未央宫。」意亦新。

馬驌宛斯作《繹史》，叙三代事極博雅，而詩筆甚清。《池上》云：「種魚有術尋漁父，斷酒無心學醉翁。」漁洋題其像云：「今日黄山山下路，只餘書帶草青青。」

陳古漁云：「今人不知詩中甘苦，而强作解事者，正如富貴之家，堂上喧鬧，而墻外行人抵死不知何也，未入門故也。」宋人栽竹詩云：「應築粉墻高百尺，不容門外俗人看。」

余遊九華山，青陽沈正侯字倫玉，少年韶秀，延候于五溪已三日矣。見贈云：「大抵高人能下士，于今童子得瞻師。」又句云：「風狂欲折依墻竹，菊萎猶開卧地花。」又陳明經名芳者，相待于陵陽鎮，呈詩云：「岸曲橋横草樹萋，書堂佛寺水東西。溪亭日映欄干外，九十九峰影盡低。」兩人俱不事科舉，以吟咏自娱。

詩雖新似舊才佳。尹似村云：「看花好似尋良友，得句渾疑是舊詩。」古漁云：「得句渾疑先輩語，登筵初僭少年人。」

偶過西湖，見陳莊題壁云：「一葉蜻蜓似缺瓜，年年盪漿水雲涯。叉魚射鴨嬌無力，笑入南湖摘藕花。」「蘇小樓頭楊柳風，小姑鬭草語芳叢。阿儂家住胭脂嶺，怪底花枝映日紅。」末署「竹嶼」二字，蘇州吴進士泰來也。新安江寺見題壁云：「昨與鄰舟姊妹逢，香風煖處話從容。低頭怕有漁郎至，不看蓮花只看儂。」「灘頭漠漠起炊烟，折罷蓮花正暮天。却怪鴛鴦不解事，偏依儂艇並頭眠。」末署「魯鳳藻」三字。

黄莘田落第，賦《無題》云：「禿尖成冢還成陣，未抵靈犀一點通。」吴竹橋落第，賦《無題》云：「聞説千金才買笑，紫騮休繫莫愁家。」王介祉落第，亦有《無題》云：「盼得纖兒還蕩子，傳來小婢又夫人。」

古漁《路上》詩云：「年來一事真堪笑，只見來船是順風。」戴喻讓云：「莫羡上流風便好，好風也有卸帆時。」榮方伯名柱者，有句云：「風自横來無順逆，水當漲處失江湖。」余則云：「東窗闔後西窗啓，猶喜風無兩面來。」

甲子秋，余遺失詩册，心鬱鬱者一年。古漁云：「癸巳冬，得詩百篇。懷之訪人，帶寬落地，竟無覓處。乃題云：『撚斷吟髭費苦猜，已拋偏又上心來。關情似與良朋别，撒手如沉拱璧回。薄祭可能分酒脯，孤飛未必出塵埃。多應擲地無聲響，一墮人間便永埋。』」

朱竹垞先生詩名蓋世，而自稱本朝第二，故揚州方近雯觀察詩云：「駢體莫輕嗤沈宋，古音休易許曹劉。試看前輩詩如此，只負皇朝第二流。」商寶意先生云：「詩品官階兩不高，前輩之虚心如此。」王葑亭御史亦有句云：「宦情似墨磨常短，詩境如棋著不高。」

「莫憑無鬼論，終負托孤心。」何言之沉痛也。「升沉閣下意，誰道在蒼蒼。」何求之堅切也。「知親每相見，多在相門前。」何刺之輕薄也。「生應無輟日，死是不吟時。」何吟之溺苦也。俱非唐人不能作。李少鶴哭人云：「世緣猶有子，死日始無詩。」亦本于唐。

查他山先生詩以白描擅長，將詩比畫，其宋之李伯時乎？近繼之者，錢璵沙方伯、光禄卿申笏山。笏山卒後，畢秋帆尚書梓其全集。五言云：「雨聲涼入硯，花氣潤侵簾。」《看桂》云：「香于半路先迎客，花已全開正及時。」

謝茂秦云：「凡作近體，誦之流水行雲，聽之金聲玉振，觀之朝霞散綺，講之異繭繅絲。」

萬柘坡《贈錢坤一》云：「雨中聽屐到，燈下出詩看。」程南溟有句云：「佳句奚囊盛不住，滿山風雨送人看。」

近人佳句有相同者。董曲江太史《歷城》詩云：「寺塔插天雲外影，人烟近市日中聲。」江于九太守《遊九華山》云：「松竹分巒翠，雲烟隔寺聲。」陳梅岑句云：「津鼓聲沉寒雨急，漁燈影亂夜潮來。」蔣心餘句云：「守堠兵多官舫過，拔篙聲緩亂灘來。」

李竹溪句云："相逢馬上摇頭者，得句知他勝得官。"李懷民句云："思苦如中酒，吟成勝拜官。"

近日詩僧甚少。余遊天台，得梅谷；到浄慈寺，得佛裔；遊九華，得亦葦；遊粵東，得澄波、懷遠、寄塵。亦葦《野步》云："傍晚欲歸尋別徑，忽驚沙鳥出苗飛。"澄波《折木樨》云："莫怪靈山留一笑，如來原是賣花人。"懷遠《江行》云："片帆高趁大江風，過眼雲山笑轉蓬。行盡斷堤楊柳岸，夕陽猶在板橋東。"佛裔者，讓山弟子也，有句云："魚亦憐儂水中影，誤他争唼鬢邊花。"綺語自佳，恰不似方外人所作。懷遠云："雍正間，廣東有詩會，好事者張飲分題，聘名流品題甲乙，首選者贈綾絹，其次贈筆墨。"亦佳話也。寄塵本姓彭，工詩，能畫。《遊長壽寺》云："浄壇風掃地，清課月爲燈。"

山陰邵太守大業，字厚庵，治蘇有惠政。以忤大府罷官，有口號一聯云："江山見慣新詩少，世味嘗深感慨多。"又："老來兒女費周旋，七字亦頗是人情。"

吾鄉任武承太史，名應烈，出守懷慶。中年乞病，買鑑湖快閣以居，乃陸放翁舊地。作詩四首，和者如雲。先生句云："叠石略存山意思，蒔花聊破睡工夫。風流何處追狂客，踪迹重教記放翁。"甲戌歲，札來索和，并招往遊。余寄詩奉答，終不果往。壬寅，遊天台，始登快閣，先生亡久矣。精舍數間，全覽鑑湖之勝，想在日清福不減賀知章。

康熙戊戌探花傅玉笥先生，名玉露。年八十餘，同在湖船，自誦《陪中尚衣遊西湖絶句》云："正是金牛紀瑞年，小春風景似春天。蓬萊原近孤山寺，遊舫多停六一泉。""一到湖心眼界寬，雲光靄霽接風湍。三朝恩澤深如許，莫作瑶池清淺看。"先生耳聾，與談者以手畫字，即能通解。癸未春，來遊攝山，與之談，聲振屋瓦。

學士春臺典試福建，過吴下，買妾方大英，美貌，能詩。以南北地殊，服食不慣，雉經而亡。搜其遺稿，有句云：「户閉新蛛網，梁空舊燕泥。」

孫補山尚書，先以中翰從傅文忠公征緬甸，見虜氛日惡，口號一首，付諸同事云：「軍容荼火盛，不戢便成灾。水土本來惡，烏鳶曉便來。功成原有數，我死愧無才。腰下防身劍，摩挲日幾回。」嗚呼！先生當艱險時，賦詩如此，豈料日後之總督兩廣，晉爵宫保，世襲輕車都尉哉？《孟子》云「天之將降大任」，信然。

或戲村學究云：「漆黑茅柴屋半間，猪窩牛圈浴鍋連。牧童八九縱横坐，天地玄黄喊一年。」末句趣極。

尹文端公妾張氏，封一品夫人，與内廷恩宴。大將軍某與忠勇公在上前戲尹云：「張有貴相，十指皆箕斗，無羅紋。」會伊里平定，諸功臣畫像内廷，例有贊語。上命公自爲張夫人贊，尹應聲云：「繼善小妻，事臣最久。貌雖不都，亦不甚醜。恰有貴相，十指箕斗。遭際天恩，公然命婦。上相簪花，元戎進酒。同畫凌烟，一齊不朽。」忠勇公曰：「欲戲尹某，反爲尹某戲耶。」上大笑。

壬午春，迎鑾淮上，雨久不止。錢文端公戲尹相國云：「閣下燮理陰陽，只燮陰，而不燮陽，何也？」按《西清詩話》載：宋時宋琪、沈義倫俱在黄閣，久旱得雨，雨復不止。琪苦之，戲沈曰：「可謂燮成三日雨。」沈應聲曰：「調得一城泥。」

丁酉七月，慶兩峰赴湖北臬使之便過隨園，留别云：「天外飛鴻迹又過，衡門深處叩烟蘿。交情共指青山在，别意相看白髮多。祖帳一杯江上酒，秋風八月洞庭波。才人老去須珍重，漫把遺編日苦摩。」到湖北後，又寄紅抹肚與阿遲，繫以詩云：「一個錦兜寄兒著，要他包裹五車書。」自此一别，兩峰出鎮塞外，遂永訣矣。余哭之云：「平原自是佳公子，劉秩終非曳落河。」傷其不耐塞外之風霜也。其詩集甚多，不知流落何所。

對聯有解頤者。康熙時，廣東詩僧石蓮住海珠寺，交通公卿。寺塑金剛與彌勒，環坐，題對聯云：「莫怪和尚們這般大樣，請看護法者豈是小人。」楊蘭坡題倒坐觀音像云：「問大士緣何倒坐，恨世人不肯回頭。」江西某題養濟院云：「看諸君腦滿腸肥，此日共餐常住飯；想一樣鐘鳴鼎食，前生都是宰官身。」

古詩人遭際，有幸不幸焉。唐宰相鄭畋之女，愛讀羅隱詩，後隔簾窺其貌寢，遂終身不復再誦。明謝茂秦眇一目，貌不揚，而趙穆王愛其詩，酒闌樂作，出所愛賈姬，光華奪目，奏琵琶，歌謝所作《竹枝詞》，即以贈之。宋真宗時，宋子京乘車路遇宫人，知爲狀元，呼曰：「小宋耶？」子京賦詩有「更隔蓬山一萬重」之句，流傳禁中，真宗知之，賜以宫女，曰：「蓬山不遠。」正德南巡，翰林謝政年少美貌，迎駕西江，見宫眷船，誤爲御舟，跪迎報名。適宫人開窗潑水，見之一笑。謝賦詩云：「天上果然花絶代，人間竟有笑因緣。」亦復流傳宫禁，武宗怒，削籍遣歸。

兒童逃學，似非佳子弟。然唐相韋端己詩云：「曾爲看花偷出郭，也因逃學暫登樓。」文潞公幼時，畏父督課，逃西鄰張堯佐家，後有燈籠錦之貽。蓋與貴妃本屬世交，常通縞紵故也。可見詩人名相，幼時亦嘗逃學矣。阿通九歲，能知四聲，而性貪嬉戲。重九日，余出對云：「家有登高處。」通應聲曰：「人無放學時。」余不覺大笑，爲請于先生而放學焉。其師出對云：「上山人斫竹。」通云：「隔樹鳥含花。」

諱老染鬚，似非高人所爲，南朝陸展有媚側室之譏。然司空圖清風亮節，唐季忠臣，其詩曰：「髭鬚强染三分折，絃管聽來一半愁。」可知染鬚亦無傷于雅士。

黄石牧先生，以翰林中允督學閩中，因公落職。吾鄉徐文穆公薦舉博學鴻詞，與余同試保和殿。先生年過七旬，神明衰矣，以不完卷，累薦主議處，蓋馬伏波自忘其老之過也。《唐堂詩集》，生新超雋，美不勝收。姑録短句，以志一臠之嗜。《芭蕉》云：「日不紅三伏，天惟緑一庵。」《北路買餅》云：「駐馬一錢交易，羈留三刻行程。」《玫瑰花》云：「生來合是依人命，從不容渠在樹看。」集中七古，遠勝潘稼堂。

余泛舟横塘，有踏摇娘蕊仙者，素矜身分，隔窗對語，不肯進艙侍飲。而頗知文墨，客許重贈纏頭，拒而不受。少頃，月出矣，蕊仙持扇求詩，余戲題云：「横塘宵泛酒如淮，十里桃花四面開。只恨錦帆竿上月，夜深不肯下艙來。」蕊仙一笑進艙。

孝感程蔚亭先生，名光鉅，甲辰翰林，出爲杭州糧道。有《閨詞》云：「東家姊妹與西鄰，聽説相招去踏春。料得今年花事好，晚歸都語畫眉人。」「青衫薄薄襯宫緋，上繡鴛鴦並翅飛。勉强著來都不稱，可身還是嫁時衣。」余已未歸娶，先生留飲，云：「老夫次首有不慣外任，仍思内用之意。」

詩人少達而多窮。汪可舟舸，自稱客吟先生，詩筆清絶，而在揚州，竟無知者。己丑除夕，忽過白門，意大不適，有漢江之行。余堅留之，不肯小住，遂成永訣。未十年，其子中也，家業大昌，買馬氏玲瓏山館，造亭臺，招延名士，而可舟不及見矣。其《聽雨》詩云：「檐外幾聲才淅瀝，胸中何事不分明。」又曰：「側身已在江湖外，繞屋寧堪竹樹多。但覺有聲皆劍戟，不知何物是笙歌。」其紆鬱可想。仲小海《聽雨》云：「明知關我心何事，只覺撩人夢不成。」宋人有小詞云：「薄暮投村急，風雨愁通夕。窗外芭蕉窗裏人，分明葉上心頭滴。」

余行路，見遠樹，疑爲塔尖。高翰起司馬云：「平疇見喜塍成繡，遠樹看疑塔露尖。」每見門神相對，似怒似笑。趙雲松云：「無言似厭人投刺，含笑應羞客曳裾。」

文尊韓，詩尊杜，猶登山者必上泰山，泛水者必朝東海也。然使空抱東海、泰山，而此外不知有天台、武夷之奇，瀟湘、鏡湖之勝，則亦泰山上之一樵夫，海船上之舵工而已矣。學者當以博覽爲工。

王次回有句云：「天台再許劉晨到，那惜千回度石梁。」寶意先生反其意，作《秋霞曲》云：「天台已入休嫌暫，尚有終身未到人。」

近日書院一席，全以薦者之榮落定先生之去留。蔣春農掌教真州，移主揚州梅花書院，留别諸生云：「自慚頭腦太冬烘，兩載鑾江作寓公。提舉原如宫觀例，量移還與職官同。痕留雪爪棲難定，老困鹽車步未工。却憶來時春正晚，海棠飛雨墮階紅。」「風雪交加臘盡時，臨岐握手意遲遲。豐碑昔拜文丞相，遺像今瞻史督師。山長頭銜聊復爾，英雄末路合如斯。諸生莫作攀轅計，撰杖重遊未可知。」

東坡云：「無事此静坐，一日如兩日。若活七十年，便是百四十。」京口解李瀛，善畫，有人聘往寫真，而主人久卧不出，解戲改蘇詩贈云：「無事此静卧，卧起日將午。若活七十年，只算三十五。」山陰人有三乳者，金上清進士調之云：「胸羅星宿素襟披，下字成文亦太奇。四乳曾聞男則百，君應七十五男兒。」

程魚門云：「時文之學，有害于古文；詞曲之學，有害于詩。」余謂時文之學，不宜過深，深則兼有害于詩。前明一代，能時文又能詩者有幾人哉？金正希、陳大士與江西五家，可稱時文之聖，其于詩，一字無傳。陳卧子、黄陶庵，不過時文之豪，其詩便有可傳。《荀子》曰：「藝之精者不兩能也。」

黄陶庵先生，性嚴重，館牧齋家，不肯和柳夫人詩。然其詩極有風情。《竹枝歌》云：「東湖西湖蓮葯開，一日摇船採一回。蓮葉田田無限好，只因曾見美人來。」「柳條不繫玉蹄騧，拗作長鞭去路斜。春色也隨郎馬去，妝樓飛盡别時花。」

戊申春，余阻風燕子磯，見壁上題云：「一夜山風歇，僧掃門前花。」又云：「夜聞椓杙聲，知有孤舟泊。」喜其高淡。訪之，乃知是邵明府作。未幾，以詩見投。長篇不能盡録，記《竹枝》云：「送郎下揚州，留儂江上住。郎夢渡江來，儂夢渡江去。」「若耶湖水似西泠，蓮葉波光一片青。郎唱吴歌儂唱越，大家花下並船聽。」又夢中得句云：「澗泉分石過，村樹接烟生。」皆妙。邵名颿，字無恙，山陰人。

許子遜先生有女孟昭，《寒夜曲》云：「金剪生寒夜漏長，玉人纖手嬾縫裳。素娥偏耐秋光冷，肯照鴛鴦瓦上霜。」江賓谷有室陳氏，哭某夫人云：「忽駕青鸞返碧虚，瓊花吹折痛何如。修文應是才人盡，徵到嫦娥舊侍書。」

明季誤國臣馬、阮皆庸人也，姦而不雄，較之曹操，直奴才耳。宿遷女子倪瑞璿嘲之云：「賣國仍將身自賣，姦雄兩字惜稱君。」《憶母》句云：「暗中時滴思親淚，只恐思兒淚更多。」

綏安孝廉諸邦協，值耿逆之變，率家人避兵石窠砦。賊兵過，索犒不與，怒焚其砦，全家灰没。族人國樞哭以詩云：「三年抗節萬山行，密箐深林母子并。誰遣多生逢浩劫，直教一死重科名。闔門皆決朝探磧，枯骨灰飛夜請兵。青草年年寒食路，招魂惟有杜鵑聲。」

閩人崔嵸十三歲有《遇雨》一絶云：「葉香亂打冷霏霏，輿夢尋秋雁影稀。烟雨滿溪行不了，渡頭扶傘一僧歸。」雅有畫意。

堇浦先生曰：「馮鈍吟右西崑而黜西江，固矣。夫西崑沿于晚唐，西江盛于南宋，今將禁晉魏之不爲齊梁，禁齊梁之不爲開元、大曆，此必不得之數。風會流傳，人聲因之。合三千年之人，爲一朝之詩，有是理乎？二馮可謂能持詩之正，未可謂遂盡其變者也。」

吾鄉多才女。河督吴公樹屏有女名茗華，《留别淮陰官署》云：「三載依依玉鏡前，舊梳妝處最相憐。不知今後紅窗裏，又是何人點翠鈿？」《古鏡》云：「閲世興亡疑有眼，辨人好醜總無聲。」

山陰古無吼山，因採石者屢鑿不休，遂成一小湖。遠望山如列城，山頂種禾麥，中開一洞，摇船而入，别有天地。大魚長一二丈者，紛然游咏。邵無恙誦某「船進有魚聽」五字，以爲貼切。余曰：「方宫保泊岳州亦有句云：『莫使火驚孤雁宿，且吟詩與大魚聽。』」

羅兩峰誦人《孔廟》詩云：「陽虎可能同面目，祖龍空自倒衣裳。」顧立方《法藏寺》云：「拂衣人柳碧，覆瓦佛桑青。」以龍對虎，以人對佛，皆工對也。孔廟著筆尤難。

滿洲永公名福，字用五，守湖州，作《吴興竹枝》云：「香雪西崦處處栽，終朝結社賞梅來。兒家門户敲不得，留待月明人静開。」「練裙如雪浣中單，二月風多草色寒。片雨過窗紅日現，家家樓上晒衣竿。」公禮賢愛士，蒙見訪杭州，于公事如麻時，苦留宴飲，遣人以手板到大府處乞假談詩。

《漫齋語録》曰：「詩用意要精深，下語要平淡。」余愛其言，每作一詩，往往改至三五日，或過時而又改，何也？求其精深，是一半工夫，求其平淡，又是一半工夫。非精深不能超超獨先，非平淡不能人人領解。朱子曰：「梅聖俞詩不是平淡，乃是枯槁。」何也？欠精深故也。郭功甫曰：「黄山谷詩費許多氣力，爲是甚底？」何也？欠平淡故也。有汪孝廉以詩投余，余不解其佳，汪曰：「某詩須傳五百年後，方有人知。」余笑曰：「人人不解，五日難傳，何由傳到五百年耶？」

吾鄉沈方舟用濟，詩宗老杜。常來金陵，與姚雨亭、袁古香諸人唱和。余宰江寧時，先生已老，不復來矣。杭人有謀梓其詩者，托余訪之歸愚尚書。尚書云：「聞其全稿藏張少弋家。」少弋已亡，竟難搜葺。雨亭之子記其《留别》云：「青尊斷送流光易，白社重尋舊雨難。」自此永訣。

青田才女柯錦機，有宣文夫人之風，絳幃問字者數十人。同鄉韓太守錫胙猶及見之，誦其《送夫應試》云：「劍匣書囊自檢詳，冬裘夏葛賦行裝。西風忽送來朝别，明月休沉此夜光。見説試文容易作，須知客感最難防。莫夸司馬題橋柱，富貴何如守故鄉。」《調郎》云：「午夜剔銀燈，蘭房私事急。薰蕕郎不知，故故偎儂立。」又云：「合線煩君申食指，拾釵爲我屈儒躬。」《自題小像》云：「焚香合受檀郎拜，一幅盤陀水月身。」

汪大紳道余詩似楊誠齋，范瘦生大不服，來告余。余驚曰：「誠齋一代作手，談何容易。後人嫌太雕刻，往往輕之。不知其天才清妙，絶類太白，瑕瑜不掩，正是此公真處。至其文章氣節，本傳具存。使我擬之，方且有愧。」

王弇州推尊李于鱗，而弇州之才，實倍于李。予愛其《短歌》數句云：「不必名山藏，不必千金懸。歸去來，一壺美酒抽一編，讀罷一枕牀頭眠。天公未唤債未滿，自吟自寫終殘年。」《棄官》云：「人生求官不可得，我今得官何棄之？六月繡襦黄金垂，行人拍手好威儀。與君説苦君不信，請君自衣當自知。」本傳稱，先生論詩，呵斥宋人，晚年臨終，猶手握蘇子瞻集。此二詩果似子瞻。

嚴滄浪借禪喻詩，所謂羚羊挂角、香象渡河，有神韵可味，無迹象可尋。此説甚是，然不過詩中一格耳。阮亭奉爲至論，馮鈍吟笑爲謬談，皆非知詩者。詩不必首首如是，亦不可不知此種境界。如作近體短章，不是半吞半吐，超超元箸，斷不能得絃外之音、甘餘之味。滄浪之言，如何可詆？若作七古長篇、五言百韵，即以禪喻，自當天魔獻舞，花雨彌空，雖造八萬四千寶塔，不爲多也，又何能一羊、一象，顯渡河、挂角之小神通哉？總在相題行事，能放能收，方稱作手。

余雅不喜苛論古人。阮亭罵杜甫無恥，以其上明皇《西岳賦表》云：「惟嶽授陛下元弼，克生司空。」指楊國忠故也。不知表奏體裁，君相並美，非有心阿附。況國忠亂國之迹，日後始昭，當初相時，杜甫微臣，難遽斥爲奸佞。即如上哥舒翰詩，亦極推尊，安能逆料其將來有潼關之敗哉？韓昌黎《贈鄭尚書序》，鄭權也。顔真卿《争坐位帖》與郭英乂也。本傳皆非正人，而兩賢頗加推奉，行文體製不得不然。宋人訾陸放翁爲韓侂胄作記，以爲黨奸。魏叔子責謝叠山作《却聘書》，以伯夷自比，是以殷紂比宋。皆屬吹毛之論。孔子「與上大夫言，誾誾如也」。所謂上大夫者，獨非季桓子、叔孫武叔一輩人乎？

隨園席間咏六月菊，儲秀才潤書云：「秋士偶然輕出處，高人原不解炎涼。」余嘆爲獨絶。何南園一聯云：「隱士静宜荷作侣，東籬閒愛日如年。」雖差遜，而心思自佳。

何南園《望晴》詩云：「風都有意收殘暑，雲尚多情戀太陽。莫怪人間無易事，一晴天且費商量。」春過隨園，見遊女，又云：「送與名園助春色，水邊來往麗人多。」

《北史》稱：庾自直爲隋煬帝改詩，許其詆呵，帝必削改至于再三，俟其稱善而後已。煬帝雖非令主，如此虚心，亦云難得。第「改章難于造篇，易字艱于代句」，劉勰所言，深知甘苦矣。

余己未同年多出任封疆、内調鼎鼐者，可謂盛矣。近都薨逝，惟余以奉母故，空山獨存。想勤勞王事者，畢竟耗心力、損年壽耶？嵇康有「圉馬不乘，壽高群廐」之語，似亦有理。宋人吟古樹云：「四邊喬木盡兒孫，曾見吴宫幾度春。若使當時成大厦，也應隨例作灰塵。」《閨詞》云：「羡他村落無鹽女，不寵無驚過一生。」

文、沈、唐、仇，以畫名前朝。仇畫從無題咏，唐能詩，恰無佳句。詩畫兼工者，惟文、沈二公，而筆情超脱，則沈爲獨絶。《落花》云：「美人天遠無家别，逐客春深盡族行。」「苦戒兒童莫摇樹，空教行路欲窺墻。」「漁艇再來非舊徑，酒家重訪是空村。」《咏影》云：「算來只有鰥夫稱，老去猶堪作伴行。」《金山》云：「過江如隔世，入寺不知山。」有《愛日歌》、《七十自壽》兩篇奇絶，惜篇長難録。

楊刺史潮觀，字笠湖，與予在長安交好。以運四川皇木故，再見于白門，垂四十年矣。《山行遇雨》云：「廣厦千萬間，不免炎暑熱。蓋頭一把茅，亦避風雨雪。」《馬跑泉》云：「十月冰霜潔，真陽坎内全。任教無底涷，不到有源泉。」所言皆有道氣。笠湖在中州作宰，鄉試分房，夢淡妝女子褰簾私語曰：「桂花香卷子千萬留意。」醒而大驚。搜落卷，有「杏花時節桂花香」一卷，蓋謝恩科表聯，其年移秋試在二月故也。主司是錢東麓司農，見之大喜，遂取中焉。拆卷，乃侯元標，是侯朝宗之孫也。楊悚然笑曰：「入夢求請者，得非李香君乎？」一時傳李香君薦卷，以爲佳話。

尹文端公與陳文恭公同年交好，各任封疆四十餘年，先後入相。乾隆己丑，尹公卧病，陳以老乞歸。尹在枕席間，力疾贈詩云：「聞公予告出都門，白髮還鄉錦滿身。早歲霓裳分咏句，卅年玉節共班春。到家緑酒斟應滿，回首黄粱夢豈真。我老頽唐難出餞，將詩和淚送行人。」未數日，尹公薨。陳在天津，聞信，欲回舟作弔，家人止之。未幾，舟至德州，亦薨。

或有句云：「唤船船不應，水應兩三聲。」人稱爲天籟。吾鄉有販鬻者，不甚識字，而强學詞曲。《哭母》云：「叫一聲，哭一聲，兒的聲音娘慣聽，如何娘不應。」語雖俚，聞者動色。

詩人愛管閒事，越没要緊，則愈佳，所謂「吹皺一池春水，干卿底事」也。陳方伯德榮《七夕》詩云：「笑問牛郎與織女，是誰先過鵲橋來？」楊鐵厓《柳花》詩云：「飛入畫樓花幾點，不知楊柳在誰家。」

虞山王次岳妻席氏，能詩。端陽日寄次岳詩曰：「菖蒲斟玉斝，獨泛已三年。」亡何夭亡。次岳哭云：「蛾眉月易沉天際，鳥爪仙難住世間。」「舊雨每來先治饌，殘燈欲灺尚論詩。」「幾夕殯宫移榻伴，還如同病對牀眠。」

人有邂逅相逢，慕其風貌，與通一語，不料其能詩者，已而以詩見投，則相得益甚。丙辰冬，余遊土地廟，見美少年，揖而與言，方知是李玉洲先生第三子，名光運，字傅天。問余姓名，欣然握手。次日，見贈云：「燕地逢仙客，新交勝故知。高才偏不偶，大遇合教遲。書劍懷儔侶，風霜感歲時。慚予初學步，何以慰相思。」時予才弱冠，廣西金撫軍疏中首及其年，傅天閲邸報，先知余故也。丙戌二月，余遊寒山，一少年甚閒雅，問之，姓郭名淳，字元會，吴下秀才，素讀予文者。次日，與沙斗初同來受業。方與語時，易觀手中所持扇，臨别，彼此忘歸原物。次日，詩調之云：「取來紈扇置懷中，忘却歸還彼此同。摇向花前應一笑，少男風變老人風。」秀才見贈五古一篇，洋洋千言，中有云：「琴書得餘閒，判花作御史。飛絮泥不沾，太清雲不滓。多情乃佛心，汎愛真君子。禪有懽喜法，聖無緇磷理。所以每到處，風花纏杖履。」乙酉三月，尹文端公扈駕墜馬，余往問疾。在軍門外，遇美少年，眉目如畫，未敢問其姓名，悵悵還家。俄而户外馬嘶，則少年至矣。曰：「先生不識東興阿乎？阿乃總鎮七公兒。幼時，先生到館，曾蒙贈詩，興阿和韵云：『蒙贈珠璣幾行字，也開智慧一分花。』先生忘之乎？」余驚喜，問其年，曰：「十八矣。已舉京兆。」

松江顧小厓先生，諱成天，康熙丁酉舉人。世宗簿録某大臣家，得其哭聖祖詩，有「已增虞舜巡方歲，竟少唐堯在位年」之句，遂欽賜編修，上書房行走。乾隆二年，以老乞歸，上加侍講銜。年八十二而卒。亦詩人異數也。

乾隆間，以老受恩得官者，當塗有二人焉。徐位山，名文靖。曹洛禋，名麟書。徐同余丙辰召試，而曹乃丙辰同盟友也。徐年九十餘，授翰林院檢討。甲戌秋，寄所注《竹書紀年》、詩一册來。《湖居》云：「天將幽致敞湖濱，共我盤桓幾十春。守業願爲清白吏，著書羞傍草玄人。妻緣貧慣無交謫，子未驕成肯負薪。那得向平婚嫁畢，三江烟雨任垂綸。」「白駒幾向隙間過，荏苒年華長薜蘿。閒極有時評北苑，愁來無夢寄南柯。文標司馬尊元狩，帖檢來禽署永和。湖上遊行湖上立，頽唐老大竟如何。」又：「雲生漸覺桐絃潤，潮上徐看釣艇斜。」「酒緣齋日陳三雅，茶爲眠時試一槍。」皆典雅可誦。

曹官至侍讀學士，少時與魯之裕亮儕奪槊舞劍，權奇倜儻。後行走上書房，予告歸。戊寅年，入山話舊，有《留影雜記》一編，即生平行述也。曾入黄山，遇老人傳道，年九十餘，行走如飛，詩亦清矯。《金山》云：「日月不離水，荻蘆難辨霜。」《飲昭亭》云：「泉細但聞響，山香不見花。」《題泰山》云：「日觀天門上幾回，層雲雪海蕩胸開。年來嬾讀人間字，曾探金泥玉簡來。」《寄樊姬》云：「天外雲寒暮雨多，音書何處寄烟波。他鄉動覺愁千種，小小雙魚載幾何。」古漁贈以詩云：「黄山早有神仙遇，白首才蒙聖主知。」余題其留影册子云：「人天踪跡兩漫漫，欲畫飛仙影最難。只有上清曹學士，自家留影自家看。」「我亦人間有半生，三山五岳等閒行。雪中爪迹分明在，可惜飛鴻記不清。」人問先生：「納交之道，從子夏乎？從子張乎？」先生曰：「皆從。」問何以皆從，曰：「朝廷之上從子夏，鄉黨之間從子張。」

己未，余在孫文定公署中，見亮儕先生，其時觀察清河。年七十餘，銀髯垂腹，口若懸河，向制府述水利，娓娓萬言，無一澁語閒字。使屏後侍史録之，即可作奏疏讀也。初從河南縣令起家，忤總督田文鏡，每被劾一次，世宗召見，必陞一官，真奇士也。作令不用牌票，書片紙召吏民。作府道不用文檄，書尺牘諭下屬。有令必行，無情不燭。《登黄鶴樓》云：「名勝迹隨頽浪捲，孤危身托畫欄憑。好把江波成地醴，偏教溝瘠飲天漿。」其抱負可想。

詩有極平淺，而意味深長者。桐城張徵士若駒《五月九日舟中偶成》云：「水窗晴掩日光高，河上風寒正長潮。忽忽夢回憶家事，女兒生日是今朝。」此詩真是天籟。然把「女」字换一「男」字，便不成詩。此中消息，口不能言。

許太監者，名坤，杭州人。在京師頗有氣談，而性愛文士。嘗過杭太史堇浦家，採野莧一束去，報以人參一斤。欲交鄭太史虎文，鄭不與通。人疑鄭故孤峭者，然其咏紅豆詩頗有宋廣平賦梅花之意。詞云：「記取靈芸别後身，玉壺清淚血痕新。傷心略似燃於釜，繞宅何緣幻作人。一點紅宜留玉臂，十分圓欲上櫻唇。只嫌不及榴房子，空結團圞未了因。」梁瑶峰少宰和云：「采緑何曾勝采藍，猩紅端合摘江南。且看沉水星星活，得似靈犀點點含。秋漢可煩橋更駕，朝雲應有夢同甘。石榴消息分明是，朱鳥窗前仔細探。」按：紅豆生于廣東，乾隆丙戌，鄭督學其地，梁爲糧道，故彼此分咏此題。

戊戌秋，余小住閶門，詩人張崑南每晚必至，年七十三矣。誦其《登靈巖》云：「振衣同上落虹亭，古塔雲深入杳冥。香徑草荒秋露白，山村雨過暮烟青。天空一雁來胥口，木落諸峰見洞庭。莫向西風更懷古，菱歌清絶起遥汀。」予嘆曰：「此中唐佳境也。」崑南喜，次日呈詩三册，屬余輪替觀之。其佳句如：「潮痕沙岸落，露氣渚蘭聞。」「松間細路通僧寺，花裏微風颺酒旗。」皆妙。崑南别去後，錢景開來，又誦其《虎丘》詩云：「蘼蕪亦解憐傾國，多傍貞娘墓上生。」《春去》云：「月上簾鈎風太急，落花如雨不聞聲。」

常熟孝廉邵君培悳，每秋試，必以詩見投。記其《觀燈》云：「紅羅碧綺間琉璃，遠近龍鸞一望齊。樓下花鈿樓上曲，留人偏在畫橋西。」《路上》云：「昨日晴和今日雨，蕭蕭篷底作春寒。分明即是來時路，頓覺烟波别樣看。」

遊仙詩大半出於寄托。方南塘居士云：「到底劉安未絶塵，昨宵相與共朝真。漫將富貴夸同列，手板横腰道寡人。」此刺暴貴兒作態者也。陸陸堂太史云：「尋真臺上紫雲高，阿母宵分降節旄。臣朔讀書破萬卷，不甘呵叱小兒曹。」此刺妄庸人傲士者也。方近雯觀察云：「一痕輕緑畫春山，冰剪雙眸玉煉顔。不解大羅天上事，蘭香何過謫人間？」此惜詞臣外用之詩也。

桐城姚康伯有《閨怨》云：「分明賺得兩眉開，手折黄花上鏡臺。侍女無端忙報道，鄰家昨夜遠人回。」

蔣苕生與余互相推許，惟論詩不合者，余不喜黄山谷而喜楊誠齋，蔣不喜楊而喜黄，可謂和而不同。

孫文定公爲冢宰時，余以秀才修士相見禮，投詩云：「百年事在奇男子，天下才歸古大臣。」又曰：「一囊得飽侏儒粟，三上應無宰相書。」公讀之忻然，延入，曰：「滿面詩書之氣。」已而戊午科出公門下。

王崑繩曰：「詩有真者，有僞者，有不及僞者。真者尚矣，僞者不如真者。然優孟學孫叔敖，終竟孫叔敖之衣冠尚存也。使不學孫叔敖之衣冠，而自著其衣冠，則不過藍縷之優孟而已。譬人不得看真山水，則畫中山水亦足自娱。今人詆呵七子，而言之無物，庸鄙粗啞，所謂不及僞者是矣。」

謝梅莊諱濟世，廣西潯州人。作御史三日，即奏劾河東總督田文鏡。朝廷疑有指使，交刑部嚴訊。先生稱指使有人，問：「爲誰？」曰：「孔子、孟子。」問：「何爲指使？」曰：「讀孔孟書，便應盡忠直諫。」世宗憐其騃，謫軍前効力，時雍正丙午十二月初七日也。先生《次東坡獄中寄子由韵寄從弟佩蒼》云：「嚴霜初隕陡回春，留得衝寒冒雪身。綸綍乍傳渾似夢，親朋相慶更爲人。敢愁弓劍趨戎幕，已免鋃鐺禮獄神。早晚扶歸君莫慟，嬰姗勃窣亦前因。」「尚方借劍心何壯，牘背書辭氣漸低。已分黄泉埋碧血，忽聞丹闕放金鷄。花看上苑期吾弟，蘐樹高堂仗老妻。且脱南冠北庭去，大宛東畔賀蘭西。」今上登極，赦還原職。先生疏求外用，授湖南糧道。長沙士人感其遺愛，片紙隻字，俱珍重之，故傳此二首。先生不信風水之説，《題金山郭璞墓》云：「雲根浮浪花，生氣來何處。上有古碑存，葬師郭璞墓。」曉世之意，隱然言外。

贛州總兵王公，字午堂，名集，工詩善書，與余相慕二十年，終不得一晤。弟香亭過贛，公寄我鵝研一方，集古句一聯云：「中天懸明月，絶代有佳人。」

過潤州，見僧壁對聯云：「要除煩惱須成佛，各有來因莫羨人。」過九華寺，有一對云：「非名山不留仙住，是真佛只説家常。」

香亭以雪獅爲題，令諸少年分咏。而糊名易書，屬余評定。余奇賞二句云：「蹲伏尚能驚百獸，强梁可惜不多時。」拆封，乃胡甥吉光所作，書巢之子也。詩人有後，信哉！

朱竹君學士曰：「詩以道性情，性情有厚薄，詩境有淺深。性情厚者，詞淺而意深；性情薄者，詞深而意淺。」

番禺何夢瑶工詼諧，爲催租吏所窘，戲爲牛郎贈織女云：「巧妻常爲拙夫忙，多謝天孫製七襄。舊借聘錢過百萬，織來雲錦可能償？」織女答云：「織錦空勞問報章，近來花樣費商量。人間債負都堪抵，第一天錢不易償。」

夏醴谷督學廣東，有門生鄭齊一者，年少貌美，舟中妓醉而逼之，鄭勃然怒曰：「使不得。」夏贈以詩云：「柔情似水從頭抹，硬語如刀帶酒聽。」程魚門北上，旅店主人招妓侑酒，魚門與同飲，而却其眠，作詩曰：「花明野店春無主，月黑秋林幸有燈。」潘筠軒笑曰：「次句有小説秉燭達旦之意。」

蔡持正貧時，寓僧寺，僧厭之，蔡題松樹云：「常在眼前君莫厭，化爲龍去見應難。」黄之紀寓隨園，或輕之，黄亦題《松樹》云：「寄人籬下因春好，聽我風聲在老來。」

隨園詩話卷九

倉山居士著

白下布衣朱草衣，少時有「破樓僧打夕陽鐘」之句，因之得名。晚年無子，卒後葬清涼山。余爲書「清故詩人朱草衣先生之墓」，勒石墳前。余宰溧水，蒙見贈云：「叠爲花縣一江分，來往惟攜兩袖雲。待客酒從朝起設，告天香每夜來焚。自慚龍尾非名士，肯把猪肝累使君。却喜循良人説遍，填渠塞巷盡傳聞。」《郊外》云：「亂鴉多在野，深樹不藏村。」《與客夜集》云：「羈身同海國，歸夢各家鄉。」《大觀亭》云：「長江圍地白，老樹隔朝青。」《晚行》云：「土人防虎門書字，水屋叉魚樹有燈。」《贈某侍御》云：「朝罷宫袍多質庫，時清諫紙盡鈔書。」

隨園地曠，多樹木，夜中鳥啼甚異，家人多怖之。予讀王葑亭進士《平溝早發》云：「怪禽聲類鬼，暗樹影疑人。」先得我心矣。其他佳句如：「大星高出樹，殘月細流溪。」「月斜人影忽在水，風過秋聲正滿山。」「滿帽黄花逢醉客，一肩紅葉識歸樵。」皆妙。

湖州潘進士立亭，名汝晟，詩宗韓、杜，五古尤佳。《偶成》云：「静士難爲介，静女難爲媒。嫁容静女醜，交面静士羞。盛年易畹晚，獨抱無驛郵。桃李非我春，蒲柳非我秋。鶴老心萬里，鵬怒翼九州。未免笑樊援，豈屑伍喧啾。搜春潤章句，摘卉膏吟哦。非無蘭茗玩，風騷旨已譌。詩濤與詩骨，韓孟兩嵯峨。昆體逮鐵體，滔滔同一波。金天削秀華，碧海鳴神鼉。義色少姚佚，吉詞無淫頗。褒中南風手，請爲南風歌。寥寥發古響，羯鼓如予何。」潘宰直隸某縣，以迂緩故，幾被劾矣。適傅忠勇公平金川歸，潘獻《鐃歌》，公大誇賞，乃改爲卓薦。

鮑進士之鍾，字雅堂，詩人步江之子。詩有父風，而清逸處往往突過前人。《秋雨乍晴》云：「箬帽芒鞋准備秋，稍晴便擬看山遊。江潮入郭無三里，溪水到門容一舟。亭午白雲開野徑，夕陽黄葉下僧樓。閒身自笑如閒鶴，欲度前峰却又休。」五言如：「一鳥掠溪鏡，四山明畫簾。」「魚跳重湖黑，蒲喧急雨來。」七言如：「道心静似山藏玉，書味清于水養魚。翻書細檢遺忘事，撥火閒尋未過香。」「岸柳帶鴉明遠照，塔鈴和月語清宵。」皆可愛也。雅堂常言：「作七古詩，雅不喜一韵到底。」余深然其言。顧寧人云：「詩轉韵方活。《三百篇》無不轉韵。」

秦中詩人楊子安鸞見訪，適余外出，歸後見貽一册。《雪霽》云：「寒瘦自性情，苦吟工未能。晚晴窗上日，先曬硯池冰。」《聞砧》云：「滿院苔痕合，重門樹影深。」

余宰江寧時，所賞識諸生，秦澗泉、龔雲若、涂長卿，俱登科第，而流落不偶者，惟車静研與沈瘦岑。沈工古文，不爲詩。車詩有可存者，《河南道中》云：「三月春陽淡不濃，老冰如石漱寒風。蹇驢覓路人家遠，日暮山坳虎眼紅。」《農家》云：「築場如鏡草堆山，繞屋黄花映碧潭。閒倚茅簷看客過，南人北去北人南。」

寶應王孟亭太守，爲樓村先生之孫。丁卯，見訪江寧，攜胡牀坐門外，俟主人請見乃已，遂相得甚懽。聘修江寧志書，朝夕過從。嘗言樓村先生教人作詩，以三山爲師。一香山，一義山，一遺山也。

有從子嵩高，字少林，少年倜儻，論詩不服乃伯，而服隨園。《大梁懷古》云：「摇落偏驚旅客魂，秋風回首眺中原。三花樹色開神岳，萬里河聲下孟門。形勝鬱盤終古在，英雄慷慨幾人存。信陵策士俱黄土，獨有侯生解報恩。」太守諱箴輿。

揚州張哲士與蔣秋涇交好。蔣尤自負，作《遊山》一首，程魚門夸爲「小謝」，勃然怒曰：「分明大謝，何小之有？」《留别哲士》云：「竟挂秋帆決計行，關心天末倚閭情。便歸只好留三月，浪跡無端已半生。人世乘除蒼狗幻，名山期許白頭成。殷勤相屬還相慰，愁聽西風雁一聲。」哲士《寄懷》云：「戀友心空切，寧親去敢遲？纔爲三夕别，已是百回思。避日簾仍下，追凉榻未移。不知江上路，秋暑可曾衰。」哲士《咏胭脂》云：「南朝有井君王入，北地無山婦女愁。」以此得名，人呼「張胭脂」。

中州李竹門，過隨園見贈云：「園在六朝山色裏，一笻先要問高臺。碧梧葉響秋將至，紅藕花香客正來。」其詩頗清，惜年甫三十而卒。余愛其《咏鞭》云：「一事思量轉惆悵，不能行到祖生先。」《郊外》云：「山勢趁潮多北向，人心如雁只南飛。」

蕪湖施長春曼郎，少年有衛叔寶之稱。余宰江寧時，秦澗泉屢爲致意，云將渡江求見。已而病亡。有《上塚歌》云：「白楊樹，城東路，野草萋萋葬人處。挈榼提壺出郭行，可憐今日又清明。富家塚高高傍嶺，貧家塚低低亞畛。塚中貧富人不同，一樣酒澆不能飲。暝烟慘淡日西斜，挈榼提壺還返家。一線陰風旋不定，紙錢飛上棠梨花。」

吴門顧星橋進士，詩才清冠等夷，家有月滿樓，藏書萬卷。海内知名之士，無不交投縞紵，予目爲今之鄭當時。《龍潭》一律云：「微風緩緩送江聲，最好龍潭道上行。碧樹數叢堪作障，青山一半不知名。閒情轉向塵中得，幽景偏宜客裏生。晚覓茅齋投一宿，花前試看酒旗輕。」進士名宗泰。

姚申甫方伯與沈永之觀察本中表親，姚姊嫁沈。二人年少時，與余同肄業書院，每見方伯家遣僮擔盒，供其子、壻。二人同登鄉、會科，沈寄姚詩云：「辛勤二老訓喃喃，愛壻猶如愛長男。甘脆每教常健飯，苦吟猶記許分甘。」沈殿試二甲第三，姚二甲第二，自後官堦，沈必差姚一級。姚爲觀察，沈爲太守，沈爲觀察，則姚爲方伯矣。沈又寄詩云：「平生每好居人後，今日還應讓弟先。」余將赴廣西金撫軍之聘，姚賦詩相留曰：「就使將軍重揖客，何如南國有詞人。」後四十年，姚竟巡撫廣西，余寄書云：「不料當日所謂將軍，即此時之閣下。惜我不能來作揖客耳。」永之在書院，《寄内》詩云：「深院蝶嬌無語坐，小園花嫩卷簾看。」爲掌教楊文叔先生所賞。

余在都時，永之引見滿洲學士春臺。春自云：「年三十時，目不識丁。從一禪師静坐三月，頗以爲苦。一夕，提刀欲殺禪師。仰頭見月，忽然有悟，賦詩便工。」《塞外》云：「野水吞人面，青山甕馬聲。浮雲連帽起，殘雪帶鞭行。」殊雄偉。公愛永之與枚，以爲兩少年必貴。每至，必留飲留宿，遣妾捧觴。

桐城相公七十生辰，余與諸翰林祝壽。宴罷，各賜詩扇一柄。詩寫《田園雜興》云：「不識風塵勞擾，但知雲水盤桓。買畚偶來城市，祀神一著衣冠。」「小橋流水村近，疏柳長堤路斜。車馬不聞叩户，鷄豚自識還家。」「烟生茅屋雲白，雨過菱塘水新。今歲秋田大稔，稻苗高過行人。」「竹屋正臨流水，槿籬曲繞閒亭。此是吾廬本色，被人偷作丹青。」「作苦最憐田婦，布衣椎髻無華。饁餉並攜稚子，采桑不摘閒花。」公終身富貴，而詩能淡雅若此。

嚴公瑞龍，作湖北布政使，續《漢上題襟集》，招諸詩人唱和，亦公卿雅事也。傅辰三《感春》云：「恰恰春分二月半，分春妙手愛東君。但愁過却花朝後，一日春容減一分。」「月落參横夜向晨，半醺花意欲留人。夜闌莫怯風吹袂，爲愛梅花不惜身。」《大雨戲作》云：「雨師一夕興淋漓，筆尖亂點西窗紙。初猶落落蝌蚪分，繼則盈盈垂露似。須臾漫漶一片濕，直似秦碑没字體。」殊有東坡風趣。沈樹德《落花》云：「飛燕蹴歸簾影裏，遊魚吹起浪花中。」葉聲木《送人》云：「吹酒凉風穿樹過，破烟水月隔樓生。」

康熙壬寅，余七歲，受業於史玉瓚先生。雍正丁未，同入學。先生不甚作詩，而得句殊雋。《偶成》云：「好鳥鳴隨意，幽花落自然。」《病中》云：「廿年辛苦黔婁婦，半世酸辛伯道兒。」終無子，余爲葬于葛嶺。

沈歸愚尚書，晚年受上知遇之隆，從古詩人所未有。作秀才時，七夕悼亡云：「但有生離無死別，果然天上勝人間。」落第，咏昭君云：「無金贈延壽，妾自誤平生。」深婉有味，皆集中最出色詩。六十七歲，與余同入詞林。《紀恩》詩云：「許隨香案稱仙吏，望見紅雲識聖人。」

與余同薦鴻詞者，有户部主事尚庭楓，號荼洋，陝西人。爲人詭誕不羈，忽而結駟連騎，忽而布衣藍褸。賦詩有奇氣，如：「落花平地二尺厚，芳草如天萬里青。」「月華照樹有烏鵲，雲氣上天如白羊。」

皆警句也。

余愛誦金壽門「故人笑比庭中樹，一日秋風一日疏」之句。杭堇浦先生曰：「此句本唐人高蟾『君恩秋後葉，一日一回疏』，不足爲壽門奇。壽門佳句，如：『佛烟聚處都成塔，林雨吹來半雜花。』《咏苔》云：『細雨偏三月，無人又一年。』乃真獨造。」余按：古人佳句都有所本。陳元孝「池花對影落，沙鳥帶聲飛」，本李群玉「沙鳥帶聲飛遠天」。梁藥亭「龍虎片雲終王漢，詩書餘火竟燒秦」，倣唐人「半夜素靈先哭楚，一星遺火下燒秦」。楊誠齋「不知落得幾多雪，作盡北風無限聲」，倣唐人「流到前溪無一語，在山作得許多聲」。

閨秀李金娥咏路上柳云：「折取一枝城裏去，教人知道是春深。」湖州高氏小女有一聯云：「也知春色歸人早，鄰女釵邊有杏花。」

相傳江寧南城外瑞相院後叢竹中爲馬湘蘭墓。望江魯雁門題詩云：「葉飄難禁往來風，未肯輸懷向狡童。畫到蘭心留素素，死依僧院示空空。知音卓女情雖切，薄倖王郎信未終。一點憐才真意在，青青竹節夕陽中。」「絶世英雄寄女妝，荆家曾説十三娘。年來文士動相擠，始識伊人不可忘。零露似熏香荳蔻，百花想見繡衣裳。平生除拜要離塚，到此才焚一瓣香。」嚴侍讀冬友曰：「瑞相院前之墓，少時亦誤以爲湘蘭。後往訪之，見題碣云『新安貞女某氏之墓』，碑陰載爲某商人之妾，商人不歸，守貞而死。以爲湘蘭，有玷逝者矣。」陳楚筠製錦曾效長吉體爲詩證明其事，云：「古釵耿耿蝕黄土，千歲老蟾嘯秋雨。蒼茫落日掩平坡，風入黄蒿作人語。新安山高江水遥，卷葹原不生倡條。貞魂夜號月光曉，兒童莫賦西陵草。」

余過京口，丹徒宰徐天球，字天石，貴州人，見示詩集。一别之後，遂永訣矣。余愛其《風箏》一絶云：「誰向天邊認塞鴻，但憑一紙可騰空。任他風信東西轉，百丈游絲在掌中。」

沈光禄子大、許明府子遜，二人齊名。沈如「竹光晨露滑，池静夜泉生」，許如「鐘聲涼引月，江氣夕沉山」，真少陵也。行役絶句有相同者。沈云：「惟有夢魂吹不斷，月明猶自逆風歸。」許云：「明月有情應識我，年年相見在他鄉。」子遜先生與余爲忘年交，論詩尊唐黜宋，失之太拘。有某少年故意抄宋詩之有聲調者試之，先生誤以爲唐，少年大笑。余贈云：「前生合是唐宫女，不唱開元以後詩。」

松江王太守，名祖庚，與乃祖文恭公同日生，故號生同。丁未進士，終身以不入詞館爲恨。兩子皆入翰林，而先生不樂也。與彭芝庭尚書同出尹文端公門下。有《納涼聞笛》云：「碧空如水浄無雲，斗轉參横夜欲分。長笛不知何處起，好風偏送此間聞。江梅片片傷春暮，岸柳絲絲綰夕曛。曲罷無端倍惆悵，階前涼露濕紛紛。」亦同余召試友也。

學人之詩，吾鄉除諸襄七、汪韓門二公而外，有翟進士諱灝，字晴江者。《咏烟草》五十韵，警句云：「藉艾頻敲石，團灰尚撥爐。乍疑伶秉籥，復效雁銜蘆。墨飲三升盡，烟騰一縷孤。似矛驚燄發，如筆見花敷。苦口成忠介，焚心異鬱紆。穢驚苓草亂，醉擬碧筩呼。吻燥寧嫌渴，唇津漸得腴。清禪參鼻觀，沆瀣潤嚨胡。幻訝吞刀並，寒能舉口驅。餐霞方孰秘，厭火國非誣。繞鬢霧徐結，盪胸雲疊鋪。含來思渺渺，策去步于于。」典雅出色，在韓慕廬先生《烟草》詩之上。又《薄暮驟雨》云：「黑雲㩜虁西南來，狂飈挾勢驚奔雷。夕陽倉卒收不及，劃住半壁青天開。」句殊奇險。

余自幼聞姨母章氏嫁非其偶，時誦「巧妻常伴拙夫眠」之句，不知何人所作。後閱謝在杭集，方知故是謝詩。其詞曰：「痴漢偏騎駿馬走，巧妻常伴拙夫眠。世間多少不平事，不會作天莫作天。」

從弟鳳儀《旅店》云：「迎面有山皆客路，問心無日不家鄉。」吕柏岩有句云：「天果有涯行易盡，家雖無路夢常通。」

余知江寧時，和尹公「通」字韵云：「身如雨露村村到，心似玲瓏面面通。」史文靖公聞之，笑曰：「畫出一个尹元長。」

長沙太守陳焱，陝西人，與余在蘇州花宴甚歡，口號云：「此地若教行樂死，他生應不帶愁來。」未二年，竟卒。然他生無愁，亦可知矣。

某公子惑溺狹斜，幾於得疾。其父將笞之，公子獻詩云：「自憐病體輕於葉，扶上金鞍馬不知。」父爲霽威。所惑者亦有句云：「朝朝梳洗臨江水，一路芙蓉不敢開。」又曰：「世間未有無情物，蠟燭能痴酒亦酸。」

方敏恪公六十一歲生兒，當八月十四日。賦得子詩云：「與翁同甲子，添汝作中秋。」

余酒席歌場乘人鬭捷之作，多不載集中。乙未二月，避生日於蘇州，有舊識女校書任氏，以扇索詩，余題云：「隔年相見倍關情，樓上金燈樓下箏。難得相逢好時節，再遲三日是清明。」「小市長陵路狹斜，當簷一樹碧桃花。果然六十非虚度，半醉天台玉女家。」校書喜。次日，引余見其第四妹。妹亦持扇索詩。余題云："玉立長身窈窕姿，相逢從此惹相思。雲翹更比雲英弱，知是瑶臺第四枝。""若非月姊通消息，争得玄霜見少君。一樣珍珠兩行字，替他題上藕絲裙。"嗣後，任家姊妹逢能文之客，必歌此四章，不落一字，亦慧人也。余初意慶六旬，欲倣康對山集名妓百人，唱《百年歌》。而不料稱觴之日，僅得五人。御史蔣用庵同席，後將往杭州，留詩見贈云："喜是尋芳到未遲，唐昌觀裏正花時。芝蘭九畹春如許，却讓芝房第一枝。"謂芝仙校書。"風月東南屬主盟，買花親自載花行。未知桃葉曾迎否，先占揚州小杜名。""壽域歡場不易全，介眉見説有初筵。分明一樣稱觴酒，纖手扶來便欲仙。""館娃回首夢虚無，又掛風帆西子湖。不識玉釵羅袖畔，可曾閒憶到狂夫。"余後四年，再過蘇州，任氏姊名翠筠者，持舊扇相示，紙已破矣，猶裝裹護持，爲余唱曲。余感其情，再題二絶云："四年前贈扇頭詩，多謝佳人好護持。不是文君才絶世，相如琴曲有誰知。""爲儂重唱玉瓏玲，嚦嚦鶯聲繞畫屏。一曲歌終人一世，那堪頭白客中聽。"

蘇州太守孔南溪，風骨冷峭，權貴不敢以情干。青樓金蕊仙以事挂法，一時交好，無能爲之道地，乃遣人至白下，求余關説。余與金甚疏，僅半面耳。竊念書中語倘不佯爲親狎，轉生孔之疑。乃寄札云："僕老矣，三生杜牧，萬念俱空。只花月因緣，猶有狂奴故態。今春到治下，欲爲尋春之舉，而吴宫花草，半屬虚名，接席銜杯，了無當意。惟女校書金某，含睇宜笑，故是矯矯於庸中，遂同探梅鄧尉而别。刻下接蕭娘一紙，道爲他事牽引，就鞫黄堂，將有月缺花殘之恨。其一切顛末，自有令甲，憑公以惠文冠彈治之，非僕所敢與聞。只念此小妮子，蕉葉有心，雖知捲雨，而楊枝無力，祇好隨風。偶茵溷之誤投，遂窮民而無告。似乎君家宣聖復生，亦當在『少者懷之』之例，而必不『以杖叩其脛』也。且此輩南迎北送，何路不通，何不聽請於有力者之家，而必遠求數千里外之空山一叟？可想見夫子之門墻壁立萬仞，而非僕不足以替花請命耶！元微之詩云：『寄與東風好擡舉，夜來曾有鳳凰棲。』敬爲明公誦之。」孔得札後，覆云：「鳳鳥曾棲之樹，托擡舉于東風，惟有當作召公之甘棠，勿剪勿伐而已。」二札風傳一時。未二年，余又往蘇州。過京口，已解纜矣，丹徒徐令挽舟相留，道妓戴三與太守淮樹章公司閽者狎，章知之，逐閽人而不罪戴。戴往城隍廟焚香還願，一廟讙然。章怒其張揚，嚴檄拘訊，將使荷校以狥。徐婉求不聽，乞余解圍。余召見戴三，則霧鬢風鬟，春秋老矣。然馬骨千金，不可以不援手也。草札與太守云：「昔錢穆父刺常州，宴客，將笞一妓，妓哀請，錢云：『得座上歐陽永叔一詞，故當貸汝。』歐公爲賦一闋，遂釋之。僕雖非永叔，而公則今之穆父也。請爲二章，以當小調。詞曰：『東風吹散野鴛鴦，私爇神前一瓣香。爲祝長官千萬福，緣何翻惱長官腸？』『樊川行矣一帆斜，那有情留子夜家。只問千秋賢太守，可曾幾个斫桃花。』」交書徐公，即挂帆還白下，終不得消息，心殊惓惓。半月後，章寄函來，開看，只七字曰：「桃花依舊笑東風。」

漢陽戴喻讓，詩有奇氣，出吾鄉陳星齋先生門下。有《臨漳曲》云：「暮雲深，霸橋逝；水天横，歌臺廢。玉龍金鳳已千年，古瓦還鐫銅雀字。賣履分香兒女情，讀書射獵英雄氣。如何横槊對東風，老年想作喬家壻？」末二句，老瞞在九泉，亦當笑倒。又《咏雪》云：「未添庾嶺三分白，預借章臺一月花。」

邵子湘作《韵略》，以「江」、「陽」爲必不可通。余讀《史記·龜筴傳》、韓昌黎《此日足可惜》及李翱祭韓公諸篇，「江」、「陽」皆通，猶以爲彼固合「東」、「青」、「庚」而通之，甚廣，未足據也。及讀岑嘉州《陪狄員外早秋登府西樓》一篇云：「常愛張儀樓，西山正相當。車馬隘百井，里閈盤三江。」此短篇五古也，唐人用韵甚嚴，何濫通乃爾？因而廣考之，方知子湘之陋。《尚書》「論道經邦，燮理陰陽」，《戴記》「無服之喪，以畜萬邦」，此六經通「江」、「陽」之證也。《孔雀東南飛》云：「東家第三郎，窈窕世無雙。」樊毅《西嶽碑》云：「其德休明，則有禎祥。荒淫臊穢，篤灾必降。」《柳敏碑》云：「山陵元室，建斯邦兮。不飭不凋，隕履霜兮。」《三國志》楊戲《蜀君臣贊》云：「保據河江，家破軍亡。」《晉語》云：「二陸三張，中興過江。」《宋書·大社之祝》曰：「地德普施，惠存無疆。乃建大社，以保萬邦。」漢《紫玉歌》云：「一日失雄，三年感傷。雖有衆鳥，不爲匹雙。」荀勗《正德舞歌》云：「焕炳其章，光乎萬邦。」庾信《柳遐墓銘》云：「起兹禮數，峻此戎章。長離宛宛，刷羽凌江。」《吴越春秋·河梁歌》云：「諸侯怖懼皆恐惶，聲傳海内威遠邦。」吕温《昭陵功臣贊》云：「經綸八方，晏海澄江。」李翰《裴旻射虎贊》云：「弧矢之説，以威四方。群虎既夷，狄人來降。」此漢唐樂府通「江」、「陽」之證也。至宋諸大家，尤不勝屈指。

余作駢體文，押「曹丕」「丕」字爲上聲，爲人所嗤。不知「丕」與「不」通，又與「負背」通，不止攀悲切也。《書》曰：「是有丕子之責于天。」《史記》作「負」字。《索隱》引鄭氏曰：「丕讀爲負。」石經《尚書》亦作「負子」。惟今之韵書，捃摭淺漏，未經收拾。沈存中笑香山押「餓殍」爲「夫」，又笑杜牧之《杜秋詩》「厭飫不能飴」，誤飴糖之「飴」作飲噉用。不知杜牧之用「飴」字，本東漢童謡「飴我大豆烹芋魁」，又晉《盛彦傳》「婢使蠐螬炙飴之」。香山之押「殍」作平聲，本《唐韵》「敷」字下收「殍」，作撫俱切。猶之今平韵不收「糾」字，而嵇康《琴賦》亦竟作平聲押也。

《玉臺新咏》實《國風》之正宗，然有不可學者。如湘東王《春日》，一句用兩「新」字。鮑泉、沈約有詩八首，以五言一首爲題，如「秋哀悲落桐」之類，反覆千言，殊覺可憎，爲唐人試帖賦得題所自仿也。

人無酒德，而貪杯勺，最爲可憎。有某太守在隨園賞海棠，醉後，竟弛下衣，溲於庭中。余次日寄詩戲之云：「客是當年夷射姑，不教虎子挈花奴。但驚羸者此陽也，誰令軍中有布乎。頭禿公然幘似屋，心長空有腹如瓠。平生雅抱時苗癖，日縛衣冠射酒徒。」

年家子龔友，青年好學，來誦其《白門小住》云：「秋生黄葉聲中雨，人在清溪水上樓。」余爲嘆賞。臨别，忽向余正色云：「友不好名，先生切勿以友詩告人。」余雅不喜，曰：「此子矜情作態，局面太小。」已而竟不永年。

余哭鄂制府虚亭死節詩云：「男兒欲報君恩重，死到沙場是善終。」乙酉，天子南巡，傅文忠公向莊滋圃新參誦此二句，曰：「我不料袁某才人，竟有此心胸。聞係公同年，我欲見之，希轉告之。」余雖不能往謁，而心中知己之感，惻惻不忘。第念平生詩頗多，公何以獨愛此二句？後公往緬甸，受瘴得病，歸薨。方知一時感觸，未嘗非讖云。

鄂公拈香清涼山，過隨園門外，指示人曰：「風景殊佳。恐此中人必爲山林所誤。」有告余者，余不解所謂。後見宋人題吕仙一絶曰：「覓官千里赴神京，得遇鍾離蓋便傾。未必無心唐社稷，金丹一粒誤先生。」方悟鄂公誤字之意。

宋劉子儀爲夏英公先得樞密，乃咏堠子詩曰：「空呈厚貌臨官道，更有人從捷徑過。」本朝朱草衣《咏雪》云：「正愁前路迷樵徑，先有人行路一條。」陳古漁《看桃花》云：「回頭莫羡人行處，曾向行人行處來。」

同年李竹溪棠，性誠慤，而詩獨清超。《感懷》云：「罷官便有閒人集，才老旋生後輩嫌。」《得家書》云：「急開翻惱緘封密，朗誦頻教句讀差。」其子燧，年十歲時，余命屬對「水仙花」，渠應聲曰「羅漢松」，平仄雖不協，而意境極佳，遂大奇之。歸河間後，見懷云：「韋司風味陶潛節，野鶴閒雲伴此身。四海聲名雙管筆，六朝花柳一家春。鬚眉每向詩中見，函丈徧從夢裏親。此日著書深幾許，瓣香心事屬何人。」末二句，其自命亦不凡矣。

杭州張有虔先生，年九十三，皇上欽賜舉人。余自幼蒙提攜故，求其詩，不得。得其子名濟川號南皋生者，《微雨》云：「無聲著林木，有色引莓苔。」《欲雪》云：「風號平野急，雲重暮山連。」有人誦常州汪玉珩《咏淚》佳句云：「江干斑竹墻陰草，壺内紅冰鏡裏潮。」余以爲不如其第一首云：「商女含愁歌一曲，楚妃無語過三年。」更覺耐想。又《偶成》云：「高閣對層巒，屋角烟蘿接。山雨欲來時，蕭蕭下黄葉。」

胡稚威云：「詩有來得、去得、存得之分。來得者，下筆便有也。去得者，平正穩妥也。存得者，新鮮出色也。」

劉霞裳與余論詩曰:「天分高之人,其心必虚,肯受人譏彈。」余謂非獨詩也。鐘鼓虚,故受考;笙竽虚,故成音。試看諸葛武侯之集思廣益,勤求啓誨,此老是何等天分?孔子「入太廟,每事問」,顔子「以能問于不能,以多問于寡」,非謙也,天分高,故心虚也。

梁文莊公之兄啓心,字守存,入翰林後,即乞歸養。其子山舟侍講亦早乞病,使其弟敦書仕於朝。一門家風如此。守存除夕約同人遊吴山不果,乃寄詩云:「何堪歲盡復遷延,夙約都爲俗事牽。多謝分吟留一席,不妨屬和待明年。空山響答千門爆,落日寒迷萬瓦烟。想見諸公高會處,下方人指地行仙。」《除夕》云:「舊賜宫袍聊一著,新頒春帖嬾重書。」《晚過山庵》云:「清依古佛原無夢,老笑秋蟲尚有絲。」山舟性不近婦人,不宴客,亦不赴人之宴。惟余還杭州,則具華饌,一主一賓,相對而已。故余《寄懷》云:「一飯矜嚴常選客,半生孤冷不宜花。」山舟有《反遊仙》云:「漫説長生有秘傳,餐芝絶粒幾經年。登仙直是尋常事,鷄犬由來亦上天。」「瑶林瓊樹生來有,玉宇雲樓望裏深。上界不聞阿堵貴,道人偏要煉黄金。」「曾侍朝正三殿來,遥瞻旌節下蓬萊。如何一片飛鳧影,也被人間網得回。」「賺他劉阮是何人,畢竟迷樓莫當真。我是天台狂道士,桃花多處急抽身。」「擾擾蜉蝣奈若何,寸田尺宅竟蹉跎。自從偷吃嵇康髓,只覺胸中塊壘多。」

尹望山相公,四督江南,諸公子隨任未久,多仕于朝。惟似村以秀才故,不當差,常侍膝下。詩才清絶,余駢體序中已備言之。猶記其訂余往過云:「清談相訂菊花期,正慰幽懷入夢時。空谷傳書鴻屢至，閒庭掃徑僕先知。關心尚憶他鄉客，時以詩寄三兄。因病翻添數首詩。聞道芒鞋將我過，倚闌只恨月圓遲。」《絢春園》云：「莫喚池邊貪睡犬，隔林恐有看花人。」乙酉別去，庚子八月，忽奉太夫人就蕪湖觀察兩峰之養，重過隨園見和云：「迎人鷄犬閒如舊，滿架琴書賣欲無。」臨別云：「故人垂老別，歸舫任風移。退一步來想，斯遊本不期。」似村名慶蘭。

張松園方伯不甚作詩，而落筆新穎。見張素雲女校書扇上有余贈詩，乃題其後云：「小住青樓醉好春，偶教踪跡落紅塵。昨宵月下看歌扇，忽見文星照美人。」

嘉禾徵士曹廷樞古謙，與葛卜元同教習宗學。葛北方人，長于考據，自負博雅，而曹專工詞章，二人不相能。虞山蔣公、滿洲世公，各有所庇，遂相參劾。古人洛、蜀之分，皆由門下士起也。曹詩自佳，《咏春雨》云：「兩兩溪邊水鳥呼，漸看檐際濕模糊。憑欄花重紅疑滴，隔座山横翠欲無。吟苦莫愁春冷淡，病多偏穩睡工夫。卷簾自愛虛無景，未要瀟湘入畫圖。」

杭州柴南屏先生，名謙。作中書時，和聖祖《冬至》詩，有「雪花欲共梅花落，春意還同臘意舒」之句。聖祖謂有翰苑才，超陞御史。余與其曾孫景高交，先生年八十餘矣。《咏西湖》云：「月出慣留歌舞席，風生不送別離船。」

世有口頭俗句，皆出名士集中。「世亂奴欺主，時衰鬼弄人。」杜荀鶴詩也。「今朝有酒今朝醉，明日無錢明日愁。」羅隱詩也。「一朝權在手，便把令來行。」崔戎酒籌詩也。「閉門不管窻前月，分付梅花自主張。」南宋陳隨隱自述其先人詩也。「大風吹倒梧桐樹，自有旁人說短長。」宋人笑趙師羃欲附范文正公祠堂詩也。「晚飯少喫口，活到九十九。」古樂府也。見《七修類稿》所引。「難將一人手，掩得天下目。」曹鄴詩也。「易求無價寶，難得有情郎。」女真蕙蘭詩也。「一舉首登龍虎榜，十年身到鳳凰池。」張唐卿詩也。「平生不作皺眉事，世上應無切齒人。」邵康節詩也。「兒孫自有兒孫福，莫與兒孫作馬牛。」徐守信詩也。「是非只爲多開口，煩惱皆因强出頭。」「自家掃去門前雪，莫管他家瓦上霜。」並見《事林廣記》。「黄泉無客店，今夜宿誰家。」見唐人逸詩。

河督姚小坡，作别駕時，以「祭」、「葬」二字命題。余宰江寧時，無子，咏「祭」云：「血食滿天下，但看所樹恩。羞將好魂魄，飢飽仗兒孫。」

余作庶常時，寓年家花園。同年吴自堂與其兄飛池借寓園中。飛池與吴女金娘有三生之約，畏妻，不敢聘。金寄詩云：「殘淚未消和影拭，舊書重展背人看。」詩既佳，書法亦秀媚。

雲間沈大成，字學子，皓首窮經，多聞博學。嘗見古廟有九原丈人之碑，不知所出，後閱《十洲記》，始知乃海神司水者也。因作《九原丈人考》一篇。《贈邵檀波》云：「異書勘後兼金重，古硯磨多似臼深。」《即事》云：「樓頭風定鐘初動，湖上雲開舫漸行。」

浙中遂昌教諭王世芳，字芝圃，年一百十歲，入都祝太后萬壽，賜翰林侍講銜還鄉。陳太常星齋贈詩云：「華皓何來雲水頭，寵加新秩返扁舟。酒錢未卜憑誰與，壺藥翻叨爲我投。薄宦夢驚山北檄，散仙行逐海東鷗。獨留佳話傳臺閣，曾與耆英大父遊。」王面長尺許，腰若植鰭。自言少居鄉，遭耿逆之變，與諸妹豆棚閒坐，一妹頭忽不見，蓋爲飛砲擊去也。與第三子同來，白髮飄蕭，背轉傴僂。

問其長子，曰：「不幸夭亡矣。」問夭亡之年，曰：「八十五歲。」乾隆辛未，聖駕南巡，有湖南湯老人來接駕，年一百四十歲。皇上先賜匾額云：「花甲重周。」又賜云：「古稀再度。」

余夏間惡蚊，常誤批頰，甚痛，而蚊乃飛去。偶讀葉聲木《譙蚊》詩，不覺大快。詞曰：「虎狼偶食人，人猶寢其皮。獨怪蚤蝨蚊，嗜人甘如飴。蟣蝨我自生，自孽將怨誰？蚤出塵土間，跳梁亦暫時。爾蚊何爲者，薨薨聲殷雷。訂盟如點將，歃血遺佽飛。聚昏更爲市，利析秋毫微。穿衣巧刺繡，中膚驚卓錐。深入石飲羽，潛侵劍切泥。三伏涼夜好，清風吹滿懷。時方愛露坐，鳴鏑一聲來。誤憤自批頰，悵望空徘徊。亦或中老拳，磔裂殲渠魁。無奈苦搔癢，汗黏變瘡痍。咄咄么麽蟲，陰毒乃如斯。長喙不擇肉，呼吸若乳兒。怪底入夏瘦，毛孔成漏巵。安得通身手，左右時交揮。」葉諱誠，錢塘孝廉。

王安崑，字平圃。予少在都中與交好，嘗宿其家，見其《題尤貢甫墨竹》云：「幾个琅玕幾點苔，勝他五色筆花開。分明滿幅蕭蕭響，似帶江南風雨來。」《買竹》云：「南郊過雨綠生香，底事勞人買竹忙。我一出城君入市，兩邊風味各分嘗。」又《送羅兩峰歸邗上兼示舍弟瘦生》云：「別時冰雪到時春，萬樹寒梅炤眼新。邂逅若逢江上客，已歸須勸未歸人。」

余宰沭陽，有宦家女，依祖母居，私其甥陳某，逃獲。訊時，值六月，跪烈日中，汗雨下，而膚理玉映。陳貌寢，以縫皮爲業。余念「燕婉之求，得此戚施」，殊不可解。問女何供？女垂淚云：「一念之差，玷辱先人，自是前生宿孽。」其祖母怒，甚欲置之死。余以卓茂語再三諭之，笞甥，而以女交還其家。搜其篋，有《閨詞》云：「蕉心死後猶全捲，蓮子生時便倒含。」亦詩讖也。隔數月，聞被戚匪胡丰賣往山東矣。予至今惜之。嘗爲人題畫册云：「他生願作司香尉，十萬金鈴護落花。」

宰江寧時，有南鄉錢貢甫之子某，買張某妻陳氏爲妾，得價後，屢詐不遂，遂來控官。余召訊之，錢燒窑，張爲其採煤者也，貌如石炭，妻嫣然窈窕，錢美少年，能詩。余意天然佳耦，欲配合之，而格于例，乃發官媒，免其笞。有役某素黠，探知官意，密授錢計，仍買歸焉。錢故鄉居，事過後，余不便再問消息。後十餘年，余遊牛首山，路見鬑鬑者，率三嬰兒，捧香伏地。問：「何人？」曰：「錢某也。年來妻亡，扶陳氏爲正室。此三兒，皆其所生。某亦入上元學矣。妻聞公遊山，命我來謝。」獻詩云：「酬恩兩個山村雀，含著金環没處尋。緑葉成陰滿枝子，費公多少種花心。」

李笠翁詞曲尖巧，人多輕之，然其詩有足采者。如《送周參戎之浦陽》云：「儒將從來重，君其鬚絶倫。三遷無喜色，百戰有完身。灰裏求遺史，刀邊活故人。仙華名勝地，細柳正堪屯。」《婺寧庵》云：「誰引招提路，隨雲上小峰。飯依香積煮，衣倩衲僧縫。鼓吹千林鳥，波濤萬壑松。《楞嚴》聽未闋，歸計且從容。」尤展成贈云：「十郎才調本無雙，雙燕雙鶯話小窗。送客留髠休滅燭，要看花影炤銀釭。」

杭州姚君思勤、黄君湘圃、吴君錫麒，八九人同作新年百咏，俱典雅，而吴詩尤超，《門神》云：「問爾侯門立，能知深幾重？」倪經培云：「爵封萬户外，秩滿一年中。」姚咏《拜年》云：「履吉弓鞋換，催妝歲燭然。」勝常稱再四，利市乞團圓。」《風菱》云：「面目爲誰槁，心腸到底甜。」黄咏《爆竹》云：「買來還縮手，畢竟讓人工。」《面鬼》云：「一半頭銜用，幾重顔甲生。」皆佳句也。金雨叔宗伯爲題辭云：

「回首辭家十載餘，舊鄉風土夢華胥。卷中重認新年景，却認初來占籍居。」

《清波雜志》載：「元祐間，新正賀節，有士持門狀遣僕代往。到門，其人出迎，僕云：『已脱籠矣。』諺云『脱籠』者，詐閃也。温公聞之，笑曰：『不誠之事，原不可爲。』及前朝，文衡山《拜年》詩曰：『不求見面惟通謁，名紙朝來滿敝廬。我亦隨人投數紙，世情嫌簡不嫌虚。』可見賀節投虚帖，宋朝不可，明朝不以爲非。世風不古，亦因年代而遞降焉。

余有詩不入集中者，嫌其少作未工也。然終竟是爾時一種光景，棄之可惜，乃追憶而録之。九歲《咏盤香》云：「空梁無燕泥常落，古佛傳燈影太孤。」十五歲《咏懷》云：「也堪斬馬談方略，還是騎牛讀《漢書》。」《題田古農賣書買劍圖》云：「丈夫窮後疑無路，猶有神仙作退步。」《舟行》云：「山雲猶辨樹，江雨暗移春。」《咏柳》云：「新絲買得剛三月，舊雨吹來似六朝。」《落花》云：「莫訝萬枝隨雨盡，須知一片自天來。」《無題》云：「紅豆相思多入骨，緑蘿着處便生根。」《在都中爲徐相國耕籍應制》云：「水到公田龍脉轉，風翻仙仗杏花飛。」頗爲相公稱許。《和金沛恩咏昭君紙鳶》云：「玉門春老恨難忘，猶逐東風謁漢王。環珮影沉天漠北，琵琶聲在白雲鄉。素絲解作留仙帶，細雨彈成墜馬妝。莫怪洛城多紙貴，畫圖終日對斜陽。」

丁卯冬，余宰江寧，以公事往揚州，阻風燕子磯。弘濟寺僧默默，年九十餘，導余遊山，并出西林、桐城兩相國及諸公卿詩相示，余亦贈四律而别。後辛未南巡，默默接駕，上問其年，奏曰：「一百二歲。」上笑曰：「和尚還有二十年壽。」隨賜紫衣，默默謝恩而出。乾隆二十年，竟圓寂矣。方知天語之成讖也。高文定公贈以詩云：「默默僧年八十餘，麥塍猶愛荷春鋤。擡頭見客心先喜，款坐烹茶意自如。千尺娑羅庭外樹，兩朝丞相壁間書。救生舟送風帆穩，利涉長江信不虛。」

陶貞白云：「仙人九障，名居一焉。」余不幸負虛名。丁丑，過書肆，見有作《金陵懷古》詩者，姓王，名顛客，假余序文。詩既不佳，序亦相稱，余一笑置之。後三年，再過書肆，見《清溪唱酬集》一本，載上海彭金度、碭山汪元琛、太倉畢瀧等共三十餘人，前駢體序，亦假我姓名。詩序俱佳，不能無訝。因買歸，示程魚門。程笑曰：「名之累人如此。雖然，如魚門之名，求其一假，尚未可得。」後十年，集中王陸禔、曹錫辰、徐德諒、范雲鵬四人都來相見，而諸君子則終未謀面。姑録數首，以志暗中因緣。范《采菱曲》云：「采蓮莫采菱，菱角刺儂手。采菱莫采蓮，蓮心苦儂口。刺手苦儂苦不深，苦口兼欲苦儂心。」汪《金陵雜詩》云：「清江一曲鴨頭波，相約湔裙踏淺莎。雙槳月明桃葉渡，但聞人語不聞歌。」

王西莊光禄爲人作序云：「所謂詩人者，非必其能吟詩也。果能胸境超脱，相對温雅，雖一字不識，真詩人矣。如其胸境齷齪，相對塵俗，雖終日咬文嚼字，連篇累牘，乃非詩人矣。」余愛其言，深有得于詩之先者，故録之。

丙辰，余將赴廣西。吾鄉有孔先生者，年八十餘，贈詩云：「畫眉聲裏推篷坐，不是看山便讀書。」

張宫詹鵬翀，受今上知最深。侍直乾清門，方宣召，而張已歸。上以詩責之云：「傳宣學士爲吟詩，勤政臨軒未退時。試問《羔羊》三首内，幾曾此際許委蛇？」命依韵和呈，聊當自訟。張奉旨呈詩，上喜，賜以克食。張進謝恩詩，有「温語更欣天一笑，翻教賜汝得便宜」之句。後數日，和上《柳絮》詩，託詞見意云：「空堦匀積似鋪霜，忽起因風上玉堂。縱有别情供管領，本無才思敢輕狂。散來欲着仍難起，飛去如閒恰又忙。剩有鬢絲堪比素，蜂黏雀啄底何妨？」《嘲春風》云：「封姨十八正當家，墻角朱旛弄影斜。掃盡亂紅無興緒，强將餘力管楊花。」先生咏物詩尤爲獨絶，如集中《泥美人》、《雁字》、《粉團》、《玉環》諸題，皆能不脱不黏，出人意表。少時，遊楚南，太守張蒼厓懋贈以序云：「好窮七澤之游，勿遽吞吾雲夢；試問郢中之客，誰能和汝《陽春》？」

康熙庚子，常熟杜昌丁入藏。過瀾滄百里，其部落曰猓猔，有小女名倫幾卑，聰慧明艷，能通漢語。昌丁來往屢主其家，見輒呼「木瓜呀布」。木瓜者，尊稱也；呀布者，猶言好也。彼此有情，臨行以所挂戒珠作贈，揮淚而别。歸語士大夫，咸爲憮然。沈子大先生作詩云：「猓猔小女年十六，生長胡鄉服胡服。紅罽窄衫小垂手，白毺貼地雙趺足。漢家天子撫窮邊，門前節使紛蟬聯。慧性早能通漢語，含情何處結微緣。杜郎七尺青雲士，仗劍辭家報知己。匹馬翩翩去復回，暫借猓猔息行李。解鞍入户詫嫣然，萬里歸心一笑寬。笑迎板屋藏春暖，絮問游踪念夏寒。自言去日曾相見，君自無心妾自憐。妾心如月常臨漢，君意如雲欲返山。私語閒將番字教，烹茶知厭酪漿羶。兩意綢繆俄十日，誰言十日是千年。留君不住歸東土，恨無雙翼隨君舉。聊解胸前瑪瑙珠，將淚和珠親贈與。一珠一念是妾心，百回不斷珠中縷。塵起如烟馬如電，珠在君懷君不見。黄河東流黑水西，脉脉空懸情一綫。」

郭暉遠寄家信，誤封白紙，妻答詩曰：「碧紗窗下啓緘封，尺紙從頭徹尾空。應是仙郎懷别恨，憶人全在不言中。」

蘇州謝滄湄，老于游幕，爲淮關榷使年希堯之上客。有得意句云：「惟有鄉心消不得，又隨一雁落江南。」每旅夜高吟，則聲泪俱下。《過惠山》云：「路轉弓彎三里賒，好風猶趁半帆斜。鶯聲滿店二泉酒，春雨維舟一樹花。白髮來游嗟已晚，青山如畫欲移家。幾時來傍禪燈宿，惠麓雲中汲井華。」

徽士王載揚，吟詩以對仗爲工。有句云：「百五正逢寒食節，十千誰醉美人家。」愛余《滕王閣》詩「阿房有焦土，玉樓無故釘」一聯。湖州徐階五先生贈沈椒園詩云：「詩派同初白，官情共軟紅。」以沈乃初白先生外孫故也。王亦愛而時時誦之。徐知予於未遇時，記其《關山月》一首云：「大牙旗捲夕陽殘，旋見城邊湧玉盤。鼓角無聲霜氣肅，山河流影鏡光寒。白頭漢將占星立，紅淚胡姬倚馬看。净掃烟塵天闕迥，清輝多處是長安。」先生名以升，雍正癸卯翰林，官臬使。

興化鄭板橋，作宰山東，與余從未識面。有誤傳余死者，板橋大哭，以足蹋地，余聞而感焉。後廿年，與余相見于盧雅雨席間。板橋言，天下雖大，人才屈指不過數人。余故贈詩云：「聞死誤抛千點淚，論才不覺九州寬。」板橋深于時文，工畫，詩非所長。佳句云：「月來滿地水，雲起一天山。」「五更上馬披風露，曉月隨人出樹林。」「奴藏去志神先沮，鶴有饑容羽不修。」皆可誦也。板橋多外寵，常言欲改律文笞臀爲笞背，聞者笑之。

戴雪村學士典試順天，爲忌者所傷，落職家居。其飲酒如長鯨吸海，卒以此成疾亡。《沅州立秋》云：「沅州秋信悄然生，旅思無煩雁到驚。月落尚餘山桂白，露零先著海棠清。夢如蝶不離紋簟，静覺蛩都就畫楹。愧是上方旬日住，禪觀曾未遣微情。」《鎮遠》云：「泉脉自來簷可接，箐端時暝雨旋傾。只愁歸説人難信，安得吟成更畫成。」

杜茶村爲國初逸老，人多重其五律，余以爲襲杜之皮毛，甚覺無味。獨愛其《咏海棠》一句云：「全樹開成一朶花。」

晁君誠詩：「小雨愔愔人不寐，卧聽羸馬齕殘芻。」真静中妙境也。黄魯直學之，云：「馬齕枯萁喧午夢，誤驚風雨浪翻江。」落筆太狠，便無意致。

隱仙庵道士周明先，善琴，能詩，離隨園甚近，年未五十亡。余録其佳句云：「神仙樂事君知否，只比人間多笑聲。」「竹間樓小窗三面，山裏人稀樹四鄰。」「壁琴風過聞天籟，香椀灰深裊篆烟。」「雨中破壁蝸留篆，醉後餘腥蟻起兵。」又「新笋成時白晝長」七字亦妙。

姑蘇隱者殷如梅，字羽調。《咏桃花》云：「望去分明臨水岸，開殘容易逐楊花。」《咏梅》云：「自是歲寒松竹伴，無心要占百花先。」《謝人惠佛手啓》云：「數來千指屈伸，總是無名；看去兩枝大小，豈能垂手。」《憎蚊》云：「以啓其毛，何堪供汝流歠；不濡其味，亦且驚我虚聲。」

杭州多高士，梁秋潭先生因從子詩正貴後，遂不鄉試，恥以官卷中故也。《垂釣》云：「一溪新漲失前汀，照見青山處處青。香餌自香魚不食，釣竿只好立蜻蜓。」《題采芝圖》云：「山間石上爛生光，曾受青城道士方。自採自餐還自壽，不來朝市説珍祥。」宋杏洲先生《咏槐花》云：「寄語世間諸舉子，不應才到此時忙。」周徵士西穆《湖上》云：「野鷗導我有閒意，新柳笑人成老夫。」施文學竹田《湖心亭》云：「六時但有蘋風至，五月來看梅雨晴。」

余讀《漢書》，雅不喜董廣川，而最喜賈太傅。偶讀錢竹初《洛中懷古》云：「南來莫再尋遺宅，第一人才是賈生。」蘇州薛皆山云：「一篇《鵩賦》離形相，才子回頭是道人。」二詩皆推崇太傅，實獲我心。

余幼時遊西湖，見酒樓號「五柳居」者，壁上題詩甚多，不久即圬去。惟西穆先生一首，墨瀋淋漓，字寫《争坐位帖》，歷七八年如新。酒樓主人及來遊者皆護存之，敬其爲名士故也。題是《冬日同樊榭放舟湖上念欒城赤鳧都已下世彌覺清遊之足重也分韵同作》，云：「一角西山雪未消，鏡光清照赤闌橋。小分寒影看梅色，半入春痕是柳條。閙裏安排塵外迹，酒邊珍重故人招。孤烟落日空臺榭，歲晚重來話寂寥。」後四十年，余再至湖上，則壁詩無存。西穆、樊榭，久歸道山，而酒樓主人亦不知名士爲何物矣。惟陳莊壁上有蔣用庵侍御《酬王夢樓招遊》一首云：「六朝風物正妍和，珍重烏篷載酒過。一串歌珠人似玉，四圍巒翠水微波。狂夫興不隨年減，舊雨情于失路多。争奈嚴城宵漏急，未知今夜月如何。」

吾鄉詩有浙派，好用替代字，蓋始于宋人，而成于厲樊榭。宋人如「水泥行郭索，雲木叫鈎輈」，不過一蟹、一鷓鴣耳。「歲暮蒼官能自保，日高青女尚横陳」、「含風鴨緑鱗鱗起，弄日鵝黄裊裊垂」，不過松、霜、水、柳四物而已。廋詞謎語，了無餘味。樊榭在揚州馬秋玉家，所見説部書多，好用僻典及零碎故事，有類《庶物異名疏》、《清異録》二種。董竹枝云：「偷將冷字騙商人。」責之是也。不知先生之詩，佳處全不在是。嗣後學者，遂以「瓶」爲「軍持」、「橋」爲「略彴」、「箸」爲「挾提」、「棉」爲「芮温」、「提燈」爲「懸火」、「風箱」爲「扇隤」、「熨斗」爲「熱升」、「草屨」爲「不借」，其他「青奴」、「黄奶」、「紅友」、「緑卿」、「善哉」、「吉了」、「白甲」、「紅丁」之類，數之可盡，味同嚼蠟。余按：《世説》：郝隆爲桓温南〔蠻〕(部)參軍。三月三日作詩曰：「娵隅躍清池。」桓問何物，曰：「魚也。」桓問：「何以作蠻語？」曰：「千里投公，才得蠻部參軍，那得不作蠻語？」此用替代字之濫觴。《文選》中詩，以「日」爲「耀靈」、「風」爲「商飈」、「月」爲「蟾魄」，皆此類也。唐陳子昂出，始一洗而空之。

寶意先生：「恩同花上露，留得不多時。」萬柘坡：「相逢似春雪，一夜不能留。」元微之：「傷心落殘葉，猶識合昏期。」三詩意味相似。

李穆堂先生詩，以少作爲佳，位尊後，有率易之病。予所喜者，皆其未第時及初入翰林之作。《東平州看杏花》云：「斷雲斜日過東平，楊柳風來葉葉輕。莫爲春陰便惆悵，杏花如雪更分明。」《落葉》云：「寒來千樹薄，秋盡一身輕。」《即事》云：「欲問春深淺，桃花淡不言。」《湯泉》云：「漢井炎方熾，周京德肯涼？」《日暮》云：「鳥聲隔屋山初暗，燈影當窗紙未温。」《驛舖》云：「短堞一空雞絶唱，敗槽百齧馬無聲。」晚年不屑爲此種詩，亦不能爲此種詩。

王阮亭尚書未遇時，受知於先達某，故詩集卷首即録其所贈五古一篇，用「蕭」、「豪」韵。穆堂未遇時，受知于阮亭，故哭阮亭五古一篇，亦用「蕭」、「豪」韵。姜西溟哭徐健庵司寇詩，用張文昌哭昌黎韵，想見古人聲應氣求、後先推挽之盛。

吾鄉文學曹芝，字荔帷，以好名貧其家，中年遽亡。詩稿甚富，宿隨園見贈云：「蓬藿年年静掩扉，好風吹上芰荷衣。青山一覺鶴同夢，白髮滿頭花打圍。肯與凡禽争飲啄，果然天馬脱鞍鞿。陶邴罷關何事，出處如公世所稀。」

丁丑春，陳古愚袖詩一册，來告予曰：「得一詩人矣。」適黄星岩在山中，三人披讀，乃常州董潮字東亭者所作也。其《京口渡江》云：「輕帆如葉下吴頭，晚景蒼茫動客愁。雲浄蕪城山過雨，江空瓜步雁横秋。鈴音幾處烟中寺，燈影誰家水上樓。最是二分明月好，玉簫聲裏宿揚州。」想見其人倜儻。癸未，閲邸抄，知與香亭同中進士，入詞館。予方喜相交之日正長，不料散館後竟病卒。余因思未見其人先吟其詩而相慕者，一爲蔣君士銓，一爲陶君元藻，皆隔十餘年欣然握手，惟董君則始終隔面。渠未必知冥冥中有此一知己也。嗚呼！

曹澹泉詩：「含雨花如抱恨人。」方子雲云：「向日花如暴富人。」陳古愚云：「新緑樹如人少年。」三人調同而各妙。

湖廣彭湘南廷梅，與長沙陳恪敏公交好，過隨園時，年已七十，即席賦詩，有「落日紅未盡，遥山青欲來」之句，余愛賞之。在秦淮河口占云：「秦淮河畔亂沙汀，芳草魂生六代青。春去雨中人不惜，杜鵑啼與落花聽。」湘南畫小像，一叟坐室中，旁有偷兒持斧穴洞而窺，號「竊比于我老彭圖」，見者大笑。《秋夕宿憑虚閣》云：「尋幽住此山，秋聲即吾性。一閣銜夕陽，半江紅不定。淡淡暮雲低，漠漠松陰暝。遥見隔林燈，寒空生遠映。」

昔人稱王粲精思，不能有加于宿構，故拙速不如巧遲。此言是也。然對客揮毫，文不加點，亦是樂事。余平生所見敏于詩者四人，前輩中，一爲宫詹張南華鵬翀，一爲學士周蘭坡長發；同學中，一爲侯夷門嘉繙，一爲金進士兆燕，俱可以擊鉢聲終，萬言倚馬。乙丑，予宰江寧，侯爲貳尹。招之小飲，侯即席有「龍蟠虎踞江山助，璧合珠聯文字交」之句，惜忘其全篇。後得狂易之疾，死鎮江黄太守署中。秦澗泉哭以詩云：「客傳京口訃音來，無際愁雲望不開。妻子半船歸海嶠，圖書千帙付蒿萊。龍蛇應有前生夢，宇宙誰爲曠世才。懊惱人天今異路，新詩定已滿泉臺。」又曰：「若使九原真及第，勝教五斗戀微官。」

余散館出都，走别南華先生。先生取紙疾書《送别》云：「清時重民牧，臨御簡良才。經術平生裕，文章我輩推。醉辭鵷鷺侣，吟向鳳凰臺。民力東南急，君其保障哉。」「眷言桑梓近，鄭重惜分襟。暫輟《三都》筆，將聽《五袴》吟。風流爲政美，愷悌入人深。千里同明月，相思寄好音。」

癸酉夏五，周蘭坡、潘筠軒兩學士同飲隨園，見案上有東坡詩，擷之，笑曰：「我即用其仇池石韵序今日事，可乎？」余曰：「幸甚。」磨墨申紙，日影未移，詩已畢矣。曰：「千章夏木清，一雨洗濃緑。前月遊隨園，林巒看未足。北牖貪晝眠，人誚邊韶腹。雲開峰黛妍，水長波紋蹙。窈窱離市廛，疏狂狎樵牧。恐費十千沽，何曾再三瀆。榴火吐紅蕤，林篁削青玉。老友中州歸，陳人案前伏。相約飲無何，聯吟日可卜。爲愛好軒楹，不辭屢徵逐。絶類仲蔚園，恍入子真谷。無酒君須謀，有魚我所欲。看鋤邵圃瓜，敢顧周郎曲。劇喜天已晴，莫訝客不速。」

椶亭在江氏秋聲館，即席和余四絶云：「坐對名山列綺筵，籬花争艷暮秋天。百年傳得詩人宅，先把黄金鑄浪仙。」「近郭遥峰左右當，帆檣歷歷遠天長。女牆穿過疏林外，放出殘霞襯夕陽。」「山腰奇石最伶俜，矮作闌干曲作屏。選得雲根坐吹笛，新聲分與萬家聽。」「惠郎中酒眼波斜，一曲清歌遏衆譁。安得將身作么鳳，香叢長伴刺桐花。」

善寫客情者，昔人詩如：「只因相見近，轉致久無書。」「近鄉心更怯，不敢問來人。」善寫别情者，如：「可憐高處望，猶見故人車。」「相看尚未遠，不敢遽回舟。」唐山人《村行》詩也。「爲學心難足，知君更掩扉。」項斯贈友詩也。「一點村前火，誰家未掩扉。」兩押「扉」字，均妙。

何南園館於汪氏，其尊人禮之甚至，後其子非解事者，而苛責館課轉嚴。南園賦詩云：「急管繁絃子夜聲，宫商强半不分明。老夫聽慣開元曲，聽到殘唐刻刻驚。」

詩有音節清脆如雪竹冰絲，非人間凡響，皆由天性使然，非關學問。在唐，則青蓮一人，而温飛卿繼之。宋有楊誠齋，元有薩天錫，明有高青丘。本朝繼之者，其惟黄莘田乎？

吴魯齋賢，宰甘泉，有惠政，不幸無子，四十而殂。其詩稿失散，僅記其送友云：「遥知白髮相思苦，馬上逢人便寄書。」《過洛陽》云：「最羨少年能挾策，至今天子重書生。」《衙齋偶成》云：「候吏解投山客刺，奚童不掃印床花。」《京江》云：「揚子江頭月正明，夜深風露怯淒清。鄰舟有客横吹笛，似説故人離别情。」

偶見晚唐人辭某節度七律一首，前四句云：「去違知己住違親，欲策羸驂屢逡巡。萬里家山歸養志，十年門館受恩身。」讀之一往情深，必士君子中有至性者也，恨不友其人于千載以上。惜不能記其全首與其姓名，他日翻擷《全唐詩》，自能遇之。

隨園詩話卷十

倉山居士著

江寧吴模，字元理，應童子試時，年才十三，舉止端肅。因唤入署，啖以果餌。旋即入泮，邑中名士沈瘦岑以女妻之。嗣後十年，不復相見。詩人李晴洲告予曰：「元理小秀才，近詩日佳，比其外舅，駸駸欲度驊騮前矣。」誦其《迎秋》一首云：「碧天靄靄暮山晴，一片秋心趁月明。暑退漸教葵扇棄，風高已覺葛衫輕。繞堦草色籠烟淡，隔樹蟬聲咽露清。爲讀《離騷》更漏永，幽蘭時有暗香迎。」未幾，元理來，讀余外集，呈二律云：「陶令無官通刺易，崔儦有室入門難。」又曰：「傳有其人應久待，我生雖晚未嫌遲。」是年，與周青原同受知于學使李鶴峰，拔貢入都。予喜，賀以詩云：「人夸籍湜居門下，我道班楊在意中。」

余以紫玻璃鑲窗，一時咏者甚多。太倉聞省謙云：「一天花氣鏡邊浮，朶朶晴霞入望收。檻外電光何處雨，山中暮色最宜秋。」尤貢父云：「四面有山皆夕照，一年無日不花光。」

江寧高廟僧亮一，工栽菊，能使月月有花。戊辰秋，席武山别駕招余，同蔣用庵侍御、姚雲岫觀察同往賞花。用庵分得「有」字韵，詩云：「天地之大何不有，造化乃出山僧手。山僧一手種菊花，花高十尺大如斗。四時群卉遞凋殘，僧寮月月如重九。石頭城外普陀庵，相思半載游終負。初冬髯八書相招，盍簪花下中山酒。座客呼僧相睚眙，問訊神方乞誰某。僧云我絶勘師傳，藴崇祗在三時厚。料寒量燠細鋤泥，剔穢芟蕪重縛帚。雨無苦濕晴無乾，如期各有神明壽。此言雖小可喻大，士夫身世宜遵守。萬物從來栽者培，枯菀紛紛都自取。東風桃李劇芳妍，此時可保穠華否。經得冰霜受得春，畢竟此花能耐久。坐中聽者大軒渠，花亦從旁如點首。街鼓催人月到窗，籃輿還帶餘香走。」

「關防」二字，見《隋書・酷吏傳》，原非作官者之美名。故余知江寧時，記室史正義苕湄，時出狎遊，予愛其才，而不禁也。其《南歸留別得青字》云：「浪跡深慚水上萍，漫勞今夜餞郵亭。鬢從久客無多緑，燈入籬筵分外青。海國歸飄隨候雁，天涯知己媵晨星。何時載得蘭陵酒，重向紅橋共醉醒。」又曰：「酒沽雙屐雨，人坐一庭烟。」

六安秀才夏寶傳，生而任俠。出雅雨盧公門下，盧謫戍軍臺，僮僕無肯隨者，夏奮曰：「我願往。」竟策馬出塞三年，後與盧同歸。盧再任轉運，爲捐學正一官，所以報也。程魚門題其《槖中集》云：「磨刀冰作石，煖客火爲衣。」盧亦有句云：「手僵常散轡，淚凍不沾衣。」可想見塞外之苦矣。乾隆庚子科，以年過八十，欽賜舉人。陳古漁贈句云：「八旬鄉榜無消息，一紙天書有姓名。」又曰：「三徵尚却連城聘，一諾能輕萬里行。」

蘇州顧禄百，張匠門先生外孫也。晚年不遇，爲歸愚先生權記室，凡先生酬應之作，皆顧捉刀。《咏紅葉》云：「秋樹忽春色，曉山皆暮霞。」余常嘆陸放翁臨終時，猶望九州恢復，而終于國亡家破，不遂其願。禄百有句云：「散關鐵馬平生願，愁絶他年家祭時。」

蔣心餘太史居金陵時，除夕，夢與余登清涼山，得句云：「三春花鳥空陳迹，六代江山兩寓公。」聞山寺鐘鳴，擲筆而寤。

唐人詩曰：「欲折垂楊葉，回頭見鬢絲。」又曰：「久不開明鏡，多應爲白頭。」皆傷老之詩也。不如香山作壯語曰：「莫道桑榆晚，餘霞尚滿天。」又宋人云：「勸君莫惱鬢毛斑，鬢到斑時也自難。多少朱門年少子，被風吹上北邙山。」

杭州布衣何琪，字東甫，《咏簾鈎》云：「高牽纏臂金無色，誤觸搔頭玉有聲。」《金銀花》云：「可能華屋開常好，只恐柴門種亦難。」

學問之道，四子書如户牖，九經如廳堂，十七史如正寢，雜史如東西兩廂，注疏如樞闑，類書如厨櫃，説部如庖湢井匽，諸子百家詩文詞如書舍花園。廳堂正寢可以合賓，書舍花園可以娱神。今之博通經史而不能爲詩者，猶之有廳堂大厦，而無園榭之樂也。能吟詩詞而不博通經史者，猶之有園榭，而無正屋高堂也。是皆不可偏廢。

江寧涂爽亭，善小兒醫，能詩，年九十餘。有句云：「船底水鳴風力大，蘆中雁語月光高。」余小女病危，爽亭活之，因來往甚歡。辛丑九月，以書來訣，一切身後事親自檢校。予挽聯云：「過九秩以考終，從古名醫都登上壽；痛三號而未已，傷吾老友更失詩人。」

或傳程魚門京中《移居》詩云：「勢家歇馬評珍玩，冷客攤錢問故書。」予笑曰：「此必琉璃廠也。」詢之，果然。因記商寶意移居，周蘭坡與萬晴初訪之，見門對云：「豈有文章驚海内，從無書札到公卿。」萬笑曰：「此必商公家矣。」詢之，果然。

王菊莊孝廉，名金英，性孤冷而工詩，有「殘雪墜仍起，如塵空際盤」之句。余尤愛其《楊柳店夢歸》云：「征騎尚棲楊柳岸，歸魂已到菊花莊。杖藜父老聞聲喜，停織山妻設饌忙。生菜摘來猶帶露，新醅篘得已聞香。堪憐稚女都齊膝，羞澁牽衣立母旁。」《掌教永平書院》云：「生徒散後庭階静，知己逢來禮法疏。」《邗溝》云：「負郭人家隄下住，酒帘飏出樹稍頭。」

魯星村「猫迎落花戲，魚負小萍移」，與宋笠田「護籬小犬吠生客，曝背老翁調幼孫」之句，皆詩中有畫。魯《沙橋道上》云：「山下竹林林下屋，門前溪水帶花流。」王蘭泉方伯《雲陽驛》云：「明月似霜霜似雪，雲陽驛外夜三更。」二句相似。

予有句云：「開卷古人都在眼，閉門晴雨不關心。」龔旭開《登石臺》詩云：「短墻南畔接烟林，啼罷山禽又海禽。甚日晴明甚日雨，不曾出户不關心。」抑何暗合耶？龔有《連理枝詞》云：「曉尚衣衫薄，未許開簾幕。小婢來言，東風料峭，動花鈴索。海棠軒外石闌邊，有風箏吹落。」

山陰布衣茅商隱，客死汴城，桑弢甫爲梓其詩。《晚村》云：「帶聲鴉易樹，偶語客歸村。」《山行》云：「郭外髑髏眠野草，墳前翁仲戴山花。」皆佳句也。越中故事，娶新婦至必選處女迎之，號曰「伴姑」。茅吟曰：「十六作伴姑，含情語鄰姆。今日新嫁娘，問年才十五。」

王進士又曾，字穀原，詩工遊覽。《同人看白蓮》云：「船窗六扇拓銀紗，倚槳風前落晚霞。依約前灘凉月晒，但聞花氣不看花。」「皋亭來往省年時，香飲蓮筒醉不辭。莫怪花容渾似雪，看花人亦鬢成絲。」《遊陶然亭》云：「岸蘆迸笋妨遊屐，林蝶翻灰浣袷衣。春濃轉怕形人老，官冷真宜伴佛閒。」皆傳誦一時。有《丁辛老屋集》。

岳水軒，名夢淵，爲督撫上客，居與隨園相近。丁丑秋，忽作詩會，大集名流，其豪氣猶勃勃可想。《江行》云：「荻港人維雪裏舟，雪花飛較荻花稠。篷窗人醉荻中卧，時被雪花飛上頭。」《荷花》云：「蘭舟載麗人，摇入荷花蕩。亭亭紅粉姿，花與人相彷。其中有蓮的，心苦惟儂賞。欲以擲奉郎，生憎金釧響。」兩詩有古樂府遺音。

金江聲觀察名志章，在吾鄉，與杭、厲齊名。《壬子月夜登虎丘》云：「一片深宵月，明明照虎丘。松杉交影静，蘋藻上階流。夜舫吹簫客，春燈賣酒樓。他鄉有朋好，竟夕此淹留。」庚辰年，余過虎丘，山僧出此詩見示，不知余故觀察年家子也。尤愛其《過冷水舖》云：「白鷗傍槳自雙浴，黄蝶逆風還倒飛。」《宿靈隱》云：「窗虚暗覺雲生壁，夜静時聞雨滴階。」

或問：「劉勰言：『陸機亦有鋒穎，而腴詞勿剪，終累文骨。』近日才人，如寶意、魚門，時蹈此病。」余曉之曰：「韋端己云：屈宋亦有蕪詞，應劉豈無累句？但須精選斯文者，食馬留肝，烹魚去乙可耳。此《極玄集》之所由作也。」

漢杜欽兄弟，任二千石者十人，欽官最小，名最著。韓文公之孫衮中狀元後，人但知布衣方干，不知狀元韓衮。甚矣！人傳不在官位也。唐人詩曰：「孟簡雖持節，襄陽屬浩然。」簡之名自在浩然下。然余到桂林，見獨秀峰，有簡題名，筆力蒼古。今之持節者，如孟簡其人亦少矣。

薛中立幼時見蝴蝶，咏詩云：「佳人偷様好，停却繡鴛鴦。」大爲乃翁生白所賞，且云：「宋時某童子有句云：『應是子規啼不到，致令我父不還家。』都是就一時感觸，竟成天籟。」

閨秀少工七古者，近惟浣青、碧梧兩夫人耳。碧梧《咏李香君媚香樓》云：「秦淮烟月板橋春，宿粉殘脂膩水濱。翠黛紅裙競妝裹，垂楊勾惹看花人。香君生長貌無雙，新築紅樓唤媚香。春影亂時花弄月，風簾開處燕歸梁。盈盈十五春無主，阿母偏憐小兒女。弄玉雖居引鳳臺，蕭郎未遇吹簫侶。公子侯生求燕好，輸金欲買紅兒笑。桃花春水引漁人，門前繫住遊仙棹。奄黨纖兒想納交，纏頭故遣狡童招。那知西子含顰拒，更比東林結社高。樓中剛耀雙星色，無奈風波生頃刻。易服悲離阿軟行，重房難把臺卿匿。天涯從此别情濃，錦字書憑若个通。桐樹已曾棲彩鳳，繡幃争肯放遊蜂。因愁久已拋歌扇，教坊忽報君王選。啼眉擁髻下妝樓，從今風月憑誰管。《柘枝》舊譜唱當筵，部曲新翻《燕子箋》。總爲聖情憐靦覥，桃花宫扇賜簾前。天子不知征戰苦，風前且擊催花鼓。阿監潛傳鐵鎖開，美人猶在瓊臺舞。銀箭聲殘火尚温，君王匹馬出宫門。西陵空自宫人泣，南内誰招帝子魂。最是秦淮古渡頭，傷心無復媚香樓。可憐一片清溪水，猶向門前嗚邑流。」碧梧即孫雲鳳，和余留别詩者。有妹蘭友，名雲鶴，亦才女也。咏指甲作《沁園春》云：「雲母裁成，春冰碾就，裹住葱尖。憶緑窗人静，蘭湯悄試，銀屏風細，絳蠟輕彈。愛染仙葩，偶調香粉，點上些兒玳瑁斑。支頤久，有一痕鈎影，斜映腮間。　摘花清露微粘。剖繡線，雙虹掛月邊。把《霓裳》暗拍，代他象板，藕絲白雪，掐个連環。未斷先愁，將修更惜，女伴燈前比並看。消魂處，向紫荆花上，故逞纖纖。」

梁文莊公弟夢善，字午樓，生富貴家，而娟潔静好，孟子所謂「無獻子之家者也」。年十五，舉于鄉，六上春闈不第，出宰蠡縣，非其志也。年過四十而卒。《出都》一首，便覺不祥。其詞云：「何處人間有雁聲，暮雲無際且南征。西風禾黍臨官道，落日牛羊近古城。生意漸如衰柳盡，浮生只共片帆輕。勞勞踪跡年年是，淒絶天涯此夜情。」《咏熏爐》云：「夢去恰疑懷墮月，抱來錯認玉爲烟。」《飲沈椒園太史家》云：「微吟韵許追前輩，中酒身還耐薄寒。」《述懷》云：「洗馬清羸潘令鬢，外人剛認一愁無。」皆清詞麗句，楚楚自憐。亦有壯語，如：「出塞不辭三万里，著書須計一千年。」恰不多也。

國初逸老某贈妾云：「香能損肺熏宜少，露漸沾花採莫頻。」王健庵妻張瑶英《示兒》云：「教兒寶鴨休添火，龍腦香多最損花。」瑶英有《繡墨詩集》，余已爲刊刻矣。兹再録其佳句。《送健庵》云：「縱無多路情難別，須念衰親遊有方。」《病目》云：「豈爲愁多清淚落，却緣烟重午炊遲。」《偶成》云：「無夢不愁鷄唱早，有書只望雁飛過。」「荒院草刪三徑闊，破窗風入一燈危。」「蛛知網濕添絲急，月待雲開到檻遲。」

戊戌春，余在杭州，兩姬置酒，招女眷遊西湖。瑶英以詩辭云：「呼女窗前看刺鳳，課兒燈下學塗鴉。韶光一刻難虚擲，那有閒看湖上花。」既而遣人刦之曰：「娘子不來，怕作詩耶？」果飛輿而至。到湖心亭，書二十八字云：「釀花天氣雨新晴，一片清光兩岸平。最好湖心亭上望，滿堤人似水中行。」

李宏猷秀才，設帳尹制府署中。《咏新竹》云：「節已凌雲未出頭。」未幾病重，薦其友周青原入署相代。青原來見，袖中出《西園池上》詩，云：「目不窺園已浹旬，小池春漲緑鱗鱗。得魚鳥勝垂綸客，臨水花如炤鏡人。欲掃閒庭苔莫損，偶扳芳樹蝶相親。笑余三月裘還着，只爲調停病起身。」末句余略爲酌改，周欣然。辭出良久，聞門外尚有吟哦聲，則以肩輿未至，故得意而徐步呻吟也。其風趣如此。後官中書，在京師寄懷云：「我如脱銜駒，恣意騁原隰。不讀五千卷，輒入崔儦室。又如餂丹鼠，吐腸還自悼。空得成連師，未諳《水仙操》。川雖難學海，磁則曾引針。千秋一瓣香，頂禮優鉢林。」

金陵妓郭三爲訟事，江寧王令拘訊之。香亭爲關説求免，王覆札云：「昨承簡翰，誠恐狼藉花枝，欲於園中立五彩旛，使封家十八姨莫逞其勢。然弄郭郎者只是逢場作戲，須俟上臺時看作如何扮演，再理會下場可耳。」香亭乃寄詩云：「一波才定又生波，屢困風姨可奈何。不是花奴偏惹事，總緣柳弱受風多。」「登場更比下場難，牛鬼威風色已寒。要識李夫人面目，何如留待帳中看。」

秦郵沈均安，字際可，官江右，以廉潔稱。能詩，工書。由贛邑令擢蓮花廳司馬，留別邑人云：「民稱張旭書堪寶，我比時苗犢並無。」

真州鄭中翰澐，字晴波。新婚北上，留别閨中云：「來年春到江南岸，楊柳青青莫上樓。」其同年周舍人發春喜誦之。時有陳庶常濂，與周相善，而未識鄭。一日，公讌處，周、鄭俱在，陳忽語周曰：「昨聞有人贈内之句，情韵絶佳，當是晚唐人手筆。」周急叩之，則所稱者即鄭詩也。鄭聞而愕然。周因指鄭示陳曰：「此即賦『楊柳青青』之晚唐人矣。」三人大笑。真州程灌夫亦有句云：「春風自緑垂楊色，何事羈人怕倚樓。」

寶意先生告余云：「己卯秋，過龍潭，見旅壁題詩四絶，清麗芊綿，後書『桂堂』二字，横胸中數十載，終不知其爲誰。題作《秦淮偶興》，云：『淡黄楊柳曉啼雅，絲雨温香濕落花。應有鯝魚吹雪上，水邊亭子正琵琶。』『水榭湘簾特地清，朝烟上與曲闌平。舊時紅豆拋殘處，只恐風吹子又生。』『籬門過雨緑烟鋪，檀板金尊俗有無。小艇已將烟月去，人間空説女兒湖。』『鱗鱗碧瓦炤春萊，智井宵深鳥語哀。第一林泉誰省得，數枝猶發舊宫槐。』」

冬友自言：「九歲時，侍先大父過淮。舟中人限『吞』字韵爲詩，多未穩。予有句云：『横橋風定帆全卸，小艇潮來勢欲吞。』大父曰：『此子將來必無患苦。』或問其故，曰：『凡詩押啞韵而能響者，其人必貴。押險韵而能穩者，其人必安。生平以此衡人，百不失一。』大父諱馨，字星標。」

吴中七子中，趙文哲損之詩筆最健。丁丑召試，與吴竹嶼同集隨園，愛誦余「無情何必生斯世，有好都能累此身」一聯。後從温將軍征金川，死難軍中。過襄陽時，以《懷諸葛故居》詩四首見寄，云：「洵美躬耕地，千秋一草廬。勛名微管亞，出處有莘如。巾服漁樵裏，川原戰陣餘。西風渭濱路，尚憶沔南居。」「四海占龍卧，蕭條一畝宫。泊如明厥志，行矣慎吾躬。變化遭非偶，棲遲道豈窮。可知《出師表》，慷慨本隆中。」「崔徐二三子，來往定欣然。逸事風塵外，高評月旦前。襟期《梁甫》曲，生計漢陰田。當日如終隱，鴻妻亦最賢。」「宇宙聲名大，遺踪錦水長。人歌千尺柏，公念百枝桑。涕尚沾遺老，魂應戀故鄉。溪毛如可薦，此地合祠堂。」

江賓谷在楚中，寄信托家人山莊栽樹云：「老去菟裘身後冢，他年都要此中來。」何言之親切而有味也。《漢上喜晤汪丈》云：「他鄉執手感前盟，白髮垂肩閲變更。問舊可堪皆後輩，抱書猶記拜先生。漸成安土如秦贅，别後添丁盡楚聲。客況中年復誰遣，一尊寒雨故人情。」

香亭弟隨叔父健磐公生長廣西，叔父亡後，余迎歸故里。年十五，即見贈云：「坐無尼父爲師易，家有元方作弟難。」又《即目》云：「山氣騰空欲化雲。」余早知其能詩也。孤甥陸建，號豫庭，字湄君，幼爲余所撫養，與香亭同歲。己巳春，余辭官，挈兩人讀書隨園，時相唱和。後予官秦中，二人過隨園見憶，香亭云：「共尋幽徑訪柴扉，遥見高臺出翠微。蠟屐重臨秋色冷，青山如故客情非。枯荷帶雨碧連水，荒蘚盈庭緑染衣。滿樹寒鴉鳴不已，斜陽烟草更依依。」豫庭云：「自别青山兩載餘，風光較昔更何如。竹梅添種堦前樹，詩史空堆架上書。窗外葉飛人去後，天邊月冷雁來初。灞橋此日秋風早，應向江南憶故廬。」豫庭贅于宿州刺史張公處。張名開士，字軼倫，杭州壬戌進士，歷任有循聲。謂豫庭曰：「作時文則我教卿，作詩則卿教我。」豫庭年三十餘，以瘵亡，張忽忽不樂，如支公之喪法虔也。月餘，亦亡。豫庭贈婦翁云：「喜我絳紗深有托，半爲嬌客半門生。」贈婦云：「未有肉能憑我割，不妨酒更向卿謀。」張詩亦佳。《宿華嚴寺》云：「竹裏琴聲秋澗落，定中燈火石牀分。」《感懷》云：「臣心自問清如水，世道尤難直似弦。」

余三妹皆能詩，不愧孝綽門風，而皆多坎坷，少福澤。余已刻三妹合稿行世矣。兹又抄三人佳句，以廣流傳。三妹名機，字素文。《秋夜》云：「不見深秋月影寒，只聞風信響闌干。閒庭落葉知多少，記取朝來着意看。」《閒情》云：「欲捲湘簾問歲華，不知春在幾人家。一雙燕子殷勤甚，銜到窗前盡落花。」他如：「女嬌頻索果，婢小嬾梳頭。」「怕引游蜂至，不栽香色花。」皆可誦也。遇人不淑，卒於隨園。香亭弟哭之云：「若爲男子真名士，使配參軍信可人。無家枉説曾招壻，有影終年只傍親。」豫庭甥哭之云：「誰信有才偏命薄，生教無計奈夫狂。」「白雪裁詩陪道藴，青燈説史侍班姑。」

四妹名杼，字静宜。《遊鷄鳴寺》云：「蒼蒼烟樹帶斜暉，石塔層巒傍翠微。無復蕭梁宫殿在，臺城猶見紙鳶飛。」《秋園踏月》云：「藹藹山光映碧空，參差樹影亂西風。蘆花幾朶明如雪，吹在横橋曲澗中。」他可誦者如：「描花嫌紙窄，學字借書抄。」「賓鴻雲作路，蟋蟀草爲城。」「畫閣偏聞雛燕語，亂書常被嬾猫眠。」《課女》云：「花簪一朶休嫌少，字課三張莫厭多。」《挽葛姬》云：「斷線幾條猶委地，南樓一榻已生塵。」

堂妹棠，字秋卿，嫁揚州汪楷亭，家頗温飽，伉儷甚篤。《咏燕》云：「春風燕子今年早，歲歲梁間補舊草。華堂叮囑主人翁，珍重香泥莫輕掃。吁嗟乎，千年田土尚滄桑，那得雕梁常汝保。」余讀之不樂，曰：「詩雖佳，何言之不祥也。」已而竟以娩難亡。又二年，楷亭亦卒。妹寄二兄香亭云：「鵬程人與白雲齊，君獨年年借一枝。聞道故交多及第，更憐歸客尚無期。琴書別後遥相憶，雪月窗前寄所思。常對芙蓉染衣鏡，堪嗟儂不是男兒。」《于歸揚州》云：「不堪回憶武林春，嬌養曾爲膝下身。未解姑嫜深意處，偏郎愛作遠遊人。緑楊堤畔行遊子，紅粉樓中冷翠帷。爲問秦淮江上月，今宵照得幾人歸？」亡後，香亭哭以詩云：「最苦高堂念，懷中小女兒。至今傳死信，未敢與親知。書遠摹多誤，人稠語屢岐。調停兩邊意，暗泣淚如絲。」

余在蘇州，四妹寄懷云：「長路迢迢江水寒，蕭蕭梅雨客身單。無言但勸歸期速，有淚多從別後彈。新暑乍來應保重，高堂雖老幸平安。青山寂寞烟雲裏，偶倚闌干忍獨看。」余讀之淒然，當即買舟還山。四女琴姑，從妹受業，妹贈以詩云：「有女依依喚阿姑，忝爲女傅教之無。欲將古典從容説，失却當年記事珠。」妹嫁韓氏，生一兒，名執玉。十四歲，《咏夏雨》云：「潤回青簟色，凉逼采蓮人。」學使竇東臯先生愛之，拔入縣學。未一年，得暴疾亡。目將瞑矣，忽坐起，問阿母曰：「唐詩『舉頭望明月』，下句若何？」曰：「低頭思故鄉。」嘆曰：「果然。」遂點頭而仆。故妹哭之云：「傷心欲拍靈床問，兒往何鄉是故鄉？」

詩有情至語，寫出活現者。許竹人先生督學廣西，接弟石樹凶問，云：「望書眼欲穿，拆書手欲爭。抱書心忽亂，隔紙字忽明。揮手急屏置，忍淚雨暗傾。老親中庭立，念遠心懸旌。病訊百計匿，矧可聞哭聲。違心方飾貌，哀抑喜且盈。趨言夢弟至，所患行已平。」

隨園每至春日，百花齊放，家中内子及諸姬人，輪流置酒，爲太夫人壽。太夫人亦常設席作答。余有句云：「高堂戒我無他出，阿母明朝作主人。」蓋實事也。香亭同賞梅，詩云：「爲愛梅花敞綺筵，合家春聚畫堂前。忽憐香氣傳風外，却喜花開在雨先。人影共分千竹翠，簾光高捲一山烟。知他萬片隨雲去，還赴璚樓讌列仙。」嗚呼！自先慈亡後，此席永斷，而香亭亦遠宦粤中矣。

江寧城中，每至冬月，江北村婦多渡江爲人傭工。皆不纏足，間有佳者。秦芝軒方伯席上集唐句戲云：「一身兼作僕，兩足白于霜。」

桐城詩人分咏古鏡，方正瑗云：「絶代應憐顔色少，六宫曾識舊人多。」姚孔鋅云：「相對不知何代物，此中曾老幾朝人。」皆佳句也。姚又有句云：「病後精神當酒怯，静中情性與香宜。」

余己未座主爲泰安相國趙公仁圃。公以長垣令有政聲，受知世宗，晉秩卿貳。平生愛時文，雖入綸扉，猶手校成、弘諸大家，孜孜不倦。《晚泊小米灘》一絶云：「回橈艤艇傍平沙，客路停舟便是家。坐久鳥驚山吐月，話長人喜燭生花。」作令時，以勘灾故，足浸水中三日，故病跛。每入朝，許給扶以行。諱國麟，山東人。

余習國書，讀十二烏朱，受業于鄒泰和學士。記其《丁香》一首云：「春空烟鎖綴星星，兩樹瓊枝占一庭。交網月穿珠絡索，小鈴風動玉冬丁。傍簷結密人難折，拂座香多酒易醒。只恐天花散無迹，擬將湘管寫娉婷。」又《白雲寺》云：「飛鳥没邊孤塔見，亂山缺處夕陽明。」先生戊戌翰林，和雅謙謹，有愛猫之癖。每宴客，召猫與兒孫側坐，賜孫肉一片，必賜猫一片，曰：「必均，毋相奪也。」督學河南，按臨商丘，畢，出署失一猫，嚴檄督縣捕尋。令苦其煩，用印文詳報云：「卑職遣幹役四人，挨民家搜捕，至今逾限，憲猫不得。」

陝西薛宁庭太史，與江寧令陸蘭村爲同年。丙戌，到白門相訪，偕公子雨莊與其師高東井泛舟秦淮，作詩云：「衣帶一條水，蘭舟小亦佳。南朝留勝覽，北客壯吟懷。綽約虹橋束，參差畫檻排。衝炎偶然出，記取始秦淮。」「誰與偕來者，詩人高達夫。看山揮玉麈，忘暑對冰壺。乍可清談足，寧教佳句無。士龍君弟子，架筆也珊瑚。」

金陵承恩寺僧行犖，能詩，有句云：「雨晴雲有態，風定水無痕。」其師闌乘有五絶云：「香氣透窗紗，風輕日未斜。午堂春睡起，雙燕下含花。」又有句云：「才展《金剛經》了了，《金剛經》夾小吟箋。」余嘗云：「凡詩之傳，雖藉詩佳，亦藉其人所居之位分。如女子、青樓、山僧、野道，苟成一首，人皆有味乎其言，較士大夫最易流布。」

余改官江南，賦《落花詩》，祁陽中丞内幕程南耕愛而和之，記數聯云：「燕壘漫教留粉在，馬蹄幾度踏香來。」「升沉我已參名理，落莫人還惜異才。」程名嗣章，綿莊先生之弟。中年病聾，每來，則以筆代口，先以一函相訂，故余贈句云：「見面預安雙管筆，焚香先捧一函書。」

朱學士筠，字竹君，考據博雅，不甚吟詩。有《登湖樓》一律云：「載月來登湖上樓，飄然便可御風游。帆如不動暮天没，岸竟欲斜秋水流。何寺一聲孤磬遠，長空萬點亂鴉愁。酒杯頻勸君何苦，未使春波負秀州。」

姊夫王貢南，名裕琨。《雨過富春》云：「歷亂如絲小雨微，相呼舟子授蓑衣。魚争新水穿萍出，鳥怯寒風貼地飛。宿霧半藏臨澗屋，好花多落釣魚磯。紛紛魚艇隨波散，撒網閒歌何處歸。」《寄内》云：「好奉慈姑勤菽水，莫同丘嫂戛杯羹。」余時年十四，愛而記之，即健庵父也。

海寧許鐵山惟枚，與余同官金陵，一時有「二枚」之稱。余已薦牧高郵，而許猶有待。意有所感，和余《河房宴集》詩云：「朱簾斜捲晚風前，楊柳蕭疏隔岸烟。一様樓臺都近水，向南明月得來先。」《園梅》云：「臘盡還微雪，春來尚薄寒。迎風飛片易，背日拆苞難。疏蕊明高閣，低枝韵小欄。莫教吹短笛，我正倚闌干。」許性嚴重，秦淮小集，坐有歌郎，君義形于色，將責其無禮而笞之。余急揮郎去，而調以詩云：「惱煞隔簾紗帽客，排衙花底打鴛鴦。」

同試鴻博陳魯章士璠，杭州人，以諸生中式，即授庶常。《途中紀事》云：「月映湖光分外明，蘆花影裏一舟横。夜深聞有鄉音在，曉起開篷問姓名。」

毛西河言：古人詩題所云「遥同」者，即遥和也。謝朓《同謝咨議銅雀臺詩》、盧照鄰《同紀明孤雁詩》，皆是和詩，非同游也。

見吴小仙畫《騎驢圖》，題云：「白頭一老子，騎驢去飲水。岸上蹄踏蹄，水中嘴對嘴。」顧赤芳題云：「張果倒騎驢，不知是何故。爲恐向前差，忘却來時路。」慶兩峰《落齒》云：「無端一齒落，探口不知故。且喜剛者亡，免與世齟齬。」

乙亥年，高文端公爲江寧方伯，過訪隨園。余上詩云：「鄰翁争羡高軒過，上客偏憐小住佳。」亡何，巡撫皖江，將瞻園牡丹移贈隨園。余謝云：「忘尊偏愛山林客，贈别還分富貴花。」兩詩俱以摺扇書之。後戊子年，公總制兩江，招飲。席間，出二扇，宛然如新。余問公：「何藏之久也？」公笑曰：「才子之詩，敢不寶護？」余自念平日受人詩扇不下千百，都已拉雜摧燒，而公獨能愛惜如此，不覺感嘆。因再作詩獻，有句云：「舊物尚存憐我老，愛才如此嘆公難。」後公薨于黄河工所，口吟云：「夢中還有夢，家外豈無家。」

張葯齋宗伯予告還桐城，兄文和公爲首相，作詩送云：「七十懸車事竟成，輕車遠稱秩宗清。幾人引退能如願，先我歸休覺不情。圖籍開緘珍手澤，墓田作供好躬耕。阿兄他日還初服，拄杖花前一笑迎。」周長發太史和云：「從古人倫重老成，秩宗真不愧寅清。引年久切歸田志，予告翻增戀闕情。萬卷縹緗藏古篋，一犁烟雨課春耕。龍眠山色春如黛，知有群仙抗手迎。」清真綿麗，一時和者皆不能及。

乾隆癸酉，尹文端公總督南河。趙雲松中翰入署，見案上有余詩册，戲題云：「八扇天門詄蕩開，行間字字走風雷。子才果是真才子，我要分他一斗來。」

先師史玉瓚先生，以硃筆書《僕固懷恩傳》後云：「懷恩本不負君恩，青史何曾炤覆盆。萬里靈州荒草外，至今夜夜泣英魂。」余時七歲，偷讀而記之。

余紹祉布衣，有《黄山》詩四首。警句云：「松生絶壁不知土，人住深崖只見烟。」又曰：「山中人習聞天樂，石上松曾見古皇。」余遊黄山，至佳處，嘆其言之果然。

余過蘇州，許穆堂侍御極夸方大章名燮者之詩。蒙以詩册見投，七古學少陵，頗有奇氣，七律似明七子。録其《題内子桃源放舟小照》云：「碧桃灣裏聽鳴榔，水複山重路渺茫。過此便爲仙世界，來時還着嫁衣裳。雲中鷄犬應同聽，月下房櫳好對床。願種秫秔三十畝，畫眉窗下話羲皇。」尹文端公有紫騮馬，騎三十年矣，憐其老羸，以敝帷瘞之。穆堂弔以詩云：「萬里雲霄空悵望，一生筋力盡馳驅。」又曰：「朽骨漫留賢士口，敝帷應念主人恩。」尹公讀之泣下。

人閒居時，不可一刻無古人。落筆時，不可一刻有古人。平居有古人，而學力方深。落筆無古人，而精神始出。

萍望張宏勛，名棟，自號看雲山人，工詩，善畫。與余在長安，有車笠之好。同譜中，如沈椒園、張少儀、曹麟書俱顯貴，莊容可官至大學士，而宏勛終不一第。晚依揚商汪怡士以終。有《看雲樓詩集》。《閨怨》云：「鏡臺寂寂掩芳塵，又換深閨一度春。除却殷勤花上鳥，他鄉應少勸歸人。」《郊外》云：「春來是處足春遊，風轉長堤草色柔。客過不須頻勒馬，花扶人影出墻頭。」

余有汪甥蘭圃，名庭萱，亦能詩，爲貧所累，未盡其才。有句云：「潮落岸從洲外露，風高雲向嶺頭平。」又：「楊柳護田蒙緑霧，桃花隔水墜紅雲。」皆妙。

余在端州，豐川令彭翥，字竹林，雲南人，以詩來見。有句云：「一官手板隨人後，萬里鄉心入雁先。」余擊節不已。竹林喜見贈云：「盛世歲星終執戟，南華隱吏有隨園。」「雲裏笻才雙足峙，鷗邊舫已萬花扶。」

高要令楊國霖蘭坡，作吏三十年，兩膺卓薦，傲兀不羈。與余相見端江，束修之餽，無日不至。聞余遊羅浮歸，乞假到鼎湖延候，以詩來迎云：「山麓峰巒秀色殊，如何海内姓名無。全憑大雅如椽筆，爲我湖山補道書。道書：海内洞天二十四，福地三十六。鼎湖不與焉。」「杖履閒從天上來，教人喜極反成猜。飛騎爲報湖山桂，不到山門不許開。」及余歸時，送至十里外，臨别泣下，口號云：「送公自此止，思公何時已。有淚不輕彈，恐溢端江水。」

余丙辰到廣西，蒙金撫軍薦入都，今五十年矣。因訪親家汪太守，故重至焉。吴樹堂中丞垣引余至署，周歷舊遊。余席間稱金公任藩司時作官廳對聯云：「坐此似同舟，宦情彼此關休戚；須臾參大府，公事何妨共酌商。」用意深厚，有名臣風味。公因誦其鄉人徐公士林作臬司題庭柱云：「看階前草緑苔青，無非生意；聽墻外鵲啼雀噪，恐有冤魂。」真仁人之言。樹堂見和一律，有「洞簫聲重三千玉，銅鼓詞傳五十春」之句。所云「銅鼓」者，丙辰余試鴻博賦題也。金公刻入省志藝文類中，今五十載矣。重得披覽，恍若前生。

桂林向有詩會，李松圃比部、馬嵰山中翰、浦柳愚山長、朱心池明府、朱蘭雪布衣，時時分題吟咏。余到後，得與文酒之會，同訪名山古刹。臨行時，五人買舟相送，依依不捨。見贈篇什，不能盡録，僅記心池云：「五十年前跨鶴行，重來無復舊同群。一囊新句千絲雪，萬叠青山兩屐雲。好古不求唐後碣，論文誰撼岳家軍。靈臯健筆漁洋句，才力輸公尚十分。」「卅載心驚絶代才，何緣杖履得追陪。文章真處性情見，談笑深時風雨來。一櫂方回仙掌外，片帆又挂楚江隈。湘靈也解延名士，九面奇峰次第開。」柳愚云：「筋力登臨老尚優，每逢佳處輒勾留。誰能鶴髮六千里，來證鴻泥五十秋。舊事略知餘白足，僧明遠能談金中丞遺事。殘碑儘搨付蒼頭。聞公欲挂湘帆去，又向衡山作勝遊。」蘭雪云：「六朝偶戀烟花迹，一代先收翰墨勛。」

松圃父丹臣先生，少貧，以筆一枝、傘一柄，至廣西，不二十年，致富百萬。松圃詩才清絶，不慕顯榮，父子皆奇士也。《曉行》云：「曚曨曙色噪歸鴉，風撼疏林一徑斜。滿地白雲吹不起，野田蕎麥亂開花。」「蘆荻飛花白滿汀，停車小憩水邊亭。前林一綫炊烟起，畫斷遥山半角青。」《秋思》云：「凉笛聲兼風葉下，歸鴉影帶夕陽來。」

余試鴻詞報罷，蒙歸安吴小眉少司馬最爲青盼。五十年來，其家式微。今年遊粤東，過飛來寺，見先生題詩半山亭云：「西徑崎嶇上，東峰宛轉行。半山山過半，飛鳥一身輕。」讀之如重見老成眉宇。先生諱應棻，弟諱應枚，其封君夢蘇眉山兄弟而生，故一字小眉，一字小穎。小眉巡撫湖北，平反麻城冤獄，爲海内所稱。小穎亦官至禮部侍郎。

李懷民與弟憲橋選《唐人主客圖》，以張水部、賈長江兩派爲主，餘人爲客，遂號所咏爲《二客吟》。懷民贈人盆桂云：「送花如嫁女，相看出門時。手爲拂朝露，心愁摇遠枝。」《送張明府》云：「在縣常無事，還家只有身。隨行一舟月，出送滿城人。」憲橋《咏鶴》云：「縱教就平立，總有欲高心。」「不辭臨水久，祗覺近人難。」《歷下廳》云：「馬餐侵皂雪，吏掃過堦風。」《送流人》云：「再逢歸夢是，數語此生分。」二人果有賈、張風味。

余過大庾，邑宰袁鏡伊欣然相接，自言傾想者三十年。同遊了山，又親送過梅嶺。自誦《雪詩》云：「遠近枝横千樹玉，往來人負一身花。」贈人云：「雪調静聽孤唱遠，雲程遥望一痕青。」本藉宣化，故有句云：「山排雲朔從天下，水合桑濊入地無。」皆佳句也。鏡伊名錫衡，乙酉孝廉。有勛貴過境，傔從毆傷平民，鏡伊縛置獄中，取保辜限狀。嗣後過者肅然。

山左朱海客先生，名承煦，素無一面，忽遣人投書，署云：「上天下大才子某。」余感其意，過京口時，訪于海岳書院。先生已七十矣，留飲再四，余因風揚帆，不克小住，未半年，先生竟歸道山。又六年，遇其子鑾坡于廣州，急索乃翁詩稿，得《示内》二句云：「剪刀聲歇栽花後，井臼功餘問字初。」

余病廣州，樂昌令吴公世賢，每公事稍暇，必至牀前問訊。余愛其詩筆清麗，可作陳琳之檄。《詠釣竿》云：「淇園籊籊折新枝，人到忘機鷗鷺知。風雪寒江應憶我，英雄末路悔拋伊。」《羽扇》云：「常使指揮天下事，不羞憔悴月明中。」《皮蛋》云：「個中偏藴雲霞彩，味外還餘松竹烟。」吴號古心，松江人。

海陽令邱公學敏，聞余到端州，即馳書與香亭，必欲一見。果不遠千里，假公事到省。暢談竟日，饋遺殊厚。記其佳句云：「山連齊魯青難了，樹入淮徐緑漸多。」

魚門太史，于學無所不窺，而一生以詩爲最。余寄懷云：「平生絶學都參徧，第一詩功海樣深。」寄未一月，而魚門自京師信來，亦云：「所學惟詩自信。」不謀而合，可謂知己自知，心心相印矣。屢托余買屋金陵，爲結鄰計。不料在廣州，孫補山中丞招飲，告以魚門殁于陝西畢撫軍署中。彼此泣下，銜杯無懽。因思畢公一代宗工，必能收其遺稿，然魚門所刻《蕺園集》僅十分之三耳。記其未梓者，《書懷》云：「才難問生産，氣不識金銀。」《題阮吾山行卷》云：「無勞嘆行役，行役是閒時。」《對雪》云：「鬧市收聲歸闃寂，虚堂斂抱對寒清。」《乞假》云：「官書百卷從擔去，病牒三行有印鈐。」嗚呼！此乾隆三十五年假歸，寓隨園，以近作見示，而余所抄存者也。不意竟成永訣。

余戊午秋闈，與錫山李君時乘同寓馬姓家，同登秋榜，垂五十年。今歲，在粤東，其子邕來見訪，出詩見示。録《山居》二首云：「一從疏世事，終日把犁鋤。郵色牛羊外，秋砧水石餘。山深遲刈麥，潭冷不生魚。倘有詩人至，猶堪剪韭蔬。」「閒雲上小樓，落日林塘幽。溪雨蛙聲聚，山風槲葉秋。一囊方朔米，卅載晏嬰裘。便欲烟霞外，將身作隱侯。」

余宰江寧時，侯君學詩葦原年十四，應童子試。後夏醴谷先生屢稱其能詩，終未見也。今宰新會，余往相訪，同遊圭峰望海。讀其詩，長于古風，蓋深于杜、韓、蘇三家者。佳句云：「緑遮人外柳，紅落渡前花。」「狂藥看人頻動色，樗蒲到老不知名。」

風情之事，不宜于老，然借老解嘲，頗可强詞奪理。康節先生《妓席》云：「花見白頭花莫笑，白頭人見好花多。」余倣其意云：「若道風情老無分，夕陽不合照桃花。」方南塘六十歲娶妾，云：「我已輕舟將出世，得君來作挂帆人。」

余幼居杭州葵巷，十七歲而遷居。五十六歲從白下歸，重經舊廬。記幼時遊躍之場極爲寬展，而此時觀之，則湫隘已甚，不知曩者何以居之恬然也。偶讀陳處士古漁詩曰：「老經舊地都嫌小，晝憶兒時似覺長。」乃實獲我心矣。

掌科丁田澍先生乞假歸，留别都人云：「亦知葑菲才無棄，其奈桑榆影漸低。」「論事偶然分洛蜀，交情原自比雷陳。」「曉鐘催去朝天客，過巷車聲枕畔聽。」皆妙。

蘇州繆孝廉之惠妻王氏，《咏馬》云：「死有千金骨，生無一顧人。」《漫興》云：「天有風雲常欲暮，山無草木不知秋。」

桐城馬相如、山陰沈可山，少年狂放。路逢親迎者，不問主人，直造其家，索紙筆，替新婦催妝云：「江南詞客太翩躚，打鼓吹簫薄暮天。應是天孫今夕嫁，碧空飛下兩雲仙。」「隨郎共枕心猶怯，别母牽衣淚未乾。玉筯休教裭紅粉，金蓮燭下有人看。」娶婦家頗解事，讀之大喜，飲以玉爵，各贈金花一枝。

余最愛言情之作，讀之如桓子野聞歌，輒唤奈何。録汪可舟《在外哭女》云：「遥聞臨逝語堪哀，望我殷殷日百回。死别幾時曾想到，歲朝無路復歸來。絶憐艱苦爲新婦，轉幸逍遥入夜臺。便即還家能見否，一棺已蓋萬難開。」《過朱草衣故居》云：「路繞叢祠鳥雀飛，依然門巷故人非。憶尋君自初交始，每渡江無不見歸。問疾榻前纔轉盼，談詩窗外剩斜暉。絶憐童僕相隨慣，未解存亡欲扣扉。」沙斗初《經亡友别墅》云：「千古魚陂占水鄉，四時烟景助清光。弟兄不隔東西屋，賓主無分上下床。鬭酒幾番當皓月，題詩多半在修篁。今朝獨棹扁舟過，回首前歡墮渺茫。」厲太鴻《送全謝山赴揚州》云：「生來僧祐偏多病，同往林宗又失期。兩點紅燈看漸遠，暮江惆悵獨歸時。」王孟亭《歸興》云：「漫理輕裝唤小舠，何緣歸興轉蕭騷。老來最怕臨歧語，燈半昏時酒半消。」宗介颿《别母》云：「垂白高堂八十餘，龍鍾負杖倚門閭。泣惟張口全無淚，話到關心只望書。」某婦送夫云：「君且前行莫回顧，高堂有妾勸加餐。」

壬辰年，王光禄禮堂來白下，訪江寧令陸蘭村。予問有新詩否，光禄書《贈内》云：「幾載東華不自聊，緑窗並坐感蕭騷。寒閨刀尺陪宵讀，瓦鼎茶湯候早朝。馬磨勞生還憶共，犬臺殘魄可能招？却嗤割肉容臣朔，但把清齋學細腰。」「一室流塵玉漏窮，更闌深掩小房櫳。何妨放誕時卿婿，聽唱風波欲惱公。天畔登樓長客裏，燈前擁髻只愁中。一龕低處雙栖穩，雪北香南結託同。」又《從圍》句云：

「日占戊好軍容壯，牡奉辰多典禮偕。霜濃牛馬通身白，林凍烏鴉閉口喑。」一用《毛詩》，一用《北史》，俱典雅。

安慶詩人以「二村」爲最。一李嘯村葂，一魯星村璸。魯五言如：「久客神常倦，還家似在舟。」「鳥散雪辭竹，烟消山到門。」「風竹不留雪，冰池時集鴉。」七言如：「舟行忽止冰初合，窗暗還明月未沉。」「避雪野禽低就屋，忘機小鼠漸親人。」皆可誦也。又「雀浴乘冰缺」五字亦佳。

嘯村工七絶，其七律亦多佳句。如：「馬齒坐叨人第一，蛾眉窗對月初三。」「賣花市散香沿路，踏月人歸影過橋。」「春服未成翻愛冷，家書空寄不妨遲。」皆獨寫性靈，自然清絶。腐儒以雕巧輕之，豈知鈍根人正當飲此聖藥耶？乾隆丙寅，觀補亭閣學科試上江，點名至嘯村，笑曰：「久聞秀才詩名，此番考不必作四書文，作詩二首可也。題是《賣花吟》。」李有句云：「自從賣落行人手，瓦缶金尊插任君。」又曰：「自笑不如雙粉蝶，相隨猶得入朱門。」閣學喜，拔置一等。

朱竹君學士督學皖江，任滿，余問所得人才，公手書姓名，分爲兩種，樸學數人，才華數人。次日，即率黄秀才名戊字左君者來見，美少年也。其《京邸夜歸》云：「入城燈市散，有客正還家。新僕欲通姓，嬌兒不識爺。春光滿茅屋，喜氣上燈花。」乍見翻無語，徘徊月正華。」七言如：「小艇自流初住雨，裌衣難受嫩晴風。」殊有風流自賞之意。

乾隆丙辰，予于李敏達公處見厲子大先生，時爲少司寇。以冢宰文恭公之子，未弱冠，即入翰林，詩才清妙。《歲除和韵》云：「一年清課爲花忙，無事花間倒百觴。日落歸鴉喧古木，家貧饑鶴唳空倉。楸枰静設遲棋客，彩筆吟成和省郎。官柳未黄桃已爛，春風早晚亦何嘗。」《獨酌》云：「萍分雲散故人離，尊酒應憐獨酌時。夜漏漸沉燒燭短，殘書未了引眠遲。羅江春信盆梅報，紙帳宵寒鶴夢知。皎皎庭除餘落月，屋梁相照此心期。」

金陵曹淡泉秀才，以「一夕春風煖，吹紅上海棠」一聯，爲予所賞，遂刻意爲詩。《贈妹》云：「吾妹何賢淑，能箴女史詞。倩人教織素，隨嫂學烝梨。母病繙經早，家貧得壻遲。天然心愛好，常誦阿兄詩。」《織山道中》云：「南陌草萋萋，新秋插未齊。投村先問路，隔壠但聞雞。壩斷溪聲急，山高日影低。夜來經雨過，牛跡滿荒堤。」他如：「老牛舐犢沿修埂，雛燕分巢過別家。」「歲逢閏月春來早，山背朝陽雪化遲。」俱妙。

桐城劉大櫆耕南，以古文名家。程魚門讀其全集，告予曰：「耕南詩勝于文也。」《聽琴》云：「香臺初上日，檐鐸受風微。好友不期至，僧廬同叩扉。彈琴向佛坐，餘響入雲飛。余亦忘言説，烏棲猶未歸。」《獨宿》云：「江村黄葉飛，猶掩蕭齋卧。時有捕魚人，櫓聲窗外過。」真清絶也。《哭弟》云：「死别漸欺初日諾，長貧難作託孤人。」

蘇州孝廉薛起鳳，字皆三，性孤冷，亡後，彭尺木進士爲梓其遺詩。《過范文正公祠》云：「憂樂平生事，虀鹹志在斯。由來天下任，只在秀才時。」《對雪》云：「天風剪水水争飛，飛上寒山澼石衣。一夜雪深迷磵道，不知何處叩巖扉。」

金陵龔秀才元超，字旭開，余詩弟子也。《月夜》云：「江水洗江月，荻花寒不飛。林園足烟景，屋宇湛霜輝。戍角宵將半，溪船漁未歸。沿堤采芳芷，似勝北山薇。」《送從兄酌泉夜歸》云：「前番不識路，聞語碧蘿叢。此次逢招飲，銜杯紅葉中。山深花木好，客妙性情同。歸路誰先醉，應扶白髮翁。」《漁家》云：「輕縠紋生玉溆斜，晚風吹雨濕桃花。紅裙雙腕急摇櫓，前面垂楊是妾家。」

杭州吴飛池，學詩于樊榭先生。先生愛其「紅蓼花深冷葛衣」一句，謂可鐫入印章。其《澶州雜詩》云：「晨光黯黯樹稀微，雲帶炊烟濕不飛。多少人家秋色裏，滿天白露漫柴扉。」《過洛陽問牡丹》云：「花濃洛下種應真，我却來時不是春。到耳盡誇顔色好，未開先賞斷無人。」他如：「林間一鳥過，池面數花欹。」「岸仄疑無路，燈明似有村。」「曉月光微難辨樹，西風吹冷不知衣。」皆清脆可喜。

余祖居杭州艮山門内大樹巷，鄰有隱者桑文侯，鬻粽爲業。性至孝，父病膈，文侯合羊脂和粥以進。父死，乃抱鐺而哭。人爲繪《抱鐺圖》，徵詩。萬君光泰詩最佳，其詞曰：「羊脂數合米一匊，病父在床惟啜粥。父能啜粥子亦甘，粒米勝于五鼎肉。升屋臯某無歸魂，束薪斷火鐺寡恩。牀前呼父鐺畔哭，抱鐺三日鐺猶温。嗚呼！恨身不作鐺中米，臨殁猶能進一匕，謂鐺不聞鐺有耳。」

文侯之子强甫先生，性孤癖，能步行百里。棄主事官，裹糧遊五岳。《留别袁石峰》云：「莫定畸人物外踪，夢魂飛入碧霞重。浮雲形似世情幻，秋樹色添遊興濃。白練横過天際馬，烏藤直上嶺頭龍。憑將一斗隃麋汁，洒遍天門日觀峰。」《過華山》云：「華山門下雨盈盈，玉女秋期會玉京。十萬雲鬟梳洗罷，漫空盆水一齊傾。」《嵩洛雜詩》云：「鐵梁大小石縱横，似步空廊屧有聲。世外多情一明月，直陪孤影到三更。」非深于遊山者不能言。先生名調元。

姬傳姚太史云：「詩文之道，凡志奇行者易爲工，傳庸德者難爲巧。」理固然也。然亦視其人之用筆何如耳。吾族柳村有側室韓氏，年逾二十，即守節教子，居竹柏樓十五年而卒。子又愷請旌于朝，又畫《樓居圖》志痛。一時士大夫咏其事者如雲，號《霜哺遺音集》。此庸行也，余獨愛少詹錢辛楣七古云：「郊居岑蔚竹柏交，秋霜轢物群英凋。小樓一燈青不摇，課兒夜誦聲咿咬。柳村嶽嶽古英豪，山丘華屋如驚泡。淑姬瘖言矢終宵，手持刀尺敢憚勞？離鸞别鵠哀弦操，可憐荻影風蕭蕭。熊丸茹苦勝珍肴，湛侃復見良足褒。竚看紫誥慶所遭，烏頭綽楔榮光高。何圖蕙草謝一朝，樓存人去魂難招。郎君玉立森蘭苕，春暉未報心忉忉。音徽追溯倩畫描，披圖展拜恒號咷，我爲歌咏輝風騷。」又無錫進士顧鈺五律第二首云：「非擬懷清築，蕭然坐一林。竹森環户翠，柏古落庭陰。畫荻慈親志，登樓孝子心。當年紡績處，傾聽有遺音。」柳村名永涵，蘇州人。

隨園詩話卷十一

倉山居士著

古陶太尉、歐陽少師之母，俱以教子貴顯，名傳千古，然兩母之著述不傳。即宣文夫人講解經義，幾與孔子並稱，而吟咏亦無聞焉。近惟畢太夫人兼而有之。夫人名藻，字于湘，印江令笠亭先生之女，余同徵友少儀觀察之妹也。《偶咏梅》云：「出身首荷東皇賜，點額親添帝女裝。」首句本出無心，未幾，秋帆尚書果殿試第一，繼王沂公而起。吉人之詞，便成詩讖，事亦奇矣。太夫人雖在閨閣，而通達政體。尚書出撫陝西，太夫人作詩箴之云：「讀書裕經綸，學古法政治。功業與文章，斯道非有二。汝宦久秦中，洊膺封圻寄。仰沐聖主慈，寵命九重賁。日夕爲汝祈，冰淵慎惕厲。譬諸構爐材，斲小則恐敝。又如任載車，失誡則懼躓。捫心五夜慙，報答奚所自。我聞經緯才，持重戒輕易。教勅無煩苛，廉察無猥細。勿膠柱糾纏，勿模稜附麗。端己勵清操，儉德風下位。大法則小廉，積誠以去僞。西土民氣淳，質樸鮮糜費。豐鎬有遺音，人文鬱炳蔚。况逢郅治隆，陶鈞綜萬類。民力久普存，愛養在大吏。潤澤因時宜，撙節善調理。古人樹聲名，根柢性情地。一一踐履真，實心見實事。千秋照汗青，今古合符契。不負平生學，不存温飽志。上酬高厚恩，下爲家門庇。我家祖德詒，箕裘罔或墜。痛汝早失怙，遺教幸勿棄。嘆我就衰年，垂老筋力瘁。曳杖看飛雲，目斷秦山翠。」讀其詩，可謂訓詞深厚，不減顔家《庭誥》。未幾，太夫人就養官署，一路關心，訪察政聲。聞長安父老俱稱尚書之賢，太夫人喜。抵署，又賦詩曰：「驂騑乍解路三千，風物琴川慰眼前。到處聽來人語好，頻年豐樂使君賢。」「連朝話舊到更深，不盡婁江望遠心。莫怪老人添白髮，兒童幾輩换鄉音。」「周遭竹嶼與花潭，檻外雲光映翠嵐。儘有瑣窗詩料在，不須回首憶江南。」太夫人受封極品，考終官署。庚子，上巡江浙，尚書居憂里門，謁于行在，具陳母氏賢行，上賜「經訓克家」四字。尚書建樓于靈巖别業，以奉宸章，當世榮之。有《培遠堂詩集》行世。

《培遠堂集》中美不勝收，摘其尤者。五古如《靈巖山館夜坐》云：「圓景下絶壁，山館忽已暝。石磴静張琴，雪泉清瀹茗。不知夜已深，月上青松頂。」五律如《正月十二夜》云：「銀釭暗畫堂，坐數漏偏長。雁影半墻月，鷄聲萬瓦霜。夜吟多遺興，春夢不離鄉。庭下微風起，梅花入幕香。」《落葉》云：「微霜零木葉，秋氣乍蕭森。亂逐西風下，多隨凉雨深。紙窗延皎月，苔磴失層陰。偶爾凭闌立，平林露遠岑。」七律如《小園》云：「小園半畝寄西城，每到春深信有情。花裏簾櫳晴放燕，柳邊樓閣曉聞鶯。《漢書》舊讀文猶熟，晉帖初臨手尚生。自笑争心仍未忘，閒招鄰女對棋枰。」七絶如《探梅》云：「光福寺前日欲曛，上陽村外望絪緼。千林萬壑浩無際，不辨湖光與白雲。」《春殘》云：「斐几熏鑪百衲琴，緑陰門巷晝沉沉。春來小苑無人掃，花落窗前一寸深。」《松徑》云：「曲徑彎環石級高，滿亭山色緑周遭。松風似厭泉聲小，自寫雲門百尺濤。」五排如《雁字》云：「一片雲藍紙，鴻文絶點瑕。禽經殊古雅，羽檄等紛拏。每作纏聯起，何曾叙次差。銜蘆如運筆，游霧類塗鴉。凡鳥徒貽誚，家鷄詎用誇。緘情來塞北，傳信向天涯。四出驚風急，低横遠岫遮。諧聲呼伴侣，破體遇弓䡊。行斷疑從缺，書空點不加。奇姿多縹緲，取勢故攲斜。歛翰停摛藻，臨池戲劃沙。鶺群猶遜巧，鳳策足聯華。水映騰清稿，烟籠護碧紗。掞天才不愧，逸興寄雲霞。」五言絶如《雨夜》云：「向晚花冥冥，獨坐理琴譜。一縷茶烟生，疏簾散春雨。」六言絶如《夏日作》云：「撥火鑪香颺來，卷簾梁燕飛去。吴門六月猶寒，雨在江南何處。」皆有清微淡遠之音，真合作也。其他名句，五言如《望華》云：「日生常夜半，雲到祇山腰。」《嘗新茶》云：「未乾春露氣，猶帶曉雲香。」《虎丘》云：「隔花皆有閣，入寺始知山。」《江村寓目》云：「山吞將落日，風抵欲來潮。」七言如《梅花》云：「獨與白雲如有約，遥疑積雪亦生香。」《聞蟲》云：「花徑雨過苔乍冷，豆棚風定月初明。」《野望》云：「雨餘霜葉紅于染，風定炊烟白欲凝。」《靈巖懷古》云：「香徑花開人去後，屧廊風響月明中。」《登澄觀樓》云：「積雪明多能淡日，遠山寒極不生烟。」

仁和沈椒園庭芳，查聲山學士外孫也。其尊甫麟洲先生宰文昌，被累，戍寧夏。母查太淑人留居嘉善，不從行。椒園每歲南北省親，極行路之苦。有詩云：「秋生紅豆辭南國，春到青銅赴朔方。」青銅者，寧夏山名。又：「雲影有心隨望眼，淚痕和綫綻征衣。」爲厲樊榭孝廉所賞。沈殁後，張少儀有詩哭之云：「塞上草枯雙淚白，瀛州雲浄一襟清。」「草枯」用裴子野事，蓋紀實也。觀察尊甫笠亭先生宰印江，與沈全戍。觀察徒跣萬里，號呼求救，卒獲安全。嗚呼！三君皆與余同舉詞科，而沈、張兩觀察又同舉詩社于李玉洲先生家，往來尤狎。今皆先後化去，追思六十年中，升沉聚散，音塵若夢，可爲於邑。張母顧恭人若憲，即畢太夫人母也，有《挹翠閣集》。與武林林以寧、顧姒齊名。隨宦牂牁，卒于官所。太夫人有《得黔中信》二首，最悽惻，詩云：「黔中驛使到，腸斷血沾襟。絶域懷歸意，頻年憶女心。不曾虚藥物，猶爲寄華簪。悽絶離亭語，迢遥遂至今。」「官舍千山外，飄飄丹旐懸。望雲空白髮，繞膝待黄泉。猶有清吟在，應教彤管傳。阿兄歸日近，負土在明年。」其後，尚書迎養秦關，少儀自滇中解組來署，白頭兄妹，唱和終朝。太夫人又作云：「千里迢遥客乍回，相逢歲盡笑眉開。廿年髮逐梅花白，一夜春隨爆竹來。誰料異鄉逢雁序，細談舊事劃鑪灰。殷勤傳語司更者，漏箭城頭莫浪催。」

吴中詩學，婁東爲盛。二百年來，前有鳳洲，繼有梅村，今繼之者，其弇山尚書乎？《過吴祭酒舊邸》詩云：「我是婁東吟社客，瓣香私淑不勝情。」其以兩公自命可知。然兩公僅有文學而無功勳，則尚書過之遠矣。尚書雖擁節鉞，勤王事，未嘗一日釋書不觀，手披口誦，刻苦過于諸生。詩編三十二卷，曰《靈巖山人詩集》。靈巖者，尚書早歲讀書地也。

蔣用庵有句云：「花以春秋分早晚，天于才命各升沉。」斯言是也。然有才無命，終不能展布經綸。徐英公遺將，必用方面大耳者，曰：「取彼福力，成我功名。」余按：嵩陽，毒地也，代公到而龍遠徙。樂陽，苦泉也，房豹臨而味變甘。此其明效也。天子知弇山尚書最深，故中州奇荒，移公于秦中，荆州水災，移公于楚省。公所到處，便能變醨養瘠，元氣昭回。古今人若合一轍。然非有至誠惨怛之懷，亦不能上格天心，而下孚民望。公有《荆州述事》詩十首，仁人之言，不愧次山《春陵行》。今録其八云：「一色長天接混茫，登高無地問蒼蒼。突如禍比焚巢慘，蠢爾危于破釜忙。海市應開新聚落，渚宫重見小滄桑。最憐豸繡烏臺客，披髮何由訴大荒。魯侍御贊之全家陷没。」「凉飇日暮暗凄其，棺翣縱横滿路岐。饑鼠伏倉餐腐粟，亂魚吹浪逐浮屍。神鐙示現天開網，聞水患前數日，江上時有神鐙來往。息壤難堙地絶維。那料存亡關片刻，萬家骨肉痛流離。」「浪頭高厭望江樓，眷屬都羈水府囚。人鬼黄泉争路出，蛟龍白日上城遊。悲哉極目秋爲氣，逝者傷心淚迸流。不是乘桴便升屋，此生始信即浮漚。」「生生死死萬情牽，騷客酸吟《哀郢》篇。慈筏津迷登彼岸，濫觴勢蹶竟滔天。不知骨化泥塗内，祇道身經降割前。此去江流分九派，魂歸何處識窮泉。」「雲夢蒼茫八九吞，半皆餓口半遊魂。鮫綃有淚珠應滴，鰲足無功極恐翻。救急城填成死劫，劈空刀落得生門。若非帝力宏慈福，十萬蒼靈幾個存。」「手勑親封遣上公，勤民堂陛一心通。金錢内府催加賑，版築冬官記考工。直欲犀然窮罔象，肯教鶉結哭鴻濛？宵衣五夜批章奏，飢溺真如一己同。」「大工重議築方城，免使蚩氓祝癸庚。凉月千家嫠婦淚，清霜萬杵役夫聲。蟻生漸整新槐穴，虎旅重開舊柳營。我有孝侯三尺劍，誓將踏浪斬長鯨。」「江水茫茫烟靄深，紙錢吹滿挂楓林。冤埋魚腹彈湘怨，哀譜鴻鳴寫楚吟。南國鄭圖賡雨逮，西風潘鬢鏡霜侵。莫嗟病骨支離甚，康濟儒生本素心。」

古名臣共事一方，賡唱疊和，最爲佳話。唐白太傅刺杭州，而元相觀察浙東，彼此以詩往來，爲昇平盛事。近日秋帆尚書總督兩湖，適蒙古惠椿亭中丞來撫湖北，致相得也。尚書知余作《詩話》，因寄中丞詩見示。讀之，欽爲名手。僅録其《過哈密》云：「西扼雄關第一區，鞭絲遥指認伊吾。當年雁磧勞戎馬，此日人烟入版圖。路向車師雲黯淡，天連吐谷雪模糊。寒威陣陣催征騎，不問村醪尚有無。」《過潼關》云：「百二秦關萬古雄，片帆黄水渡西風。馬嘶沙岸寒濤外，人倚山城夕照中。眼界一時窮古磧，爪痕三度笑飛鴻。余自湟中往返，並此凡三次。來朝又入華陰道，飽看霜林幾樹紅。」《果子溝》云：「山勢嶙峋水勢西，過溝百里屬伊犁。斷橋積雪迷人迹，古澗堆冰碍馬蹄。驛騎送迎多舊雨，征衫檢點半春泥。數間板閣風燈裏，猶有閒情倚醉題。」中丞早歲工詩，後即立功青海、伊犁，及天山南北。凡古之月支、鄯善，足迹殆遍。以故以所見聞彰諸吟咏，宜其沉雄古健，足可上凌七子，下接黄門矣。

中丞詩不專一體，亦有清微委婉，得中唐神味者。如《静坐》云：「夕陽留戀最高枝，簾影垂垂小困時。夢裏不忘身是客，鏡中怕見鬢如絲。黄花秋綻東籬早，紫塞人憐北雁遲。悄爇一爐香静坐，篆烟縷縷結相思。」《秋宵》云：「離懷輕易豈能休，打叠新愁换舊愁。宿酒大都隨夢醒，殘燈多半爲詩留。月扶花影偏憐夜，風得棋聲亦帶秋。漸覺宵寒禁不起，笑披鶴氅也温柔。」《過華峰題壁》云：「主人愛客獨超群，小隊招邀過渭汾。三十六峰無所贈，隨緣分與一溪雲。」《題畫》云：「誰家亭子碧山巔，白板橋通屋幾椽。遠樹層層山半角，杖藜人立夕陽天。」其他佳句如：「柳圍雙沼水，花掩一房山。」「渡口雲連春草碧，波心浪湧夕陽紅。」皆可傳也。

湖北陳望之方伯，爲其年檢討之後人，詩才清妙，綽有家風。官楚時，適與畢、惠兩公共事，可謂天與詩人作合也。第方伯詩，余只録見贈佳句入三卷中，此外未窺全豹。忽有松江廖某，持《養鶴圖》，見題中有方伯一絶云：「美人自結歲寒盟，入座雲山照眼明。料理鶴糧門盡掩，松花如雨撲簾旌。」清脆絶塵，嘗鼎一臠，亦可知味矣。

畢尚書宏奬風流，一時學士文人趨之如鶩。尚書已刻黄仲則等八人詩，號《吴會英才集》。此外，尚有吴下張琦字映山者，亦在幕中，生平不甚讀書，而工作韵語。五言如《咏簾》云：「西北小紅樓，湘簾懶上鈎。織成千縷恨，添得一層愁。夜逗玲瓏月，風穿瑣碎秋。鑪香隔不斷，偷出畫檐浮。」七律如《登妙高臺》云：「海門中折大江開，浩浩風濤白雪堆。樓閣自盤飛鳥上，淮徐争送好山來。千秋弔古空搔首，二月懷人正落梅。滿池江湖雙白眼，與誰同覆掌中杯。」《夏日感懷》云：「笠澤湖邊是我家，釣竿魚艇足生涯。酒泉戀酒不歸去，開過幾番菡萏花。」《和人寒食憶舊》云：「春好因尋方外交，小樓高出萬松梢。山童遥指向予笑，開士作家如鳥巢。」「六橋春水曲還通，載酒舟行夕照中。指點鶯聲好樓閣，小桃斜出一枝紅。」「醉筆燈前雜草行，已聞遥巷一鷄鳴。登床倘有夢歸去，好趁半街殘月明。」五言絶句《遊靄園》云：「峰巒曲折水淙淙，花映藩籬竹映窗。最好小亭東北望，青山缺處露秋江。」《咏温泉》云：「欲訪阿房跡，平原烟樹昏。楚人一炬後，贏得水長温。」

映山弟名瑗，字慕蘧。予于吴門見之，聽其言，令人不衣自煖。詩有家風。《道中》云：「人家屈曲居山腹，客騎盤旋走樹頭。」《舟中》云：「遠灘沙漲疑分港，順水帆飛似逆流。」《應山道中》云：「危峰有路人烟少，破廟無門水鳥棲。」《黄鶴樓》云：「巴蜀浪歕天欲濕，荆襄雲起樹全無。」《題高校書小照》云：「胭脂山接楚王宫，人好先知境不同。一閣岧岧闌曲曲，春深門閉百花中。」

王夢樓從雲南歸，嘗誦寶意先生《憶舊》一絶云：「鶯花庭院綺羅年，箏語琴心記不全。賸有舊時金屈戌，畫樓深鎖五更天。」

上元有任東白者，《哭方行之》云：「此日曾無杯酒奠，夜臺應諒故人貧。」陳古漁爲予誦而傷之。

未幾，任亦死。

隱僻之典，作詩文者不可用，而看詩文者不可不知。有人誦明季楊維斗先生詩曰：「吾宮蘿蔔火，咳唾地榆生。」所用何書？余按：《北史》，魏昭成皇帝所唾處，地皆生榆。「蘿蔔火」不知所出。後二十年，閱《洞微志》，齊州有人病狂，夢見紅裳女子引入宮中，歌曰：「五靈樓閣曉玲瓏，天府由來是此中。惆悵悶懷言不盡，一丸蘿蔔火吾宮。」旁一道士云：「君犯大麥毒也。少女心神，小姑脾神，知蘿蔔制麪毒，故曰『火吾宮』。火者，毁也。」狂者醒而食蘿蔔，病遂愈。夏醴谷先生督學楚中，歲試題「象日以殺舜爲事」。有一生文云：「象不徒殺之以水，而并殺之以火也。不徒殺之于火，而又殺之以酒也。」幕中閱文者大笑，欲批抹而置之劣等。夏公不可，曰：「恐有出處，且看作何對法。」其對比云：「舜不得于母，而遂不得于父也。舜雖不得于弟，而幸而有得于妹也。」通篇文亦奇警。夏公改置一等，欲召而問之，而其人已遠出矣。余按：舜妹敤首與舜相得，載《帝王世紀》，祖君彦檄煬帝云：「蘭陵公主，逼幸告終。不圖敤首之賢，反蒙齊襄之恥。」是此典六朝人已用之。惟以酒殺舜，不知何出。又十餘年，讀馬驌《繹史》，方知象飲舜以藥酒，見劉向《列女傳》。

許太夫人《夜坐》云：「瘦削吟肩詩滿腔，春燈獨坐影幢幢。可憐落月横斜照，畫稿分明印紙窗。」畢太夫人《夜坐》云：「晚睡纔興理鬢鴉，侍兒擎到雨前茶。愛看寫月桃花影，移上紅窗六扇紗。」兩題兩詩，工力悉敵。

嚴東有選《宋人萬首絶句》，採取最博。余流覽説部，嫌有遺珠，爲録數十首，以補其缺。未及交付，東有已亡，乃倣王漁洋《池北偶談》採宋絶句之例以補之。其題、其作者姓名，俱不省記也。其詩云：「鎮日尋春不見春，芒鞋踏遍隴頭雲。歸來偶過梅花下，春在枝頭已十分。」「昨日厨中乏短供，嬌兒啼哭飯籮空。阿娘摇手向兒道，爺有新詩上相公。」「十年山館始圍墻，竹裏開門笋最長。一輛小車行得過，不愁花露濕衣裳。」「行盡疏籬見小橋，緑楊深處有紅蕉。分明眼界無分别，安置心頭不肯消。」「白頭波上白頭翁，家逐船移浦浦風。一尺鱸魚新釣得，兒孫吹火荻蘆中。」「桃花雨過碎紅飛，半逐溪流半染泥。何處飛來雙燕子，一時含到畫梁西。」「金針刺破南窗紙，偷引寒梅一陣香。螻蟻也知春富貴，倒拖花片上宫墻。」「白雲山上白雲泉，泉自無心雲自閒。何必奔流下山去，又添波浪在人間。」「與郎相期月上時，及至月上郎不知。妾在平地見月早，郎在深山見月遲。」「風急雲驚雨不成，覺來春夢甚分明。當時苦恨銀屏影，遮隔仙娥只聽聲。」「寄語沙邊鷗鷺群，也須從此斷知聞。諸公有意除鈎黨，甲乙推排恐到君。」「浪静風平月正中，自摇柔櫓駕孤篷。若非三萬六千頃，把甚江湖着此翁？」「小桃無主自開花，烟草茫茫帶晚霞。幾處敗垣圍故井，向來一一是人家。」「校獵山陰幾度春，雕弓羽箭不離身。於今老去渾無力，看見飛鴻指示人。」「鳴髇直上三千尺，風緊秋高雪正乾。碧眼胡兒三百騎，盡提金勒向雲看。」「花前酒淚臨寒食，醉裏回頭問夕陽。不管相思人老盡，朝朝容易下西墻。」「桑麻不擾歲常登，邊將無功吏不能。四十二年如夢醒，春風吹淚過昭陵。」「繡袖翻翻上翠裀，舞姬猶是舊精神。座中莫怪無歡意，我與將軍是故人。」「相思無路莫相思，風裏楊花只片時。惆悵深閨獨歸客，曉鶯啼斷落花枝。」「囑咐花香莫過墻，隔墻人正繡鴛鴦。聞香定要停針綫，繡不成雙不寄將。」「花飛一片減春光，恰逐春風送夕陽。莫放珠簾遮燕子，好教含得上雕梁。」「春風永巷閉娉婷，長使青樓誤得名。不惜捲簾通一顧，怕君着眼未分明。」「南鄰北舍牡丹開，年少尋芳日幾回。惟有君家老松樹，春風來似未曾來。」「霧裏江山看不真，只憑鷄犬認前村。渡船滿板霜如雪，印我青鞋第一痕。」「牛渚磯邊渺渺秋，笛聲吹月下中流。西風不識張京兆，畫得蛾眉如許愁。」「未得霜晴不是晴，霜晴無復點雲生。鷺鷥不遣魚驚散，移脚惟愁水作聲。」「竹裏茅茨竹外溪，粼粼白日護魚磯。想因日日來垂釣，石上蓑衣不帶歸。」「春山靈草百花香，誰識仙家日月長。滿院莓苔緑陰匝，棋聲何處隔宫墻。」「田家汩汩水流渾，一樹高花明遠村。雲意不知殘照好，却將微雨送黄昏。」「小白長紅又滿枝，築毬場外獨支頤。春風自是人間客，主張繁華得幾時。」「月團新碾瀹花甆，飲罷呼兒課楚詞。風定小軒無落葉，青蟲相對吐秋絲。」「夜涼吹笛千山月，路暗迷人百種花。碁罷不知人换世，酒闌無柰客思家。」「胡虜安知鼎重輕，指蹤先自漢公卿。襄陽耆舊惟龐老，受禪碑中無姓名。」「欲挂衣冠神武門，先尋水竹渭南村。却將舊斬樓蘭劍，買得黄牛教子孫。」「一年春事又成空，擁鼻微吟半醉中。夾道桃花新雨過，馬蹄無處避殘紅。」「簾裏孤燈覺晚遲，獨眠留得畫殘眉。珊瑚枕上驚殘夢，認得蕭郎馬過時。」「淡黄越紙打殘碑，都是先王御製詩。白髮内人含淚讀，爲曾親見寫詩時。」

唐開元之治，輔之者，宋璟以德，姚崇以才，張説以文，皆稱賢相。本朝巡撫蘇州者，湯潛庵以德，宋牧仲以文，皆中州人也。近日中州胡雲坡司寇秉臬蘇州，繼二公而起，政簡刑清，屢開文宴。一時名士，如平瑶海太史、顧星橋進士，時時過從。余至吴門，必招赴會。公領尚書後，都中猶寄懷云：

「過江名士久推袁，吴下相逢月滿軒。鸞掖文章留舊價，倉山著述綜群言。平生契合惟元老，半世栖遲爲壽萱。我上燕臺每南望，最關情處是隨園。」後又寄《扈從紀事詩》十二首來，不作頌揚泛語，自出心裁。《從圍》云：「一望燈光列星斗，始知身在五雲邊。」想見待漏晨趨，身傍九霄之光景。「策馬上山尋别路，忽聞絶壑響松濤。」想見熱處冷行，不争衝要之識力。至于「才過殘月又新月，幾度排班看打圍」，則又明寫湛露龍光，晝日三接之恩榮焉。有札命余和韵，余以詩貴清真，目所未瞻，身所未到，不敢牙牙學語，婢作夫人，故不敢作也。

檇李顧牧雲流寓襄陽，一日獨遊隆中，憑弔武侯遺跡。避雨卧龍岡，見山腰有茅庵，一叟出迎，風貌奇古。正欲與言，則庵側蹲一猛虎，顧驚且仆。老翁笑曰：「子無懼，此虎已歸依我作弟子矣。」且曰：「知子能詩，盍題數言見贈？」顧辭以目疾，翁取几上芋與食，命瞑坐一刻，開眼，果察秋毫。顧異之，即題石壁云：「一衣一鉢一軍持，雲水天涯任所之。莫笑道人無侣伴，新收猛虎作童兒。」「偶向山前咒毒龍，風雷欲拔萬株松。須臾明月當空起，歸到茅簷打晚鐘。」翁留宿庵中。臨别，曰：「明年正月上寅日，吾開丹爐，與子服一粒，體輕成仙，勿忘此囑。」次年，及期赴約，行未十里，風雪大作，山無行徑，又恐老翁不在，猛虎獨存，悵悵而返。後十餘年，目漸昏，體漸衰，悔從前向道之心不勇。又賦詩云：「老堪嗟駐顔，何處覓丹砂。老堪惱五官，雖具無一好。凋零渾似過時花，憔悴不殊霜後草。手頻戰，頭屢顛，行來蹩躠足不前。自憎容貌改，人惡性情偏。吁嗟乎！我今八十已如此，愁煞蓬萊千歲仙。」

《毛詩·伐木》章有「求其友聲」之語，杜陵有「文章有神」之句。余初不信此言，後歷名場五十年，方知古人非欺我也。戊申八月，年家子許香岩告余云：「其同鄉程薌園明府宰武進，六月望後，苦熱，移榻桑影山房，讀小倉山房詩而愛之。夜夢題後云：『吟壇甌北及新畬，盟主當時讓本初。摶古爲丸知力大，愛才若命見心虛。仙人偶戲蓬壺頂，下士争酣墨瀋餘。格調不能名一體，香山竊比意何如？』」滿洲詩人法時帆學士與書云：「自惠《小倉山房集》，一時都中同人借閲無虛日，現在已鈔副本。洛陽紙貴，索詩稿者全集，幾不可當。可否再惠一部，何如？」外題拙集後云：「萬事看如水，一情生作春。公卿多後輩，湖海有幽人。筆陣驅裙屐，詞鋒怖鬼神。莫驚才力猛，今世有誰倫。」此二人者，素不識面，皆因詩句流傳，牽連而至，豈非文字之緣，比骨肉妻孥尤爲真切耶？又有皖江魯沂者，見贈云：「此地在城如在野，其人非佛亦非仙。」却切隨園。薌園名明愫，孝感人。時帆名式善，滿洲人。

有僧見阮亭先生，自稱應酬之忙，頗以爲苦。先生戲云：「和尚如此煩擾，何不出家？」聞者大笑。余按：楊誠齋有句云：「袈裟未着嫌多事，着了袈裟事更多。」

虞山趙再白孝廉作詩，如武侯出師，志吞吴、魏，而氣力不足。摘其中秋呈鄂文端公云：「樓虛貯月光常滿，水闊涵星影自稀。」可謂頌揚得體。《真州朝陽樓》云：「萬重山去圍如海，千里江來折到樓。」《自嘲》云：「名士本來如畫餅，古人原不好真龍。」又《渡江》有「水立不動天無容」七字，殊奇。曾爲余誦鄂公未遇時句云：「一飯便留客，得錢仍與人。」相公氣局之大，早可想見。

齊田駢不屑仕宦，而家甚富。或戲之曰：「臣鄰女貌稱不嫁，行年三十，而有七子。不嫁則不嫁，然而嫁過畢矣。今先生設爲不宦，貲養千鍾，不宦則不宦，而宦過畢矣。」孫芷亭仿其意，咏息夫人云：「無言空有淚，兒女粲成行。」

沈永之與余同榜，五十年，官雲南驛鹽道。乞病歸，途中信來，道生一女，適余生阿遲，念二人俱是么豚暮鷚，遂相訂爲婚。沈寄詩云：「天留蔗境與公嘗，六十逾三學弄璋。」又曰：「蘭譜同年交最舊，錦綳合璧事尤奇。」未幾，沈來山中，云：女爲旁妻殷氏所出。本籍江寧，父某，康熙間作雲南守備，僑居滇中。年八十餘，聞沈失配，願以女供箕帚。沈辭年老，殷强嬲不已。問何故，曰：「我本江南人，墳墓現在金陵。公，南人也。以女從公，庶幾留江南一脉耳。」吁！當殷翁起念時，豈料真有余之僑居江寧者一段因緣哉？天下事巧湊之奇，往往如此。爲賦感婚長篇，中數句云：「果然此老嬉遊處，安置他家女外孫。萬里合教青鳥使，一函先報白頭人。」殷夫人號稱國色，携其女來隨園相壻，故又云：「嬌娃抱出珠相似，阿母仝來花見羞。」沈得詩，以示梁瑶峰相公，公連讀此二句，音較響，胡雲坡尚書在座，不覺大笑。

金陵太守謝鍠，抵任時，索余對聯。余贈云：「太守風清，江左依然迎謝傅；先生來晚，山中久已卧袁安。」陳省齋先生繼其父署守鎮江，余代作對聯云：「守郡繼先人，問江水長流，剩幾個當年父老；析薪綿世澤，願黄堂少住，留一枝此日甘棠。」

偶過竹林寺，見題壁云：「曉來一雨動新凉，獨展殘編坐竹房。無數風枝墮殘滴，紅闌干外即瀟湘。」或云此近人趙魯瞻詩也。

李方膺明府善畫梅，性傲岸，而與余交好。殁後，其子某見贈云：「記得先君交兩友，一子才子一梅花。」殊有風趣。有郭耕禮者，嫌其稱父執之字爲不恭，余曰：「『仲尼祖述堯舜』，子思且字其祖矣，何不恭之有？」

桐城張文和公七十壽辰，上賜對聯云：「潞國晚年猶矍鑠，吕端大事不糊塗。」梁文莊公乞假養親，上賜詩云：「翻祝還朝晚，卿家慶更深。」常州程文恭公某相國挽聯云：「執笏無慚真宰相，蓋棺還是舊書生。」

予幼時，大母常爲予言，大父旦釜公性豪俠，與沈遹聲秀才交好。秀才中表楊大姑有文君夜奔之事，託先祖爲之道地。楊纖足夜行，不能踰溝，先祖助沈，爲扶而過之。事發，藏匿余家。大姑纖腰美盼，吐屬嫺雅，大母亦憐愛之。母家訟于官，太守某惡其越禮，鬻與駐防旗下。大姑佯狂披髮，自啖其溺，旗人不能容，沈暗遣人買歸，終爲夫婦。生一女而亡。後閱《香祖筆記》載此事，稱武林女子王倩玉者，蓋即楊氏，諱其姓爲王也。其寄沈《長相思》一曲云：「見時羞，别時愁，百轉千回不自由，教奴争罷休。　懶梳頭，怕凝眸，明月光中上小樓，思君楓葉秋。」

戊申，過虞山，竹橋太史薦士六人。孫子瀟《長干里》云：「門前春風其來矣，珠箔無人自捲起。」《對酒》云：「黄金能買如花人，不能買取花時春。」陳聲和《西莊草堂》云：「水高帆過當窗影，風起花傳隔岸香。」《偶成》云：「生怕曉風吹絮落，願爲殘燭照花眠。」皆少年未易才也。

余不耐學詞，嫌其必依譜而填故也。然愛人有佳作。老友何獻葵之長郎名承燕者，其《壽内》云：「紙閣蘆簾偕老，欣欣十載於兹。算百年荏苒，三分去矣，半生辛苦，兩箇同之。弄杼秋宵，檢書寒夜，常伴窗前月半規。慚相對，把青雲穩步，望了多時。　今宵喜溢雙眉，是三十平頭設帨期。記去年壽我，一杯新釀，我今壽爾，一曲清詞。爾本荆釵，我非紈袴，風味儒家類若斯。還堪笑，笑梅花繞屋，又放枝枝。」《春雨》云：「簾外輕寒傍曉多，試問鸚哥，春色如何？爲言昨夜雨婆娑，紅了庭柯，緑了檐蘿。　流水茫茫捲逝波，春事蹉跎，花事蹉跎。尋芳休待楚雲過，放下香螺，披上烟蓑。」《留鬚》云：「馬齒頻加，鵬程屢蹶，還容爾面添何物？丈夫欲表必留鬚，試問那個些兒没？　窺鏡多慚，染羹誰拂，鬑鬑博得羅敷悦。從今但擬學詩人，閒吟便好將他捋。」《咏眼鏡》云：「非關四十視茫茫，也欲借君光。自從與子，囊中相處，一鑑休亡。　誰爲白眼誰青眼，相對總無妨。閲人世上，觀書燈下，只怕心盲。」《吸烟美人》云：「吐納櫻唇，氛氲蘭氣，玉纖握處堪憐。脂香粉澤，分外覺清妍。豈是陽臺行雨，剛來自十二峰邊？闌干外，風鬟霧鬢，猶自繞雲烟。　流連，怎禁得、相思暗結，閒悶難捐。算消遣春愁，此最爲先。怪底鴛鴦綉倦，停針坐，便爾情牽。恰喜有知心小婢，一笑遞嬋娟。」《無題》云：「遮遮掩掩，心下難抛秋一點。微露鞋尖，妾隔珠簾郎轎簾。　簾垂人遠，只道西風吹不捲。風更風流，不捲簾兒誓不休。」記黄仲則有《禽言》斷句云：「誰是哥哥，莫唤生疏客。」尖新至此，令人欲笑。

皇甫古尊在金陵市上得金字扇一柄，乃前朝名妓徐翩翩所書，扇尾署名曰「金陵蕩子婦某」。古尊喜甚，求題於厲太鴻先生，得《賣花聲》一闋云：「花月秣陵秋，十四妝樓。青溪迴抱板橋頭。舊日徐娘無覓處，芳草生愁。　金粉一時休，團扇誰留？殢人只有小銀鈎。句尾可憐書蕩婦，似訴漂流。」余讀之，不覺魂消。亦以《揮扇士女圖》索題，先生爲填《南鄉子》云：「思夢髻慵梳，鸜鵒回依井梧。扇影似人人似月，圓初。十六盈盈十五餘。　並蒂點紅蕖，更有關心好句書。不用近前頻掩面，生疏。水院雲廊見也無？」

心餘未入翰林時，彼此相慕未見，寄長調四首來。其《賀新涼》云：「記向秦淮水，問何人、小樓吹笛。勸人愁死，雨皺嵐皴多偃蹇，我與蔣山相似。白下柳、又添憔顇。却到江山奇絶處，遇雙鬟、都唱袁才子。情至者，竟如此。　羅衫團扇傳名字，比風流、淮南書記，蘇州刺史。常聽東華故人説，腸斷江南花底。何苦較、天都人世。樓閣虚無平等看，謫塵寰、終是神仙耳。花落恨，莫提起。」《百字令》云：「才人爲政，羨宦成、三十居然不朽。互聽參觀如善射，轉側皆能入彀。游戲奇情，循良小傳，千里傳人口。西清餘子，旁觀且袖雙手。　底事抛擲西湖，勾留南國，展放林端牖？六代青山横淺黛，都做袁家新婦。酒客清豪，名姬窈窕，小令歌紅豆。香名艷福，幾人兼此消受。」《夢芙蓉》云：「忽拜魚書睨，有十分思憶，十分惆悵。不曾相識，相識如何樣。泛詞源春漲，十隊飛仙旗仗。情至文生，縱編珠組繡，排比亦清曠。　眼底金剛紛變相，問誰能寂坐蓮幢上？低首前賢，焉敢角瑜亮？幾人憐跌宕，難覓酒樓歌舫。一卷新詞，待求君按節，分遣小紅唱。」《邁陂塘》云：「揀鄉山、絶無佳處，躬耕又乏南畝。塵容俗狀真難耐，待覓灌夫行酒。尋犀首。奈泪灑黄壚，漸失論文友。小人有母，但北望京華，徘徊小院，寂寞倚南斗。　食肉者，俊物麄才都有。半是望秋蒲柳。東塗西抹年華改，説甚色絲虀臼。牛馬走、約丁字簾前，共剪春盤韭。故人歸否？唱山抹微雲，大江東去，準備捉秦九。謂礀泉同年。」

乾隆戊辰，李君宗典權知甘泉。書來，道女子王姓者，有事在官，可作小星之贈。予買舟揚州，見此女于觀音庵。與阿母同居，年十九，風致嫣然，任予平視，挽衣掠鬢，了無忤意。欲娶之，而以膚色稍次，故中止。及解纜，到蘇州，重遣人相訪，則已爲江東小吏所得。余爲作《滿江紅》一闋云：「我負卿卿，撐船去、曉風殘雪。曾記得、庵門初啓，嬋娟方出。玉手自翻紅翠袖，粉香聽摸風前頰。問姮娥、何事不嬌羞？情難説。　既已別，還相憶，重訪舊，杳無跡。説廬江小吏，公然折得。珠落掌中偏不取，花看人採方知惜。笑平生、雙眼太孤高，嗟何益。」

隨園四面無墻，以山勢高低，難加磚石故也。每至春秋佳日，士女如雲，主人亦聽其往來，全無遮闌。惟緑淨軒環房二十三間，非相識者，不能遽到。因摘晚唐人詩句作對聯云：「放鶴去尋三島客，任人來看四時花。」

舒城沈生本陛，字季堂，年已艾矣。戊申秋，以詩求見，各體俱工。古風如《白石山》、《古柏行》等篇，詩長不能備録。五言如《西施洞》云：「香草美人遠，春山古洞寒。」見贈云：「記吟詩句從黄口，得傍門墻已白頭。」俱妙。餘三首，已采入《續同人集》中。其祖名長祚者，康熙間舉鴻博，有《竹香園集》。《過友人草堂》云：「春雲遮不盡，柳色認君家。到逕聽微雨，開門見落花。古心徵直諒，閒語及桑麻。飲量年來減，村醪莫更賒。」《哭友》云：「修短難將理問天，人間福慧應難全。他生好向空王乞，少占才華自永年。」

張南垣以畫法壘石，見者疑爲神工。吴梅村、黄梨洲皆爲之傳，載文集中。太倉薙賌園爲王麟洲奉常别業，園中假山，南垣遺製，後歸弇山尚書，爲奉母地，更名静逸園。畢太夫人《秋日閒居》詩題五律云：「勝跡留城市，幽居得小園。吾生澹相寄，往事漫追論。人憶烏衣舊，名憐香草存。祇今耽静逸，秋景滿丘樊。」「字摹王内史，詩愛鄭都官。石色青書幌，花陰冷畫闌。池魚一二寸，庭竹兩三竿。于此端居好，身閒夢亦安。」「地迥人稀到，風清暑罷侵。竹簾香細細，桐閣緑愔愔。隱几時看畫，安弦静譜琴。夜涼明月上，掃石坐深林。」「磴小花枝密，廊深書舍藏。有時翻秘帙，隨意坐匡牀。詩遇前春稾，鑪凝隔夜香。庭前蹲石丈，親見歷滄桑。」

金陵秋試之年，上下江名士畢集，余止而觴之，各有贈詩，約三千餘首。其尤佳者，梓入《續同人集》矣。尚有斷句可采者，如虞山王陸禔云：「叢叢著述皆千古，草草功名只十年。」長洲顧星橋云：「渡江名士推前輩，扶輦門生半少年。」王又云：「休夸翁子乘車日，已是懸車十七年。」三押「年」字，俱妙。金陵管松年云：「四海文章經口貴，百年心事問花知。」無錫徐嵩云：「姓氏直疑前代客，語言妙是一家詩。」青陽程蔚云：「一將治績乘時著，便把塵緣當夢看。」

以部婁擬泰山，人人知其不倫，然在部婁，私心未嘗不自喜也。秋帆尚書德位兼隆，主持風雅。枚山澤之癯，何能及萬分之一，乃詩人好相提而並論，孫淵如太史云：「惟有先生與開府，許教人吐氣如虹。」徐朗齋孝廉云：「弇山制府倉山叟，海内龍門兩扇開。」

壬戌年，余改官外出，客送詩者，動以王嬙見戲。余因口號云：「琵琶一曲靖邊塵，欲報君恩屢顧身。只是内家妝束改，回頭羞見漢宫人。」後十年再入朝，則鳳池諸客，都非舊人。又戲吟云：「曉日曈曨玉殿開，春風回首認蓬萊。三千宫女如花貌，都是明妃去後來。」

張文敏公仝南華先生上朝，值春雪初霽，南華見午門外簷下冰柱，賦七律一章。文敏公疑爲宿構，南華請面試，文敏出所佩小玉羊爲題，南華應聲云：「宛爾成形質，居然或寢訛。」方欲續下，而皇上有旨，命和湯圓詩。南華在朝房，立進二十四韵。警句云：「甘白俱能受，升沉總不驚。」文敏嘆服，曰：「不料倉卒間先生猶能自見身分也。」爲序其集云：「春雨着物，萬花怒開，神工鬼斧，不可思議。似之者病，學之者死。」

秋帆尚書撫陝時，有《上元燈詞》十首，莊重高華，是金華殿上語，一時幕中學士文人俱不能和。爲録四章云：「碧榭紅闌萬點明，戟門蓮漏轉三更。交春便抱祈年意，不聽歌聲聽雨聲。」「鼓鉦殷地走輕雷，寶燄千枝百戲開。瞥見廣場波浪直，雙龍争挾火珠來。」「仙館明輝麗絳霄，銅駝四角綴瓊翹。夜長樺燭添寒燄，春曉終南雪未消。」「十年持節駐秦關，夢斷蓬瀛供奉班。記得披香頻侍宴，紅雲萬朵駕鰲山。」

裴二知中丞巡撫皖江，每至隨園，依依不去。舉家工琴，閨閣中淡如儒素。其子婦沈岫雲，能詩，著有《雙清閣集》。《途中日暮》云：「薄暮行人倦，長途景尚賒。條峰疏夕照，汾水散冰花。春暖香迎蝶，天空陣起鴉。此身圖畫裏，便擬問仙家。」《在滇中送中丞柩歸》云：「丹旐秋風返故鄉，長途悽惻斷人腸。朝行野霧籠殘月，暮宿寒雲掩夕陽。蝴蝶紙錢飄萬里，杜鵑血淚落千行。軍民沿路還私祭，豈獨兒孫意慘傷。」讀之不特詩筆清新，而中丞之惠政在滇，亦可想見。余方采閨秀詩，公子取其詩見寄，而夫人不欲以文翰自矜，公子戲題云：「偷寄香閨詩册子，妝臺佯問目稍嗔。」亦佳話也。中丞名宗錫，山西人。

韓慕廬尚書，雖爲徐健庵司寇所識拔，而在朝中立不倚，于牛、李之黨，兩無所附，然官爵崇隆，終身平善，可知仕途之不須奔競也。近今張警堂先生以縣令起家，官至監司，皆委懷任運，不營求而自得。詩才清妙。《過盧生廟》云：「快馬衝風急，添衣禦曉寒。平生無好夢，醒眼過邯鄲。」其襟懷之淡定可知矣。又《宜城夜行》云：「夜半張燈起，披衣上馬鞍。月明如欲曙，風斂不知寒。此景人誰見，長途心轉安。襄陽舊遊處，明日且盤桓。」劉霞裳秀才出公門下，仿其意，作《鉛山夜行》云：「車比鼉尤仄，心閒坐頗安。清冰明似鏡，凍月小于丸。燈遠知村到，更深喚渡難。漸看浮草白，霜重夜將闌。」可謂工于竊比者矣。先生又《過銅雀臺》云：「可憐腸斷分香日，輸與開門放婢人。」使老瞞在九原爲之汗下。先生名銘，江西己卯孝廉。

金陵張止原居士，立身端謹，爲秋帆尚書所重，以家政託之。嘗臘底冒雨，招余遊靈巖山館，其襟懷可想。舟中誦其《春暮書事》云：「山苑濃陰覆緑苔，意行敷坐自徘徊。池邊柳弱鶯難駐，庭畔花殘蝶未回。酒盞怕空先料理，柴門喜静且長開。人生得喪何須計，一任浮雲過眼來。」《步尚書青門柳枝韵》云：「緑烟漠漠曼晴嵐，紫陌輕陰月正三。怕上樂遊原上望，引人離恨到江南。」居士名復純，兼通醫理，工賞鑑。

壬寅冬，余遊雉皋，何春巢引見其親家徐湘圃司馬。其人吐氣如虹，不可一世。家有園亭之勝，招致名姝，宴飲竟夜。見贈云：「一病經年喜再生，西風吹客過江城。虎溪大笑酬前願，雁宕閒遊寄遠情。荒徑漫勞攜杖訪，傾心不待整冠迎。夜來天際文星聚，珠玉驚聞擲地聲。」「颯颯空林亂葉聲，相逢慰我寂寥情。多邀紅袖同行酒，小摘寒蔬爲煮羹。對月且拚三五夜，看花莫問短長更。幽懷萬種愁千斛，不遇先生不肯鳴。」

隨園詩話卷十二

倉山居士著

戴喻讓有句云：「夜氣壓山低一尺。」周蓉衣有句云：「山影壓船春夢重。」皆妙在可解不可解之間。

人人共有之意、共見之景，一經説出，便妙。盛復初《獨寐》云：「燈盡見窗影，酒醒聞笛聲。」符之恒《湖上》云：「漏日松陰薄，摇風花影移。」女子張瑶英《偶成》云：「短垣延月早，病葉得秋先。」鄭璣尺《雪後遊吴山》云：「人來饑鳥散，日出凍雲升。」顧文煒《立夏》云：「病骨先愁暑，殘花尚戀春。」女子孫雲鳳《巫峽道中》云：「烟瘴寒雲起，灘聲驟雨來。」沈大成《登净慈寺》云：「花氣隨雙屐，湖光納一窗。」姜西溟《野行》云：「橋欹眠折葦，檻倒坐雙凫。」

有全首在人意中者。門生蔡家璋《舟中》云：「孤客心情急去旌，榜人帶月趁宵征。去舟時共來舟語，殘夢依稀聽不明。」汪舟次《田間》云：「小婦扶犂大婦耕，隴頭一樹有啼鶯。兒童不解春何在，只向遊人多處行。」此種詩，兒童老嫗都能領略，而竟有學富五車者，終身不能道隻字也。他如湯擴祖之「事當失路工成拙，言到乖時是亦非」，方子雲之「優孟得時皆貴客，英雄見慣亦常人」、「酒常知節狂言少，心不能清亂夢多」，吴西林之「貧士出門非易事，豪門投刺豈初心」，皆使聞者人人點頭。

吾鄉鄭璣尺先生，名江，康熙戊辰翰林。幼孤貧，里中有商人張静遠者，助其讀書。先生貌寢，眇一目，湛深經學，而詩獨風騷。《自嘲》云：「自號小冠杜子夏，人嗤一目江東王。」藏花片於書中，題云：「卷裏崔徽帳中李，何如通替見殷妃？」

咏雲者，吴尺凫焯有句云：「蘆花摇雪碍船過，雲葉隨風逐雁飛。」陳心田寅有句云：「一雁披霜千樹冷，片雲移日半山陰。」嫌飯遲者，劉悔庵云：「冷早秋衣薄，天陰午飯遲。」顧牧雲云：「衣輕曉寒逼，薪濕午炊遲。」咏新僕者，汪舟次云：「見事先人往，應門答語輕。」吴野人云：「長者尊難近，新名答尚疑。」四人皆無心之雷同，而俱妙。又張哲士咏老僕云：「曠職身常病，應門語每訛。」亦趣。

六合彭厚村，家資百萬，慷慨好施，年六十，而家資罄矣。不得已，辭家遠出，卒於乃弟孝豐署中。葛筠亭哭以詩云：「頭盈白髮翻爲客，手散黄金可築臺。」又曰：「俠傳衆口難爲富，患在無錢不認貧。」真厚村小傳。其弟廸庵，葛弟子也。葛往訪之，贈詩云：「笑隨童叟來聽政，要借雲山去賦詩。」《在西湖夜望》云：「月光山色静窗扉，夜景空明水四圍。多少漁燈風不定，滿湖心裏作螢飛。」葛詩筆絶佳，半生爲時文所累，然高達夫五十吟詩，故未遲也。

有人畫七八瞽者，各執圭、璧、銅、磁、書、畫等物，作張口争論狀，號《群盲評古圖》，其誚世也深矣。劉鳴玉題云：「耳聾偏要逢人聒，足跛轉喜登山滑。可惜不逢周師達，眼珠个个金篦刮。」

又有人畫《牽車圖》，將妻子、奴婢、器具、食物盡放車中，一枯瘦男子牽長繩，背負而走，空中一鬼持鞭驅之，亦醒世意也。余題云：「人世肩頭各一擔，梅花馱過杏花殘。暗中何必長鞭打，就作神仙嬾亦難。」

寶意先生有女曰可，字長白，有才而夭。《咏苔》云：「昨宵疑有雨，深院久無人。」題畫云：「黄雪㶉㶎點翠環，秋光一抹上房山。采雲飛盡碧天遠，半夜月明響珮環。」寶意編其詩，號《曇花一現集》。

張麟圃計偕入都，與某同寓。夢至大海，四望皆五色牡丹，鸞麟翔躍。有女郎容貌絶世，袖中出碧玉版，如桐圭，曰：「此女媧箋也，求郎題詩。」張題一絶，女曰：「郎詩固佳，未慊妾意。須倩某郎爲之。」所云某者，即其仝寓友也。次早起行，述所夢相仝。是科，張竟落第，而某捷南宫矣。某所題僅記二句云：「淚花逗雨鮫珠死，畫屏幾叠扶桑紫。」

山陰女子陳淑旂《晚思》云：「弱質怯春寒，名花帶月看。惜花兼惜影，不忍倚闌干。」

余乙卯科試，考列前茅。其時在帥學使幕中閲卷者，邵君昂霄也。相遇湖上，有所贈云：「韵到梅花清有骨，軟於楊柳怯當風。」余有知己之感，故至今誦之。

山陰沈冰壺，字清玉，有《古調獨彈集》，以新樂府論古事，極有見解。如辨永王璘之非反，李白之受誣，作《夜郎行》。雪李贊皇之非黨，作《崖州行》。笑隋主誅宇文，身死於宇文，作《南氏怨》。以何平叔之不父曹瞞爲孝，不從司馬爲忠，其粉白不離手之説，即梁冀誣李固之胡粉飾貌也。人言崔浩毁佛遭禍，乃咏崔浩云：「仙不能救，佛豈能阨？」尤爲超脱。

湯中丞莘來聘湖上，云：「小橋隔岸時通馬，細柳如烟不礙鶯。」江西楊子載《偶成》云：「漁燈欲滅見漁火，細雨無聲添落花。」

胡偉然《釣臺》云：「在昔披裘客，浮名著意逃。江流日趨下，益見釣臺高。」錢相人方伯《釣臺》

云：「圖畫功名安在哉，高風千古一漁臺。此情惟有江潮解，流到灘前便急回。」余過《釣臺》，見石刻林立，獨愛此二首。

題畫詩最妙者，徐文長畫牡丹云：「毫端頃刻百花開，萬事惟憑酒一杯。茅屋半間無住處，牡丹猶自起樓臺。」唐六如畫山水云：「領解皇都第一名，猖披歸卧舊茅衡。立錐莫笑無餘地，萬里江山筆下生。」余之掃墓杭州也，蘇州陸生鼎畫扇贈云：「一枝蘭槳鴨頭波，兩个漁翁載酒過。好看舊山似新婦，迎門先爲掃雙蛾。」

詩中用「虎」點綴者最少。吴尊萊有句云：「樵聲密雲隔，虎迹落花封。」雪嶠大師有句云：「殘雪枝頭雪未消，熟眠老虎始伸腰。」唐人句云：「夜深童子唤不起，猛虎一聲山月高。」

崔尚書應階督浙閩，自稱研露老人。書扇贈歌者櫻桃云：「柳彈花嬌已斷魂，春風空自與温存。歌筵一曲當年事，猶識金環舊指痕。」

松江何嘯客有《西湖》詩四十首，或誦二首云：「秦亭山頭煖氣匀，秦亭山下早梅新。嫁郎願嫁秦亭住，占得梅花第一春。」「長短蘭橈拂渚汀，聲聲簫鼓集西泠。爲誰唱出桃花曲，儘著蕭郎簾外聽。」

詩改一字，界判人天，非个中人不解。齊己《早梅》云：「前村深雪裏，昨夜幾枝開。」鄭谷曰：「改『幾』字爲『一』字，方是早梅。」齊乃下拜。某作《御溝》詩曰：「此波涵帝澤，無處濯塵纓。」以示皎然。皎然曰：「『波』字不佳。」某怒而去。皎然暗書一「中」字在手心待之。須臾，其人狂奔而來，曰：「已改『波』字爲『中』字矣。」皎然出手心示之，相與大笑。

沈存中云：「詩徒平正，若不出色，譬如三館楷書，不可謂不端整，求其佳處，到死無一筆。」此言是也。然求佳句，詩便難作。戴殿撰有祺句云：「但得閒身何必隱，不耽佳句易成詩。」

宋人咏五月菊云：「爲嫌陶令醉，來就屈原醒。」咏十月桃云：「劉郎再來歲云暮，王母一笑天爲春。」兩用事俱清切。近日，姜紹渠咏諸葛菜云：「至味於今思淡泊，軍行到處寓農桑。」

己卯秋，陳竹香從都門來，替余長女成姑議婚。所議者，曹來殷舍人也。誦其句云：「水連鐵甕無邊白，山到金陵不斷青。」余極賞之。陳以書寄曹，曹欣然允諾。兩家已有成説矣，適蘇州故人蔣誦先剔嬲不已，遂定蔣而辭曹。嫁未半年，女與婿俱亡，數之不可挽也如是。曹旋入詞林。

聖人稱「詩可以興」，以其最易感人也。王孟端友某在都娶妾，而忘其妻。王寄詩云：「新花枝勝舊花枝，從此無心念别離。知否秦淮今夜月，有人相對數歸期。」其人泣下，即挾妾而歸。

杭州汪秋御夫人程慰良，《咏秧針》云：「陌旁柳綫穿難定，水面羅紋刺不禁。」可謂巧而不纖。又有句云：「事從悟後言皆物，詩到工時心更虛。」真學者之言。有二女，皆能詩。長女妽，和母句云：「松留石下千年藥，雨引池中二寸魚。」次女妕云：「皓日穿窗飛野馬，平池貯水數浮魚。」

王生同太守母夫人楊氏，江都人，爲昭武將軍諱捷者之女孫。《咏琴》云：「游魚浮水聽，大蟹出沙行。」年十九，生生同，十四日而亡。故生同有《十四日兒譜》行世。

余入學年才十二，龔立夫名木者，亦髫年，同覆試。時立夫著繡領紅袴，爲學使王交河先生所呵。今五十餘年矣，老而不遇。有人傳其《看庭桂》一首，云：「牡蠣墻陰碧蘚封，連蜷古幹影重重。曉風吹過葉微動，夜雨漬來香更濃。好就曲欄敷坐具，時從幽境策吟笻。天香滿院娱清晝，一任泥深斷客踪。」

余泊高郵，邑中詩人孫芳湖、沈少岑、吴螺峰招遊文遊臺，是東坡、莘老、少游、定國四人遺迹。席間，沈自誦其《春草》云：「山經燒後痕猶淺，雪到消時色已濃。」余甚賞之。屏上有王樓村詩云：「落日倒懸雙塔影，晚風吹散萬家烟。」真臺上光景。螺峰云：「樓村以七律一聯，受知於宋商丘中丞，遂聘在門墻，列江左十五子中，大魁天下。」詩云：「尊中臘酒翻花熟，案上春聯帶草書。」不過對仗巧耳，前輩之愛才如此。十五子中，宰相、尚書，不一而足，惟李百藥一人以諸生終，而詩尤超絶。

熊觀察學驥，字蔗泉，自楚中歸，兩目盲矣，其晉接周旋，較勝有目者。居秦淮水閣，與余晨夕過從。死前半月，賦《秦淮雜咏》云：「秦淮三月畫簾開，便有遊人打槳來。燕子不歸春又暮，幾家閒煞好樓臺。」「笑語勾留畫舫停，紅妝緑鬢影娉婷。簾前燈映樓頭月，十里人家一畫屏。」亡後，余哭之哀，作輓聯云：「生祭有祠，楚國至今歌善政；風騷無主，秦淮那可喪斯人。」

六合孝廉張廷松，清才不壽，詩不多，而饒有唐音。《古意》云：「荷葉風香隔水涯，吴姬盪槳濕裙紗。晚來滿載新蓮子，月上横塘正到家。」

金壇虞廣文景星，康熙壬辰進士。年八十餘，與余相遇蘇州，詩才清妙，都未付梓。《偶成》云：「貧不賣書留子讀，老猶栽竹與人看。」「將雪論交人尚暖，與梅相對我猶肥。」《解組》云：「人情驗自休官後，我意渾如出夢時。」《訓兒》云：「偶然爲汝父，未免愛吾兒。」

壬戌，余與陶西圃鏞俱以翰林改官。陶先乞病。庚午，余亦解組隨園。陶與余同踏月，云：「偷得閒身是此宵，白門何處不瓊瑶。芒鞋醉踏三更月，猶認霜華共早朝。」壬申，余從陝西歸，陶方起病赴都，見贈云：「草草銷魂過白門，故人招我住隨園。同看昨歲此時雪，仍倒空山累夕尊。竹壓千竿青失影，峰鋪四面白無痕。君行萬里詩奇絶，何意重逢一快論。」余置酒，出路上詩相示。陶讀至《扁鵲墓》云：「一抔尚起膏肓疾，九死難醫嫉妒心。」不覺淚下。詢其故，爲一愛姬被夫人見逐故也。余欲安其意，適家婢招兒年將笄矣，問肯事陶官人否，笑曰：「諾。」遂以贈之。正月七日，方毓川掌科、王孟亭太守、朱草衣布衣、吕星垣進士添箱贈枕，各賦催妝。陶有詩云：「脱贈臨岐感故人，相攜風雪不嫌貧。當他意處無多少，未老年華欲仕身。」余和云：「故人臨别最銷魂，萬里攜囊襆被身。欲折長條無别物，自家山裏一枝春。」十餘年後，陶從山右遷楚中司馬，挈招兒再過隨園，則子女成行矣。子時行，小名佛保，亦能詩。《聽雨》云：「連朝三日碧苔生，疏館蕭條夜氣清。紅燭當筵花拂帽，愛聽春雨到天明。」《雨窗》云：「照眼花枝亞短墻，曉看風雨太顛狂。生憎簾捲危簷近，點點飄來濺筆床。」佛保入泮後，年二十，以瘵疾亡。

山東曾南村尚增，風貌偉然，以庶常改知蕪湖，常詩戲西圃云：「幾載柴桑爲刺史，當年元亮是州民。」因西圃居蕪湖故也。同舟訪余白下，一路唱和，云：「潮通燕子趨京口，帆帶蛾眉認小姑。」「風微漁火重生燄，寺僻鐘聲半代更。」皆佳句也。後刺郴州，署中不戒於火，女以救母故，與母俱焚。郴人爲立孝女祠。南村亦以悸卒。

漕帥楊清恪公錫紱，德望冠時，而詩才清妙。《夜行》云：「好風潛入夜，明月正當頭。宇碧兼空闊，舟輕足泳遊。徵涼雙袖薄，小照一螢流。此意憑誰識，前磯有釣鈎。」《楊村》云：「微雲不成雨，片月復宵明。柳外烟無際，河邊市有聲。飛流緣漲急，氣肅爲秋清。咫尺楊村近，吾宗有送迎。」《泊北夏口》云：「舟維涼雨後，人坐晚燈初。葉濕全低柳，波寒不上魚。攬衣嫌葛細，得酒愛更餘。亦有耽吟客，瑶篇孰起予。」《夕陽》云：「一棹秋風裏，行行又夕陽。飛還鴉影亂，舞罷柳絲黄。客意銜山急，帆陰卧水涼。何人方獨立，覓句向蒼茫。」

裘文達公曰修，與余同出蔣文恪公門下。己未入都，過阜城，悦女校書采玉，意殊拳拳。後乞假歸覲，余送行詩戲云：「阜陽女兒名采玉，當筵一曲歌《楊柳》。今日臨卭負弩迎，可還杜牧尋春否？」又十年，余入都補官，裘典試江南，相逢茌平道上，見贈云：「車中遥指影翩翩，忽訝相逢古道邊。粗問行藏知大概，諦觀顔色勝從前。南來我愧山濤鑑，北去君夸祖逖鞭。後會分明仍有約，歸程期在暮春天。」是夜，宿旅店，見余壁上有詩，和其後云：「漫空飛絮攪春情，十日都無一日晴。水斷虹橋迷古渡，雲埋雉堞隱孤城。故人已别心猶惜，舊壁來看眼忽明。我正聳肩閒覓句，不勞津吏遠相迎。」己卯秋，裘又典試江南，到山中，爲余誦之。

公出使伊犂，襄贊軍事，在黄制府行臺即席有作云：「使相鈞衡大將旗，西來賓閣喜追隨。談深席上杯行數，坐久窗間日過遲。任事肩無旁卸處，安邊功是已成時。天兵討叛非勤遠，此意須教萬姓知。」又《元旦試筆》云：「年年染翰揮毫手，乍喜金鞭控鐵驄。」嗚呼！以一書生，而能走萬里，贊軍機，與沈文慤公以詩人而受帝寵者，皆近今所未有，可稱吾榜中得人最多，張乖厓不得擅美於前。

盧雅雨先生轉運揚州，以漁洋山人自命。嘗賦《紅橋修禊》四章，一時和者千餘人，余俱未見，而先生原唱，余亦不甚愛誦也。及其致仕，《留别揚州》詩竟成絶調。真所謂歡愉之詞難工，感愴之言多妙耶？其詞曰：「脱却銀黄敢自憐，不才久任受恩偏。齒加孫冕餘三歲，歸後歐公又九年。犬馬有情仍戀主，參苓無效也憑天。養疴得請懸車日，五福誰云尚未全？」「平山迴望更關愁，標勝家家醉墨留。十里亭臺通畫舫，一年簫鼓到深秋。每看絳雪迎朱旆，轉似青山戀白頭。爲報先疇墓田在，人生未合死揚州。」「長河一曲繞柴門，荒徑遥憐松菊存。從此風波消宦海，始知烟月足家園。歲時社集牛歌好，鄉里筵開鶴髮尊。癡願無多應易遂，杖朝還有引年恩。」嗚呼！後公果將杖朝矣，乃竟不得考終。余弔之曰：「潘岳閒居竟不終，褚淵高壽真非福。」《列子》云：「當生而生，福也。當死而死，福也。」其信然歟！

余髫年入泮，人來相賀，而余不知其何以賀也。讀宋人李昉《贈賈黄中童子》云：「見榜不知名字貴，登筵未識管絃歡。」方知古人措詞之切。

聲音不同，不但隔州郡，並隔古今。《穀梁》云：「吴謂善伊爲稻緩。」淮南人呼母爲社。《世説》：王丞相作吴語曰：「何乃渹？」《唐韵》：江淮以「韓」爲「何」。今皆無此音。

偶見坊間俗韵，有以「真」、「元」通「庚」、「青」者，意頗非之。及讀《三百篇》，爽然若失。「山榛」、「隰苓」，「十真」通「九青」。「有鳥高飛，亦傅於天。彼人之心，於何其臻。曷予靖之，居以凶矜。」是

「一先」、「十一真」、「十蒸」俱通也。《楚辭》：「肇錫余以佳名，字余曰靈均。」「八庚」通「十真」也。其他《九歌》、《九辨》，俱「九青」通「文」、「元」，無怪老杜與某曹長詩，「末」字韵旁通者六，東坡與季長詩，「汁」字韵旁通者七。

余祝彭尚書壽詩，「七虞」内誤用「餘」字，意欲改之，後考唐人律詩通韵極多，因而中止。劉長卿《登思禪寺》五律，「東」韵也，而用「松」字。杜少陵《崔氏東山草堂》七律，「真」韵也，而用「芹」字。蘇頲《出塞》五律，「微」韵也，而用「麾」字。明皇《餞王晙巡邊》長律，「魚」韵也，而用「符」字。李義山屬對最工，而押韵頗寬，如「東」、「冬」，「蕭」、「肴」之類，律詩中竟時時通用。唐人不以爲嫌也。

沈總憲近思，在都無眷屬，項霜泉嘲之云：「三間無佛殿，一个有毛僧。」魯觀察之裕，性粗豪，而屋小，署門曰：「兩間東倒西歪屋，一個南腔北調人。」薛徵士雪，善醫而性傲，署門曰：「且喜無人爲狗監，不妨唤我作牛醫。」

同年成衛宗宰南安，小婢春桂於後園獲石印，文曰「忠孝傳家」。成題云：「孔龜張鵲難重覯，此石摩挲亦頗宜。愧我平生期許在，儘教世守作良規。」余宰江寧時，聘史苕湄爲記室，成識之於署中。後爲臺灣司馬，史館馮觀察家，相見甚歡。秩滿，將西渡，留别史云：「卅年舊雨各西東，忽漫相逢大海中。自是壯懷同作客，不堪衰鬢已成翁。世情轉燭貧交久，物態浮雲老眼空。他日故園應聚首，一樽相對話松風。」

寇萊公夢中詩云：「渡海只十里，過山已萬重。」後貶雷州，渡海，方悟前詩成讖。范文正公《咏月》云：「已知千里共，猶訝一分虧。」後終於參知政事。

姑母嫁沈氏，年三十而寡，守志母家。余幼時，即蒙撫養，凡浣衣盥面，事皆依賴於姑。姑通文史，余讀《盤庚》、《大誥》，苦聱牙，姑爲同讀，以助其聲。嘗論古人，不喜郭巨，有詩責之云：「孝子虚傳郭巨名，承歡不辨重和輕。無端枉殺嬌兒命，有食徒傷老母情。伯道沉宗因縛樹，樂羊罷相爲嘗羹。忍心自古遭嚴譴，天賜黄金事不平。」余集中有《郭巨埋兒論》，年十四時所作，秉姑訓也。

江西帥蘭臯先生，名念祖，督學浙江，一時名宿都入網羅，半皆蘇耕餘廣文爲之先容。蘇故癸巳進士，長於月旦，吾鄉名士，多出其門，惟余年幼未往。帥公來時，余年十九，考古學，賦秋水云：「映河漢而萬象皆虚，望遠山而寒烟不起。」公加歎賞。又問：「『國馬』、『公馬』何解？」余對云：「出自《國語》，注自韋昭，至作何解，枚實不知。」繳卷時，公閱之，曰：「汝輕年，能知二馬出處，足矣。何必再解説乎？」曰：「『國馬』、『公馬』之外，尚有『父馬』，汝知之乎？」曰：「出《史記・平準書》。」曰：「汝能對乎？」曰：「可對『母牛』。出《易經・説卦傳》。」公大喜，拔置高等。蘇先生聞之，招往矜寵，以不早識面爲恨。先輩之愛才如此。後帥公爲陝西布政使，竄死臺上。余賦五古哭之，末四句曰：「青蠅宦海飛，白骨沙場拋。何當抱孤琴，塞外將魂招。」

詩有正喻夾寫，似是而非之語最妙。王介祉《咏鐵馬》云：「依人簷宇下，底作不平鳴？」香亭《阻風》云：「想通天上銀河易，力挽人間風氣難。」周之桂《咏秋暑》云：「傍曉燈偏光燄大，罷官人更熱中多。」董曲江太史《過十八灘》云：「漫誇利涉乘風便，始信中流立脚難。」周詩成時，適有罷官者冒酷暑入都，讀者愈覺其佳。

余少時氣盛跳盪，爲吾鄉名宿所排，惟柴秀才名致遠號耕南者，一見傾心。乙卯春，柴讀書孤山，余寄札云：「秋將至矣，頗欲掩帷；春賓佳哉，未能端坐。」餘數行，泛論友朋。柴答云：「赤煒未來，青春可愛。足下端坐未能，僕且嬾索香熏矣。來書惓惓人物，此間俗子如春萍，何從覓佳客？昨無聊，閒步登孤山之巔，折梅誰贈，可憐可憐。某某輩，僕不能定其爲人，鄙意以仲翔針芥之言求知己，以君子全交之道待泛交，如是而已。晴日早來，當以此論質之逋老。」余愛其措詞雋雅，有谷子雲筆札之妙，藏篋中五十餘年。耕南夜遊孤山，有句云：「月行疑踏水，花坐當熏衣。」後客死廣西。己亥年，余至其家，夫人出見，白髮蕭然，有陸魯望重過張處士故居光景。

丙辰春，余欲西行，苦無路資。適耕南之兄東升就館高安，挈余同至署中，贈金一笏，裁得裹糧至粤。一路舟中聯句。過鄱陽湖，野有樹，大可蔽牛，已朽折委地矣。旁一小枝，穿根而出，高十丈餘。相傳明太祖與陳友諒戰時，此樹代受砲，故封爲將軍，至今尚有燒灼痕。柴首唱云：「大樹兵火餘，枯根尚委地。」余續云：「曾抱紀信忠，一死代漢帝。」柴云：「輪囷根盤存，焦枯枝葉棄。」余云：「叢叢莓苔痕，鬱鬱霜露氣。」柴云：「祖幹扶桑傾，孫枝小龍繼。」余續云：「穿出盤古墳，猶作拏雲臂。」東升歎曰：「二語險絶，可不必續成矣。」彼此一笑而罷。東升贈余五古，僅記二句云：「浩氣盤九疑，晴襟豁萬谷。」嗚呼！當日無柴君，則余何由得見金公，又何由得從粤西至都下哉？後戊戌年，余往杭州訪柴，鄰人云：「全家都在廣東。東升亡後，未曾歸葬。」余哭以詩，載集中。

余弱冠時，與王復旦卿華爲至交，其父星望公官御史。丙辰春，余從廣西入都，卿華舉浙江鄉試。漏盡，作家信報其尊人，猶再三道余不置。已而同到京師，彼此失意，往來更密。其大父子堅先生，亦以國士相待。次年八月，卿華歸娶，同騎馬至彰義門外，兩人泣別。戊午秋，星望公病篤，猶讀余闈墨，許爲第一。初十日，榜發，余獲雋，而先生即於是日委化。余感生平知己之恩，往視含殮，顔色慘悽。其戚唐某疑余落第，再三道屈，坐客無不掩口而笑。卿華贈余改官云：「朝士盡將韓愈惜，都人争作李邕看。」又數年，聞其再落第，縊死長安，余哭以七古一章，載集中。己亥春，余歸杭州，訪其墓，則四至埏道被勢家侵佔。爲告之官，而斷還其後人。

余六十三歲方生阿遲。時家弟春圃觀察在蘇州勾當公事，接江寧方伯陶公飛檄文書，意頗驚駭。拆之，但有紅牋十字云：「令兄隨園先生已得子矣。」常州趙映川舍人詩云：「佳問有人馳驛報，賀詩經月把杯聽。」

余弱冠在都，即聞吴江布衣徐靈胎有權奇倜儻之名，終不得一見。庚寅七月，患臂痛，乃買舟訪之，一見歡然。年將八十矣，猶談論生風。留余小飲，贈以良藥。門鄰太湖，七十二峰，招之可到。有佳句云：「一生那有真閒日，百歲仍多未了緣。」《自題墓門》云：「滿山靈草仙人藥，一徑松風處士墳。」靈胎有《戒賭》、《戒酒》、《勸世道情》，語雖俚，恰有意義。《刺時文》云：「讀書人，最不齊。爛時文，爛如泥。國家本爲求才計，誰知道變做了欺人技。三句承題，兩句破題，擺尾摇頭，便道是聖門高弟。可知道三通、四史是何等文章，漢祖、唐宗是那一朝皇帝？案頭放高頭講章，店裏買新科利器。

讀得來肩背高低，口角噓唏。甘蔗渣兒，嚼了又嚼，有何滋味？孤負光陰，白白昏迷。一世就教他騙得高官，也是百姓朝廷的晦氣。」

唐當治平時，或咏所見曰：「可惜數枝紅艷好，不知今夜落誰家。」及世亂矣，或咏所見曰：「無窮紅艷烟塵裏，驟馬分香散入營。」

廣東稱妓爲老舉，人不知其義。問土人，亦無知者。偶閱唐人《北里志》，方知唐人以老妓爲都知，分管諸姬，使召見諸客，一席四鐶，燭上加倍，新郎君更加倍焉。有鄭舉舉者，爲都知，狀元孫偓頗惑之，盧嗣業贈詩云：「未識都知面，先輸劇罰錢。」廣東至今有老舉之名，殆從此始。

謝深甫云：「詩之爲道，標舉性靈，發舒懷抱，使人易於矜伐。」此言是也。然如杜審言臨終謂宋之問曰：「不見替人，久壓公等。」袁嘏自稱己所作詩須以大材迮之，不爾飛去。言雖夸，尚有風趣。漢桓帝時，馬子侯自謂知音，彈《陌上桑》，左右盡笑，而子侯猶摇頭自得，則蚩獰太過矣。今之未偕競病，而詩狂欲上天者，毋乃類是。

孫興公説高輔佐如「白地光明錦，裁爲負版袴，雖邊幅頗闊，而全乏剪裁」。宋詩話云：郭功甫如二十四味大排筵席，非不華侈，而求其適口者少矣。一以衣喻文，一以食喻詩，作者俱當録之座右。

淮南程氏，雖業鹍莢甚富，而前後有四詩人。一風衣，名嗣立。一夔州，名崟。一午橋，名夢星。一魚門，名晉芳。四人俱與余交，而風衣、夔州，求其詩不得。魚門雖呼午橋爲伯父，意頗輕之。余曰：「午橋先生古風力弱，近體風華，不可没也。」如《看花不果》云：「蠟屐也思新草色，病酲偏負曉鶯聲。」《贈僧》云：「樓前常設留賓榻，岩下多栽獻佛花。」《桐廬》云：「百里烟深因近水，一年秋早爲多山。」皆佳句也。

齊武帝于興光樓上施青漆，謂之「青樓」。是青樓乃帝王之居。故曹植詩「青樓臨大路」，駱賓王詩「大道青樓十二重」，言其華也。今以妓爲青樓，誤矣。梁劉邈詩曰：「倡女不勝愁，結束下青樓。」殆稱妓居之始。

《小雅》：「惟桑與梓，必恭敬止。」考上下文，並無鄉里之説。張衡《南都賦》：「永世克孝，懷桑梓焉。真人南巡，覩舊里焉。」後人因之，遂以桑梓爲鄉里。

宋潛溪曰：「人皆云陶淵明不肯用劉宋年號，故編詩但書甲子，此誤也。陶詩中凡十題甲子，皆是晉未亡時，最後丙辰，安帝尚存，瑯琊王未立，安得棄晉家年號乎？其自題甲子者，猶之今人編年纂詩，初無意見。」

黄魯直詩「月黑虎夔藩」，用少陵《課伐木詩序》云：「有虎知禁，必昏黑撐突夔人屋壁。」夔者，夔州人也。魯直以「夔」字當「窺」字解，爲《益公題跋》所譏。

郭注《爾雅》：「閼逢攝提格，未詳。」司馬貞《索隱》以《爾雅》爲近今所作，所記年名不符，古鐘鼎從未有以閼逢攝提紀年者。鄭夾漈曰：「今人編年，好用《爾雅》名。甲爲閼逢，乙爲旃蒙，是以一元大武爲牛也。夫隱語爲智井逃難之言，豈可施於簡編乎？」顧寧人有古人不以甲子紀歲之説，又云古人不以王父字爲字。按《通志》歷舉春秋時以王父字爲字者八十餘條，顧最博雅，竟不曾見過《通志》，何耶？

吴冠山先生言："散體文如圍棋，易學而難工。駢體文如象棋，難學而易工。"余謂古詩如象棋，近體如圍棋。

何南園《咏野菊》云："絶無人處偏逢我，不寄籬邊獨羡君。"寫野字妙。李琴夫《咏瓶菊》云："未許園林終晚節，不妨風雨到重陽。"寫瓶字妙。李又有"風定雨絲直"五字，亦佳。

魚門太史云："古文有可讀者，有可觀者。"余謂詩亦然，有可讀者，有可觀者。可觀易，可讀難。鮑雅堂之妹，詩人步江女也，名季姒，工吟詩。金棕亭贈云："續史正堪兄作伴，工吟恰好父爲師。"

己卯冬，余在揚州，見門生劉伊有《遊平山詩册》，作者十餘人，俱押"巵"韵。余獨賞如皋顧秀才駒"清響忽傳樓外笛，嚴寒争避手中巵"之句。後宦湖北歸，卜築於如皋百步。余過其居，主人感二十年前知己，欣然款接。宴飲水窗，出新詩相示。《西湖》云："白沙堤外盪舟行，烟雨空濛畫不成。忽見斜陽照西嶺，半峰陰間半峰晴。""花塢斜連花港遥，夾堤水色淡輕綃。外湖艇子裏湖去，穿過湖西十二橋。"《虎丘》云："片石尚留金虎迹，千花都是玉人魂。"

余過如皋，訪冒辟疆水繪園，荒草廢池，一無陳迹。惟敗壁上有斷句云："月因戀客常行緩，風爲吹花不忍狂。"劉霞裳有句云："一片亂紅吹滿地，看來最忍是東風。"正與此意相反。

杭州何春巢，年少耳聾，而風情獨絶。有《秦淮竹枝》云："猩紅一點着櫻唇，淡抹春山黛色勻。

壓鬢素馨三百朶，風來香撲隔河人。」「遠近聽來笑語聲，板橋西畔泛舟行。尋常一柄芭蕉扇，摇動春葱便有情。」「蘭橈最是晚來多，萬點紅燈映碧波。我已三更鴛夢醒，猶聞簾外有笙歌。」「夕陽兩岸畫樓臺，紅藕香中一棹回。别有芳心卿不解，扁舟豈爲納涼來。」

吾鄉王百朋先生《過李白廟》云：「氣吞高力士，眼識郭汾陽。」只此十字，可以概太白生平。

郭明府起元，字復堂，閩中孝廉，受業於蔡聞之宗伯。蔡爲理學名儒，而郭以任俠聞。蔡有家難，郭爲證佐，至受官刑，交臂歷指，口無二辭。後宰盱眙，與余同官。有《客中秋思》一絶云：「銷魂何處盼仙槎，客鬢逢秋白更加。遥指斷橋垂柳岸，前年曾宿那人家。」《贈方南堂》云：「一瓢自可輕千乘，三徑還堪抵十洲。」《比舍》云：「薰衣香出紅窗外，鬭草聲喧緑樹邊。」其母夫人陳玉瑛，自稱「左芬侍史」。佳句云：「欲别難爲别，吞聲古渡頭。妾心如此水，相送下渝州。」

劉悔庵有句云：「石交惟舊硯，火伴是寒爐。」陳古漁《弔六朝松》云：「劇憐兒輩不及見，真似古人難再生。」俱有東坡風味。

霞裳與其父役于慈湖，舟覆江中，時當臘月，兩人賴衣裘故，浮水不沉。有救船至，父曰：「我老矣，速救我兒。」兒曰：「不救吾父，我不受救。」父子推讓，適又有船來，遂得兩全。陶京山明府贈以詩曰：「本是龍門客，龍宫今到來。孝慈應默佑，風浪不爲灾。」其孫涣悦亦贈云：「從今吸盡西江水，吐屬文章更不同。」

程魚門《覆舟》詩原稿，寫眼前驚悸情景最真。後改本有意修飾，轉不如前。今特録其原作云：

「揚州西去一宵程，小艇無端夜忽傾。制命不煩滄海闊，澡身先試暮流清。詩書失後無餘本，戚友來時話再生。莫嘆遭逢磨蝎重，世間風浪幾曾平。」「客舟猛疾勢如風，南北相持力不同。絶叫已驚身在水，舉頭猶見月如弓。慈航倏至關天幸，隻履飄然悟大空。時失去一履。攬芷搴裳平日願，險隨騷魄葬珠宫。」余賦詩調之云：「水經注疏河渠考，此後輸君閲歷深。」

善寫風水之險者，吾鄉糧道程公光鉅有《華陽行》云：「滔滔汩汩長江水，扁舟一葉天涯子。船頭船尾白浪高，片雲黑處狂風起。舟子喧呼語未終，布帆半曳浪澆篷。桅竿百尺横斜立，欲卧不卧奔濤中。濤湧如山高莫比，青山頭落江心裏。一傾一仄强撑風，欲上船舷見船底。小兒無知向母啼，大兒解事欲登堤。面面相看心胆折，男號女哭一齊欹。翻身掙立唤鄰舟，鄰舟早向潮頭没。須臾岸回風勢順，回首驚魂纔一瞬。電掣雷轟萬馬驅，舉頭已到華陽鎮。華陽已到驚未平，老妻尚有念佛聲。」

金陵張秀才培，饒有風貌。正月間，與畫師鄒若泉來，余心識之。亡何，又與常君得禄來。余轉問：「可認張某乎？」已而知即前人，自慚老眼之昏，乃誦劉悔庵詩曰：「閒行那可忘攜杖，欲揖還愁錯認人。」

杭州孫中翰傳曾，與余三世通家，詩才清逸。《春朝》云：「鶯啼迎曉霽，蝶夢怯花寒。」《上巳》云：「人臨曲水偏愁雨，天惜桃花忽放晴。」

近人起句之妙者，新安張節《夜坐》云：「雨霽月忽滿，墻陰樹影摇。」陳月泉《舟中》云：「獨起對江月，滿船聞睡聲。」某《春早》云：「不待清明近，鶯花已自忙。」三起俱超。結句之妙者，「月中無事立，草上一螢飛」、「殷勤語江嶺，歸夢莫相妨」、「遠山深樹裏，鐘斷有餘聲」，三結俱超。惜忘題目及作者姓名。

丁未，余遊武夷，夜泊江山，聞鄰舟有客説鬼，口杭音。余喜語怪，乃揖而進之。其人姓陸，名夢熊，字瑩若，乃吾鄉詩人也。别後，蒙寄《晚香堂詩》二十餘卷。《曉起見雪》云：「夜静無風冷莫支，檐前凍雀早應知。關心喜見頭番雪，掃逕先扶竹樹枝。紅友有情還愛我，緑梅無夢亦相思。斷橋久廢衝泥屐，欲踏瓊瑶訪莫遲。」《鵝湖寺》云：「地寒花未放，僧樸語無多。」皆妙。

讀詩不讀史，便不知作者事何所指。李燾《長編》載宋真宗爲李沆還債三十萬，故宋人詩云：「新祠民祭祀，舊債帝償還。」《唐書》載王毛仲奏明皇，願得宋璟爲客，帝許之。故徐騎省《贈陳侍郎花燭》云：「坐客亦從天子賜，更籌須爲主人留。」

高文端公之父嵩瞻都統，贈弟斌云：「與君一世爲兄弟，今日相逢第二場。」想見勳貴家，國爾忘家之義。有《積翠軒詩集》，文端公屬余爲注釋，編上下兩卷。

雅謔自佳。或以詩示仲小海，仲曰：「詩佳矣，可惜太甜。」其人愕然，問故。曰：「有唐氣，焉得不甜？」蔡芷衫好自稱「蔡子」，以詩示汪用敷。汪曰：「打油詩也。」蔡怒曰：「此《文選》正體，何名打油？」曰：「菜子不打油，何物打油？」

前朝説部有俚語可存者。如嘵學仙者云：「服藥求長生，莫如孤竹子。一食西山薇，萬古長不死。」戒谿刻者云：「幸門如鼠穴，也須留一个。若皆堵塞之，好處都穿破。」刺暴貴者，咏鵶吻云：「而今擡在青雲上，忘却當年窑内時。」嘲官昏者，咏傘云：「常時撑向馬前去，真个有天没日頭。」刺好譖人者，咏蟬云：「莫倚高枝縱繁響，也應回首顧螳螂。」刺代人刼友者，咏金云：「黄金自有雙南貴，莫與遊人作彈丸。」

元人《弔脱脱丞相》云：「百千萬貫猶嫌少，堆積黄金北斗邊。可惜太師無脚費，不能搬運到黄泉。」

楊子載《漫興》云：「客中恍過曾遊境，夢裏常逢未見書。」郭廖秀才見贈云：「園疑曩昔曾窺處，人似生平未見書。」

耿上舍湘門《題素齋舫壁》云：「背郭臨河静不譁，一軒深築抵山家。茶烟出户常蒙樹，池水過籬欲漂花。小睡手中書欲墮，半酣窗下字微斜。叢蘭不合留香久，勾引遊蜂入幕紗。」

海寧陳心田寅與諸友以禁體咏梅云：「已看無不憶，未見必先探。」汪秋白云：「一枝懷故宅，幾度憶前生。」陳谷湖云：「交枝香不斷，一白樹難分。」顧竹坡咏緑梅云：「窺春自怯荷衣薄，倚竹誰憐翠袖寒。」俱妙。又有梅花宜稱諸咏，《夕陽》云：「殘香漠漠山家暝，猶作宫人半額黄。」《疏籬》云：「有客來探門未啓，先從麂眼認瓊枝。」《微雪》云：「料峭寒凝天半黄，霏烟漠漠集池塘。是梅是雪兩三點，飛絮因風想謝娘。」《枰下》云：「花底消閒對弈時，稜稜石角擁寒枝。微風吹墮兩三朵，絶似山人落子時。」

戊寅二月，過僧寺，見壁上小幅詩云：「花下人歸喧女兒，老妻買酒索題詩。爲言昨日花纔放，又比去年多幾枝。夜裏香光如更好，曉來風雨可能支？巾車歸若先三日，飽看還從欲吐時。」詩尾但書「與内子看牡丹」，不書名姓。或笑其淺率，余曰：「一片性靈，恐是名手。」乃録藁問人，無知者。後二年，王孟亭太守來看牡丹，談及此詩，方知是國初逸老顧與治所作。余自負賞識之不誤，王因云：「國初前輩，不登仕途，與老妻相對，往往有此清妙之作。」因誦吴野人《壽内》云：「潦倒丘園二十秋，親炊葵藿慰余愁。絶無暇日臨青鏡，頻過荒年到白頭。海氣荒涼門有燕，溪光摇蕩屋如舟。不能沽酒持相祝，依舊歸來向爾謀。」覺風趣更出顧詩之上。

尹文端公曰：「言者，心之聲也。古今來未有心不善而詩能佳者。《三百篇》大半賢人君子之作。溯自西漢蘇、李五言，下至魏、晉、六朝、唐、宋、元、明，所謂大家名家者，不一而足，何一非有心胸、有性情之君子哉？即其人稍涉詭激，亦不過不矜細行，自損名位而已。從未有陰賊險狠，妨民病國之人。至若唐之蘇涣作賊，劉叉攫金，羅虬殺妓，須知此種無賴，詩本不佳，不過附他人以傳耳。聖人教人學詩，其效可覩矣。」余笑問：「曹操何如？」公曰：「使操生治世，原是能臣。觀其祭喬太尉、贖文姬，頗有性情，宜其詩之佳也。」

余以雍正丁未年入泮，今又丁未矣。戲倣重赴鹿鳴故事，作《重赴泮宫》詩云：「記得垂髫泮水遊，一時佳話遍杭州。青衿乍著心雖喜，紅粉争看臉尚羞。夢裏榮華如頃刻，人間花甲已重周。諸公可當同年看，替採芹香插白頭。」杭州同入學者，只錢璵沙方伯一人和云：「歲歲黌門文運開，劉郎老去又重來。壺中日轉前丁未，册上名存舊秀才。兩領青衫真法物，一頭白髪笑于顋。平生幾枕邯鄲夢，屈指黄粱第一回。」此外，和者百餘人。如毛俟園廣文云：「久於館閣推前輩，又向宫墻領後生。」梅衷源云：「錦袍笑赴青衿會，似把靈光照泮宫。」盧元珩云：「子衿一賦年周甲，聖闕重來歲又丁。」

余不喜時文，而平生頗得其力。壬寅，遊天台，渡錢塘江，到客店，無舟可僱。遇查廣文耕經，有赴任船，用名紙借之，欣然來見，曰：「向讀先生文登第，讓船所以報也。」余贈詩云：「一隻孝廉船肯讓，期君還作後來人。」到新昌，邑令蘇公曜素不相識，遣車遠迎，供張甚飾。余駭然，詢其故，如查所語。余贈詩云：「羈旅忽逢傾蓋客，文章曾是受知人。」蘇，宣化孝廉，作官有惠政。解餉入都，後任反其所爲，民苦之。余到時，適蘇回任，邑人争迎，上匾云「還我使君」；對聯云：「三春花雨重攜鶴，百里笙歌早入雲。」不料新昌僻縣，竟有文人頌揚甚雅。

余過處州，想遊仙都峰，以路遠中止。出縣城，到黄碧塘，將止宿矣。望前村瓦屋罣如，隨緩步焉。與主人虞姓者略通數語，即還寓。將弛衣眠，聞户外人聲嗷嗷，詢之，則虞氏見余名紙，兄弟六七人來問：「先生可即袁太史耶？」曰：「然。」乃手燭上下照，詫曰：「我輩讀太史稿，以爲國初人。今年僅花甲，是古人復生矣，豈容遽去。願作地主，陪遊仙都。」于是少者解帳，長者捲席，諸奴肩行李，相與舁至其家。余留詩謝云：「我是漁郎無介紹，公然三夜宿桃源。」

遊仙之夢，斑竹最佳。離天台五十里，四面高山亂灘，青樓二十餘家，壓山而建。中多女郎，簪山花，浣衣溪口，坐溪石上。與語，了無驚猜，亦不作態，楚楚可人，釵釧之色，耀入烟雲，雅有仙意。霞裳悦蔣校書，爲留一宿。次日，天未明，披衣而至，云：「被四面灘聲驚醒。」余賦詩云：「茅屋背山起，山峰枕上看。飯香人弛擔，夢醒客聞灘。花野得真意，竹多生暮寒。青溪蔣家妹，歡喜遇劉安。」

温州雖多佳麗，而言語不通。有織藤盤者，甚明媚，彼此寒暄，了不通曉。余戲贈云：「安得巫山置重譯，替郎通夢到陽臺。」

温州風俗，新婚有坐筵之禮。余久聞其説。壬寅四月，到永嘉，次日，有王氏娶婦，余往觀焉。新婦南面坐，旁設四席，珠翠照耀，分已嫁、未嫁爲東、西班。重門洞開，雖素不識面者，聽入平視，了無嫌猜。心羡其美，則直前勸酒。女亦答禮，飲畢，回敬來客。其時向西坐第三位者貌最佳，余不能飲，不敢前，霞裳欣然揖而釂焉。女起立，俠拜，飲畢，斟酒回敬霞裳，一時忘却，將酒自飲。擯相呼曰：「此敬客酒也。」女大慚，嫣然而笑，即手授霞裳。霞裳得沾美人餘瀝以爲榮。大抵所延皆鄉城粲者，不美不請，請亦不肯來也。太守鄭公以爲非禮，將出示禁之。余曰：「禮從宜，事從俗，此亦亡於禮者之禮也。」乃賦《竹枝詞》六章，有句云：「不是月宫無界限，嫦娥原許萬人看。」太守笑曰：「且留此陋俗，作先生詩料可也。」詩載集中。

雁宕觀音洞最高敞，可容千人。石坡共三百七十七級，余賈勇登焉。相傳嘉靖三十年，按察使劉允升偕二女成仙於此。塑像甚美，余低徊久之。下坡留戀，口號云：「垂老出仙洞，一步一躊躇。自知去路有，斷然來時無。」

余遊覽久，得人佳句，必手録之。過安慶，見司獄許健庵扇上自題云：「權支薄俸初成閣，自愛閒曹好種花。」到黄公壚杏花村，見陳省齋太守有對云：「至今村釀黄公酒，依舊花開杜牧詩。」廬山開先寺，見程巨山有對云：「樹裏月光才露影，山中雲氣不分層。」小姑山有俞楚江對句云：「入寺恍疑雨，終宵只覺寒。」巨山姓程，名巖，余己未同年，官至少宰。

羅浮只華首臺、五龍潭數處景尚幽渺，其餘如梅花村、冲虛觀，平衍散漫，頗無足觀。不知何以洞天福地，負此盛名。節相李侍堯勒石云：「黄土卧黑石，此外一無有。只可一回來，不堪再回首。」

遊武夷，路過蘇嶺，見關廟中公卿題句甚多。莊培因太史云：「竹林初過雨，僧寺乍生涼。」朱石君侍郎己亥過，云：「山僧談舊雨，使者閲流星。」癸卯再過，云：「字跡驚分雁，參居竟隔星。」蓋第一次與其兄竹君作學使交代，第二次傷竹君之已亡也。秦大士學士題云：「幽境愛耽禪悦永，老僧閲盡使星忙。」

武夷勝處，以第七曲天遊一覽亭爲最。寺中揭煉師字子文者，頗能詩。留宿一宵，誦其《自壽》云：「病能自藥容身健，道不人談免俗譏。」庭柱有對云：「世間有石皆奴僕，天下無山可弟兄。」末署「毛大周題」。

隨園詩話卷十三

倉山居士著

李穆堂侍郎云："凡拾人遺編斷句而代爲存之者，比葬暴露之白骨、哺路棄之嬰兒，功德更大。"何言之沉痛也。余不能仿韋莊上表追贈詩人十九人，乃録近人中其有才未遇者詩，號《幽光集》，以待付梓。採取未畢，姑先摘數首及佳句存《詩話》中。歸安姚汝金，字念慈，初名世鉥，性落拓，冠履欹斜，有南朝張融風味。《謝吴眉庵少司馬薦鴻博啓》云："十年老女，猶畫蛾眉；百戰將軍，空争猿臂。"一時傳其工整。《題李將軍夜逢醉尉圖》云："隴西將軍雄且武，猿臂閒來聊射虎。良宵與客飲田間，飲罷歸遭亭尉侮。將軍醉矣尉未醒，宿之亭下良復苦。羸馬單車野次偕，昏燈澹月殘更吐。是時將軍正失官，意豈須臾忘滅虜。暫屈龍沙熊豹姿，試聽鷺堠蝦蟇鼓。畫師摹寫如目睹，面帶微酣色微怒。古者門官各有司，彼候人兮實主之。夜行必禁犯必罰，由來啓閉惟其時。今將軍尚不得爾，斯言良是非醉詞。儻師文帝獎細柳，此尉應得蒙恩知。或如丙相恕酒失，異日可藉聞邊機。請俱一旦快私忿，將軍之量宜偏裨。"《看劍》云："齊金楚鐵擅名高，碧血模糊舊戰袍。不躍不鳴兼不化，問渠何處異鉛刀？"念慈受知于鄂文端公，公卒，念慈哭云："未報公恩徒一慟，自憐此淚亦千秋。"在山左時，有訛傳其死者，後入都，諸桐嶼太史贈詩云："學道終朝銀闕去，入都快比玉門還。"念慈答云："欠來一事能逃否，聞到同心自愕然。"

金陵劉春池，名芳，織造府計吏也。不戒於火，將龍衣貢物俱付焚如。賠累後，既貧且老，而詩興不衰。如：「貧難好客如當日，老覺逢人羡少年。」「三間屋僅栖兒女，一領裘還共祖孫。」「從古詩惟天籟好，萬般事讓少年爲。」皆佳句也。其《憶半野園舊居》云：「半野園堪遂隱淪，山爲屏障水爲鄰。林亭已入天然畫，休息難終老去身。喬木昔曾經我種，好花今復爲誰春。傷心最是重來燕，不見堂前舊主人。」《弔香櫞樹》云：「自別園林甫二旬，忽枯此樹是何因。伊如義不迎新主，我獨悲同哭故人。物與情通原有感，木經歲久豈無神。尚須留取根株在，猶望仍回舊日春。」劉以欠帑入獄，予向尹文端公誦其詩，尹驚其才，即命寬限，一時傳爲佳話。其子曾，字悔庵，亦好吟詩，不省家事，人目爲痴。然得一二句，便寫示余。《歲晏》云：「簷以低常煖，裘因敝轉輕。」見贈云：「新稿只呈蕭穎士，長裾不謁鄭當時。」嗚呼！胸襟如此，何得目爲痴哉？

春池尚有佳句云：「道在己時惟自適，事求人處總難憑。」「衰齡轉作無家客，多壽還須有福人。」「異地幾忘身是客，禪門今已熟于家。」

春池富時，有窮胥倚以生活，後竟負之。故《咏落葉》云：「積怨堆愁委地深，西風衰草亂蟲吟。此時狼籍無人問，誰記窗前借緑陰。」《雨中海棠》云：「黑雲若得明朝霽，紅雪猶餘未放枝。我獨笑花花笑我，今年俱未得逢時。」此雖倣羅隱贈妓詩意，而運用恰新。

烏程凌雲，字香坪。少有《吴門紀事詩》，極酒埸花徑之樂。晚年就館李參戎家，鬱鬱不得志而卒。《胥門感舊》云：「金閶曾度五清明，選勝携朋取次行。楊柳堤邊調細馬，杏花村裏聽嬌鶯。春風久負青山約，舊雨難尋白鷺盟。今日胥江重艤棹，斜陽芳草不勝情。」《過分水龍王廟》云：「汶河西注水汪洋，南北中分界兩行。從此空彈遊子淚，隨波流不到家鄉。」他如：「雨積山多瀑，烟收樹滿村。」「魚跳驚燭影，雞唱亂拏音。」俱有風味。

表弟章䕶齋秀才，名袁梓，性迂碎，有潔癖，好神仙吐納之術，自謂可長生，而卒不驗。《睢陽客興》云：「幾度飄蓬動客嗟，况逢遲日感韶華。階前杖響誰看竹，月下烟飛自煮茶。遊騎踏殘零露草，幽禽含過隔墻花。尋芳孺子知時節，也着新衣到酒家。」《對雪》云：「素光燦爛映簷楹，未許疏狂嘆獨清。隔夜江山都改色，連朝猿鳥並無聲。風飄墮瓦寒冰響，鼠滅殘燈外户明。晝帳香茵初睡起，舉頭錯認是天晴。」其他佳句云：「有梅人坐静，踏雪鶴行徐。」「風枝挑瓦墮，石笋引藤纏。」「宵柝暗驚孤客夢，寒雞時作故鄉聲。」「蜂能負子應知老，燕屢升堂若賀貧。」「花香夾路人歸緩，水影摇天月上遲。」「投杖驚逃穿屋鼠，圍棋引進過門人。」俱妙。

高文照，字東井，少年韶秀，嶷嶷自立。父植，宰德化，有賢聲，所得俸，盡爲東井買書。年未二十，詩已千首，目空一世，于前輩中所心折者，隨園與心餘而已。舉甲午鄉試，後卒于京師，詩稿不知流落何處。見贈云：「萬壑千峰裏一門，仙家住老百花村。重開朱户樓臺出，未改青山面目存。執手各探新得句，驚心難定舊離魂。憐才誰似先生切，替拭襟前積淚痕。」「宏奬何人得到斯，文章風義一身持。眼無後起偏憐我，座有先生敢論詩？轉柁風看收柁候，在山泉話出山時。才名官職誰多少，未要區區世上知。」「此身幾肯受人憐，低首爲公拜榻前。不朽文章傳郭泰，得聞絲竹許彭宣。女嬃詈予申申日，鄧禹嗤人寂寂年。想到平生知己報，商量只有祖生鞭。」其他佳句如《過衢州》云：「水回雙碓落，灘急一篙争。」《壽山庵》云：「一磬隔花出，片旛當殿陰。」《送人》云：「且將一點思鄉淚，洒向君衣好寄歸。」《贈方子雲》云：「門外市聲三日雨，簾前風色一床書。」《過阮懷寧故宅》云：「鳥語尚疑偷法曲，池波無復照明妝。」

崑山徐柱臣，字題客，健庵尚書之孫，余親家也。《飲外舅張氏青山莊》云：「東風報花信，春色來南枝。輟櫂風漸細，到門香已知。緑野占勝迹，青山似昔時。登樓俯林杪，雪影何離離。」《舟中晚眺》云：「天垂餘靄横，船在鏡中行。拍手沙禽起，迴頭明月生。向南寒氣減，入夜酒懷清。不有蘭陵釀，銜杯空復情。」題客性耽詞曲，晚年落魄揚州，爲洪氏司音樂以終，惜哉！又有句云：「看慣舊書多脱線，移來新樹少開花。」

徐緒，字徵園，蘇州人。貌短小，爲李守備烱記室。終日以酒一壺、杜詩一卷自娱，此外不知有人間事。余題其小像云：「吴市布衣大，杜陵詩骨尊。」卒貧死，詩稿散失。余録其《雨阻胥江》云：「擊柝嚴城閉，相依再宿舟。一天惟是雨，六月竟如秋。漸覺江湖滿，能無稼穡憂。萍踪憐乞食，華髮早盈頭。」《移居》云：「剥啄衡門啓，時過話老農。却欣環泮水，不厭托萍蹤。對酒東鄰樹，催詩南寺鐘。隔城山色好，落日見芙蓉。」《歸舟至盤溪》云：「漂泊仍長鋏，歸來買釣艖。順流風勢緩，近岸雨聲多。小鳥銜烟起，低橋撥棹過。家人應識我，篷底遠聞歌。」《盆菊》云：「束瓦爲花盎，無須金屋藏。帶霜移牖下，就日列堦旁。種細開尤晚，名多記輒忘。到殘應匝月，不限舉壺觴。」《寒檐》云：「寒檐短景如風馳，迢迢長夜占八時。弱女刺繡補不足，一燈豆大燃殘脂。呼兒劇論千古事，老妻來聒明朝炊。掩耳疾走且相避，隔屋吾弟能吟詩。不圖轉落乃嫂笑，小郎亦有兒啼飢。」《西鄰哭》云：「夜聞西鄰哭，哭聲一何悲。云是母哭兒，聲聲哭入老夫耳。老夫亦有丈夫子，同日辭家分路死。死弗及見哭憑棺，三月到今淚未乾。傷心有口那能言，君不見烏生八九子，一一飛上青林端。」《新竹》云：「森森碧玉已成行，一雨長梢盡過牆。微露粉痕初解籜，疑君已帶九秋霜。」

杭州仲蘊檠，字燭亭，與余同庚。雍正癸丑，兩人初學爲詩，彼此吟成，便携袖中，冒雨欣賞。後余官白下，而燭亭亦就幕江南，常得把晤。歲辛卯，相見蘇州，怪其消瘦，不類平時壯佼。然意致尚豪，猶令小妻出拜，尚無子。亡何，訃至。記其《長至日飲隨園》云：「老大空憐役庫車，清樽小語過精廬。二千里客易中酒，半百外人無熟書。斷雁貼雲寒雨後，歸鴉擁樹晚晴初。今朝罨畫軒西醉，覓句差貪一綫餘。」《莫愁湖》云：「晴波嫩柳舊歌臺，一眺愁心略小開。湖影淡拖山色去，春烟冷送夕陽來。遊絲不縮金跳脱，《水調》空沉阿濫堆。誰更風流問徐九，銷魂無那索茶杯。」《郊行》云：「雨霽郊圻笑語譁，裙腰碧過四娘家。遊思解渴問荒店，春尚慰人留病花。遠寺鐘隨遲日度，隔江山挾晚青斜。零星落地榆錢好，賤買村醪敵歲華。」他如：「月於低處作湖色，山漸暝時生水烟。」皆瘦硬自喜。

余甲子分校南闈，題「樂則韶舞」。有一卷云：「一人奏瑄，而八伯歌風。」愛其文有賦心，薦而未售。出榜後，遇外監試商寶意先生曰：「我收卷，見一文絶麗，問之，乃吴梅村先生孫也。我告之曰：『此文若遇袁太史，必能賞識。』」因誦此二句。予告以果力薦矣。彼此大喜，覺論文有心心相印之奇。

未幾，吴到沭來謁，貌如美女，年才弱冠，益器重之。癸酉，余從秦中歸隨園，而吴已中經魁。來見，則嘔血失音，非復曩時玉貌。予心憂之。赴都會試，竟死場中，年二十七。其時同薦者，有松江廩生陳邁晴，亦奇才也。場後賦百韵詩來謁，惜未存其稿。先吴卒。吴在席上題盆中飛白竹云：「渭水清風譜，流傳有别支。出藍誇逸品，飛白擅奇姿。名以中郎重，根從子敬移。森然一筆起，曖若八分披。捲葉輕于縠，抽枝弱比絲。映花風獨轉，拂草露俱垂。細細分龍節，輕輕洗玉肌。生來鳳尾貴，不怕雀頭痴。影落屏風小，香傳棐几遲。恰添承旨石，同上伯英池。專室居何媿，登床賞自奇。地依蕭寺好，人在晚晴宜。擢彼東南秀，珍逾十二時。品題無與可，篤好有羲之。北館承家學，南宫得畫師。緑窗窺窈窕，紅燭照參差。蘭墨傳新樣，魚箋寫折枝。好將端獻筆，追取順陵碑。」吴諱維鶚，太倉人。佳句尚多，僅録其吉光片羽者，不料其即赴玉樓也。陳生五策，博引群書，兩主試愕然，不知來歷。余爾時年少氣盛，語侵主司，以故愈不得售，亦其命運使然耶？有《哀兩生》詩，存集中。

常熟王陸禔，字介祉，瘦長骨立，兩眸熒然。家貧母老，又遭馮敬通之厄，客死長沙，年三十一。其詩清麗。《蘇臺紀事序》云：「僕本恨人，尤希好事。趁蘭膏之餘燄，述花月之新聞。則有參佐名流，弘農妙裔。王昌居處，迹近金堂；韓壽來時，香通青瑣。墻頭一笑，秋風客鑽穴相窺；枕畔五更，夜度娘鑿坏而遁。不須青鳥，爲約佳期；何必玄駒，始諧歡夢。手提金縷，踰沓冒以聲希；懷落鈿釵，罥流蘇而影亂。輕攏屈戌，潛由顧愷之厨；反合倉琅，永匿粱清之洞。遂致空閨大索，徒勞阿母闐門；鄰壁旁求，共訝彼姝履閾。倘屬無妻之牧犢，或易牽絲；偏爲有婿之羅敷，難收覆水。霧生三里，葉不翳蟬；風挂一帆，花終戀蝶。可憐月姊隨蟬魄以俱奔，詎耐冰人賦鼠牙而作訟。謀成祕計，大都鸚鵡之禪；下得官符，不是鴛鴦之牒。悵三生兮永別，未消圓澤之烟；縱九死以無辭，難覓茅山之藥。是則煉媧皇之石，莫補離天；彎后羿之弓，長仇怨日者矣。嗚呼！人生行樂，難禁贈芍遺椒；我輩鍾情，未免焚芝歎蕙。觸哀弦于舊軫，儂亦情狂；戒覆轍于前車，卿休放誕。不逢白傅，誰裁《長恨》之歌；爲語雙文，我作《會真》之記。」詩云：「東風如夢春如畫，蘿蔓須扶薇待架。黄雀飛飛鏡檻邊，班騅得得樓欄下。緑楊門巷是兒家，青粉墻高隔亂鴉。惜艷羞窺留影鏡，耽閒懶逐鬭風車。柔懷脉脉憐幽獨，少小紅絲曾繫足。蕭史遲吹引鳳簫，馬卿忽奏求凰曲。尋常聲息互知聞，促漏遥鐘兩斷魂。側帽望殘窗竹影，抽釵劃遍砌苔痕。蓬萊咫尺休嗟遠，綷縩輕裙便往返。曉把豪犀故剔梳，宵捫了鳥還加鍵。懷中轉側掌中擎，殷蒨難描婐姤形。蛤帳霞光猶恍忽，蜃窗日彩更晶熒。刻骨恩同膠漆洽，迷藏秘戲貪嬉狎。連天夢雨罨陽臺，平地風波生楚峽。無端阿母唤匆匆，捲幔披帷室是空。鸚鵡攪翻脂盝粉，貍奴搔亂綉牀絨。侍兒尋覓争牽惹，瞥見微光抽替閒。間道斜通鳥鼠山，頹垣近接鴛鴦社。防閑始悔未週遭，直待亡羊與補牢。瓜字分明慚碧玉，藕絲宛轉怨金刀。多生久作雙飛侣，豈忍禁持別離苦。携手潛登范蠡舟，齊眉共寄梁鴻廡。夭桃已放出墻枝，元稹從題决絶詞。無奈鴆媒偏作惡，不容雁婿永追隨。訴牒倥偬控花縣，狐城兔窟徵求遍。里胥排日計郵籤，亭長分程馳驛傳。替戾岡旋劬秃當，可憐屈體受鋃鐺。淋鈴雨泣紅顔婦，貫索星臨白面郎。鍘誓從今消舊寵，刀環約在要離冢。馱金縱許贖文姬，化玉何時見韓重。君不見雪絮漫空颺作塵，沾衣拂幌總前因。柳枝逸去樊娘嫁，我亦情傷潦倒人。」《留鬚》云：「漸看鬱鬱復離離，忍遣芟除累剃師。潘鬢見來增老態，飛胡學得憶兒嬉。依稀草活抽芽日，仿佛花殘露蒂時。猶自堪摩未堪捋，免教人把彦回嗤。」「屬體風懷夢裏春，鬖鬖羞憶囓妃唇。好陪覓句拈髭客，休對熏香薙面人。青縷細含微見影，紫珍纔展便傷神。從渠長到星星日，敢向中涓戲效顰。」《咏題名録》云：「倚棹向通津，紅箋鬨市塵。買時慚啓齒，展處暗傷神。千佛名經録，三生慧業因。未看先鄭重，回視更逡巡。幾輩曾盟笠，伊誰是積薪。名場驚絶迹，號舍記比鄰。藥銚相依切，風檐問訊頻。獨憐叉手客，未遇點頭人。何敢輕餘子，徒教怨不辰。窮通知有命，俯仰總嫌身。」《孫園剪牡丹歸》云：「尋春閒訪野人家，扶醉歸來日未斜。買得扁舟小于葉，半容人坐半容花。」其他如《落梅》云：「驛使再來休問信，美人已嫁莫相思。」《杏花》云：「開當落日憐微倦，嫁與東風恐不甘。」《偶成》云：「誤書因想得，微倦覺眠佳。」

介祉好作《無題》詩，如：「衣上石華新唾迹，帳中霞采舊丰神。」「登墻不惜三年望，展畫誰甘百日呼。」人誚其輕薄，則云：「畢竟閒情累何德，不言惟有息夫人。」

常州李檢討英，字芋圃，余甲子科所得士。爲人醇古淡泊，一望而知爲君子。年老乞歸，掌教六安州。過隨園，宿十日去，竟永訣矣。卒，無子。《歸雁》云：「清秋雁聲落屋檐，春早急去程期嚴。此邦之人非汝嫌，高飛冥冥去且僉。稻粱雖謀退亦恬，江湖暑濕難久淹，吁嗟物性尚避炎。」《春深》云：「春深淹久客，門掩即山家。悶遺攤書坐，吟耽倚杖斜。晚風敲徑竹，微雨潤窗花。不覺蒼苔暗，深林已暮鴉。」《僻處》云：「僻處無喧囂，閒中耐寂寞。一卷味可耽，雙屐懶不著。茌苒春將殘，東風捲羅幕。庭前碧桃花，遲開亦遲落。」

丙辰在都，詩人大會。有常州儲君師軾字學坡者，年最長，爲坐中祭酒。後三十年，會試出余門生李英名下，選作校官，監鍾山書院。久不來見，余與莊君念農先往，大呼而入，曰：「太老師來捉小門生矣。」彼此大笑。招飲隨園，見贈云：「廿年名姓達安昌，應許彭宣到後堂。問字久辭松徑杳，傳觴重嗅竹林香。樓臺近水千層曲，草木連山一帶長。只恐徵書來北郭，未容老住白雲鄉。」「高築天風百尺樓，憑欄懷古意悠悠。聲詩不墮開元後，法物還從宣政收。借箸風生磨盾鼻，讀與某將軍書。登山雲起遂菟裘。中林猿鶴無猜忌，繞樹銀燈蠟屐遊。」卒，無子，詩多散失。

杭州潘涵，字宇情，宰六合，以循吏稱。兩子早卒，家竟絶嗣，甚矣，天道之難知也。僅録其《隨園小集》云：「安住林亭遠放舟，境隨人轉水隨鷗。好山剛近長江口，老屋深藏大樹頭。叱馭原同招隱別，買園先爲種花愁。解還墨綬銅章貴，換得繁英與素秋。」「香名弱冠飲都城，壯志空山踽踽行。陶令穫田償酒債，敬姜操績伴書聲。漁童歌好垂絲聽，長者車來拂袖迎。一片倉山梅影水，回頭還比玉堂清。」「西亭北榭斗闌干，閣引天風獵獵寒。舊約飛魚傳去杳，新詩走馬借來看。風生咳吐追唐調，禮失威儀謝漢官。笑我熱中心未死，偷閒來弄釣魚竿。」

同年許朝，字光庭，常熟人，詩似放翁。殁後，家無繼起者。録其佳句云：「泉礙石流無意曲，草經霜隕不須芟。」「倚床愛就肱邊枕，攬鏡貪看背後山。」「得月便佳還值望，是山都好不須名。」「預思煮雪罏先辦，不會裁花譜借抄。」五言如《病驟》云：「眠沙深有印，嚙草嬾無聲。」《山村》云：「峰亂向人湧，泉分界石流。」又「舟隔隄撐半露篙」七字亦佳。

蘇州周鈺，字其相，相遇于江雨峰家。蒙一見傾心，每過蘇州，必主其家。家道甚豐，而性嗇且傲。卒無子，以葬親故，墜水死。見贈云：「零亂花飛又一年，思君時問北來舡。隨園清夜三更月，應照幽人獨自眠。」「空吟場藿白駒詩，往事傷心不可思。南國至今悲賈誼，爲他偏值聖明時。」《咏落花》云：「鶯從此日空啼樹，人到明朝嬾上樓。」

張長民秉政，予表姪也。父灝，官侍讀學士。長民十五舉京兆，三十夭亡。送余出都云：「芙蓉雙闕致君身，誤逐飄風落九旻。丹穴有天翔鳳鳥，金羈何術擾麒麟。關前候吏覘青犢，江介行舟盪白蘋。此去未須憐左授，下方欲識謫仙人。」

史梧岡進士，名震林，湛深禪理，半世長齋。知余不喜佛，而愛與余談，以爲頗得佛家奥旨，余亦終不解也。記其《觀荷》云：「露折朱霞裹旭開，凄凉心付蓼花猜。銀河正晒天孫錦，風雨欺香禁早來。」「蕊綻華峰鬬錦年，序班宜在牡丹先。携琴笑坐如船藕，去訪蓬萊海外天。」梧岡言修行無他慕，只求免入輪回，少認世間無數爺娘耳。

閩人劉南廬，名芳，貌若枯僧。以布衣雲遊，所到必棲深山古刹，受群僧供養。問何不還鄉，笑而不答。晚年卒于通州之狼山，群僧爲葬于駱右丞墓側，置石碣焉。丁丑九月，宿隨園，見贈七律，僅記中二聯云：「安仁尚有栽花興，孟博全無攬轡心。水影到窗知月上，松風攪枕信秋深。」《焦山避暑》云：「十丈洪濤一小舠，乘危逃暑到僧寮。衣沾濕翠晴猶滴，榻拂凉雲午不消。壓檻有天連水闊，開門無路入塵囂。濁醪我欲酬高隱，千古幽魂未可招。」《瓦官寺》云：「瓦官瓦破佛廬荒，三絶空懷舊講堂。曲徑雲深僧笠重，閒門花落客鞋香。行經河畔聞簫鼓，坐近臺邊想鳳凰。弔古一尊沽未至，烟鐘風磬立斜陽。」《軍山夜坐》云：「星辰夜影窗間落，江海秋潮枕上生。」

湯西崖少宰，幼有美人之稱。其幼子名學顯，戊寅見訪，長身玉立，想見少宰風儀。有《慧山》二首云：「九峰鬱雲根，蜿蜒羅青蒼。夤緣入幽磴，長史舊草堂。只今法象空，寶旛馴鴿翔。葉落拂床塵，花放見佛光。癯僧不談禪，哦詩草木香。孤意與俱永，隨在如坐忘。」「颯灑林風生，寒空弄清樾。山禽隔葉鳴，好音聞不絶。訪碣剔烟蘿，釵脚半磨滅。蝶老抱秋花，松疏漏凉月。際此孰含毫，秀采芙蓉發。」

李嘯村最長絶句，人有薄其尖新者，不知温子昇云：「文章易作，逋峭難爲。」若嘯村者，不愧逋峭矣。其《泰州舟次》云：「烟汀月暈影微微，辨得宵衣草上飛。垂髪女兒知盪槳，不辭風露送人歸。」《夜泛紅橋》云：「天高月上玉繩低，酒碧燈紅夾兩堤。一串歌喉風動水，輕舟圍住畫橋西。」《廢園》云：「誰家亭院自成春，窗有莓苔案有塵。偏是關心鄰舍犬，隔墻猶吠折花人。」《青溪》云：「粉墻經掃落花塵，一帶樓臺樹影昏。雨細風斜簾未捲，縱無人在亦消魂。」《却人寫真》云：「有影正嫌無處匿，不才尚覺此身多。」此是嘯村最佳詩，而歸愚《别裁集》只選《上巳憶白門》一首云：「楊柳晚風深巷酒，桃花春水隔簾人。」不過排湊好看字面，最爲下乘。捨性靈而講風格者，往往捨彼取此。

白太傅云：「有唐衢者，愛其詩，亡何唐死。有鄧訪者，愛其詩，亡何鄧死。」吾于金陵，得二人焉，一金光國，一高步瀛。詩筆超雋，受業未及三年，俱死。金之詩，惟存祝壽數章。高有《未灰稿》二編。《晚春》云：「百花開落草芊芊，傑閣層樓白石邊。埋没春光全是雨，初長天氣却如年。客來未慣驚雛燕，人到無愁愛杜鵑。棐几一燈三徑晚，垂簾影裏是茶烟。」七絶云：「風刀瘦剪緑楊絲，一路芳菲落日時。山曲不妨隨徑轉，隔雲早見酒家旗。」「静裏消磨墨數升，封書遠問作詩僧。尋君曾到聞鐘後，流水村橋照蟹燈。」佳句云：「不是近霜偏愛菊，要需時日始看梅。」「燈非報喜花争結，人慣離家夢轉無。」「同人催上馬，臨水廢觀魚。」「名每輸王後，嫌終避膕前。」皆有心精結撰，不入平淺一流。

紹興布衣俞楚江，名瀚，久客京師。金少司農輝薦與望山相公，公稱其詩有新意。卒無所遇，賣藥虎丘而亡。《登九龍山遇雨》云：「浮生徒碌碌，冒雨渡寒津。策馬山頭過，雲横不讓人。」《偶成》云：「安貧求自寡，書劍漫相從。且築數椽屋，將爲一老農。亭空雲可貯，院小樹還容。居近開元寺，卧聽清夜鐘。」「戒飲原因病，村旗莫浪招。忙酬花事畢，閒養睡魔驕。霜色歸蓬鬢，秋聲上柳條。竹爐茶未熟，一縷細烟飄。」他如：「誰與吾來往，西山一片雲。」「柳倦欲眠風勸舞，鳥歌未和雨催歸。」俱有意趣。

儀真諸生張曰恒，受知梁瑶峰學使。寫詩一册，屬尤頁父先容，將來見余，呼舟未行，以暴疾亡，年未三十。册書《山中早春》云：「不知芳信轉，但覺鳥聲和。倚檻聽溪水，紆行繞竹坡。池香生草細，樹暖着花多。雅意春風愜，還應倒白醝。」《青山守風》云：「野戍依沙岸，孤帆守客塗。勞心虚悵望，終夜戀菰蘆。江影時明滅，星光乍有無。曉風狂不定，神女弄波珠。」《江令宅》云：「南都多舊第，江令最知名。長板雙橋合，青溪一水迎。仙臺迴騎沓，高樹晚鳩鳴。悵望城東路，年年春草生。」

杭州宋笠田明府，名樹穀，宰蕪湖，有賢聲。罷官再起，補陝西兩當縣。過隨園，一宿而别。聞爲甘肅案謫戍黑龍江，年近七旬，恐今生未必再見。幸抄存其詩。《立秋柬顧孝廉》云：「前宵白雨昨清風，爍石炎威轉眼空。萬竅商聲先蟋蟀，一年落葉又梧桐。花開凉夜香偏久，吟入秋來句易工。爲報湖頭二三子，好脩遊屐理詩筒。」《獨步浄業湖》云：「風吹堤柳緑斜斜，浄業湖波亂似麻。京國清明初斷雪，故園二月已飛花。青帘易買三升酒，白乳空思七椀茶。日暮一行飛雁落，知渠曾否過吾家？」《山村小步》云：「如此春光不自持，寬鞋短策步來遲。得時花柳有矜色，入畫雲山無定姿。佳節放閒村學散，豐年預兆老農知。日斜碧水橋頭坐，何處餳簫向客吹。」《出京留别》云：「六年燕市聚遊踪，酒席歌場處處同。一夕西風人去遠，便從天上望諸公。」《對月》云：「桂花庭院晚風輕，簾捲西窗看月生。只費一鈎懸樹杪，已教秋思滿江城。」《盆梅》云：「數枝也復影横斜，惹得羈人鄉夢賒。抛却西谿千樹雪，瓦盆三尺看梅花。」《山塘閒步》云：「疏狂猶記少年時，幾處歌場鬬雪詩。今日舊遊零落盡，酒痕只有故衫知。」「似此風光絶可憐，相攜朋好踏春烟。怪他楊柳舒青眼，只向長街看少年。」《紅花埠題壁》云：「六年京國夢江城，此是江南第一程。爲算還家多少事，昨宵枕上聽三更。」《林處士墓》云：「巖居尚恨雲常出，世事惟餘詩未删。」《僧舍》云：「新花倚石儼相待，古佛候門如欲迎。」《近郊小飲》云：「風吹池水干何事，人映桃花憶此門。」

笠田詩甚多，子又年幼，慮其散失，故再録其《咏屋上草》云：「秋雨積我簷，秋草繁我屋。分行隨瓦溝，踞勝等山麓。得天雖有餘，資地苦不足。踐踏幸免加，滋蔓遂逞欲。率爾占萬間，偶然餘一角。下止駭飛鳥，仰望饞奔犢。垂垂映垣衣，密密成翠幄。高先偃疾風，柔能格饗雹。慣被炊烟遮，不受樵採辱。鴟吻日以藏，龍鱗日以駁。省牽蘿補苴，代索綯約束。寧肯事剪除，留作百花褥。」

孤甥陸建與香亭弟同受詩於余，而建早亡，余已梓《湄君集》行世矣。其弟炘，年未及冠而夭。《咏小滄浪》云：「十里横塘路，舡搖明月春。鴛鴦相識否，前度採蓮人。」《春暮》云：「唫窗晝静獨徘徊，緑上疏簾認翠苔。忽見飛花三兩片，迴風舞過小溪來。」《落花》云：「傷春無奈落花紅，夾在《離騷》一卷中。葬汝自憐非玉匣，開書到底見春風。」

湖州進士沈瀾，字惟涓，詩近皮、陸，人多輕之，然典雅處，不可磨滅。《寄懷杭堇浦》云：「休向江潭悵獨醒，青山偃蹇稱閒庭。枕函自秘娜嬛記，農社還修耒耜經。小艇瓜皮乘月泛，清歌菱角隔簾聽。朝衫抛却饒幽興，好伴維摩著素屏。」「步屧經過屢結趺，同牀各夢一悲吁。謂舉陽馬事。篷窗聽雨都元敬，酒郡移官張藐姑。琴作家資空送别，鶴分俸料耐償逋。偶耕他日期相訪，穩卧瓜牛號野夫。」

丹徒朱竹樓《懷人》云：「何處飛來殘笛聲，西窗月落鳥争鳴。誰言夏夜夜偏短，萬里夢回天未明。」

蘇州汪縉，詩學七子。《遊穹隆》云：「星滿天壇河瀉影，月離海嶠樹生烟。」《栖霞》云：「雲埋大壑封秦樹，雷劈陰厓見禹碑。」乙酉秋闈，遺才不録，遽登舟歸。余聞之，急往見學使彭公芸楣。公謙云：「某在此衡文三年，得毋有人怨我乎？」答曰：「有。」彭駭然變色。余笑曰：「公毋驚也。詩人汪大紳，公不許其入場，何也？」彭更駭云：「此某所拔歲考案首也，豈有遺才不取之理？」余云：「渠已買舟歸矣。」乃手書其名，補付提調，而遣人追之，時已八月初七日矣。傍晚，汪到，見謝詩云：「業已湛盧歸越國，忽蒙追騎喚王孫。」

考據家不可與論詩。或訾余《馬嵬詩》曰：「『石壕村裏夫妻別，淚比長生殿上多。』當日貴妃不死于長生殿。」余笑曰：「白香山《長恨歌》『峨眉山下少人行』，明皇幸蜀，何曾路過峨眉耶？」其人語塞。然太不知考据者亦不可與論詩。余《錢塘江懷古》云：「勸王妙選三千弩，不射江潮射汴河。」或訾之曰：「宋室都汴，不可射也。」余笑曰：「錢鏐射潮時，宋太祖未知生否，其時都汴者何人，何不一考？」

唐相陸扆云：「士不飲酒，已成半士。」余謂詩題潔、用韵響，便是半个詩人。

蕪湖洪進士鑾，以「江山好處渾如夢，一塔秋燈影六朝」句馳名。沈歸愚愛其「夕陽無近色，飛鳥有高心」二句，余道不如「窗邊落微雪，竹外有斜陽」之自然也。七言云：「人居客館眠常早，家寄空書寫最難。」

壬戌秋，余補官江寧。涂逢豫長卿，以弟子禮見。其人修潔自好，以咏簾波，爲戴雪村先生所賞。詩宗温、李。其《秦淮曲》云：「燈船歌吹酒船遲，天鼓聲閒唱柘枝。石上暗潮嗚咽語，無人解拜侍中祠。」可謂曲終奏雅矣。《咏竹床》云：「微吟留枕席，殘夢入瀟湘。」

癸未四月，京口程君夢湘仝遊焦山，一路論詩。渠最心折於吾鄉樊榭先生，心摹手追，幾可抗手。有絶句云：「昨宵忘記下簾鉤，吹得梅花滿竹樓。五夜蘭衾清似水，夢凉酒醒雪盈頭。」《在隨園賞海棠》云：「隔著紫玻璃一片，夕陽紅得可憐生。」又曰：「朦朧月色温醪酒，錯認釵鈿列兩行。」嗚呼！有才如此，辛湘陰未二年，以事罷官，口號云：「舌在猶生路，詩多即宦囊。」甫四十歲而死，惜哉。然《松寥山房集》四卷，頗足不朽。君字荆南，天資絶高，好吟詩，畏作時文。壬午鄉試，向家人詭云入闈，乃私匿隨園數日，爲余斟酌詩集，頗受其益。

尹似村詩雖經付梓，而非其全集也。集外佳句云：「鵲非報喜何妨少，雨縱澆花也怕多。」「欲穿竹笋泥先破，才放春花蝶便忙。」「水去硯池防夜凍，春生布被藉爐温。」「買將花種分兒女，試驗誰栽出最多。」《接尚方伯書》云：「惹得妻孥來笑我，柴門那説没人敲。」數聯可謂專寫性情，獨近劍南矣。

甲午二月，予過真州，南監掣張東臯招觀並頭牡丹。一時作詩者，無不以二喬爲比，獨楊鯤舉二句云：「似承周召桃夭化，絶勝漁陽麥兩岐。」

古名士半從幕府出，而今則讀書不成始習幕，此道漸衰。猶之古稱秀才，楊素以爲惟周、孔可以當之，非若今之讀時文諸生也。康熙、雍正間，督撫俱以千金重禮厚聘名流，一時如張西清、范履淵、潘荆山、岳水軒等，皆名重一時。范詩最清，無從訪覓。只記西清《過潯陽》云：「潯陽江上客，一歲兩經過。去日梅花好，歸時楓葉多。櫓聲摇夜月，帆影落晴波。爲向山僧問，塵容添幾何。」

楊蓉裳金陵鄉試，偕舅氏顧公斗光來。顧長不滿四尺，而詩筆特佳。仿鐵厓《咏史樂府》，《伏生女》云：「坑不得闥内儒，燒不得腹中書。伏生父女皆口授，典謨訓誥如其初。吁嗟伏生女，强記人不如。」《漂母》云：「哀王孫，在淮陰，一飯之恩如海深。哀王孫，不求報，千金之贈不可少。千金容易一飯難，沛公家有轢釜嫂。」

吾鄉王麟徵秀才，名曾祥，工古文，不甚作詩，而五言獨工。如：「星芒林際大，雪滴晚來疏。」《慰某落第》云：「曾説捐金能市馬，俄聞買櫝竟還珠。」

山右王峩園先生，名師，爲江蘇方伯，爲巡撫安公所劾，奪職歸。余時宰江寧，賦詩送行云：「他日終爲黄閣老，此時權作白雲夫。」公見答云：「期君遠作中流柱，愧我曾爲上大夫。」常題書舍云：「曲院回廊留月久，中庭老樹閲人多。」

蘇州劉潢，字企山，有清才，與顧景岳齊名。常因召試，來隨園。貌瘦而弱，旋以瘵亡。僅記其《晚步》云：「缺月依橋斷，孤雲背郭流。」

明鐵崖孝廉，性骯髒不羈，年四十，早亡。其兄竹岩爲誦其《落花》云：「薄命誰憐傾國色，受風偏是最高枝。」《贈友》云：「空腸得酒生芒角，交友因人判淺深。」

己未年，余乞假歸娶，見吕觀察守曾于完顔臬使署中。讀其《松坪集》，樂府最佳。如云：「雨雪思見晛，歡去淚如霰。來時笑相迎，啼時歡不見。夏日冬之夜，猶有旦暮時。與郎情難滿，如酹灑漏巵。」《登雲山》云：「石徑巉巖花氣紛，偶乘餘興送斜曛。不知絶壑何人嘯，遥帶鐘聲入暮雲。」未二年，署布政使，以盧案受内臣周内，憤而雉經，非其罪也。

洞庭山人蔣愚谷，喜吟詩，致貧其家，以瘵疾亡。其《成仁庵》云：「心安静看閒雲過，地僻渾忘夏日長。」《虎丘》云：「鳥栖深樹斜陽影，風過虚堂貝葉聲。」愚谷每來隨園，往往有匆遽之色。死後，予挽聯云：「生爲誰忙，學業未成家已破；死虧君忍，高堂垂老子初啼。」

余知江寧，過觀象臺，見有題壁者云：「草色荒臺過雨遲，短墻古柏暮雲垂。桃花紅引遊人去，獨自斜陽讀斷碑。」問之僧人，乃嘉興夏培叔名復森者所題，因聘修志書。耳聾，興豪。一日，從嘉興還金陵，告余曰：「家中手植老梅一本，去冬爲僮所伐，乃弔之云：『老梅移植廿餘載，客裏歸看已作薪。無復横斜舊時影，負他多少後來春。』」《秦淮夏集》云：「傍晚紛紛載酒巵，有箏琶處過船遲。一河風月無人管，都付橋南楊柳枝。」亡何，歸里，卒。相隔三十餘年，聞其子鼎中庚子副車，余感詩人有後，爲之狂喜。

沈歸愚選本朝詩，不知杭州王百朋，幾有遺珠之嘆。余告之曰：「百朋，諸生，名錫，毛西河高弟子也，有《嘯竹軒集》。」《無題》云：「燈暗頻疑虚室響，衾多不敵半床寒。」「金針入處心俱痛，素綫添時恨共牽。」皆余幼時所熟誦句。其子厚齋與余鄰居交好，和余《落花》云：「乍驚彼美從天降，直覺斯文掃地來。」余覺不祥，果一第而卒。厚齋名風淳。

人但知商寶意先生以詩名海内，而不知其弟名書字響意者，亦詩人也。作貴州吏目，有《消夏吟》云：「雨後蛩全響，日中崖半陰。壞簷蛛網結，嘉樹雀巢深。永日無公事，閒居有道心。生衣隨意着，涼意滿衣襟。」又：「六月無三伏，一朝有四時。」「蜂巢當午鬧，蚓壤趁涼歌。」真能寫黔中風景。

唐人詩中，往往用方言。杜詩：「一昨陪錫杖。」「一昨」者，猶言昨日也。王逸少帖：「一昨得安西六日書。」晉人已用之矣。太白詩：「遮莫枝根長百尺。」「遮莫」者，猶言儘教也。干寶《搜神記》：

張華以獵犬試狐，狐曰：「遮莫千試萬慮，其能爲患乎？」晉人亦用之矣。孟浩然詩：「更道明朝不當作，相期共鬬管絃來。」「不當作」者，猶言先道个不該也。元稹詩：「隔是身如夢，頻來不爲名。」「隔是」者，猶云已如此也。杜牧詩：「至竟薛亡爲底事。」「至竟」者，猶云究竟也。

古樂府：「碧玉破瓜時。」或解以爲月事初來，如瓜破則見紅潮者，非也。蓋將瓜縱横破之，成二八字，作十六歲解也。段成式詩：「猶憐最小分瓜日。」李群玉詩：「碧玉初分瓜字年。」此其證矣。又詩中用「所由」者，蓋本《南史・沈炯傳》，文帝留炯曰：「當勑所由，相迎尊累。」一解以爲州縣官，一解以爲里保。又和凝詩：「蝤蠐領上訶梨子。」人多不解。朱竹垞曰：「訶梨，婦女之雲肩也。」吕種玉《言鯖》云：「禄山爪傷楊妃乳，乃爲金訶子以掩之。」或云即今之抹胸。

偶讀馮益都相公集，有《弔明季楊左二公》詩云：「忠魂莫再傷冤抑，今日猶能厘聖衷。」下注：面奉聖祖云：「二臣死于廷杖，非死于獄也。」

相傳世有空青，人無瞽目。其真者，余未之見也。惟南蘭張天池家藏一顆，石巔趾僅寸許，面帶波痕，光采空靈，中伏一兔，兔腹下藏銀母漿，摇蕩有聲。據云：其先人得自海上，傳家已三世矣。同年儲梅夫太史題七古云：「白雲縹渺太素含，波光隱現細浪蹙。入水能教霞采生，舟行怕有饞龍逐。」《博物志》：「龍嗜空青、燕肉。」

海鹽馬世榮，字焕如，墨林觀察之祖，與陸稼書先生交好。所著詩集，有《白生歌》，云：「白生者，蛇精也，化美男子，爲錢千秋孝廉所狎。孝廉謫戍出塞，白與偕行，情好綢繆。後遇赦歸，錢官司李，白以手帕託錢求張真人用印，事破受誅。乃乞錢以玉瓶裝其骨，道百年後，可仍還原身。」事甚詭誕，而馬乃理學人，非誑語者，惜詩有百韵，不能備録。

蘇州老紅豆惠周廸先生有句云：「花浮小盞三投酒，乳撥深爐七品茶。」人疑「七品」當是「七椀」之誤。余曰：「非也。金人七品官才許飲茶，事見《金史》。」惟「三投酒」未詳所出，或是三辰酒之訛。先生有《香城驛》一絶云：「縵田乘雨破春耕，落日柴車帶犢行。繞屋馬通高一尺，地名還自號香城。」

桐城二詩人方扶南與方南塘齊名，魚門愛扶南，余獨愛南塘。何也？以其詩骨清故也。扶南苦學玉溪、少陵兩家，反爲所累，夭閼性靈。南塘如「風定孤烟直，天遥獨鳥沉」、「因潮通估客，隔葦見漁燈」、「閏年入夏花猶在，積雨逢晴草怒生」，皆扶南所不能。至于「無意懷人偏入夢」、「未報恩門羞再入」，其妙在真。又「清風時一來，悠然復徐歇」，真陶詩之佳者。

顧俠君先生選元百家詩，夢有古衣冠者數百人，拜而謝焉。杭州嚴曙聲烺贈云：「但見三吴書板盛，不知十載選樓忙。」王介眉撰《通鑑》，成而未梓，儲梅夫贈云：「二十一史加前明，王郎鏤板胸中行。」

凡咏險峻山川，不宜近體。余遊黄山，携曹震亭、江鶴亭兩詩本作印證。以爲江乃巨商，曹故宿學，以故置江而觀曹。讀之，不甚慊意。乃擷江詩，大爲嘆賞。如《雨行許村》云：「昨朝方戒途，雨阻欲無路。今晨思啓行，開門滿晴煦。雨若拒客來，晴若招客赴。山靈本無心，招拒詎有故。」又曰：「非是山行剛遇雨，實因自入雨中來。」皆有妙境。《雲海》云：「白雲倒海忽平鋪，三十六峰遭吞屠。

風帆烟艇雖不見，點點螺髻時有無。一笑塵中局縮轅下駒，曷不來此登斯須，埴遮瓦壓胡爲乎？」《雲谷》云：「領妙如悟禪，搜秘等居讐。看山得是法，善刃無全牛。」其心胸筆力，迥異尋常，宜其隱于禺筴，而能勢傾公侯，晉爵方伯也。卒無子，年逾六十而終。嗚呼！非余與交四十年，又誰知其能詩哉？

正喻夾寫之詩，前已載數條矣。茲又得黃莘田《驟冷》云：「今日蒙茸昨絺綌，炎涼只在一宵中。」闡乘僧園上云：「縱教吹出桃花去，自有山風吹送回。」王雲上《山行》云：「敢云閱歷多艱苦，最好峰巒最不平。」

閩中鄭蘭州太守《無題》云：「此身願化催歸鳥，到處逢人苦勸歸。」余仿其意賀人致仕云：「我是嘉賓慕高隱，喜人歸勝自家歸。」鄭有駢體自序云：「羊叔子不如銅雀妓，雖近于諧；卓文君得嫁馬相如，尚嫌其晚。」

合肥才女許燕珍《元夜竹枝》云：「鰲山烟火照樓臺，都把臨街格子開。椒眼竹籃呼賣藕，金錢抛出繡簾來。」題余三妹素文遺稿云：「采鳳隨鴉已自慚，終風且暴更何堪。不須更道參軍好，得嫁王郎死亦甘。」嗚呼！班氏《人物表》原有九等，王凝之不過庸才中下之資，若妹所適高某者，真下下也。燕珍此詩，可謂實獲我心。

同年錢文敏公維城在都時，所居緑雲書屋，陳乾齋相國之故宅也。公女浣青有詩才，與壻崔君龍見，弟維喬，戚里莊君炘、管君世銘五人倡和。宅有古桑，緑陰毶毶，映一畝許。視其影將逾屋，則公必退朝，各呈詩請政，公欣然爲甲乙之，有《鳴秋合籟集》兩卷，真公卿佳話也。余嘗戲之曰：「唐虞之際，于斯爲盛。有婦人焉，四人而已。」諸君詩不能備録，惟摘浣青《通天臺》云：「當塗代漢逾百年，銅人之淚流作鉛。移經灞水亦傷別，回頭立盡東關烟。」《華清宫故址》云：「新臺之水古所耻，老奴遂爲良娣死。盛衰轉眼五十年，始知李嶠真才子。」

余甲子科從沭陽就聘南闈，過燕子磯，見秦秀才大士題詩壁上，有「漁火真疑星倒出，鐘聲欲共水争流」之句，心甚異之。次年，奉調江寧，秦以弟子禮見。見贈一律，中二聯云：「門生半爲論文至，大吏都邀作賦還。玉麈清談時善謔，烏紗習氣已全删。」予月課多士，拔其尤者，如車研、甯楷、沈石麟、龔孫枝、朱本楫、陳製錦及秦君等，共二十人，徵歌選勝，大會于徐園。有伶人康某，爲余所賞，秦即席賦詩云：「秋雲羃歷午陰長，舞袖風回桂蕊香。忘是將軍門下客，公然子細看康郎。」一坐爲之解頤。余尤愛其《遊秦淮》云：「金粉飄零野草新，女墻日夜枕寒津。興亡莫漫悲前事，淮水而今尚姓秦。」後中狀元，官學士。

徐園高會時，余首唱一絶，諸生和者十九人，龔孫枝繪圖以記其勝。掛冠後，詩畫俱遺失，園亦荒圮。越四十年，有邢秀才作主人，葺而新之，求亭上對聯，余題曰：「舊地怕重經，記當年絲竹宴諸生，回頭似夢；名園須得主，看此日樓臺逢哲匠，著手成春。」

庚申，在京，余與裘叔度同年同車遇雨，裘誦其師梁仙來太史一聯云：「飛雨不到地，輕烟吹若塵。」太史名機，雍正癸卯翰林。外出爲令，高安相公薦鴻博，入都，與余相遇於琉璃廠書肆中。《咏桃花》云：「渾疑人面隱，下馬誤題門。」《贈妓》云：「欲作歌聲畏花落，選詞先唱《鎖南枝》。」《觱篥》云：「老去還嗟耳力退，自吹羌管不聞聲。」《沙丘》云：「荆卿匕首漸離筑，可惜不逢祖龍三十六。」

揚州江賓谷白首名場，余每過邗江，賓谷必呼子姪出見，曰：「余少時得見前輩某某，至今夸説於人。汝等不可與隨園先生當面錯過。」余感其意，録其《與弟蔗畦夜坐》云：「宵中更警嚴城柝，暑退人親小室燈。」《冬晴》云：「剩菊尚支苔徑賞，凍蠅微觸紙窗聞。」《咏古梅》云：「乍見根疑石，旋驚雪作香。」

蔗畦名恂，《咏穹廬雪》云：「穹廬雪，嚼復咽，氈毛已盡雪不歇。雪能冷骨不冷心，十九年來覺長熱。風沙大地慘無春，只有手中之節凍不折。君節臣執臣不辭，臣節君薨君不知。淚零紅雪吞不得，洒在茂陵松柏枝。」蔗畦刺亳州、守徽州，俱有善政，所藏金石文字最多。

余作《春寒詩》，黄星岩和云：「寒深疑歷誤，春久没花知。」何士顒和云：「流細水初活，花遲春轉寬。」

常州徐太史昂發《上韓慕廬尚書》云：「佳士姓名常在口，好官階級不關心。」孔雩谷《贈龍明府雨樵》云：「有意憐寒士，無心媚長官。」嗚呼，古之人歟！

丙戌三月，余過京口，宿茅耕亭秀才家。庭宇幽邃，饍飲精妙。燈下出詩稿見示，余爲加墨記。其佳句云：「鄰船通客語，虚枕納潮聲。」「千里月明天不夜，五更風急海初潮。」《官亭道上》一絶云：「細道繞平疇，時聽農歌起。回頭不見人，聲在禾麻裏。」未數年，秀才入詞林。丁酉鄉試，作吾鄉副主考。

淮寧詩人黄浩浩《秋柳》云：「小驛孤城風一笛，斷橋流水路三叉。」余曰：「佳則佳矣，惜其似梅花詩。」有某公《咏梅》云：「五尺短墻低有月，一村流水寂無人。」或笑曰：「此似偷兒詩。」

許竹人侍御《題路上去思碑》云：「君看去思官道石，深鐫鐫不到人心。」足補白太傅《咏碑》之所未及。

壬寅春，余遊西湖，寓漱石居。閒步斷橋，遇一少年問路，愁容可掬，扣其故，曰：「我平湖秀才，來遊湖上，進錢塘門，行李被竊，無處投宿。」予疑不實，問：「既是秀才，可能詩乎？」曰：「能。」命咏落花，操筆立就，有句云：「入宫自訝連城價，失路偏多絶代人。」余大驚，留宿，贈金而别。但記姓郁，忘其名。

余苦春寒不已。中州吕柏岩詩云：「朔風烈烈知何意，不許江春入得來。」張自南云：「春寒不逐早已去，今日又從何處來？」兩押「來」字，俱妙。

王中丞恕，四川人，號樓山。《過潮州感舊》詩曰：「金山遥對鳳凰洲，策馬崆峒憶舊遊。二十七年如昨日，八千里外是并州。空餘大樹翻斜日，尚有遺丁説故侯。路過西州秋欲老，舊參軍也雪盈頭。」通首唐音，許竹素先生爲余誦之。

余嘗謂魚門云：「世人所以不如古人者，爲其胸中書太少。我輩所以不如古人者，爲其胸中書太多。昌黎云：『非三代兩漢之書不敢觀。』亦即此意。東坡云：『孟襄陽詩非不佳，可惜作料少。』施愚山駁之云：『東坡詩非不佳，可惜作料多。詩如人之眸子，一道靈光，此中着不得金屑，作料豈可在詩中求乎？』予頗是其言。或問：『詩不貴典，何以少陵有讀破萬卷之説？』不知『破』字與『有神』三字全是教人讀書作文之法。蓋破其卷，取其神，非囫圇用其糟粕也。蠶食桑，而所吐者絲，非桑也。蜂采花，而所釀者蜜，非花也。讀書如喫飯，善喫者長精神，不善喫者生痰瘤。」

嚴冬友曰：「凡詩文妙處，全在於空。譬如一室内人之所遊焉息焉者，皆空處也。若窒而塞之，雖金玉滿堂，而無安放此身處，又安見富貴之樂耶？鐘不空則啞矣，耳不空則聾矣。」范景文《對床録》云：「李義山《人日》詩填砌太多，嚼蠟無味。若其他懷古諸作，排空融化，自出精神。一可以爲戒，一可以爲法。」

保勵堂侍郎送人納妾七律，後四句云：「席上偶然教進酒，燈前何敢遽呼郎。只因未識夫人性，試問明朝那樣妝。」

明季用兵時，有女子劉素素者被掠，題詩店壁云：「天明吹角數聲殘，將士傳呼上玉鞍。恰憶當時閨閣裏，曉妝猶怯露桃寒。」

宛平袁明府增，字保侯，宰江寧時，與余通譜。有句云：「天遠望窮飛去鳥，春寒誤盡早開花。」《咏瓶》云：「飲水自知胸最冷，銜花應覺口常香。」

先慈九十生日，祝壽詩無慮百餘首，予獨愛龔旭開秀才五律一結云：「爲有稱觴客，今朝户不扃。」淡而有味。

杭州風俗，人家作醬，甕上鎮壓，必書「姜太公在此」五字。余嘗疑之，孫文和秀才笑曰：「君豈不知太公不能將兵，而善將將乎？」又過張息侯家，見其奴携燈籠來，上題「賴有此耳」四字。兩用史書語，令人莞然。

蔣戟門觀察招飲，珍羞羅列，忽問余：「曾喫我手製豆腐乎？」曰：「未也。」公即着犢鼻裙，親赴厨下。良久，擎出，果一切盤餐盡廢。因求公賜烹飪法。公命向上三揖，如其言，始口授方。歸家試作，賓客咸夸。毛俟園廣文調余云：「珍味群推郇令庖，黎祈尤似易牙調。誰知解組陶元亮，爲此曾經三折腰。」

南宋末年，士大夫簠簋不飭。有鄭熏者，素作賊，以軍功得主簿，衆不禮焉。鄭乃獻詩云：「鄭熏素行本非端，熏有狂言上衆官。衆官作官還作賊，鄭熏作賊還作官。」

方亨咸《論畫》云：「神品如孫吴，能品是刁斗森嚴之程不識，逸品則解鞍縱卧之李將軍。」又曰：「厚不因多，薄不因少。」余愛其言可通于詩，故録之。

唐太宗云：「泥龍竹馬，兒童之樂也。翠羽明珠，婦女之樂也。」余亦云：「急流勇退，後起有人，士大夫之樂也。」今之人，惟揚州秦西巖先生，以觀察致仕，子又繼入翰林，宜其詩之自然駘宕也。南莊題壁云：「郭繞村烟水繞堤，數椽屋可托卑栖。百年老樹留花塢，二頃荒田雜菜畦。庾信小園枝下上，王珣别墅澗東西。誰云巢許買山隱，家在城南認舊溪。」「策杖登樓眼界寬，邗溝一水迅奔湍。天邊漕運梯雲上，江外山光帶霧看。南北塔高雙鵠立，東西橋鏁九龍蟠。往來多少風帆急，孤櫂何如斗室安。」

隨園詩話卷十四

倉山居士著

嘉興江浩然幕遊江西，于市上得一銀光牋楷書云：「妾年十五許嫁君，聞説君情若不聞。十七于歸見君面，春風乍拂心長戀。爲歡半載奈離何，千里江山渺緑波。未成錦字腸先斷，零落胭脂淚更多。西江浙江隔一水，天上銀河亦如此。銀河猶有渡橋時，奈妾奄奄病將死。傷心未見寧馨育，仰負高堂愆莫贖。倘蒙垂念舊時情，有妹長成絃可續。君年喜得正英英，莫更蹉跎無所成。無成豈特違親意，泉下亡人亦不平。要知世事皆前定，明珠一粒遥相贈。非求見物便思人，結褵來世于今定。」後書：「政可夫君。康熙癸酉仲夏，垂死妾顔玉斂衽。」玩此詩，蓋有才女子也。第所謂政可者，不知何人。

選家選近人之詩，有七病焉。其借此射利通聲氣者，無論矣。凡人全集，各有精神，必通觀之，方可定去取。倘捃摭一二，並非其人應選之詩，管窺蠡測，一病也。《三百篇》中，貞淫正變，無所不包。今就一人見解之小，而欲該群才之大，于各家門户源流並未探討，以己履爲式，而削他人之足以就之，二病也。分唐界宋，抱杜尊韓，附會大家門面，而不能判别真僞，採擷精華，三病也。動稱綱常名教，箴刺褒譏，以爲非有關係者不録。不知贈芍、采蘭，有何關係？而聖人不删。宋儒責蔡文姬不應登《列女傳》，然則十七史列傳，盡皆龍逢、比干乎？學究條規，令人欲嘔，四病也。貪選部頭之大，以爲每省每郡必選數人，遂至勉强搜尋，從寬濫録，五病也。或其人才力與作者相隔甚遠，而妄爲改竄，遂至點金成鐵，六病也。狥一己之交情，聽他人之求請，七病也。末一條，余作《詩話》亦不能免。

冬友侍讀昵伶人登元，將之陜西，未能携去。路上見籠中賣相思鳥者，戲題云：「同眠復同食，何處號相思？」

山右馮康齋觀察，名廷丞，學頗淵博，居官以廉聞。其夫人爲吾鄉周叔大太史之女，亦好客。觀察詩云：「談經客過頻搜字，脱珥妻賢解治厨。」

丙辰召試，有康熙癸巳編修雲南張月槎先生，名漢。年七十餘，重入詞館。先生以前輩自居，而丙辰翰林欲以同年視之，彼此牴牾。後五十年，余遊粤東，飲封川邑宰彭公竹林署中。西席張旭出見，詢知爲先生嫡孫，急問先生遺稿，渠僅記《秋夜回文》一首云：「烟深卧閣草凝愁，冷夢驚回幾樹秋。懸壁四山雲上下，隔簾一水月沉浮。翩翩影落飛鴻雁，皎皎光寒静斗牛。前路客歸螢點點，邊城夜火似星流。」余按：回文詩相傳始于蘇若蘭，其實非也。《文心雕龍》云：「回文所興，道原爲始。」傅咸有回文反覆詩，温太真亦有回文詩，俱在竇滔之前。

真州張嘯門遊鳩江，遇鄰舟一女子，倚蓬窗而哦。與語，悽絶不言。但見其題青羅帶寄人云：「扁舟一夜燈如雪，無限深情羞不説。東風何苦又天明，抵死催人江上别。」

咏史有三體。一借古人往事抒自己之懷抱，左太沖之《咏史》是也。一爲隱括其事，而以咏嘆出之，張景陽之《咏二疏》、盧子諒之《咏藺生》是也。一取對仗之巧，義山之「牽牛」對「駐馬」、韋莊之「無忌」對「莫愁」是也。

周月東游海潮庵，得謝文節公小方硯，額鐫「橋亭卜卦硯」五字，背有元人程文海銘。周珍重之，抱硯以寢。臨死，乃贈查恂叔，一時題者如雲。錢辛楣云：「眼中只有石丈人，江南更無厮養卒。」紀心齋云：「遠過一片寒陵石，留伴千秋玉帶生。」

尤貢甫在真州市，得東坡石銚，容水升許，以銅爲提，鑄茨菰葉一瓣，上篆「元祐」二字，蓋即周穜所饋坡公物也。鄭炳也題云：「煉石天留雲氣古，煎茶人去水雲乾。」謝登雋云：「毋矜酒户大，獨許石交深。」未幾，有人買獻上方矣。一硯、一銚，主人俱繪形作册，傳播藝林。余在揚州汪魯佩家，見桓圭，長七寸，葵首垂繅，質粹沁紅，真三代物也。惜無人題咏，終年藴櫝而藏。物亦有幸有不幸焉。

前明萬曆五年，常熟趙文毅公劾張江陵，廷杖，謫戍。其友庶子許國銘兕觥爲贈，蓋取神羊一角觸邪之義。後流傳，數易其主。五世孫王槐探知在山左顔衡齋家，乃製玉觥銀船，托宫詹翁覃溪先生作詩，請易之，竟得返璧，一時題咏如雲。覃溪作七古一篇，後八句云：「顔公奉觥向君笑，趙叟傾心誓相報。觥喜多年逢故人，叟泣還鄉告家廟。昔人贈觥事偶然，今日還觥世更傳。譜出兕觥新樂府，壓倒米家虹玉船。」

安慶徐蘭坡，少年好學，得余斷章零句，必手抄之。余遊黄山，來舟中，誦所作《夏夜》云：「螢火繞籬飛，風輕荷氣微。幾竿斜竹影，隨月上人衣。」《偶成》云：「屋邊松樹經春長，棲鳥不知巢漸高。」《大觀亭宴集》云：「新舊痕留衣上酒，往來影亂席前舡。」又「緑楊深護倚樓人」七字亦佳。

平湖張香谷與其兄斆坡最友愛，斆坡殁後，香谷踰年亦病，臨終有「清魂仝到梅花下」之句。斆坡之子熙河孝廉繼先人之志，墓旁種梅三百樹，題云：「卜兆經營親負土，栽花愛護當承歡。」可謂孝矣。熙河愛遊山，作《梅花詩話》一百卷。至隨園，一宿去。登峩眉絶頂見懷云：「峩眉高絶天，八月雪浩浩。我持謫仙笻，飄然上秋昊。衆星向簷低，群峰入望小。佛光日中明，聖燈夜半皎。五色兜羅綿，叠叠岩前繞。蒼茫四顧間，忽憶隨園老。奇景不共賞，何以愜幽抱。焉得縮地方，與公立雲表。」熙河在峩眉，見神燈、佛光，又到浄土山下，觀小龍在池中，長四寸，五爪，携過雷洞坪，便死。佛光飛至臺上，掬之，乃木葉一片。

余知江寧時，胡秀才某招飲。席間，出乃祖《甲戌臚唱圖》屬題，係邗江王雲所畫。卷首何義門云：「鴻臚三唱名姓香，一龍驤首群龍翔。金吾仗引從天下，長安門外人如堵。方山神秀信有鍾，焦夫子後生胡公。江左周星推首冠，意氣肯輸渴睡漢？」胡公名任輿，字芝山，康熙甲戌狀元，未十年而卒。同年高章之哭云：「十年不分君終此，累月猶疑死未真。」卷中題者，如彭定求、陳恂、楊仲訥，大半追挽之章。余題云：「九闕天門蕩蕩開，先皇親手策群才。南宫莫訝祥雲見，臣自白門江上來。我亦曾追香案踪，卅科前輩企高風。人間春夢醒何速，未了浮雲一夢中。名園晚到夕陽斜，老樹無聲覆落花。贏得兒童齊拍手，縣官還醉狀元家。」此乙丑冬月事也，詩不留稿。丙午閏七夕，重展此卷，爲之憮然。

葉書山侍講，常爲余誇陶京山同年之孫名涣悦者英異不群，時才八九歲。稍長，好吟詩，尤好余詩，大半成誦。《偶成》云：「午課初完卧短床，立春節過晝微長。高簷向日難留雪，小室藏花易貯香。堦下緑初浮遠草，路旁青未上垂楊。呼僮添貯爐中火，午後温馨薄暮凉。」又：「人因待月窗常啓，書是傳詩口不封。」賀余生子云：「公有未全天必補，老猶得見子非遲。」俱有劍南風味。惜侍講先亡，未之見也。

中州吕公滋，字樹村，宰介休。歸，因從子仲篤宰上元，來遊白下。見贈云：「地兼白下三山勝，詩比黄初七子工。」讀三妹集云：「鴛鳥飛來因繡好，蠹魚仙去爲香多。」年未老而乞病，有勸其再出者，乃作《老女嫁》云：「自製羅紈五色裳，晶簾低捲繡鴛鴦。不如小妹于歸日，阿母殷勤爲理妝。」「檢點新妝轉自思，于今花樣不相宜。嫁衣肥瘦憑誰剪，羞問鄰家小女兒。」戲仲篤云：「憐余增馬齒，看爾奏牛刀。」《潼關》云：「三峰天外立，一騎雨中行。」

唐李撰自負才望，嘲人云：「龍章鳳姿士不見用，獐頭鼠目乃欲求官耶？」或反其意贈相士云：「相法于今大不倫，我將秘訣告諸君。要看世上公侯相，先取獐頭鼠目人。」

余遊武夷，過浦城，遇鈕明府之弟閬圃，有詩三册求閲。《七夕》云：「黄昏無伴説牽牛，獨對江山半壁愁。今夕盧家樓上月，莫愁未必不知愁。」又句云：「星沉殘水魚吞餌，月上空廊犬吠花。」皆可誦也。余按：宋曾三異云：「莫愁乃古男子，神仙隱逸者流，非女子也。楚石城有莫愁石像，男子衣冠。見劉向《列仙傳》。」語雖不經，亦可存此一説。猶之龍陽君、鄭櫻桃，古皆以爲女妃，一見《國策》鮑注，一見《十六國春秋》。

錫山錢秀才泳，字立群，居梅里。丙午臘月七日，張止原居士招遊靈岩，與秀才兩宿舟中，談古文金石之學，極淵博。《遊西湖》云：「十年不識錢唐路，今到翻疑是夢中。巒翠難分南北寺，舟輕易颺往來風。數灣碧水通仙宅，一帶蒼烟没宋宫。何處吾家表忠觀，幾回搔首問漁翁。」「躍馬登山松四圍，梵王宫殿鬱崔巍。老僧迎客來幽徑，少女焚香上翠微。鷲嶺樓高滄海闊，泠泉水急濕雲飛。何當端坐三生石，説破遊人去路非。」是日舟泊木瀆鷺飛橋，秀才往訪其友孫鏡川，俄而仝至舟中，見余即拜，背小倉山房古文琅琅上口，亦奇士也。

新安王氏，一家能詩。葑亭《李夫人歌》曰：「生能一顧留君心，死不肯一顧留君憶。乃知結君自有術，擅寵非徒在顔色。君不見生長門，死鈎弋。」其兄于庭比部，不輕作詩，而多佳句。《病起》云：「修竹似憐人病起，青青垂葉不摇風。」《示兒》云：「寸陰勸汝須知惜，到底秋花總讓春。」其子名養中者，《醉歸》云：「不是老奴扶住好，模糊幾打别人門。」《咏蝦》云：「鬚髯似戟雙睛瞪，失水蛟龍見亦驚。」其弟孔祥，年十七，亦有句云：「見月忙將蒲扇掩，怕教花影上身來。」

《荆楚歲時記》以七月八日雨爲洒淚雨，説本荒唐，然賦詩非失之笨，便失之迂，將錯就錯，以僞爲真，方有風味，一説煞，味又索然。余與香亭同作，忽王甥健庵有句云：「不解女牛分别意，一年有淚一年無。」兩人嘆其超絶。

馬相如有《漁父》詩云：「自把長竿後，生涯即水涯。尺鱗堪易酒，一葉便爲家。晒網炊烟起，停舟月影斜。不争魚得失，只愛傍桃花。」真王、孟也。有人傳其「月影分明三李白，水光蕩漾百東坡」，則弄巧而反拙矣。

福建布政使張廷枚有《瓶花絶句》云：「垂簾莫放西風入，留取寒香在草堂。」吾鄉詩人沈方舟主於其家，遺稿在焉。張三使高麗，杭堇浦贈云：「一參羽獵長楊乘，三繪宣河奉使圖。」

咏始皇者，朱排山先生云：「詩書何苦遭焚劫，劉項都非識字人。」崔念陵進士云：「劉項生長長城裏，枉用民膏築萬里。」

劉介石請仙，忽乩盤大書云：「眼如魚目徹宵懸，心似柳條終日挂。月明風緊十三樓，獨自上來獨自下。」衆人驚曰：「此縊鬼詩也。」至夜，果有紅妝女子犯之。乃急毁其盤而遷寓焉。

寫懷假托閨情最藴藉。仲燭亭在杭州，余屢爲薦館。最後將薦往蕪湖，札問需修金若干，仲不答，但寄古樂府云：「託買吴綾束，何須問短長。妾身君慣抱，尺寸細思量。」宋笠田宰鳩江，官罷，想捐復，余勸其不必再出山。已而宰兩當，以事謫戍，悔不聽余言，亦札外寄前人别妓詩云：「昨日笙歌宴畫樓，今宵揮泪送行舟。當時嫁作商人婦，無此天涯一段愁。」某明府欲聘陳楚南，以路遠不决，陳寄《商婦怨》云：「泪滴門前江水滿，眼穿天際孤帆斷。只在郎心歸不歸，不在郎行遠不遠。」

鮑步江有贈云：「雙烟已换博山香，正對金荷卸晚妝。手剔蘭煤須仔細，好留半燄解衣裳。」

安慶魯鳳藻有贈云：「携得芳枝返故村，悔將玉貌共花論。低聲還向小姑囑，阿母跟前莫要言。」(陳)〔程〕夢湘嘲某云：「畫鸞衫子褪輕紅，料峭春寒豆蔻風。雙鬢亂雲堆未穩，日高猶是背人攏。」商寶意《喜環娘到》云：「藥餌急須調病後，珮環親自解燈前。」金台衡《贈妓》云：「春葱欲送玫瑰酒，冷嫒先教櫻口嘗。」皆善言兒女之情。

寫景有句同而意不仝者。元人云：「石壓笋斜出。」宋人云：「斷橋斜取路近人。」劉春池云：「鳥喧晴樹樂于人。」魯星村云：「炎天几席熱于人。」嘯村云：「雪中無陋巷。」星村云：「遠岸無高樹。」皆句同而意不同也。亦有句不同而意同者。如「岸闊樹難高，遠樹浪頭生」與「遠岸無高樹」意思相同，皆不害其爲佳也。

余有句云：「人無風趣官多貴。」一時不得對。周青原對：「案有琴書家必貧。」吴元禮對：「花太嬌紅子必稀。」

雍正乙卯春，余年二十，與周蘭坡先生同試博學鴻詞于杭州制府。其時主試者總督程公元章、學使帥公念祖。詩題是《春雪十二韵》，因試日下雪故也。先生有句云：「堆從梨蕊銷難辨，迸入梅花認亦稀。」今乾隆戊申矣，其孫雲翮爲上海令，招余入署，謀刻先生詩集，因得重讀一過。追憶五十四年前同試光景，宛然在目。

余方送魯星村出門，而雨勢將下，魯吟云：「雨聲猶在雲，風色已到樹。」余爲擊節，命司閽者録登門簿中。魯曰：「我不料公之愛詩若此也。」大笑去。

余泊舟滕王閣下，有揚州孫生名湘者見訪，自言相慕垂三十年。見示《蕉窗八咏》，《蠅》云：「飛揚莫入幽人室，一種芬芳不稱君。」《蝶》云：「偶因誤墮金錢劫，恥逐青蚨一處飛。」孫故庠生，工吟咏，爲人司馬筴事，既而悔之，故寄托如此。

余在南昌，謝藴山太守招飲，以詩見示。題其妾姚秀英小照云：「宜男花小最宜春，故故相偎意態真。併作一身形與影，不應僅號比肩人。」太守有《升官圖》五排最佳，警句云：「森森羅衆宿，粲粲列周廬。考制遵三百，登賢占一隅。憑陵争入局，將相遂分途。唾手功名得，推班氣象殊。握拳矜後獲，制勝在中樞。偶爾觀成敗，從何論智愚。雲泥區尺幅，升降在須臾。」

余七十以後，遇宴飲太飽，夜輒不適。讀黄莘田詩曰：「老似嬰兒防飲食，貧如禁體作文章。」嘆其立言之妙，然不老亦不能知。古漁有句云：「老似名山到始知。」

譏刺語用比興體便不露。英夢堂云：「桃花嗜笑非無故，燕子矜飛太自輕。」陳古漁云：「無名草長非關雨，得煖蟲飛不待春。」皆有所指也。

余遊天台，詩人張雨村外出，其子秀墀極盡東道之誼。雨村寄詩，有「千山結翠延詞客，一杖挑雲過石梁」之句。余讀其《天台遊稿》，一路訪求，如得導師焉。

李竹溪守廣東惠州，歸贈云：「此行曾向貪泉過，留得冰心見故人。」嗚呼！竹溪真能不愧此言，故記之。

嚴冬友嘗誦厲太鴻《感舊》云：「『朱欄今已朽，何况倚欄人？』可謂情深。」余曰：「此有所本也。歐陽詹《懷妓》云：『高城不可見，何况城中人？』」或稱東坡「凍合玉樓寒起粟，光摇銀海炫生花。」余曰：「此亦有所本也。晚唐裴説詩：『瘦肌寒起粟，病眼餒生花。』」

錢竹初《題豫讓橋》云：「愛士須愛徹，畜馬盡馬力。長芻數束豆數升，縱有驊騮氣先塞。」余亦題

《養馬圖》云：「一挑芻草三升豆，莫想神龍輕死生。」

近人懷古詩有絶佳者，不能全録。如光禄沈子大《赤壁》云：「漫訝東風燒北岸，可知赤帝在南軍。」太史杜紫綸《戲馬臺》云：「儘教宿土歸劉氏，剩有斯臺與項王。」王麟照侍郎《平原村》云：「八王兵甲無臣主，兩晉文章有弟兄。」晚節不堪思鶴唳，舊交聞已賦蒪羹。」姜西溟《烏江》詩云：「虞歌曲盡怨天亡，潮落沙平舊戰場。千里江東羞不渡，六朝曾此作金湯。」

漢軍劉觀察廷璣，號葛莊，康熙間詩人。或嫌其詩過輕俏，然一片性靈，不可磨滅。《漁家》云：「一家一个打魚舟，結得姻盟水上浮。有女十三郎十五，朝朝相見只低頭。」《偶成》云：「閒花只好閒中看，一折歸來便不鮮。」

沈椒園太史所居爛麪衖衕接葉亭，湯西厓少宰之故居也。丁巳，余主其家，記其《秋夜》云：「薄病閒身坐小廳，鄉心三度見流螢。水雲凉到庭前樹，一夜秋聲帶雨聽。」

布衣史青溪詩云：「多情自古空餘恨，好夢由來最易醒。」余反其意云：「只求無好夢，轉覺醒時安。」唐人咏夢云：「乍覺猶言是，沉思始覺空。」

宋牧仲撫蘇州，爲唐六如修墓，韓宗伯慕廬題云：「在昔唐衢常慟哭，祇今宋玉與招魂。」俗傳太白捉月而死，李孚青《題太白樓》云：「脱身依舊歸仙去，撒手還將月放回。」余按：《宋史》有唐寅名伯虎，亦在《文苑傳》。

蒲城雷國楫，字松舟，撰《龍山詩話》二卷，官松江丞，有「雲行花蕩水，風動草浮山」之句。彭芝亭先生贈以詩云：「官閣哦詩思不群，一編風雅抗吾軍。情親吳會山間友，身帶函關馬上雲。弔古頻懷楊伯起，論詩應繼杜司勛。篋中劍氣雙龍躍，那向江頭看夕曛。」

凡詩帶桀驁之氣，其人必非良士。張元《咏雪》云：「戰罷玉龍三百萬，敗鱗殘甲滿天飛。」《咏鷹》云：「有心待捉月中兔，更向白雲高處飛。」韓、范爲經略，嫌其投詩自媒，棄而不用，張乃投元昊，爲中國患。後岳武穆駐兵之所江禁甚嚴，有毛國英者，投詩云：「鐵鎖沉沉截碧江，風旗獵獵駐危檣。禹門縱使高千尺，放過蛟龍也不妨。」岳公笑曰：「此張元輩也。」速召見，以禮接之。

咏雪佳句，繆雪莊云：「捲簾半樹帶花落，吹燭一窗如月明。」章智千云：「伏枕旅人驚看月，掃階童子學爲山。」陳明卿云：「填平世上嵚崎路，冷到人間富貴家。」曾昔人所未有。

遊山詩，貴寫得出。陶庭珍《盤豆驛》云：「叢山如破衣，人似虱緣縫。盤旋一綫中，欲速不得縱。」沈石田《天平山》云：「登臨風扶身，談笑雲入口。直上忽左旋，方塞復旁剖。」洪稚存《林屋洞》云：「盤渦既深入，覆釜不獲仰。微白怵來踪，捫黑撼虛象。憑湍同矢注，轉逕識虵枉。不惜口耳濡，驚此腹背響。」梅岑《極樂峰》云：「碎石隨足動，危逕不容步。支筇愁孤撐，捫葛等懸度。欲止勢難留，將前意終怖。」萬柘坡《盤山》云：「青山喜客來，馬首相拱揖。中峰極雲深，旁嶺儼魚立。行人踏樹梢，飛鳥觸屐齒。後來用尾銜，先到試足揣。」宗介颿《磨盤山》云：「分明尋丈恰隔里，指點平夷偏落陡。東西俄轉望若失，呼應已逼待還久。中央簇簇攢牛宮，四角層層布魚笱。更疑去路即來處，幾訝迷途欲退走。入世敢云肱折三，立峰頓覺腸回九。」沈樹本《磨盤山》云：「回顧不見入山處，此身已在盤中住。百千旋折眼生花，三五迴環神失據。纔思左往復右行，正欲仰登先俯注。坡平幸獲尋丈寬，徑仄只留分寸度。鞭絲帽影蟻懸窗，馬足車輪蛇繞樹。乍陰乍陽日向背，在前在後風來去。山遠不踰三十里，山高不越萬餘步。從卯到酉歷未窮，自壯至老陟猶誤。」

余常勸作詩者莫輕作七古。何也？恐力小而任重，如秦武王舉鼎有絶臏之患故也。七古中長短句尤不可輕作。何也？古樂府音節無定而恰有定，恐康崑崙彈琴，三分琵琶，七分筝絃，全無琴韵故也。初學詩當先學古風，次學近體，則其勢易。倘先學近體，再學古風，則其勢難。猶之學字者，先學楷書，後學行草，亦是一定之法。杭堇浦先生教人多作五排，曰：「五排要對仗，不得不用心思；要典雅，不得不觀書史。但專作五言八韵之賦得體，則終身無進境矣。」

湯擴祖《春雨》云：「一夜聲喧客夢摇，春風送雨夜瀟瀟。不知新水添多少，漁艇都撑進板橋。」莊廷延《聽雨》云：「梅花風裏雨霏霏，人卧空堂静掩扉。一夜滄浪亭畔水，料應陡没釣魚磯。」二詩相似，均有天趣。

有中丞某，自稱平生不好名。余戲之曰：「人之所以異于禽獸者，以其好名也。孔子曰：『君子去仁，惡乎成名？』又曰：『君子疾没世而名不稱焉。』大聖人尚且重名如此。後世人不好名，而别有所好，則鄙夫事君，無所不至矣。」屈悔翁云：「才子多貪色，神仙不好名。」不如司空表聖曰：「名能不朽輕仙骨，理到忘機近佛心。」高東井贈方子雲曰：「從來貧士貪留客，未有庸人解好名。」

王次回詩往往入人心脾。余年衰無子，賓朋來者，動以此事相詢，貌爲關切，余深厭之，有詩云：

「厭聽人詢得子無，些些小事不關渠。逍遥公有兒孫累，未必雲烟得自如。」後見次回句云：「最是厭人當面問，鳳凰何日却將雛。」余評女以膚如凝脂爲主，次回亦有句曰：「從來國色玉光寒，晝視常疑月下看。」

《愛日齋叢談》云：「《琵琶記》爲明初王四棄妻而作，太祖惡之，謫戍海外。致伯喈賢者，蒙此惡聲。」不知南宋時有詩刺高宗云：「陌頭盲女無愁恨，猶抱琵琶説趙家。」放翁亦云：「身後是非誰管得，沿村聽唱蔡中郎。」似乎《琵琶記》宋時已有。

厲太鴻《宋詩紀事》採取最博，余閱《北盟會編》，爲補所未採者。如徽宗在五國城詩曰：「噬臍有愧平燕日，嘗膽無忘在莒時。」李若水曰：「五鼓可回千里夢，一官妨盡百年身。」宇文虚中云：「傳聞已築西河館，自許能肥北地羊。」皆佳句也。金主亮《中秋無月詞》云：「恨劍鋒不快，一一揮斷紫雲根，要見嫦娥體態。」亦頗豪氣逼人。

作詩能速不能遲，亦是才人一病。心餘《賀熊滌齋重赴瓊林》云：「昔着宫袍夸美秀，今披鶴氅見精神。」余曰：「熊公美秀時，君未生，何由知之？赴瓊林不披鶴氅也。」心餘曰：「我明知率筆，然不能再構思。先生何不作以示我？」余唯唯。遲半月，成七絶句，心餘以爲佳。余乃出簏中廢紙示之，曰：「已七易稿矣。」心餘嘆曰：「吾今日方知先生吟詩刻苦如是。果然第七回稿勝五六次之稿也。」余因有句云：「事從知悔方徵學，詩到能遲轉是才。」

黄莘田《重赴鹿鳴》云：「得染新香本舊栽，桂花重爲故人開。月宫不是玄都觀，也學劉郎去又來。」「雲階月地事如何，誰共霓裳咏大羅。未免被他猿鶴怨，小山連日有笙歌。」

《全唐詩》凡和尚道士仙人，都無好詩。不如才鬼山魈，頗有佳句。

詩人筆太豪健，往往短于言情。好徵典者，病亦相同。即如悼亡詩，必纏綿婉轉，方稱合作。東坡之哭朝雲，味同嚼蠟，筆能剛而不能柔故也。阮亭之悼亡妻，浮言滿紙，詞太文而意轉隱故也。近時杭堇浦太史悼亡妾詩，遠不如樊榭先生，今摘數首爲比例。厲《哭月上》云：「一場短夢七年過，往事分明觸緒多。搦管自稱詩弟子，散花相伴病維摩。半屏凉影頹低髻，三徑春風曳薄羅。今日書堂覓行跡，不禁雙鬢爲伊皤。」「無端風信到梅邊，誰道蛾眉不復全。雙槳來時人似玉，一匳去後月如烟。第三自比清溪妹，最小相逢白石仙。十二碧欄重倚遍，那堪腸斷數華年。」「病來倚枕坐秋宵，聽徹江城漏點遥。薄命已知因藥誤，殘妝不惜帶愁描。悶憑盲女彈詞話，危托尼姑祝夢妖。幾度氣絲先訣别，淚痕兼雨灑芭蕉。」「郎主年年耐薄游，片帆望盡海西頭。將歸預想迎門笑，欲别俄成滿鏡愁。消渴頻煩供茗椀，怕寒重與理薰篝。春來憔悴看如此，一卧楓根尚憶否。」廖古檀《悼亡》云：「合歡花瓣委輕塵，風雨邊城不見春。若憶小窗扶病起，脂殘粉褪寫遺真。」商寶意《哭環娘》云：「待年略住娉婷市，却聘曾嫌富貴家。」「還余清淨三生體，欠汝滂沱泪數行。」寶山黄燮鼎《悼亡》云：「無多奠酒諳卿量，未就埋香諒我貧。」皆言情絶調。

堇浦先生詩以《嶺南集》爲生平極盛之作。《題陳元孝遺像》云：「南村晉處士，汐社宋遺民。湖海歸來客，乾坤定後身。竹堂吟暮雨，山鬼哭蕭晨。莫向厓門去，霜風正撲人。」「秋井苔花漬，荒廬蜃氣蒸。飛潛兩難問，憂患況相仍。拄策非關老，裁衣祇學僧。凄涼懷古意，豈是屈梁能。」「巢覆仍完卵，皇天本至公。《蓼莪》篇久廢，薇蕨採應空。劫已歸龍漢，家猶祭鬼雄。等身遺著在，泉下告而翁。」「袁粲能無傳？嵇康亦有兒。古人誰汝匹，信史豈吾欺。寂寞徒看畫，蒼涼祇益詩。懷賢兼論世，凄絶卷還時。」此種詩悲凉雄壯，恐又非樊榭、寶意所能矣。

金陵何南園、陳古漁俱能詩而貧，余不能資助，常誦唐人句云：「相知惟我獨，無補與人同。」又自訟云：「蘭草同心多半弱，海棠自恨不能香。」

詩者，人之精神也。人老則精神衰葸，往往多頹唐浮泛之詞。香山、放翁尚且不免，而況後人乎？故余有句云：「鶯老莫調舌，人老莫作詩。」

勸人知足者，杭州汪積山先生有句云：「盈虚物理都如許，那有東餐宿又西。」楚中戴喻讓孝廉有句云：「天地猶憾堯舜病，人生何必爲其盡。」二意相同，而俱足以醒世。戴屢赴禮闈不第，歸顔其室曰「佳士軒」。人問：「君自命爲佳士乎？」曰：「非也。『佳』字不成『進』字，爲欠一『走』耳。」

本朝高文良公詩爲勛業所掩，不知一代作手，直駕新城而上。如《值夜》云：「一驀新寒雨後生，宫槐黄葉下重城。意中故國偏無夢，風裏銀河似有聲。萬馬夜嘶秋待獵，一封宵奏遠論兵。杞人孤坐聽殘角，落月光中太白明。」其他佳句，雄壯則：「宴罷白沉千帳月，獵回紅上六街燈。」「自在騎牛今豎子，苦辛逐鹿昔英雄。」奇警則：「風鐸閒仝山魅語，鬼燈紅出寺門遊。」「萬點城烏驚曙鼓，一壚村酒閃風燈。」綿麗則：「白蘋風細魚苗長，紅杏花深燕子低。」「老樹無花三月半，舊遊如夢六年餘。」委婉則：「白月無聲秋漏永，紅燈有影夜樓深。」「天涯日日思歸日，覺有歸期日倍長。」淡宕則：「長河暫伏潛仍出，高嶺遥看到恰平。」「才穿雲過捫衣潤，欲覓詩行任馬遲。」至于「東南生意偕誰計，數仰江雲掉白頭」，則又大臣報國憂民，深情若揭矣。

本朝賞花翎、黄馬褂，最難着筆，公詩云：「冠飄孔翠天風細，衣染鵝黄御氣濃。」莊雅獨絶。望海詩，朱草衣云：「地影全無着，天形轉不高。」沈子大云：「天水無邊孤月在，魚龍欲起大風生。」王次岳云：「曉傳鼉吼占風起，夕閃魚睛訝日生。」〔江〕〔汪〕舟次云：「萬里全憑針作路，六時只見浪摇天。」

詩文之道，全關天分。聰穎之人，一指便悟。霞裳初見余時，呈詩十餘首，余不忍拂其意，盡粘壁上。渠亦色喜，遂同遊天台。一路唱和，恰無一言及其前所呈詩也。往反兩月，霞裳歸家，急奔園中，取壁上詩，撕毁摧燒之，對余大笑。余亦戲作桓宣武語曰：「可兒，可兒。」

蘇州汪端揆秀才，與婢小珠有情，《咏秋海棠》云：「海棠花嫩不禁秋，小朵含烟月下愁。記得舊時庭院裏，憑人看殺只垂頭。」

陳魯齋太守夢人贈句云：「夢回碧落三千里，筆瀉銀河十二時。」醒後不解。後守端州，卒于亥年。十二時，亥也。碧落山在端州。

余幼《咏懷》云：「每飯不忘惟竹帛，立名最小是文章。」先師嘉其有志。中年見查他山贈田間先生云：「語雜詼諧皆典故，老傳著述豈初心。」近見趙雲松和錢嶼沙先生云：「前程雲海雙蓬鬢，末路英雄一卷書。」皆仝此意。

洪素人朴性冷，官京師，獨與陳梅岑最厚。督學楚中，寄詩云：「三十六湖湖水清，使君鑒此自分明。琉璃硯匣生花筆，詩爲懷人倍有情。」洪在部時，某相國問：「汝向人説我剛愎自用，有之乎？」曰：「然。」相國怒曰：「汝是我門生，乃謗我。」洪謝曰：「老師只有一愎字，何曾有剛字。門生因師生故，妄加一剛字耳。」

尹氏昆季皆能詩，而推三郎兩峰爲最。一日，文端公退朝，召兩峰曰：「今日我憊矣，皇上命和《春雨》詩，我不及作，汝速擬一稿，我明早要帶去。」兩峰構成送上，公已酣寢。黎明，公盛服將朝，諸公子侍立階下，兩峰惴惴，慮有嗔喝。忽見公向之拱手曰：「拜服拜服，不料汝詩大好。」回頭呼婢曰：「速煨我所喫蓮子，與三哥兒喫。」兩峰大喜過望。四公子樹齋笑曰：「我今日却又得一詩題。」諸公子問何題，曰：「見人喫蓮子有感。」兩峰名慶玉。

如皋布衣江干，字黄竹，貌陋家寒。《咏疲驢》云：「落葉踏不碎，四蹄今可知。」《咏巢》云：「草窮一生力，風碎五更心。圓影月中墮，涷痕霜外深。」《登大觀臺》云：「殘夜海明知月上，隔江風遠送鐘來。」又：「飄零何地託孤踪，古佛門空或見容。」俱有孟郊風味。

余遊天台諸寺，僧多撞鐘鼓，請余禮佛。余不耐煩，書扇示之云：「逢僧我必揖，見佛我不拜。拜佛佛無知，揖僧僧現在。」王夢樓見之，笑曰：「君不好佛，而所言往往有佛意。」陳梅岑《贈朱竹君》云：「遊山靈運常携客，闢佛昌黎也愛僧。」

杭州應仔傳秀才《過弋陽》云：「沙清魚上晚，春冷燕來稀。」《郊外》云：「斷崖殘照晚將入，隔岸野風波欲秋。」

余赴廣東，過鳩江，適梅岑官其地，與之別。揚帆二十里矣，梅岑遣人追送肴烝，剪江而至。余詩謝云：「遠寄荒江酒一尊，一帆穿破水雲奔。蛟龍知是先生饌，白浪如山不敢吞。」霞裳亦謝云：「羹調金屋裏，香入浪花中。」

唐荆川云：「詩文帶富貴氣者便不佳。」余道不然。金檜門總憲《郊西柳枝》云：「西直門邊柳萬枝，含烟帶露拂旌旗。長是至尊臨幸地，世間離别不曾知。」程午橋太史《菊屏》云：「低枝芬馥當書幌，細蕊離披近筆床。六曲屏風花萬叠，人間何處五更霜。」兩絶句俱富貴，何嘗不佳？又記宋人富貴詩曰：「踏青騎馬未還家，公主傳宣賜早茶。十二闌干春似海，隔窗閒殺碧桃花。」「畫燭燒闌煖復迷，殿帷深鎖下銀泥。開門欲作侵晨散，已是明朝日向西。」「千官已醉猶教坐，百戲皆呈未放休。共看拜恩侵曉出，金吾不敢問來由。」

趙雲松觀察謂余曰：「我本欲占人間第一流，而無如總作第三人。」蓋雲松辛巳探花，而于詩只推服心餘與隨園故也。雲松才氣横絶一代，獨王夢樓不以爲然，嘗謂余云：「佛家重正法眼藏，不重神通。心餘、雲松詩專顯神通，非正法眼藏。惟隨園能兼二義，故我獨頭低，而彼二公亦心折也。」余有愧其言。然吾鄉錢璵沙前輩讀《甌北集》而奇賞之，寄以詩云：「忽墮文星下斗台，聲華藉藉冠蓬萊。探花春看長安徧，投筆身從絶域回。風雅名誰争後世，乾坤我欲妬斯才。登壇老將推袁久，不道重逢大敵來。」

常州楊青望《南澗晚歸》云：「嶽寺風聲起暮鐘，殘陽歸去興尤濃。停車欲認登臨處，忘却西南第幾峰。」陳郁庭《造假山》云：「歷盡嶙峋興愈濃，歸來猶自憶芙蓉。堦前疊石呼僮問，認是曾遊第幾峰？」兩首相似，俱有羚羊挂角之意。

癸未，聖駕南巡。尹太保欲覓任書記者，莊念農太守薦其族弟炘，尹公甚重之。亡何，試京兆，不第。趙雲松《送行》云：「科因一士關輕重，迹有群公問去留。」想見在都文名之盛。其子伯鴻有父風，《咏簾鈎》云：「待引春雲入檻不，高懸畫閣結青樓。心通恨隔玲瓏望，腕弱憐將窈窕收。多宛轉時能約束，未團圓處好勾留。漫言眼底除牽挂，放下依然萬縷愁。」

郭秀才麟《彭城中秋》云：「西風聯袂鹿城秋，舊侶偕行話舊遊。羅襪雙鈎人半臂，夜深誰立板橋頭。」詩非不幽艶，而覺有鬼氣。吴竹橋《法源寺》云：「街頭日仄漸風沙，步屧閒尋古寺花。一樹緑陰兩黄鳥，春深門巷是誰家？」同一風調，恰是人間光景。

名士氣習多傲兀，惟錫山之顧立方進士、嘉定之李書田孝廉，恂恂訥訥，慮以下人。顧《不雨嘆》云：「外河水淺今成溝，内河水涸今成丘。螺蚌紛紛雜瓦石，童稚踏歌橋下遊。大船抽却舵，小船沙上過。長年袖手篙師餓，估客篷窗三月坐。清晨婦子喜，濃雲在天雨至矣。雨不來，風颸颸。先訛作烏尾，後涣作魚鱗，六龍躍出光陸離。朝不雨，夕不雨，老農低頭淚如雨，浮雲閒閒自來去。安得儂家稻，多于原上草，有雨固佳晴亦好。安得儂家田，生近滄海邊，朝潮暮汐高于天。無水不可車，有稻不可割。路逢一士大笑樂，先世薄田今賣却。」李見贈云：「一百八十八徵士，只有先生最少年。風雅偏能兼樂壽，聰明直欲傲神仙。官如抱朴懷勾漏，人指棲霞作洞天。若使懸車須此歲，轉因簪笏誤林泉。」

某畫折蘭小照，求題七古。余曉之曰：「蘭爲幽静之花，七古乃沉雄之作，考鐘鼓以享幽人，與題不稱。若必以多爲貴，則須知米豆千甑，不若明珠一粒也；刀槍雜弄，不如老僧之寸鐵殺人也。世充萬言，何如阮咸三語？成王冠，周公使祝雍作祝詞，曰：『達而勿多也。』此貴少之證也。若夫謝艾雖繁不可删，王濟雖少不能益，則各極其妙，亦在相題行事耳。唐人句云：『藥靈丸不大，棋妙子無多。』」或問：「如先生言，簡固佳乎？」余曰：「是又不可以有意爲也。宋子京修《唐書》，有意爲簡，遂硬割字句，幾于文理不通。顧寧人摘出數條，余摘百十餘條，載《隨筆》中。」

人言黄鶴樓無佳對，惟魯亮儕觀察一聯云：「到來徑欲凌風去，吟罷還思借笛吹。」差勝。魯星村云：「『凌風』二字，改『乘雲』二字，更佳。」

文字之交，有無端而契合者，殆佛家之所謂緣耶？乙酉秋試，四方之士來修士相見禮者甚多。予答拜章姓，誤投刺于張秀才處。張大驚，次日來答。見其儀容秀整，遂招飲之。張贈詩云：「僦得瀕江小屋居，敢將踪跡混樵漁。平生不識金閶彦，剥啄無端到敝廬。」「籃輿款款赴清凉，夾路松花間稻香。一院青山人不見，飛來嵐翠滿衣裳。」「折柬招邀酌舊醅，主人原是掞天才。兩江月旦歸名士，又報文星入座來。時梁階平先生適至。」「霓裳曲度廣寒宫，鑑檻銀燈照碧空。夜半酒闌星斗醉，天風吹墮小池中。」秀才名邦弼，蘇州人。

河東君藏一唐鏡，背銘云：「照日菱花出，臨池滿月生。官看巾帽整，妾映點妝成。」查他山《金陵雜咏》刺之云：「宗伯奩清世莫知，菱花初照月臨池。點妝巾帽俱新樣，不用喧傳鏡背詞。」

詩以進一步爲佳。杜門懸車，高尚也，而張賓臣《致仕》云：「門爲看山寧用杜，車還駕鹿不須懸。」別離，苦事也，而黄石牧《送别册子》云：「一度送行傳一畫，人生那厭别離多。」《寄衣》，古曲也，而盛青嶁《出門》云：「檢點篋中裘葛具，早知别後寄衣難。」「打起黄鶯兒」，懼驚夢也，而朱受新《春鶯》云：「任爾樓頭啼曉雨，美人夢已到漁陽。」

春學士臺嘗言：其門人謝又紹侍郎乞病養母，人問：「何不奏終養而奏病耶？」曰：「爲人子，養可也，聞『終』字便傷心耳。」其《憶母》詩云：「兒來前，自堯經今凡幾年？兒可記，自堯經今凡幾帝？兒時應對稍逡巡，母怒變色旋喝嗔。陳篋遜志學人責，稽古胡不如婦人？吁嗟！母言在耳，兒顔猶泚。安得我母常嗔兒常泚，于今勸學無聞矣。」嗚呼！今士大夫溺于時文之學，談及史鑑，褎如充耳，讀先生詩，能無怍乎？先生名道承，福建晉安人。

解中發秀才館尹文端公家。一日，鮑雅堂來訪，見十四公子慶保，問：「年幾何？」曰：「十四歲。」鮑戲出對云：「十四世兄年十四。」解應聲曰：「三千弟子路三千。」杭州沈既堂在高相公署中，公出對云：「可能子面如吾面。」沈應聲曰：「未必他心即我心。」

永安寺壁上有梅田女史題詩云：「靈妃齊駕玉龍回，留得清陰滿緑苔。來歲春風一相待，囊琴便約嬾仙來。」所云嬾仙，不知何人。

金姬小妹鳳齡，幼鬻吳門作婢，余爲贖歸。年十四矣，明眸巧笑。其姊勸留爲箆室，鳳齡意亦欣然，余自傷年老，不欲爲枯楊之稊，因別嫁隋氏，爲大妻所虐，雉經而亡。余哭以詩，一時和者甚多。新安巴雋堂中翰云：「粉蛾貼幛塵沾幕，綽約佳人嗟命薄。惱鴉打鳳海難填，桃葉離根淚珠落。」「往事泥中善説詩，吳音嬌軟含春姿。因情割愛反成悔，締非其偶尤堪悲。」「駑材詎足親仙骨，獅子何曾憐委髮。風傳柑果味全殊，雨暗合歡花不發。」「鋤蘭門内影竛竮，傷哉逝水難歸瓶。芳魂仍返倉山早，虚廊簌簌鳴幽篠。」

楊蓉裳亦有《鳳齡曲》云：「汝南太史人中傑，文采風流世無敵。羊侃筵前舞袖圍，馬融帳外金釵列。我是彭宣到後庭，隔幃絲竹許同聽。酒酣棖觸平生事，向我低徊説鳳齡。鳳齡本是蘇臺女，貧向豪家傍門户。牙郎那解惜娉婷，竄妾由來耐辛苦。攜出淤泥一瓣蓮，青衣乍脱便登仙。漫拈郭璞三升豆，判費初明十萬錢。關情三五韶年紀，逋髮初齊試羅綺。碧玉嬌癡未有夫，桃根宛轉長依姊。愛惜盈盈掌上身，恐教辜負永豐春。誰言絡秀堪同老，願把西施別贈人。堂前文讌多賓從，隋郎風貌偏殊衆。照影人誇城北徐，嬉春女愛墻東宋。珍偶相看已目成，許將紅粉嫁書生。重重錦幔憑私語，叩叩香囊易定情。蘭期初七銀河度，啼痕滿面登車去。從此茫茫萬劫塵，回頭迷却仙山路。銅街別館貯嬌姿，蹤跡難教大婦知。綃帳香濃檀枕煖，一絇絲絡幾多時。宜城郡主威名重，搜牢驚破巫雲夢。浪説王家九錫文，短轅長柄成何用。架上拋殘金縷衣，篋中奪去紫鸞箆。粉痕狼籍雲鬟卸，扶入車中不敢啼。檀郎隔絶無由見，秋雨秋風閉空院。九轉柔腸對暗燈，千行愁淚吟團扇。絶粒非關愛細腰，典衣何計度寒宵。膚凝寒玉心還熱，口嚼紅霞怨不銷。忍苦含辛經半載，九死窮泉更何悔。只是難忘舊主恩，留將一綫殘魂待。更念同根兩地分，蘭幃應亦痛離群。一朝噩夢花辭樹，百種癡情泥憶雲。誰知路比蓬山峻，更無青鳥通芳訊。繡幰頻迎那許還，黄柑遥贈知無分。二句用本事。絮果蘭因去住難，摔將弱息自摧殘。腰間三尺冰文練，百轉千回掩淚看。黄昏人静重門閉，逡巡竟向南枝繫。紅蠟纔灰輾轉心，冰蠶永斷纏綿意。鬱鬱埋香土一抔，長干西去板橋頭。空林鵑語三生恨，幽壙螢飛獨夜愁。浮花浪蕊消彈指，畢竟韶顔爲誰死。殺粉親書墮淚碑，燃脂好續傷心史。只悔當初作鴆媒，生將珠玉委蒿萊。縱教採盡中州鐵，鑄錯無成劇可哀。」洪稚存嫌蓉裳詩多肉少骨。余曰：「張燕公評許景先豐肌膩理，惜乏風骨，李華文詞綿麗，氣少雄傑。宋子景亦云：『恃華者質少，好麗者壯違。』人各有性之所近也。」蓉裳年十六，即來受業，爲余注四六文方半，而出宰甘肅矣。與陳梅岑皆翰林才，而困于風塵俗吏，亦奇。

斷句入耳，有終身不能忘者。言情則周蘭坡《送別》云：「臨行一把相思泪，當作珍珠贈故人。」寫景則周起渭《西湖》云：「若把西湖比明月，湖心亭是廣寒宫。」寄托則朱贊皇《咏牡丹》云：「漫道此花真富貴，有誰來看未開時。」感慨則徐方虎《贈冒辟疆》云：「人逢滄海遺民少，話聽開元舊事多。」

人必先有芬芳悱惻之懷，而後有沉鬱頓挫之作。人但知杜少陵每飯不忘君，而不知其于友朋、弟妹、夫妻、兒女間，何在不一往情深耶？觀其冒不韙以救房公，感一宿而頌孫宰，要鄭虔于泉路，招李白于匡山，此種風義，可以興，可以觀矣。後人無杜之性情，學杜之風格，抑末也。蔣心餘讀陳梅岑詩，贈云：「一代高才有情者，繼袁夫子是陳君。」

何義門曰：「馮定遠謂：『熟觀義山詩，可免江西粗俗槎枒之病。』余謂熟觀義山詩，兼悟西崑之失。西崑只是雕飾字句，無義山之高情遠識，即文從字順，猶有間也。」

彭尺木進士爲大司馬芝亭先生之子，生長華腴，而湛深禪理。中年即茹素，與夫人別屋而居。每朔望，則相朂曰：「大家努力修行。」彼此一見而已。後閉關西湖，恰不廢吟咏。嘗作《錢唐旅舍雜句》云：「處士當年百不營，偏于梅鶴劇多情。梅枯鶴去人何在，冷徹孤亭月四更。」「結趺終夕復終朝，眼底空華瞥地消。尚有閒情消不得，起尋松子當香燒。」「酸虀薄粥少人陪，雪霽南窗晝懶開。不是一枝梅破蕚，阿誰與我報春回。」《病起》云：「簾深蠅自迸，花盡蝶無營。」皆見道之言，不著人間烟火。

龍鐸，字震升，號雨樵，宛平己卯舉人。十二歲時，杭州老宿朱桂亭先生命即席賦瓜子皮，應聲曰：「玉芽已褪空餘殼，纖手初抛乍有聲。莫道東陵無托意，中間黑白儘分明。」朱嘆曰：「此子將來必以詩名。」《觀魚》云：「子不知魚樂，君其問水濱。」《題畫》云：「亂泉尋石竇，歸霧斷山腰。」《贈友》云：「篷轉三年雨，蘭言一夕秋。」皆少作也。後宰吳江，余掃墓杭州，必過其署。美饍横列，如入護世城中；豪氣飛騰，勝坐元龍牀上。洵風塵中一奇士也。

小伶鳳珠，善歌，能解人意。雨樵即席賦《浣溪紗》，以「鳳珠可兒」爲韻。詞云：「彩雲么夢，何處飛來紅玉鳳。笑倩人扶，一曲梁州一斛珠。　眉歡目妥，教人坐立如何可。偏解相思，學語雛鶯小意兒。」

康熙間，汪東山先生繹，精星學。桐城吴貢生某以女命與算。汪云：「此一品夫人命也，但必須作妾。」吴愕然，怒，以爲輕己。汪曰：「我早知君之必怒也。然君不信我言，請待我某科中狀元時，君方信我。」及期，果中狀元。吴再問汪，汪曰：「勿急，待我再算郎君命中有一品者，而後許之。」半年後，走告吴曰：「桐城張相國之子名廷玉者，將來官一品，現在覓妾，君何不以女歸之？」吴從之，遂生若靄、若澄，受兩重誥封。汪題其燈籠曰：「候中狀元某。」人多笑之。在京師，與方靈皋、蔣南沙、湯西厓齊名。三人皆疏放，而方獨迂謹，時相抵牾。堂上挂沈石田芭蕉一幅，所狎二美伶來，錯呼白菜，人因以「雙白菜」呼之。方大加規諫，先生厭之，乃署其門曰：「候中狀元汪，諭靈皋，免賜光。庶幾南蔣，或者西湯，晦明風雨時來往，又何妨。雙雙白菜，終日到書堂。」先生自知不壽，《自贈》云：「生計未謀千畝竹，浮生只辦十年官。」又嘗望岱云：「閒雲莫戀山頭住，四海蒼生正望君。」

錢塘令曹江廬明府，有子名一熊，乳名順生，聰穎異常，有李鄴侯、晏元獻之風。對客揮毫，賦《秋聲》云：「西風颯颯日相催，桐葉飄摇滿緑苔。最愛秋霜添逸韵，樹中傳出一聲來。」其時曹公方逐土娼，客問：「娼應逐否？」笑曰：「好事者爲之也。」客又問：「汝想作官否？」曰：「要作，又不要作。」問：「何也？」曰：「學而優則仕，學而不優則不仕。」問：「作官可要錢否？」曰：「要錢，又不要錢。」問：「何也？」曰：「取之而燕民悦，則取之；取之而燕民不悦，則不取。」

宋元俊作四川提督，有恩威，苗人畏而愛之。王師征金川，頗立功，以性剛犯上，被劾。臨訊時，苗民護從者千餘人，揮之不散。宋公怒，取其頭目杖四十，終不忍去。有參戎哈某，宋素輕之。哈畫牡丹花于扇，宋戲題曰：「已綰征西節，新吹幕府笳。如何貪富貴，又畫牡丹花。」哈銜之刺骨，卒爲所構。

揚州洪錫豫，字建侯，年甫弱冠，姿貌如玉。生長于華腴之家，而性耽風雅，以詩書爲鼓吹，與名流相過從。昔人稱謝覽芳蘭竟體，知其得于天者異矣。爲余梓尺牘六卷，寄詩請益。其《暮雨》云：「衰柳拂西風，蟲鳴亂葉中。片雲將暮雨，吹送小樓東。螢火生寒碧，簷花墜小紅。那堪終夜裏，蕭瑟傍梧桐。」《春日》云：「青蓑白袷了春耕，上冢人歸月二更。燈影半殘眠未穩，碧空吹落紙鳶聲。」意思蕭散，真清絶也。

蘇州閨秀江銘玉有《堂上視膳》詩云：「明知温清時時缺，隱懼春秋漸漸高。」真能道人子之心，余讀之爲泣下。

如皋張乾夫有《南坪集》八卷，其子竹軒太守托其宗人荷塘明府索序于余。余適撰《詩話》，爲摘一二，以志吉光片羽之珍。其《荆溪》云：「離墨山前路，千林望鬱蒼。人烟聚茶市，沙鳥繞漁梁。白雨江聲急，孤舟水氣凉。今宵高枕夢，不減在瀟湘。」《不寢》云：「春更隱隱夜迢迢，愁不能祛酒易消。斷送落花窗外雨，生憎一半在芭蕉。」《夜出南郊》云：「霜華散白滿長堤，堤柳蕭蕭帶月低。樹上凍鴉棲不定，屢驚人影過橋西。」《慕園即事》云：「松影平分半窗月，漏聲散作滿城霜。」《癸酉除夕》云：「要問春從何處到，開元寺裏一聲鐘。」皆可愛也。

仁和高氏女，與其鄰何某私通。女已許配某家，迎娶有日，乃誘何外出，而自懸于梁。何歸，見之大慟，即以其繩自縊。兩家父母惡其子女之不肖，不肯收殮。邑宰唐公柘田，風雅士也，爲捐貲買棺，而雙瘞之，作四六判詞，哀其越禮之無知，取其從一之可憫。城中紳士，均爲賦詩。余按：此題着筆，褒貶兩難。獨女弟子孫雲鶴詩最佳，詞曰：「由來情種是情癡，匪石堅心兩不移。倘使化魚應比目，就令成樹也連枝。紅綃已結千秋恨，青史難教後代知。賴有神君解憐惜，爲營鴛冢播風詩。」後四句八面俱到，尤爲得體。錢謝莽枚，璵沙方伯第五子也。亦有句云：「解識巫山雲雨意，始知唐勒是騷人。」亦佳。

近見作詩者，好作拗語以爲古，好填浮詞以爲富，孟子所謂「終身由之而不知其道」者也。朱竹君學士督學皖江，來山中論詩，與余意合。因自述其序池州太守張芝亭之詩曰：「《三百篇》專主性情。性情有厚薄之分，則詩亦有淺深之别。性情薄者，詞深而轉淺。性情厚者，詞淺而轉深。」余道：「學士腹笥最富，而何以論詩之清妙若此。」竹君曰：「某所論，即詩家唐、宋之所由分也。」因誦芝亭《過望華亭》云：「昨夜望華亭，未覩九峰面。肩輿復匆匆，流光如掣電。當境不及探，過後心逾戀。九疊芙蓉萬壑深，登臨不到幾沉吟。何當直上東峰宿，海月天風夜鼓琴。」又《江行》云：「犬吠人歸處，燈移岸轉時。」《端陽》云：「看人懸艾虎，到處戲龍舟。」《太白樓》云：「何時江上無明月，千古人間一謫仙。」《同人自齊山泛舟》云：「聊以公餘偕舊友，須知興到即新吾。」皆極淺語，而讀之有餘味。昔人稱陸遜意思深長，信然。芝亭字仲謨，名士範，陝西人，今觀察蕪湖。其長君汝驤亦能繼聲繼志。《題署中小園》云：「風吹花氣香歸硯，月過松心涼到書。」《將往邳州》云：「此去正過桃葉渡，歸來不負菊花期。」又《華蓋寺》云：「曲徑松遮洞，岩深寺隱山。」皆清雅可傳。

隨園詩話卷十五

倉山居士著

元相《連昌宮詞》：「夜半月高絃索鳴，賀老琵琶定場屋。」因《隋書・音樂志》每歲正月十五日，于端門外建國門綿亘八里，列爲戲場，百官起棚脚路，從昏達旦觀之，謂之「場屋」故也。今誤稱場屋爲試士之處。

今人動稱勾欄爲教坊。《甘澤謡》辨云：「漢有顧成廟，設勾欄以扶老人，非教坊也。」教坊之稱，始于明皇。因女伎不可隸太常，故别立教坊。王建《宫詞》、李長吉《館娃歌》，俱用「勾欄」爲宫禁華飾。自義山《倡家詩》有「簾輕幕重金勾欄」之詞，而「勾欄」遂混入妓家。

今人以荷包爲荷囊，蓋取劉偉明詩曰「西清寓直荷爲橐，左蜀宣風繡作衣」之句。按紫荷者，以紫爲夾囊，服外加于左肩，是周公負成王之服，一名「契囊」。見張晏注《丙吉傳》。《宋書・禮志》：朝服肩上有紫生袷囊，綴之朝服外，呼曰「紫荷」，以盛奏章。是紫荷非今之荷包明矣。惟《三國志》云曹操好佩小鞶囊，似今之荷包。

柴欽之年少貌美，賦詩自夸云：「即今叔寶神清少，敢坐羊車有幾人？」余按：《漢書》注：「羊車，定張車也。非羊所牽之車也。」然晉武帝在宫中乘羊車遊，宫人以竹葉洒鹽以引羊，是牽車者羊也。猶之如淳注：「《楚歌》，鷄鳴歌也，非楚人所歌也。」然高帝謂戚夫人曰：「若爲吾楚歌，吾爲若楚舞。」又明是楚人之歌。

《魏書·禮志》曰：「徒歌曰謡，徒吹曰和，比音而樂之及干戚羽毛謂之樂。」然則素琴以示終，笙歌以告哀，不可謂之樂也。宋王黼傳：遭欽聖之喪，猶召樂妓，舞而不歌，號曰「啞樂」。余故題《息夫人廟》有「簫鼓還須啞樂迎」之句。

人疑東坡詩云「龍鍾三十九，勞生已强半」，三十九不得稱龍鍾。按蘇鶚《演義》：「龍鍾，謂不昌熾、不翹舉之貌。」《廣韻》：「龍鍾，竹名。老人如竹摇曳，不能自持。」唐人談録載：裴晉公未第時，過洛中，有二老人言：「蔡州未平，須待此人爲相。」僕聞，以告。公笑曰：「見我龍鍾，故相戲耳。」王忠嗣以女嫁元載，歲久見輕，游學于秦，爲詩曰：「年來誰不厭龍鍾，雖在侯門似不容。」二人皆于少年未第時自言龍鍾。

張平子《歸田賦》：「仲春令月，時和氣清。」蓋指二月也。小謝詩因之，故曰：「首夏猶清和，芳草亦未歇。」今人删去「猶」字，而竟以四月爲「清和」。

今動以「苜宿」、「廣文」稱校官。余按：非也。唐開元中，東宫官僚清淡，薛令之爲左庶子，以詩自悼曰：「朝日上團團，照見先生盤。盤中何所有，苜蓿上闌干。」蓋是東宫詹事等官，非今之學博也。説見宋林洪《山家清供》。杜詩曰：「諸公袞袞登華省，廣文先生官獨冷。」按《唐書》，明皇愛鄭虔之才，欲置左右，以不事事，更爲置廣文館，以虔爲博士。虔聞命，不知廣文曹司何在，訴之宰相。宰相曰：「上增國學，置廣文館以居賢者。令後世言廣文博士自君始，不亦美乎？」虔始就職。是廣文者，乃明皇爲虔特設之館，非今之學官也。

今人動以金馬玉堂稱翰林。余案：宋玉《風賦》：「徜徉中庭，北上玉堂。」古樂府：「黄金爲君門，白玉爲君堂。」泛稱富貴之家，非翰林也。漢武帝命文學之士待詔金馬門，金馬二字，與文臣微有干涉。至于谷永對成帝曰：「抑損椒房、玉堂之盛寵。」顔師古注：「玉堂，嬖幸之舍也。」《三輔黄圖》曰：「未央宫有殿閣三十二，椒房、玉堂在其中。」是玉堂乃宫闈妃嬪之所，與翰林無干。宋太宗淳化中，賜翰林「玉堂之署」四字，想從此遂專屬翰林耶？

今稱人遷居曰「鶯遷」，本《詩經》「遷于喬木」之義。按《伐木》章：「鳥鳴嚶嚶，出自幽谷，遷于喬木。」是「嚶」字，不是「鶯」字。嚶乃鳥之鳴聲耳。「綿蠻黄鳥」當是鶯，而又無「遷喬」字樣。然唐人有「鶯出谷」詩題，《盧正道碑》有「鴻漸于磐，鶯遷于木」之文，則以「嚶」爲「鶯」，自唐已然。

《生民》之詩曰：「誕彌厥月。」毛箋：「誕，大也。彌，終也。」此詩下有八「誕」字，「誕置之隘巷」、「誕置之平林」，朱子以「誕」字爲發語詞，今以生日爲誕日，可嗤也。余又按：古人以宴享爲禮，而以介壽爲節文。故《詩》、《書》所稱，逐日可以爲壽。今人以生日爲禮，而以宴飲爲節文，故介壽必生日。

《珍珠船》言：「萱草，妓女也。人以比母，誤矣。」此説蓋本魏人吴普《本草》。按《毛詩》「焉得萱草，言樹之背」，注云：「背，北堂也。」人蓋因北堂而傅會于母也。《風土記》云：「婦人有娠，佩萱則生男，故謂之宜男草。」《西溪叢語》言：「今人多用北堂萱堂于鰥居之人，以其花未嘗雙開故也。」似與比母之義尚遠。

戴氏《鼠璞》云：「《魯頌》所稱泮宫者，泮，魯水也，非學宫也。若以泮水爲半水，則下文『泮林』，豈是半林乎？況《魯頌·泮宫》詩，乃是僖公獻馘演武之所，非尚文之地。《王制》：『天子曰辟雍，諸侯曰泮宫。』是漢儒誤解《魯頌》，而至今因之。」

杜詩有「起居八座太夫人」之句，今遂以八人扛輿者爲八座。按宋、齊所云「八座」者，五尚書、二僕射、一令。《唐六典》曰：「後漢以令、僕射、六曹尚書爲八座。今以二丞相、六尚書爲八座。」唐不置令。考《宋書》、《六典》之言，是八座者，八省之官，非八人舁之而行之謂也。南齊王融曰：「車前無八騶，何得稱丈夫？」是則有類今所稱八座之説矣。

老泉者，眉山蘇氏塋有老人泉，子瞻取以自號。故子由《祭子瞻文》云：「老泉之山，歸骨其旁。」而今人多指爲其父明允之稱，蓋誤于梅都官有《老泉詩》故也。

今人稱伶人女妝者爲花旦，誤也。黄雪槎《青樓集》曰：「凡妓以墨點面者號花旦。」蓋是女妓之名，非今之伶人也。《鹽鐵論》有「胡蟲奇妲」之語，方密之以奇妲爲小旦。余按：《漢·郊祀志》：「樂人有飾女妓者。」此乃今之小旦、花旦。「奇妲」二字，亦未必作小旦解。

程綿莊云：孔子廟有櫺星門，其誤已久，不可不知。《詩經》《小序》云：「絲衣，繹賓尸也。」高子曰：「靈星之尸也。」漢高祖始令天下祀靈星。《後漢書》注云：「靈星，天田星也。欲祭天者，先祭靈星。」《風俗通》：「縣令問主簿：『靈星在城東南，何法？』曰：『惟靈星所以在東南者，亦不知也。』」《宋史·禮志》云：「仁宗天聖六年，築南郊壇，外壝周以短垣，置靈星門。」夫以郊壇外垣爲靈星門者，所以象天之體，用之于聖廟，蓋以尊天者尊聖也。其移用之始，始于宋。《景定建康志》、《金陵新志》並言：聖廟立靈星門。惟元志誤以「靈」作「櫺」，後人承而用之，則不知義之所在矣。晉史《天文志》云：「東方角二星爲天闕，其間天門也。」與《後漢書》注正相印證。俗儒解「櫺星」，以爲養先于教，猶知「櫺」之爲「靈」也。今竟解作疏通之義，則大謬矣。余戲題云：「繹祭靈星有樂章，故將聖廟比天閶。如何解作疏通義，鑽入窗櫺上講堂。」

劉孝威《結客少年場》云：「少年李六，郡李使也。」故《左氏》：「不使一介行李告于寡君。」杜注：「李，使人也。」凡言信者，亦使人也。古樂府：「有信數寄書，無信長相憶。」今誤以行李爲作客之衣裝。

今稱夫妻爲「結髮」，女拜曰「斂衽」，皆誤也。按《李廣傳》：「廣自結髮與匈奴戰。」蘇武詩：「結髮爲夫妻。」泛稱自幼束髮之意，非指稱結兩人之髮也。成昏之夕，男左女右，合其髻曰結髮，始于劉岳《書儀》。《戰國策》：「江乙謂安陵君曰：『國人見君，莫不斂衽而拜。』」《留侯世家》曰：「陛下南面稱霸，楚君必斂衽而朝。」皆指男子也。今稱女拜爲「斂衽」，不知始于何時。

今人稱詩題爲「題目」。按二字始見于《世説》：「山司徒前後選百官，舉無失才，凡所題目，皆如其言。」又：「時人欲題目高坐上人而未能。桓公曰：『精神淵箸。』」是題目者，品題之意，非今之詩題文題也。

余到南海，閲《粤嶠志》：景炎二年，端宗航海，有香山人馬南寶獻粟助餉，拜工部侍郎。帝幸沙浦，與丞相陳宜中、少傅張世傑即主其家。居數日，廣州陷。南寶募鄉兵千人扈送至香山島。元兵追至硇州，陳宜中走占城求救。帝崩，衛王昺立，走厓山。以曾子淵充山陵使，奉梓宮，殯于南寶家。宋亡，南寶泣不食，作詩曰：「目擊厓門天地改，寸心不與夜潮消。」又曰：「衆星耿耿滄波底，恨不全歸一少微。」後卒殉節。其詩其事，正史不傳，故志之。

李太守棠《喜晤故人》云：「問年人是舊，見面老驚新。」儲宗丞麟趾《落齒》云：「失輔悲新別，觀頤念舊勛。」

江南俗例，登科報捷者，例用紅綾書喜帖。方近雯方伯家本寒素，舉京兆，報到，夫人倉猝無力買綾，不得已，截衫袖付之家婢，戲云：「留取一半，待明年中進士作賞。」先生聞之，在長安寄詩云：「朔風寒到柔荑手，憶殺麟衫兩袖紅。」次年，果宴瓊林。先生又寄詩云：「榜下憶來常欲泣，朝中說去半能知。」

詩人能武藝，自命英雄晚年，有王處仲擊唾壺之意。許子遜《咏飛將》云：「垂老猶橫槊，窮愁未廢詩。薦章終日上，不到傅修期。」沈子大《咏懷》云：「落筆一身膽，結交寸心血。」薛生白《咏馬》云：「爾不嘶風吾老矣，可知俱享太平時。」

西林相公勛業巍巍，而賦詩時有感慨。《石橋掃墓》云：「石橋西下白楊堆，宿草初從煖氣回。一陌紙錢三滴酒，幾家墳上子孫來。」

詩有無意相同者。徐太夫人《咏蝶》云：「試向青陵臺上望，可曾飛上別家枝。」王次岳《咏蝶》

云：「果是青陵舊魂魄，不應到處宿花房。」

《封氏聞見録》曰：「切字始于周顒。顒好爲體語，因此切字皆有紐，紐有平上去入之分。沈約遂因之，而撰《四聲譜》。」沈括、曾慥，俱以切字始于西域佛家，漢人訓字止曰讀如某字而已，無反切也。吴獬以爲始于後魏，校書令李啓撰《聲韵》十卷，夏侯咏撰《聲韵略》十二卷。李涪《刊誤》亦主其説。至于叶韵之説，古人所無。顧亭林以爲始于顔師古、章懷太子二人。王伯厚以爲始于隋陸法言撰《切韵》五卷。余按：漢末涿郡高誘解《淮南子》、《吕氏春秋》，有急氣、緩氣、閉口、籠口之法，蓋反切之學，實始于此。而孫叔然炎，猶在其後。

詩賦爲文人興到之作，不可爲典要。上林不産盧橘，而相如賦有之。甘泉不産玉樹，而揚雄賦有之。簡文《雁門太守行》而云「日逐康居與月氏」，蕭子暉《隴頭水》而云「北注黄河，東流白馬」，皆非題中所有之地。蘇武詩有「俯看江漢流」之句，其時武在長安，安得有江漢？《爾雅》：「山有穴爲岫。」謝玄暉詩「窗中列遠岫」，徐浩文「孤岫龜形」，皆誤指爲山巒。劉琨《答盧諶詩》：「宣尼悲獲麟，西狩涕孔丘。」宣尼即孔丘也。謝朓《秋懷》詩：「雖好相如色，不全長卿慢。」長卿即相如也。康樂：「揚帆采石華，挂席拾海月。」揚帆即挂席也。孟浩然：「竹間殘炤入，池上夕陽微。」夕陽即殘炤也。使後人爲之，必有「關門閉户掩柴扉」之誚矣。杜少陵《寄賈司馬》詩：「諸生老伏虔。」東漢服虔並不老，所云伏虔者，伏生也。伏生不名虔。《示僚奴阿奴》云：「曾驚陶侃胡奴異。」胡奴，侃之子，非奴僕也。「不聞夏殷興，中自誅褒妲。」褒、妲是殷、周人，與夏無干。

杜詩：「乘槎消息近，無處問張騫。」此即世俗所傳張騫乘槎事也。然宋之問詩云：「還將織女支機石，重訪成都賣卜人。」是明用《荆楚歲時記》織女教問嚴君平事。獨不知君平爲王莽時人，張騫乃武帝時人，相去遠矣。

汪韓門云：「《檀弓》：『齊莊公襲杞，杞梁死焉。其妻迎其柩于路而哭之哀。』《孟子》：『杞梁妻善哭其夫，而變國俗。』《左傳》但言杞妻辭齊侯之弔，而不言哭。《檀弓》、《孟子》雖言哭，未言崩城事也。《説苑·立節篇》云：『其妻聞夫亡而哭，城爲之阤。』《列女傳》云：『枕其夫之屍于城下，哭十日而城崩。』亦未言長城也。長城築于齊威王時，去莊公百有餘年。而齊之長城又非秦始皇所築長城。唐釋貫休乃爲詩曰：『秦人築土一萬里，杞梁貞婦啼嗚嗚。』則竟以杞梁爲秦時築城之人，而其妻所哭崩乃即秦之長城矣。」

俗傳梁灝八十登科，有「龍頭屬老成」七言詩一首。《黄氏日抄》、《朝野雜記》俱駁正之，以爲灝中狀元時，年才二十六耳。余按：《宋史》灝本傳，雍熙二年舉進士，賜進士甲科，解褐大名府觀察推官。景德元年卒，年九十二。雍熙至景德，相隔只十餘年，而灝壽已九十二，則八十登科之説，未爲無因。

班史稱霍光不學無術，故不知伊尹放太甲之事。乃《西京雜記》載光答孿生兄弟書，先引殷王祖甲，再引許釐公一產二女、楚唐勒一產二子事，甚博雅。《蜀志》：劉巴輕張飛云：「大丈夫何暇與兵子語？」似飛椎魯無文。乃涪陵有飛所作刁斗銘，流江縣有飛所書題名石，前明張士環有詩云：「江上祠堂横劍珮，人間刁斗重銀鉤。」

宋人多稱曾子固不能詩，乃《上元祥符寺宴集》云：「紅雲燈火浮滄海，碧水瑶臺浸遠空。」又《享祀軍山廟歌》：「土膏起兮，流泉駛兮。」凡二百餘言。俱不減作者。

或問唐沈佺期詩云：「不如黄雀語，能免冶長災。」余按：皇侃《論語義疏》云：「冶長從衛還魯，見老嫗當道哭，問：『何爲哭？』云：『兒出未歸。』冶長曰：『頃聞鳥相呼：往某村食肉。得毋兒已死耶？』嫗往視，得兒尸。告村官，官曰：『冶長不殺人，何由知兒尸？』遂囚冶長，且曰：『汝言能通鳥言，試果驗，裁放汝。』冶長在獄六十日，聞雀鳴而大笑。獄主問：『何笑？』冶長曰：『雀鳴嘖嘖喈喈，白蓮水邊，有車翻黍粟，牡牛折角，收斂不盡，相呼往啄。』獄主往視，果然。乃白村官而釋之。」余愛雀言，音節天然，有類古樂府。

蕭子榮《日出東南隅》云：「三五前年暮，四五今年朝。」梁元帝《法寶聯璧序》云：「相兼二八，將兼四七。」此等算博士語，最爲可笑。其濫觴，蓋起于東漢《唐君頌》曰：「五六六七，訓道若神。」用曾點「冠者五六人，童子六七人」也。棠邑《費鳳碑》曰：「菲五五。」言居喪菲食，二十五月也。皆割裂太過，不成文理。

或問：「梅定九先生詩云：『乾道炎三伏，坤靈樂四遊。』作何解？」余按：《史記》秦德公二年「初伏」注：「三伏始于秦，周無伏也。」劉熙《釋名》云：「金氣，伏藏也，故三伏皆庚。」王大可云：「三伏者，庚金伏于夏火之下。金畏火，故曰伏。」惟「四遊」不得其解。後見《尚書考靈耀》曰：「地體雖静，而終日旋轉，如人坐舟中，舟自行動，人不能知。春星西遊，夏星北遊，秋星東遊，冬星南遊。一年之中，地有四遊。」此定九先生之所本也。

毛西河以詩賦爲試帖。按唐明經先帖文，然後試帖經之法，以所習經帖其兩端，中留一行試之，非指詩賦也。然明經亦有試詩者，王貞白有《帖經日試宫中瑞蓮詩》。

今舉子于場前揣主司所命題而預作之，號曰「擬題」。按宋何承天私造《鐃歌》十五篇，不沿舊曲，而以己意咏之，號曰「擬題」，此二字之始。今遂以爲士子揣摩之稱。

俗傳黄崇嘏爲女狀元。按《十國春秋》：崇嘏好男裝，以失火繫獄。邛州刺史周庠愛其丰采，欲妻以女，乃獻詩云：「幕府若容爲坦腹，願天速變作男兒。」庠驚，召問，乃黄使君女也，幼失父母，與老嫗同居。命攝司户參軍。已而，乞罷歸，不知所終。今世俗訛稱「女狀元」者，以其獻詩時自稱「鄉貢進士」故也。嚴冬友曰：「徐文長《四聲猿》劇，末一折爲《女狀元》，即崇嘏事。此俗稱所始。」

孔毅夫《雜説》稱，退之晚年服金石藥致死，引香山詩「退之服硫黄，一病訖不痊」爲證。吕汲公辨之云：「衛中立字退之，餌金石，求不死，反死。中立與香山交好，非韓退之也。韓公之痛詆金石，已見李虚中諸人墓志矣，豈有身反服之之理？」

近人新婚，賀者作催妝詩，其風頗古。按《毛詩》「間關車之舝兮」一章，申豐曰：「宣王中興，士得行親迎之禮，其友賀之，而作是詩。」北齊昏禮，設青廬，大家領百餘人，挾車子，呼新婦，催出來。唐因之，有催妝詩。中宗守歲，以皇后乳媪配竇從一，誦《却扇詩》數首。天祐中，南平王鍾女適江夏杜洪子，時已昏暝，令人走乞障車文于湯篔。篔命小吏四人執紙，倚馬而成，即催妝也。

《芥隱筆記》、《輟耕録》俱云：今新婦至門，則傳席以入，弗令履地。唐人已然。白樂天《春深娶婦》詩云：「青衣捧氈褥，錦繡一條斜。」

兩新人宅堂參拜，謂之拜堂。唐人王建《失釵怨》：「雙杯行酒六親喜，我家新婦宜拜堂。」

詩能令人笑者必佳。雲松《咏眼鏡》云：「長繩雙目繫，横橋一鼻跨。」古漁《客邸》云：「近來翻厭夢，夜夜到家鄉。」張文端公云：「姑作欺人語，報國在文章。」尹似村《詠貧》云：「笥能有幾衣頻典，錢值無多畫幸存。」劉春池《立春》云：「門前久已無車馬，尚有人來送土牛。」古漁《哭陳楚筠》云：「才可閉門身便死，書生强健要飢寒。」蔣心餘《咏京師雞毛炕》云：「天明出街寒蟲號，自恨不如雞有毛。」香亭和余《咏帳》云：「垂處便宜人語細。」余乍讀便笑。香亭問故，余曰：「縱粗豪客，斷無在帳中喊叫之理。」又《咏杖》曰：「隔户聲先步履來。」皆真得妙。

曹震亭與史梧岡潛心仙佛，好爲幽冷之詩。曹云：「肅肅秋乾風，蕭曠野無已。橋孤朽柱摇，落日動野水。」史云：「一峰兩峰陰，三更五更雨。冷月破雲來，白衣坐幽女。」皆陰氣襲人。曹又有句云：「秋陰連朔望，黯黯白雲平。似聽前村裏，呼雞有婦聲。」此首便冷而不陰。

詩有聽來甚雅，恰行不得者。金壽門云：「消受白蓮花世界，風來四面卧中央。」詩佳矣，果有其人，必患痎瘧。雪庵僧云：「半生客裏無窮恨，告訴梅花説到明。」詩佳矣，果有其事，必染寒疾。

今人稱曲之高者曰「郢曲」，此誤也。宋玉曰：「客有歌于郢中者。」則歌者非郢人也。又曰：「《下里》、《巴人》，國中屬和者數千人。《陽春》、《白雪》，和者不過數十人。引商刻羽，雜以流徵，則和者不過數人。」是郢之人能和下曲，而不能和妙曲也。以其所不能者名其俗，不亦訛乎？

《毛詩》：「流離之子。」《鄭箋》：「流離，鳥名。」今訛以爲離散之詞。猶之「狼狽」，獸名也，今訛以爲困頓之詞。「瑣尾」二字，《箋》：「美好也。」今亦訛爲瑣碎之詞。

謝位聯《賀進士》云：「赴宴瓊林早，題名雁塔高。」余有舊搨《雁塔題名記》十餘張，皆縉紳大夫僧流羽士之名，非止新進士也。唐進士于曲江宴賞之餘，多有各題名姓者，今人遂以「雁塔題名」爲稱賀進士之言。

世傳蘇小妹之説。按《墨莊漫録》云：「延安夫人蘇氏，有詞行世，或以爲東坡女弟適柳子玉者所作。」《菊坡叢話》云：「老蘇之女，幼而好學，嫁其母兄程濬之子之才。先生作詩曰：『汝母之兄汝伯舅，求以厥子來結姻。鄉人婚嫁重母族，雖我不肯將安云。』」考二書所言，東坡止有二妹，一適柳，一適程也。今俗傳爲秦少遊之妻，誤矣。或云：今所傳蘇小妹之詩句、對語，見宋林坤《誠齋雜記》，原屬不根之論。猶之世傳甘羅爲秦相。按《國策》，甘羅年十二，爲少庶子，請張卿相燕。又事吕不韋，以説趙功，封上卿。並無爲秦相之説。然《儀禮疏》亦云：「甘羅十二相秦。」則以訛傳訛久矣。

張翰詩：「黄花若散金。」菜花也。通首皆言春景。宋真宗出此題，舉子誤以爲菊，乃被放黜。

外祖章師鹿詩云：「高足多金紫，先生已白頭。」人問「高足」出處。按《世説新語》：「鄭康成在馬融門下，三年不得相見，高足弟子傳授而已。」言融不能親教，使高弟子傳授之耳。然顔師古注《高祖本紀》云：「凡乘傳者，四馬高足爲置傳，四馬中足爲驛傳，四馬下足爲乘傳。」是「高足」二字，在漢時以之名馬，而《世説》竟以之稱弟子，何也？師鹿先生年八十四，猶冒雨着屐，赴康熙庚子鄉試。使遇今上，必受殊恩無疑也。《與及門遊西湖》云：「師弟同遊興不孤，呼僮挈榼更提壺。分明柳暗花明處，年少叢中一老夫。」

今人稱女子加笄爲「上頭」。按《南史・孝義傳》，華寶八歲，父成往長安，臨別曰：「須我還，爲汝上頭。」長安陷，父不歸，寶年至七十，猶不冠。是上頭者，男子之事。今專稱女子，心頗疑之。讀晉樂府云：「窈窕上頭歡，那得及破瓜。」則主女説亦可。

唐耿（緯）〔湋〕《長門怨》云：「聞道昭陽宴。」楊衡云：「望斷昭陽信不來。」劉媛云：「愁心和雨到昭陽。」按昭陽爲成帝時趙氏姊妹所居，與武帝之陳后長門無涉。

章槐墅觀察曰：「泰山從古迄今，皆言自中幹發脉。聖祖遣人從長白山踪至旅順山口，龍脉入海，從諸島直接登州，起福山而達泰山，鑿鑿可據。余雖未至旅順福山，然山左往來，不惟岱岳位震面兑，即觀汶、泗二水源流，亦皆自東而西，則泰山不從中幹發脉，又一確證也。因紀以詩云：『兩條汶泗朝西去，一座泰山渡海來。笑殺古今談地脉，分明是夢未曾猜。』」

《樂府》云：「五馬立躊躕。」香山詩云：「五疋鳴珂馬，雙輪畫戟車。」注「五馬」者不一其説。按《漢官儀》，四馬載車，惟太守出則增一馬，故稱太守曰「五馬」。此一説也。程氏《演繁露》以爲始于《毛詩》「良馬五之」，亦一説也。《南史・柳元筴傳》，兄弟五人同爲太守，各乘一馬出入，時人榮之，號「柳氏門庭，五馬委蛇」。則又一説矣。

《古樂府》：「十五府小史，三十侍中郎。」似令史之年輕者名小史，即今之小書辦也。張翰有《周小史詩》曰：「翩翩周生，婉孌幼童。年甫十五，如日在東。」謝惠連有《贈小史杜德靈》詩，似乎褻狎。然吴祐舉孝廉，乃越道共雍丘小史黄真歡語移時，人以爲榮。則小史又以人重矣。高俅爲東坡小史，後見蘇氏子孫，執禮猶恭。

唐人争取新進士衣裳以爲吉利。張文昌詩曰：「歸去惟將新誥命，後來争取舊衣裳。」唐宣宗自稱「鄉貢進士李道隆」，進士之榮，至于天子慕之。宋時尤重出身，無出身者，不得入相。故欲相此人，必先賜同進士出身，而後許其入相，其重如此。然亦有時而賤。李贊皇不中進士，故不喜科目，曰：「好騾馬不入行。」金衛紹王喜吏員，不喜進士，曰：「高廷玉人才非不佳，可惜出身不正。」嫌其中進士故也。

宋咸淳辛未，正言陳伯大議：考試士子，諸路運司牒州縣，先置士籍，編排保伍，取各人户貫三代年甲，書明所習經書，年十五以上能文者，許其鄉之貢士結狀保送。一樣四本，分送縣、州、漕、部。臨唱名時，重行編排保伍，各人親書家狀，以驗筆迹。士人苦之，賦詩云：「劉整驚天動地來，襄陽城下哭聲哀。廟堂束手全無策，只把科場鬧秀才。」

邵又房《贈友》云：「《廣陵散》裏求知己，不特彈無聽亦無。」余嘆其意包括甚廣。按《文苑英華》顧況序：彈琴者王女繼之，名日宫、月宫，有《歸雲引》、《華嶽引》諸曲，皆《廣陵散》之遺音。是叔夜所彈，未嘗絶也。《唐書·韓皋傳》解《廣陵散》爲嵇康思魏之意。因毌丘儉、諸葛誕俱起兵于廣陵，思興復魏室，而兵皆散亡，故曰「從此絶矣」，非專指琴也。

或問：「楊升庵有句云：『一桶水傾如佛語，兩重紗夾起江波。』應作何解？」余按：徐騎省不喜佛經，常云：「《楞嚴》、《法華》不過以此一桶水傾入彼一桶中，傾來倒去，還是此一桶水。識破，毫無餘味。」此升庵所本也。方空紗用一層糊窗，原無波紋，夾以兩層，必有閃爍不定之波。恐升庵即事成詩，未必有本。余亦有句云：「水痕瀉地方圓少，雪片經風厚薄多。」一用《世説》，一用《東坡志林》。

熊蔗泉觀察《聽雪》云：「一夜朔風急，重衾尚覺寒。料應階下白，及早起來看。」童二樹《盼月》云：「佳絶娟娟月，秋窗逼曉開。卧看桐竹影，漸上卧床來。」兩首格調相仝。商寶意《顧曲》云：「一曲明光三十段，自彈先要聽人彈。」趙雲松《論詩》云：「背人恰向菱花炤，還把看人眼自看。」兩首用意相反。

詩文自須學力，然用筆構思，全憑天分。往往古今人持論不謀而合。李太白《懷素草書歌》云：「古來萬事貴天生，何必公孫大娘渾脱舞。」趙雲松《論詩》云：「到老始知非力取，三分人事七分天。」

士大夫熱中貪仕，原無足諱，而往往滿口説歸，竟成習氣可厭。黄莘田詩云：「常參班裏説歸休，都作寒暄好話頭。恰似朱門歌舞地，屏風偏畫白蘋洲。」

近人佳句，常摘録之，以教子弟。過時一觀，亦有吹竹彈絲之樂。明知收拾不盡，然捃摭一二，亦聖人「舉爾所知」意也。毛琬云：「乍寒童子怯，將雨野人知。」童鈺：「病聞新事少，老别故人難。」張節云：「行善最爲樂，觀書動畜疑。」孔東堂云：「縴低時掠水，帆飽不依桅。」廖古檀云：「山風枯硯水，花雨慢琴絃。」王卿華云：「斷香浮缺月，古佛守昏燈。」汪可舟云：「客久人多識，年高衆病歸。」吴飛池云：「涼風不管征衣薄，落日方知行路難。」李穆堂云：「雲在岫無争出意，石當流有不平鳴。」何南園云：「閒愁早釋非關酒，舊學重温爲課孫。」楊次也云：「淺水戲魚如可拾，密林藏鳥只聞聲。」周青原云：「鳥自下山人自上，一齊穿破白雲過。」劉果云：「花間看竹嫌逢主，夢裏聞雞似到家。」章智千《送春》云：「青山駐景如留客，緑樹成陰已改妝。」尹似村《送南園出京》云：「乍親丰采歸偏速，不慣風塵住自難。」姚念慈《哭孫虛船》云：「有泪直從知己落，無文可共別人論。」袁蕙纕云：「功名何物催人老，車馬無情送客多。」寶意《哭環娘》云：「乍分烟島情猶戀，略享春風死未甘。」香亭《渡淮》云：「田家飯麥風仍北，遊女拖裙俗漸南。」春池《順風》云：「天上鳥争帆影速，岸邊人恨馬行遲。」又有五七字單句亦妙者。魯星村之「老怕送春歸」，楊守知之「隨身只有影仝來」，王家駿之「園不栽梅覺負春」，嘯村之「諱老偏逢人叙齒」，飛池之「孤鴻與客争沙宿」，皆是也。

孔子曰：「剛毅木訥近仁。」余謂：人可以木，詩不可以木也。人學杜詩，不學其剛毅，而專學其木，則成不可雕之朽木矣。潘稼堂詩不如黄唐堂，以一木而一靈也。余選錢文敏公詩甚少，家人誤抄十餘章，余讀之，生氣勃勃，悔知公未盡。居亡何，有人云：「此孫淵如詩也。」余自喜老眼之未昏。

余嘗極賞健庵甥《咏落花》云：「看他已逐東流去，却又因風倒轉來。」或大不服曰：「此孩童能説之話，公何以如此奇賞？」余曰：「子不見張燕公争魏元忠事乎？燕公已受二張囑托矣，因宋璟一言而止，一生名節，從此大定。在甥作詩時，未必果有此意，而讀詩者不可不會心獨遠也。不然，《詩》稱『如切如磋』與『貧而無諂』何干？《詩》稱『巧笑倩兮』與『繪事後素』何干？而聖人許子夏、子貢『可與言詩』，正謂此也。」

高文良公巡撫江蘇，爲制府某所凌，勢岌岌乎殆矣，而公聲色不動，《咏天平山》云：「倚天峭壁無塵玉，墮地孤留不動雲。」其時沈子大先生在幕府，和云：「白浪静教翻石下，碧雲高不受風移。」

闡乘上人《對月弔以中》云：「共玩君何往，江頭獨愴神。難將一片月，分炤九泉人。」余在小市買一古鏡，背有詩云：「寶匣初離水，寒光不染塵。光如一輪月，分炤兩邊人。」毛西河《咏鏡》云：「與余同下淚，惟有鏡中人。」三押「人」字，俱佳。

高翰起司馬《路上喜晴》云：「聲傳乾鵲喜，步覺蹇驢輕。」喬慕韓《舟中》云：「雨聲篷背重，鷗影浪頭輕。」

有人過劉智廟，見壁上題云：「明時如此拔幽淪，薦禰須看士貢身。敢擬石渠容散木，竟教塵海作勞薪。變名梅尉非無地，捧檄毛生尚有親。異日儒林與循吏，一編位置聽他人。」詩尾署「竹初」二字。自命如此，可想見其不凡。

王夢樓作雲南太守，有納樓夷民李鶴齡獻詩云：「玉堂老鳳留衣鉢，滄海長虹卷釣絲。」夢樓喜，即用其二句爲起句，續六句以贈别云：「舊事都隨雲變滅，新詩喜見錦紛披。殊方那易逢佳士，識面無如是别時。自負平生能説項，珊瑚幾失網中枝。」

昌黎云：「横空盤硬語。」硬語能佳，在古人亦少。只愛杜牧之云：「安得東召龍伯公，車乾海水見底空。」又云：「鯨魚横脊卧滄溟，海波分作兩處生。」宋人句云：「金翅動身摩日月，銀河翻浪洗乾坤。」本朝方問亭《卜魁雜詩》云：「龍來陰嶺作遊戲，雷電光中舞雪花。」趙秋谷《秋雨》云：「油雲潑濃墨，天額持廣帕。風過日欲來，艱難走雲罅。」《大雨》云：「日月皆歸海，蛟龍亂上天。」趙雲松《從李相國征臺灣》云：「人膏作炬燃宵黑，魚眼如星射水紅。」趙魯瞻云：「江星動魚脊，山果落猿懷。」

丙辰召試鴻詞，到丙申，四十餘年矣。申笏山在都中，與錢籜石、曹地山小集，賦詩云：「尺五城南逐散仙，歡場一散似飛烟。多生那得離文字，後死何容卸仔肩。醉後吟聲驚户外，雨餘山色入窗前。百人尚有三人在，似得天憐亦自憐。」嗚呼！笏山殁又十餘年矣。今海内召試者，只余與籜石二人尚在。而近聞其年過八十，亦已中風。然則「天憐自憐」，能無再三誦之乎？

周青原《咏楊妃》云：「綵輿花下禄兒狂，此説終疑是渺茫。惟小劉郎曾愛惜，坐懷親爲畫眉長。」用史事補前人未有。將録寄秋帆中丞，鐫楊妃墓上。

水仙花詩無佳者，惟楊次也先生七律前半首云：「汀蘅洲草伴無多，以水爲家柰冷何。生意不須沾寸土，通詞直欲托微波。」余按：《焦氏易林》云：「凫雁啞啞，以水爲家。」楊暗用之，而使人不覺，可爲用典者法。

趙雲松太史入闈分校，作《雜咏》十餘章，足以解頤。《封門》云：「官封恰似懸符禁，人望居然入海深。」《聘牌》云：「金鎔應識披沙苦，禮重真同納采虔。」《供給單》云：「日有雙雞公膳半，夜無斗酒客談孤。」《分經》云：「多士未遑談虎觀，考官恰似劃鴻溝。」《薦條》云：「品題未便無雙士，遇合先成得半功。佛海漸登超渡筏，神山猶怕引回風。」《落卷》云：「落花退筆全無艷，食葉春蠶尚有聲。沉命法嚴難自訴，返魂香到或重生。」《撥房》云：「未妨蜾蠃艱生子，笑比琵琶别過船。」

余自幼聞月華之説，終未見也。同年王大司農秋瑞夢月華而生，故小字華官。後見平湖陸陸堂先生云：「康熙辛酉八月十四夜，曾見月當正午，輪之西南角忽吐白光一道，已而紅黄紺碧，約有二十餘條，下垂至地，良久結輪三匝，見月不見天矣。」先生賦云：「今宵才見月華圓，織女張機也失妍。五色流蘇齊着地，三重輪廓欲彌天。」先生名奎勳，掌教桂林，作《禮經解義》，請序于金中丞，中丞命余代作，先生夸不已。中丞以實告之，先生曰：「此古文老手，不似少年人所作也。」記先生有句云：「簷低絲網蛛常斷，沼淺蓮房子半空。」

先生祖名菉，字義山，當國初鼎革時，馬將軍兵破平湖，掠其父，將殺之。菉才九歲，伏草中，跳出抱將軍膝，求代。將軍愛其貌韶秀，取手扇示之曰：「兒能讀扇上詩，即赦汝父。」菉朗誦曰：「『收兵四解降王縛，教子三登上將臺。』此宋人贈曹武惠王詩也。將軍不殺人，即今之武惠王矣。」將軍大喜，抱懷中，辟咡曰：「汝能隨我去，爲我子乎？」曰：「將軍赦吾父，即吾父也。」遂哭别其父而行。將軍爲之泪下。已而，將軍身故，菉得脱歸。康熙己未，舉鴻博，入詞林。聖祖愛其才，一日七遷，從編修、贊善、庶子，授内閣學士。才一年，先生引疾歸。又十年，卒。自題華表云：「一日七遷千古少，周年致政寸心安。」有病不治，吟曰：「無藥能延炎帝壽，有人曾哭老聃來。」

相傳天開眼，余亦未之見也。平湖張敦坡曉步于庭，天無片雲，忽聞有聲劃然，天開一縫，當中寬兩頭狹，狀類大船。寬處有圓晴，閃閃光芒熠耀，似電非電。眼旁碎芒，如人之有睫毛。良久，乃閉。

數坡賦詩曰：「霹靂年年響，何曾殛惡來？今朝才省悟，天眼不輕開。」

詩含兩層意，不求其佳而自佳。或詠太行山云：「但有路可上，再高人也行。」詠燭云：「只緣心尚在，不免泪長流。」詠相見坡云：「勸君行路存餘步，山水還留相見坡。」

余十二歲入學，廪生程鄘渠云：渠甥吴冠山名華孫，亦以髫年入學，今已賦鹿鳴，年才十五。袖文一册示余。余讀之，望若天人。及余登詞館，先生督學閩中，無由相見。五十年後，先生致仕在家，年八十矣。余遊黄山，新安何素峰秀才招遊仇樹汪園，離先生所居僅十里餘，竟未走謁。別後，心悁悁如有所失。乃作詩寄之，先生見和云：「英才碩望是吾師，咫尺相逢願又違。自昔直廬欣識面，己未科收掌試卷，公所相識。于今花徑少摳衣。屢想訪隨園，未果。無人不挹神仙度，獨我偏教遇合稀。猶憶神交年尚幼，兩株弱柳共依依。」

張儀封觀察謂余曰：「李白《清平調》三章，非詠牡丹也。其時武惠妃薨，楊妃初寵，帝對花感舊，召李白賦詩。白知帝意，故有『巫山斷腸』、『雲想衣裳』之語，蓋正喻夾寫也。至于『名花傾國』，則指貴妃矣。」余按：《唐書·李白傳》稱帝坐沉香亭，意有所感，乃召李白。則觀察此説，未爲無因。張名裕穀，字詒庭。

曹子建《美女篇》押二「難」字，謝康樂《述祖德》詩押二「人」字，阮公《詠懷》押二「歸」字。以故杜甫《飲中八仙歌》、香山《渭村退居》、昌黎《寄孟郊詩》皆沿襲之。

田實發云：「我偶一展卷，頗似穿窬入金谷，珍寶林立，眩奪目精。時既無多，力復有限，不知當取何物,而雞聲已唱矣。」此語甚雋。魚門《晒書詩》云:「老饕對長筵,未啖空頤朵。」

如皋布衣林鐵簫有「老至識秋心」五字,余頗賞之。《與吴松崖看海棠》云:「萬朵仙雲輕欲滴,多情紅向白頭人。」松崖云:「嬌來渾欲睡,愁殺倚闌人。」兩押「人」字,俱妙。林名李,買得古鐵簫,能吹變徵之音,因字鐵簫,蓋取王子淵「願得謚爲洞簫」之意云。

乩仙詩都無佳者,惟盱眙許家有仙降壇,《咏燕》云:「燕子銜泥認舊巢,飛來飛去暮連朝。哺兒不耐秋風老,回首空梁月正高。」讀者云:「詩雖佳,恐非吉兆。」果未十年,許零落殆盡。當許與仙倡和時,分咏「薛濤箋」,限「陵」字,諸客擱筆。仙云:「便宜節度高千里,錯過詩人杜少陵。」

余不解詞曲,蔣心餘强余觀所撰曲本,且曰:「先生只算小病一場,寵賜披覽。」余不得已,爲覽數闋。次日,心餘來問:「其中可有得意語否?」余曰:「只愛二句云:『任汝忒聰明,猜不出天情性。』」心餘笑曰:「先生畢竟是詩人,非曲客也。」余問何故,曰:「商寶意《聞雷》詩云:『造物豈憑翻覆手,窺天難用揣摹心。』此我十一個字之藍本也。」

余梓詩集十餘年矣,偶爾翻擷,誤字尚多。因記椒園先生《詠落葉》云:「看月可知遮漸少,校書真覺掃猶多。」

王載揚接家信,知兩子孿生,喜賦詩以寄云:「可無致語來清照,會有明妝避伯喈。」用典切而雅。

崑山城隍祠四宜軒有積土,道士將築亭其上。階石甫甃,雷擊之。三甃三擊。掘地,乃是黄子澄墓。邑志載公被戮,其門下士拾骨葬此。錢溉亭進士詩云:「昔時誅戮無遺嬰,此日風雷護殘骨。」

隨園詩話卷十六

倉山居士著

徐朗齋嵩曰：「有數人論詩，争唐、宋爲優劣者，幾至攘臂。乃援嵩以定其説。嵩乃仰天而歎，良久不言。衆問何歎，曰：『吾恨李氏不及姬家耳。倘唐朝亦如周家八百年，則宋、元、明三朝詩俱號稱唐詩，諸公何用争哉？須知論詩只論工拙，不論朝代。譬如金玉，出於今之土中，不可謂非寳也。』敗石瓦礫，傳自洪荒，不可謂之寳也。』衆人聞之，乃閉口散。」余謂詩稱唐，猶稱宋之斤、魯之削也，取其極工者而言，非謂宋外無斤、魯外無削也。朗齋，癸卯科爲主考謝金圃所賞，已定元矣，因三場策不到而罷。謝刊其薦卷，流傳京師。故朗齋咏唐寅畫像云：「錦瑟華年廿五春，虎頭金粟是前身。虚名麗六流傳徧，下第江南第一人。」「麗六」者，其場中坐號也。次科亦即登第。

明季士大夫學問空疏，見解迂淺，而好名特甚。今所傳三大案，惟移宫略有關係。然擁護天啓，童昏瞀亂，遂致亡國，殊覺無謂。楊慎大禮一議，本朝毛西河、程綿莊兩先生引經據古，駁之甚詳。挺擊一事，則漢、晉《五行志》中此類狂人不一而足，焉有一妄男子，白日持棍，便可打殺一太子之理？蘄州顧黄公詩云：「天倫關至性，張桂未全非。」又曰：「深文論宫闈，習氣惱書生。」議論深得大體。黄公與杜茶村齊名，而今人知有茶村，不知有黄公。因《白茅堂詩集》貪多，稍近於雜，閲者寥寥。然較《變雅堂集》已高倍蓰矣。

黄蒙聖祖召見，寵問優渥，以老病乞歸。再舉鴻詞，亦不赴試。有楊鐵厓「白衣宣至白衣還」之風。《憶内》云：「静夜停金剪，含情對玉缸。數聲風起處，花雨上紗窗。」《觀姬人睡》云：「玉腕明香簟，羅帷奈汝何。不知夢何事，微笑啓腮窩。」風韵獨絶。余嘗見小兒睡中，往往啓顔而笑，訝其不知緣何事而喜。今讀先生詩，方知眼前事，總被才人説過也。

同年楊大琛太史，在部以聾告歸。專心攻詩，見示一册，有句云：「金釧手摇春水影，玉樓簾捲賣花聲。」風致嫣然，惜未録其全稿。今太史已亡，詩稿不知散落何處。太史字寶岩，蘇州人。

古人詩集之多，以香山、放翁爲最。本朝則未有多如吾鄉吴慶伯先生者。所著古今體詩一百三十四卷，他文稱是，現藏吴氏瓶花齋。先生乳哺時，啞啞私語，皆建文遜國之事。年過十歲，方閉口不言。初爲前朝馬文忠公世奇所知，晚爲本朝李文襄公之芳所知。康熙戊午，薦鴻詞科，不遇而歸。少時在陳公函暉家作詩會，以「芙蓉露下落」爲題，操筆立就。贈陳云：「一輩少年争跋扈，明公從此願躬耕。」陳大奇之。惜其集浩如烟海，不能細閲。欲梓而存之，非二千金不可。著述太多，轉自累也。

余在廣東新會縣，見憨山大師塔院。聞其弟子道恒爲人作佛事，誦詩不誦經。《和王修微女子樂府》云：「剥去蓮房蓮子冷，一顆打過鴛鴦頸。鴛鴦頸是睡時交，一顆留待鴛鴦醒。」殊有古趣。圓寂後，顧赤方徵士哭之云：「已沉千日磬，猶滿一牀書。」

丹陽鮑氏女，自稱聞一道人，遭難流離，嫁竟陵陸蓑雲，年二十四而夭。《咏溪鐘》云：「溪外聲徐疾，心中意斷連。是聲來枕畔，抑耳到聲邊？」頗近禪理。昔朱子在南安，聞鐘聲，矍然曰：「便覺此心把握不住。」即此意也。

康熙時，吾鄉女子卞夢珏有句云：「夕陽交代笙歌月，曙色輕移燈火樓。」又曰：「花謝六橋春色暗，雨來三竺遠山無。」

吴文溥咏月云：「清暉半邊缺，似妾獨眠時。」顧赤方咏月云：「不分月宫人耐老，蛾眉一月一回新。」

國初説書人柳敬亭、歌者王紫稼，皆見名人歌咏。王以黯昧事，爲李御史杖死，有燒琴煮鶴之慘。顧赤方哭之云：「崑山腔管三絃鼓，誰唱新翻赤鳳兒。説着蘇州王紫稼，勾欄紅粉淚齊垂。」王送公卿出塞，必唱驪歌，聽者不忍即上馬去，故又云：「廣柳紛紛出盛京，一聲嗚咽最傷情。行人怕聽《陽關曲》，先拍冰輪上馬行。」悼王郎詩，只宜如此，便與題相稱。乃龔尚書竟用墜樓、賦鵩之典，擬人不倫，悖矣。

御史名森先，字琳枝，性雖伉直，詩恰清婉。《過雲間亭》云：「空亭積水松陰亂，小閣張燈夜氣清。」卒以忤衆罷官。

龔芝麓尚書失節本朝，又娶顧横波夫人，物論輕之。顧黄公爲昭雪云：「天壽還陵寢，龍輴葬大行。義聲歸御史，疏稿出先生。浮議千秋白，餘生七尺輕。當年溝瀆死，苦志竟誰明。」「憐才到紅粉，此意不難知。禮法憎多口，君恩許畫眉。王戎終死孝，江令苦先衰。名教原瀟灑，迂儒莫浪訾。」文士筆墨，能爲人補過飾非，往往如是。

余過于忠肅公墓，題詩甚多，惟山陽阮中翰紫坪五排最佳，警句云：「漢統愁中絶，周京喜再昌。股肱知已竭，日月得重光。天意還思禍，星纏又告祥。遯荒非太伯，守節異曹臧。未覩遺弓劍，先聞缺斧斨。三章憑翕訿，一劍答忠良。象少祈連冢，歌憐石子岡。誰憐十世宥，難贖百夫防。」

庚午春，蘇州韓立方先生掌教鍾山，以其姑名韞玉者《寸草軒詩集》見示，慕廬宗伯之季女也。詩只十一首，而風秀可誦。《病中》云：「月落霜寒葉滿墀，卧痾正及晚秋時。風簷網結長垂幌，硯匣塵封久廢詩。瘦影怕從明鏡見，泪痕空有枕函知。何因乞得青囊術，擬向南華叩静師。」又有顧頡亭之妻黄汝蕙字仙佩者，有《送春絶句》云：「九十春光暗裏催，花飛紅雨變芳埃。流鶯日日枝頭唤，底事東皇駕不回。」「柳絮穿簾燕撲衣，林園紅瘦緑偏肥。可憐花底多情蝶，猶戀殘香繞樹飛。」

萬華亭云：「孔子『興于詩』三字，抉詩之精藴。無論貞淫正變，讀之而令人不能興者，非佳詩也。」華亭進士名應馨。

毗陵黄仲則有《歲暮懷人》詩，《懷隨園》云：「近來詞賦諧兼則，老去心情宦作家。建業臨安通一水，年年來往看梅花。」

「小姑嫁彭郎」，東坡諧語也。然坐實説，亦趣。胡書巢《過小姑山》云：「小姑眉黛映秋空，衫影靴紋碧一弓。不識彭郎緣底事，憑他拋擲浪花中。」

義山譏漢文召賈生問鬼神，不問蒼生，此言是也。然鬼神之理不明，亦是蒼生之累。嗣後武帝巫蠱禍起，父子不保，其時無前席之問故耳。余故反其意題云：「不問蒼生問鬼神，玉溪生笑漢文君。

請看宣室無才子，巫蠱紛紛死萬人。」

丁未八月，余答客之便，見秦淮壁上題云：「一溪烟水露華凝，别院笙歌轉玉繩。爲待夜涼新月上，曲欄深處撤銀燈。」「飛盞香含豆蔻梢，冰桃雪藕緑荷包。榜人能唱湘江浪，畫槳臨風當板敲。」「早潮退後晚潮催，潮去潮來日幾回。潮去不能將妾去，潮來可肯送郎來？」三首深得竹枝風趣，尾署「翠雲道人」。訪之，乃織造成公之子嘯厓所作，名延福。有才如此，可與雪芹公子前後輝映。雪芹者，曹練亭織造之嗣君也，相隔已百年矣。

吴門張瘦銅中翰，少與蔣心餘齊名，蔣以排奡勝，張以清峭勝，家數絶不相同，而二人相得。心餘贈云：「道人有鄰道不孤，友君無異黄友蘇。」其心折可想。《過比干墓》云：「只因血脉同先祖，真以心肝奉獨夫。」《新豐》云：「運至能爲天下養，時衰拚作一杯羹。」讀之令人解頤。瘦銅自言：吟時刻苦，爲鍾、譚家數所累，又工於詞，故詩境瑣碎，不入大家。然其新穎處不可磨滅。《咏風箏美人》云：「只想爲雲應怕雨，不教到地便升天。」《借書》云：「事無可奈仍歸趙，人恐相沿又發棠。」真巧絶也。至於「酒瓶在手六國印，花露上身一品衣」，則失之雕刻，無游行自在之意。

近日十三省詩人佳句，余多采録《詩話》中，惟甘肅一省，路遠朋稀，無從搜輯。戊申春，忽江寧典史王栢厓光晟見訪，貽五律四首，一氣呵成，中無雜句。余洒然異之，問所由來。云：「幼講詩於吴信辰進士。」吴詩奇警。《咏蠟梅》云：「陽春如開闢，盤古即梅花。牡丹僭稱王，富貴何足夸。群芳訴天帝，鵝雁紛喧譁。乃呼羅浮仙，冒雪詣殿衙。帝曰咨爾梅，首出冠群葩。白袷與絳襦，何以懲奇邪。

梅花未及對，黄袍已身加。」《榆錢曲》云：「桃花笑老榆，汝是摇錢樹。不解濟王孫，飛來復飛去。」《午夢》云：「竹逕涼颸入，芸窗午夢遲。偶然高枕處，便是到家時。」《木蘭女》云：「絶塞春深草不青，女郎經久戍龍庭。軍中萬馬如撾鼓，只當當窗促織聽。」或訾其存詩太多，乃答云：「詩自心源出，妍媸惑愛憎。譬如不才子，擱殺竟誰能。」或訾其存詩太少，又答云：「詩似朱門宴，誰甘草具餐。三千隨趙勝，選俊一毛難。」吴名鎮，甘肅臨洮人。

唐高駢節度西川，又調廣陵。《咏風筝》云：「依稀似曲才堪聽，又被風移别調中。」吴官山左，又調楚江。《咏懷》云：「阿婆經歲撫嬰孩，飢飽寒暄總費猜。才識呱呱真痛癢，家人又報乳娘來。」兩意相同。余雅不喜陳玄禮逼死楊妃，《過馬嵬》云：「將軍手把黄金鉞，不管三軍管六宫。」吴《過馬嵬》云：「桓桓枉説陳玄禮，一矢何曾向禄山。」亦兩意相同。吴又有《韓城行》云：「良人遠賈妾心哀，秋月春花眼倦開。忍死待郎三十載，歸鞍馱得小妻來。」《咏虞美人花》云：「怨粉愁香繞砌多，大風一起奈卿何。烏江夜雨天涯滿，休向花前唱楚歌。」

栢厓《送客》云：「握手才經歲，含情復送君。不堪秋色老，重使雁行分。嶽麓山前月，崇臺嶺外雲。都添孤客恨，回首念同群。」詩甚清老，不料衙官中乃有此人。

李義山詩云：「願得化爲紅綬帶，許教雙鳳一齊銜。」黄甘泉秀才《途中》詩云：「惘惘行百里，多情毋乃太。安得籠鵝生，全家口中帶。」風趣殊佳。甘泉名世塏，徽州人。

廬江孫嘯壑工琴，有《琴餘集》。《咏薔薇》云：「半紅半白裊風條，雨後春光未寂寥。自笑看花人漸老，讓他一歲一回嬌。」《夜吟》云：「有燈相對好吟詩，準擬今宵睡更遲。不道興長油已没，從今打點未乾時。」余愛其結句，頗近禪悟，故録之。又：「得意水流壑，無心雲出山。」亦佳。

杭州秋闈榜發，仁、錢兩縣，往往中者五六十人。赴鹿鳴宴時，傾城士女垂簾而觀，見美少年則嘖嘖嘆羨。戊午科，年少尤多。有周孝廉名鼎者，年才三十，而滿面于鬑，嘗謂余曰：「人以赴鹿鳴爲樂，我以赴鹿鳴爲慘。」余問：「何也？」曰：「余在路上，揭簾坐，則兒童婦女嘍嘈曰：『大鬍子，何必赴鹿鳴？』余下轎簾，則又簇簇然笑指曰：『此人不敢揭簾，定坐一白髮翁矣。』豈非教我進退兩難乎？」徐朗齋有句云：「有酒休辭連夜飲，好花須及少年看。」真閱歷語。又句云：「幽榻琴書偏愛夜，異鄉風月不宜秋。」「新涼半牀月，殘醉一簾花。」皆可愛也。

山左李呈祥少詹謫戍時，有李現田者，贈云：「洗耳自同高士潔，披襟不讓大王雄。」及到遼東，押解者姓高，名士潔。抵戍所，後至者爲侍郎王舜，舜初名雄。歸後，偶話其事，尤展成曰：「二句是余戲作『浴乎沂風乎舞雩』詩也。」

膠州李世錫進士，字霞裳。《咏甘草》云：「歷事五朝長樂老，未曾獨將漢留侯。」借人咏藥，真甘草身分。又有人咏菊枕云：「野人枕此增顔色，似有牀頭未盡金。」亦酷是菊枕。

馮益都相國溥，訪高念東侍郎于松雲僧舍，竟日留連。高賦絶句云：「户倚雙扉禪宇開，無人知是相公來。相看一笑忘塵市，風味依然兩秀才。」馮答曰：「隱几僧寮户不開，天親無著憶從來。而今相對渾忘却，但識維摩是辨才。」相傳公二十一歲鄉舉報到，而公酣眠不醒，太夫人大驚，以水噀面，乃張目，曰：「夢登泰山，雲氣擁身而行。至一殿上，碧霞元君迎之。置錦幔，張樂飲酒。未終，見海日，如車輪大，驚而醒。」醒時猶帶酒氣。

李杜，字雲帆，山陰人。貧不能自存，流轉燕、趙、吴、楚間，依僧而居。年三十餘，卒於京師。性耽吟咏，嘗有「黄河水闊秋飛雁，銀漢風疏夜墮星」之句。友人某書之扇頭。過查樓，有江南顧姓者見而愛之，詢姓名，往訪。知其寒困，爲贈金置裘而去。殊難得也。雲帆又有《題伍大夫廟》詩云：「入吴雖是成兄志，破楚終非望子心。」《客懷》云：「一江涼月呼同載，到處名山恨獨看。」皆有逸氣。

元遺山惜義山詩無人箋注，漁洋先生亦有「一篇錦瑟解人難」之句。近時馮養吾太史注《玉溪集》，斷定以爲此悼亡之詩。「思華年」，原擬偕老也。「莊生曉夢」，用鼓盆事，「藍田日暖」，用吴宫事，皆指夫婦而言。曰「無端」、曰「不憶」者，云從何得此佳婦。曰「惘然」者，早知好物不堅牢。《湘素雜記》以錦瑟爲令狐家青衣者，非也。又注《漫成》五章，專爲李衛公雪冤而作。「代北」二句，爲石雄發。「韓公」、「郭令」推尊德裕也。以史證之，殊爲確切。

壽光安致遠詩曰：「試罷三雅與五經，密雲小酌付樵青。」「雅」字讀平聲，人以爲疑。按劉表「三雅」之説，出於《典論》。一作「盃」。《方言》曰：「盃，杯也。秦晉三郊謂之盃。」《周禮》「大胥」、「小胥」，即《詩》之「大雅」、「小雅」也。《詩》曰：「籩豆有且，侯氏宴胥。」《太玄》曰：「不宴不雅。」宴胥猶宴雅也。

孫子未先生襄，幼孤貧，鬻某家爲青衣，聰穎非凡。伴主人之子讀書，代其作文，塾師大奇之，告知主人，養爲己子。遂中康熙乙丑進士，官至通政司參議。以時文名重天下，詩亦清超，有《鶴侶齋集》。《次漁洋謝公村》云：「荒涼九龍口，寂寞謝公村。溪水空浮岸，風帆不到門。」馬墨麟維翰與盧抱孫見曾未第時，出公門，公贈云：「盧同馬異總能詩，韓孟雲龍意可師。文比芝蘭投臭味，韵將絲竹迭參差。古人不作原無恨，此日齊名更勿疑。老去自憐才力盡，恰欣二妙正同時。」

余幼時聞吾鄉督學何公世璂之賢，和若春風，廉如秋月。世宗時，總督直隸，贈尚書，謚端簡。漁洋先生之高弟子也。有《暢春苑》詩云：「出郭逢新霽，垂鞭信馬蹄。松林微見日，沙路淨無泥。鳥語含風軟，楊花撲水低。不妨隨意歇，流水小橋西。」《咏史》云：「丞相安知獄吏尊，將軍爭似外家親。七諸侯破亞夫死，社稷臣非少主臣。」

余幼時府試，見杭州太守李慎修，長不滿三尺，而判事明決，膽大於身，吏民畏之。與盧雅雨同年，一時有「兩短人」之號。李喜步韵，盧道非古也，規以詩云：「每以歌行矜短李，笑將月旦詡前盧。」李初不以爲然，後和「盧」字，屢押不妥，乃喟然服曰：「君言是也。」引見時，嘗勸上勿以吟咏勞聖躬，上嘉納之。出外不言，後恭讀《御製初集》，始知有此奏，其慎密如此。

徐公士林巡撫蘇州，凡讞決，先摘定案大略，牌示於外，而後發繕文册，所以杜書吏之影射也。世宗謂曰：「爾風格凝重，當爲名臣。」程中丞元章薦三人，一公，一盧雅雨，一陳文恭公也，後皆稱職。盧贈云：「賢名久訝龍圖近，異相應從麟閣看。」

李遠敬太史以剛直將被劾，惠半農先生救之得免。或謂曰：「何不勸以和柔？」曰：「渠尚不肯爲朱考亭折腰，何能降心當道耶？」其《咏懷》云：「臨風一杯酒，對水一曲琴。嵇生禽鹿性，莊叟濠魚心。」自成冲淡一家。注書與朱子不合。

王清範太守觀察浙江，月課諸生，余以童子受知。後落職再起，來守江寧。到園文宴，自誦其《海塘》詩云：「滄桑直似争三島，捍禦時防潰六州。」公名歛福，與盧抱孫辛丑同年，時相過從。盧贈云：「席當散後猶呼坐，馬到門前總不行。」

余在李晴洲家，見高南阜山人小像，鬚眉奇偉，頗似先大夫。晴洲爲言，山人宰歙縣時，人誣以贓，盧抱孫轉運兩淮，營救甚力，有指爲黨者，并盧謫戍。故山人詩云：「幾曾連茹茅同拔，却爲鋤蘭蕙并傷。」盧和云：「不妨李固終成黨，到底曾参未殺人。」山人詩才敏捷，制府尹文端公試以「雁字」，操筆立就，警句云：「無意回波風錯落，有時潑墨雨模糊。」又曰：「落霞點出簪花格，驟雨催成急就章。」尹公喜，將欲薦拔之，而公調雲貴矣。在獄中詩云：「敢道案無三字定，終期心有一人知。」

山人《泰州題壁》曰：「鳶墮無端逢腐鼠，角觸那信有神羊。」按「觸」字韵本無平聲，惟毛西河引《西京賦》「百獸凌遽，騤瞿奔觸。喪精忘魄，失歸妄趨」作平聲押，其博覽如此。《遊孤山》云：「寒香飛盡不成花，何處清風問水涯。石罅竹根殘雪裏，還留數點認林家。」山人落魄揚州，適盧守水平，貧不自聊，乃以書告急。盧尚未答，而山人化去矣。盧哭云：「巫咸不爲劉蕡下，邑宰誰迎杜甫來？」

牛進士運震，字階平，號真谷，學問淵雅，年五十有三，無疾而終。未死前一月，屢夢遊金碧樓臺，光華照耀。一日謂家人曰：「昨夜我又遊前庭，殆將復位。臨去時，汝輩慎毋驚我。」次日，無疾而終。

余得公文集，未得其詩，但見題畫一絶云：「潑墨似雲林，秋意森滿幅。石氣翻空青，古樹寒如束。樵逕寂無人，西風下叢竹。」

孫子未先生嘗于其師秀水徐華隱坐中見一貧客，乃徐年家子也。先生仰體師意，留養家中，待之甚厚。忽謂孫公曰：「受恩未報，明年當生公家。」未幾卒。公果生女。六歲時，戲抱之謂家人曰：「此華隱師客也，説來報恩，乃是女兒，恐報恩之説虚矣。」女勃然曰：「爺憎我女耶？當再生爲男。」逾十日，以痘殤。明年，公果舉子，頂有痘瘢，名于蠱，字莊天，雍正乙卯舉人。有《織錦詞》一首，載《山左詩鈔》，詩不佳，故不録。

功臣子孫封蔭多襲武職，其中頗多文學之士，用違其才。然唐以前文武原無分途，具韜略者，未嘗不雅歌投壺也。吾所交好者，如威信公岳公之三子瀞，昭武將軍楊公之玄孫大壯，皆官參戎，賓賓好學。現任贛州總鎮王午堂先生，世襲冠軍侯，尤好吟詩。《登雞母澳演砲》云：「小隊來秋閲，窮崖出石陘。沙喧山雨白，龍過海天青。遠舶千帆挂，蒼溟一氣停。自慚非鎖鑰，烽静仰皇靈。」又《黄岡即事》云：「賈航風是路，蛋户水爲家。」俱有唐音。公諱集，正紅旗人。楊《巡海》云：「欲回刁悍俗，將吏先和衷。多謝良守令，君子之德風。」其胸次可想。

吾鄉高翰起司馬髫年入學，會稽王瞻山廣文命賦《琢玉亭聽雨》詩，有「未見草逾碧，先看花減紅」之句，王大奇之，許以少女，未婚而卒，方知詩已成讖也。高同余舉戊午鄉試，而入學則後余一年。和余《重赴泮宫》詩云：「難老依然在泮身，飛騰逸樂兩奇人。與沙方伯與子才同入學。我嗟遲暮呼庚癸，歲到明年又戊申。蒲柳滋生空度日，鶯鳩決起不離塵。只餘往事堪追想，琢玉亭邊雨後春。」

余向讀孫淵如詩，歎爲奇才。後見近作，鋒鋩小頹，詢其故，緣逃入考據之學故也。孫知余意，乃見贈云：「等身書卷著初成，絶地通天寫性靈。我覺千秋難第一，避公才筆去研經。」

投贈佳句，余摘録甚多。今又得常州鈕牧村云：「一語慣申寒士氣，五雲常護老人星。」年家子管粤秀云：「刻鵠每爲童稚喜，登龍還仗祖宗緣。」孫鏈云：「比紅得句尋花笑，飛白揮毫對雪書。」郭麐云：「生尚見公休恨晚，天留此老亦多情。」

杭州錢進士圯，號北庭。過隨園，余晨卧未起，乃題壁而去。亡何，患奇疾，一日夜飲三石水，猶道渴甚，遂卒。其詩云：「三徑亭臺水一隈，蕭蕭落葉點莓苔。小舟隔岸穿花出，怪樹當門揖客來。看竹何妨人竟入，題詩好是雨先催。袁安穩卧雲深處，怕引西風户未開。」北庭乃璵沙方伯之族弟，在隨園賞梅，一見陳梅岑，即妻以女。梅岑大父省齋，向作江寧司馬，余舊長官也。梅岑年十五，即攜至山中，命受業門下，曰：「此兒聰明跳蕩，非隨園不能爲之師。」果一見相得，爲取名曰熙。其梅岑，則渠所自號也。性愛吟詩，不愛時文。余每見其詩必喜，見其文必嗔。嘗規之曰：「此事無關學問，而有係科名，奈何勿習耶？」卒以此屢困場屋。後受知於李香林河督，得官河廳司馬，亦以詩也。

吴涵齋太史女惠姬，善琴，工詩，嫁錢公子東字袖海，伉儷篤甚。錢善丹青，爲畫《探梅小照》。亡何，錢入都應試，而惠姬亡，像亦遺失。錢歸家，想像爲之，終於不肖。忽得之於破篋中，喜不自勝，遂加潢治，徧求題咏，且載其《鴛鴦吟社箋詩稿》。《贈夫子》云：「白雲紅葉青山裏，雙隱人間讀道書。」

後入夢云：「已託生吴門趙氏，郎可以玉魚爲聘。」錢因自號玉魚生，賦詩云：「可憐女士已成塵，翻使蕭郎近得名。聽説只今吴下路，歌場人説玉魚生。」

龔端毅公《定山堂集》有《觀袁凫公水部演西樓傳奇》一首，所云「虞叔夜」者，即凫公之託名，蓋康熙初年事也。王子堅先生曾親見凫公，短身赤鼻，長於詞曲。莫素輝亦中人之姿，面微麻，貌不美，而性耽筆墨，故兩人交好。爲趙某所忌，故假趙伯將以刺之。龔詩云：「詞客幸隨明月在，新聲應逐采雲飛。」

常州鈕牧村，天才縱逸，倜儻不羈。壬申歲，在蘇州福仁山邑宰幕中，與余元旦登妓樓，遍召諸姬，評花張飲，今三十六年矣。歷幕楚、粤、中州，爲督撫上客。忽來見訪，見贈云：「才子神仙且莫論，襟期當代有誰倫。驚人眉宇光先炤，傳世文章筆有神。天下已無書可讀，意中惟有物同春。香山藴藉東坡達，知是前身是後身。」「昔年吴下許從遊，元日尋春上酒樓。桃葉嬌持名士筆，梅花親插美人頭。板橋歌舞輕雲散，莊令農席上。鈴閣壺觴逝水流。謂望山相公署中。忽漫相逢懷舊侣，空餘江上幾沙鷗。」牧村名孝思，受業于李芋圃檢討。李故余本房弟子，牧村亦自稱弟子。或訾之，牧村曰：「曾晳、曾參同事孔子，未聞有太老師之稱。」人莫能難。余亦鄂文端公之小門生也，公命稱師，曰：「太老師尊而不親，不必從俗。」

余常謂美人之光，可以養目，詩人之詩，可以養心。自格律嚴而境界狹矣，議論多而性情漓矣。

吾鄉王文莊公際華，與余有總角之好。余遊粤西，借其手抄《韓昌黎集》，久假不歸，詩學因之大進。同舉戊午科，與羅在郊三人爲車笠之會。後三十年，余乞養隨園，而公官司農，典試江南，班荆道故。今公委化已久，次子朝颺選江寧司馬，來修通家之禮。與談竟日，清遠絶塵，真孟子所謂「無獻子之家者也」。見贈云：「夢想名園二十年，今朝花裏識神仙。款門行處真如畫，入勝渾疑别有天。檻外烟雲饒供奉，榻前圖史任丹鉛。久知福慧雙修到，贏得聲名海内傳。」「先生風味愛林泉，循吏詞林總偶然。杖履晚遊天下半，文章早列古人前。三層樓閣居弘景，一卷嫏嬛記茂先。公著《子不語》。我勸上清姑少待，緩迎公返四禪天。今年二月八日，公夢有僧道二人來請公復位。」

余讀《錢注杜詩》，而知錢之爲小人也。少陵「鄜州月」一首所云「兒女」者，自己之兒女也，錢以爲指肅宗與張后而言，則不特心術不端，而且與下文「雙照淚痕乾」之句亦不連貫。善乎黄山谷之言曰：「少陵之詩，所以獨絶千古者，爲其即景言情，存心忠厚故也。若寸寸節節皆以爲有所刺，則少陵之詩掃地矣。」

余幼時賦《古别離》云：「無情生山川，無情造舟車。今日君與妾，遂至淚盈裾。」後五十年，見陳楚南有句云：「天不欲人别，星辰分方隅。地不欲人别，山河界道塗。吁嗟古聖賢，乃造舟與車。」

余每作詩，將草稿交阿通謄正。通不識草書，往往誤寫。劉悔庵句云：「詩稿兒童猜草字，書聲病婦笑華顛。」歎其真實情實事。

沭陽吕觀察名昌際，字嶧亭，出身非科目，而詩似香山，字寫東坡，好談史鑑，真豪傑之士也。乾隆癸亥，余宰沭陽，觀察尊人又祥爲功曹，有異才，相得甚歡，官至常德太守。其時觀察才四歲，今作冀寧道，養母家居。書來見招，余欣然命駕，則鬢已斑白，相對憮然。主于其家，園亭軒敞，膳飲甘鮮，致足感也。因賦詩云：「黄河水照白頭顱，重到潼陽認故吾。竹馬兒童三世换，琴堂書吏一人無。笑非丁令身爲鶴，喜是王喬舄化鳧。四十六年如頃刻，滄桑何處問麻姑。」「此邦賴有吕公賢，肯讀淮南《招隱》篇。舊雨不忘雲外客，官聲久付晉陽烟。蕭齋論史燈花落，子舍承歡綵服鮮。我奉慈雲三十載，喜君追步到林泉。」一時和者如雲。錢接三文學云：「百姓謳歌隨路有，使君城府一分無。」吴南畇中翰云：「胸中武庫誰能測，天下名山歷盡無。」余因近體易招人和，故草草賦此二章，而别作五古四首，存集中。

嶧亭聞余到，以詩迎云：「使回捧讀五雲箋，如獲珍珠滿百船。引領南天非一日，者番望月月才圓。」「膏澤流傳五十年，甘棠蔽芾已參天。忽聞召伯重來信，父老兒童喜欲顛。」又和余《留别》云：「半月追陪興正豪，平生饑渴一時消。相逢不敵相思久，忍聽驪歌過野橋。」「河橋送别滿城悲，駐馬臨風怨落暉。人影却輸原上草，江南江北傍征衣。」

沭陽教諭朱𪻐，字竹江，江陰詩人也。聞余至，朝夕過從，間一日不至，余與吕公必遣人促之。《咏落花》云：「名園酒散春何處，剩有歸來屐齒香。」《春草》云：「萋萋那得不關情，畫裙拂遍花時節。」皆清麗可愛。爲余送别云：「世間皆小住，詩卷已長留。」和五古四章尤佳，因太長，載《續同人集》中。

有禮房吏張朝魁者，年八十三矣。甲子科，因其工書，攜入秋闈。此番獻詩云：「南天旭日光同翥，靈鵲鷺飛噪高樹。恍似青牛紫氣來，那知舊尹幨帷駐。」「三門初見城四圍，黄童白叟未全非。漢南依依柳將落，東籬團團菊正肥。」「憶昔瀛洲推獨步，殿前曾作摩空賦。讓他老鳳蹲池邊，著我雙鳧下雲路。」「蓬萊頂上飛朱霞，散作河陽一縣花。仁風不負東山扇，甘雨真隨百里車。」「爾時給役有小吏，簿書堆裏常陪侍。眼看剖决速如流，直疑手口同游戲。」「藥籠參苓得士赊，探珠幾輩握靈蛇。争褰夫子扶風帳，不眯歐陽貢舉紗。」「出宰郎官移列宿，歎息當年難借寇。豈料睽違五十年，尚教胥吏瞻依就。」「喜見商山採藥行，敢隨杖履話平生。仙人不棄凡雞犬，許向雲中作吠鳴。」

又有吴廷貢秀才者，贈詩云：「五十年來迹已陳，新侯不及故侯親。追思竹馬歡迎日，一世人如兩世人。」

《金陵懷古》詩最難出色，皖江潘蘭如瑛云：「《玉樹庭花》唱已遥，金陵王氣又重消。龍蟠不去懷雙闕，牛首空回望六朝。故壘雲低天漠漠，荒林秋盡雨瀟瀟。石頭城畔多情月，夜夜來看江上潮。」通首音節清蒼。又《宛轉歌》云：「宛轉松上蘿，松枯蘿色喜。同體不同心，安望同生死。」殊堪風世。又：「船頭山月落，人指海雲生。」活對亦佳。

新安方如川秀才來金陵鄉試，贈墨百螺，上鐫「隨園先生著書之墨」。余不覺驚喜，覺弟子束修，未有雅如秀才者。録其席間有贈云：「烟籠明月月籠烟，十里湘簾捲畫船。阿翠不知秋已老，調筝猶唱杏花天。」

曹劍亭侍御《胥江》云：「市近人聲雜，船多夜火明。」王廷取太守《沙河》云：「危巢雙燕宿，破屋一驢鳴。」汪守亨秀才《佛寺》云：「塔影衝霄直，亭陰向午圓。」王麓臺司農《題畫》云：「蛟龍疑有窟，風雨若聞聲。」此數聯皆聞人傳誦，而余愛之，故摘記者也。曹又有《送梁階平司農隨駕木蘭》云：「獵獵旌旗擁玉珂，森森帳殿碧嵯峨。三秋月色臨邊早，萬馬風聲出塞多。晨捧金泥隨輦草，暮翻玉靶落天鵝。知君奏罷《長楊賦》，合有新詩寄薜蘿。」通首唐音。

宋荔裳《贈犬》云：「榻邊飽飯垂頭睡，也似英雄髀肉生。」高念東《過邯鄲》云：「願作盧生不願寤，飽食黃粱追夢去。」皆讀之令人欲笑。

余常謂收帆須在順風時。急流勇退，是古今佳話，然必須嘿而不言，趁適意之際，毅然引疾，則人不相疑。若時時形諸口角，轉覺落套，而上游聞之，以爲飽則思颺，翻致挂礙矣。錢竹初擅鄭虔三絶之才，抱梁敬叔州郡之歎，屢次書來，欲賦遂初，余寄聲規其濡滯，今秋才得解組。余賀以詩，渠答云：「海上秋風江上蓴，塵顔久已悵迷津。竊公故智裁今日，勸我抽身有幾人。世事楸枰留黑白，老懷齏臼雜酸辛。退閒自此陪裙屐，長作田間識字民。」「勞生那復計年華，歸識吾生本有涯。未定新巢同燕子，早營孤冢付梅花。千秋欲借先生筆，十畝從添處士家。他日並登皇甫傳，始知真契在烟霞。」

詩餘之佳者，余已附載數首，入《詩話》矣。兹檢舊册，又得蔣用庵侍御送余出都《沁園春》二首，時侍御尚作秀才也。其詞云：「聊作巖官，蕭然一琴，五月治裝。正中朝元老，聞而扼腕，西林、鐵崖兩相公。一時學者，望輒沾裳。僕竊有言，先生此去，厚意還須識彼蒼。江南好，舍驚才絶代，管領誰當。江山東晉南唐，便雨打風吹未就荒。更畫船七里，燈烘虎阜，珠簾二月，花繡雷塘。洗馬愁乎，阿龍超矣，人物由來數過江。憑君到，把斜陽草樹，收入春光。」「一代詞場，誰則如君，歷落多姿。每奮衣而起，詞都滚滚，酒酣以往，語更霏霏。隨意判花，閒情顧曲，赢得三生杜牧之。今行矣，剩東塗西抹，付并州兒。城南頻歲栖遲，笑末坐偏容平子知。記絳紗剪燭，縱横商略，平臺啜茗，次第敲推。儂本阿蒙，君將南去，肯向緇塵戀染衣。須記取，待杏花春雨，予亦遄歸。」又周之桂作《金縷曲》送同劉郎遊天台云：「春是先生主，怎頻年尋春不倦，又摇柔艣。家有梅花愁輕别，一半嬌波不語。看瘦減雲英如許，衹有多情新桃李。逐春風，還共尋南浦。楊柳餞，柘枝舞。誰知密意留行苦，似花神從天暗乞，者回風雨。烟水瀰人應難出，况是江流寒阻。唤不到吴孃六柱。我本衡泥遥相送，乍聞言，也覺寬離緒。歌《水調》，且延佇。」及余返棹，周喜，又贈《沁園春》云：「如此先生，老更清豪，行歌采芝。正西湖妝靚，重牽鄉夢，天台花笑，易惹游思。足任生雲，懷堪貯月，萬壑千巖一杖攜。掀髯處，每逢人誇健，涉險忘疲。文章流播天涯，聽處處推袁事更奇。恁瓣香争奉，人間香祖，一經難質，曠代經師。忽拜靈光，都疑絳歲，苦向三生認鬢絲。歸來笑，似還鄉羽客，出夢希夷。」

先君子幕遊楚南，舊主人高公名清者，在衡陽九年，亡後，以虧帑故，妻子下獄。先君子出全力援之，竟得歸殯。有楊朗溪太史贈詩云：「袁夫子，當今真義士。一雙冷眼看世人，滿腔熱血酬知己。恨我相見今猶遲，湘江傾蓋締蘭芝。」余時尚幼，讀而記之，今忘其全首矣。太史名緒，武陵人，權奇倜儻，詩宗少陵，字寫《争坐位》。雍正間，苗民蠢動，王師征之未捷，公學酈生，單身入洞説之，群苗羅拜乞降，亦奇士也。

康熙間，山左名臣最多。如相國李文襄公之芳之功勳，湘廣總督郭瑞卿琇之剛正，兩江總督董公訥之經濟，皆赫赫在人耳目。而皆能詩，世人不知者，爲其名位所掩也。李《與施愚山陪祀郊壇》云：「太乙瑶壇接露臺，龍旌遥拂翠華來。仙韶細度雲門奏，玉殿初明泰時開。千尺爐烟天外轉，九重環珮月中回。祠官解有登封意，獨愧甘泉作賦才。」董《興化道中》云：「村從烟際出，草逼浪頭生。」《沅州道中》云：「雲裏諸峰堪入畫，雨中無樹不含秋。」郭撰《太皇太后輓詞》云：「撫孤三十載，兩世際和豐。渭水開姬歷，塗山助禹功。鷄鳴問曙切，烏哺報劉同。遥想含飴日，徽音宛在躬。」又《偶成》云：「去官人易嬾，無累病常輕。」皆可誦也。相傳郭公之劾納蘭太傅也，趁其慶壽日，列款奏之。旋帶疏草，登門求見。太傅疑此人崛强，何以忽來稱祝。延之入，長揖不拜，而屢引其袖。太傅喜曰：「御史公亦有壽詩見贈乎？」曰：「非也，彈章也。」太傅讀未畢，公從容曰：「郭琇無禮，應罰。」自飲一巨觥，趨而出，滿座愕然。少頃，太傅廷訊之旨下矣。一説，郭初宰吴江，簠簋不飭，聞湯潛庵來撫蘇州，自陳改悔之意，請另擇日到任，果聲名大震。湯遂薦之。後湯爲太傅所傾，郭故劾之，報師恩，亦以申公論也。

久聞廣東珠娘之麗，余至廣州，諸戚友招飲花舩，所見絶無佳者，故有「青唇吹火拖鞋出，難近多如鬼手馨」之句。相傳潮州六篷船人物殊勝，猶未信也。後見毘陵太守李寧圃《程江竹枝詞》云：「程江幾曲接韓江，水膩風微蕩小艭。爲恐晨曦驚曉夢，四圍黄篾悄無窗。」「江上蕭蕭暮雨時，家家篷底理哀絲。怪他楚調兼潮調，半唱消魂絶妙詞。」讀之，方悔潮陽之未到也。太守尤多佳句，《潞河舟行》

云：「遠能招客汀洲樹，艷不求名野徑花。」《姑蘇懷古》云：「松柏才封埋劍地，河山已付浣紗人。」皆古人所未有也。又《弋陽苦雨》云：「水驛蕭騷百感生，維舟野戍聽雞鳴。愁時最怯芭蕉雨，夜夜孤篷作此聲。」《珠梅閘竹枝詞》云：「野花和露上釵頭，貧女臨風亦識愁。欲向舵樓行復止，似聞夫婿在鄰舟。」